高 | 等 | 学 | 校 | 计 | 算 | 机 | 专 | 业 | 系 | 列 | 教 | 材

机器学习
（Python实现）

孙家泽 王曙燕 路龙宾 田振洲 王红玉 编著

清华大学出版社

北 京

内 容 简 介

机器学习是人工智能的重要分支。本书立足实用且易于上手实践的原则,系统地介绍机器学习领域的经典算法,以及这些算法的 Python 实现和典型应用。本书分 4 部分:第 1 部分介绍监督学习,包括线性模型、决策树分类、贝叶斯分类器、集成学习和支持向量机;第 2 部分介绍无监督学习,包括关联规则、聚类分析和数据降维;第 3 部分介绍深度学习,包括神经网络、深度学习和生成对抗网络;第 4 部分介绍强化学习。本书所介绍的经典机器学习算法及其应用案例均给出了相关实验数据和 Python 代码实现,每章末尾还给出了习题和实验题,便于读者巩固知识和开展课内实验。

本书可作为高等学校信息类以及相关专业高年级本科生和研究生的教材,也可供对机器学习感兴趣的工程技术人员阅读参考。

本书封面贴有清华大学出版社防伪标签,无标签者不得销售。

版权所有,侵权必究。 举报:010-62782989,beiqinquan@tup.tsinghua.edu.cn。

图书在版编目(CIP)数据

机器学习:Python 实现/孙家泽等编著. —北京:清华大学出版社,2023.6
高等学校计算机专业系列教材
ISBN 978-7-302-63211-5

Ⅰ.①机… Ⅱ.①孙… Ⅲ.①机器学习—高等学校—教材 Ⅳ.①TP181

中国国家版本馆 CIP 数据核字(2023)第 052462 号

责任编辑:龙启铭 常建丽
封面设计:何凤霞
责任校对:韩天竹
责任印制:刘海龙

出版发行:清华大学出版社
   网   址:http://www.tup.com.cn,http://www.wqbook.com
   地   址:北京清华大学学研大厦 A 座   邮 编:100084
   社 总 机:010-83470000   邮 购:010-62786544
   投稿与读者服务:010-62776969,c-service@tup.tsinghua.edu.cn
   质量反馈:010-62772015,zhiliang@tup.tsinghua.edu.cn
   课件下载:http://www.tup.com.cn,010-83470236
印 装 者:北京嘉实印刷有限公司
经 销:全国新华书店
开 本:185mm×260mm 印 张:23.5 字 数:587 千字
版 次:2023 年 7 月第 1 版   印 次:2023 年 7 月第 1 次印刷
定 价:69.00 元

产品编号:092690-01

前言

机器学习是计算机科学和人工智能中非常重要的一个领域,是一门多领域交叉学科,涉及概率论、统计学、逼近论、凸分析、算法复杂度理论等多门学科。本书是一本理工类专业的基础教材,为了让更多的读者能通过本书对机器学习有所实践,本书弱化了机器学习的数学基础知识,同时采用 Python 语言实现算法。Python 代码简单优雅、易于上手,科学计算和机器学习软件包众多,已成为不少大学和研究机构进行教学和研究的语言。相信用 Python 编写的机器学习代码也能让读者尽快领略到这门学科的精妙之处。

本书作为机器学习领域的基础教材,在内容上尽可能实用且易于上手实践,从机器学习理论到 Python 实践,对机器学习领域经典方法进行了全面介绍,首先对机器学习进行概述,然后分 4 部分展开介绍,第 1 部分介绍监督学习,包括线性模型、决策树分类、贝叶斯分类器、集成学习和支持向量机;第 2 部分介绍无监督学习,包括关联规则、聚类分析和数据降维;第 3 部分介绍深度学习,包括神经网络、深度学习和生成对抗网络(GAN);第 4 部分介绍强化学习。本书所介绍的经典机器学习算法及其应用案例均配有相关实验数据和 Python 代码实现,通过对应用使用 Python 语言全过程实现,读者可在不知不觉中加深对经典算法的理解,获得机器学习项目经验,提高编程能力,同时快速领悟看似难懂的机器学习理论。每章末尾均有习题和实验题,便于读者巩固知识和开展课内实验。读者可根据自己的知识储备、兴趣和时间情况选择使用。本书通过经典算法、算法 Python实现和实际应用的"三位一体法",强化对经典算法的理解和掌握,期望读者能对经典算法做到"精"和"通"。

本书第 1 章由王曙燕编写,第 2、6 和 9 章由路龙宾编写,第 3、4、5、7、8、12和 13 章由孙家泽编写,第 10 章由王红玉编写,第 11 章由田振洲编写,孙家泽负责全书的校稿工作。感谢西安邮电大学可信软件研究团队的各位同学在稿件的修改和应用的编写中给予的帮助和支持,同时感谢很多领域专家在网络上共享的资源,这些对本书的编写有很大的启发。这里还要特别感谢本书编辑龙启铭,没有龙编辑的帮助,就没有本书的出版。

机器学习的发展日新月异,中国人工智能科技产业发展风起云涌,技术体系包括大数据和云计算、物联网、5G、智能机器人、计算机视觉、自动驾驶、智能芯片、智能推荐、虚拟/增强现实、语音识别、区块链、生物识别、光电技术、自然语言处理、空间技术、人机交互和知识图谱在内的很多类技术,构成了复杂技术体系。罕有人士能对其众多分支领域都精深理解。编者才疏学浅，领域仅略知皮毛，时间和精力所限，书中错误及疏漏之处在所难免，恳请读者批评指正，不胜感激。

编　者

2023 年 1 月

目录

第 4 章　贝叶斯分类器　　/69

第3部分　深度学习

第1章

绪　论

　　试想这样一个场景,当病人感到身体不舒服去看中医时,医生首先会观察病人的形态与气色,即所谓的"望";然后会听其呼吸和说话声音,即所谓的"闻";接着会详细询问其病史,即所谓的"问";最后用手诊脉或按压腹部看是否有痞块,即所谓的"切"。医生通过这一系列"望闻问切"观察并获得病人的身体特征,利用已有的中医专业知识及诊疗经验做出相应的诊断,进而对症下药进行治疗。

　　这是人类思考问题并做出判断的一个典型过程,各领域大多通过其自己相应的"望闻问切"观察事物,结合积累的领域经验分析情况并做出判断。对于上述人类靠自身经验积累建立其认知体系完成对未来预测的过程,计算机能不能也通过其存储的数据信息建立预测模型,对未来进行准确预测呢? 这就是我们要学习的机器学习的过程。

1.1　什么是机器学习

1.1.1　机器学习的定义

　　机器学习创始人 Arthur Samuel 早在 1959 年就给出了机器学习(Machine Learning,ML)的定义:机器学习赋予了计算机学习的能力,这种学习能力不是通过显式编程获得的。随后,Arthur Samuel 开发了一个机器学习系统,能够通过和人对弈学习提升系统自身的跳棋水平,历经长期学习,该机器学习系统能够和 Arthur Samuel 的跳棋水平相当。1998 年,Tom Mitchell 引入 3 个概念:经验(Experience,E)、任务(Task,T)和任务完成效果的衡量指标(Performance,P)描述机器学习。若一个计算机程序通过学习经验 E 进行自我完善在某类任务 T 上的性能指标 P 得到提升,则该计算机程序被认为可以从经验 E 中学习。

　　关于机器学习的定义较为抽象,下面使用机器学习实现垃圾邮件识别的案例对其定义进行简单说明。垃圾邮件是指收件人拒绝接收或者未经同意接收的邮件,一封邮件通常包含发送人、接收人、抄送人、主题、时间、内容等要素,可以根据不同要素识别垃圾邮件。不同用户垃圾邮件的类型可能不一样,机器学习特定用户标记日常邮件是否为垃圾邮件的历史行为,建立用户的垃圾邮件识别模型,从而垃圾邮件识别机器学习系统对新邮件进行垃圾邮件识别过滤。在垃圾邮件识别机器学习例子里,E 是用户将邮件标记为垃圾和非垃圾邮件的历史行为;T 是将邮件归类为垃圾邮件和非垃圾邮件的任务;P 是衡量机器学习标记垃圾邮件和非垃圾邮件的正确率。

　　机器学习是一门多领域交叉学科,涵盖概率论、统计学、逼近论、凸分析、算法复杂度理论等应用领域。与传统的编程不同,机器学习不是显式地编写程序来执行某些任务,而是专门研究计算机如何开发一个完成特定任务的算法。具体来说,机器学习是通过利用海量数据训练模型获得内在规律预测新输入数据的一种方法，使计算机模拟人的学习行为获取新的知识和技能，不断改善性能从而实现自我完善。实际上，机器学习所研究的就是数据科学，其主要过程如图 1.1 所示。

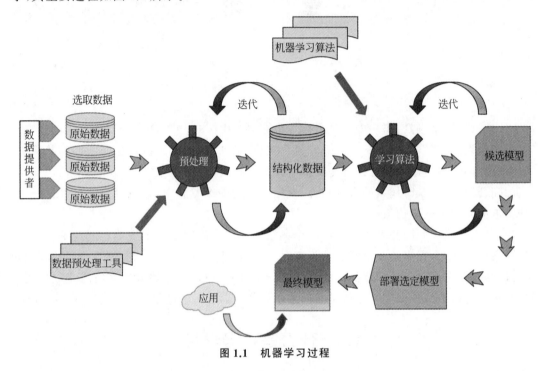

图 1.1　机器学习过程

（1）数据集准备：机器学习是数据贪婪的，数据采集是其最基础、最重要的一步，数据集是构建机器学习模型流程的起点。其本质上是一个 $M \times N$ 的矩阵，其中 M 代表特征，N 代表样本。M 可以分解为 X 和 Y，X 指特征、独立变量或者输入变量，Y 指类别标签、因变量和输出变量。

（2）数据预处理：数据预处理是指对数据进行清洗、归约或转换等。通过对数据进行各种检查和校正以纠正缺失值、异常、标准化数值等问题。通常将数据分成 3 组：训练数据、验证数据和测试数据，训练集用于建立预测模型，用验证集进行评估，进行模型调优（如超参数优化），并根据验证集的结果选择性能最好的模型，测试集充当新的、未知的数据，用于模型的评价，不参与任何模型的建立和准备。

（3）模型选择：研究者根据不同任务类型设计了多种机器学习算法，根据机器学习算法模型对训练数据处理方式的不同，机器学习算法大致可分为 4 类：监督学习、无监督学习、半监督学习和强化学习。

（4）模型训练：机器学习过程的核心是模型的训练，大量的"学习"在此阶段完成，通过训练数据集中历史经验数据的学习，对选择的模型的参数进行不断优化，最小化模型预测带来的误差。有时候最终结果可能是多个模型结果的组合。

（5）模型评估优化：在训练好模型之后，利用在数据预处理中准备好的测试集对模型进行测试。由于测试集对模型来说是完全新的数据，因此可以客观地度量模型在现实世界中的性能表现，对模型评估结束后，可以通过调参对训练过程进行优化。参数可以分为两类：一类是超参数，即需要在训练前手动设置的参数；另一类是不需要手动设置、在训练过程中可以自动被调整的参数。调参是一种基于数据集、模型和训练过程细节的实证过程。根据模型测试的结果,调整特征值的选取,或者调整模型的参数,甚至尝试不同的模型。这是一个不断迭代的过程,直到取得满意的结果。

（6）应用预测:使用完全训练好的模型在新数据上作预测,这是机器学习过程的最后一步,此阶段默认该模型已准备就绪,可用于实际应用。

1.1.2 机器学习的三要素

机器学习形象地说,就是使用机器对数据特征进行学习,从而建立模型,解决现实生活中的问题。机器学习被广泛应用,其基本假设是同类数据具有一定的统计规律性。其目标是从假设空间,即从输入空间到输出空间的映射函数空间中寻找一个个最优的模型。机器学习方法由三要素构成,即模型、策略和算法,可以简单地表示为:机器学习方法＝模型＋策略＋算法。

模型是从数据中抽象用来描述客观世界的数学模型。模型要解决的问题是如何将样本从输入空间转化到输出空间,其假设空间包含所有可能的条件概率分布或决策函数。在进行数据分析时,根据数据找其内在规律,即找到的规律就是模型。例如猜数字游戏,1,4,16,( )…256…括号里数字应该是什么?把这串数字抽象成模型 4^n,则预测括号里的数字是64。机器学习的根本目的是构建一个模型,使其可以描述已经观测到的数据。但实际上,从一组数据中得到的模型并不是唯一的。

策略是选择模型的标准。假设空间中包含无穷多个满足假设的可选模型,机器学习如何从中选择一个最优模型,这是策略要解决的问题。首先,引入损失函数的概念。例如,在监督学习的假设空间中选取模型 f 作为决策函数,对于给定的输入 X,由 $f(X)$ 给出相应的输出,这个输出的预测值 $f(X)$ 与输入 X 对应的真实值 Y 可能存在不同程度的一致性,其预测错误的程度可以用损失函数度量。损失函数是 $f(X)$ 和 Y 的非负实值函数,记作 $L(Y, f(X))$,用来度量模型一次预测的好坏。常用的损失函数有:0-1 损失函数、平方损失函数、绝对损失函数、对数损失函数等。损失函数可以理解为错误预测一个数据所带来的代价,对其定义不同,优化得到的结果也不同,这也导致最终学习到的模型会多种多样。通常会在损失函数中加上正则化项,从而降低模型的复杂性,提高模型的泛化能力,拒绝过拟合。因此,监督学习问题就变成了损失函数的最优化问题。

算法指学习模型的具体计算方法,即如何优化损失函数求解全局最优解。在确定寻找最优模型的策略后,机器学习的问题归结为最优化的问题。面对复杂的数学优化问题,很难通过简单的求导获得最终结果,所以要构造高效的算法。优化算法是指求解模型中未知参数最优解的算法,通常是求损失函数的最小值,常用的算法有梯度下降法、拟牛顿法和各种智能优化算法等。

1.1.3 机器学习与数据挖掘

机器学习是人工智能(Artificial Intelligence, AI)的一个重要子领域,主要通过找出数据里隐藏的模式进而做出预测,最初的研究动机是为了让计算机系统具有人的学习能力,为人工智能的实现奠定基础。如图 1.2 所示,人工智能与数据挖掘(Data Mining, DM)、知识发现(Knowledge Discovery in Databases, KDD)、模式识别(Pattern Recognition)、统计(Statistics)、神经计算(Neuro Computing)、数据库(Databases)等领域有交叉关系。

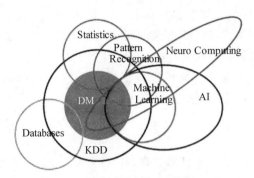

图 1.2　机器学习的相关概念辨识

　　目前广泛采用的机器学习的定义是"利用经验改善计算机系统自身的性能"。实际上，"经验"在计算机系统中主要以数据的形式存在，机器学习需要利用相应的算法对数据进行分析，通过数据分析建立模型来改善系统的性能。

　　数据挖掘是机器学习和人工智能的基础，也是一门交叉学科，涉及机器学习、统计学、神经网络、数据库、模式识别、粗糙集、模糊数学等相关技术。通过算法搜索，挖掘从不同来源的数据之间潜在的模式和内在关系。数据源必须是真实的、大量的、含噪声的，可以为数据库、数据仓库、Web、其他信息存储库或动态地流入系统的数据。数据挖掘不是用来证明假说，而是一种用来构建各种各样假说的方法。

　　数据挖掘受数据库、机器学习、统计学学科领域的影响最大。如图 1.3 所示，数据挖掘可看作机器学习和数据库的交叉，利用机器学习技术分析海量数据和利用数据库技术管理海量数据。机器学习为数据挖掘提供了理论方法，而数据挖掘技术是机器学习技术的一个实际应用，在统计学界往往专注于理论的优美而忽略了实际的效用，因此，统计学提供的很多技术变成有效的机器学习算法后才可应用于数据挖掘领域。从这个意义上讲，统计学主要通过机器学习对数据挖掘产生影响，而机器学习和数据库则是数据挖掘的两大支撑技术。

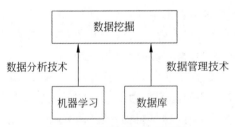

图 1.3　数据挖掘与机器学习

　　从数据分析的角度看，绝大多数的数据挖掘技术都来自机器学习领域，但不能认为数据挖掘就是机器学习的简单应用。数据挖掘和机器学习的一个重要区别在于，传统的机器学习研究以处理中小规模数据设计为主，并不把海量数据作为处理对象，若直接把该技术用于海量数据，则会产生较差的效果，甚至可能无法使用。因此，数据挖掘算法必须针对不同海量数据的分析需要进行相应的改造。例如，决策树是一种很好的机器学习技术，不仅有很强的泛化能力，而且结果的可理解性好，可满足数据挖掘任务的需求。但传统的决策树算法需要把所有的数据都读到内存中，在面对海量数据时这显然是无法实现的。为了使决策树能够处理海量数据,数据挖掘技术通过引入高效的数据结构和数据调度策略等改造决策树学习过程,而这其实正是在利用数据库领域所擅长的数据管理技术。实际上,在传统机器学习算法的研究中,在很多问题上如果能找到多项式时间的算法已经是较佳方案,但在面对海量数据时,$O(n^3)$ 的算法是难以接受的,这给算法的设计带来了巨大的挑战。

1.2　为什么要进行机器学习

机器学习作为人工智能的核心,是智能化计算机的根本途径。伴随着大数据时代的到来,人们生活的方方面面因机器学习技术的成熟而变得更加便捷,它的应用已遍及人工智能的各个分支,如专家系统、自动推理、自然语言理解、模式识别、计算机视觉、智能机器人等领域。除此之外,机器学习也为数据挖掘提供了数据分析技术,解决大数据存在的复杂性、高维性和多变性等难题。因此,如何从真实、凌乱、无模式和复杂的大量数据中挖掘出人类感兴趣的知识,更加需要机器学习理论的指导。

面对计算机视觉、机器翻译及语音识别等复杂任务,非机器学习算法在处理时显得十分艰难。机器学习算法应运而生是为了解决非机器学习算法无法解决的问题,且具有非机器学习算法所不具备的优势。非机器学习算法是按照确定的指令一步一步明确地执行,而机器学习算法更灵活、通用和自治。与人类似,机器学习算法能够从环境中学习,并相应地调整其行为(模型)解决特定的问题,无须在执行过程中显式地编码模型。深度学习作为机器学习领域的一个热点研究方向,它使机器模仿人类的视听和思考等活动,解决了很多复杂的模式识别的难题。因此,人工智能可以通过使用机器学习中特定的算法和编程方法实现同样的功能,代码量却大大减少。相对于传统的算法,机器学习具有以下 5 种特性。

(1)自动化:机器学习方法可以自动生成算法。

(2)精确性:由于自动化的特性,机器学习方法可以基于更多的数据,运行更长的时间,从而生成更精确的决策。

(3)快速化:机器学习方法的时间成本较低。相比人工处理,机器学习方法可以更加快速地分析样本数据并生成算法。

(4)自定义:许多数据驱动的问题可用机器学习进行解决。通过自己的数据构建机器学习模型,并使用评价标准进行优化。

(5)规模化:随着业务的不断发展,机器学习可以有效处理数据的爆炸式增长问题,为人工难以解决的问题提供解决方案。

1.3　机器学习的发展历程

无论是人工智能中著名的"跳棋对决",还是"人机大战",推动人工智能发展的核心动力未曾改变,即计算科学的璀璨明珠——机器学习。机器学习是人工智能研究发展到一定阶段的必然产物,它经历了如图 1.4 所示的发展阶段,具体每个阶段的代表性成果如表 1.1 所示。

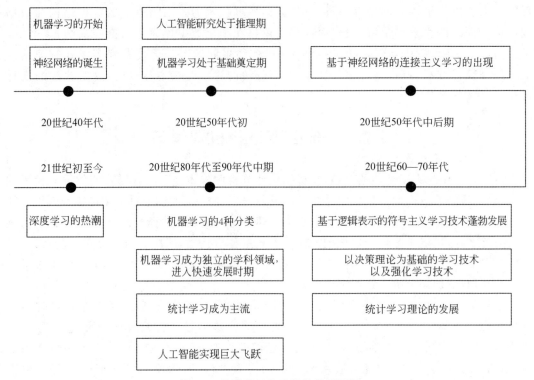

图 1.4　机器学习各阶段的发展历程

表 1.1　机器学习的各阶段代表性成果

时　间　段	机器学习理论	代表性成果
20 世纪 40 年代	神经网络的诞生	逻辑学家 Walter Pitts 和神经生理学家 Warren McCulloch 提出第一个人工神经元模型，开启了神经网络的大门
	机器学习的开始	Hebb 提出的基于神经心理学的学习机制开启了机器学习的第一步
20 世纪 50 年代初	机器学习处于基础奠定期	阿兰·图灵创造了图灵测试来判定计算机是否智能
		IBM 科学家亚瑟·塞缪尔开发了一个跳棋程序，并定义了机器学习
	人工智能研究处于推理期	A. Newell 和 H. Simon 的"逻辑理论家"(Logic Theorist)程序证明了数学原理，以及此后的"通用问题求解"(General Problem Solving)程序
		John McCarthy 等在《2 个月，10 个人的人工智能研究》的提案中第一次提出"人工智能"的概念
20 世纪 50 年代中后期	基于神经网络的连接主义学习的出现	Rosenblatt 提出了最简单的前向人工神经网络——感知器
20 世纪 60—70 年代	基于逻辑表示的符号主义学习技术蓬勃发展	P. Winston 的结构学习系统，R. S. Michalski 的基于逻辑的归纳学习系统和 E. B. Hunt 的概念学习系统
	以决策理论为基础的学习技术以及强化学习技术	N. J. Nilsson 的"学习机器"
	统计学习理论的发展	支持向量、VC 维、结构风险最小化原则

续表

时　间　段	机器学习理论	代表性成果
20 世纪 80 年代至 90 年代中期	机器学习的 4 种分类	机械学习：死记硬背式学习
		示教学习：从指令中学习
		类比学习：通过观察和发现学习
		归纳学习：从样例中学习
	机器学习成为独立的学科领域，进入猛烈发展时期	连接主义学习存在试错性
		德国联邦国防军大学使安装摄像头和智能传感器的面包车成功行驶
		Dean Pomerleau 建造了一辆自动驾驶的庞蒂克运输小货车
	统计学习成为主流	支持向量机方法在文本分类中的应用有明显的优越性
		核技巧逐渐成为机器学习基本内容之一
	人工智能实现巨大飞跃	IBM 的"深蓝"超级计算机战胜国际象棋冠军 Garry Kasparov
21 世纪初至今	深度学习的热潮	沃森人工智能在智力竞赛节目 Jeopardy 中击败了对手布拉德·拉特和肯·詹宁斯
		Jeff Dean 和吴恩达训练了一个庞大神经网络识别猫科动物的图像
		AlphaGo 击败了国际围棋世界冠军李世石和国际围棋大师柯洁

20 世纪 40 年代，神经网络诞生。1943 年，逻辑学家 Walter Pitts 和神经生理学家 Warren McCulloch 联合发表文章《神经活动内在想法的逻辑演算》，首次将神经元概念引入计算领域，提出第一个人工神经元模型，开启了神经网络的大门。1949 年，Hebb 提出基于神经心理学的学习机制，被称为 Hebb 学习规则，它的出现开启了机器学习的第一步。Hebb 学习规则是一个无监督学习规则，这种学习的结果是使网络能够提取训练集的统计特性，从而把输入信息按照它们的相似性程度划分为若干类，这一点与人类观察和认识世界的过程非常吻合，人类观察和认识世界在相当程度上就是根据事物的统计特征进行分类。

20 世纪 50 年代初，机器学习处于基础奠定的热烈时期，这个时期人们认为"智能"就是"逻辑推理"，想赋予计算机"智能"，即计算机逻辑推理能力。1950 年，阿兰·图灵创造了图灵测试来判定计算机是否智能。图灵测试认为，如果一台机器能够通过电传设备与人类展开对话，而不能被辨别出其机器身份，就称这台机器是智能的。这一简化使"思考的机器"的说法增加了信服力。

1952 年，IBM 科学家 Arthur Samuel 开发了一个具有自学能力的跳棋程序，在长时间的自我学习下，跳棋程序的水平已经超过 Samuel。在 Samuel 之前，人们普遍认为计算机是一种需人工指令才可执行对应任务的机器，但是 Samuel 证明了机器人可以通过自我学习超过人类，并正式将机器学习定义为"可以提供计算机能力而无须显式编程的研究领域"。1955 年，Newell 和 Simon 在 J. C. Shaw 的协助下开发了"逻辑理论家"程序和"通用问题求解"程序等。这个程序利用新颖和巧妙的方法证明了《数学原理》中前 38 个定理，John Searle 称之为"强人工智能"，即机器可以像人一样具有思想。同年，"人工智能之父"John McCarthy 等提交了一份《2 个月，10 个人的人工智能研究》的提案，该提案中第一次提出

"人工智能"的概念。

20 世纪 50 年代中后期，开始出现基于神经网络的连接主义（Connectionism）学习。1957 年，美国神经学家 Rosenblatt 提出了前向人工神经网络——感知器，开启了有监督学习的先河。感知器的最大特点是能够通过迭代试错解决二元线性分类问题。在感知器被提出的同时，求解算法也相应诞生，包括感知器学习法、梯度下降法和最小二乘法等。

20 世纪六七十年代，基于逻辑表示的符号主义（Symbolism）学习技术蓬勃发展。其中，极具代表性的成果有 P. Winston 的结构学习系统、R. S. Michalski 等的基于逻辑的归纳学习系统和 E. B. Hunt 等的概念学习系统等。与此同时，以决策理论为基础的学习技术以及强化学习技术也得到了发展，例如 N. J. Nilsson 提出的学习机器。20 年后，统计学习理论也取得一些奠基成果，如支持向量、VC 维、结构风险最小化原则等。在 20 世纪 60 年代中期，麻省理工学院的一名研究人员发明了名为 ELIZA 的计算机心理治疗师，实现了与用户之间的"智能"对话。1969 年提出的反向传播（Back Propagation，BP）是机器学习历史上最重要的算法之一，该方法与最优化方法（如梯度下降法）结合使用，用来训练人工神经网络，通过对网络中所有权重计算损失函数的梯度，而该梯度会反馈给最优化方法，用来更新权值以最小化损失函数。

1983 年，E. A. Feigenbaum 等将机器学习的方法划分为机械学习、示教学习、类比学习和归纳学习 4 类。机械学习，也称为死记硬背式学习，仅是进行信息存储与检索；示教学习和类比学习相当于 R. S. Michalski 等提出的从指令中学习和通过观察和发现学习；归纳学习可以看作从样例中学习。20 世纪 80 年代，从样例中学习的主流技术主要分为两种：一是以决策树为代表的符号主义学习和基于逻辑学习的归纳逻辑程序设计（Inductive Logic Programming，ILP），它具有很强的知识表示能力，容易表达出复杂的数据关系，但也会导致在学习过程中面临的假设空间太大，产生极高的复杂度，难以对规模较大的问题进行有效学习；二是基于神经网络的连接主义学习，1983 年，J. J. Hopfield 利用神经网络求解"流动推销员问题"这个 NP 难题。1986 年，D. E. Rumelhart 等重新发明了 BP 算法，随后成为应用最为广泛的算法。同年，德国联邦国防军大学的研究人员在一辆奔驰面包车上安装了摄像头和智能传感器，在空无一人的街道上实现了成功行驶。随后，卡内基-梅隆大学的研究人员 Dean Pomerleau 建造了一辆自动驾驶的庞蒂克运输小货车，并沿海岸线从宾夕法尼亚州的匹兹堡到加州的圣地亚哥，共行驶了 2797 英里（1 英里≈1.61 千米），证明了无人驾驶在未来具有一定的可实现性。而连接主义学习也存在一定的局限性，即试错性。该方法在学习过程中涉及的大量参数设置主要靠手工调试，缺乏理论指导，而参数的毫厘之差就可能造就大有径庭的学习结果。

20 世纪 90 年代中期，因连接主义学习技术的局限性，以统计学习理论为支撑的统计学习迅速火热起来成为主流。其中，支持向量机（Support Vector Machine，SVM）方法在文本分类中的应用显现出明显的优越性。事实上，统计学习与连接主义学习关系密切，支持向量机被普遍接受后，核技巧也广泛应用到机器学习各个层面，逐渐成为机器学习基本内容之一。对于人工智能来说，1997 年是标志性的一年，IBM 的深蓝计算机在一场人机大战中战胜国际象棋冠军 Garry Kasparov。毫无疑问，深蓝处理信息拥有比人类更快的速度，但其存在的真正问题是，它是否能够更有策略地进行思考。而结果并没有证明人工智能有能力在面对有明确规则的问题上表现异常出色，但仍然是人工智能领域的巨大飞跃。20 世纪 80 年代至 90 年代中期，机器学习成为一个独立的学科领域，各种机器学习技术出现了前所未有的猛烈发展。

21 世纪初至今,连接主义卷土重来,掀起了深度学习热潮。深度学习在狭义上可理解为多层的神经网络,它虽缺乏严格的理论基础,但显著降低了机器学习应用者的门槛,推动了在工程实践中的发展。随后,连接主义再次掀起热浪,原因在于日益增长的数据量和强大的计算能力。沃森人工智能在著名的智力竞赛节目 Jeopardy 中击败了对手布拉德·拉特和肯·詹宁斯,成功赢取 100 万美元的大奖。这是人工智能的再次胜利,向世界证明了人工智能有比人脑更快的处理速度。2012 年 6 月,谷歌研究人员 Jeff Dean 和吴恩达从 YouTube 视频中提取了 1000 万个未标记的图像,训练了一个由 16 000 个计算机处理器组成的庞大神经网络。尽管未给出识别信息,但人工智能还是能够通过深度学习算法识别猫科动物的图像。2016 年 3 月,继 IBM 的深蓝计算机之后,谷歌 DeepMind 的 AlphaGo 在四场比赛中击败了国际围棋世界冠军李世石,而这场激烈的人机大战吸引了来自世界各地的 6000 万人观看。同样,2017 年的升级版 AlphaGo 再次击败了国际围棋大师柯洁,引发了全世界的关注。

1.4 机器学习算法

机器学习算法多种多样,包括分类、回归、聚类、降维、关联规则分析、人工神经网络和深度学习等。其中,常用的算法具体有线性回归、逻辑回归、朴素贝叶斯、随机森林、支持向量机和神经网络等。在机器学习算法中,没有最好的算法,只有更适合解决当前任务的算法,并且按照学习方式可分为监督学习、无监督学习、半监督学习和强化学习等。

1.4.1 监督学习

监督学习是指利用一组已知类别的样本调整学习机(分类器)的参数,使其达到所要求的性能,也称为监督训练或有导师学习,如图 1.5 所示。监督学习可分为两类:分类和回归。

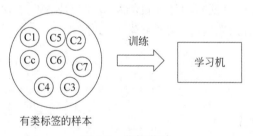

图 1.5 监督学习

分类方法是一种对离散型随机变量建模或预测的监督学习方法。它是基于已有的数据样本历史标记并且训练算法以识别某类的对象。分类的目的是从给定的人工标注的训练样本数据集中学习出具有分类功能的函数或模型,也常常称为分类器。当输入新数据样本时,分类器可以进行预测,将新数据样本映射到给定类别中的某一类中。

对于分类,输入的训练数据样本的信息包含特征(属性)和标签(类别)。而所谓的学习,其本质就是找到特征与标签间的关系。所以学习预测模型就是求取一个输入变量 x 到离散的输出变量 y 之间的映射函数 $f(x)$。当有特征而无标签的未知数据样本输入时,可以通过映射函数 $f(x)$ 预测未知数据样本的标签。

　　回归方法是对一组连续型随机变量建立定量关系式，即建立数学模型以估计未知参数。回归的目的是在接收的连续数据中，寻找最合适数据的回归方程，并能够对特定值进行预测。求回归方程就是求方程的回归系数，求回归系数的过程就是回归。回归算法主要分为线性回归和逻辑回归两种。

　　线性回归是利用线性回归方程的最小平方函数对一个或多个自变量和因变量之间的关系进行建模，是一个或多个称为回归系数的模型参数的线性组合。若只包含一个自变量，则称为简单回归，多于一个自变量则称为多元回归。线性回归适用于数值型和标称型数据，优点是结果易于理解且计算简单，缺点是在非线性数据上拟合表现不佳。

　　逻辑回归类似于线性回归，适用于因变量不是数值的情况，例如一个"是"或"否"的响应。逻辑回归虽然被称为回归，但却是基于回归的分类，它基于 Sigmoid 函数进行分类。逻辑回归同样也适用于数值型和标称型数据，其优点是实现简单、计算量非常小、速度很快，以及存储资源少，缺点是容易欠拟合、一般准确度不高、只能处理两分类问题且必须为线性可分。

　　分类和回归的区别在于输出变量的类型，分类输出的为离散变量预测，目的为寻找决策边界，常见分类的实际应用包括垃圾邮件检测、客户流失预测、情感分析和犬种检测等。回归输出的为连续变量预测，目的为找到最优拟合。常见回归的实际应用包括房价预测、股价预测和身高-体重预测等。但分类模型和回归模型的本质一样，分类模型是将回归模型的输出离散化。

　　监督学习是机器学习中的一种学习方式，它通过学习大量带有标签的样本数据，训练出一个模型，使该模型可以根据输入得到相应的输出。最常用的有监督机器学习的算法有线性回归、逻辑回归、随机森林、梯度下降决策树、SVM、神经网络、决策树、朴素贝叶斯和邻近邻居等。

1.4.2　无监督学习

　　现实生活中常常会产生这样的问题：因缺乏足够的先验知识而难以人工标注类别或人工类别标注的成本太高，于是便希望计算机能代替人完成这些工作。根据类别未知的训练样本解决模式识别的各种问题，称为无监督学习，如图 1.6 所示。

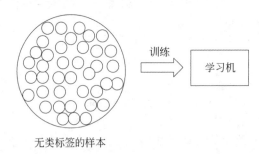

无类标签的样本

图 1.6　无监督学习

　　无监督学习输入的数据没有被标记，也没有确定的结果。样本数据类别未知，需要根据样本间的相似性对样本集进行分类或聚类，使类内的距离最小化，类间的距离最大化。通俗地讲，就是实际应用中，在无法预先知道样本标签的情况下，即没有训练样本对应的类别，分类器只能从原先没有样本标签的样本集开始学习。无监督学习通常解决的问题有聚类、降维和关联规则的学习。

聚类常见的算法有划分聚类算法和层次聚类算法。划分聚类算法通过优化评价函数把数据集分割为 k 部分, k 为手动输入的参数。典型的划分聚类算法有 K-means 算法、K-medoids 算法和 CLARANS 算法。层次聚类算法由不同层次的分割聚类组成,层次之间的分割具有嵌套的关系,它不需要输入参数但必须具体指定终止条件。典型的分层聚类算法有 BIRCH 算法和 CURE 算法等。

主成分分析(Principal Component Analysis,PCA)是最常用的降维方法,通常用于高维数据集的探索与可视化、数据压缩和预处理等。PCA 利用数据的方差化信息,选取少量方差大的特征代替整体的特征。在多元统计分析中,PCA 经常用于保持数据集中的贡献最大的特征,达到减少数据的目的。PCA 可以消除特征之间的相关影响、减少指标选择的工作量,并进行降维处理降低数据维度,而且完全无参数限制。

关联规则是数据挖掘中最常用的无监督学习方法之一,注重寻找特征之间的影响关系,而非有目的性的预测。关联规则可以用来发现事情之间的联系,例如可用于发现超市销售中不同商品的关联关系,帮助超市了解客户的购买模式和习惯,以便于制订更好的销售计划。常用的算法有 Aprior 算法和 FP-Growth 算法。

监督学习是在知道标签的状况下需要对数据进行预测分类,无监督学习在不直接控制模型的状况下得到未知并且尚未定义的结果。监督学习使用标记数据,而无监督学习则使用未标记数据。

1.4.3 半监督学习

半监督学习(Semi-Supervised Learning,SSL)是监督学习与无监督学习结合的一种方法。监督学习只利用标记的样本集进行学习,无监督学习只利用未标记的样本集。而在很多实际问题中,因为对数据进行标记的代价有时过高,所以只有少量的数据带有标记。大量的未标记的数据却很容易得到,这便促使同时利用标记样本和未标记样本的半监督学习技术迅速发展起来。

如图 1.7 所示,半监督学习有两个样本集:一个为有类标签的样本集,记为 Lable $= \{(x_i,y_i)\}$;另一个为无类标签的样本集,记为 Unlabled $= \{\{x_i\}\}$,并且在数量上有类标签的样本集远远小于未类标签的样本集。单独使用有类标签样本能够生成有监督分类算法,单独使用无类标签的样本能够生成无监督聚类算法。一般来讲,半监督学习侧重在有监督的分类算法中加入无类标签样本实现半监督分类。此外,半监督学习还可以进一步划分为纯半监督学习和直推学习,两者的区别在于:前者假定训练数据集中的无类标签数据并非待预测数据,而后者假定学习过程中无类标签数据就是待预测数据。

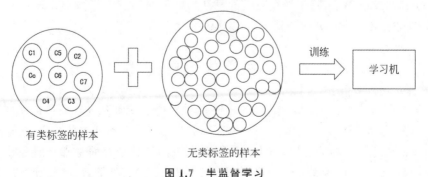

图 1.7 半监督学习

常用的半监督学习算法有 Self-Training（自训练算法）、Generative Models 生成模型、SVMs 半监督支持向量机和 Multi-view Learning 多视角等。

1.4.4　强化学习

强化学习（Reinforcement Learning，RL）又称再厉学习、评价学习或增强学习，是机器学习的一个分支，用于描述和解决智能体（agent）在与环境的交互过程中，通过学习策略以达成回报最大化或实现特定目标的问题。强化学习在多个领域都有涉及，例如博弈论、控制论、运筹学、信息论、模拟优化方法、多主体系统学习、群体智能、统计学以及遗传算法等。

强化学习灵感来源于心理学中的行为主义理论，即智能体如何基于环境给予的刺激（奖励或惩罚）而行动，逐渐形成对刺激的预期，产生能获得最大利益的习惯性行为。

强化学习采用的是边获样例边学习的方式，在获得样例之后更新自己的模型，利用已知的模型指导下一步的行动，在下一步的行动获得奖励之后再更新模型，不断迭代重复，直到模型收敛。在这个过程中，涉及强化学习中的两个非常重要的概念：探索（exploration）和开发（exploitation），exploration 是指选择之前未执行过的行为（actions），从而探索更多的可能性。exploitation 是指选择已执行过的 actions，从而对已知的 actions 的模型进行完善。

强化学习中的重要概念：规则（policy）、奖励（reward）、值函数（value function）和模型（model）。policy 定义了 agent 在特定时间特定环境下的行为方式，可以视为从环境状态到行为的映射。reward 是一个标量值，具体为在每个时间点中环境根据 agent 的行为返回给 agent 的信号，reward 定义了在该情景下执行该行为的好坏，agent 可以根据 reward 调整自己的 policy。reward 定义的是立即的收益，而 value function 定义的是长期的收益，它可以看作累计的 reward。model 是预测环境下一步会做出什么样的改变，从而预测 agent 接收的状态或者 reward，如图 1.8 所示。

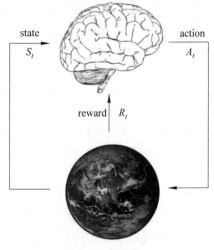

图 1.8　强化学习

强化学习和其他 3 种学习方式的主要不同点在于：强化学习训练时，需要环境给予反馈，以及对应具体的反馈值。作为一个序列决策问题，主要是指导训练对象每一步如何决策，采用什么样的行动可以完成特定的目的或者使收益最大化。常见的强化学习算法有：表格型算法 Sarsa 和 Q-Learning 算法、基于神经网络的算法 DQN、策略梯度算法 Policy-Gradient 和在连续动作空间上求解的 DDPG 算法。

1.5　机器学习的应用

随着大数据时代的到来，大数据已在行业中广泛应用，比如从大规模数据库到商业智能的应用，从搜索引擎到推荐系统等。大数据逐渐成为学术界和产业界的热点，机器学习具备了一定解决实际生活问题的能力，作为一种可以和不同领域结合的基础与服务技术。机器学习的应用领域主要有：数据分析、预测分析、个性化服务、自然语言处理、计算机视觉和语音识别等。

数据分析主要分为 3 个阶段：收集数据、提取有价值的信息和可视化。聚类算法用于数据探索，分类算法用于数据分组，降维算法用于可视化数据。因此，数据分析实际上可用于业务运营的各个方面，如产品分析、客户建模和受众细分等。

预测分析是基于已收集的数据预测未来的结果，包括两个阶段：训练阶段和预测阶段。训练阶段是从训练数据中学习一个模型，预测阶段是使用模型预测未来的结果。预测分析广泛应用在股票预测、房价预测、推荐引擎和欺诈防御等方面。

个性化服务是利用用户历史记录建立用户兴趣模型和帮助用户过滤无关信息来提供最能满足用户个性化需求信息的服务。在互联网爆炸式增长的今天，个性化推荐系统受到业界的关注，广泛应用在客户推荐引擎中，如电影推荐、私人音乐推荐和商品推荐等。个性化是指增加用户对服务的参与度，使整个用户体验更加高效和充实。

自然语言处理是一门结合文本处理和机器学习技术，能够实现人与计算机有效通信的科学。自然语言处理的目的在于建立各种自然语言处理系统，包括机器翻译系统、自然语言理解系统、自然检索系统和文字自动识别系统等。自然语言处理在语义理解层面使用了语义理解和机器学习等技术，因此机器学习促进了营销内容文案抄袭检测、文本生成、文本翻译、智能问答系统、情感分析和聊天机器人等应用的发展。

计算机视觉是机器学习最激动人心的应用领域之一。计算机视觉解决的主要问题为：对于一个给定的图像，计算机视觉系统识别当前的图像及其特征，其特征是提供尽可能完整的图像描述，包括形状、纹理、颜色、大小、空间布置等。在计算机视觉中，任务的目标是描述和解释图像，例如降噪、去雾、对比度或旋转操作。计算机视觉还可以解决复杂问题，例如电子产品中面部识别的功能，准确地分析图像或者是识别生物的方法。

语音识别是语音处理和机器学习的结合。语音识别技术有非常广泛的应用领域和市场前景，比如智能对话查询系统、声控智能玩具、智能家电等领域。在智能对话查询系统中，人们通过语音命令可以直接从远端的数据库系统中查询与提取有关信息，享受自然和友好的数据库检索服务，例如信息网络查询、医疗服务和银行服务等。

1.6　机器学习开发工具与框架

1.6.1　机器学习常用开发工具

精通机器学习工具有利于处理数据、训练模型、发现新方法，以及创建自己的算法。大量的机器学习工具、平台和软件不断涌现，开源机器学习工具分为以下 5 类：面向非程序员的机器学习工具，用于模型部署的机器学习工具，用于大数据的机器学习工具，用于计算机视觉，NLP 和音频的机器学习工具，用于强化学习的机器学习工具。

1. 面向非程序员的机器学习工具

（1）**KNIME**：KNIME（https://www.knime.com）是一个基于 GUI 的建立工作流的强大分析平台。KNIME 将整个流程的所有功能整合到一个单独的工作流中，可以执行基本的从输入输出到数据操作、转换和数据挖掘等功能，可以实现从特征工程到特征选择的所有功能，可以将机器学习预测模型添加到工作流中。它无须编写代码就可以可视化方式实现整个模型工作流。

（2）**Orange**：Orange（https://github.com/biolab/orange3）是一个开源的数据挖掘和机器学习软件。Orange 基于 Python 和 C/C++ 开发，提供了一系列的数据探索、可视化、预处理以及建模组件。

（3）**Ludwig**：Uber Ludwig（https://github.com/uber/ludwig）来自优步 AI 实验室，是一种面向低代码的机器学习开源框架，无须编写代码。

2. 用于模型部署的机器学习工具

（1）**MLfLow**：**MLfLow（https://www.mlflow.org/）**是一种开源代码的机器学习生命周期管理工具。在 Alpha 版本中，MLfLow 提供了 3 个主要组件：①跟踪模块，用于记录实验数据的 API 和 UI，其中的数据包括参数、代码版本、评价指标和使用过的输出文件；②项目模块，用于可重现性运行的一种代码封装格式，通过将代码封装在 MLfLow 项目中，可以指定其中的依赖关系，并允许任何其他用户再次运行它，可对结果进行重现；③模型模块，一种简单的模型封装格式，允许将模型部署到许多工具。

（2）**CoreML**：Apple 提供的 CoreML 是许多领域特定框架和功能的基础，为 Vision 提供了图像处理的支持，为 Foundation 提供了自然语言处理的支持，为 GameplayKit 提供了对学习决策树进行分析的支持。CoreML 本身是基于底层基本类型建立的，包括 Accelerate、BNNS 以及 Metal Performance Shaders 等。CoreML 还针对设备的性能进行了优化，最大限度地减少了内存占用和功耗。

（3）**TensorFlow Lite**：TensorFlow Lite 是一个用于设备端推断的开源深度学习框架。它是 TensorFlow（https://tensorflow.google.cn/install）的一个轻量级解决方案，旨在解决谷歌著名的机器学习框架 TensorFlow 在移动端的应用。它能够为设备端的机器学习推断带来较低的延迟和较小的二值化尺寸。

（4）**TensorFlow.js**：TensorFlow.js 是一个使用 JavaScript 进行机器学习开发的库，并直接在浏览器或 Node.js 中使用机器学习模型。在实现方面，TensorFlow 团队使用 WebGL 库对运算过程进行了优化。在 API 设计方面，该框架更多地考量到开发人员的易用性，在较为底层的 API 方面使用了 TensorFlow 的许多概念，而在高级抽象 API 方面更多的是 Keras。

3. 用于大数据的机器学习工具

（1）**Hadoop**：Hadoop（http://hadoop.apache.org/）是一个由 Apache 基金会所开发的分布式系统架构。用户可以在不了解分布式底层细节的情况下开发分布式程序。该架构充分发挥了集群的作用，能够进行高速运算和存储。Hadoop 架构的核心是 HDFS 和 MapReduce。HDFS 为海量的数据提供了存储，而 MapReduce 为海量的数据提供了计算。

（2）**Spark**：Spark（https://spark.apache.org/downloads.html）是一个快速实现且通用的集群计算平台。在速度上，Spark 扩展了广泛使用的 MapReduce 计算模型，而且高效地支持多种计算模式，包括交互式查询和流处理。在通用性上，Spark 项目由多个紧密集成的组件构成，其核心是一个由多种计算任务组成的、运行在多个工作机器，或者是一个对集群上的应用进行调度、分发以及监控的计算引擎。Apache Spark 被认为是用于大数据应用程序的 Hadoop 自然继承者，它填补了 Apache Hadoop 在数据处理方面的空白，而且可以处理批量数据和实时数据。

4. 用于计算机视觉、NLP 和音频的机器学习工具

（1）**SimpleCV**：SimpleCV（http://simplecv.org/download/）类似 OpenCV，它允许访

问几个高性能的计算机视觉库,并无须预先了解位深度、文件格式、颜色空间、缓冲区管理、特征值或矩阵与位图存储等信息。学习者可以减少在基础知识上的投入时间,使用其制作计算机视觉项目。

(2) **Tesseract OCR**:Tesseract(https://sourceforge.net/projects/tesseract-ocr/)是一款功能强大的光学字符识别软件,可以识别超过 100 种语言,也可以通过训练识别其他语言。

(3) **Detectron**: Detectron(https://github.com/facebookresearch/detectron2)是 Facebook AI Research 研发的软件系统,它实现了较先进的目标检测算法,例如 Mask R-CNN。它用 Python 编写且支持 Caffe2 深度学习框架。

(4) **StanfordNLP**:StanfordNLP(https://stanfordnlp.github.io/CoreNLP/)是一个 Python 自然语言分析包。这个库的优点之处在于可支持 70 多种人类语言,同时包含可以在管道中使用的工具。该工具能够将包含人类语言文本的字符串转换为句子和单词,对应生成这些单词的基本形式、语音和词形特征,进而给出句法结构的依赖解析。

(5) **Google Magenta**:Google Magenta(https://magenta.tensorflow.org/)是由谷歌组织的一个项目组,专门研发基于机器学习的人工智能艺术工具,包括自动作曲、音频生成、图画生成等方面。这个库提供了操作源数据(主要是音乐和图像)的实用功能,通过使用这些源数据训练机器学习模型,从而生成新的内容。

(6) **LibROSA**:LibROSA(https://pypi.org/project/librosa/0.2.0/)是一个用于音乐和音频分析的 Python 包。它提供了创建音乐信息检索系统所需的构建块,已在音频信号预处理中得到广泛应用。

5. 用于强化学习的机器学习工具

(1) **OpenAI Gym**:OpenAI Gym(https://gym.openai.com/)作为一个开源的强化学习 Python 库,通过提供一个用于在学习算法和环境之间通信的标准 API 以及一组符合该 API 的标准环境,提供了广泛的强化学习模拟环境来开发和比较强化学习(DL)算法。Gym 采用了通用编程的设计思路,内部已写好多种智能体,只专注于算法即可。同时,Gym 中有很多示例,例如车摆、机械臂、各种小游戏等。例如,要用强化学习控制一个机械臂,可以不用了解机械臂具体的数学模型,只调用封装好的机械臂模型即可。

(2) **Unity ML 代理**:Unity(https://gitee.com/mirrors/Unity-ML-Agents)是机器学习代理工具包(ML-Agents)的一个开放源码 Unity 插件,可以将游戏和模拟作为培训智能代理的环境。通过一个简单易用的 Python API,即可使用强化学习、模仿学习、神经进化或其他机器学习方法训练 Agent。

(3) **Malmo 项目**:Malmo(https://github.com/Microsoft/malmo/releases)平台是由 Microsoft 开发的一个基于 Minecraft 构建的复杂 AI 实验平台,旨在支持人工智能的基础研究。

从上述所述的工具明显可以看出,开源项目能够促进数据科学和人工智能相关项目的蓬勃发展。这些工具仅是机器学习工具的冰山一角,还有大量各个领域的工具为我们的实验提供便利。

1.6.2　机器学习常用框架

机器学习整个过程包括数据处理、模型选择、模型训练、模型评估和模型预测。一个好的机器学习框架需要能够提取和预处理大规模的数据，还能快速计算大规模交互式评估，以及简单易懂的结果解释和部署。下面介绍几种主流机器学习框架。

（1）**TensorFlow**：TensorFlow（https://tensorflow.google.cn/）是著名的机器学习开源框架之一。它是谷歌的第二代人工智能学习系统，支持多种编程语言并为其提供 API，例如 Python、JavaScript、C++ 和 Java。TensorFlow 可以构建移动应用，同时，它还具有许多其他功能。例如，它提供的 TensorFlow Extended 是可扩展的高性能管道，可以在任何地方部署生产。其提供的函数库 TFDV 可以大规模验证数据。TensorFlow Model Analysis 能够对模型进行分析学习。TensorFlow 由 Python 编写，所以与 Windows、macOS 和 Linux 发行版极其兼容。

（2）**PyTorch**：PyTorch（https://pytorch.org/）是采用 Python 作为主要开发语言，由 Facebook 基于原有的 Torch 框架推出的深度学习框架。PyTorch 借鉴了 Chainer 的设计风格，采用命令式编程，使得搭建网络和调试网络非常方便。该框架本身的源代码相对清晰且可读性强，比 TensorFlow 更加易懂。尽管 PyTorch 在 2017 年才发布，但是由于其精良紧凑的接口设计，其在学术界获得了广泛好评。在 PyTorch 1.0 版本后，原来的 PyTorch 与 Caffe2 进行了合并，弥补了 PyTorch 在工业部署方面的不足。

（3）**Keras**：为了简化深度学习模型的创建，2015 年出现了一款开源的软件库 Keras（https://keras.io/）。该软件框架使用 Python 编写，在 TensorFlow、Theano 和 Microsoft Cognitive Toolkit 等其他 AI 技术上能够进行部署。Keras 以模块化和易扩展性两个特性吸引大量用户来探寻更好的移动应用开发解决方案。该框架满足了作为人工智能测试工具的机器学习库的需求，兼顾了重复层，并支持卷积和两者的结合，因此可实现快速原型制作并支持循环和卷积神经网络。

（4）**Caffe2**：深度学习框架 Caffe 最初是源于 2013 年的机器视觉项目，秉承的理念是"表达、速度和模块化"。此后，Caffe 扩展到其他的应用，如语音和多媒体等。Caffe 完全使用 C++ 实现且根据需要可以在 CPU 和 GPU 进行切换，采用 CUDA 加速，具有极佳的运行速度。Caffe2（https://caffe2.ai/docs/api-intro）是一个新的由 Facebook 支持的 Caffe 迭代版本，其目标是简化分布式训练和移动部署，为诸如 FPGA 等新类型硬件提供支持。

（5）**DatumBox**：DatumBox（https://github.com/datumbox）机器学习框架是一个用 Java 编写的开源框架，它可以快速开发机器学习和统计应用程序。该框架的重点是使用大量的机器学习算法和统计方法处理大型数据集。

1.7　机器学习数据集

机器学习本质上是一门如何让数据发挥作用，需要分析大量的数据来增加实践经验的学科。合格的机器学习算法工程师需要用大量的数据来练习。下面介绍几个著名的公开数据集供读者练习使用。

Kaggle 数据集（http://www.kaggle.com/datasets）：Kaggle 是一个流行的数据科学竞赛平台，该平台包含大量形状、大小、格式各异的真实数据集。其中，每个数据集都有对应的一个小型社区，可以讨论数据、查找公共代码或创建自己的项目。许多不同的数据科学家还提供了分析数据集的笔记，从笔记中能找到解决具体预测问题的相应算法。

亚马逊数据集（https://registry.opendata.aws）：该数据源包含多个不同领域的数据

集,如公共交通、生态资源、卫星图像等,并可以根据搜索框找到所需要寻找的数据集,还有数据集的描述和使用示例,非常简单和实用。

UCI 机器学习库(https://archive.ics.uci.edu/ml/datasets.html):它是加州大学信息与计算机科学学院的一个数据库,包含了 100 多个数据集。根据机器学习问题的类型对数据集进行分类,可以从中找到单变量、多变量、分类、回归或者推荐系统的数据集。

谷歌数据集搜索引擎(https://toolbox.google.com/datasetsearch):2018 年末,谷歌推出可按名称搜索数据集的工具箱,将成千上万个不同的数据集统一存储在特定的库中,使这些数据能够用于科学研究。

微软数据集(https://msropendata.com):2018 年 7 月,微软与外部研究社区共同宣布推出"微软研究开放数据"。它是存在于公共云中的一个数据存储库,提供了一组可在研究中使用和经过整理的数据集,用于促进全球研究社区之间的协作。

Awesome 公共数据集(https://github.com/awesomedata/awesome-public-datasets):该数据集是一个由社区公开维护,按照主题分类的数据集,如生物学、经济学、教育学等。其中大多数都是免费的,但在使用任何数据集之前应检查相应的许可要求。

计算机视觉数据集(https://www.visualdata.io):在从事图像处理、计算机视觉或者深度学习的相关研究中,该数据集是实验获取数据的重要来源之一。该数据集包含一些可以用来构建计算机视觉(CV)模型的大型数据,通过特定的 CV 主题查找特定的数据集,如语义分割、图像标题、图像生成,甚至可以通过解决具体问题查找特定的数据集。

目前,用于研究机器学习的数据集变得更容易获取,因此,维护这些新数据集的社区也将不断发展,加快计算机科学社区创新的步伐,为生活带来更多创造性的解决方案。

习　　题

1.1　什么是机器学习?举一个生活中使用机器学习的例子,并分析其用到机器学习的哪方面技术。

1.2　机器学习的三要素是什么?它们之间存在什么关系?

1.3　简述机器学习和数据挖掘的区别与联系。

1.4　机器学习算法分为哪几类?分别有什么代表性算法?

1.5　简述机器学习能在互联网搜索的哪些环节起作用。

1.6　下载并安装一个机器学习开发工具,构建你的第一个机器学习模型。

第 1 部 分
监 督 学 习

## 第 2 章

线 性 模 型

机器学习的本质是从已知的经验数据对 $(\boldsymbol{x}_i, y_i)$ 中,学习一个最优的表示函数 $f(\boldsymbol{x})$,该函数可以最大限度地描述经验数据中输入输出的关系。例如,医生通过病人是否发烧、咳嗽、呼吸困难、浑身乏力、胸部 X 光片有无磨玻璃状表现诊断是否为新冠病毒。而机器学习根据医生提供的这些经验数据,学习一个决策函数 $f(\boldsymbol{x}^*)$,函数输入为患者的上述病症的临床表现,据此综合判定是否为新冠肺炎。在函数学习之前,如何描述映射函数的形式,是机器学习任务所要解决的第一个任务。线性函数作为最简单的函数形式,是机器学习中最基础的函数表示模型。本章分别对线性模型的两种应用场景——回归与分类任务进行介绍,并给出对应模型的学习方法。

2.1　基 本 形 式

假设具有 d 个属性的模式 $\boldsymbol{x} = [x_1, x_2, \cdots, x_d]^{\mathrm{T}}$,其中 x_i 为模式 $\boldsymbol{x}$ 的第 i 个属性。例如,以每个位置的像素值描述一幅图像,x_i 表示不同位置的像素值。用线性模型表示函数关系,可以定义为如下方式:

$$f(\boldsymbol{x}) = w_1 x_1 + w_2 x_2 + \cdots + w_d x_d + b \tag{2.1}$$

其中,$w_1, w_2, \cdots, w_d, b$ 为线性函数参数。通过选择不同的函数参数,可以实现不同函数关系的映射。式(2.1)可以简化为如下的向量形式:

$$f(\boldsymbol{x}) = \boldsymbol{w}^{\mathrm{T}} \boldsymbol{x} + b \tag{2.2}$$

其中,$\boldsymbol{w} = [w_1, w_2, \cdots, w_d]^{\mathrm{T}}$。

线性模型是机器学习中最简单的函数模型,但它是许多复杂函数的组成基础,例如神经网络模型,其本质就是线性函数非线性映射后的层级组合。线性模型具有很好的解释性,例如分别以身高 x_h、体重 x_w、肤色 x_c 3 种属性预测某人颜值,线性函数 $f(\boldsymbol{x}) = 0.4 x_h + 0.3 x_w + 0.3 x_c + 1$ 表示身高属性对于颜值的影响最大,身高越高,颜值越高。

线性函数模型简单,相对而言其函数表达能力也会受到一定限制。如图 2.1 所示,散点所示的函数关系,无法通过线性模型进行拟合。为了提高模型的表示能力,通常的做法是将线性模型输出经过一个非线性映射,具体如式(2.3)所示,以此提高模型的非线性表示能力,如图 2.2 所示。

$$f(\boldsymbol{x}) = g(\boldsymbol{w}^{\mathrm{T}} \boldsymbol{x} + b) \tag{2.3}$$

其中,$g(x)$ 为非线性映射函数,常用的形式有 Sigmoid 函数 $g(x) = \dfrac{1}{1 + \mathrm{e}^{-x}}$、tanh 函数 $g(x) = \dfrac{\mathrm{e}^x - \mathrm{e}^{-x}}{\mathrm{e}^x + \mathrm{e}^{-x}}$。

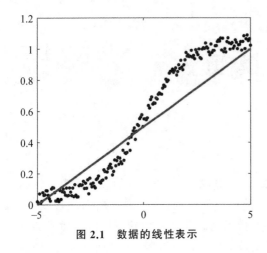

图 2.1　数据的线性表示

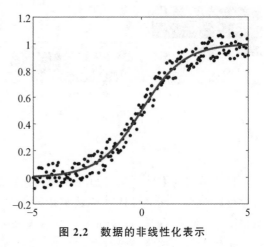

图 2.2　数据的非线性化表示

2.2　线 性 回 归

线性模型给定了学习函数的表达形式，确定函数的形式后，如何根据已知数据的特性，确定函数的具体参数是机器学习所需解决的核心问题。假设给定一组如图 2.3 所示的蓝色散点集合 $D=\{(\boldsymbol{x}_i,y_i),i=1,2,\cdots,N\}$，线性回归任务就是寻找如图 2.3 中所示的红色直线，使得当前直线尽可能准确地描述当前数据的输入输出关系。

扫码看彩图

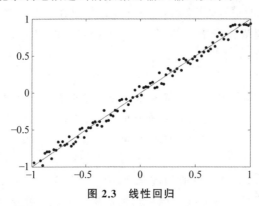

图 2.3　线性回归

假设图 2.3 中直线的表示形式为

$$f(\boldsymbol{x})=\boldsymbol{w}\boldsymbol{x}+b \tag{2.4}$$

确定函数形式后，下一个任务需要根据当前数据确定函数参数 w、b 的值。

最优的函数参数应使学习得到的函数尽可能地符合已知数据的映射关系，也就是说，使得函数预测值 $f(x_i)$ 与当前位置的真实值 y_i 尽可能相等。因此，可采用均方误差衡量预测函数与真实数据的差异性，均方误差最小时对应的参数为最优函数参数：

$$E=\frac{1}{N}\sum_{i=1}^{N}(f(x_i)-y_i)^2=\frac{1}{N}\sum_{i=1}^{N}(wx_i+b-y_i)^2 \tag{2.5}$$

均方误差 E 是关于参数 w、b 的二次函数，函数在导数为 0 处具有全局最小值。因此，w、b 的最优值为 $\dfrac{\partial E}{\partial w}=0$、$\dfrac{\partial E}{\partial b}=0$ 对应的值，即

$$\frac{\partial E}{\partial \boldsymbol{w}} = g_1(\boldsymbol{w}, b) = \frac{2}{N} \sum_{i=1}^{N} (wx_i + b - y_i) x_i = 0 \qquad (2.6)$$

$$\frac{\partial E}{\partial b} = g_2(\boldsymbol{w}, b) = \frac{2}{N} \sum_{i=1}^{N} (wx_i + b - y_i) = 0 \qquad (2.7)$$

联合方程 $g_1(\boldsymbol{w}, b) = 0$、$g_2(\boldsymbol{w}, b) = 0$, 可解得:

$$w = \frac{\sum_{i=1}^{N} y_i (x_i - \bar{x})}{\sum_{i=1}^{N} x_i^2 - \frac{1}{N} \left(\sum_{i=1}^{N} x_i \right)^2} \qquad (2.8)$$

$$b = \frac{1}{N} \sum_{i=1}^{N} (y_i - wx_i) \qquad (2.9)$$

其中, $\bar{x} = \frac{1}{N} \sum_{i=1}^{N} x_i$ 为 x 的均值。

上述线性函数的输入属性仅有一维, 而实际中描述一个模式通常需要较高的维度, 例如图像的描述需要用所有位置像素值。因此, 更一般的线性回归模型, 也被称为多元线性回归, 可表示为如下形式:

$$f(\boldsymbol{x}) = \boldsymbol{w}^{\mathrm{T}} \boldsymbol{x} + b \quad \text{使得 } f(\boldsymbol{x}_i) \cong y_i, \quad i = 1, 2, \cdots, N \qquad (2.10)$$

采用矩阵的形式简化表述上述问题:

$$f(\boldsymbol{X}) = \tilde{\boldsymbol{w}}^{\mathrm{T}} \boldsymbol{X} \cong \boldsymbol{y} \qquad (2.11)$$

其中 $\tilde{\boldsymbol{w}} = [\boldsymbol{w}; b] \in \mathbb{R}^{d+1}$, $\boldsymbol{X} = \begin{bmatrix} \boldsymbol{x}_1 & \boldsymbol{x}_2 & \cdots & \boldsymbol{x}_N \\ 1 & 1 & \cdots & 1 \end{bmatrix} \in \mathbb{R}^{(d+1) \times N}$, $\boldsymbol{y} = [y_1, y_2, \cdots, y_N] \in \mathbb{R}^N$。

上述模型的均方误差可表示为

$$E = \frac{1}{N} (\tilde{\boldsymbol{w}}^{\mathrm{T}} \boldsymbol{X} - \boldsymbol{y}) (\tilde{\boldsymbol{w}}^{\mathrm{T}} \boldsymbol{X} - \boldsymbol{y})^{\mathrm{T}} \qquad (2.12)$$

上述均方误差 E 同样是关于参数 $\tilde{\boldsymbol{w}}$ 的二次函数。令 $\frac{\partial E}{\partial \tilde{\boldsymbol{w}}} = 0$, 可得:

$$\boldsymbol{X} \boldsymbol{X}^{\mathrm{T}} \tilde{\boldsymbol{w}} = \boldsymbol{X} \boldsymbol{y}^{\mathrm{T}} \qquad (2.13)$$

当 $\boldsymbol{X} \boldsymbol{X}^{\mathrm{T}}$ 为满秩矩阵(full-rank matrix)或正定矩阵(positive define matrix)时, 可得

$$\tilde{\boldsymbol{w}} = (\boldsymbol{X} \boldsymbol{X}^{\mathrm{T}})^{-1} \boldsymbol{X} \boldsymbol{y}^{\mathrm{T}} \qquad (2.14)$$

其中, $(\boldsymbol{X} \boldsymbol{X}^{\mathrm{T}})^{-1}$ 为逆矩阵。

学习得到上述参数向量 $\tilde{\boldsymbol{w}}$ 后, 线性函数模型则可表示为

$$f(\boldsymbol{x}) = \tilde{\boldsymbol{w}}^{\mathrm{T}} \tilde{\boldsymbol{x}} = \boldsymbol{y} \boldsymbol{X}^{\mathrm{T}} (\boldsymbol{X} \boldsymbol{X}^{\mathrm{T}})^{-1} \tilde{\boldsymbol{x}} \qquad (2.15)$$

其中, $\tilde{\boldsymbol{x}} = [\boldsymbol{x}; 1]$。

多元线性回归算法流程如图 2.4 所示。

输入: 原始数据 $\{(\boldsymbol{x}_i, y_i), i = 1, 2, \cdots, N\}$, $\boldsymbol{x}_i \in \mathbb{R}^d$。

算法流程:

(1) 构造增广输入矩阵: $\boldsymbol{X} = \begin{bmatrix} \boldsymbol{x}_1 & \boldsymbol{x}_2 & \cdots & \boldsymbol{x}_N \\ 1 & 1 & \cdots & 1 \end{bmatrix} \in \mathbb{R}^{(d+1) \times N}$。

(2) 构造输出向量: $\boldsymbol{y} = [y_1, y_2, \cdots, y_N] \in \mathbb{R}^N$。

(3) 计算线性回归参数: $\tilde{\boldsymbol{w}} = (\boldsymbol{X} \boldsymbol{X}^{\mathrm{T}})^{-1} \boldsymbol{X} \boldsymbol{y}^{\mathrm{T}}$。

(4) 给定输入 $\boldsymbol{x}$, 调整为增广形式: $\tilde{\boldsymbol{x}} = [\boldsymbol{x}; 1]$。

(5) 利用回归模型预测输出: $f(\boldsymbol{x}) = \tilde{\boldsymbol{w}}^{\mathrm{T}} \tilde{\boldsymbol{x}} = \boldsymbol{y} \boldsymbol{X}^{\mathrm{T}} (\boldsymbol{X} \boldsymbol{X}^{\mathrm{T}})^{-1} \tilde{\boldsymbol{x}}$。

图 2.4　多元线性回归算法流程

【例 2.1】 气温预测任务：已知过往 5 天的气温数据为 $(1,1)$、$(2,2)$、$(3,3)$、$(4,4)$、$(5,5)$，其中第一值表示第几天，第二个值表示当天温度。采用线性回归模型预测第 6 天的温度。

【解析】

首先，通过线性模型表示气温与天数的关系：$y = wx + b = [w, b][x;1] = \widetilde{w}^{\mathrm{T}} \widetilde{x}$

(1) 根据线性回归算法构造增广输入矩阵 $X = \begin{bmatrix} 1 & 2 & 3 & 4 & 5 \\ 1 & 1 & 1 & 1 & 1 \end{bmatrix} \in \mathbb{R}^{2 \times 5}$。

(2) 构造输出向量 $y = [1, 2, 3, 4, 5] \in \mathbb{R}^{5}$。

(3) 计算线性回归参数：

$$\widetilde{w} = [w, b]^{\mathrm{T}} = (XX^{\mathrm{T}})^{-1} X y^{\mathrm{T}} = \begin{bmatrix} 55 & 15 \\ 15 & 5 \end{bmatrix}^{-1} \begin{bmatrix} 1 & 2 & 3 & 4 & 5 \\ 1 & 1 & 1 & 1 & 1 \end{bmatrix} \begin{bmatrix} 1 & 2 & 3 & 4 & 5 \end{bmatrix}^{\mathrm{T}} = \begin{bmatrix} 1 \\ 0 \end{bmatrix}$$

(4) 输入第 6 天，将输入调整为增广形式 $\widetilde{x}^{*} = \begin{bmatrix} 6 & 1 \end{bmatrix}^{\mathrm{T}}$。

(5) 利用线性模型预测输出：$f(x) = \widetilde{w}^{\mathrm{T}} \widetilde{x} = \begin{bmatrix} 1 \\ 0 \end{bmatrix}^{\mathrm{T}} \begin{bmatrix} 6 \\ 1 \end{bmatrix} = 6$。

利用多元线性回归算法拟合二维空间内散点所指向的平面方程 Python 示例代码如图 2.5 所示。

```python
import matplotlib.pyplot as plt
import numpy as np
from mpl_toolkits.mplot3d import Axes3D
fig = plt.figure(figsize=(12, 8))
ax = Axes3D(fig)
delta = 0.125
#生成代表 x 轴数据的列表
x_range = np.arange(-3.0, 3.0, delta)
#生成代表 y 轴数据的列表
y_range = np.arange(-2.0, 2.0, delta)
#对 x、y 数据执行网格化
x, y = np.meshgrid(x_range, y_range)
siz = x.shape
#构造增广输入矩阵
X =np.concatenate((x.reshape(1, -1), y.reshape(1, -1), np.ones((1, x.size))),
axis=0)
#随机生成三维空间内平面附近的数据
w_ac = np.random.randn(3, 1)
y_ac = np.matmul(w_ac.T, X) + 0.01 * np.random.randn(1, x.size)
#计算线性回归参数
XXT = np.matmul(X, X.T)
XXTinv = np.linalg.inv(XXT)
w_pre = np.matmul(np.matmul(XXTinv, X), y_ac.T)
#用学习的模型预测
y_pre = np.matmul(w_pre.T, X).reshape(siz)
#rstride(row)指定行的跨度, cstride(column)指定列的跨度,cmap 设置颜色映射
ax.plot_surface(x, y, y_pre, rstride=1, cstride=1,
cmap = plt.get_cmap('rainbow'))
#设置标题
plt.title("3D图")
plt.show()
```

图 2.5　多元线性回归 Python 实现代码

2.3　线 性 分 类

线性回归模型解决了输入与输出之间映射关系的学习方法,但线性回归模型并不适用于分类问题。分类问题的本质是对可能发生的各个事件的概率进行预测,预测类别为概率最大对应的事件。具体以二分类为例,其输出标记为{0,1},0 表示一类,1 表示另一类。二分类的输出为离散值,而线性模型预测结果为连续值,无法直接通过线性模型进行分类。为了使线性模型适应于分类问题,可将线性模型的输出作为阶跃函数的输入:

$$y=\begin{cases} 0, & z<0 \\ 0.5, & z=0 \\ 1, & z>0 \end{cases} \tag{2.16}$$

其中,z 为线性模型的输出。若 z 为正值,则判定输入为正类别;若 z 为负值,则判定输入为负类别;若 z 为 0,则判定输入为任意类别。

阶跃函数在 0 值附近具有不连续特性,无法通过梯度下降等方式求解。因此,常用如下所示的 Sigmoid 函数代替阶跃函数:

$$g(z)=\frac{1}{1+\mathrm{e}^{-z}} \tag{2.17}$$

Sigmoid 函数如图 2.6 所示。

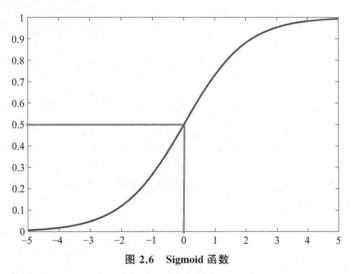

图 2.6　Sigmoid 函数

Sigmoid 函数的输出范围为 0~1,可以将其解释为样本被预测为某一类的概率。假设线性模型经过 Sigmoid 函数映射后为样本被判别为类别 1 的概率,其数学模型为

$$P(y=1 \mid \boldsymbol{x})=g(\widetilde{\boldsymbol{w}}^{\mathrm{T}}\widetilde{\boldsymbol{x}}) \tag{2.18}$$

由于为二分类问题,所以样本被判别为类别 0 的概率为

$$P(y=0 \mid \widetilde{\boldsymbol{x}})=1-P(y=1 \mid \widetilde{\boldsymbol{x}})=1-g(\widetilde{\boldsymbol{w}}^{\mathrm{T}}\widetilde{\boldsymbol{x}}) \tag{2.19}$$

分类问题可以转换为上述概率值的比较,如果 $P(y=1 \mid \widetilde{\boldsymbol{x}})>P(y=0 \mid \widetilde{\boldsymbol{x}})=1-P(y=1 \mid \widetilde{\boldsymbol{x}})$,即 $P(y=1 \mid \widetilde{\boldsymbol{x}})>0.5$,则样本被判定为类别 1,否则被判定为类别 0。

针对上述概率预测模型的学习问题,可以采用极大自然估计方法实现对于参数的学习,其基本思想是已发生的事件在最优参数下对应的概率最大。对具有 N 个样本的集合 $D=$

$\{(\boldsymbol{x}_i, \boldsymbol{y}_i), i=1,2,\cdots,N\}$，每组单独的样本为相互独立的事件。由上述描述可知，单一事件发生的概率可以统一描述为

$$P(y_i \mid \widetilde{\boldsymbol{x}}_i) = g(\widetilde{\boldsymbol{w}}^{\mathrm{T}} \widetilde{\boldsymbol{x}}_i)^{y_i} (1 - g(\widetilde{\boldsymbol{w}}^{\mathrm{T}} \widetilde{\boldsymbol{x}}_i))^{1-y_i} \tag{2.20}$$

则 N 组独立事件同时发生的概率也被称为似然概率，可以表示为

$$L(\widetilde{\boldsymbol{w}}) = \prod_{i=1}^{N} g(\widetilde{\boldsymbol{w}}^{\mathrm{T}} \widetilde{\boldsymbol{x}}_i)^{y_i} (1 - g(\widetilde{\boldsymbol{w}}^{\mathrm{T}} \widetilde{\boldsymbol{x}}_i))^{1-y_i} \tag{2.21}$$

为了方便计算，将上述函数两端同时取对数：

$$l(\widetilde{\boldsymbol{w}}) = \sum_{i=1}^{N} (y_i \log g(\widetilde{\boldsymbol{w}}^{\mathrm{T}} \widetilde{\boldsymbol{x}}_i) + (1 - y_i) \log(1 - g(\widetilde{\boldsymbol{w}}^{\mathrm{T}} \widetilde{\boldsymbol{x}}_i))) \tag{2.22}$$

最优函数参数 $\widetilde{\boldsymbol{w}}$ 就是使上述的对数自然函数值最大。而优化方法通常是针对最小值求解，因此对上述的对数自然函数取负数。此外，为了去除样本数量的影响，取上述函数的均值，可得线性模型分类函数优化的代价函数：

$$J(\widetilde{\boldsymbol{w}}) = -\frac{1}{N} \sum_{i=1}^{N} (y_i \log g(\widetilde{\boldsymbol{w}}^{\mathrm{T}} \widetilde{\boldsymbol{x}}_i) + (1 - y_i) \log(1 - g(\widetilde{\boldsymbol{w}}^{\mathrm{T}} \widetilde{\boldsymbol{x}}_i))) \tag{2.23}$$

上述函数是关于模型参数的连续凸函数，根据凸优化理论，可采用梯度下降法对模型参数进行优化：

$$\widetilde{\boldsymbol{w}} = \widetilde{\boldsymbol{w}} - \eta \frac{\partial J(\widetilde{\boldsymbol{w}})}{\partial \widetilde{\boldsymbol{w}}} \tag{2.24}$$

$$\begin{aligned}
\frac{\partial J(\widetilde{\boldsymbol{w}})}{\partial \widetilde{\boldsymbol{w}}} &= -\frac{1}{N} \sum_{i=1}^{N} y_i \frac{\partial \log(g(\widetilde{\boldsymbol{w}}^{\mathrm{T}} \widetilde{\boldsymbol{x}}_i))}{\partial \widetilde{\boldsymbol{w}}} + (1 - y_i) \frac{\partial \log(1 - g(\widetilde{\boldsymbol{w}}^{\mathrm{T}} \widetilde{\boldsymbol{x}}_i))}{\partial \widetilde{\boldsymbol{w}}} \\
&= -\frac{1}{N} \sum_{i=1}^{N} y_i \frac{1}{g(\widetilde{\boldsymbol{w}}^{\mathrm{T}} \widetilde{\boldsymbol{x}}_i)} g(\widetilde{\boldsymbol{w}}^{\mathrm{T}} \widetilde{\boldsymbol{x}}_i)(1 - g(\widetilde{\boldsymbol{w}}^{\mathrm{T}} \widetilde{\boldsymbol{x}}_i)) \widetilde{\boldsymbol{x}}_i \\
&\quad + (1 - y_i) \frac{1}{1 - g(\widetilde{\boldsymbol{w}}^{\mathrm{T}} \widetilde{\boldsymbol{x}}_i)} (-1) g(\widetilde{\boldsymbol{w}}^{\mathrm{T}} \widetilde{\boldsymbol{x}}_i)(1 - g(\widetilde{\boldsymbol{w}}^{\mathrm{T}} \widetilde{\boldsymbol{x}}_i)) \widetilde{\boldsymbol{x}}_i \\
&= -\frac{1}{N} \sum_{i=1}^{N} (y_i - g(\widetilde{\boldsymbol{w}}^{\mathrm{T}} \widetilde{\boldsymbol{x}}_i)) \widetilde{\boldsymbol{x}}_i = \frac{1}{N} \sum_{i=1}^{N} (y_i - P(y_i \mid \widetilde{\boldsymbol{x}}_i)) \widetilde{\boldsymbol{x}}_i
\end{aligned} \tag{2.25}$$

其中，η 为学习率，$P(y_i \mid \widetilde{\boldsymbol{x}}_i) = g(\widetilde{\boldsymbol{w}}^{\mathrm{T}} \widetilde{\boldsymbol{x}}_i)$ 为线性分类模型的预测输出。

用矩阵的形式简化上述公式：

$$\frac{\partial J(\widetilde{\boldsymbol{w}})}{\partial \widetilde{\boldsymbol{w}}} = -\frac{1}{N} \sum_{i=1}^{N} (y_i - g(\widetilde{\boldsymbol{w}}^{\mathrm{T}} \widetilde{\boldsymbol{x}}_i)) \widetilde{\boldsymbol{x}}_i = -\frac{1}{N} \widetilde{\boldsymbol{X}}(\boldsymbol{y} - \boldsymbol{P})^{\mathrm{T}} \tag{2.26}$$

其中 $\boldsymbol{X} = \begin{bmatrix} \boldsymbol{x}_1 & \boldsymbol{x}_2 & \cdots & \boldsymbol{x}_N \\ 1 & 1 & \cdots & 1 \end{bmatrix} \in R^{(d+1) \times N}$ 为增广输入矩阵，$\boldsymbol{y} = [y_1, y_2, \cdots, y_N] \in R^N$ 为实际输出向量，$\boldsymbol{P} = [P(y_1 \mid \boldsymbol{x}_1), P(y_2 \mid \boldsymbol{x}_2), \cdots, P(y_N \mid \boldsymbol{x}_N)]$ 为预测概率向量。

通过上述梯度下降方法不断迭代，直至代价函数收敛，则停止迭代，停止时网络参数 $\widetilde{\boldsymbol{w}}$ 则为最优网络参数。给定某一未知样本 $\widetilde{\boldsymbol{x}}^*$，其类别可通过如下方式预测：

$$P(y \mid \boldsymbol{x}^*) = g(\widetilde{\boldsymbol{w}}^{\mathrm{T}} \widetilde{\boldsymbol{x}}^*) \tag{2.27}$$

若 $P(y \mid \boldsymbol{x}^*) > 0.5$，则样本为 1 类，否则为 0 类。

利用 Sigmoid 函数输出作为类别判定的依据，当输出 $y > 0.5$ 时，样本被判定为正类；当 $y < 0.5$ 时，样本被判定为负类；当 $y = 0.5$ 时，样本的类别可以任意判定。

线性分类算法流程如图 2.7 所示。

> 输入：原始数据$\{(\pmb{x}_i,y_i),i=1,2,\cdots,N\}$，$\pmb{x}_i\in\mathbb{R}^d$，$y_i\in\{0,1\}$
> 算法流程：
>
> （1）构造增广输入矩阵：$\pmb{X}=\begin{bmatrix}\pmb{x}_1 & \pmb{x}_2 & \cdots & \pmb{x}_N\\ 1 & 1 & \cdots & 1\end{bmatrix}\in\mathbb{R}^{(d+1)\times N}$ 以及真实输出向量 $\pmb{y}=$
> $\begin{bmatrix}y_1 & y_2 & \cdots & y_N\end{bmatrix}$。
>
> （2）随机初始化线性分类模型参数 $\widetilde{\pmb{w}}\in\mathbb{R}^{d+1}$。
> （3）计算线性分类模型预测输出向量：$\pmb{P}=[P(y_1|\pmb{x}_1),P(y_2|\pmb{x}_2),\cdots,P(y_N|\pmb{x}_N)]$。
> （4）通过梯度下降法优化线性分类模型参数：$\widetilde{\pmb{w}}=\widetilde{\pmb{w}}-\eta\dfrac{\partial J(\widetilde{\pmb{w}})}{\partial\widetilde{\pmb{w}}}$。
>
> （5）重复（3）～（4）步，直至代价函数收敛。
> （6）通过 $P(y|\pmb{x}^*)=g(\widetilde{\pmb{w}}^{\mathrm{T}}\widetilde{\pmb{x}}^*)$ 预测样本 $\widetilde{\pmb{x}}^*$ 的类别。

图 2.7　线性分类算法流程

【**例 2.2**】　二分类任务：已知 $(0,0)$ 点为 0 类，$(1,1)$ 点为 1 类，试预测 $(0.1,0)$ 点的类别。

【**解析**】　构建线性分类模型：$y_i=1/(1+\exp(-(w_1x_{i1}+w_2x_{i2}+b)))$，其中 x_{i1} 表示点的第一个坐标，x_{i2} 表示点的第二个坐标，w_1、w_2、b 为模型待学习参数。用向量形式简化模型为 $y_i=1/(1+\exp(-\widetilde{\pmb{w}}^{\mathrm{T}}\widetilde{\pmb{x}}_i))$，其中 $\widetilde{\pmb{w}}=[w_1\quad w_2\quad b]^{\mathrm{T}}$，$\widetilde{\pmb{x}}_i=[x_{11}\quad x_{12}\quad 1]^{\mathrm{T}}$。线性分类模型训练流程为

（1）构造增广输入矩阵：$\pmb{X}=\begin{bmatrix}0 & 1\\ 0 & 1\\ 1 & 1\end{bmatrix}$ 以及真实输出 $\pmb{y}=[0\quad 1]$。

（2）随机初始化分类模型参数 $\widetilde{\pmb{w}}=[0.1\quad 0.1\quad 0.1]^{\mathrm{T}}$。

（3）根据 $P(y_i|\widetilde{\pmb{x}}_i)=g(\widetilde{\pmb{w}}^{\mathrm{T}}\widetilde{\pmb{x}}_i)$ 预测输出概率：

$\pmb{P}=[P(y_1\mid x_1),P(y_2\mid x_2)]$
$=[1/(1+\exp(-(0.1*0+0.1*0+1))),1/(1+\exp(-(0.1*1+0.1*1+1)))]$
$=[0.7311,0.7685]$

（4）通过梯度下降优化模型参数，已知学习率 $\eta=0.001$：

$$\widetilde{\pmb{w}}=\widetilde{\pmb{w}}-\eta\frac{\partial J(\widetilde{\pmb{w}})}{\partial\widetilde{\pmb{w}}}=\widetilde{\pmb{w}}+\frac{1}{N}\eta\pmb{X}(\pmb{y}-\pmb{P})^{\mathrm{T}}$$

$$=[0.1\quad 0.1\quad 0.1]^{\mathrm{T}}+\frac{1}{2}0.001\begin{bmatrix}0 & 1\\ 0 & 1\\ 1 & 1\end{bmatrix}([0\quad 1]-[0.7311\quad 0.7685])^{\mathrm{T}}$$

$$=[0.1001\quad 0.1001\quad 0.0998]^{\mathrm{T}}$$

（5）重复（3）～（4）步，直至代价函数收敛，此处收敛后 $\widetilde{\pmb{w}}=[1.2723\quad 1.2723\quad -0.8045]^{\mathrm{T}}$。

（6）通过 $P(y|\pmb{x}^*)=g(\widetilde{\pmb{w}}^{\mathrm{T}}\widetilde{\pmb{x}}^*)$ 预测样本 $\widetilde{\pmb{x}}^*$ 的类别：

$P(y|\pmb{x}^*)=g(\widetilde{\pmb{w}}^{\mathrm{T}}\widetilde{\pmb{x}}^*)=1/(1+\exp(-[1.2723\quad 1.2723\quad -0.8045][0.1\quad 0\quad 1]^{\mathrm{T}}))=$
0.3369，所以点 $(0.1,0)$ 为第 0 类。

利用多元线性分类算法完成二维空间 $(0,0)$ 类和 $(1,1)$ 类数据分类的 Python 示例代码如图 2.8 所示。

```
import numpy as np
import matplotlib.pyplot as plt
N = 10
#产生(0,0),(1,1)两类样本
x1 = 0.1 * np.random.randn(2,N)+np.array([0,0]).reshape([2,1])
x2 = 0.1 * np.random.randn(2,N)+np.array([1,1]).reshape([2,1])
y1 = np.zeros([1,N])
y2 = np.ones([1,N])
plt.scatter(x1[0,:],x1[1,:])
plt.scatter(x2[0,:],x2[1,:])
plt.show()
print(x1.shape,x2.shape)
x = np.concatenate((x1,x2),axis=1)
y = np.concatenate((y1,y2),axis=1)
#生成增广数据矩阵
x_ = np.concatenate((x,np.ones([1,2 * N])),axis=0)
W = np.random.randn(3,1)
epoch = 10000
lr = 0.001
for i in range(epoch):
    #计算在当前参数下的预测概率
    P = 1./(1+np.exp(-np.matmul(W.T,x_)))
    #计算参数梯度
    delta = -np.matmul(x_,(y-P).T)/(2 * N)
    #梯度下降优化参数
    W -= lr * delta
#预测数据概率
y_pre = 1./(1+np.exp(-np.matmul(W.T,x_)))
print(np.array((y_pre>0.5),dtype='int8'))
```

图 2.8 多元线性分类 Python 实现代码

2.4 多分类策略

机器学习中最常见的任务是多分类问题，而线性分类模型可以轻松推广至多分类场景。N 个类别 $C_1,C_2,\cdots,C_N$ 的分类任务可以拆分为若干二分类任务。最经典的拆分策略包括"一对一"(One vs. One，OvO)和"一对其余"(One vs. Rest，OvR)。

给定数据集 $D=\{(\boldsymbol{x}_1,y_1),(\boldsymbol{x}_2,y_2),\cdots,(\boldsymbol{x}_m,y_m)\}$，$y_i \in \{C_1,C_2,\cdots,C_N\}$，一对一策略是将 N 个类别两两配对，用对应类别的数据训练二分类模型，例如用 C_1 类别的数据 $D_1=\{(\boldsymbol{x}_1^1,C_1),(\boldsymbol{x}_2^1,C_1),\cdots,(\boldsymbol{x}_m^1,C_1)\}$ 以及 C_2 类别的数据 $D_2=\{(\boldsymbol{x}_1^2,C_2),(\boldsymbol{x}_2^2,C_2),\cdots,(\boldsymbol{x}_m^2,C_2)\}$ 训练分类器 f_{12}。N 类样本共形成 $N(N-1)/2$ 组分类器。给定一个未知样本 $\boldsymbol{x}$，其预测类别可以通过将该样本输入所有二分类器中，统计所有分类器的结果，被预测次数最多的类别就是最终的分类结果，具体如图 2.9 所示。

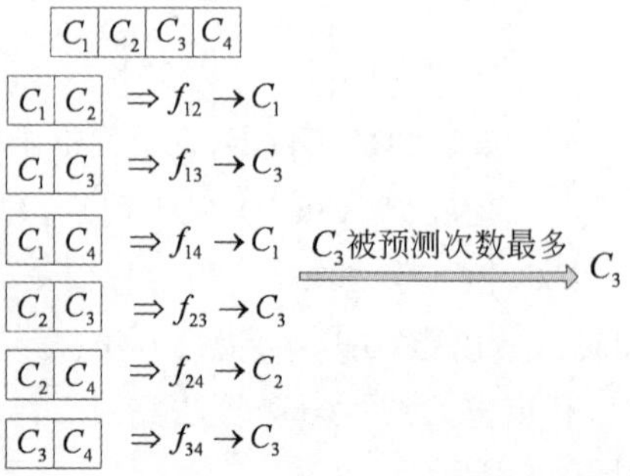

图 2.9 一对一拆分策略

一对一多分类算法流程如图 2.10 所示。

输入：原始数据 $D=\{(\boldsymbol{x}_1,y_1),(\boldsymbol{x}_2,y_2),\cdots,(\boldsymbol{x}_m,y_m)\},y_i\in\{C_1,C_2,\cdots,C_N\}$。

算法流程：

(1) 从所有类别中选择两组不同类别的训练数据 $D_i=\{(\boldsymbol{x}_1^i,C_i),(\boldsymbol{x}_2^i,C_i),\cdots,(\boldsymbol{x}_m^i,C_i)\}$ 与 $D_j=\{(\boldsymbol{x}_1^j,C_j),(\boldsymbol{x}_2^j,C_j),\cdots,(\boldsymbol{x}_m^j,C_j)\}$。

(2) 根据线性分类模型原理训练分类器 $f_{ij}(\boldsymbol{x})$,具体原理见线性分类器一节,将 C_i 作为正类 1,将 C_j 作为负类 0。

(3) 重复 (1)~(2) 步,直至所有类别组合遍历完毕,得到 $N(N-1)/2$ 组二分类器。

(4) 给定未知样本 $\boldsymbol{x}^*$,输入 $N(N-1)/2$ 组二分类器预测其类别,被预测次数最多的类别确定为预测结果。

图 2.10　一对一多分类算法流程

【例 2.3】　三分类任务：已知 $(0,0)$ 点为 0 类,$(1,1)$ 点为 1 类,$(0,1)$ 点为第 2 类。试预测 $(0.1,0)$ 点的类别。

【解析】　三分类问题根据一对一拆分策略可以分为 0/1 二分类、0/2 二分类以及 1/2 二分类。

(1) 将分类任务分为：$(0,0)$ 与 $(1,1)$ 的二分类,$(0,0)$ 与 $(0,1)$ 的二分类,$(1,1)$ 与 $(0,1)$ 的二分类。

(2) 将 $(0,0)$ 作为 0 类,$(0,1)$ 作为 1 类,训练线性分类模型 f_{01}（具体过程参照 2.3 节）,训练结果为

$$f_{01}(\boldsymbol{x}_i)=1/(1+\exp(-(1.2723*x_{i1}+1.2723*x_{i2}-0.8045)))$$

将 $(0,0)$ 作为 0 类,$(0,1)$ 作为 1 类,训练线性分类模型 f_{02},训练结果为

$$f_{02}(\boldsymbol{x}_i)=1/(1+\exp(-(0.1000*x_{i1}+1.6958*x_{i2}-0.5454)))$$

将 $(1,1)$ 作为 0 类,$(0,1)$ 作为 1 类,训练线性分类模型 f_{12},训练结果为

$$f_{12}(\boldsymbol{x}_i)=1/(1+\exp(-(-1.7214*x_{i1}+0.3481*x_{i2}+0.3481)))$$

(3) 将 $(0.1,0)$ 输入：

$$f_{01}(\boldsymbol{x}_i)=1/(1+\exp(-(1.2723*0.1+1.2723*0-0.8045)))=0.3369$$

所以被当前分类器分为 0 类。

将 $(0.1,0)$ 输入：

$$f_{02}(\boldsymbol{x}_i)=1/(1+\exp(-(0.1000*0.1+1.6958*0-0.5454)))=0.3693$$

所以被当前分类器分为 0 类。

将 $(0.1,0)$ 输入：

$$f_{12}(\boldsymbol{x}_i)=1/(1+\exp(-(-1.7214*0.1+0.3481*0+0.3481)))=0.5439$$

所以被当前分类器分为 2 类。

在所有类别中,0 类被分为 2 次,2 类被分为 1 次,1 类被分为 0 次,所以 $(0.1,0)$ 的最终类别为 0 类。

利用一对一策略完成二维空间 $(0,0)$ 类、$(1,1)$ 类、$(0,1)$ 类数据分类的 Python 示例代码如图 2.11 所示。

给定数据集 $D=\{(\boldsymbol{x}_1,y_1),(\boldsymbol{x}_2,y_2),\cdots,(\boldsymbol{x}_m,y_m)\},y_i\in\{C_1,C_2,\cdots,C_N\}$,一对其余策略是将一个类的样本作为正例,所有其他类的样本作为反例,一共训练 N 个分类器。在测试时,比较 N 组分类器正例的置信度值,最大值对应的类别为预测类别,具体如图 2.12 所示。

```python
import numpy as np
import matplotlib.pyplot as plt
def train_bin_classifier(x, y, lr=0.001, epoch=30000):
    [D, N] = x.shape
    x_ = np.concatenate((x, np.ones([1, N])), axis=0)
    W = np.random.randn(D+1, 1)
    for i in range(epoch):
        #计算在当前参数下的预测概率
        P = 1. / (1 + np.exp(-np.matmul(W.T, x_)))
        #计算参数梯度
        delta = -np.matmul(x_, (y - P).T) / (2 * N)
        #梯度下降优化参数
        W -= lr * delta
    return W
N = 10
#产生(0,0),(1,1),(0,1)3类样本
x1 = 0.1 * np.random.randn(2, N) + np.array([0, 0]).reshape([2, 1])
x2 = 0.1 * np.random.randn(2, N) + np.array([1, 1]).reshape([2, 1])
x3 = 0.1 * np.random.randn(2, N) + np.array([0, 1]).reshape([2, 1])
y1 = np.zeros([1, N])
y2 = np.ones([1, N])
y3 = np.ones([1, N]) * 2
plt.scatter(x1[0, :], x1[1, :])
plt.scatter(x2[0, :], x2[1, :])
plt.scatter(x3[0, :], x3[1, :])
plt.show()
x = [x1, x2, x3]
y = [y1, y2, y3]
cls_weights = []
cls_labels = []
for i in range(3):
    for j in range(i+1, 3):
        #任意两类组合
        xc = np.concatenate((x[i], x[j]), axis=1)
        yc = np.concatenate((np.ones_like(y[i]), np.zeros_like(y[j])), axis=1)
        #训练任意两类分类器
        weight = train_bin_classifier(xc, yc)
        #保存N(N-1)/2组分类器结果
        cls_weights.append(weight)
        #记录分类器分类类别
        cls_labels.append((i, j))
#利用多分类器实现训练数据的分类
x = np.concatenate((x1, x2, x3), axis=1)
x_ = np.concatenate((x, np.ones([1, x.shape[1]])), axis=0)
votes = []
for i in range(len(cls_weights)):
    #计算二分类结果
    y_pre = 1. / (1 + np.exp(-np.matmul(cls_weights[i].T, x_)))
    y_pre = np.array((y_pre > 0.5), dtype='int8')
    #将二分类结果转换为真实类标签
```

图 2.11　一对一多分类实现 Python 代码

```
    vote = cls_labels[i][0] * y_pre+cls_labels[i][1] * (1-y_pre)
    #存储所有分类器的分类结果
    votes.append(vote)
#根据所有分类结果,按照少数服从多数方式决定最终分类类别
votes = np.concatenate(votes,axis=0)
votes_num = []
for i in range(3):
    #计算每一类别投票次数
    votes_num.append(np.sum(votes==i,axis=0))
votes_num = np.stack(votes_num,axis=0)
#投票次数最多的类别为分类结果
labels_pre = np.argmax(votes_num,axis=0)
print(labels_pre)
```

图 2-11　（续）

$$\boxed{C_1}\boxed{C_2}\boxed{C_3}\boxed{C_4} \quad \text{正类预测置信度}$$

$$\boxed{C_1}\boxed{C_2}\boxed{C_3}\boxed{C_4} \Rightarrow f_1 \to C_1$$

$$\boxed{C_2}\boxed{C_1}\boxed{C_3}\boxed{C_4} \Rightarrow f_2 \to C_2$$

$$\boxed{C_3}\boxed{C_1}\boxed{C_2}\boxed{C_4} \Rightarrow f_3 \to C_3 \xrightarrow{\quad C_3\text{ 置信度值最大}\quad} C_3$$

$$\boxed{C_4}\boxed{C_1}\boxed{C_2}\boxed{C_3} \Rightarrow f_4 \to C_4$$

图 2.12　一对其余拆分策略

一对其余多分类算法流程如图 2.13 所示。

> 输入：原始数据 $D = \{(\boldsymbol{x}_1,y_1),(\boldsymbol{x}_2,y_2),\cdots,(\boldsymbol{x}_m,y_m)\}$，$y_i \in \{C_1,C_2,\cdots,C_N\}$。
> 算法流程：
> （1）依次选第 i 类作为正例样本 $D_i = \{(\boldsymbol{x}_1^i,C_i),(\boldsymbol{x}_2^i,C_i),\cdots,(\boldsymbol{x}_m^i,C_i)\}$，其余作为负例样本 $D_{j\neq i} = \{(\boldsymbol{x}_1^i,C_j),(\boldsymbol{x}_2^i,C_j),\cdots,(\boldsymbol{x}_m^i,C_j)\}$，$j = 1,2,\cdots,N$。
> （2）根据线性分类模型原理训练分类器 $f_i(\boldsymbol{x})$，具体原理见线性分类器一节，将 C_i 作为正类 1，将其余 $C_{j\neq i}$ 作为负类 0。
> （3）重复（1）~（2）步，直至所有类别组合遍历完毕，得到 N 组二分类器。
> （4）给定未知样本 $\boldsymbol{x}^*$，输入 N 组二分类器预测其类别，所有正例置信度值最大的对应类别确定为预测结果。

图 2.13　一对其余多分类算法流程

【例 2.4】　三分类任务：已知 $(0,0)$ 点为 0 类，$(1,1)$ 点为 1 类，$(0,1)$ 点为第 2 类，试预测 $(0.1,0)$ 点的类别。

【解析】　三分类问题根据一对其余拆分策略可以分为 0/12 二分类、1/02 二分类以及 2/01 二分类。

（1）将分类任务分为：$(0,0)$ 与 $\{(1,1),(0,1)\}$ 的二分类，$(1,1)$ 与 $\{(0,0),(0,1)\}$ 的二分类，$(0,1)$ 与 $\{(0,0),(1,1)\}$ 的二分类。

（2）将 $(0,0)$ 作为正类，$\{(1,1),(0,1)\}$ 作为负类，训练线性分类模型 f_0（具体过程参照 2.3 节），训练结果为

$$f_0(\boldsymbol{x}_i) = 1/(1+\exp(-(-1.0956 * x_{i1} - 3.0247 * x_{i2} + 1.0301)))$$

将 $(1,1)$ 作为正类，$\{(0,0),(0,1)\}$ 作为负类，训练线性分类模型 f_1，训练结果为

$$f_1(\boldsymbol{x}_i) = 1/(1 + \exp(-(3.1377 * x_{i1} + 0.3768 * x_{i2} - 2.0032)))$$

将 $(0,1)$ 作为正类，$\{(1,1),(0,1)\}$ 作为负类，训练线性分类模型 f_2，训练结果为

$$f_2(\boldsymbol{x}_i) = 1/(1 + \exp(-(-1.8785 * x_{i1} - 0.1182 * x_{i2} - 0.1182)))$$

（3）将 $(0.1,0)$ 输入：

$$f_0(\boldsymbol{x}_i) = 1/(1 + \exp(-(-1.0956 * 0.1 - 3.0247 * 0 + 1.0301))) = 0.7152$$

所以为 0 类的置信度值为 0.7152。

将 $(0.1,0)$ 输入：

$$f_1(\boldsymbol{x}_i) = 1/(1 + \exp(-(3.1377 * 0.1 + 0.3768 * 0 - 2.0032))) = 0.1559$$

所以为 1 类的置信度值为 0.1559。

将 $(0.1,0)$ 输入：

$$f_2(\boldsymbol{x}_i) = 1/(1 + \exp(-(-1.8785 * 0.1 - 0.1182 * 0 - 0.1182))) = 0.4241$$

所以为 2 类的置信度值为 0.4241。

在所有类别中，0 类的置信度值为 0.7152，1 类的置信度值为 0.1559，2 类的置信度值为 0.4241，所以 $(0.1,0)$ 的最终类别为 0 类。

利用一对其余策略完成二维空间 $(0,0)$ 类、$(1,1)$ 类、$(0,1)$ 类数据分类的 Python 示例代码如图 2.14 所示。

```python
import numpy as np
import matplotlib.pyplot as plt
def train_bin_classifier(x, y, lr=0.001, epoch=30000):
    [D,N] = x.shape
    x_ = np.concatenate((x, np.ones([1, N])), axis=0)
    W = np.random.randn(D+1, 1)
    for i in range(epoch):
        #计算在当前参数下的预测概率
        P = 1. / (1 + np.exp(-np.matmul(W.T, x_)))
        #计算参数梯度
        delta = -np.matmul(x_, (y - P).T) / (2 * N)
        #梯度下降优化参数
        W -= lr * delta
    return W
N = 10
#产生(0,0),(1,1), (0,1)3类样本
x1 = 0.1 * np.random.randn(2, N) + np.array([0, 0]).reshape([2, 1])
x2 = 0.1 * np.random.randn(2, N) + np.array([1, 1]).reshape([2, 1])
x3 = 0.1 * np.random.randn(2, N) + np.array([0, 1]).reshape([2, 1])
y1 = np.zeros([1, N])
y2 = np.ones([1, N])
y3 = np.ones([1, N]) * 2
plt.scatter(x1[0, :], x1[1, :])
plt.scatter(x2[0, :], x2[1, :])
plt.scatter(x3[0, :], x3[1, :])
plt.show()
x = [x1,x2,x3]
y = [y1,y2,y3]
```

图 2.14　一对其余多分类实现 Python 代码

```
cls_weights = []

for i in range(3):
    xc = []
    yc = []
    for j in range(3):
        xc.append(x[j])
        if j==i:
            #依次取每一类作为正例
            yc.append(np.ones_like(y[j]))
        else:
            #取剩余类作为负例
            yc.append(np.zeros_like(y[j]))
    xc = np.concatenate(xc,axis=1)
    yc = np.concatenate(yc,axis=1)
    #训练两类分类器
    weight = train_bin_classifier(xc,yc)
    #保存 N 组分类器结果
    cls_weights.append(weight)

#利用多分类器实现训练数据的分类
x = np.concatenate((x1, x2, x3), axis=1)
x_ = np.concatenate((x,np.ones([1,x.shape[1]])),axis=0)
beliefs = []
#依次计算在每一组分类器上的预测结果
for i in range(len(cls_weights)):
    #计算二分类结果
    y_pre = 1. / (1 + np.exp(-np.matmul(cls_weights[i].T, x_)))
    belief = y_pre[0,:]
    beliefs.append(belief)
beliefs = np.stack(beliefs,axis=0)
#置信度最高的正例类别为分类结果
labels_pre = np.argmax(beliefs,axis=0)
print(labels_pre)
```

图 2-14 （续）

习　　题

1. 请描述回归任务与分类任务的区别。

2. 已知输入样本具有两个属性 x_1、x_2，线性分类函数为 $P(y|x_1,x_2)=g(x_1+2x_2-3)$，试判断样本 $[x_1=0,x_2=2]$ 的预测类别。

3. 试计算 $(\pmb{x}_1=[1,1],y_1=1)$，$(\pmb{x}_2=[3,1],y_1=2)$，$(\pmb{x}_3=[-1,1],y_1=5)$ 在线性模型为 $\widetilde{\pmb{w}}=[1,1,1]^{\mathrm{T}}$ 的回归损失。

本 章 实 验

1. 实验目的

掌握线性分类原理，理解线性分类模型学习方法。

2. 实验要求

采用线性分类模型对 Iris 数据集进行分类。

3. 实验步骤

（1）载入 Iris 数据集，将每类数据的前 25 个样本作为训练集，后 25 个样本作为测试集。

（2）将花萼长度、花萼宽度、花瓣长度、花瓣宽度 4 个属性作为线性模型的 4 个输入分量 x_{i1}，x_{i2}，x_{i3}，x_{i4}。

（3）将三类数据按照一对一或一对其余策略拆分为二分类问题。

（4）构造线性分类模型进行二分类学习。

（5）根据学习的多组二分类器对测试样本进行预测。

第3章

决策树分类

分类（classification）是人类认识世界的一种重要方法，人类对事物的认识大多是通过分门别类进行的。分类知识反映同类事物共同性质的特征型知识和不同事物之间的差异型特征知识。在机器学习领域，分类是从一个已知类别的数据集到一组预先定义的、非交叠类别的映射过程。其中映射关系的生成以及映射关系的应用是分类算法的主要研究内容。这里的映射关系就是常说的分类器（也叫分类模型或分类函数），映射关系的应用就是使用分类器将测试数据集中的数据划分到给定类别中的某一个类别的过程。

分类从历史的特征数据中构造出特定对象的描述模型（分类器），用来对未来数据进行预测分析，属于机器学习中的预测任务。分类技术使用的历史训练样本数据有确定的类标号，所以分类属于机器学习中的有监督学习。分类技术具有非常广泛的应用领域，如医疗诊断、信用卡系统的信用分级、图像模式识别、网络数据分类等。决策树分类是一种经典分类算法，本章介绍决策树分类的基本概念、常见的 3 种决策树算法，以及分类算法的评价。

3.1 基 本 概 念

分类的目的是得到一个分类器（也称为分类模型），通过得到的分类器能把测试集中的测试数据映射到给定类别中的某一个类别，实现对该数据的预测性描述。分类可用于提取描述重要数据类的模型或预测未来的数据趋势。

3.1.1 什么是分类

对于餐饮企业而言，需要分析数据，如搞清楚不同时节菜品历史的销售情况，分析不同因素下顾客的增加、流失情况等。数据分析的其中一项任务就是分类。分类是从历史的特征数据中构造出特定对象的描述模型或分类器，用来对未来进行预测。分类方法用于预测数据对象的离散类别，如顾客对菜品种类 A、B、C 的喜好，贷款申请数据的"安全"或"危险"。这些类别可以用离散值表示，其中值之间没有次序。例如，可以使用值 1、2、3 表示上面的菜品种类 A、B、C，其中这组菜品种类之间并不存在蕴含的序。下面介绍分类的相关概念。

1. 对象、属性

数据集由数据对象组成。数据集中的数据对象代表一个实体。

属性是一个数据字段，表示数据对象的一个特征。每个数据对象都由若干属性组成。

2. 分类器

分类的关键是找出一个合适的分类函数或分类模型。分类的过程是依据已知的样本数据构造一个分类函数（也叫分类模型或者分类器）。该函数或模型能够把数据对象映射到某一个给定的类别中，从而判别数据对象的类别。

3. 训练集

分类的训练集也称为样本数据，是构造分类器的基础。训练集由数据对象组成，每个对象的所属类别（类标号）已知。在构造分类器时，需要输入一定量的训练集。选取的训练集是否合适，直接影响分类器的性能。

4. 测试集

与训练集一样，测试集也由类别属性已知的数据对象组成。测试集用来测试基于训练集构造的分类器的性能。在分类器产生后，由分类器判定测试集对象的所属类别，将判定的所属类别与测试集已知的所属类别进行比较，得出分类器的正确率等一系列评价性能。

定义：给定一个数据集 $D = \{t_1, t_2, \cdots, t_n\}$ 和一组类 $C = \{C_1, C_2, \cdots, C_m\}$，分类问题是确定一个映射 $f: D \to C$，使得每个数据对象 t_i 被分配到某一个类中。一个类 C_j 包含映射到该类中的所有数据对象，C 构成数据集 D 的一个划分，即 $C_j = \{t_i \mid f(t_i) = C_j, 1 \leqslant i \leqslant n, t_i \in D\}$，并且 $C_j \cap C_i = \varnothing$。

分类问题的输入数据（训练集）是由一条条数据对象记录组成的。每条记录包含若干个属性（attribute），组成一个特征向量。训练集的每条记录有一个特定的类别属性（类标号）。该类标号是系统的输入，通常是以往的历史经验数据。分析输入数据，通过在训练集中的数据表现出来的特性，为每个类找到一种准确的描述或者模型。基于此类模型描述对未来的测试数据进行分类，即类别预测。

另外，如果上述定义所构造的模型是预测一个连续值或有序值，而不是离散的类标号，则这种数值预测（numeric prediction）模型通常叫预测器（predictor）。通常将离散型的类标号预测叫分类，将连续型的数值预测叫回归分析（regression analysis）。分类和回归分析是预测问题的两种主要类型。例如，销售经理希望预测一位顾客在一次购物期间将花多少钱。该数据分析任务就是数值预测，也叫回归分析。

3.1.2　分类过程

"从例子中学习"（learning from examples）是机器学习中最常用的方法，就是从带有类标号的训练样本中建立分类模型（函数），应用此分类模型对测试样本预测类标号。分类过程主要包含两个步骤：建立模型和应用模型进行分类。

第一步：建立模型。

如图 3.1 所示，通过分析训练数据集构造分类器模型。数据即样本、实例或对象。每个数据属于一个预定义的类，由一个称为类标号的属性确定。为模型建立而被分析的数据形成训练数据集。每个训练样本都有一个特定的类标签与之对应，即对于样本数据 X，其中 x 是训练数据的常规属性，y 是其对应的类标号属性，X 就可以简单表示为二维关系 $X(x, y)$，x 往往包含多个特征值，是多维向量。由于提供了每个训练样本的类标号，因此建模过程是监督学习，即模型的学习过程是在被告知每个训练样本属于哪个类"监督"下进行的。

分类器模型的表示形式有分类规则、决策树或等式、不等式、规则式等形式，这个分类器模型对历史数据分布模型进行了归纳，可以对未来测试数据样本进行分类，也有助于更好地理解数据集的内容或含义。

图 3.1 所示是某校教师情况数据库，常规属性有名字（NAME）、职称（RANK）和工龄（YEARS），类标号属性表示是否获得终身职位（TENURED），学习的分类器以分类规则形式提供。

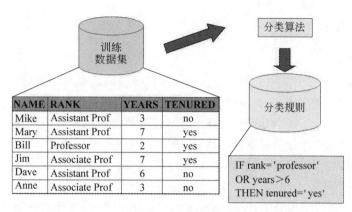

图 3.1 建立模型

第二步：应用模型进行分类。

首先根据特定领域的分类器性能要求,对第一步建立的分类器的性能进行科学评估,具体评估方法后续章节中会详细描述。如果该分类器满足研究领域的性能要求,就可以用该分类器对类标号未知的数据或对象进行分类(这种数据在机器学习文献中也称为未知的或先前未见到的数据)。例如,在图 3.2 中通过分析现有教师数据学习得到的分类规则可预测是否给予新的或未来教师终身职位。

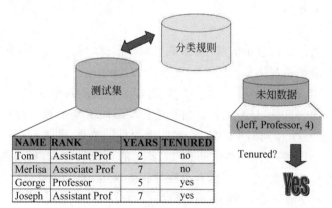

图 3.2 用模型进行分类

简单来说,分类的两个步骤可以归结为建立模型和应用模型进行分类。模型的建立过程就是使用训练数据进行机器学习的过程,模型的应用过程就是对类标号未知的数据进行分类的过程。

3.1.3 分类器常见的构造方法

分类器常见的构造方法有数理统计方法、决策树方法、神经网络方法和其他方法等。其中数理统计方法有贝叶斯法和非参数法,常见的 K-最近邻(K-Nearest Neighbors,KNN)算法属于非参数方法;神经网络方法有误差反向传播(Error Back Propagation,EBP)算法等;其他方法如粗糙集方法、遗传算法等。本章重点介绍决策树分类方法,后续章节会介绍其他类型的分类器。

3.1.4 决策树分类

1. 决策树分类方法

决策树是机器学习中常用的分类方法。决策树分类方法最后形成的分类模型或者分类器以二叉树或者多叉树的形式表现出来。决策树由决策结点、分支和叶子组成。决策树中最上面的结点为根结点，每个分支是根据条件属性取值选取的路径；每个决策结点代表一个问题或决策，通常对应待分类对象的属性；每个叶子结点代表一种使判断终止的可能的分类结果。沿决策树从上到下遍历的过程中，在每个结点都会遇到一个测试，对每个结点上问题的不同的测试输出导致不同的分支，最后会到达一个叶子结点，得到所属类别。人们可以通过决策树直观、准确地得到分类规则，并对未知数据做出客观、准确的分类判断。

决策树算法是基于信息论发展起来的，自 20 世纪 60 年代以来，在分类、预测、规则提取等领域有着广泛的应用。而自从 ID3 算法提出以后，在机器学习、知识发现等领域得到进一步的应用和巨大的发展。经过多年的发展，目前常用的决策树算法有 ID3、C4.5、CART、SLIQ、CHAID 等。决策树归纳的设计问题如下：

（1）如何分裂训练记录？

- 怎样为不同类型的属性指定测试条件？
- 怎样评估每种测试条件？

（2）如何停止分裂？

2. 相关定义

决策树分类算法是以信息论为基础，以信息熵和信息增益度为衡量标准，从而实现对数据的归纳分类。下面是一些信息论的基本概念。

定义 1：熵是指系统存在的一个状态函数，泛指某些物质系统状态的一种度量。信息熵在信息论中称为平均信息量，是对被传送信息进行度量时所采用的一种平均值。

定义 2：若存在 n 个相同概率的消息，则每个消息的概率 p 是 $1/n$，一个消息传递的信息量为 $-\log_2(p)$。p 代表信息发生的可能性，发生的可能性越大，概率越大，信息量越少，通常将这种可能性称为不确定性，即越有可能且越能确定，则信息量越少。

定义 3：若集合 D 有 n 个类别，各类对象的概率分布为 $P=(p_1,p_2,\cdots,p_n)$，则由该集合 D 传递的信息量称为该概率分布 P 的集合信息熵，记为

$$\mathrm{Info}(D)=-\sum_{i=1}^{n}(p_i\log_2 p_i)$$

定义 4：若一个记录集合 D 根据非类别属性 X 的值将其分成集合 $d_1,d_2,\cdots,d_n$，假设对于其中的集合 d_j 根据类别属性的值被分成互相独立的类 $c_{1j},c_{2j},\cdots,c_{ij}$，则其概率分布为 $P=(|c_{1j}|/|d_j|,|c_{2j}|/|d_j|,\cdots,|c_{ij}|/|d_j|)$，则集合 d_j 的信息熵为

$$\mathrm{Info}(d_j)=-\sum_{j=1}^{i}((|c_{ij}|/|d_j|)\log_2(|c_{ij}|/|d_j|))$$

定义 5：若一个记录集合 D 先根据非类别属性 X 的值将 D 分成集合 $d_1,d_2,\cdots,d_n$，则确定 D 中一个元素类别的信息量，可通过确定 d_i 的加权平均值得到，即 $\mathrm{Info}(d_i)$ 的加权平均值为

$$\mathrm{Info}(X,D)=\sum_{j=1}^{n}((|d_j|/|D|)\mathrm{Info}(d_j))$$

定义 6：信息增益是两个信息量之间的差值，是度量样本集合纯度的指标，其中一个信息量是需确定 D 中一个元素所属分类需要的信息量，另一个信息量是在已得到的非类别属性 X 的值后确定 D 中一个元素所属分类需要的信息量，集合 D 根据非类别属性 X 进行划分的信息增益为

$$\mathrm{Gain}(X,D) = \mathrm{Info}(D) - \mathrm{Info}(X,D)$$

定义 7：信息增益率是一种增益率，是对信息增益进行改进，考虑分裂后每个子结点的样本数量的纯度，集合 D 根据非类别属性 X 进行划分的信息增益率的计算方法如下。

$$\mathrm{Gain-Ratio}(X,D) = \mathrm{Gain}(X,D)/\mathrm{Info}(X,D)$$

定义 8：基尼（Gini）指数是一种不等性度量，通常用来度量收入不平衡，但是它可以用来度量任何不均匀分布。Gini 指数是一个 0～1 的数。其中 0 对应完全相等（其中每个人都具有相同的收入），而 1 对应完全不相等（其中一个人具有所有收入，而其他人收入都为零）。

在分类中，Gini 指数度量数据集 D 的不纯度，定义为

$$\mathrm{Gini}(D) = 1 - \sum_{i=1}^{m} p_i^2$$

其中 p_i 是 D 中元组属于 C_i 类的概率，m 表示类别数。Gini 指数越小，则数据集 D 的纯度越高。Gini 指数考虑每个属性的二元划分。

（1）首先考虑属性 A 是离散值属性的情况，其中 A 具有 v 个不同值出现在 D 中。如果 A 具有 v 个可能的值，则存在 2^v 个可能的子集。例如，如果 income 具有 3 个可能的值 $\{low, medium, high\}$，则可能的子集具有 8 个。不考虑幂集（$\{low, medium, high\}$）和空集（$\{\ \}$），因为从概念上讲，它不代表任何分裂。因此，基于 A 的二元划分，存在 2^v-2 种形成数据集 D 的两个分区的可能方法。

当考虑二元划分裂时，计算每个结果分区的不纯度的加权和。例如，如果 A 的二元划分将 D 划分成 D_1 和 D_2，则给定该划分，D 的 Gini 指数为

$$\mathrm{Gini}_A(D) = \frac{|D_1|}{|D|}\mathrm{Gini}(D_1) + \frac{|D_2|}{|D|}\mathrm{Gini}(D_2)$$

选择该属性产生最小 Gini 指数的子集作为它的分裂子集。

（2）对于连续值属性，其策略类似于上面介绍的信息增益所使用的策略。

离散或连续值属性 A 的二元划分导致的不纯度降低为

$$\Delta\mathrm{Gini}(A) = \mathrm{Gini}(D) - \mathrm{Gini}_A(D)$$

最大化不纯度降低（或等价地，具有最小 Gini 指数）属性选为分裂属性。该属性和它的分裂子集（对于离散值的分裂属性）或分裂点（对于连续值的分裂属性）一起形成分裂准则。

3.2　CART 算 法

3.2.1　CART 算法介绍

CART 算法又叫分类回归树（Classification And Regression Tree，CART）模型，由 Breiman 等在 1984 年提出，是应用广泛的决策树学习方法。它采用与传统统计学完全不同的方式构建预测准则，以二叉树的形式给出，易于理解、使用和解释。由 CART 模型构建的预测树在很多情况下比常用的统计方法构建的代数学预测准则更加准确，数据越复杂、变量

越多,算法的优越性就越显著。

3.2.2　CART算法原理

CART算法假设决策树是二叉树,内部结点特征的取值为"是"和"否",左分支是取值为"是"的分支,右分支是取值为"否"的分支。这样的决策树等价于递归地二分每个特征,将输入空间(即特征空间)划分为有限个单元,并在这些单元上确定预测的概率分布,也就是在输入给定的条件下输出的条件概率分布。

在决策树 CART 算法中,用 Gini 指数衡量数据的不纯度或者不确定性,同时用 Gini 指数决定类别变量的最优二分值的切分问题。

在分类问题中,假设样本集合 D_1 有 M 个类,样本点属于第 k 类的概率为 P_k,则概率分布的 Gini 指数的定义为

$$\mathrm{Gini}(D_1) = \sum_{k=1}^{M} p_k(1 - p_k) = 1 - \sum_{k=1}^{M} p_k^2$$

如果样本集合 D 根据某个属性特征 A 被分割为 D_1、D_2 两部分,那么在属性特征 A 的条件下,集合 D 的 Gini 指数的定义为

$$\mathrm{Gini}(D, A) = \frac{D_1}{D}\mathrm{Gini}(D_1) + \frac{D_2}{D}\mathrm{Gini}(D_2)$$

Gini 指数 $\mathrm{Gini}(D, A)$ 表示属性特征 A 不同分组的数据集 D 的不确定性。Gini 指数值越大,样本集合的不确定性就越大,这一点与熵的概念比较类似。可以通过 Gini 指数确定某个特征的最优切分点(即只需要确保切分后某点的 Gini 指数值最小),这就是决策树 CART 算法中类别变量切分的关键所在。

CART 算法的步骤如下。

步骤 1:设结点的训练数据集为 D,计算现有属性特征对该数据集的 Gini 指数。此时,对每个属性特征 A,对其可能取的每个值 a,根据样本点对 $A = a$ 的测试为"是"或"否"将 D 分割成 D_1 和 D_2 两部分,计算 $A = a$ 时的 Gini 指数。

步骤 2:在所有可能的特征 A 以及它们所有可能的切分点 a 中,选择 Gini 指数最小的特征及其对应的切分点作为最优特征与最优切分点。依最优特征与最优切分点,从现结点生成两个子结点,将训练数据集依特征分配到两个子结点中。

步骤 3:对两个子结点递归地调用步骤 1~2,直至满足停止条件。

步骤 4:生成 CART 决策树。

CART 算法停止计算的条件是结点中的样本个数小于预定阈值,或训练集的 Gini 指数小于预定阈值(样本基本属于同一类),或者没有更多的特征。

3.2.3　CART算法实例

【例 3.1】 基于 CART 算法的原理分析得出:可以通过 Gini 指数确定某个特征的最优切分点,即只需确保切分后某点的 Gini 指数最小,这就是决策树 CART 算法中类别变量切分的关键。例如,在银行的贷款业务中,可以通过"是否有房""婚姻状况""年收入"等因素分析客户是否拖欠贷款,如表 3.1 所示。下面通过 CART 算法对贷款业务的客户数据影响因素进行分析,判断客户是否拖欠贷款。

表 3.1　贷款业务的客户数据集

序号	是否有房	婚姻状况	年 收 入	是否拖欠贷款
1	yes	single	125k	no
2	no	married	100k	no
3	no	single	70k	no
4	yes	married	120k	no
5	no	divorced	95k	yes
6	no	married	60k	no
7	yes	divorced	220k	no
8	no	single	85k	yes
9	no	married	75k	no
10	no	single	90k	yes

首先对数据集非类标号属性{是否有房,婚姻状况,年收入}分别计算它们的 Gini 指数,取 Gini 指数最小的属性作为决策树的根结点属性。

1.“是否有房”属性的 Gini 指数

$\text{Gini}(\text{有房}) = 1 - (0/3)^2 - (3/3)^2 = 0$

$\text{Gini}(\text{没房}) = 1 - (3/7)^2 - (4/7)^2 = 0.4898$

$\text{Gini}(D,\text{是否有房}) = 7/10 \times 0.4898 + 3/10 \times 0 = 0.34286$

2.“婚姻状况”属性的 Gini 指数

若按婚姻状况属性划分,属性婚姻状况有 3 个可能的取值：married、single、divorced,分别计算划分后的 Gini 指数：

{married}｜{single,divorced}

{single}｜{married,divorced}

{divorced}｜{single,married}

当分组为{married}｜{single,divorced}时：

$\text{Gini}(\text{婚姻状况}) = 4/10 \times 0 + 6/10 \times [1 - (3/6)^2 - (3/6)^2] = 0.3$

当分组为{single}｜{married,divorced}时：

$\text{Gini}(\text{婚姻状况}) = 4/10 \times 0.5 + 6/10 \times [1 - (1/6)^2 - (5/6)^2] = 0.367$

当分组为{divorced}｜{single,married}时：

$\text{Gini}(\text{婚姻状况}) = 2/10 \times 0.5 + 8/10 \times [1 - (2/8)^2 - (6/8)^2] = 0.4$

对比计算结果,根据婚姻状况属性划分根结点时取 Gini 指数最小的分组作为划分结果,也就是{married}｜{single,divorced} Gini(婚姻状况)为 0.3。

3.“年收入”的 Gini 指数

年收入属性为数值型属性,首先需要对数据按升序排列,然后从小到大依次用相邻值的中间值作为分界点将样本划分为两组。例如,当面对年收入为 60 和 70 这两个值时,我们算得其中间值为 65。倘若以中间值 65 作为分界点,左子树表示年收入小于 65 的样本,右子树表示年收入大于或等于 65 的样本,于是 Gini 指数为

$$Gini(年收入) = 1/10 \times 0 + 9/10 \times [1 - (6/9)^2 - (3/9)^2] = 0.4$$

同理可得其他分组的 Gini 指数，这里不再逐一给出计算过程，仅列出如下结果（最终取其中使 Gini 系数最小化的那个二分准则作为构建二叉树的准则），如表 3.2 所示。

表 3.2　CART 对"年收入"属性候选划分结点的计算

年收入	60	70	75	85	90	95	100	120	125	220
相邻中值点	65	72.5	80	87.5	92.5	97.5	110	122.5	172.5	
Gini 指数	0.4	0.375	0.343	0.417	0.4	0.3	0.343	0.375	0.4	

Gini 指数最小的是以 97.5 为分界点划分，Gini(年收入) = 0.3。

根据计算可知，3 个属性划分根结点的 Gini 指数最小的有两个：婚姻状况和年收入属性，均为 0.3。此时，选取首先出现的属性婚姻状况作为第一次划分。

接下来，采用同样的方法，分别计算剩下的属性——是否有房和年收入，其中根结点的 Gini 指数与前面的计算过程类似，对于"是否有房"属性，可得：

$$Gini(是否有房) = 4/6 \times [1 - (3/4)^2 - (1/4)^2] + 2/6 \times 0 = 0.25$$

对于"年收入"属性，相邻中间值为 77.5 时 Gini 指数最小，Gini(年收入) = 0.25，结果如表 3.3 所示。

表 3.3　CART 对"年收入"属性候选划分结点的计算

年收入	70k	85k	90k	95k
相邻中值点	77.5	87.5	92.5	
Gini 指数	0.25	0.25	0.33	

最后通过 CART 算法对贷款业务的客户数据集进行分析，可得如图 3.3 所示的二叉树。

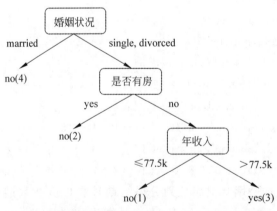

图 3.3　CART 算法实现贷款业务客户数据集的决策树

3.2.4　CART 算法 Python 实现

针对上节用 CART 算法实现贷款业务的客户数据集实例，首先对贷款业务的客户数据集进行初始化，然后随机选取 20% 客户数据作为测试集，80% 作为训练集，再使用 sklearn

库函数训练模型，最后对分类结果进行预测。Python 实现过程为：

```
#数据集定义
if __name__ == '__main__':
    #读取数据
    raw_data = pd.read_excel('./CART_贷款预测数据集.xlsx', header=0)
    data = raw_data.values
    features = data[::,:2]
    label = data[::,3]
    #随机选取 20%数据作为测试集，剩余为训练集
    train_features, test_features, train_labels, test_labels = train_test_
split(features, label, test_size=0.2, random_state=0)
    #采用 CART 算法训练，并预测
    clf = DecisionTreeClassifier(criterion='gini')
    clf.fit(train_features,train_labels)
    test_predict = clf.predict(test_features)
    #准确性评分
    score = accuracy_score(test_labels, test_predict)
```

结合 CART 算法的核心思想是通过 Gini 指数确定某个特征的最优切分点，在该实例中用贷款业务的客户数据集估计 CART 算法分类的准确率。

3.2.5　CART 算法的优缺点

通过对用 CART 算法实现贷款业务的客户数据集实例的过程分析，以及用 Python 代码实现其过程，分析 CART 算法的优缺点。

CART 算法的优点如下。

（1）CART 算法采用了简化的二叉树模型，同时特征选择采用 Gini 指数简化计算。

（2）CART 树最大的好处是可以做回归模型。

CART 算法的缺点如下。

（1）CART 在做特征选择的时候都是选择最优的一个特征做分类决策，但是大多数情况分类决策不应该由某一个特征决定，而是由一组特征决定。根据一组特征构造的决策树往往更加准确。

（2）如果训练样本数据发生改动，就可能导致树结构发生剧烈改变。

3.3　ID3 算法

3.3.1　ID3 算法介绍

ID3 算法最早是由罗斯昆（Ross Quinlan）于 1975 年在悉尼大学提出的一种分类预测算法。ID3 算法是一种贪心算法，起源于概念学习系统（Concept Learning System，CLS），以信息增益作为选取分裂属性的标准建立决策树，即在每个结点选取尚未被用来划分的具有最高信息增益的属性作为划分标准。

ID3 算法计算每个属性的信息增益，并选取具有最高增益的属性作为给定集合的测试属性。对被选取的测试属性创建一个结点，并以该结点的属性作为标记，对该属性的每个值

创建一个分支以此划分样本。

3.3.2　ID3 算法原理

ID3 算法的核心思想是通过计算属性的信息增益选择决策树各级结点上的分类属性，使得在每个非叶子结点都可获得被测样本的最大类别信息。

ID3 算法的基本思路是：计算所有属性的信息增益，选择其中最大信息增益的属性作为分裂属性产生决策树结点，然后根据该属性的不同取值建立相同数量的分支，再对各分支递归调用 ID3 算法建立分支，直到子集中仅包括同一类别或没有可分裂的属性为止。由此可以得到一棵决策树，对样本进行分析预测。

ID3 算法流程图如图 3.4 所示。

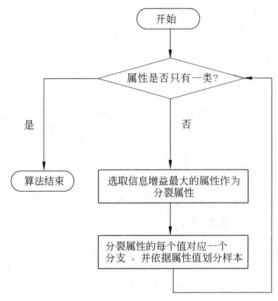

图 3.4　ID3 算法流程图

训练集按照属性划分信息增益的计算步骤如下。

（1）计算给定的训练集的信息熵 entropy。

设训练集为 S，类标号属性将训练集分为 n 个子集：$S_1, S_2, \cdots, S_n$。设 d 为训练集 S 中所有样本的总数，d_i 表示子集 S_i 中的个数，概率为

$$P_i = \frac{d_i}{d}$$

给定训练集的信息熵为

$$\text{entropy}(S) = -\sum_{i=1}^{n} (P_i \log 2 P_i)$$

（2）计算训练集中的某一属性 A，若属性 A 有 m 个取值，计算每个取值 a_j 的信息熵 $\text{entropy}(a_j)$。

设 d_j 为 $A = a_j$ 的样本总数，d_{ij} 表示当 $A = a_j$ 时对应不同类标号属性的取值个数，则

$$\text{entropy}(a_j) = -\sum_{i=1}^{n} \frac{d_{ij}}{d_j} \log \left(\frac{d_{ij}}{d_j} \right)$$

（3）计算属性 A 的划分信息熵 entropy(A)：

$$entropy(S,A) = \sum_{j=1}^{m} \frac{d_j}{d} entropy(a_j)$$

（4）计算属性 A 的信息增益 Gain(A)：

$$Gain(A) = entropy(S) - entropy(S,A)$$

3.3.3　ID3 算法实例

【例 3.2】　在分析 ID3 算法的实现过程后,本节将通过 ID3 算法对表 3.4 所示的游客外出游玩天气数据集进行分析构造决策树,评估游客决定外出游玩时与哪些属性相关。

表 3.4 是一张二维表,共有 outlook、temperature、humidity、windy、play 5 个属性,要分析的就是前 4 个属性对属性 play 的影响。

表 3.4　游客外出游玩天气数据集

No.	1：outlook Nominal	2：temperature Nominal	3：humidity Nominal	4：windy Nominal	5：play Nominal
1	sunny	hot	high	false	no
2	sunny	hot	high	true	no
3	overcast	hot	high	false	yes
4	rainy	mild	high	false	yes
5	rainy	cool	normal	false	yes
6	rainy	cool	normal	true	no
7	overcast	cool	normal	true	yes
8	sunny	mild	high	false	no
9	sunny	cool	normal	false	yes
10	rainy	mild	normal	false	yes
11	sunny	mild	normal	true	yes
12	overcast	mild	high	true	yes
13	overcast	hot	normal	false	yes
14	rainy	mild	high	true	no

通过对表 3.4 进行整理,针对不同的属性对游客是否可以外出游玩进行评估,得到如表 3.5 所示的天气数据集属性分析表。

表 3.5　天气数据集属性分析表

属　　性	no	yes	no	yes	no	yes
play	5	9				
outlook	3	2	0	4	2	3
	sunny　5		overcast　4		rainy　5	

续表

属　　性	no	yes	no	yes	no	yes
temperature	2	2	2	4	1	3
	hot　4		mild　6		cool　4	
humidity	4	3	1	6		
	high　7		normal　7			
windy	3	3	2	6		
	true　6		false　8			

（1）计算属性 play 的信息熵：

$\text{entropy} = -(5/14)\log_2(5/14) - (9/14)\log_2(9/14) = 0.941$

（2）计算其余各个属性的每个取值的信息熵：

$\text{entropy(outlook=sunny)} = -(3/5)\log_2(3/5) - (2/5)\log_2(2/5) = 0.971$

$\text{entropy(outlook=overcast)} = -(4/4)\log_2(4/4) = 0$

$\text{entropy(outlook=rainy)} = -(3/5)\log_2(3/5) - (2/5)\log_2(2/5) = 0.971$

$\text{entropy(temperature=hot)} = -(2/4)\log_2(2/4) - (2/4)\log_2(2/4) = 1$

$\text{entropy(temperature=mild)} = -(4/6)\log_2(4/6) - (2/6)\log_2(2/6) = 0.918$

$\text{entropy(temperature=cool)} = -(3/4)\log_2(3/4) - (1/4)\log_2(1/4) = 0.811$

$\text{entropy(humidity=high)} = -(3/7)\log_2(3/7) - (4/7)\log_2(4/7) = 0.985$

$\text{entropy(humidity=normal)} = -(1/7)\log_2(1/7) - (6/7)\log_2(6/7) = 0.592$

$\text{entropy(windy=true)} = -(3/6)\log_2(3/6) - (3/6)\log_2(3/6) = 1$

$\text{entropy(windy=false)} = -(6/8)\log_2(6/8) - (2/8)\log_2(2/8) = 0.811$

（3）计算各属性的信息熵：

$\text{entropy(outlook)} = 5/14 * 0.971 + 4/14 * 0 + 5/14 * 0.971 = 0.693$

$\text{entropy(temperature)} = 4/14 * 1 + 6/14 * 0.918 + 4/14 * 0.811 = 0.911$

$\text{entropy(humidity)} = 7/14 * 0.985 + 7/14 * 0.592 = 0.789$

$\text{entropy(windy)} = 6/14 * 1 + 8/14 * 0.811 = 0.892$

（4）计算各属性的信息增益：

$\text{Gain(outlook)} = 0.941 - 0.693 = 0.248$

$\text{Gain(temperature)} = 0.941 - 0.911 = 0.03$

$\text{Gain(humidity)} = 0.941 - 0.789 = 0.152$

$\text{Gain(windy)} = 0.941 - 0.892 = 0.049$

由此可知,应选择属性 outlook 作为根结点,得出如图 3.5 所示的树状图。

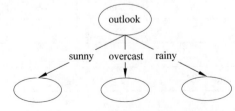

图 3.5　第一步根结点分析结果

（5）分析可知 overcast 对应的属性 play 值全为 yes,无须进行分类,现先对 sunny 这一分支进行分析,如表 3.6 所示。

表 3.6　sunny 分支属性表

temperature	humidity	windy	play
hot	high	false	no
hot	high	true	no
mild	high	false	no
cool	normal	false	yes
mild	normal	true	yes

① 计算属性 play 的信息熵：

$entropy = -(3/5)\log_2(3/5) - (2/5)\log_2(2/5) = 0.971$

② 计算其余各属性的每个取值的信息熵：

$entropy(temperature = hot) = -(2/2)\log_2(2/2) = 0$

$entropy(temperature = mild) = -(1/2)\log_2(1/2) - (1/2)\log_2(1/2) = 1$

$entropy(temperature = cool) = -(1/1)\log_2(1/1) = 0$

$entropy(humidity = high) = -(3/3)\log_2(3/3) = 0$

$entropy(humidity = normal) = -(2/2)\log_2(2/2) = 0$

$entropy(windy = true) = -(1/2)\log_2(1/2) - (1/2)\log_2(1/2) = 1$

$entropy(windy = false) = -(2/3)\log_2(2/3) - (1/3)\log_2(1/3) = 0.918$

③ 计算各属性的信息熵：

$entropy(temperature) = 2/5 * 1 = 0.4$

$entropy(humidity) = 0$

$entropy(windy) = 2/5 * 1 + 3/5 * 0.918 \approx 0.951$

④ 计算各属性的信息增益：

$Gain(temperature) = 0.971 - 0.4 = 0.571$

$Gain(humidity) = 0.971 - 0 = 0.971$

$Gain(windy) = 0.971 - 0.951 = 0.02$

由此可知应选择属性 humidity 作为根结点,且无须再进行分类。对属性取值 sunny 分支进行计算得到的树状图如图 3.6 所示。

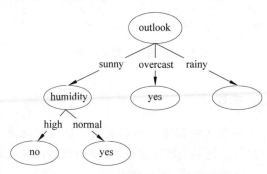

图 3.6　第二步属性 sunny 分析结果

（6）对 rainy 分支进行分析，如表 3.7 所示。

表 3.7　rainy 分支属性表

temperature	windy	play
mild	false	yes
cool	false	yes
cool	true	no
mild	false	yes
mild	true	no

① 计算属性 play 的信息熵：

entropy＝－(3/5)$\log_2$(3/5)－(2/5)$\log_2$(2/5)＝0.971

② 计算其余各属性的每个取值的信息熵：

entropy(temperature＝mild)＝－(2/3)$\log_2$(2/3)－(1/3)$\log_2$(1/3)＝0.918

entropy(temperature＝cool)＝(－(1/2)$\log_2$(1/2))*2＝1

entropy(windy＝true)＝－(2/2)$\log_2$(2/2)＝0

entropy(windy＝false)＝－(3/3)$\log_2$(3/3)＝0

③ 计算各属性的信息熵：

entropy(temperature)＝2/5*1＋3/5*0.918＝0.951

entropy(windy)＝0

④ 计算各属性的信息增益：

Gain(temperature)＝0.971－0.951＝0.02

Gain(windy)＝0.971－0＝0.971

由此可知应选择属性 windy 作为根结点，且无须再进行分类，则得出用 ID3 算法对游客外出游玩数据集分析的最终决策树，如图 3.7 所示。

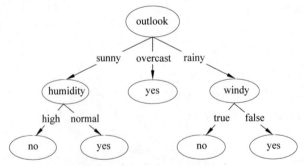

图 3.7　游客外出游玩决策树

3.3.4　ID3 算法 Python 实现

ID3 算法的实现思想：每次从数据集中根据最大信息增益选取一个决策属性特征，将数据进行划分，每次划分都会消耗一个属性特征，使得属性特征越来越少，当所有数据集都是同一类，或者消耗完所有属性特征时，划分结束。

针对 3.3.3 节的 ID3 算法实例,对是否外出出游进行预测,首先将天气 outlook、温度 temperature、湿度 humidity 等信息通过 createDataSet()方法进行初始化,包含 4 个属性: outlook、temperature、humidity、windy、play。以天气为例,0 代表雨天,1 代表阴天,2 代表晴天。然后通过创建树计算各属性信息增益,最后通过对待分类样本进行分类得到结果,即是否外出。Python 实现过程如下。

```python
#数据初始化,属性分别为天气、温度、湿度、风力
def createDataSet():
    #outlook: 0 rain    1 overcast    2 sunny
    #tem:     0 cool    1 mild        2 hot
    #hum:     0 normal 1 high
    #windy    0 not     1 medium      2 very
    dataSet = pd.read_excel('./ID3_天气预测数据集', header=0)
    train_data = np.array(dataSet)
    excel_list = train_data.tolist()
    return excel_list

#获取数据集的熵
def calcShannonEnt(dataSet):
    numEntries = len(dataSet)
    labelCounts = {}
    for featVec in dataSet:
        currentLable = featVec[-1]                      #取得最后一列数据
        if currentLable not in labelCounts.keys():      #获取结果
            labelCounts[currentLable] = 0
        labelCounts[currentLable] += 1

    #计算熵
    Ent = 0.0
    for key in labelCounts:
        prob = float(labelCounts[key]) / numEntries
        Ent -= prob * log(prob, 2)
    #print ("信息熵: ", Ent)
    return Ent

#划分数据集
def splitDataSet(dataSet, axis, value):
    retDataSet = []
    for featVec in dataSet:
        #每行中第 axis 个元素和 value 相等(去除第 axis 个数据)
        if featVec[axis] == value:
            reducedFeatVec = featVec[:axis]
            reducedFeatVec.extend(featVec[axis + 1:])
            retDataSet.append(reducedFeatVec)
    return retDataSet                                   #返回分类后的新矩阵

#根据香农熵选择最优的划分方式
#根据某一属性划分后,类标签香农熵越低,效果越好
def chooseBestFeatureToSplit(dataSet):
```

```
        baseEntropy = calcShannonEnt(dataSet)              #计算数据集的香农熵
        numFeatures = len(dataSet[0]) - 1
        bestInfoGain = 0.0                                 #最大信息增益
        bestFeature = 0                                    #最优特征


        for i in range(0, numFeatures):
            #所有子列表(每行)的第i个元素,组成一个新列表
            featList = [example[i] for example in dataSet]
            uniqueVals = set(featList)
            newEntorpy = 0.0
            #数据集根据第i个属性进行划分,计算划分后数据集的香农熵
            for value in uniqueVals:
                subDataSet = splitDataSet(dataSet, i, value)
                prob = len(subDataSet) / float(len(dataSet))
                newEntorpy += prob * calcShannonEnt(subDataSet)
            #划分后的数据集,香农熵越小越好,即信息增益越大越好
            infoGain = baseEntropy - newEntorpy
            if (infoGain > bestInfoGain):
                bestInfoGain = infoGain
                bestFeature = i
        return bestFeature


#如果数据集已经处理了所有属性,但叶子结点中类标签依然不是唯一的,此时需要决定
#如何定义该叶子结点。这种情况下,采用多数表决方法,对该叶子结点进行分类
def majorityCnt(classList):                                #传入参数:叶子结点中的类标签
    classCount = {}
    for vote in classList:
        if vote not in classCount.keys():
            classCount[vote] = 0
            classCount[vote] += 1
    sortedClassCount = sorted(classCount.iteritems(), key = operator.
itemgetter(1), reverse=True)
    return sortedClassCount[0][0]


#创建树
def createTree(dataSet, labels):
#传入参数:数据集,属性标签(属性标签的作用:在输出结果时,决策树的构建更加清晰)
    classList = [example[-1] for example in dataSet]    #数据集样本的类标签
    if classList.count(classList[0]) == len(classList):
     #如果数据集样本属于同一类,说明该叶子结点划分完毕
        return classList[0]
    if len(dataSet[0]) == 1:
    #如果数据集样本只有一列(该列是类标签),说明所有属性都划分完毕,
    #则根据多数表决方法对该叶子结点进行分类
        return majorityCnt(classList)
    bestFeat = chooseBestFeatureToSplit(dataSet)       #根据香农熵选择最优划分方式
    bestFeatLabel = labels[bestFeat]                    #记录该属性标签
    myTree = {bestFeatLabel: {}}                        #树
    del (labels[bestFeat])                              #在属性标签中删除该属性
    #根据最优属性构建树
```

```
            featValues = [example[bestFeat] for example in dataSet]
            uniqueVals = set(featValues)
            for value in uniqueVals:
                subLabels = labels[:]
                subDataSet = splitDataSet(dataSet, bestFeat, value)
                myTree[bestFeatLabel][value] = createTree(subDataSet, subLabels)
            #print("myTree:", myTree)
            return myTree

    #测试算法:使用决策树,对待分类样本进行分类
    def classify(inputTree, featLabels, testVec):
    #传入参数:决策树,属性标签,待分类样本
        firstStr = list(inputTree.keys())[0]                    #树根代表的属性
        secondDict = inputTree[firstStr]
        #树根代表的属性,所在属性标签中的位置,即第几个属性
        featIndex = featLabels.index(firstStr)
        for key in secondDict.keys():
            if testVec[featIndex] == key:
                if type(secondDict[key]).__name__ == 'dict':
                    classLabel = classify(secondDict[key], featLabels, testVec)
                else:
                    classLabel = secondDict[key]
        return classLabel


    if __name__ == '__main__':
        dataSet = createDataSet()
        labels = ['outlook', 'tem', 'hum', 'windy']
        labelsForCreateTree = labels[:]
        Tree = createTree(dataSet, labelsForCreateTree)
        testvec = [2, 2, 1, 0]
        classify(Tree, labels, testvec)
```

3.3.5　ID3 的优缺点

通过上述的理论描述和实例分析可知,ID3 算法的优缺点总结如下。

ID3 算法的优点:

(1)理论清晰,方法简单,学习能力较强。

(2)生成的规则容易理解。

(3)适用于处理大规模的学习问题。

(4)构建决策树的速度较快,计算时间随着数据的增加线性增加。

(5)ID3 算法不存在无解的危险,并且全盘使用训练数据,可得到一棵较为优化的决策树。

ID3 算法的缺点:

(1)ID3 算法在属性选择时,倾向选择那些拥有多个属性值的属性作为决策属性,而这些属性不一定是最佳决策属性。

(2)只能处理离散属性,对于连续型的属性,在分类前需要对其进行离散化的处理。

(3)无法对决策树进行优化,生成的决策树易过拟合。

（4）ID3 算法不能增量地接受训练集，每增加一次实例，就抛弃原有的决策树，重新构造新的决策树，开销很大。

3.4　C4.5 算 法

3.4.1　C4.5 算法介绍

C4.5 算法是在 ID3 算法的基础上进行改进的，因此继承了 ID3 算法的优点，并改进了其缺点，改进的部分有以下几点。

（1）将连续型属性变量进行离散化的方法如下。

- 从原始数据中找到该连续型属性的最大值 max 和最小值 min；
- 设置区间 $[\min,\max]$ 中的 N 个等分段点 A_i，其中 i 的取值为 $1,2,\cdots,N$；
- 有多种分段方式，一般将连续属性分为两类，且从小到大排序，分裂结点取为当前分裂点与下一属性值的中间值，取分裂点的信息增益率最大值作为分裂点；
- 分别把 $[\min,A_i]$ 和 $[A_i,\max]$ 作为该连续型属性变量的两类取值，有 $N-1$ 种划分方式。

（2）使用信息增益率进行分裂属性的选择，克服了 ID3 算法用信息增益选择属性时偏向选择取值多的属性的不足。

（3）在决策树的构造过程中进行剪枝，因为某些具有很少元素的结点可能直接导致构造的决策树过拟合，若忽略这些结点，可能更好。剪枝方法可用来处理过分拟合数据的问题。

3.4.2　C4.5 算法原理

C4.5 算法选择信息增益率最大的属性作为决策属性。C4.5 算法的流程如图 3.8 所示。

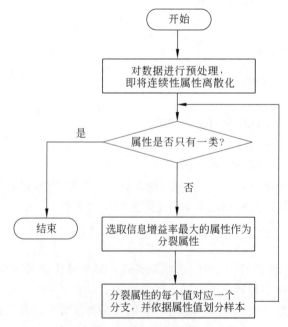

图 3.8　C4.5 算法的流程

C4.5 算法的具体步骤如下。

步骤 1：对数据集进行预处理，将连续型的属性变量进行离散化，处理形成决策树的训练集，若没有连续取值的属性，则忽略此步骤。

步骤 2：计算每个属性的信息增益和信息增益率，并选择信息增益率最大的属性作为当前的属性结点，得到决策树的根结点。

其中信息增益的计算方法和 ID3 算法完全一致。对于取值连续的属性而言，分别计算以分割点对应分类的信息增益率，选择最大信息增益率对应的 A_i 作为该属性分类的分割点，其中 i 的取值为 $1, 2, \cdots, N$；

步骤 3：根结点属性每一个可能的取值对应一个子集，对样本子集递归地执行步骤 2 过程，直到划分的每个子集中的观测数据在分类属性上取值都相同，生成决策树。

步骤 4：根据构造的决策树提取分类规则，对新的数据对象进行分类预测。

3.4.3 C4.5 算法实例

【例 3.3】 对如表 3.8 所示的游客外出游玩天气数据集进行分析，通过表中 outlook、temperature、humidity、windy 4 个属性值对属性 play 进行评估，以此判断游客是否适合出游。其中，表 3.8 中的温度属性 temperature 和湿度属性 humidity 是连续值。

表 3.8 游客外出游玩天气数据集

No	outlook Nominal	temperature Numeric	humidity Numeric	windy Nominal	play Nominal
1	sunny	85.0	85.0	false	no
2	sunny	80.0	90.0	true	no
3	overcast	83.0	86.0	false	yes
4	rainy	70.0	96.0	false	yes
5	rainy	68.0	80.0	false	yes
6	rainy	65.0	70.0	true	no
7	overcast	64.0	65.0	true	yes
8	sunny	72.0	95.0	false	no
9	sunny	69.0	70.0	false	yes
10	rainy	75.0	80.0	false	yes
11	sunny	75.0	70.0	true	yes
12	overcast	72.0	90.0	true	yes
13	overcast	81.0	75.0	false	yes
14	rainy	71.0	91.0	true	no

1. 数据预处理

将温度属性 temperature 和湿度属性 humidity 离散化，假设采用的离散化方法是将各个属性值从小到大排序，依次计算其相邻属性值的中值并将其作为分裂点，计算其信息增益，选其最大值。

2. 分析 temperature 属性

（1）找到属性 temperature 的最大值 85 和最小值 64，如表 3.9 所示。

表 3.9　temperature 分裂点

分 裂 点	区 间	总数（14）	yes（9）	no（5）
65	[64,65]	2	1	1
	(65,85]	12	8	4
69	[64,69]	4	3	1
	(69,85]	10	6	4
70	[64,70]	5	4	1
	(70,85]	9	5	4
71	[64,71]	6	4	2
	(71,85]	8	5	3
72	[64,72]	8	5	3
	(72,85]	6	4	2
75	[64,75]	10	7	3
	(75,85]	4	2	2
81	[64,81]	12	8	4
	(81,85]	2	1	1
84	[64,84]	13	9	4
	(84,85]	1	0	1

在区间[64,85]中取分裂点，根据 C4.5 算法，要将属性值进行排序遍历到每一个值，然后找出信息增益最大的值作为该属性的分裂点。为求得[min,A_i]和[A_i,max]最大的信息增益，则信息熵就要最小，现做统计，如表 3.9 所示：把作为该连续型属性变量的两类取值分别命名为 no1 和 no2。

其中，分裂点为 65 与 81 的取值分布相同，分裂点为 71 与 72 的取值分布相同，可简化计算。

（2）计算属性 play 的信息熵：

$entropy = -(5/14)\log_2(5/14) - (9/14)\log_2(9/14) = 0.941$

（3）计算分裂点 temperature 属性每个取值的信息熵：

分裂点为 65：

$entropy(temperature = no1) = -(1/2)\log_2(1/2) - (1/2)\log_2(1/2) = 1$

$entropy(temperature = no2) = -(8/12)\log_2(8/12) - (4/12)\log_2(4/12) = 0.918$

分裂点为 69：

$entropy(temperature = no1) = -(3/4)\log_2(3/4) - (1/4)\log_2(1/4) = 0.811$

$entropy(temperature = no2) = -(6/10)\log_2(6/10) - (4/10)\log_2(4/10) = 0.971$

分裂点为 70：

entropy(temperature＝no1)＝－(4/5)log$_2$(4/5)－(1/5)log$_2$(1/5)＝0.722

entropy(temperature＝no2)＝－(5/9)log$_2$(5/9)－(4/9)log$_2$(4/9)＝0.991

分裂点为 71：

entropy(temperature＝no1)＝－(4/6)log$_2$(4/6)－(2/6)log$_2$(2/6)＝0.918

entropy(temperature＝no2)＝－(5/8)log$_2$(5/8)－(3/8)log$_2$(3/8)＝0.955

分裂点为 75：

entropy(temperature＝no1)＝－(7/10)log$_2$(7/10)－(3/10)log$_2$(3/10)＝0.881

entropy(temperature＝no2)＝－(2/4)log$_2$(2/4)－(2/4)log$_2$(2/4)＝1

分裂点为 84：

entropy(temperature＝no1)＝－(9/13)log$_2$(9/13)－(4/13)log$_2$(4/13)＝0.980

entropy(temperature＝no2)＝0

（4）计算各分裂点的划分信息熵：

分裂点为 65：entropy(temperature)＝2/14 * 1＋12/14 * 0.918＝0.930

分裂点为 69：entropy(temperature)＝4/14 * 0.811＋10/14 * 0.971＝0.925

分裂点为 70：entropy(temperature)＝5/14 * 0.722＋9/14 * 0.991＝0.895

分裂点为 71：entropy(temperature)＝6/14 * 0.918＋8/14 * 0.955＝0.939

分裂点为 75：entropy(temperature)＝4/14 * 1＋10/14 * 0.881＝0.915

分裂点为 84：entropy(temperature)＝13/14 * 0.980 ＝0.910

（5）计算各分裂点的信息增益：

分裂点为 65：Gain(temperature)＝0.941－0.930＝0.011

分裂点为 69：Gain(temperature)＝0.941－0.925＝0.016

分裂点为 70：Gain(temperature)＝0.941－0.895＝0.046

分裂点为 71：Gain(temperature)＝0.941－0.939＝0.002

分裂点为 75：Gain(temperature)＝0.941－0.915＝0.026

分裂点为 84：Gain(temperature)＝0.941－0.910＝0.031

从中可知取值为 70 时,信息增益最大,则求出对应的分裂信息熵与信息增益率：

splitE(temperature)＝－5/14log$_2$(5/14)－(9/14)log$_2$(9/14)＝0.941

Gain-Ratio(temperature)＝(0.941－0.895)/0.941＝0.049

3. 分析 humidity 属性

（1）找到 humidity 属性的最小值 65 和最大值 96；在区间[65,96]中取分裂点,如表 3.10 所示。

表 3.10　humidity 分裂点

分 裂 点	区 间	总数(14)	yes(9)	no(5)
68	[65,68]	1	1	0
	(68,96]	13	8	5
70	[65,70]	4	3	1
	(70,96]	10	6	4

分　裂　点	区　　间	总数（14）	yes（9）	no（5）
78	$[65,78]$	5	4	1
	$(78,96]$	9	5	4
80	$[65,80]$	7	6	1
	$(80,96]$	7	3	4
86	$[65,86]$	9	7	2
	$(86,96]$	5	2	3
90	$[65,90]$	11	8	3
	$(90,96]$	3	1	2
91	$[65,91]$	12	8	4
	$(65,96]$	2	1	1
96	$[65,96]$	14	9	5
	$(96,96]$	0	0	0

把$[\min,A_i]$和$[A_i,\max]$作为该连续型属性变量的两类取值，分别命名为 no1 和 no2。

（2）计算属性 play 的信息熵：

$$entropy=-(5/14)\log_2(5/14)-(9/14)\log_2(9/14)=0.941$$

（3）计算各分裂的 humidity 每个取值的信息熵：

分裂点为 68：

$$entropy(humidity=no1)=-(1/1)\log_2(1/1)-(0/1)\log_2(0/1)=0$$

$$entropy(humidity=no2)=-(5/13)\log_2(5/13)-(8/13)\log_2(8/13)=0.961$$

分裂点为 70：

$$entropy(humidity=no1)=-(1/4)\log_2(1/4)-(3/4)\log_2(3/4)=0.811$$

$$entropy(humidity=no2)=-(6/10)\log_2(6/10)-(4/10)\log_2(4/10)=0.971$$

分裂点为 78：

$$entropy(humidity=no1)=-(4/5)\log_2(4/5)-(1/5)\log_2(1/5)=0.722$$

$$entropy(humidity=no2)=-(5/9)\log_2(5/9)-(4/9)\log_2(4/9)=0.991$$

分裂点为 80：

$$entropy(humidity=no1)=-(6/7)\log_2(6/7)-(1/7)\log_2(1/7)=0.592$$

$$entropy(humidity=no2)=-(3/7)\log_2(3/7)-(4/7)\log_2(4/7)=0.987$$

分裂点为 86：

$$entropy(humidity=no1)=-(2/5)\log_2(2/5)-(3/5)\log_2(3/5)=0.971$$

$$entropy(humidity=no2)=-(2/9)\log_2(2/9)-(7/9)\log_2(7/9)=0.764$$

分裂点为 90：

$$entropy(humidity=no1)=-(8/11)\log_2(8/11)-(3/11)\log_2(3/11)=0.845$$

$$entropy(humidity=no2)=-(2/3)\log_2(2/3)-(1/3)\log_2(1/3)=0.918$$

分裂点为 91：

entropy(humidity=no1)＝－(8/12)log$_2$(8/12)－(4/12)log$_2$(4/12)＝0.918

entropy(humidity=no2)＝－(1/2)log$_2$(1/2)－(1/2)log$_2$(1/2)＝1

分裂点为 96：

entropy(humidity=no1)＝－(5/14)log$_2$(5/14)－(9/14)log$_2$(9/14)＝0.941

entropy(humidity=no2)不存在

(4) 计算各分裂点的划分信息熵：

分裂点为 68：entropy(humidity)＝13/14 * 0.961＝0.893

分裂点为 70：entropy(humidity)＝4/14 * 0.811＋10/14 * 0.971＝0.925

分裂点为 78：entropy(humidity)＝5/14 * 0.722＋9/14 * 0.991＝0.895

分裂点为 80：entropy(humidity)＝7/14 * 0.592＋7/14 * 0.987＝0.790

分裂点为 86：entropy(humidity)＝5/14 * 0.971＋9/14 * 0.764＝0.838

分裂点为 90：entropy(humidity)＝11/14 * 0.845＋3/14 * 0.918＝0.861

分裂点为 91：entropy(humidity)＝12/14 * 0.918＋2/14 * 1＝0.930

(5) 计算各分裂点的信息增益：

分裂点为 68：Gain(humidity)＝0.941－0.893＝0.048

分裂点为 70：Gain(humidity)＝0.941－0.925＝0.016

分裂点为 78：Gain(humidity)＝0.941－0.895＝0.046

分裂点为 80：Gain(humidity)＝0.941－0.790＝0.151

分裂点为 86：Gain(humidity)＝0.941－0.838＝0.103

分裂点为 90：Gain(humidity)＝0.941－0.861＝0.080

分裂点为 91：Gain(humidity)＝0.941－0.930＝0.011

从中可知取值为 80 时,信息增益最大。对应的分裂信息熵与信息增益率如下。

splitE(humidity)＝7/14log$_2$(7/14)－(7/14)log$_2$(7/14)＝1

Gain-Ratio(humidity)＝(0.941－0.790)/1＝0.151

4. 分析 outlook 和 windy 属性

(1) 计算其余各个属性的信息熵和每个取值的信息熵：

I(outlook=sunny)＝－(3/5)log$_2$(3/5)－(2/5)log$_2$(2/5)＝0.971

I(outlook=overcast)＝－(4/4)log$_2$(4/4)＝0

I(outlook=rainy)＝－(3/5)log$_2$(3/5)－(2/5)log$_2$(2/5)＝0.971

I(outlook)＝－(5/14)log$_2$(5/14)－(4/14)log$_2$(4/14)－(5/14)log$_2$(5/14)＝1.578

I(windy=true)＝－(3/6)log$_2$(3/6)－(3/6)log$_2$(3/6)＝1

I(windy=false)＝－(6/8)log$_2$(6/8)－(2/8)log$_2$(2/8)＝0.811

I(windy)＝－(6/14)log$_2$(6/14)－(8/14)log$_2$(8/14)＝0.985

(2) 计算 outlook 和 windy 属性的信息熵：

entropy(outlook)＝5/14 * 0.971＋4/14 * 0＋5/14 * 0.971＝0.693

entropy(windy)＝6/14 * 1＋8/14 * 0.811＝0.892

(3) 计算 outlook 和 windy 属性的信息增益：

Gain(outlook)＝0.941－0.693＝0.248

Gain(windy)＝0.941－0.892＝0.049

（4）计算 outlook、windy、temperature 和 humidity 属性的信息增益率：

Gain-Ratio(outlook)＝0.248/1.578＝0.157

Gain-Ratio(windy)＝0.049/0.985＝0.050

Gain-Ratio(temperature)＝(0.941－0.895)/0.941＝0.049

Gain-Ratio(humidity)＝(0.941－0.790)/1＝0.151

由此可知应选择属性 outlook 作为根结点。可得树状图为图 3.9，接下来的步骤与 ID3 算法相同，不过，每次选择的分裂属性为最大的信息增益率。最终的结果如图 3.9 所示。

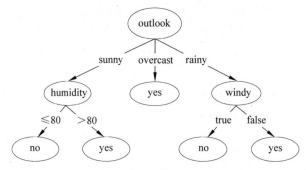

图 3.9　C4.5 算法实现游客游玩数据集的决策树

3.4.4　C4.5 算法 Python 实现

首先对数据集进行初始化，数据集包含 5 个属性：outlook、temperature、humidity、windy、play。以天气 outlook 为例，0 代表雨天 rainy，1 代表阴天 overcast，2 代表晴天 sunny。随机选取 20％数据作为测试集，剩余为训练集。调用 DecisionTreeClassifier()对外出概率进行预测，最后得到结果，Python 实现过程如下。

```python
from sklearn.model_selection  import train_test_split
from sklearn.metrics import accuracy_score
from sklearn.tree import DecisionTreeClassifier
import numpy as np


#outlook: 0 rain    1 overcast   2 sunny
#tem:     0 cool    1 mild       2 hot
#hum:     0 normal 1 high
#windy    0 not     1 medium     2 very

if __name__ == '__main__':
    #读取数据
    raw_data = pd.read_excel('./C4.5_天气预测数据集.xlsx', header=0)
    data = raw_data.values
    features = data[::,:3]
    label = data[::,4]

    #随机选取 20%数据作为测试集,剩余为训练集
    train_features, test_features, train_labels, test_labels = train_test_
split(features, label, test_size=0.2, random_state=0)
```

```
#采用 CART 算法训练,并预测
clf = DecisionTreeClassifier(criterion='entropy')
clf.fit(train_features,train_labels)
test_predict = clf.predict(test_features)

#准确性评分
score = accuracy_score(test_labels, test_predict)
```

C4.5 算法的核心思想是使用信息增益率进行分裂属性的选择,避免了 ID3 算法用信息增益选择属性时偏向于选择取值多的属性的不足。

3.4.5　C4.5 算法的优缺点

C4.5 算法的优缺点总结如下。

C4.5 算法的优点:

(1) 产生的分类规则易于理解,准确率较高。

(2) 通过信息增益率选择分裂属性,避免了 ID3 算法中通过信息增益倾向于选择拥有多个属性值的属性作为分裂属性的不足。

(3) 能够处理离散型和连续型的属性类型,即将连续型的属性进行离散化处理。

(4) 构造决策树之后进行剪枝操作。

(5) 能够处理具有缺失属性值的训练数据。

C4.5 算法的缺点:

(1) 在构造树的过程中,需要对数据集进行多次的顺序扫描和排序,特别是针对含有连续属性值的训练样本,因而导致算法低效。

(2) C4.5 算法只适用于能够驻留于内存的数据集,当训练集大到无法在内存容纳时,程序无法运行。

(3) 算法在选择分裂属性时没有考虑到条件属性间的相关性,只计算数据集中每个条件属性与决策属性之间的期望信息,有可能影响属性选择的正确性。

(4) C4.5 算法生成的是多叉树,即一个父结点可以有多个子结点。很多时候,在计算机中二叉树模型会比多叉树运算效率高。

3.5　3 种算法的比较

前面讨论了 3 种经典决策树分类算法。3 种算法比较结果如表 3.11 所示。

(1) ID3 算法和 C4.5 算法在每个结点上可产生多个分支,而 CART 算法每个结点只会产生两个分支。

(2) C4.5 算法通过引入信息增益比,弥补了 ID3 在特征取值比较多时由于过拟合造成泛化能力变弱的缺陷。

(3) ID3 算法只能处理离散型变量,而 C4.5 算法和 CART 算法可以处理连续型变量。

(4) ID3 算法和 C4.5 算法只能用于分类任务,而 CART 算法可用于分类和回归任务。

(5) CART 通过 Gini 指数进行划分,C4.5 算法通过信息增益率进行划分,ID3 算法通过信息增益进行划分。

表 3.11   3 种算法比较结果

算法	支持模型	树结构	特征选择	连续值处理	缺失值处理	剪枝
ID3	分类	多叉树	信息增益	不支持	不支持	不支持
C4.5	分类	多叉树	信息增益率	支持	支持	支持
CART	分类，回归	二叉树	Gini 指数、均方差	支持	支持	支持

3.6   分类算法评价

分类算法有很多，每个分类算法又有不同的变种。不同的分类算法在不同的数据集上表现的效果也不尽相同，因此需要根据特定的问题和任务选择比较好的算法进行求解。对分类算法给出客观的评价对于算法的选择很有必要，本节介绍分类算法的评价指标和评价方法。

3.6.1   常用术语

为了简化和统一考虑分类问题，我们假设分类目标只有正例（positive）和负例（negative）两类，则分类器的分类结果可能有 4 种情况，其分类结果的样本数可以表示为

（1）True Positives（真正 TP）：预测为正样本，实际也为正样本的特征数。

（2）False Positives（假正 FP）：预测为正样本，实际为负样本的特征数（错预测为正样本，所以叫 False）。

（3）True Negatives（真负 TN）：预测为负样本，实际也为负样本的特征数。

（4）False Negatives（假负 FN）：预测为负样本，实际为正样本的特征数（错预测为负样本，所以叫 False）。

说明：True、False 表示预测是对或错。也就是说，若预测和实际一致，则为真；若预测和实际不一致，则为假。

混淆矩阵（confusion matrix），也称为误差矩阵，是表示精度评价的一种标准格式。混淆矩阵是分析分类器识别不同类元组的一种有用工具。它作为一种特定的矩阵用来呈现算法性能的可视化效果，通常用于监督学习。其每一列代表预测值，每一行代表实际的类别。这个名字来源于它可以非常容易地表明多个类别是否有混淆（也就是一个类别被预测成另一个类别）。

表 3.12 的混淆矩阵表示上述 4 个基础指标，即一级指标（最底层的）：TP 和 TN 表示分类器分类正确，FP 和 FN 表示分类器分类错误。

表 3.12   混淆矩阵

实际类		预 测 类		
		Positive	Negative	合计
	Positive	TP	FN	P
	Negative	FP	TN	N
	合计	P	N	P+N

混淆矩阵里面统计的是个数,有时候面对大量的数据,通过个数很难衡量模型的优劣。因此,混淆矩阵在基本的统计结果上又延伸出 4 个比较重要的二级指标(通过对最底层指标进行加、减、乘、除运算得到):

真正率(True Positive Rate,TPR)(也叫灵敏度(sensitivity)):$TPR=TP/(TP+FN)=TP/P$,即正样本预测结果数/正样本实际数。

假负率(False Negative Rate,FNR):$FNR=FN/(TP+FN)=FN/P$,即被预测为负的正样本结果数/正样本实际数。

假正率(False Positive Rate,FPR):$FPR=FP/(FP+TN)=FP/N$,即被预测为正的负样本结果数/负样本实际数。

真负率(True Negative Rate,TNR)(也叫特效度(specificity)):$TNR=TN/(TN+FP)=TN/N$,即负样本预测结果数/负样本实际数。

3.6.2　评价指标

基于混淆矩阵,在数据挖掘分类器评价中常用的评价指标有如下 7 个。

1. 准确率

准确率(Accuracy)是最常见的评价指标,分类器对整个样本的判定能力,即将正的判定为正,负的判定为负:

$$Accuracy=(TP+TN)/(P+N)$$

即分类正确的样本数除以所有的样本数,通常来说,准确率越高,分类器越好。

2. 错误率

错误率(Error Rate)与准确率相反,描述被分类器错分的比例:

$$Error\ Rate=(FP+FN)/(P+N)=1-Accuracy$$

对某一个实例来说,分对与分错是互斥事件,所以 Accuracy=1−Error Rate。

3. 灵敏度

灵敏度(Sensitive)表示的是所有正例中被分对的比例,衡量了分类器对正例的识别能力:

$$Sensitive=TP/(TP+FN)=TP/P$$

4. 特效度

特效度(Specificity)表示的是所有负例中被分对的比例,衡量了分类器对负例的识别能力:

$$Specificity=TN/(TN+FP)=TN/N$$

5. 精确率

精确率(Precision)也叫精度,是精确性的度量,表示被分为正例的示例中实际为正例的比例,即预测结果为正例样本中真实为正例的比例(查得准):

$$Precision=TP/(TP+FP)=TP/P$$

6. 召回率

召回率(Recall)是覆盖面的度量,度量有多个正例被分为正例,即真实为正例的样本中预测结果为正例的比例(查得全,对正样本的区分能力):

$$Recall=TP/(TP+FN)=TP/P=Sensitive$$

可以看到,召回率与灵敏度是一样的。

在信息检索领域，精确率和召回率又被称为查准率和查全率，是最常用的两个指标。

7. F1-Score

F1-Score 指标综合了 Precision 与 Recall 的结果，是三级指标。F1-Score 的取值范围从 0 到 1，1 代表模型的输出最好，0 代表模型的输出结果最差。

$$F=2*P*R/(P+R)$$

其中，P 代表 Precision，R 代表 Recall。

8. 其他评价指标

- 计算速度：分类器训练和预测需要的时间；
- 鲁棒性：处理缺失值和异常值的能力；
- 可扩展性：处理大数据集的能力；
- 可解释性：分类器的预测标准的可理解性，如决策树产生的规则就是很容易理解的，而神经网络的一堆参数就没有直观意义，可以把分类器看成一个黑盒子。

对于某个具体的分类器而言，不可能同时提高上面介绍的所有指标，当然，如果一个分类器能正确分对所有实例，各项指标就已经达到最优，但实际中这样的分类器往往不存在。如地震预测，没有谁能准确预测地震的发生，但可以容忍一定程度的误报，假设 1000 次预测中有 5 次预测为发现地震，其中一次真的发生了地震，而其他 4 次为误报，那么和原来没有地震预测分类器相比，正确率从原来的 999/1000＝99.9％下降到 996/1000＝99.6％，但召回率从 0/1＝0％上升为 1/1＝100％，这样虽然谎报了几次地震，但地震真的来临时，我们没有错过，这样的分类器也是我们想要的，在一定准确率的前提下，我们要求分类器的召回率尽可能高。

【例 3.4】 某产品数据的混淆矩阵如表 3.13 所示，其中类标号表示合格的类值为 yes 和 no。请问该分类器的灵敏度、特效性、精度和召回率分别为多少？

表 3.13　某产品数据的混淆矩阵

	类	yes	no	合计	准确率（%）
		预测类			
实际类	yes	9760	40	9800	99.59
	no	120	80	200	40.00
	合计	9880	120	10000	98.40

【解】

灵敏度（真正例率）：Sensitive＝TP/P＝9760/9800×100％＝99.59％。

特效性（真负例率）：Specificity＝TN/N＝80/200×100％＝40.00％。

精度：Precision＝TP/(TP+FP)＝9760/9880×100％＝98.79％。

召回率：Recall＝TP/(TP+FN)＝TP/P＝Sensitive＝99.59％。

3.6.3　分类器性能的表示

分类器性能的表示方法类似信息检索系统的评价方法，可以采用 ROC（Receiver Operating Characteristic）曲线、AUC（Area Under ROC Curve）和混淆矩阵等。人们经常使用 ROC 曲线表示"假正"和"真正"的关系。ROC 曲线的水平轴一般表示"假正"的百分比，另外一个轴表示"真正"的百分比。

1. ROC

ROC 的动机：对于 0,1 两类分类问题，一些分类器得到的结果可能不是 0,1 这样的标签，例如连续型的分类器中间计算会得到诸如 0.2,0.9 这样的分类结果。这时我们可以人为取一个阈值，比如 0.4，那么小于 0.4 的归为 0 类，大于或等于 0.4 的归为 1 类，可以得到一个分类结果。同样，这个阈值也可以取 0.1 或 0.2 等。取不同的阈值，最后得到的分类情况也就不同，如图 3.10 所示。

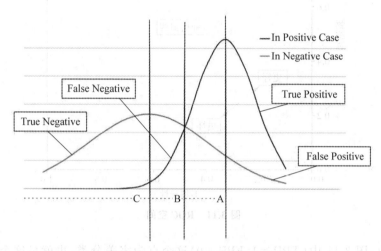

图 3.10　正类和负类分类统计图

高峰的线表示原始为正类分类得到的统计图，低峰的线表示原始为负类得到的统计图。那么，我们取一条直线，直线左边分为负类，直线右边分为正类，这条直线就是我们所取的阈值。阈值不同，可以得到不同的结果，但是由分类器决定的统计图始终是不变的。这时候就需要一个独立于阈值，只与分类器有关的评价指标，来衡量特定分类器的好坏。还有，在类不平衡的情况下，如正样本有 90 个，负样本有 10 个，直接把所有样本分类为正样本，得到的识别率为 90%，但这显然是没有意义的，如上就是 ROC 曲线的动机。

ROC 曲线选的两个指标是：

(1) 真正率(True Positive Rate，TPR)，即灵敏度或召回率，计算公式为

$$TPR = TP/(TP+FN) = TP/P$$

(2) 假正率(False Positive Rate，FPR)，计算公式为

$$FPR = FP/(FP+TN) = FP/N$$

ROC 的主要分析工具是一个画在 ROC 空间的曲线——ROC 曲线，横坐标为 FPR，纵坐标为 TPR。例如，在医学诊断中，判断有病的样本。那么，尽量把有病的样本查出来是主要任务，也就是第一个指标 TPR 越高越好。而把没病的样本误诊为有病的，也就是第二个指标 FPR 越低越好。不难发现，这两个指标是相互制约的。如果某个医生对于有病的症状比较敏感，细微的小症状都判断为有病，那么他的第一个指标应该会很高，但是第二个指标也就相应地变高。最极端的情况下，他把所有的样本都看作有病，那么第一个指标达到 1，第二个指标也为 1。

一个好的分类模型应该尽可能靠近图形的左上角，而一个随机猜测模型应位于连接点 (TPR=0，FPR=0) 和 (TPR=1，FPR=1) 的主对角线上。

ROC 的图形化表示：以 FPR 为横轴，TPR 为纵轴，得到如图 3.11 所示的 ROC 空间。

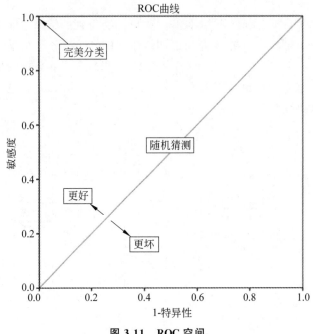

图 3.11   ROC 空间

可以看出，图 3.11 中(TPR＝1，FPR＝0)这个点为完美分类，也就是这个医生医术高明，诊断全对；图 3.11 中 TPR＞FPR 的部分，医生的判断大体是正确的。图 3.11 中 TPR＝FPR 的部分，也就是医生全都是蒙的，蒙对一半，蒙错一半；图 3.11 中 TPR＜FPR 的部分，这个医生说你有病，那么你很可能没有病，医生的话我们要反着听，该医生为真庸医。

我们需要一个独立于阈值的评价指标来衡量这个医生的医术，也就是遍历所有的阈值，得到 ROC 曲线。假设图 3.10 就是某个医生的诊断统计图，直线代表阈值。遍历所有的阈值，能够在 ROC 平面上得到如图 3.12 所示的 ROC 曲线。

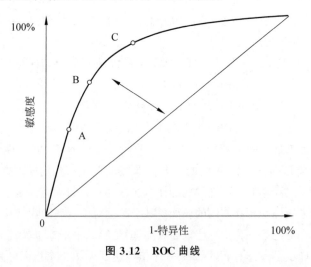

图 3.12   ROC 曲线

2. AUC

AUC 是处于 ROC 曲线下方的那部分面积的大小。通常，AUC 的值在 0.5 到 1.0 之间,较大的 AUC 代表了较好的性能。如果模型是完美的,那么它的 AUC=1;如果模型是一个简单的随机猜测模型,那么它的 AUC=0.5;如果一个模型好于另一个模型,则它的曲线下方的面积相对较大。AUC 作为数值可以直观地评价分类器的好坏,该值越大越好。

虽然已经有很多评价标准,但我们还经常使用 ROC 和 AUC 作为评价标准是因为 ROC 曲线有一个很好的特性:当测试集中的正负样本的分布变化的时候,ROC 曲线能够保持不变。在实际的数据集中经常出现类不平衡现象,即负样本比正样本多很多(或者相反),而且测试数据中的正负样本的分布也可能随着时间变化。

3. 混淆矩阵

混淆矩阵是一种特定的矩阵,用来呈现算法性能的可视化效果。其每一列代表预测值,每一行代表实际的类别。这个名字来源于它可以非常容易地表明多个类别是否有混淆。混淆矩阵是另外一种表示分类准确率的方法。假定有 m 个类,混淆矩阵是一个 $m \times m$ 的矩阵,$C_{i,j}$ 表明了 D 中被分到类 C_j 但实际类别是 C_i 的元组的数量。显然,最好分类结果是对角线以外的值为全零。

假设有一个用来对猫(cat)、狗(dog)、兔子(rabbit)进行分类的系统,混淆矩阵就是为了进一步分析性能而对该算法测试结果做出的总结。假设总共有 27 只动物:8 只猫,6 条狗,13 只兔子。结果混淆矩阵如表 3.14 所示。

表 3.14　混淆矩阵

		预测的类		
		cat	**dog**	**rabbit**
实际类	cat	5	3	0
	dog	2	3	1
	rabbit	0	2	11

在这个混淆矩阵中,实际有 8 只猫,但是系统将其中 3 只预测成了狗;对于 6 条狗,其中有 1 条被预测成了兔子,2 条被预测成了猫。从混淆矩阵中可以看出,系统对于区分猫和狗存在一些问题,但是区分兔子和其他动物的效果还是不错的。所有正确的预测结果都在对角线上,所以从混淆矩阵中可以很直观地看出哪里有错误,因为错误呈现在对角线外面。

3.6.4　分类器性能的评估方法

保持法和交叉验证是两种常用的评估分类器性能的技术。

1. 保持法

随机划分数据集,将原始样本数据随机分为两组:训练集和测试集(也叫验证集),通常按照 3∶1 的比例划分,其中 3/4 的数据集作为训练集用于模型的建立,1/4 的数据集作为测试集用于测试所建立模型的性能,把测试结果作为此保持法(Hold-Out Method)下分类器的性能指标。此种方法的好处是处理简单,只随机把原始数据分为两组即可,由于是随机地将原始数据分组,最后验证分类器性能的高低与原始数据的分组有很大的关系,所以这种方法得到的结果其实并不具有说服性。

2. 交叉验证

交叉验证(Cross-Validation,CV)是用来验证分类器性能的一种统计分析方法,其基本思想是在某种意义下将原始数据划分为训练集和测试集（也叫验证集），每个数据记录既作为训练集，又作为测试集。虽然有的著作中将保持法纳入交叉验证方法中，但实际上它并不算是交叉验证，因为这种方法没有达到交叉的思想。交叉验证的基本过程是：首先用训练集对分类器进行训练得到分类器模型，然后利用测试集测试训练得到的分类器模型（model），以此作为评价分类器的性能指标。常见的交叉验证的方法如下。

（1）K 折交叉验证（K-Fold Cross-Validation）。

将数据集划分成 K 份，每次将其中的 K-1 份作为训练集建立模型，剩余的一份作为测试集检测模型性能，共执行 K 次性能测试，平均 K 次测试结果或者使用其他结合方式，最终得到一个单一估测值作为最终模型的性能。常用的是 10 折交叉检验：把数据随机分成 10 份，先拿出一份用作测试数据，把其他 9 份合在一起来建立模型，然后用拿出的一份测试数据对用 9 份数据建立的模型做测试。这个过程对每份数据都重复进行一次，得到 10 个不同的测试结果。平均 10 次测试结果或者使用其他结合方式，最终得到一个单一估测值作为最终模型的性能。当然，工程中一般还需要进行多次 10 折交叉验证求均值，例如，10 次 10 折交叉验证，以求更精确一点。

K 折交叉验证的优点是每个样本数据都既被用作训练数据，也被用作测试数据，避免过度学习和欠学习状态的发生，得到的结果比较具有说服力。其缺点是 K 值选取比较困难，针对具体应用难以确定合适的值。

（2）留一验证（Leave One Out Cross-Validation）。

在大小为 N 的原始样本集中每次选择一个数据作为测试集，其余的 $N-1$ 个数据作为训练集用于测试模型的性能，共执行 N 次测试，平均 N 次测试结果或者使用其他结合方式，最终得到一个单一估测值作为最终模型的性能；事实上，这等同于 K 折交叉验证，其中 K 值为原样本数据集的大小 N。

留一验证的优点是每个分类器或模型都用几乎所有的样本训练模型，最接近样本，这样评估所得的结果比较可靠。实验没有随机因素，整个过程是可重复的。其缺点是：计算成本高，当 N 非常大时，计算耗时，因为需要建立的模型数量与原始数据样本数量相同，当原始数据样本数量相当大时，除非每次训练分类器得到模型的速度很快，或是可以用并行化计算减少计算所需的时间，否则该方法的实施时间太长，工程意义不大。

习　题

1. 简述 C4.5 算法的主要思想、步骤及其优缺点。
2. 考虑表 3.15 所示二元分类问题的数据集。

表 3.15　二元分类问题的数据集

A	B	类 标 号
T	F	+
T	T	+
T	T	+
T	F	−

续表

A	B	类 标 号
T	T	＋
F	F	—
F	F	—
F	F	—
T	T	—
T	F	—

(1) 计算按照属性 A 和 B 划分时的信息熵。决策树归纳算法将会选择哪个属性？

(2) 计算按照属性 A 和 B 划分时的信息增益。决策树归纳算法将会选择哪个属性？

(3) 计算按照属性 A 和 B 划分时的 Gini 指数。决策树归纳算法将会选择哪个属性？

3. 计算决策树算法在最坏情况下的计算复杂度是重要的。给定数据集 D，属性数 n 和训练元组数 $|D|$，证明决策树生长的计算时间最多为 $n * |D| * \log_2(|D|)$。

4. 客户购买计算机的数据集如表 3.16 所示，根据训练集数据采用 ID3 算法对表 3.16 中的数据建立决策树，分析顾客(青年,低收入,无游戏爱好,中等信用度)是否有购买计算机的倾向。

表 3.16　客户购买计算机的数据集

Id	年龄	收入	爱好	信用	购买
1	青年	高	无	中等	否
2	青年	高	无	优	否
3	中年	高	无	中等	是
4	老年	中	无	中等	是
5	老年	低	有	中等	是
6	老年	低	有	优	否
7	中年	低	有	优	是
8	青年	中	无	中等	否
9	青年	低	有	中等	是
10	老年	中	有	中等	是
11	青年	中	有	优	是
12	中年	中	无	优	是
13	中年	高	有	中等	是
14	老年	中	无	优	否

5. 在决策树的训练过程中如何通过剪枝减少过拟合？举例说明。

6. 分析决策树分类中 3 种算法的优缺点，并用本章的分类算法对鸢尾花数据集进行评估，比较其运行速度及准确率。

本 章 实 验

1. 实验目的

- 熟悉和掌握决策树的分类原理、实质和过程。
- 掌握典型的决策树学习算法和实现技术。
- 学习使用 sklearn 构建一个决策树分类模型。
- 使用构建的分类模型预测鸢尾花的种类。

2. 实验内容及要求

本次实验以鸢尾花数据集为基础训练机器学习模型。首先，该数据集的基本构成：数据集的准确名称为 Iris Data Set，总共包含 150 行数据，每行数据由 4 个特征值及一个目标值组成，其中 4 个特征值分别为萼片长度、萼片宽度、花瓣长度、花瓣宽度。而目标值为 3 种不同类别的鸢尾花，分别为 Iris Setosa(山鸢尾)、Iris Versicolour(变色鸢尾)、Iris Virginica (维吉尼亚鸢尾)。

依据 ID3 算法、C4.5 算法和 CART 算法，使用 sklearn 中提供的决策树分类器构建决策树分类模型，对鸢尾花数据进行分类。通过训练鸢尾花的训练集，使用决策树分类模型对测试集进行预测，得出其分类准确率，以此判断使用决策树算法分类的准确度。

第 4 章

贝叶斯分类器

贝叶斯分类是一类利用概率统计知识进行分类的算法,这类算法均以贝叶斯定理为基础,因此统称为贝叶斯分类。对于分类任务来说,贝叶斯分类器使用概率表示各种形式的不确定性,其分类原理是通过某样本的先验概率,利用贝叶斯公式计算出其后验概率,即该样本属于某一类的概率,然后选择具有最大后验概率的类作为该样本所属的类。贝叶斯分类器在大型数据库中表现出高准确率和高速度等特点。

4.1 贝叶斯理论

英国数学家托马斯·贝叶斯(Thomas Bayes,1702—1761)在 1763 年撰写的一篇论文中为解决一个"逆向概率"问题而提出贝叶斯定理。在这篇论文发表之前,人们已经能够计算"正向概率",比如公司举办了一个抽奖活动,抽奖桶里的 10 个球包含 2 个白球和 8 个黑球,抽到白球视为中奖,若某人随机抽取出 1 个球,计算其概率是多少?根据频率概率的计算公式,可计算中奖的概率是 2/10。而贝叶斯在他的论文中是为了解决一个"逆向概率"的问题,同样以抽奖为例,我们并不知道抽奖桶中各种颜色球的具体个数,而是随机拿出一个球,通过观察这个球的颜色,预测这个桶里白色球和黑色球的比例。这个预测过程其实就是对"逆概率"问题直接求解的尝试。随着科学的发展,贝叶斯定理的应用延伸到各个领域。贝叶斯定理是在已知的有限信息情况下,帮助预测出某事件的概率。

概率论是学习贝叶斯的理论基础,因此在介绍贝叶斯之前,首先介绍涉及的一些概率论方面的基本理论知识。

4.1.1 条件概率和乘法定理

在样本空间中,设 A、B 是两个随机事件,在事件 A 发生的前提下,事件 B 发生的概率称为事件 B 在事件 A 已知的情况下的条件概率,也称后验概率,记作 $P(B|A)$。对应地,$P(A)$ 称为无条件概率或先验概率,条件概率可由式(4.1)计算,其中 $P(A)>0$:

$$P(B \mid A) = \frac{P(A \bigcap B)}{P(A)} \tag{4.1}$$

对条件概率进行变形可得到全概率的乘法公式,即若对任意两个事件 A、B 都有 $P(A)>0$,$P(B)>0$,则有:

$$P(A \bigcap B) = P(B \mid A) \times P(A) \tag{4.2}$$

对事件数量进行扩展可知,对于 n 个事件 $A_1, A_2, \cdots, A_n$,有

$$P(A_1, A_2, \cdots, A_n) = P(A_n \mid A_1, A_2, \cdots, A_{n-1}) P(A_{n-1} \mid A_1, A_2, \cdots, A_{n-2}) \cdots P(A_1)$$

$$\tag{4.3}$$

在样本空间中，假设 A、B 为两个随机事件，如果 $P(AB)=P(A)\times P(B)$ 成立，则称事件 A 和 B 相互独立，等价于 $P(B|A)=P(B)$，$P(A\bigcap B)=P(A)P(B)$ 成立。以此类推，将事件扩展为 n 个，即设 $A_1,A_2,\cdots,A_n$ 为 n 个随机事件，如果对其中任意 $m(2\leqslant m\leqslant n)$，均有

$$P(A_1,A_2,\cdots,A_m)=P(A_1)P(A_2)\cdots P(A_m) \tag{4.4}$$

成立，则称 $A_1,A_2,\cdots,A_n$ 相互独立。

4.1.2 全概率公式和贝叶斯定理

设 $B_1,B_2,\cdots,B_m$ 为互不相容的事件，$P(B_i)>0,i=1,2,\cdots,m$，且 $\bigcup\limits_{i=1}^{m}B_i=\Omega$，对于任意事件 $A\subset\bigcup\limits_{i=1}^{m}B_i$，事件 A 的全概率公式为

$$P(A)=\sum_{i=1}^{m}P(A\mid B_i)P(B_i) \tag{4.5}$$

在事件 A 发生的条件下，事件 B_i 发生的概率为

$$P(B_i\mid A)=\frac{P(B_i\bigcap A)}{P(A)}=\frac{P(B_i)P(A\mid B_i)}{P(A)}=\frac{P(B_i)P(A\mid B_i)}{\sum\limits_{i=1}^{m}P(A\mid B_i)P(B_i)} \tag{4.6}$$

式(4.6)就是贝叶斯公式。

4.1.3 极大后验假设和极大似然假设

贝叶斯是一种基于概率的学习算法，它以假设所具备的先验概率为基础，结合样本数据以及在假设已知前提下不同待观测数据的概率，给出了计算后验概率的方法。我们用 $P(h)$ 表示还未进行样本训练之前假设 h 所具备的初始概率。$P(h)$ 常常被称为 h 的先验概率(prior probability)，它代表具有相关假设 h 的先验知识。$P(D)$ 代表待观测的样本数据 D 的初始概率，即在任一假设还未断定成立时 D 的概率。$P(D|h)$ 代表假设 h 成立的条件下观测到数据 D 的概率，$P(D|h)$ 被称为 h 的后验概率(posterior probability)，它表示在已知样本数据 D 后 h 成立的条件概率，根据贝叶斯公式(4.6)可得：

$$P(h\mid D)=\frac{P(h)P(D\mid h)}{P(D)} \tag{4.7}$$

极大后验(Maximum A Posteriori，MAP)假设：学习模型在已知数据 D 的条件下从候选的假设集合 h 中搜寻使其后验概率最大的假设 $h_i,h_i\in h$，此时得到的拥有最大后验概率的假设被称为极大后验假设。更确切地说，如果式(4.8)成立，则称 h_{MAP} 为 MAP 假设：

$$h_{MAP}=\mathrm{argmax}\,P(h\mid D)=\mathrm{argmax}\,\frac{P(D\mid h)P(h)}{P(D)} \tag{4.8}$$

因为 $P(D)$ 是不依赖于 h 的常量，所以可以将式(4.8)转换为式(4.9)：

$$h_{MAP}=\mathrm{argmax}\,P(D\mid h)P(h) \tag{4.9}$$

极大似然(Maximum Likelihood，ML)假设：当无法确定假设 h 的先验分布时，可以假定每个假设的先验概率服从均匀分布，即对 h 中任意 h_i 和 h_j，$P(h_i)=P(h_j)$ 都成立，此时可对上述极大后验公式进行化简，得到如下的表达式：

$$h_{ML}=\mathrm{argmax}\,P(h\mid D)=\mathrm{argmax}\,P(D\mid h) \tag{4.10}$$

通常称 $P(D|h)$ 为已知假设 h 的条件下数据 D 的似然度（likelihood）。极大似然假设 h_{ML} 是使 $P(D|h)$ 取值达到最大时的假设。

例如，假设数据样本是由属性 age 和 income 描述的顾客，X 是一位 25 岁、年收入为 \$5000 的顾客，即 X 的属性值为：age＝25，income＝\$5000。H 对应的假设是顾客 X 将购买计算机，则 $P(H|X)$ 反映当我们知道顾客的年龄和收入时，顾客 X 购买计算机的概率。

$P(H|X)$：表示在已知某顾客信息 age＝25，income＝\$5000 的条件下，该顾客购买计算机的概率。

$P(H)$：表示对于任意顾客，该顾客购买计算机的概率。

$P(X|H)$：表示已知顾客会买计算机，那么该顾客是 age＝25，income＝\$5000 的概率。

$P(X)$：表示在所有的顾客信息集合中，顾客属性为 age＝25，income＝\$5000 的概率。

【例 4.1】　现有 A、B 两个容器，容器 A 里有 6 个红球和 4 个黑球，容器 B 里有 2 个红球和 8 个黑球，已知从这两个容器里任意抽出一个球，且是红球，问这个红球来自容器 A 的概率是多少？

解：假设已经抽出红球为事件 B，从容器 A 里抽出球为事件 A，则有 $P(B)=8/20=2/5$，$P(A)=1/2$，$P(B|A)=6/10=3/5$，根据贝叶斯定理得

$$P(A \mid B) = \frac{P(B \mid A)P(A)}{P(B)} = \frac{(3/5)*(1/2)}{2/5} = \frac{3}{4}$$

【例 4.2】　病人疾病诊断。

表 4.1 是某医院近期门诊病人情况，请问一个有头疼症状的学生患上感冒的概率有多大？

表 4.1　某医院近期门诊病人情况

症　状	职　业	疾　病
头疼	学生	感冒
头疼	农民	过敏
打喷嚏	工人	脑震荡
打喷嚏	工人	感冒
头疼	护士	感冒
打喷嚏	学生	脑震荡

解：设 $B=\{$既头疼又是学生$\}$，$B_1=\{$头疼$\}$，$B_2=\{$学生$\}$，$A=\{$感冒$\}$，则将该问题转换为 $P(A|B)$。由于头疼和学生是两个独立的对象，根据贝叶斯定理可以计算得出学生患上感冒的概率为 $P(A|B)=\dfrac{P(B|A)P(A)}{P(B)}=\dfrac{P(B_1|A)P(B_2|A)P(A)}{P(B_1)P(B_2)}=\dfrac{(2/3)\times(1/3)\times(1/2)}{(1/2)\times(2/6)}=\dfrac{2}{3}\approx66.67\%$

4.2　朴素贝叶斯分类算法

朴素贝叶斯分类（Naive Bayesian Classification，NBC）算法发源于古典数学，基于概率和统计理论，有扎实的数学基础，算法也比较简单，在许多情况下具有较好的分类性能和高效率性。

朴素贝叶斯分类算法基于这样一个假设前提：在决策变量已知的前提下，条件属性之间相互独立。在类条件独立性假设前提下，该算法模型具有简单的星状结构，其结构示意图如图 4.1 所示。从图 4.1 中可以看出，类变量 C 作为每个属性结点唯一的父结点，且各子结点之间相互独立。

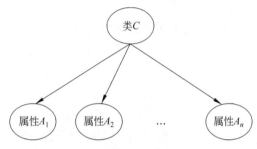

图 4.1　NBC 算法结构图

4.2.1　NBC 算法原理

已知数据集合 $D=\{A_1,A_2,\cdots,A_n,C\}$，其中 $A=\{A_1,A_2,\cdots,A_n\}$ 是 n 个条件属性的集合，$C=\{C_1,C_2,\cdots,C_m\}$ 代表了类变量，现给定一类标号未知的样本数据 $X=\{x_1,x_2,\cdots,x_n\}$，其中 x_i 属于 A_i 表示第 i 个属性的某一具体取值，朴素贝叶斯分类算法将这一标号未知的待预测样本指派给某个类别 C_i 时，当且仅当：对于任意 $1\leqslant i,j\leqslant m,i\neq j$ 都有

$$P(C_i \mid X) > P(C_j \mid X) \tag{4.11}$$

也就是说，朴素贝叶斯分类算法将类标号未知的样例指派给在条件 X 下具有最大后验概率的类，根据贝叶斯定理有

$$P(C_i \mid X) = \frac{P(X \mid C_i)P(C_i)}{P(X)} \tag{4.12}$$

因为 $P(X)$ 相对于所有的类别而言均为常数，最大化 $P(C_i \mid X)$ 可以简化为最大化 $P(X \mid C_i)P(C_i)$。如果对数据集中类的概率分布情况不了解或者认为类的先验概率对结果不构成影响时，通常假定每个类别的先验概率是相等的，即 $P(C_1)=P(C_2)=\cdots=P(C_m)=\dfrac{1}{m}$。一般而言，类的先验概率可以通过计算得到，若满足上述情况，则有

$$P(C_i \mid X) \propto \max P(X \mid C_i)P(C_i) \propto P(X \mid C_i) \tag{4.13}$$

当数据集个数较多时，$P(C_i \mid X)$ 的计算代价增大，此时利用朴素贝叶斯算法的假设条件，即属性间的类条件独立性假设，可以大大降低计算复杂度。

$$P(X \mid C_i) = \prod_{k=1}^{n} P(x_k \mid C_i) = P(x_1 \mid C_i)P(x_2 \mid C_i)\cdots P(x_n \mid C_i) \tag{4.14}$$

其中概率 $P(x_1|C_i),P(x_2|C_i),\cdots,P(x_n|C_i)$ 的值可由数据空间中的训练样本估计得到，此时朴素贝叶斯的分类模型的表达式为

$$C(X)_{\text{NBC}}=\arg\max_{C_i\in C}\prod_{k=1}^{n}P(x_k\mid C_i)P(C_i) \tag{4.15}$$

现实问题中根据每个属性 A_k 的离散连续性质，考虑如下两种情况。

（1）如果属性 A_k 是离散的，则 $P(x_k|C_i)$ 的值为类别 C_i 的样本中属性 A_k 的取值为 x_k 的训练样例数与类别为 C_i 的样例总数的比值。

（2）如果属性 A_k 是连续的，则一般假设连续值服从高斯分布，从而根据式（4.16）计算它的类条件概率。

$$P(A_j\mid C_i)=\frac{1}{\sqrt[2]{2\pi\times\theta_{ij}^{\text{var}}}}\times\exp\left(\frac{-(x_j-u_{ij}^{\text{mean}})}{2\times\theta_{ij}^{\text{var}}}\right) \tag{4.16}$$

其中，u_{ij}^{mean} 表示类别属于 C_i 的样本中第 j 维属性的均值，θ_{ij}^{var} 则表示类别属于 C_i 的样本中第 j 维属性的方差。

一般情况下，朴素贝叶斯分类法主要处理离散的数据，故使用该模型分类前通常做如下处理：使用特定的数据处理方法对给定数据集实现离散化处理，此外，如果给定的数据集存在缺失值，也需要选择适当的方法完成缺失值的处理。

为了预测样本 X 的类标号，对每个类别 C_i 分别计算 $P(X|C_i)P(C_i)$，当且仅当 $P(X|C_i)P(C_i)>P(X|C_j)P(C_j)$，其中 $1\leqslant i,j\leqslant m,i\neq j$，样本指派给类别 C_i。

NBC 算法的步骤如下。

步骤 1：实现数据预处理，包括缺失值填补等，如有必要，也可进行离散化处理。

步骤 2：统计数据集中的训练样本个数 S，类别属于 C_i 的样例个数 S_i 和类别属于 C_i 的样本中属性 A_k 的具体取值为 x_k 的样例个数 S_{ik}，得到统计表。

步骤 3：计算先验概率 $P(C_i)=\dfrac{S_i}{S}$ 和各属性的类条件概率 $P(A_k=x_k|C_i)=\dfrac{S_{ik}}{S}$ 得到概率表。

步骤 4：构建分类模型 $C(X)_{\text{NBC}}=\arg\max_{C_i\in C}P(x|C_i)P(C_i)$，根据统计表、概率表和分类模型得出未知样本的分类结果。

【例 4.3】　表 4.2 给出了一个标记类的元组的训练集 D。使用朴素贝叶斯分类预测未知元组的类标号。数据元组用属性 age、income、student、credit_rating、buys_comp 描述。类标号属性 buys_comp 具有 no 和 yes 两个不同的值。设 C_1 对应类 buys_comp＝yes，C_2 对应类 buys_comp＝no，希望分类的元组为

$$X=(\text{age}\leqslant25,\text{income}=\text{medium},\text{student}=\text{yes},\text{credit\_rating}=\text{fair})$$

表 4.2　顾客数据库标记类的训练集

ID	age	income	student	credit_rating	buys_comp
1	≤25	high	no	fair	no
2	≤25	high	no	excellent	no
3	26～35	high	no	fair	yes
4	＞35	medium	no	fair	yes

ID	age	income	student	credit_rating	buys_comp
5	>35	low	yes	fair	yes
6	>35	low	yes	excellent	no
7	26~35	low	yes	excellent	yes
8	≤25	medium	no	fair	no
9	≤25	low	yes	fair	yes
10	>35	medium	yes	fair	yes
11	≤25	medium	yes	excellent	yes
12	26~35	medium	no	excellent	yes
13	26~35	high	yes	fair	yes
14	>35	medium	no	excellent	no
15	<25	medium	yes	fair	yes

【解】

（1）计算每个类的先验概率 $P(C_i)$：
$$P(C_1)=10/15=0.667$$
$$P(C_2)=5/15=0.333$$

（2）计算每个特征属性对于每个类别的条件概率：

$P(age<="25"|buys\_comp="yes")=3/10=0.3$

$P(income<="medium"|buys\_comp="yes")=5/10=0.5$

$P(student<="yes"|buys\_comp="yes")=7/10=0.7$

$P(credit\_rating<="fair"|buys\_comp="yes")=7/10=0.7$

$P(age<="25"|buys\_comp="no")=3/5=0.6$

$P(income<="medium"|buys\_comp="no")=2/5=0.4$

$P(student<="yes"|buys\_comp="no")=1/5=0.2$

$P(credit\_rating<="fair"|buys\_comp="no")=2/5=0.4$

（3）计算条件概率 $P(X|C_i)$：

$P(X|buys\_comp="yes")=0.3*0.5*0.7*0.7=0.0735$

$P(X|buys\_comp="no")=0.6*0.4*0.2*0.4=0.0192$

（4）计算对于每个类 C_i 的 $P(X|y_i)P(y_i)$：

$P(X|buys\_comp="yes")P(buys\_comp="yes")=0.0735*0.667=0.049$

$P(X|buys\_comp="no")P(buys\_comp="no")=0.0192*0.333=0.00639$

因此，对于样本 X，朴素贝叶斯分类预测为 buys_comp="yes"

根据上述理论与例子的分析，朴素贝叶斯分类的流程如图 4.2 所示。

由图 4.2 可以看出，朴素贝叶斯分类可以分为 3 个阶段。

（1）准备工作阶段：该阶段的主要任务是为分类过程做好准备，主要工作是根据具体情况确定特征属性，并对特征属性进行划分，然后人工对一部分待分类项进行分类，形成训

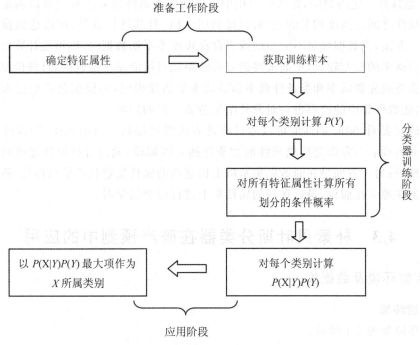

图 4.2 朴素贝叶斯分类的流程

练样本集合。这一阶段的输入是所有待分类数据,输出是特征属性和训练样本。准备工作阶段是整个分类过程中唯一需要人工完成的阶段,人工分类出来的训练集对整个过程有重要的影响,分类器质量很大程度上是由特征属性、特征属性划分和训练样本质量决定的。

(2) 分类器训练阶段:该阶段的任务是生成分类器,主要工作是计算每个类别在训练样本中的出现频率及每个特征属性划分对每个类别的条件概率估计,并将结果记录下来。其输入是特征属性和训练样本,输出是分类器。这一阶段是机械性阶段,根据公式由程序自动计算完成。

(3) 应用阶段:该阶段的任务是使用分类器对待分类项进行分类,其输入是分类器和分类项,输出是待分类项与类别的映射关系。这一阶段也是机械性阶段,由程序自动完成。

4.2.2 朴素贝叶斯分类器的特点

NBC 的优势在于算法的逻辑相对简单,易于实现;算法实施过程中时间、空间开销小;具有稳定的性能,对于具有不同的数据特点的数据集其分类效果差别不大,即模型有较好的健壮性。朴素贝叶斯分类并不是将某个样例绝对分配给某个类,而是计算得到样例属于各个类的后验概率,再将该样例映射到具有最大后验概率的类;且普遍而言所有属性在 NBC 分类过程中都发挥着直接或间接的作用,即参与分类的是全部属性,而非简单地由一个或者少数几个属性决定结果。尽管在实际中属性间的类条件独立性难以满足,但它仍具有较好的分类性能,其主要原因有:参数估计相对较少,保证了估计的稳定性。尽管估计得到的概率是有偏差的,但分类原理是根据后验概率排列次序,故即便分类过程中存在少许偏差,也无关紧要。一般情况下会在建模前期进行数据预处理,在此过程中可以对高度相关的量进行筛选等,一定程度上也提高了用于分类的数据质量。

NBC 也具有一定的缺陷,在实际应用中属性间的类条件独立性假设难以满足。若数据集中条件属性之间是高度相关的,此时直接利用 NBC 对其进行分类,难以达到预期的分类效果。另一方面,当数据集是不完备的或者存在极度不平衡数据时,则可能计算得到的个别属性的后验概率的偏差较大,从而最终的分类结果就有可能是不准确的,且该模型分类过程中需要计算类的先验概率和类条件概率都是训练集估计得到,再根据公式指定未知样本的类标号,因此数据集中的噪声也会对分类结果造成一定的影响。

大量研究表明,NBC 的性能可以通过改进方法得到提高。目前 NBC 的改进方法主要分为以下两方面:一方面是放松属性的类条件独立性假设,通过寻找属性之间的关系扩展结构改进模型;另一方面是在原数据集基础上构建新的属性集取代原始属性集,新属性间近似满足类条件独立性假设,最后在新的属性集上进行模型的学习。

4.3　朴素贝叶斯分类器在破产预测中的应用

4.3.1　实验环境及数据集

1. 实验环境

实验环境如表 4.3 所示。

表 4.3　实验环境

开 发 环 境	具 体 参 数
硬件环境	CPU：2.9GHz
	内存：8GB
软件环境	操作系统：Windows 10
	开发语言：Python
	编程环境和工具：Python 3 和 Jupyter Notebook

Jupyter Notebook 是一个交互式笔记本,支持运行 40 多种编程语言,其本质是一个 Web 应用程序,便于创建和共享程序文档,支持实时代码、数学方程、可视化和 Markdown。用途包括：数据清理和转换、数值模拟、统计建模和机器学习等。

2. 数据集

为了验证朴素贝叶斯的分类效果,选择 Martin.A、Uthayakumar.j 和 Nadarajan.m 采集的企业破产定性数据集作为训练和测试数据。本实验所用的数据集来自 UCI 机器学习数据库 http://archive.ics.uci.edu/ml/datasets/Qualitative_Bankruptcy,数据集的基本信息如下。

数据集：Qualitative_Bankruptcy database。

样本数：250。

特征数：6。

特征描述(1-Positive；0-Average；2-Negative)如下。

- Industrial Risk(行业风险)：{P,A,N}
- Management Risk(管理风险)：{P,A,N}

- Financial Flexibility(财务灵活性)：{P,A,N}
- Credibility(信誉)：{P,A,N}
- Competitiveness(竞争力)：{P,A,N}
- Operating Risk(经营风险)：{P,A,N}

类别(1-Bankruptcy(破产);0-Non Bankruptcy(非破产))：{1,0}

4.3.2 数据处理

1. 导入需要的库和方法

```
import numpy as np
import pandas as pd
from sklearn.model_selection import KFold
from sklearn.model_selection import train_test_split
from sklearn.naive_bayes import MultinomialNB
from sklearn.metrics import precision_recall_curve
from sklearn.metrics import classification_report
```

2. 读取数据

```
#获取被读取的文件 Qualitative_Bankruptcy.txt 并指定读取后数据的类型为 int 型,以及
#指定读取文件中数据的分隔符
A=np.loadtxt('./dataset.txt',dtype='int',delimiter=',')
#切分数据集,设置 axis=1 表示将待分隔数组 A 纵向切分,第 0~6 列为 B[0],第 7 列为 B[1]
B=np.split(A,[6,7],axis=1)
Bankrupt_data=B[0]
Bankrupt_target=B[1]
```

3. 切分数据集

```
#调用 train_test_split()方法随机划分训练集和测试集,其中 80%用于训练,20%用于测试
x_train, x_test, y_train, y_test = train_test_split(Bankrupt_data,Bankrupt_
target, test_size = 0.2,random_state = 0)
```

4.3.3 模型构建

本试验选多项式朴素贝叶斯分类(Multinomial NB)模型进行分析预测,它也是基于原始的贝叶斯理论,但假设概率分布是服从一个简单多项式分布。多项式分布来源于统计学中的多项式实验,这种实验可以具体解释为：实验包括 n 次重复试验,每次试验都可能有不同的结果,在任何给定的试验中,特定结果发生的概率是不变的。

比如,若一个特征矩阵表示投掷硬币的结果,则得到正面的概率为 $P(X=正面|Y)=0.5$,反面的概率为 $P(X=反面|Y)=0.5$,只有这两种可能,并且两种结果互不干涉,两个随机事件的概率和为 1,这就是二项式分布。

假设另一个特征 X 表示掷骰子的结果,则 X_i 就可以在 {1,2,3,4,5,6} 中取值,6 种结果互不干涉,且只要样本量足够大,概率都是 1/6,这就是一个多项式分布,在这种情况下,

适用于多项式朴素贝叶斯的特征矩阵可表示为

试验编号	X_1：出现 1	X_2：出现 2	X_3：出现 3	X_4：出现 4	X_5：出现 5	X_6：出现 6
0	1	0	0	0	0	0
1	0	0	0	0	0	1
2	0	0	0	1	0	0
…	…	…	…	…	…	…
n	0	1	0	0	0	0

从多项式朴素贝叶斯的特征矩阵可以看出：多项式分布擅长的是离散型变量，在其原理假设中 $P(X_i|Y)$ 的概率是离散的，并且不同 X_i 下的 $P(X_i|Y)$ 相互独立，互不影响；多项式实验中的实验结果都很具体，它所涉及的特征数往往是次数、频率、计数、出现与否这样的概念，这些概念都是离散的正整数。

接下来利用训练集构建多项式朴素贝叶斯分类模型，代码如下。

```
#调用 MultionmialNB 分类器 P(X_i|Y)
clf = MultinomialNB().fit(x_train,y_train)
```

4.3.4　模型评价分析

为了简化和统一考虑分类问题，假设分类目标只有正例（positive）和负例（negative）两类，则分类器的分类结果可能有以下 4 种情况，其中，True、False 表示预测是对、错，也就是说，若预测和实际一致，则为真；若预测和实际不一致，则为假。

- True Positives（真正 TP）：预测为正样本，实际也为正样本的特征数。
- False Positives（假正 FP）：预测为正样本，实际为负样本的特征数。
- True Negatives（真负 TN）：预测为负样本，实际也为负样本的特征数。
- False Negatives（假负 FN）：预测为负样本，实际为正样本的特征数。

本实验使用数据挖掘分类器评价中常用的评价指标精确率（Precision）、召回率（Recall）和 F1-Score 对分类结果进行评价。

（1）精确率（Precision）：也叫精度，是精确性的度量，表示被分为正例的示例中实际为正例的比例，即预测结果为正例样本中真实为正例的比例，Precision＝TP/(TP＋FP)。

（2）召回率（Recall）：是覆盖面的度量，度量有多个正例被分为正例，即真实为正例的样本中预测结果为正例的比例，Recall＝TP/(TP＋FN)。在信息检索领域，精确率和召回率又被称为查准率和查全率，是最常用的两个指标。

（3）F1-Score：综合了 Precision 与 Recall 的结果，F1-Score 的取值范围为 0～1，1 代表模型的输出结果最好，0 代表模型的输出结果最差。

利用测试集对分类器的预测效果进行评估，具体代码如下。

```
#模型在测试数据集上的预测
doc_class_predicted=clf.predict(x_test)
print('\n',np.mean(doc_class_predicted == y_test),'\n')
```

```
#显示预测结果
precision,recall,thresholds = precision_recall_curve(y_test,clf.predict(X_
test))
answer=clf.predict_proba(X_test)[:,1]
report = answer > 0.5
print(classification_report(y_test, report, target_names = ['neg', 'pos']))
```

对数据集进行分类,结果如图 4.3 所示,从测试结果可知:50 个测试样本的总预测精度达到 0.74,其中正类(破产)的样本数为 21 个,精度为 0.6;预测为负类(非破产的)的测试样本数为 29 个,精度为 0.85;而召回率正类为 0.86,负类 0.59,总召回率为 0.7。正类与负类的 F1-Score 值分别为 0.71 和 0.69,总的 F1-Score 值为 0.7,此次所训练的朴素贝叶斯分类器的分类性能比较准确,但还有很大的改进空间。朴素贝叶斯分类器算法的时间复杂度低,更快、更迅速。

0.484				
	Precision	Recall	F1-Score	Support
neg	0.85	0.59	0.69	29
pos	0.60	0.86	0.71	21
avg/total	0.74	0.70	0.70	50

图 4.3　测试结果

4.4　极大期望算法

在前面的讨论中,贝叶斯分类算法是在训练样本所有属性变量的值都已知的基础上进行的,即训练样本是"完整"的,但是在现实应用中往往会遇到"不完整"的训练样本,即样本的属性变量值未知。

假设对于某个数据集,其分布函数的基本形式已知,但其中含有一个或多个未知参数。参数估计就是讨论如何根据来自总体的样本提供的信息对未知参数做出估计。

EM 算法即极大期望(Expectation-Maximization,EM)算法,是一类通过迭代进行极大似然估计(Maximum Likelihood Estimation,MLE)的优化算法,通常作为牛顿迭代法(Newton-Raphson method)的替代用于对包含隐变量(latent variable)或缺失数据(incomplete-data)的概率模型进行参数估计。

4.4.1　极大似然估计

估计类条件概率的一种常用策略是先假定其具有某种确定的概率分布形式,再基于训练样本对概率分布的参数进行估计。极大似然估计是一种重要而普遍的求估计量的方法。最大似然估计是一种通过已知结果,估计未知参数的方法。极大似然估计的基本原理非常简单,假设已知样本数据服从某种分布,而分布有参数,如果现在不知道这个样本分布的具体参数是多少,可以通过对抽样得到的样本进行分析,从而估计出一个较准确的相关参数。这种通过抽样结果反推分布参数的方法就是"极大似然估计"。极大似然估计的根本目的是根据抽样得到的样本（即数据），反推最有可能的分布参数（即模型），这是一个非常典型的机器学习的思想。所以，在很多领域极大似然估计有极为广泛的应用。然而，如果已知的数据中含有某些无法观测的隐藏变量时，直接使用极大似然估计是不足以解决问题的。

从统计学上讲，可以假定隐藏的类别是数据空间的一个分布，可以使用不同的概率密度函数（或者分布函数）进行精确的表示。我们称这种隐藏的类别为概率簇。对于一个概率簇 C，它的密度函数 f 和数据空间点 o，$f(o)$ 是 C 的一个实例在 o 上出现的相对似然。

注意：似然（likelihood）和概率（probability）是不同的，其区别和联系如下。

似然与概率的区别：简单来讲，似然与概率分别是针对不同内容的估计和近似。概率（密度）表达给定 θ 下样本随机向量 $\boldsymbol{X}=x$ 的可能性，而似然表达了给定样本 $\boldsymbol{X}=x$ 下参数 $\theta=\theta_1$（相对于另外的参数取值 θ_2）为真实值的可能性。换言之，似然函数的形式是 $L(\theta \mid x)$，其中"｜"代表的是条件概率或者条件分布，因此似然函数是在"已知"样本随机变量 $\boldsymbol{X}=x$ 的情况下，估计参数空间中的参数 θ 的值。所以，似然函数是关于参数 θ 的函数，即给定样本随机变量 x 后，估计能够使 x 的取值成为 x 的参数 θ 的可能性。而概率密度函数的定义形式是：概率密度函数 $f(x \mid \theta)$ 是在"已知" θ 的情况下，估计样本随机变量 x 出现的可能性。

似然与概率的联系：似然函数可以看作同一函数形式下的不同视角。以函数 a^b 为例，该函数包含了两个变量 a 和 b，且 b 已知为 2，那么函数就是变量 a 的二次函数，即 $f(a)=a^2$；如果已知 a 为 2，那么该函数就是变量 b 的幂函数，即 $f(b)=2^b$。同理，θ 和 x 也是两个不同的变量，如果 x 的分布是由已知的 θ 刻画的，要求估计 $\boldsymbol{X}$ 的实际取值，那么 $P(x \mid \theta)$ 就是 x 的概率密度函数；如果已知随机变量 x 的取值，而要估计使 x 取到已知 x 的参数分布，就是似然函数的目的。

1. 极大似然估计原理

下面以图 4.4 说明极大似然估计原理。有两只外形完全相同的箱子，甲箱中有 99 个蓝球，1 个黑球；乙箱中有 99 个黑球，1 个蓝球，一次实验取出 1 个球，结果取出的是黑球，问：黑球是从哪个箱子里取出来的。一般人们的第一印象是"此黑球最有可能从乙箱里取出"，这个推断符合人们的经验事实，"最有可能"就是"极大似然"之意，这个想法常称为"极大似然估计原理"。

扫码看彩图

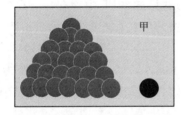 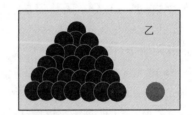

图 4.4　极大似然估计示例图

总结来说，极大似然估计的目的是，利用已知样本结果，反推最有可能导致这样结果的参数值。极大似然估计提供了一种给定观测数据来评估模型参数的方法，即"模型已定，参数未知"，通过若干次试验，观察其结果，利用试验结果得到某个参数值能够使样本出现的概率最大，则为极大似然估计。

根据之前的介绍，由于样本集中的样本都是独立分布，所以可以只考虑用一类样本集 $D=\{x_1, x_2, \cdots, x_n\}$ 估计参数 θ。

似然函数（likelihood function）：联合概率密度函数 $P=\{D \mid \theta\}$ 称为相对于 $\{x_1, x_2, \cdots,$

x_n}的 θ 的似然函数。

$$L(\theta) = P(D \mid \theta) = P(x_1, x_2, \cdots, x_n \mid \theta) = \prod_{i=1}^{n} P(x_i \mid \theta) \qquad (4.17)$$

如果 $\hat{\theta}$ 是参数空间中能够使似然函数 $L(\theta)$ 最大的 θ 值,则 $\hat{\theta}$ 应该是"最可能"的参数值,那么 $\hat{\theta}$ 就是 θ 的极大似然估计量。它是样本集的函数,记作:

$$\hat{\theta} = d(x_1, x_2, \cdots, x_n) = d(D) \qquad (4.18)$$

其中 $\hat{\theta}(x_1, x_2, \cdots, x_n)$ 称为极大似然函数估计值。

2. 求解极大似然估计

根据极大似然估计原理的介绍可知,其实是求解使得出现该组样本的概率最大的 θ 值。

$$\hat{\theta} = \arg \max_{\theta} L(\theta) = \arg \max_{\theta} \prod_{i=1}^{n} P(x_i \mid \theta) \qquad (4.19)$$

为了便于分析,定义了以下对数似然函数:

$$H(\theta) = \ln L(\theta) \qquad (4.20)$$

对似然函数(式(4.17))取对数并整理可得

$$\arg \max_{\theta} H(\theta) = \arg \max_{\theta} \ln L(\theta)$$

$$= \arg \max_{\theta} \sum_{i=1}^{n} \ln P(x_i \mid \theta) \qquad (4.21)$$

(1) 当未知参数 θ 只有一个时,即 θ 为标量,在似然函数满足连续、可微的正则条件下,极大似然估计量是下面微分方程的解:

$$\frac{\mathrm{d}L(\theta)}{\mathrm{d}\theta} = 0 \qquad (4.22)$$

(2) 当未知参数有多个,即 $\boldsymbol{\theta}$ 为向量,则 $\boldsymbol{\theta}$ 可表示为具有 s 个分量的未知向量:

$$\boldsymbol{\theta} = [\theta_1, \theta_2, \cdots, \theta_s]^{\mathrm{T}} \qquad (4.23)$$

记梯度算子:

$$\boldsymbol{V_\theta} = \left[\frac{\delta}{\delta\theta_1}, \frac{\delta}{\delta\theta_2}, \cdots, \frac{\delta}{\delta\theta_s} \right]^{\mathrm{T}} \qquad (4.24)$$

若似然函数满足连续可导的条件,则极大似然估计量就是如下方程的解。

$$\boldsymbol{V_\theta} H(\boldsymbol{\theta}) = \boldsymbol{V_\theta} \ln(\boldsymbol{\theta}) = \sum_{i=1}^{n} \boldsymbol{V_\theta} P(x_i \mid \boldsymbol{\theta}) = 0 \qquad (4.25)$$

值得注意的是,方程的解只是一个估计值,只有在样本数趋于无限多的时候,它才会接近真实值。

根据上面的分析,可以将求解极大似然函数估计值的一般步骤概括为以下 4 步。

(1) 写出似然函数。

(2) 对似然函数取对数,并进行整理。

(3) 求导数,令导数为零,得到似然方程。

(4) 解似然方程,得到的参数即为所求。

4.4.2 极大期望算法

极大期望(Expectation-Maximization,EM)算法又叫期望极大化算法,在统计中被用于寻找存在不可观察的隐藏变量的概率模型中参数的极大似然估计，是一类通过迭代进行极大似然估计的优化算法。

在统计计算中，极大期望算法是在概率模型中寻找参数极大似然估计或者极大后验估计的算法，其中概率模型依赖于无法观测的隐藏变量。极大期望算法经常用于机器学习和计算机视觉的数据聚类领域。极大期望算法经过两个步骤交替进行计算：第一步是计算期望（E），利用对隐藏变量的现有估计值，计算其极大似然估计值；第二步是最大化（M），最大化在 E 步上求得的极大似然值来计算参数的值。M 步上找到的参数估计值被用于下一个 E 步计算中，这个过程不断交替迭代进行。

例如，食堂的大师傅炒了一份菜，要等分成两份给两个人吃，显然没必要用天平精确地称分量，最简单的方法是随意把菜分到两个碗中，然后观察其是否一样多，把多的那一份取出一点放在另一份中，这个过程一直迭代地执行下去，直到看不出两个碗所容纳的菜在分量上的不同为止。

EM 算法思想通俗地讲：假设要估计 A 和 B 两个参数，在开始状态下两者都是未知的，但是知道了 A 的信息就可以得到 B 的信息，反过来，知道 B 的信息就可以得到 A 的信息。可以考虑首先赋予 A 某种初值，以便得到 B 的估计值，然后从 B 的当前值出发，重新估计 A 的取值，这个过程一直持续到收敛为止。为了推导 EM 算法，下面先介绍 Jensen 不等式、数学期望相关定理和边际分布列等基础理论。

1. Jensen 不等式

设 f 是定义域为实数的函数，如果对于所有的实数 X，$f''(X) \geqslant 0$，f 就是凸函数。Jensen 不等式表达如下。

当 f 是凸函数时，X 是随机变量，那么 $E[f(X)] \geqslant f(E[X])$ 成立；

当 f 是凹函数时，当且仅当 $P(X = E[X]) = 1$，即 X 是常量，才有 $E[f(X)] \leqslant f(E[X])$。

2. 数学期望相关定理

若随机变量 X 的分布用分布列 $p(x_i)$ 或用密度函数 $p(x)$ 表示，则 X 的某一函数 $g(X)$ 的数学期望为

$$E[g(X)] = \sum_i g(x_i)p(x_i) \quad 离散型 \tag{4.26}$$

$$E[g(X)] = \int_{-\infty}^{+\infty} g(x)p(x)\mathrm{d}x \quad 连续型 \tag{4.27}$$

3. 边际分布列

在二维离散随机变量 (X, Y) 的联合分布列 $\{P(X = x_i, Y = y_j)\}$ 中，对 j 求和所得的分布列

$$\sum_{j=1}^{+\infty} P(X = x_i, Y = y_j) = P(X = x_i) \tag{4.28}$$

称为 X 的分布列。类似地，对 i 求和所得的分布列

$$\sum_{i=1}^{+\infty} P(X = x_i, Y = y_j) = P(Y = y_i) \tag{4.29}$$

称为 Y 的分布列。

4. EM 算法的推导

EM 是一种解决存在隐藏变量优化问题的有效方法。因为不能直接最大化 $L(\theta)$，所以可以不断地建立 L 的下界（E 步），然后优化下界（M 步）。

对于每一个样例 i，让 Q_i 表示该样例隐藏变量 z 的某种分布，Q_i 满足的条件是：

$$\sum_z Q_i(z) = 1, \quad Q_i(z) \geqslant 0 \tag{4.30}$$

其中，如果 z 是连续性的随机变量，Q_i 就是概率密度函数，需要将求和符号换做积分符号。比如要将班上的学生分类，假设隐藏变量 z 是身高，那么它就是连续的高斯分布。如果按照隐藏变量是男或女，那么它就是伯努利分布了，可以用以下公式表示：

$$\sum_i \log p(x^{(i)}; \theta) = \sum_i \log \sum_{z^{(i)}} p(x^{(i)}, z^{(i)}; \theta) \tag{4.31}$$

$$= \sum_i \log \sum_{z^{(i)}} Q_i(z^{(i)}) \frac{p(x^{(i)}, z^{(i)}; \theta)}{Q_i(z^{(i)})} \tag{4.32}$$

$$\geqslant \sum_i \sum_{z^{(i)}} Q_i(z^{(i)}) \log \frac{p(x^{(i)}, z^{(i)}; \theta)}{Q_i(z^{(i)})} \tag{4.33}$$

式(4.31)的分子、分母同乘以一个相等的函数得式(4.32)。式(4.32)和式(4.33)利用了 Jensen 不等式，考虑到 $\log(x)$ 是凹函数（二阶导数小于0），而且 $\sum_{z^{(i)}} Q_i(z^{(i)}) \left[\frac{p(x^{(i)}, z^{(i)}; \theta)}{Q_i(z^{(i)})} \right]$ 就是 $[p(x^{(i)}, z^{(i)}; \theta)/Q_i(z^{(i)})]$ 的期望。

上述过程可以看作对 $\log L(\theta)$（即 $L(\theta)$）求了下界。对于 $Q_i(z^{(i)})$ 的选择，有多种可能。假设 θ 已经给定，那么 $\log L(\theta)$ 的值就取决于 $Q_i(z^{(i)})$ 和 $p(x^{(i)}, z^{(i)})$ 了。可以通过调整这两个概率使下界不断上升，以逼近 $\log L(\theta)$ 的真实值。当不等式变成等式时，说明调整后的概率能够等价于 $\log L(\theta)$ 了。按照这个思路，要找到等式成立的条件。根据 Jensen 不等式，要想让等式成立，需要让随机变量变成常数值，这里得到：

$$\frac{p(x^{(i)}, z^{(i)}; \theta)}{Q_i(z^{(i)})} = c \tag{4.34}$$

其中，c 为常数，不依赖于 $z^{(i)}$。对此式做进一步推导：由于 $\sum_{z^{(i)}} Q_i(z^{(i)}) = 1$，则有 $\sum_{z^{(i)}} p(x^{(i)}, z^{(i)}; \theta) = c$，若多个等式的分子、分母相加不变，则认为每个样例的两个概率比值都是 c，因此得到：

$$Q_i(z^{(i)}) = \frac{p(x^{(i)}, z^{(i)}; \theta)}{\sum_z p(x^{(i)}, z; \theta)} \tag{4.35}$$

$$= \frac{p(x^{(i)}, z^{(i)}; \theta)}{p(x^{(i)}; \theta)} \tag{4.36}$$

$$= p(z^{(i)} \mid x^{(i)}; \theta) \tag{4.37}$$

至此，我们推出了在固定其他参数 θ 后 $Q_i(z^{(i)})$ 的计算公式就是后验概率，解决了 $Q_i(z^{(i)})$ 如何选择的问题。这一步就是 E 步，建立 $\log L(\theta)$ 的下界。接下来的 M 步，就是在给定 $Q_i(z^{(i)})$ 后调整 θ，去极大化 $\log L(\theta)$ 的下界（在固定 $Q_i(z^{(i)})$ 后，下界还可以调整得更大）。

5. EM 算法流程

初始化分布参数 θ，重复 E、M 步骤，直到收敛：

E 步骤：根据参数 θ 的初始值或上一次迭代所得的参数值计算出隐藏变量的后验概率（即隐藏变量的期望），作为隐藏变量的估计值：

$$Q_i(z^{(i)}) := p(z^{(i)} \mid x^{(i)}; \theta) \tag{4.38}$$

M 步骤：将似然函数最大化以获得新的参数值：

$$\theta := \arg\max_{\theta} \sum_i \sum_{z^{(i)}} Q_i(z^{(i)}) \ln \frac{p(x^{(i)}, z^{(i)}; \theta)}{Q_i(z^{(i)})} \tag{4.39}$$

EM 算法不是单个算法，而是一类算法。只要满足 EM 这两个过程的算法，都可以被称为 EM 算法。

接下来通过一个投掷硬币的例子介绍 EM 算法的计算过程。假定有两枚不同的硬币 A 和 B，这两枚硬币是用特殊材质做的，它们的质量分布 θ_A 和 θ_B 是未知的，可以通过投掷硬币计算正反面各自出现的次数来估计 θ_A 和 θ_B。解决方法是：在每一轮中随机抽出一枚硬币投掷 10 次，同样的过程执行 5 轮，根据这 50 次投币的结果计算 θ_A 和 θ_B 的极大似然估计。5 轮硬币投掷结果如表 4.4 所示。

表 4.4　5 轮硬币投掷结果

轮　　数	硬　　币	正　面　数	反　面　数
1	B	5	5
2	A	9	1
3	A	8	2
4	B	4	6
5	A	7	3

根据表 4.4，可以直接计算 θ_A 和 θ_B：

$$\theta_A = \frac{24}{24 + 6} = 0.80 \qquad \theta_B = \frac{9}{9 + 11} = 0.45$$

显然，如果知道每次投掷的硬币是 A 还是 B，那么计算 θ_A 和 θ_B 是非常简单的，但是如果不知道每次投掷的是硬币 A 还是 B（或者假设由于意外发生，挑硬币的那部分记录不幸遗失，只有硬币正反向次数的记录），该如何计算 θ_A 和 θ_B 呢？此时我们将表 4.4 中的"硬币"一列隐藏起来，这时硬币就是隐藏变量，投掷结果数据如表 4.5 所示。

表 4.5　隐藏硬币的投掷结果

轮　　数	正　面　数	反　面　数
1	5	5
2	9	1
3	8	2
4	4	6
5	7	3

这时想计算 θ_A 和 θ_B，就要用到极大似然估计的原理，设 H 表示正面，T 表示反面，计算过程如下。

第一步：先为 θ_A 和 θ_B 设定一个初始值，比如 $\theta_A = 0.6, \theta_B = 0.5$；

第二步：根据每一轮投币的正反面的次数计算。

第一轮：5 正 5 反，计算出现这种结果的概率。

- 如果是 A 硬币,那么 $P(H_5 T_5 \mid A) = 0.6^5 \times 0.4^5$
- 如果是 B 硬币,那么 $P(H_5 T_5 \mid B) = 0.5^5 \times 0.5^5$
- 将 $P(H_5 T_5 \mid A)$ 和 $P(H_5 T_5 \mid B)$ 归一化处理,可得:

$P(H_5 T_5 \mid A) = 0.6^5 \times 0.4^5 = 0.45, P(H_5 T_5 \mid B) = 0.55$

第 2 轮:9 正 1 反,计算出现这种结果的概率。

- 如果是 A 硬币,那么 $P(H_9 T_1 \mid A) = 0.6^9 \times 0.4^1$
- 如果是 B 硬币,那么 $P(H_9 T_1 \mid B) = 0.5^9 \times 0.5^1$
- 将 $P(H_9 T_1 \mid A)$ 和 $P(H_9 T_1 \mid B)$ 归一化处理,可得:

$P(H_9 T_1 \mid A) = 0.8, P(H_9 T_1 \mid B) = 0.2$

第 3 轮:8 正 2 反,计算出现这种结果的概率。

- 如果是 A 硬币,那么 $P(H_8 T_2 \mid A) = 0.6^8 \times 0.4^2$
- 如果是 B 硬币,那么 $P(H_8 T_2 \mid B) = 0.5^8 \times 0.5^2$
- 将 $P(H_8 T_2 \mid A)$ 和 $P(H_8 T_2 \mid B)$ 归一化处理,可得:

$P(H_8 T_2 \mid A) = 0.73, P(H_8 T_2 \mid B) = 0.27$

第 4 轮:4 正 6 反,计算出现这种结果的概率。

- 如果是 A 硬币,那么 $P(H_4 T_6 \mid A) = 0.6^4 \times 0.4^6$
- 如果是 B 硬币,那么 $P(H_4 T_6 \mid B) = 0.5^4 \times 0.5^6$
- 将 $P(H_4 T_6 \mid A)$ 和 $P(H_4 T_6 \mid B)$ 归一化处理,可得:

$P(H_4 T_6 \mid A) = 0.35, P(H_4 T_6 \mid B) = 0.65$

第 5 轮:7 正 3 反,计算出现这种结果的概率。

- 如果是 A 硬币,那么 $P(H_7 T_3 \mid A) = 0.6^7 \times 0.4^3$
- 如果是 B 硬币,那么 $P(H_7 T_3 \mid B) = 0.5^7 \times 0.5^3$
- 将 $P(H_7 T_3 \mid A)$ 和 $P(H_7 T_3 \mid B)$ 归一化处理,可得:

$P(H_7 T_3 \mid A) = 0.65, P(H_7 T_3 \mid B) = 0.35$

然后,根据每一轮的 $P(H_m T_n \mid A)$ 和 $P(H_m T_n \mid B)$,计算出每一轮的正、反面次数,其中 m 代表正面次数,n 代表反面次数。

对于硬币 A,结果如表 4.6 所示。

表 4.6　硬币 A 实验结果

轮数	$P(H_m T_n \mid A)$	m	n	正面数	反面数
1	0.45	5	5	0.45 * 5 = 2.3	0.45 * 5 = 2.3
2	0.8	9	1	0.8 * 9 = 7.2	0.8 * 1 = 0.8
3	0.73	8	2	0.73 * 8 = 5.9	0.73 * 2 = 1.5
4	0.35	4	6	0.35 * 4 = 1.4	0.35 * 6 = 2.1
5	0.65	7	3	0.65 * 7 = 4.6	0.65 * 3 = 2.0
总计	—	—	—	21.4	8.7

对于硬币 B,结果如表 4.7 所示。

表 4.7 硬币 B 实验结果

轮数	$P(H_m T_n \mid B)$	m	n	正面数	反面数
1	0.55	5	5	0.55 * 5＝2.8	0.55 * 5＝2.8
2	0.2	9	1	0.2 * 9＝1.8	0.2 * 1＝0.2
3	0.27	8	2	0.27 * 8＝2.2	0.27 * 2＝0.5
4	0.65	4	6	0.65 * 4＝2.6	0.65 * 6＝3.9
5	0.35	7	3	0.35 * 7＝2.5	0.35 * 3＝1.1
总计	—	—	—	11.9	8.5

第三步：根据表 4.6 和表 4.7，可以得出（第一次迭代的结果）θ_A 和 θ_B：

$$\theta_{A(1)} \approx \frac{21.4}{21.4 + 8.7} \approx 0.71$$

$$\theta_{B(1)} \approx \frac{11.9}{11.9 + 8.5} \approx 0.58$$

根据这个估计值，再次返回到第一步去计算，如此往复第一～三步，经过 10 次迭代之后，θ_A 和 θ_B 为

$$\theta_{A(10)} = 0.80 \qquad \theta_{B(10)} = 0.52$$

最终，θ_A 和 θ_B 将收敛到一个几乎不变的值，此时迭代结束，这样就求解出了 θ_A 和 θ_B 的极大似然估计。我们将上述过程中的第一步称为初始化参数，第二步称为观察预期，第三步称为重新估计参数，如图 4.5 所示。第一、二步为 E 步，第三步为 M 步，这就是 EM 算法的过程。后续在聚类算法章节，如果我们有一个待聚类的数据集，可把潜在的类别当作隐藏变量，把样本当作观察值，这样就可以把聚类问题转换为参数估计问题，这就是 EM 聚类的原理。

图 4.5 EM 算法求解过程

4.4.3 EM 算法的优缺点

通过以上介绍可以知道，在常用的分类和聚类算法中，EM 算法是具有一定优势的。

（1）EM 算法具有稳定的数值，似然函数值在每次迭代时都会递增。

（2）EM 算法通常情况下具有可靠的全局收敛性，不管从参数空间中的哪一点开始，该算法几乎总是能够收敛到局部最大值。

（3）EM 算法针对不同的问题需要具体分析，但思想简单，通常易于实现，由于该算法依赖于完全数据的计算，在每次迭代时，E 步只需要在完全数据的条件分布上求期望，且 M 步只需要对完全数据进行极大似然估计，通常求出的是解析解。

除此之外,EM 算法也具有一定的缺点。

(1)当所要优化的函数不是凸函数时,EM 算法能够保证参数估计序列收敛到对数似然函数的稳定点,但不能保证收敛到极大值点。

(2)EM 算法初始值的选择非常重要,通常需要经过多次实验比较,最终确定最优初始值。使用最普遍的方法是首先选取几个不同的初始值进行一定次数的迭代计算,然后对得到的各个参数估计值加以比较,从中选择结果最好的初始值。

(3)EM 算法计算复杂,收敛较慢,不适用于大规模数据集和高维数据的计算。

4.5 EM 算法求解三硬币模型参数

4.5.1 三硬币模型

假设有三枚硬币,分别记作 A、B 和 C,这些硬币正面向上的概率分别为 π、p 和 q,求 π、p 和 q 的极大似然估计,进行如下的抛硬币实验。

(1)先抛硬币 A,根据其结果选出硬币 B 或者 C,A 为正面选硬币 B,A 为反面选硬币 C。

(2)然后抛选出的硬币,如果出现正面则记作 1,出现反面则记作 0。

(3)独立 10 次实验,观测结果为[1,1,0,1,0,0,1,0,1,1]。

假设只能观测到抛硬币的结果,不能观测抛硬币的过程,如何根据观测结果估计三个硬币正面出现的概率,即三硬币模型参数。每次实验中,由于第一次抛硬币的结果未知,所以直接求解会很烦琐,因此可以使用 EM 算法求解。

4.5.2 三硬币模型 Python 实现

1. 实验环境

开发环境及参数如表 4.8 所示。

表 4.8 开发环境及参数

开 发 环 境	具 体 参 数
硬件环境	CPU:2.9GHz
	内存:8.00GB
软件环境	操作系统:Windows 10
	开发语言:Python
	编程环境和工具:Python 3.6 和 Spyder 3.2.4

Spyder 是一个强大的交互式 Python 语言开发环境,提供了高级的代码编辑、交互测试和调试等特性,支持包括 Windows、Linux 和 macOS 的系统。

2. 导入需要的库和方法

```python
import numpy as np
#定义一个随机种子数
np.random.seed(0)
```

3. 模型实现

本实验定义了 ThreeCoinsMode 类来求解三硬币模型，该类实现的方法包括初始化参数、E 步和 M 步，具体代码如下。

```python
class ThreeCoinsMode(object):
    """
    运用 EM 算法求解三硬币模型
    :param n_epoch: 迭代次数
    """
    def __init__(self, n_epoch=5):
        self.n_epoch = n_epoch
        self.params = {'pi': None, 'p': None, 'q': None, 'mu': None}

        """
        对参数初始化操作
        :param n: 观测样本个数
        """
    def __init_params(self, n):
        self.params = {'pi': np.random.rand(1),
                       'p': np.random.rand(1),
                       'q': np.random.rand(1),
                       'mu': np.random.rand(n)}

        """
        E 步:更新隐藏变量 mu
        :param y: 观测样本
        :param n: 观测样本个数
        """
    def E_step(self, y, n):
        pi = self.params['pi'][0]
        p = self.params['p'][0]
        q = self.params['q'][0]
        for i in range(n):
            self.params['mu'][i] = (pi * pow(p, y[i]) * pow(1-p, 1-y[i])) / (pi
* pow(p, y[i]) * pow(1-p, 1-y[i]) + (1-pi) * pow(q, y[i]) * pow(1-q, 1-y[i]))

        """
        M 步:更新模型参数
        :param y: 观测样本
        :param n: 观测样本个数
        """
    def M_step(self, y, n):
        mu = self.params['mu']
        self.params['pi'][0] = sum(mu) / n
        self.params['p'][0] = sum([mu[i] * y[i] for i in range(n)]) / sum(mu)
        self.params['q'][0] = sum([(1-mu[i]) * y[i] for i in range(n)]) / sum([1-
mu_i for mu_i in mu])

        """
        模型入口
```

```
    :param y: 观测样本
    """
def fit(self, y):
    n = len(y)
    self.__init_params(n)
    print(0, self.params['pi'], self.params['p'], self.params['q'])
    for i in range(self.n_epoch):
        self.E_step(y, n)
        self.M_step(y, n)
        print(i+1, self.params['pi'], self.params['p'], self.params['q'])
```

4. 模型测试函数

本实验定义了一个模型测试函数,在该函数中将观测结果作为三硬币模型 fit()函数的输入,求解参数 π、p 和 q,具体代码如下。

```
def run_three_coins_model():
    y = [1, 1, 0, 1, 0, 0, 1, 0, 1, 1]
    tcm = ThreeCoinsMode()
    tcm.fit(y)
```

5. 调用测试函数进行测试

定义好模型测试函数后,调用该函数进行测试并获取模型测试结果,具体代码如下。

```
run_three_coins_model()
```

测试结果如图 4.6 所示。由测试结果可知,经过两次迭代后,参数 π、p 和 q 收敛,参数值分别约为 0.541、0.655 和 0.535。EM 算法通常具有可靠的全局收敛性,不管是从参数空间中的哪一点开始,该算法几乎总能够收敛到局部最大值。

```
0 [ 0.5488135]  [ 0.71518937]  [ 0.60276338]
1 [ 0.54076424]  [ 0.65541668]  [ 0.53474516]
2 [ 0.54076424]  [ 0.65541668]  [ 0.53474516]
3 [ 0.54076424]  [ 0.65541668]  [ 0.53474516]
4 [ 0.54076424]  [ 0.65541668]  [ 0.53474516]
5 [ 0.54076424]  [ 0.65541668]  [ 0.53474516]
```

图 4.6　测试结果

习　　题

1. 为什么朴素贝叶斯分类称为"朴素"的? 简述朴素贝叶斯分类的主要思想。

2. 设有三枚硬币 A、B、C,每枚硬币正面出现的概率是 π、p、q。进行如下的掷硬币实验:先掷硬币 A,正面向上选 B,反面向上选 C;然后掷选择的硬币,正面记 1,反面记 0。独立进行 10 次实验,结果如下:1,1,0,1,0,0,1,0,1,1。假设只能观察最终的结果(0 或 1),而不能观测掷硬币的过程(不知道选的是 B 还是 C),问如何利用 EM 算法估计三枚硬币的

正面出现的概率 π、p、q。

3. 给出如下训练集：

```
编号,色泽,根蒂,敲声,纹理,脐部,触感,好瓜
1,青绿,蜷缩,浊响,清晰,凹陷,硬滑,是
2,乌黑,蜷缩,沉闷,清晰,凹陷,硬滑,是
3,乌黑,蜷缩,浊响,清晰,凹陷,硬滑,是
4,青绿,蜷缩,沉闷,清晰,凹陷,硬滑,是
5,浅白,蜷缩,浊响,清晰,凹陷,硬滑,是
6,青绿,稍蜷,浊响,清晰,稍凹,软黏,是
7,乌黑,稍蜷,浊响,稍糊,稍凹,软黏,是
8,乌黑,稍蜷,浊响,清晰,稍凹,硬滑,是
9,乌黑,稍蜷,沉闷,稍糊,稍凹,硬滑,否
10,青绿,硬挺,清脆,清晰,平坦,软黏,否
11,浅白,硬挺,清脆,模糊,平坦,硬滑,否
12,浅白,蜷缩,浊响,模糊,平坦,软黏,否
13,青绿,稍蜷,浊响,稍糊,凹陷,硬滑,否
14,浅白,稍蜷,沉闷,稍糊,凹陷,硬滑,否
15,乌黑,稍蜷,浊响,清晰,稍凹,软黏,否
16,浅白,蜷缩,浊响,模糊,平坦,硬滑,否
17,青绿,蜷缩,沉闷,稍糊,稍凹,硬滑,否
```

判断有如下特征的瓜是否为好瓜：

```
青绿,稍蜷,浊响,清晰,凹陷,硬滑
```

本 章 实 验

1. 实验目的

通过使用贝叶斯算法编程，加深对贝叶斯算法的理解，同时利用贝叶斯算法对简单应用实现预测分类。

2. 实验内容

编程实现贝叶斯分类算法，对简单应用样本数据实现预测分类，并对分类效果进行评估。数据自选，可以选择自己感兴趣领域的样本数据。

第 5 章

集 成 学 习

机器学习目标是学习出一个稳定的且在各个方面表现都较好的模型,但实际情况往往不这么理想,有时只能得到多个有偏好的学习器(弱学习器,在某些方面表现得比较好),集成学习是将多个弱学习器进行集成组合以期得到一个更好、更全面的强学习器。集成学习本身不是一个单独的机器学习算法,而是通过构建并结合多个机器学习器完成学习任务,通常预测能力比使用单个学习器更优越。

5.1 基 本 概 念

5.1.1 算法起源

集成学习借鉴了"群体智慧"这一思想,也就是常说的"三个臭皮匠,顶个诸葛亮"的道理,即多个才能平庸的人,若能集思广益,也能提出比诸葛亮还周全的计策。1906 年,Galton 创造了"群体智慧"一词。有一次他参加一个农贸展销会,那里正在举办一场肉牛质量竞猜比赛,牛已经宰好了,内脏掏得一干二净。他用最准确的猜测得分从 800 名选手中脱颖而出。其做法是收集所有猜测结果并加以分析。他计算了所有猜测得分的均值,惊讶地发现计算结果和实际值极为接近。这种集体竞猜的方法超过所有曾经赢得比赛的选手,甚至跟养牛专业户相比也胜过一筹。选手要取得准确得分,关键在于集成学习。选手独立给出的猜测得分不能受周围他人猜测得分的影响,同时通过一个无差错机制(平均值)强化整个群体的猜测得分。

集成一词的本义是"群策群力"。构建集成分类器,首先通过训练数据产生一组分类器,然后聚合分类器的预测结果,再基于这些结果预测新记录的类别。

5.1.2 基本概念

先定义一些基本的关于学习器的概念。

强学习器(Strong Learner),是相对于弱学习器而言的概念,指的是可以预测相当准确结果的学习算法。

弱学习器(Weak Learner),相对于强学习器而言,通常弱学习器预测的结果只比随机结果稍好一些。

基学习器(Base Learner),集成学习中的个体学习器,经常是弱学习器,但是并非必须为弱学习器,有时可以为强分类器。

基学习算法(Base Learning Algorithm),基学习器所基于的算法,基学习器基于基学习算法生成。

同质基学习器（Homogeneous Base Learner），指使用同样的基学习算法生成的基学习器。

异质基学习器（Heterogeneous Base Learner），指使用不同的基学习算法生成的基学习器。

机器学习算法中的有监督学习指的是利用已经知道类别的样本训练分类器或回归模型，有监督学习算法处理的是分类和回归问题，分类指的是利用一群已经知道类别的样本训练分类器，分类处理的是离散数据；而回归则是利用已知结果且结果为连续数值的样本建立回归模型，处理的是连续数据。现有的分类算法有多种，例如决策树、朴素贝叶斯、支持向量机等。

训练分类器（学习器）的目标是能够从合理数量的训练数据中通过合理的计算量可靠地学习到知识，训练样本的数量和学习所需的计算资源是密切相关的，由于训练数据的随机性，我们只能要求分类器可能学习到一个近似正确的假设，即可能近似正确（Probably Approximate Correct，PAC）学习。PAC 学习理论定义了学习算法的强弱。

弱学习算法：识别错误率小于 1/2（即准确率仅比随机猜测略高）的学习算法；强学习算法：识别准确率很高并能在多项式时间内完成的学习算法。同时，Valiant 和 Kearns 提出了 PAC 学习模型中弱学习算法和强学习算法的等价性问题，即任意给定仅比随机猜测略好的弱学习算法，是否可以将其提升为强学习算法，如果可以，那么只找到一个比随机猜测略好的弱学习算法就可以将其提升为强学习算法，而不必寻找很难获得的强学习算法。后来 Scphaire 证明，强可学习和弱可学习是等价的，弱学习算法可以提升为强学习算法。

对于分类问题而言，给定一个训练样本，求比较粗糙的分类规则比求精确的分类规则要容易得多，由于强可学习和弱可学习是等价的，所以可以通过先找到一些弱分类器，然后寻求将这些弱分类器提升为强分类器的方法来提升分类效果。

集成学习是一个复合模型，由多个基学习器通过组合策略建立一个精确度高的集成分类器。集成学习通常比其基学习器更准确，泛化性能更优越。集成学习按照基学习器（个体学习器）之间是否存在依赖关系可以分为两大类：第一类是个体学习器之间存在强依赖关系，是串行集成分类方法；另一类是个体学习器之间不存在强依赖关系，是并行集成分类方法。在串行集成中，先生成的基学习器会影响后续生成的基学习器，串行集成方法的基本动机是利用基学习器之间的相关性；并行集成分类中，各基学习器互不影响，并行集成方法的基本动机则是利用基学习器之间的独立性，这是因为组合相互独立的基学习器能够显著减小误差。

按照基学习算法的异同，集成的方法可以分为同质集成和异质集成，同质集成是通过一个基学习算法生成同质的基学习器，异质集成的基学习器是不同质的，为了集成后的结果表现最好，异质基学习器需要尽可能准确并且差异性够大。按照个体学习器之间的关系，同质集成学习方法可以分为并行集成的装袋方法 Bagging、串行集成的提升方法 Boosting 和堆叠方法 Stacking。

Bagging 是一种并行集成学习算法，每个基学习器没有依赖关系，可以并行拟合，Bagging 算法是在原始的数据集上采用有放回的随机取样（也叫自助采样）的方式抽取 m 个子样本，从而利用这 m 个子样本训练 m 个基学习器，从而降低模型的方差。装袋方法 Bagging 的代表算法是随机森林（Random Forest，RF）算法。

Boosting 是一种将弱学习器提升为强学习器的串行集成学习算法。该算法先从初始训练集训练出一个基学习器,再根据基学习器的表现对训练样本分布进行调整,使得先前基学习器做错的训练样本在后续受到更多的关注,然后基于调整后的样本分布训练下一个基学习器;如此重复进行,直至基学习器数目达到事先指定的值 T,最终将这 T 个基学习器进行加权组合。Boosting 的代表算法是 AdaBoost、GBDT、XGBoost 等。

堆叠 Stacking 首先使用原始训练数据集学习出若干个基学习器后,使用基学习器的输出作为输入特征,将这几个学习器的预测结果作为新的训练集,来学习一个新的学习器。因此,堆叠 Stacking 是一种通过一个元分类器或者元回归器整合多个分类模型或回归模型的集成学习技术。基础模型通常包含不同的学习算法,因此 Stacking 通常是异质集成的。Stacking 与 Bagging 和 Boosting 主要存在两方面差异:首先,Stacking 通常考虑的是异质学习器(不同的学习算法被组合在一起),而 Bagging 和 Boosting 主要考虑的是同质学习器;其次,Stacking 学习用元模型组合基础模型,而 Bagging 和 Boosting 则根据确定性算法组合基学习器。限于篇幅限制,本书不再讨论堆叠 Stacking 代表的异质集成学习,有兴趣的读者可以自行查阅相关资料。

5.2 Bagging 算法与随机森林

5.2.1 Bagging 算法

Bagging 是 Bootstrap Aggregating 的缩写,是自助结合的意思。"自助"和"结合"是 Bagging 的两个关键,先对数据进行多次自助采样(Bootstrap Sample,也称为可重复采样或有放回采样),再在每个新样本集上训练模型并结合。该算法的基本思想是:从原始的数据集中自助采样抽取同数量的样本,形成 K 个随机的新训练集,然后训练出 K 个不同的学习器,再一起集成。学习器间不存在强依赖关系,集成方式一般为投票。

Bagging 通过抽样创建训练数据集的子样本并在每个子样本上拟合决策树来工作。从训练集进行子抽样组成每个基模型所需要的子训练集,对所有基模型预测的结果进行综合产生最终的预测结果。

图 5.1 为 Bagging 算法原理图。每个分类器都随机从原样本中做有放回的采样,经过多次采样后获得多个平衡的训练子集;然后分别在这些采样后的样本上训练相应的基分类器,再把这些基分类器采用投票方法集成多个基分类器的预测结果。Bagging 算法既可以处理二分类问题,也可以处理多分类问题。Bagging 算法的具体过程如下。

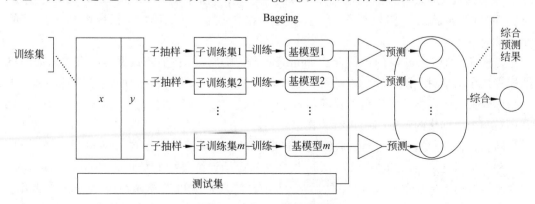

图 5.1 Bagging 算法原理图

从原始样本集中通过随机抽取形成 K 个训练集：每轮抽取 N 个训练样本（有些样本可能被多次抽取，而有些样本可能一次都没有被抽中，这称为有放回的抽样）。K 个训练集共得到 K 个模型。这 K 个训练集是彼此独立的，这个过程也称为 Bootstrap。

算法流程如下。

输入：样本数据集 $D = \{(x_1, y_1), (x_2, y_2), \cdots, (x_m, y_m)\}$；
   基学习算法 ε；
   基学习器数 T。
对于 $t = 1, 2, \cdots, T$，
步骤 1：自助采样 T 套样本数量为 D 的数据集。
步骤 2：在第 t 套数据集上训练出基学习器 h_t，最后均匀结合 h_t 成 H。

输出：分类问题：用投票方式，$H(x) = \text{sign}\left(\sum_{t=1}^{T} h_t(x)\right)$

   回归问题：用平均方式，$H(x) = \dfrac{1}{T} \sum_{t=1}^{T} h_t(x)$

训练时可以根据具体问题采用不同的分类或回归方法，如决策树、神经网络等。每次使用一个训练集通过相同的分类或回归方法得到一个模型，K 个训练集共得到 K 个模型。通常把这些模型称为基模型或者基学习器。在测试阶段，每个测试周期会将全部 K 个训练模型结果组合起来进行预测。

基模型的集成有两种情况。对于分类问题采用投票法，K 个模型采用投票的方式得到分类结果；对于回归问题采用平均法，计算 K 个模型的均值并将其作为最后的结果。

5.2.2　随机森林

随机森林是通过集成学习的思想将多棵决策树集成的一种集成学习（Ensemble Learning）算法，其基本单元是决策树，每棵决策树都是一个分类器。对于一个输入样本，N 棵树会有 N 个分类结果，而随机森林集成了所有的分类投票结果，将投票次数最多的类别指定为最终的输出，是 Bagging 类算法的典型代表。它并行地生成基分类器，并行集成的基本动机是利用基学习器的独立性，通过平均降低方差。

大多数情况下的 Bagging 是基于决策树的，本章默认采用 CART 算法构造决策树。随机森林由多棵不确定性的决策树构建而成，有效解决了单分类器出现的过拟合以及性能差等问题，是最具代表性的集成分类学习算法。由于随机森林算法具有易于理解与实现、准确度高且开销较低等特点，因此其在科技、交通、医学等领域得到了广泛的使用。

随机森林是 Bagging 的扩展，与 Bagging 一样，随机森林在训练数据集上有放回地随机抽样来拟合决策树。随机森林在随机抽取样本数据的同时，也对样本属性进行随机抽取，进一步体现了随机森林分类模型的灵活性，避免出现过拟合的问题。与 Bagging 不同，随机森林还对每个数据集的特征（列）进行采样。

随机森林的构造基本过程：假设用于建模的训练数据集中含有 N 个观测样本、M 个自变量和 1 个因变量，首先利用 Bootstrap 抽样法从原始训练集中有放回地抽取出 $n(n < N)$ 个观测样本用于构建单棵决策树；然后从 M 个自变量中随机选择 $m(m < M)$ 个字段用于 CART 决策树结点的字段选择；最后根据 Gini 指数生成一棵未经剪枝的 CART 树。最终

通过多轮的抽样,生成 k 个数据集,进而组装成含有 k 棵树的随机森林。

随机森林的随机性体现在两方面:每棵树的训练样本是随机的;树中每个结点的分裂字段是随机选择的。两个随机性的引入,使得随机森林不容易陷入过拟合,随机选择样本和 Bagging 相同,采用的是 Bootstrap 自助采样法;随机选择特征是指在每个结点以及在分裂过程中都是随机选择特征的。这种随机性导致随机森林的偏差会稍微增加(相比于单棵不随机树),但是随机森林的"平均"特性,会使得它的方差减小,而且方差的减小补偿了偏差的增大,因此总体而言是更好的模型。

随机森林是集成学习思想下的产物,它将许多棵决策树整合成森林,决策树之间没有任何关联,它们合起来用来预测最终结果。随机森林的构建步骤如下。

步骤 1:设样本数量为 N,有放回地随机选择 n 个样本($n < N$)来构造决策树。

步骤 2:设该样本的属性数量为 M,随机选择 m 个属性($m < M$)作为构造决策树的特征。

步骤 3:将 m 个属性采用 ID3、C4.5 或 CART 算法进行最优分裂构造决策树。

步骤 4:重复步骤 1~步骤 3,构造大量决策树,形成随机森林。

这样,随机森林会通过所有决策树对待预测的输入数据进行训练,然后取加权平均或多数投票得出最终的预测结果。图 5.2 为随机森林构建流程图,对于每个结点:随机选择部分数据子集,求得分割最优化的变量(及其值)。

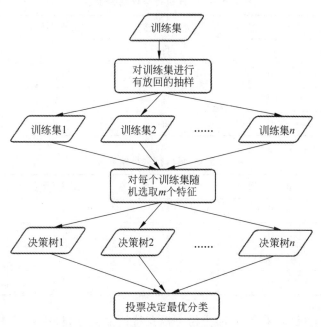

图 5.2　随机森林构建流程图

随机森林采用了随机选择样本数量和样本属性构建大量决策树的方法来避免过拟合,同时可以有效处理数据量大且维度高的样本集,并且不用降维,无须做特征选择,在建模过程中训练速度较快且可以并发化训练模型。

算法实例

表 5.1 是二维数据表,表示 8 位男生的属性以及女孩对应的见面决策。

表 5.1　8 位男生的属性以及女孩对应的见面决策 1

男生编号	长　相	性　格	工资/元	类　别
1 号	帅	好	60 万	见
2 号	一般	坏	45 万	不见
3 号	丑	好	80 万	见
4 号	帅	坏	15 万	见
5 号	一般	坏	5 万	不见
6 号	一般	坏	2 万	不见
7 号	丑	好	35 万	见
8 号	丑	好	25 万	见

根据数据的二维结构，生成随机数据的方法有如下两种。

（1）在样本上随机（行采样）：采用有放回采样，在采样得到的样本集合中可能有重复的样本。通常从含有 N 个原始样本集中有放回地采样出一个新的含有 n 个样本的样本集。随机选行，例如得到如表 5.2 和表 5.3 所示的结果。

表 5.2　随机行采样结果 1

男生编号	长　相	性　格	工资/元	类　别
1 号	帅	好	60 万	见
3 号	丑	好	80 万	见
6 号	一般	坏	2 万	不见
8 号	丑	好	25 万	见

表 5.3　随机行采样结果 2

男生编号	长　相	性　格	工资/元	类　别
1 号	帅	好	60 万	见
3 号	丑	好	80 万	见
6 号	一般	坏	2 万	不见
8 号	丑	好	25 万	见

（2）在特征上随机（列采样）：因为树可以在特征集上分裂，从 m 个特征中随机选择 j 个，通常 $j=\sqrt{m}$ 或 $j=\log_2 m$，并且规定这个分裂点只能在这 j 个特征上进行分裂。随机选列，例如得到如表 5.4 和表 5.5 所示的随机选列结果。

表 5.4　随机列采样结果 1

男生编号	长　相	工资/元	类　别
1 号	帅	60 万	见
2 号	一般	45 万	不见

续表

男 生 编 号	长 相	工资/元	类 别
3 号	丑	80 万	见
4 号	帅	15 万	见
5 号	一般	5 万	不见
6 号	一般	2 万	不见
7 号	丑	35 万	见
8 号	丑	25 万	见

表 5.5 随机列采样结果 2

男 生 编 号	长 相	性 格	类 别
1 号	帅	好	见
2 号	一般	坏	不见
3 号	丑	好	见
4 号	帅	坏	见
5 号	一般	坏	不见
6 号	一般	坏	不见
7 号	丑	好	见
8 号	丑	好	见

因此，随机森林有两种常见的形式：第一种是只做行采样；第二种是既做行采样，又做列采样。第二种随机森林中的树更加随机，因此在实践中用得也更多。

随机选出数据和特征之后，使用完全分裂的方式建立决策树。一般决策树算法中都有一个重要的步骤，即剪枝，但是在随机森林中不需要此步骤。由于之前介绍的两种随机采样过程保证了随机性，因此只要森林中的树足够多，就算不剪枝，也不容易出现过拟合。在生成森林之后，对于一个新的输入样本，森林中的每棵决策树会分别对其进行判断。

分类树：对于每个样本在不同树中得到的类别，找出得票最多的类别作为最终类别。

回归树：对于每个样本在不同树中得到的数值，求它们的平均值并将其作为最终数值。

由于在数据和特征上都注入了随机的成分，因此，可大致认为随机森林中的每棵决策树之间是相互独立的。

包外估计：对样本数量为 n 的初始数据集自助采样，如果采样集的样本数量也为 n，那么没有被选到的样本大概占 $(1-1/n)^n$，当 n 很大时，则有下列的极限公式：

$$\lim_{n \to \infty}\left(1-\frac{1}{n}\right)^n = \lim_{n \to \infty}\frac{1}{\left(1+\frac{1}{-n}\right)^{-n}} = \frac{1}{e} \approx 0.368 \tag{5.1}$$

因此，每做这样一次自助采样，初始数据集中只有 63.2% 的数据被选中当作训练数据，剩下 36.8% 没被选中的数据可以自动作为验证数据。这些验证数据可以对随机森林的泛化能力做包外(Out-Of-Bag，OOB)估计。

特征选择：特征选择（Feature Selection）的目的是选择需要的特征，将冗余的、不相关的特征忽略。线性模型的特征选择根据其重要性选择特征。

但是，对于非线性模型，特征选择就没有这么简单了。随机森林虽是非线性模型，但是其特有的机制可以让其很容易做到初步的特征选择。其核心思想是："如果特征 j 是重要特征，那么加入一些随机噪声后模型性能会下降。"直接在原有数据上加入正态分布的噪声好吗？不好，因为这样做会改变原有数据的分布。常用的做法是：把所有数据在特征 j 上的值重新随机排列，此做法被称为置换检验。这样可以保证随机打乱的数据分布和原有数据接近一致。表 5.6 展示了在"性格"特征上随机排列后的数据，随机排列将"好坏好坏坏坏好好"排成"坏坏好坏好坏坏好"。对表 5.1 的数据进行置换之后的结果如表 5.6 所示。

表 5.6　8 位男生的属性以及女孩对应的见面决策 2

男 生 编 号	长　相	性　格	工资/元	类　别
1 号	帅	坏	60 万	见
2 号	一般	坏	45 万	不见
3 号	丑	好	80 万	见
4 号	帅	坏	15 万	见
5 号	一般	好	5 万	不见
6 号	一般	坏	2 万	不见
7 号	丑	坏	35 万	见
8 号	丑	好	25 万	见

在"性格"一列进行置换。置换检验后，某个特征 j 的重要性可被看成森林"在原有数据中的性能"和"在某特征 j 数据置换之后的性能"的差距：

$$\text{重要性}\,j = \left| \text{性能}(\overset{\text{原有数据}}{\widehat{D}}) - \text{性能}(\overset{\text{原有数据}}{\widehat{D^P}}) \right|$$

但是这样做太耗时，还要重新训练一遍随机森林。利用随机森林的 OOB 数据，可以节省时间：

$$\text{重要性}\,j = \left| \text{性能}(\overset{\text{原有数据}}{\widehat{D}}) - \text{性能}(\overset{\text{原有数据}}{\widehat{D^P}}) \right| \approx \left| \text{误差}(\overset{\text{原有OOB数据}}{\widehat{D_{\text{OOB}}}}) - \text{误差}(\overset{\text{置换后的OOB数据}}{\widehat{D^P_{\text{OOB}}}}) \right|$$

这样就不用重新训练模型了。训练好森林后，将每棵树 h_t 对应的 OOB 数据，在特征 j 上随机打乱（注意，现在随机打乱的是 OOB 数据，而不是全部数据），分别计算打乱前和打乱后的误差，最后在森林层面再求 T 个误差差值的平均值，公式如下。

$$\text{重要性}\,j = \frac{1}{T} \sum_{t=1}^{T} \left| \text{误差}(\overset{\text{第}t\text{棵树原有的OOB数据}}{\widehat{D_{\text{OOB}(t)}}}) - \text{误差}(\overset{\text{第}t\text{棵树置换后的OOB数据}}{\widehat{D^P_{\text{OOB}(t)}}}) \right|$$

若给特征 j 随机加入噪声，则 OOB 数据的误差率会大幅提高，而重要性 j 也会大幅提高，因此该特征比较重要而被选择。

算法应用

sklearn 的子模块 ensemble 提供了产生随机森林的"类"RandomForestClassifier，该"类"的语法和参数含义如下。

```
RandomForestClassifier(n_estimators=10, criterion='gini', max_depth=None,
```

```
                    min_samples_split=2, min_samples_leaf=1,
                    min_weight_fraction_leaf=0.0, max_features=`auto`,
                    max_leaf_nodes=None, min_impurity_decrease=0.0,
                    min_impurity_split=None, bootstrap=True,
                    oob_score=False, n_jobs=1, random_state=None,
                    verbose=0, warm_start=False, class_weight=None)
    RandomForestRegressor(n_estimators=10, criterion='mse', max_depth=None,
                    min_samples_split=2,min_samples_leaf=1,
                    min_weight_fraction_leaf=0.0, max_features=`auto`,
                    max_leaf_nodes=None, min_impurity_decrease=0.0,
                    min_impurity_split=None, bootstrap=True,
                    oob_score=False, n_jobs=1, random_state=None,
                    verbose=0, warm_start=False)
```

n_estimators：用于指定随机森林所包含的决策树个数。

criterion：用于指定每棵决策树结点的分割字段所使用的度量标准，用于分类的随机森林，默认的 criterion 值为'gini'；用于回归的随机森林，默认的 criterion 值为'mse'。

max_depth：用于指定每棵决策树的最大深度，默认不限制树的生长深度。

min_samples_split：用于指定每棵决策树根结点或中间结点能够继续分割的最小样本量，默认为 2。

min_samples_leaf：用于指定每棵决策树叶子结点的最小样本量，默认为 1。

min_weight_fraction_leaf：用于指定每棵决策树叶子结点最小的样本权重，默认为 None，表示不考虑叶子结点的样本权值。

max_features：用于指定每棵决策树包含的最多分割字段数，默认为 None，表示分割时使用所有的字段。

max_leaf_nodes：用于指定每棵决策树最大的叶子结点个数，默认为 None，表示对叶子结点个数不做任何限制。

min_impurity_decrease：用于指定每棵决策树的结点是否继续分割的最小不纯度值，默认为 0。

bootstrap：bool 类型参数，是否对原始数据集进行 Bootstrap 抽样，用于子树的构建，默认为 True。

oob_score：bool 类型参数，是否使用包外样本计算泛化误差，默认为 False。包外样本是指每次 Bootstrap 抽样时没有被抽中的样本。

n_jobs：用于指定计算随机森林算法的 CPU 个数，默认为 1。

random_state：用于指定随机数生成器的种子，默认为 None，表示使用默认的随机数生成器。

verbose：用于指定随机森林计算过程中是否输出日志信息，默认为 0，表示不输出。

warm_start：bool 类型参数，是否基于上一次的训练结果进行本次的运算，默认为 False。

class_weight：用于指定因变量中类别之间的权重，默认为 None，表示每个类别的权重都相等。

本节利用随机森林对 Titanic 乘客数据集进行乘客存活预测，该数据集一共包含 891 个观测样本和 12 个变量。其中变量 Survived 为因变量，1 表示存活，0 表示未存活。具体

Python 实现代码如下。

1. 导入数据并对数据集进行拆分

```
#导入第三方包
from sklearn import model_selection
import pandas as pd
#读入数据
Titanic = pd.read_csv(r'C:\Users\Administrator\Desktop\Titanic.csv')
#取出所有自变量名称
predictors = Titanic.columns[1:]
#将数据集拆分为训练集和测试集，且测试集的比例为25%
X_train,X_test, y_train, y_test = model_selection.train_test_split(Titanic
[predictors], Titanic.Survived, test_size = 0.25, random_state = 1234)
```

2. 构建随机森林模型

```
#导入第三方包
from sklearn.ensemble import RandomForestClassifier
#构建随机森林
RF_class = RandomForestClassifier(n_estimators=200, random_state=1234)
#随机森林的拟合
RF_class.fit(X_train, y_train)
#模型在测试集上的预测
RFclass_pred = RF_class.predict(X_test)
#模型的准确率
print('模型在测试集的预测准确率:\n', metrics.accuracy_score(y_test, RFclass_
pred))
```

输出结果如下。

模型在测试集的预测准确率：

0.852017937219731

利用随机森林对数据进行分类，预测准确率超过 85%。

为了进一步验证模型在测试集上的预测效果，需要绘制 ROC 曲线，结果如图 5.3 所示，代码如下。

```
#计算绘图数据
y_score = RF_class.predict_proba(X_test)[:,1]
fpr,tpr,threshold = metrics.roc_curve(y_test, y_score)
roc_auc = metrics.auc(fpr,tpr)
#绘图
plt.stackplot(fpr, tpr, color='steelblue', alpha = 0.5, edgecolor = 'black')
plt.plot(fpr, tpr, color='black', lw = 1)
plt.plot([0,1],[0,1], color = 'red', linestyle = '--')
plt.text(0.5,0.3,'ROC curve (area = %0.2f)' % roc_auc)
plt.xlabel('1-Specificity')
plt.ylabel('Sensitivity')
plt.show()
```

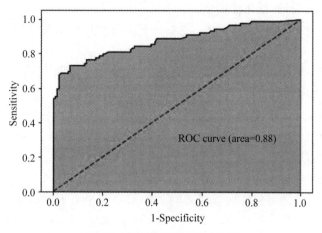

图 5.3　随机森林的 ROC 曲线

图 5.3 所示为随机森林的 ROC 曲线，AUC 值为 0.88。最后，利用随机森林算法挑选出影响乘客是否幸存的重要因素，代码如下。

```
#变量的重要性程度值
importance = RF_class.feature_importances_
#构建序列用于绘图
Impt_Series = pd.Series(importance, index = X_train.columns)
#对序列排序绘图
Impt_Series.sort_values(ascending = True).plot(kind='barh')
plt.show()
```

图 5.4 所示为变量的重要性排序，对各变量的重要性做了降序排列，其中最重要的前 3 个变量分别是乘客的年龄、票价和是否为女性，从而一定程度上体现了危难时刻妇女和儿童优先被救援的精神。

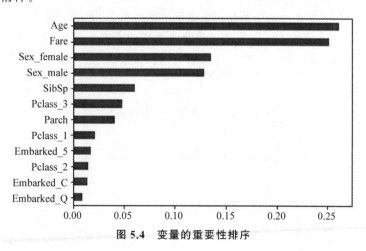

图 5.4　变量的重要性排序

3. 随机森林的优点与缺点

随机森林的优点如下。

（1）随机森林算法可以解决分类与回归两种类型的问题，表现良好。由于是集成学习，因此方差和偏差都比较低，泛化性能强。

（2）随机选择决策树划分特征列表，这样在样本维度比较高的时候，仍然具有比较好的训练性能。

（3）能够处理高维度数据，不用做特征选择。此外，该模型能够衡量特征的重要性程度，这是一个非常实用的功能。

（4）对部分特征缺失不敏感，可以应对缺失数据。

（5）高度并行化，易于分布式实现，对于大规模样本的训练具有速度的优势。

随机森林的缺点如下。

（1）在某些噪声比较大的特征上容易过拟合。

（2）取值比较多的划分特征对随机森林的决策会产生更大的影响，从而有可能影响模型的效果。

5.3 Boosting 算法

5.3.1 Boosting 算法概述

Boosting 是一族将弱学习器提升为强学习器的串行集成学习算法，是对于训练集通过反复学习得到一系列弱分类器，然后组合这些弱分类器得到一个强分类器的算法。Boosting 使用全部样本通过调整权重依次串行训练每个学习器，迭代加权集成弱分类器。

Boosting 的基本思路是逐步优化模型，这与 Bagging 算法不同，Bagging 是独立地并行生成很多不同的模型并对预测结果进行集成，Boosting 则是持续地通过新模型优化同一个基模型，也就是在原有模型的基础上整合新模型，从而形成新的基模型。而对新的基模型的训练，将一直聚集于之前模型的误差点，也就是原模型预测出错的样本，目标是不断减小模型的预测误差。

图 5.5 所示为 Boosting 原理图，Boosting 算法首先从训练集用初始权重训练出一个弱学习器 1，根据弱学习的学习误差率表现更新训练样本的权重，使得之前弱学习器 1 学习误差率高的训练样本点的权重变高，并且这些误差率高的点在后面的弱学习器 2 中得到更多

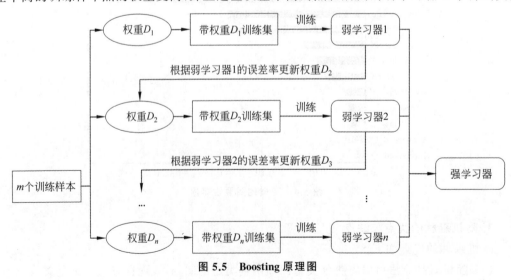

图 5.5 Boosting 原理图

的重视。然后基于调整权重后的训练集训练弱学习器 2，如此重复进行，直到弱学习器数达到事先指定的数目 T，最终将这 T 个弱学习器通过集合策略进行整合，得到最终的强学习器。

Boosting 通过迭代地训练一系列的分类器，每个分类器采用的样本的选择方式都和上一轮的学习结果有关。训练过程为阶梯状，基模型按照次序一一进行训练，基模型的训练集按照某种策略每次都进行一定的转化，如果某一个数据这次分错了，那么下一次就会给它更大的权重。对所有基模型预测的结果进行线性综合产生最终的预测结果。Boosting 涉及将模型顺序添加到集成中，其中新模型尝试纠正已添加到集成中的先前模型所产生的错误。

简言之，Boosting 方法串行地训练一系列分类器，使得先前基分类器做错的样本后续会受到更多的关注，并将这些分类器进行结合，以便获得性能完美的强分类器。Boosting 算法的一般过程如下。

输入：样本分布 D；
　　　基学习算法 ε；
　　　学习轮数 T
步骤：
1. $D_1 = D$　　　　　　　　　　　　　　%初始化分布
2. for $t = 1, 2, \cdots, T$：
3. $h_t = \varepsilon(D_t)$；　　　　　　　　　　%根据分布 D_t 训练弱分类器
4. $\in_t = P_x \sim D_t(h_t(x) \neq f(x))$；　　　%评估 h_t 的错误率
5. $D_{t+1} = $ Adjust_Distribution$(D_t, \in_t)$.
6. end
输出：$H(x) = $ Combine_Outputs$(\{h_1(x), h_2(x), \cdots, h_t(x)\})$

Boosting 算法主要有 AdaBoost、梯度提升决策树（GBDT）以及 XGBoost 等。例如，在 AdaBoost 中，前面分类错误的样本有较高的概率被选到，在前面分类正确的样本有较小的概率被选到。

Boosting 以弱分类器（如简单的决策树）为基学习器，而且各个弱学习之间是有依赖的串联关系，给训练数据分配权值来降低分类误差，每次训练一个弱分类器，并给该弱分类器分配权值，同时这个弱分类器分类错的数据将在下一个训练弱分类器加强权值。Boosting 基于使用一个弱学习器，并且反复学习"误判"点或难以学习的点，"提升"学习实例的困难度，使得基础学习器更有效地学习决策边界。

5.3.2　AdaBoost 算法

AdaBoost（Adaptive Boosting，AdaBoost，自适应提升）是 Freund 和 Schapire 首次于 1995 年提出的，算法串行地生成弱分类器。串行集成的基本动机是利用弱分类器之间的依赖，通过给错分样本一个较大的权重来提升性能，是一个典型的 Boosting 方式的集成算法，主要解决 Boosting 过程中学习误差率的计算、弱学习器权重系数的计算以及样本权重更新的问题。

AdaBoost 的自适应在于：

（1）前一个基本分类器被错误分类的样本的权值会增大，而正确分类的样本的权值会减小，同时用来再次训练下一个基本分类器。

（2）在每轮迭代中加入一个新的弱分类器，直到达到某个预定的足够小的错误率或达到预先指定的最大迭代次数才确定最终的强分类器。

（3）每轮迭代中会在新训练集上产生一个新的学习器，然后使用该学习器对所有样本进行预测，以评估每个样本的重要性。每次迭代时算法会为每个样本赋予一个权重，每次用训练好的学习器预测各个样本，若某个样本点被预测得越正确，则将其权重降低；否则提高样本的权重。权重越高的样本在下一个迭代训练中所占的比重越大，即越难区分的样本在训练过程中会变得越重要。

AdaBoost 将弱分类器迭代成强分类器的过程，在每个迭代过程中会改变样本权重和分类器权重，最终结果是每个分类器的权重和。

AdaBoost 算法的基本原理如下。

（1）初始化训练样本数据（每个样本）的权值分布：如果有 N 个样本，则每个训练的样本点最开始时都被赋予相同的权重。

（2）训练弱分类器。具体训练过程中，如果某个样本已经被准确分类，那么在构造下一个训练集中，它的权重就被降低；相反，如果某个样本点没有被准确分类，那么它的权重就被提高，同时得到弱分类器对应的话语权。然后，更新权值后的样本被用于训练下一个分类器，整个训练过程如此迭代下去。

（3）将各个训练得到的弱分类器组合成强分类器。各个弱分类器的训练过程结束后，分类误差率小的弱分类器话语权较大，其在最终的分类函数中起着较大的决定作用，而分类误差率大的弱分类器的话语权小。

AdaBoost 是一种迭代算法，其核心思想是针对同一个训练集训练不同的分类器（也叫弱分类器或基分类器），然后将这些弱分类器集成组合起来，构成一个更强的分类器（强分类器）。每次迭代时算法会为每个样本赋予一个权重，每次用训练好的学习器预测各个样本，若某个样本点被预测得越正确，则将其权重降低；否则提高样本的权重。权重越高的样本在下一个迭代训练中所占的比重越大，即越难区分的样本在训练过程中会变得越重要。

AdaBoost 算法是通过改变数据分布实现的，它根据每次训练集中各个样本分类是否正确，以及之前总体分类的准确率，确定每个样本的权值，将修改过权值的新数据集发送给下层分类器进行训练，最后将每次训练得到的分类器融合起来，作为最后的决策分类器。使用AdaBoost 算法分类器可以排除一些不必要的训练数据特征，将重点放在关键的训练数据上面。AdaBoost 算法中不同的训练集是通过调整每个样本对应的权重实现的。开始时，每个样本对应的权重是相同的，其中 n 为样本个数，在此样本分布下训练出弱分类器。对于分类错误的样本，加大其对应的权重；而对于分类正确的样本，降低其权重，这样分类错误的样本就被突出显示出来，从而得到一个新的样本分布。AdaBoost 算法在新的样本分布下再次对弱分类器进行训练，得到新的弱分类器，以此类推，经过 T 次循环得到 T 个弱分类器，将这 T 个弱分类器按一定的权重叠加提升（boost）起来，得到最终的强分类器。

AdaBoost 算法主要特点如下。

（1）组合多个基分类器，性能比单个基分类器有所改善。

（2）弱学习器按顺序训练。

（3）基分类器的训练数据来自前一个分类器的结果。

（4）每个分类器采取投票表决并影响结果输出。

（5）每轮迭代会对那些开始减小权重的误差率大的分类器进行重新计算或重新分配

权重。

（6）增加误差率小的分类器权重，减小误差率大的分类器权重。

1. AdaBoost 分类器的创建

（1）弱分类器的创建。

AdaBoost 组合分类方法的原理是通过对训练样本集进行学习，得到一系列弱分类器，然后对这些弱分类器进行叠加提升，形成一个强分类器。可以采用多种方式创建一系列弱分类器，例如用相同的分类器学习算法、不同的参数、相同的训练集创建不同的弱分类器（例如神经网络采用不同的网格结构）；使用不同的算法、相同的训练集创建不同的弱分类器；改变训练数据集分布来产生不同的弱分类器等。

（2）算法流程。

假设给定一个二分类的训练样本集 $T=\{(x_1,y_1),(x_2,y_2),\cdots,(x_N,y_N)\}$，$x_i$ 是某一空间 X 的一个样本，$i=1,2,3,\cdots,N$。y_i 是 x_i 的类标号，属于类标记集合 $\{-1,+1\}$。AdaBoost 算法的目的是从训练数据集中得到一系列弱分类器或基分类器，然后将这些弱分类器组合成一个强分类器。AdaBoost 算法先从初始训练集中训练出一个基分类器，再根据基分类器的表现对训练样本的权重进行调整，使得先前基分类器做错的样本后续得到更多的关注，然后基于调整后的样本权重训练下一个基分类器，直到基分类器的数目达到事先指定的数目 T，最终将这 T 个基分类器进行加权组合。AdaBoost 的算法流程如下。

步骤 1：首先，初始化训练数据的权值分布。每个训练样本最开始时都被赋予相同的权重：

$$D_1(i)=\frac{1}{N}$$

$$D_1=(w_{1,1},w_{1,2},\cdots,w_{1,i},\cdots,w_{1,N}),w_{1,i}=\frac{1}{N},i=1,2,\cdots,N \tag{5.2}$$

步骤 2：进行多轮迭代，$t=1,2,\cdots,T$，表示迭代的第 t 轮。

（a）使用具有权值分布 D_t 的训练样本集和弱分类器 $h_t(x)$。

$$D_t=(w_{t,1},w_{t,2},\cdots,w_{t,i},\cdots,w_{t,N}),\quad \sum_{i=1}^{N}w_{t,i}=1$$

$$h_t(x):x\rightarrow\{-1,1\} \tag{5.3}$$

（b）计算 $h_t(x)$ 在训练数据集上的分类误差率 ε_t（训练第 t 个分类器时分类错误的占比）。

$$\varepsilon_t=\sum_{i=1}^{N}w_tI(h_t(x_i)\neq y_i) \tag{5.4}$$

其中 I 为致使函数，如果参数 A 为 true，则 $I(A)=1$，否则 $I(A)=0$；由上述式子可知，$h_t(x)$ 在加权训练数据集上的误差率 ε_t 就是被 $h_t(x)$ 误分类的样本的权值之和。

（c）计算弱分类器 $h_t(x)$ 的权重系数。a_t 表示 $h_t(x)$ 在强分类器中的重要程度（即权重系数，目的是得到弱分类器在强分类器中所占的权重），即第 t 个弱分类器的权重系数。

$$a_t=\frac{1}{2}\ln\left(\frac{1-\varepsilon_t}{\varepsilon_t}\right) \tag{5.5}$$

由上述式子可知，$\varepsilon_t\leqslant0.5$ 时，$a_t\geqslant0$，且 a_t 随着 ε_t 的减小而增大，这意味着分类误差越小的弱分类器在强分类器中的作用越大。

（d）更新训练数据集的权值分布（目的是得到训练样本集新的权值分布），用于下一轮迭代：

$$w_{t+1,i} = \frac{w_{t,i}\exp(-a_t y_i h_t(x_i))}{Z_t}$$

其中

$$\sum_{i=1}^{N} w_{t+1,i} = 1$$

$$D_{t+1} = (w_{t+1,1}, w_{t+1,2}, \cdots, w_{t+1,i}, \cdots, w_{t+1,N}), \quad i = 1, 2, \cdots, N \tag{5.6}$$

使得被弱分类器 $h_t(x)$ 误分类样本的权值增大，而被正确分类样本的权值减小。通过这样的方式，AdaBoost 算法能"聚焦于"那些较难分的样本上。其中，Z_t 是规范化因子，使得 D_{t+1} 成为一个概率分布：

$$Z_t = \sum_{i=1}^{N} w_{t,i}\exp(-a_t y_i h_t(x_i)) \tag{5.7}$$

或者

$$Z_t = 2\sqrt{\varepsilon_t(1-\varepsilon_t)} \tag{5.8}$$

步骤 3：假设构建 T 个弱分类器，各个弱分类器采用加权平均法的线性组合为

$$f(x) = \sum_{t=1}^{T} a_t h_t(x_i) \tag{5.9}$$

其中，a_t 表示第 t 个弱分类器的权重系数。从而得到强分类器 $H_{\text{final}}(x)$ 为指示函数：

$$H_{\text{final}}(x) = \text{sign}(f(x)) = \text{sign}\left(\sum_{t=1}^{T} a_t h_t(x_i)\right) \tag{5.10}$$

即

$$
\begin{aligned}
&\text{当 } f(x) \geqslant 0 \text{ 时，} \text{sign}(f(x)) = +1; \\
&\text{当 } f(x) < 0 \text{ 时，} \text{sign}(f(x)) = -1。
\end{aligned}
\tag{5.11}
$$

（3）算法简化。

因为各阶段分类训练样本的权重更新依赖于训练样本权重系数，而权重系数又依赖于误差率，所以我们直接将权重更新公式用误差率表示，训练样本的更新公式如下。

$$w_{t+1,i} = \frac{w_{t,i}\exp(-a_t y_i h_t(x_i))}{Z_t} \tag{5.12}$$

其中，

$$Z_t = 2\sqrt{\varepsilon_t(1-\varepsilon_t)} \tag{5.13}$$

当样本分类错误时：

$$y_1 h_t(x_i) = -1$$

$$
\begin{aligned}
\exp(-a_t y_i h_t(x_i)) &= \exp(a_t) = \exp\left(\frac{1}{2}\ln\left(\frac{1-\varepsilon_t}{\varepsilon_t}\right)\right) \\
&= \exp\left(\ln\left(\sqrt{\frac{1-\varepsilon_t}{\varepsilon_t}}\right)\right) = \sqrt{\frac{1-\varepsilon_t}{\varepsilon_t}}
\end{aligned}
\tag{5.14}
$$

当样本分类正确时：

$$y_1 h_t(x_i) = 1$$

$$
\begin{aligned}
\exp(-a_t y_i h_t(x_i)) &= \exp(-a_t) = \exp\left(-\frac{1}{2}\ln\left(\frac{1-\varepsilon_t}{\varepsilon_t}\right)\right) \\
&= \exp\left(\ln\left(\sqrt{\frac{\varepsilon_t}{1-\varepsilon_t}}\right)\right) = \sqrt{\frac{\varepsilon_t}{1-\varepsilon_t}}
\end{aligned}
\tag{5.15}
$$

于是,错误分类样本更新因子:

$$\frac{\exp(-a_t y_i h_t(x_i))}{Z_t} = \frac{\exp(a_t)}{Z_t} = \frac{1}{2\varepsilon_t} \tag{5.16}$$

正确分类样本更新因子:

$$\frac{\exp(-a_t y_i h_t(x_i))}{Z_t} = \frac{\exp(a_t)}{Z_t} = \frac{1}{2(1-\varepsilon_t)} \tag{5.17}$$

所以,错误分类样本更新权重:

$$w_{t+1,i} = w_{t,i} \frac{1}{2\varepsilon_t} \tag{5.18}$$

正确分类样本更新权重:

$$w_{t+1,i} = w_{t,i} \frac{1}{2(1-\varepsilon_t)} \tag{5.19}$$

2. 算法实例

【例 5.1】 将弱分类器优化为强分类器。

图 5.6 所示的 10 个训练样本数据,按照从左到右的大概次序,其样本序列 X 的类标号为(＋＋－－－＋＋＋－－)。下面以本数据讲解 AdaBoost 算法的实施过程,在图 5.6 中,"＋"和"－"分别表示两种数据类别,这里使用事先确定好的 3 条简单的水平或垂直的直线作为弱分类器(h_1, h_2, h_3)(注:根据样本数据的分布人为确定的 3 个弱分类器)进行迭代集成学习,通过迭代确定权重系数,逐步产生强分类器。

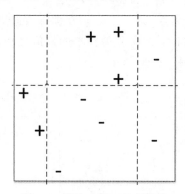

图 5.6 算法实例—样本数据

第一次迭代,如图 5.7 所示。

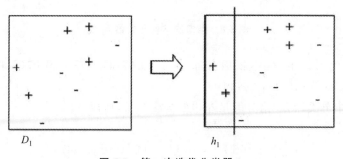

图 5.7 第一次迭代分类器 h_1

初始化权值采用均匀分布：

$$w_{1i} = \frac{1}{N} = 0.1$$

分类器 h_1 误差率：

$$\varepsilon_1 = 0.1 + 0.1 + 0.1 = 0.3$$

分类器 h_1 系数：

$$a_1 = \frac{1}{2}\ln\left(\frac{1-\varepsilon_1}{\varepsilon_1}\right) = 0.4236$$

根据分类的正确率得到一个新的样本分布 D_2 和一个弱分类器 h_1。

更新权值分布：每个样本的新权值是变大还是变小，取决于它是被分错还是被分对。分错的权值变大，在下一轮的弱分类器会得到更大的关注。

分错的样本为 3 个"＋"，其权重都是 0.1 * (1/(0.3 * 2)) = 0.1667；

分正确的样本为剩余的 7 个，不论"＋"或"－"，其权重都是 0.1 * (1/(0.7 * 2)) = 0.0714。

第一次迭代后，最后得到各个数据新的权值分布 D_2 = (0.0714, 0.0714, 0.0714, 0.0714, 0.0714, 0.1667, 0.1667, 0.1667, 0.0714, 0.0714)。由此可以看出，因为样本中是数据"6 7 8"被 $h_1(x)$ 分错了，所以它们的权值由之前的 0.1 增大到 0.1667；反之，其他数据皆被分对，所以它们的权值皆由之前的 0.1 减小到 0.0714。

分类函数 $f_1(x) = a_1 * h_1(x) = 0.4236h_1(x)$

此时得到的第一个基本分类器 $\mathrm{sign}(f_1(x))$ 在训练数据集上有 3 个误分类点。从上述第一轮的整个迭代过程可以看出：被误分类样本的权值之和影响误差率，误差率影响基本分类器在最终分类器中所占的权重。

第二次迭代，如图 5.8 所示。

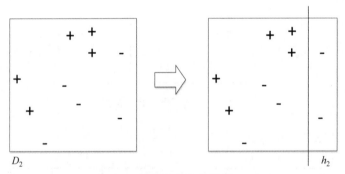

图 5.8　第二次迭代分类器 h_2

由第一次迭代后知道，样本权值分布 D_2：(0.0714, 0.0714, **0.0714**, **0.0714**, **0.0714**, 0.1667, 0.1667, 0.1667, 0.0714, 0.0714)。

因为图 5.8 中分类器 h_2 错分的是左边的 3 个"－"，所以

分类器 h_2 误差率：

$$\varepsilon_2 = 0.0714 + 0.0714 + 0.0714 = 0.2142$$

分类器 h_2 系数：

$$a_2 = \frac{1}{2}\ln\left(\frac{1-\varepsilon_2}{\varepsilon_2}\right) = 0.6499$$

更新权值分布如下。

第二次迭代分错的：左边的 3 个"－"权重均更新为 $0.0714 * 1/(2 * 0.2142) = 0.1667$。

第二次迭代分正确的：

(1) 第一次分错误，第二次分对的 3 个"＋"权重均更新为 $0.1667 * 1/(2 * (1 - 0.2142)) = 0.1060$。

(2) 两次都正确，不论"＋"或"－"，都为 $0.0714 * 1/(2 * (1 - 0.2142)) = 0.0454$。

第二次迭代后，最后得到各个数据新的权值分布 D_3：$(0.0454, 0.0454, 0.1667, 0.1667,$ $0.1667, 0.1060, 0.1060, 0.1060, 0.0454, 0.0454)$。由此可以看出，因为样本中是数据"2 3 4"被 $h_2(x)$ 分错了，所以它们的权值由之前的 0.0714 增大到 0.1667，反之，其他数据皆被分正确，所以它们的权值皆比之前减少，最左边和最右边的两个"－"两次都正确分类，再次降低到 0.0454。

分类函数：
$$f_2(x) = a_1 * h_1(x) + a_2 * h_2(x) = 0.4236 h_1(x) + 0.6496 h_2(x)$$

此时得到的第二个基本分类器 $\mathrm{sign}(f_2(x))$ 在训练数据集上有 3 个误分类点。

第三次迭代，如图 5.9 所示。

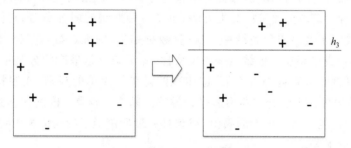

图 5.9　第三次迭代分类器 h_3

由第二次迭代后知道，样本权值分布 D_3：$(0.0455, 0.0455, 0.1666, 0.1666, 0.1666,$ $0.1060, 0.1060, 0.1060, 0.0455, 0.0455)$。

因为图 5.9 中分类器 h_3 错分的是最上面的一个"－"和最左边的两个"＋"，所以分类器 h_3 误差率：
$$\varepsilon_3 = 0.0455 \times 3 = 0.1365$$

分类器 h_3 系数：
$$a_3 = \frac{1}{2}\ln\left(\frac{1-\varepsilon_3}{\varepsilon_3}\right) = 0.9223$$

分类函数：
$$f_3(x) = a_1 * h_1(x) + a_2 * h_2(x) + a_3 * h_3(x)$$
$$= 0.4236 h_1(x) + 0.6496 h_2(x) + 0.9223 h_3(x)$$

即 3 个弱分类器线性组合为强分类器 $H(x)$，如图 5.10 所示。

强分类器：
$$H(x) = \mathrm{sign}[f_3(x)] = \mathrm{sign}[0.4236 h_1(x) + 0.6496 h_2(x) + 0.9223 h_3(x)]$$

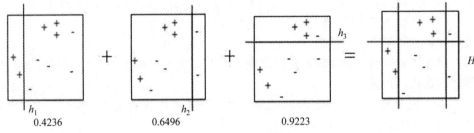

图 5.10　分类器组合

以最左边的"一"（即第 3 个样本点）x_3 为例，利用上述强分类器进行分类，过程为

$$H(x_3) = \text{sign}[h_3(x_3)] = \text{sign}[0.4236h_1(x_3) + 0.6496h_2(x_3) + 0.9223h_3(x_3)]$$

由 3 个弱分类器知：$h_1(x_3) = -1$；$h_2(x_3) = 1$；$h_3(x_3) = -1$

$$H(x_3) = \text{sign}[-0.4236 + 0.6496 - 0.9223] = -1$$

即分类是正确的。从图 5.10 中可以看出，强分类器 $H(x)$ 对 10 个样本的分类都是正确的，误分类点为 0。

在例 5.1 中，我们根据经验提前确定好了 3 个弱分类器，通过迭代进行权重系数的优化，最后得到强分类器。所以，弱分类器的构造也很重要，基于组合方法的强分类器构造思想要求，弱分类器要比瞎猜的随机分类要稍微优秀一些。决策树桩（decision stump）也称单层决策树，是一种极简单的决策树分类方法，也是一种典型的弱分类器，它仅根据一个属性的一次判断就决定了最终的分类结果。从树（数据结构）的观点看，它仅由根结点（root）与叶子结点（leaves）直接相连。根结点是决策属性，叶子结点是最终的分类结果。比如，根据水果是否是圆形判断水果是否为苹果，这体现的是单一简单的规则（或叫特征）在起作用。例 5.2 采用决策树桩作为弱分类器构造强分类器。基本过程是：根据样本数据遍历全部的属性列和遍历属性列下所有可能的阈值，找到具有最低错误率的阈值来确定决策树桩（单层决策树）作为弱分类器。

【例 5.2】　AdaBoost 算法构造强分类器。

给定如表 5.7 所示的训练样本，采用决策树桩作为弱分类器，用 AdaBoost 算法构造一个强分类器。

表 5.7　实例数据

Num	1	2	3	4	5	6	7	8	9	10
X	0	1	2	3	4	5	6	7	8	9
Y	1	1	1	-1	-1	-1	1	1	1	-1

AdaBoost 一般使用单层决策树作为其弱分类器。单层决策树是决策树的最简化版本，只有一个决策点，也就是说，如果训练数据有多维特征，单层决策树也只能选择其中一维特征来做决策，并且还有一个关键点，决策的阈值也需要考虑。决策树桩对于离散数据，可以选取该属性的任意一个数据作为判定的分界点；对于连续数据，可以选择该属性的一个阈值作为分界点进行判定（大于该阈值分配到一类，小于该阈值分配到另一类，当然也可以选取多个阈值并由此得到多个叶子结点）。

（1）初始化训练数据的权值分布，令每个权值为

$$W_{1i} = \frac{1}{N} = 0.1, \quad i = 1, 2, \cdots, N$$

其中，$N = 10, i = 1, 2, \cdots, 10$，然后分别对于 $t = 1, 2, 3\cdots$ 等值进行迭代，处理完成后根据 X 和 Y 的对应关系将这 10 个数据分为两类：一类是"1"；一类是"-1"。根据数据的特点发现："0 1 2"这 3 个数据对应的类是"1"，"3 4 5"这 3 个数据对应的类是"-1"，"6 7 8"这 3 个数据对应的类是"1"，"9"比较孤独，对应的类是"-1"。抛开孤独的"9"不讲，"0 1 2""3 4 5""6 7 8"这是 3 类不同的数据，对应的类分别是 1、-1、1，直观上推测可以找到对应的数据分界点，比如 2.5、5.5、8.5 将上面几类数据分成 3 类。当然，这只是主观臆测，下面演示这个计算过程。

第一次迭代

对于 $t = 1$，在权值分布为 D_1（10 个数据，每个数据的权值皆初始化为 0.1）的训练数据上，经过计算可得：

① 阈值 v 取 2.5 时，误差率为 0.3（$x < 2.5$ 时取 1，$x > 2.5$ 时取 -1，则数据 6 7 8 分错，误差率为 0.3）；

② 阈值 v 取 5.5 时，误差率为 0.4（$x < 5.5$ 时取 1，$x > 5.5$ 时取 -1，则数据 3 4 5 6 7 8 皆分错，误差率为 0.6，因为 0.6 大于 0.5，所以不可取。故令 $x > 5.5$ 时取 1，$x < 5.5$ 时取 -1，则数据 0 1 2 9 分错，误差率为 0.4）；

③ 阈值 v 取 8.5 时，误差率为 0.3（$x < 8.5$ 时取 1，$x > 8.5$ 时取 -1，则数据 3 4 5 分错，误差率为 0.3）。

所以，无论阈值 v 取 2.5，还是 8.5，总会分错 3 个样本数据，故可任取其中任意一个。

若阈值选择 2.5 时，第一个弱分类器为

$$h_1(x) = \begin{cases} 1, & x < 2.5 \\ -1, & x > 2.5 \end{cases}$$

上面说阈值 v 取 2.5 时则 6 7 8 分错，所以误差率为 0.3。

样本 1、2 对应的类（Y）是 1，因它们本身都小于 2.5，所以被 $G_1(x)$ 分在了相应的类"1"中，即认为分类正确；样本"3 4 5"本身对应的类（Y）是 -1，因它们本身都大于 2.5，所以被 $G_1(x)$ 分在了相应的类"-1"中，即认为分类正确；但样本"6 7 8"本身对应的类（Y）是 1，却因它们本身大于 2.5 而被 $G_1(x)$ 分在了类"-1"中，所以这 3 个样本分类错误；样本 9 本身对应的类（Y）是 -1，因它本身大于 2.5，所以被 $G_1(x)$ 分在了相应的类"-1"中，即认为分类正确。这样就得到了 $G_1(x)$ 在训练数据集上的误差率（被 $G_1(x)$ 误分类样本"6 7 8"的权值之和）。

$$\varepsilon_1 = 0.1 \times 3 = 0.3$$

根据误差率 ε_1 计算 $h_1(x)$ 的系数：

$$a_1 = \frac{1}{2} \ln\left(\frac{1 - \varepsilon_1}{\varepsilon_1}\right) = 0.4236$$

分类函数 $f_1(x) = a_1 \times h_1(x) = 0.4236 h_1(x)$，$a_1$ 代表 $h_1(x)$ 在最终的分类函数中所占的权重为 0.4236。

接着更新训练数据的权值分布，用于下一次迭代：

$$W_{t+1,i} = \frac{W_{t,i} \exp(-a_t y_i h_t(x_i))}{Z_t}$$

$$D_{m+1}(W_{m+1,1}, W_{m+1,2}, \cdots, W_{m+1,i}, \cdots, W_{m+1,N}), W_{1i} = \frac{1}{N}, i = 1, 2, \cdots, N$$

由权值更新的公式可知，每个样本的新权值是变大还是变小，取决于它是被分类错误还是被分类正确，即如果某个样本被分错了，则 $y_i * h_t$ 为负，负负得正，结果使得整个式子变大（样本权值变大），否则变小。第一次迭代后，得到各个数据新的权值分布 $D_2 = (0.0715,$ $0.0715, 0.0715, 0.0715, 0.0715, 0.0715, 0.1666, 0.1666, 0.1666, 0.0715)$。由此可以看出，因为样本中是数据"6 7 8"被 $h_1(x)$ 分类错误，所以它们的权值由之前的 0.1 增大到 0.1666，反之，其他数据皆被分正确，所以它们的权值皆由之前的 0.1 减小到 0.0715。此时得到的第一个弱分类器 $\text{sign}(f_1(x))$ 在训练数据集上有 3 个误分类点（即 6 7 8），从上述第一轮的整个迭代过程可以看出，被误分类样本的权值之和影响误差率，误差率影响弱分类器在强分类器中所占的权重。

第二次迭代

对于 $t = 2$，在权值分布为 $D_2 = (0.0715, 0.0715, 0.0715, 0.0715, 0.0715, 0.0715, 0.1666,$ $0.1666, 0.1666, 0.0715)$ 的训练数据上，经过计算可得：

① 阈值 v 取 2.5 时，误差率为 $0.1666 * 3(x < 2.5$ 时取 1，$x > 2.5$ 时取 -1，则"6 7 8"分错，误差率为 $0.1666 * 3$）；

② 阈值 v 取 5.5 时，误差率最低为 $0.0715 * 4(x > 5.5$ 时取 1，$x < 5.5$ 时取 -1，则"0 1 2 9"分错，误差率为 $0.0715 * 3 + 0.0715$）；

③ 阈值 v 取 8.5 时，误差率为 $0.0715 * 3(x < 8.5$ 时取 1，$x > 8.5$ 时取 -1，则"3 4 5"分错，误差率为 $0.0715 * 3$）。

所以，阈值 v 取 8.5 时误差率最低，故第二个弱分类器为

$$h_2(x) = \begin{cases} 1, & x < 8.5 \\ -1, & x > 8.5 \end{cases}$$

很明显，$h_2(x)$ 把样本"3 4 5"分错了，根据 D_2 可知它们的权值为 0.0715，0.0715，0.0715，所以 $h_2(x)$ 在训练数据集上的误差率：

$$\varepsilon_2 = 0.0715 \times 3 = 0.2145$$

计算 $h_2(x)$ 的系数：

$$a_2 = \frac{1}{2} \ln \left(\frac{1 - \varepsilon_2}{\varepsilon_2} \right) = 0.6496$$

分类函数：

$$f_2(x) = 0.4236 \times h_1(x) + 0.6496 h_2(x)$$

此时得到的第二个弱分类器 $\text{sign}(f_2(x))$ 在训练数据集上有 3 个误分类点（即 3 4 5）。

更新训练数据的权值分布：$D_3 = (0.0455, 0.0455, 0.0455, 0.1667, 0.1667, 0.1667,$ $0.1060, 0.1060, 0.1060, 0.0455)$。被分错的样本"3 4 5"的权值变大，其他被分对的样本的权值变小。

第三次迭代

对于 $t = 2$，在权值分布为 $D_3 = (0.0455, 0.0455, 0.0455, 0.1667, 0.1667, 0.1667, 0.1060,$ $0.1060, 0.1060, 0.0455)$ 的训练数据上，经过计算可得：

① 阈值 v 取 2.5 时，误差率为 $0.1060 * 3(x < 2.5$ 时取 1，$x > 2.5$ 时取 -1，则 6 7 8 分错，误差率为 $0.1060 * 3$）；

② 阈值 v 取 5.5 时，误差率最低为 $0.0455 * 4(x > 5.5$ 时取 1，$x < 5.5$ 时取 -1，则 0 1 2 9

分错,误差率为 $0.0455 * 3 + 0.0715$);

③ 阈值 v 取 8.5 时,误差率为 $0.1667 * 3$($x < 8.5$ 时取 1,$x > 8.5$ 时取 -1,则 3 4 5 分错,误差率为 $0.1667 * 3$)。

所以,阈值 v 取 5.5 时误差率最低,故第 3 个弱分类器为

$$h_3(x) = \begin{cases} 1, & x < 5.5 \\ -1, & x > 5.5 \end{cases}$$

此时,被误分类的样本是"0 1 2 9",这 4 个样本对应的权值皆为 0.0455,所以 $h_3(x)$ 在训练数据集上的误差率:

$$\varepsilon_3 = 0.0455 \times 4 = 0.1820$$

计算 $h_3(x)$ 的系数:

$$a_3 = \frac{1}{2}\ln\left(\frac{1 - \varepsilon_3}{\varepsilon_3}\right) = 0.7514$$

更新训练数据的权值分布:

$D_4 = (0.125, 0.125, 0.125, 0.102, 0.102, 0.102, 0.065, 0.065, 0.065, 0.125)$。被分错的样本"0 1 2 9"的权值变大,其他被分对的样本的权值变小。

分类函数为

$$f_3(x) = 0.4236h_1(x) + 0.6496h_2(x) + 0.7514h_3(x)。$$

此时得到的第 3 个弱分类器 $\mathrm{sign}(f_3(x))$ 在训练数据集上有 0 个误分类点。至此,整个训练过程结束。

$$H(x) = \mathrm{sign}[f_3(x)] = \mathrm{sign}[\alpha_1 * h_1(x) + \alpha_2 * h_2(x) + \alpha_3 * h_3(x)]$$

将上面计算得到的系数各值代入 $h(x)$ 中,得到最终的分类器为

$$H(x) = \mathrm{sign}[f_3(x)] = \mathrm{sign}[0.4236h_1(x) + 0.6496h_2(x) + 0.7514h_3(x)]$$

3. 算法应用

AdaBoost 算法可以解决分类问题,也可以解决预测性问题。在 Python 中调用 AdaBoostClassifier 类或 AdaBoostRegressor 类,其中 AdaBoostClassifier 类用于解决分类问题,AdaBoostRegressor 类则用于解决预测问题。这两个类的语法和参数含义如下。

```
AdaBoostClassifier(base_estimator=None, n_estimators=50, learning_rate=1.0,
    algorithm='SAMME.R', random_state=None)
AdaBoostRegressor(base_estimator=None, n_estimators=50,
    1earning_rate=1.0,1oss='linear', random_state=None)
```

base_estimator:可以选择任何一个分类或者回归学习器,不过需要支持样本权重的学习。常用的一般是 CART 决策树或者神经网络 MLP,默认是决策树。

n_estimators:用于指定基础分类器的数量,默认是 50,当模型在训练数据集中得到完美的拟合后,可以提前结束算法,若其太小,则容易欠拟合;若其太大,则容易过拟合。

learning_rate:用于指定模型迭代的学习率或步长,通常情况下需要利用交叉验证法确定合理的基础分类器个数和学习率。

algorithm:用于指定 AdaBoostClassifier 分类器的算法,默认为'SAMME.R',也可以使用 ISAMMIE;两者的主要区别是弱学习器权重的度量,SAMME 用对样本集的分类效果作为弱学习器权重,而 SAMME.R 使用对样本集分类的预测概率大小作为弱学习器权重。一般而言,'SAMME.R'算法相比于'SAMME'算法,收敛更快、误差更小、迭代数量更少。

loss：用于指定 AdaBoostRegressor 回归提升树的损失函数,有线性'linear',平方'square'和指数'exponential' 3 种选择,该参数的默认值为'linear'。

random_state：用于指定随机数生成器的种子。

本节以信用卡违约数据为例,该数据集来源于 UCI 网站,一共包含 30000 条记录和 25 个变量,其中自变量包含客户的性别、受教育水平、年龄、婚姻状况、信用额度、6 个月的历史还款状态、账单金额以及还款金额,因变量 y 表示用户在下个月的信用卡还款中是否存在违约的情况(1 表示违约,0 表示不违约)。基于这样的数据构建 AdaBoost 模型,代码如下。

```python
#将数据集拆分为训练集和测试集
#导入第三方包
from sklearn import model_selection
from sklearn import ensemble
from sklearn import metrics
#排除数据集中的 ID 变量和因变量,剩余的数据用作自变量 X
X = default.drop(['ID','y'], axis = 1)
y = default.y
#数据拆分
X_train,X_test,y_train,y_test = model_selection.train_test_split(X, y, test_size = 0.25, random_state = 1234)
#构建 AdaBoost 算法的类
AdaBoost1 = ensemble.AdaBoostClassifier()
#算法在训练数据集上的拟合
AdaBoost1.fit(X_train, y_train)
#算法在测试数据集上的预测
pred1 = AdaBoost1.predict(X_test)
#返回模型的预测效果
print('模型的准确率为:\n', metrics.accuracy_score(y_test, pred1))
print('模型的评估报告:\n', metrics.classification_report(y_test, pred1))
```

```
模型的准确率为:
 0.8125333333333333
模型的评估报告:
              precision    recall  f1-score   support

           0       0.83      0.96      0.89      5800
           1       0.68      0.32      0.44      1700

    accuracy                           0.81      7500
   macro avg       0.75      0.64      0.66      7500
weighted avg       0.80      0.81      0.79      7500
```

图 5.11　模型的准确率与评估报告 1

如图 5.11 所示,在调用 AdaBoost 类构建提升树算法时,使用了“类”中的默认参数值,返回的模型准确率为 81.25%,并且预测客户违约(因变量 y 取 1)的精准率为 68%、覆盖率为 32%;预测客户不违约(因变量 y 取 0)的精准率为 83%、覆盖率为 96%。可以基于如上的预测结果,绘制算法在测试数据集上的 ROC 曲线,代码如下。

```python
#计算客户违约的概率值,用于生成 ROC 曲线的数据
```

```
y_score = AdaBoost1.predict_proba(X_test)[:,1]
    fpr,tpr,threshold = metrics.roc_curve(y_test, y_score)
#计算 AUC 的值
roc_auc = metrics.auc(fpr,tpr)
#绘制面积图
plt.stackplot(fpr, tpr, color='steelblue', alpha = 0.5, edgecolor = 'black')
#添加边际线
plt.plot(fpr, tpr, color='black', lw = 1)
#添加对角线
plt.plot([0,1],[0,1], color = 'red', linestyle = '--')
#添加文本信息
plt.text(0.5,0.3,'ROC curve (area = %0.2f)' % roc_auc)
#添加 x 轴与 y 轴标签
plt.xlabel('1-Specificity')
plt.ylabel('Sensitivity')
#显示图形
plt.show()
```

如图 5.12 所示，ROC 曲线下的面积为 0.78，接近 0.8，可知 AdaBoost 算法在该数据集上的表现并不是特别突出。试问是否可以通过模型参数的调整改善模型的预测准确率呢？接下来通过交叉验证方法选择相对合理的参数值。在参数调优之前，基于如上的模型寻找影响客户是否违约的重要因素，进而做一次特征筛选，代码如下。

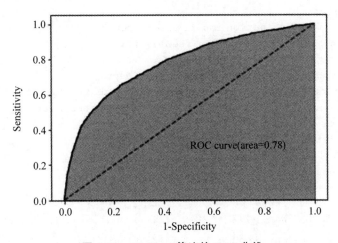

图 5.12　AdaBoost 算法的 ROC 曲线

```
#自变量的重要性排序
importance = pd.Series(AdaBoost1.feature_importances_, index = X.columns)
importance.sort_values().plot(kind = 'barh')
plt.show()
```

如图 5.13 所示，可以发现一些重要的自变量，如客户在近 3 期的支付金额（PAY_AMT1、PAY_AMT2、PAY_AMT3）、支付状态（PAY_0，PAY_1，PAY_2）、账单金额（BILL_AMT1、BILL_AMT2、BILL_AMT3）和信用额度（LIMIT_BAL）；而客户的性别、受教育水平、年龄、婚姻状况等并不是很重要。接下来基于这些重要的自变量重新建模，并使用交叉验证方法获得最佳的参数组合，代码如下。

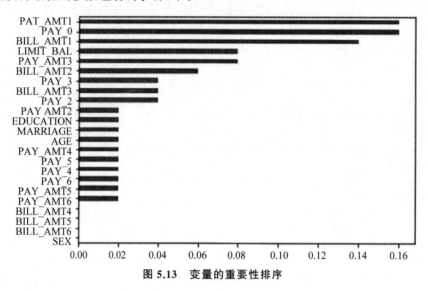

图 5.13 变量的重要性排序

```
#取出重要性比较高的自变量建模
predictors = list(importance[importance>0.02].index)
predictors
#通过网格搜索法选择基础模型对应的合理参数组合
#导入第三方包
from sklearn.model_selection import GridSearchCV
from sklearn.tree import DecisionTreeClassifier
max_depth = [3,4,5,6]
params1 = {'base_estimator__max_depth':max_depth}
base_model=GridSearchCV(estimator=ensemble.AdaBoostClassifier(base_
estimator= DecisionTreeClassifier()),param_grid= params1, scoring = 'roc_auc',
cv = 5, n_jobs = 4, verbose = 1)
base_model.fit(X_train[predictors],y_train)
#返回参数的最佳组合和对应的 AUC 值
base_model.best_params_ , base_model.best_score_
```

输出结果如下。

```
({'base_estimator__max_depth': 3}, 0.7413850136310037)
```

如上是对基础模型 CART 决策树的参数调优过程，经过 5 重交叉验证的训练和测试后，对于基础模型 CART 决策树来说，选择最大的树深度为 3 层较合适。需要说明的是，在对 AdaBoost 算法做交叉验证时，有两层参数需要调优：一个是基础模型的参数，即 DecisionTreeClassifier 类；另一个是提升树模型的参数，即 AdaBoostClassifier 类。在对基础模型调参时，参数字典 params1 中的键必须以"base_estimator_"开头，因为该参数嵌在 AdaBoostClassifier 类下的 DecisionTreeClassifier 类中。

基于上述结果继续对 AdaBoost 算法进行参数调优，代码如下。

```
#通过网格搜索法选择提升树的合理参数组合
```

```
#导入第三方包
from sklearn.model_selection import GridSearchCV
n_estimators = [100,200,300]
learning_rate = [0.01,0.05,0.1,0.2]
params2 = {'n_estimators':n_estimators,'learning_rate':learning_rate}
adaboost = GridSearchCV(estimator = ensemble.AdaBoostClassifier(base_
estimator = DecisionTreeClassifier(max_depth = 3)), param_grid = params2,
scoring= 'roc_auc', cv = 5, n_jobs = 4, verbose = 1)
adaboost.fit(X_train[predictors] ,y_train)
#返回参数的最佳组合和对应的 AUC 值
adaboost.best_params_, adaboost.best_score_
```

输出结果如下。

({'learning_rate': 0.05, 'n_estimators': 100}, 0.7695623633772114)

如上结果所示,经过 5 重交叉验证后,AdaBoost 算法的学习率为 0.05,最佳基础模型个数为 100。因此,参数调优过程包括增加决策树的深度、提升树中包含的基础模型个数和学习率。基于上述调参结果重新构造 AdaBoost 模型,并检验算法在测试数据集上的预测效果,代码如下。

```
#使用最佳的参数组合构建 AdaBoost 模型
AdaBoost2=ensemble.AdaBoostClassifier(base_estimator=DecisionTreeClassifier
(max_depth = 3), n_estimators = 100, learning_rate = 0.05)
#算法在训练数据集上的拟合
AdaBoost2.fit(X_train[predictors],y_train)
#算法在测试数据集上的预测
pred2 = AdaBoost2.predict(X_test[predictors])
#返回模型的预测效果
print('模型的准确率为:\n',metrics.accuracy_score(y_test, pred2))
print('模型的评估报告:\n',metrics.classification_report(y_test, pred2))
```

如图 5.14 所示,可以发现,经过调优后,模型在测试集上的预测准确率为 81.5%。

```
模型的准确率为:
 0.8150666666666667
模型的评估报告:
              precision   recall  f1-score   support

          0      0.83      0.95      0.89      5800
          1      0.69      0.34      0.45      1700

   accuracy                          0.82      7500
  macro avg      0.76      0.65      0.67      7500
weighted avg      0.80      0.82      0.79      7500
```

图 5.14　模型的准确率与评估报告 2

4. AdaBoost 算法的优缺点

AdaBoost 算法的优点如下:

(1) AdaBoost 可以自动组合弱分类器,是一种有很高精度的分类算法。

（2）可以使用各种方法灵活构建弱分类器，AdaBoost 算法提供的是框架。

（3）作为简单的二元分类器时，构造简单，结果可理解。

（4）算法简单，不用作特征筛选，不用担心过拟合。

AdaBoost 算法的缺点如下：

（1）AdaBoost 算法迭代次数即弱分类器数目不容易设定。

（2）算法训练比较耗时，每次重新选择时会选择当前分类器最好的切分点。

（3）数据不平衡会导致分类精度下降，对噪声样本数据和异常样本数据敏感，异常样本在迭代中可能获得较高的权重，影响最终的强学习器的预测准确性。

5.3.3　GBDT 和 XGBoost

除 5.3.2 节讨论的 AdaBoost 算法外，经典的 Boosting 算法还有梯度提升决策树（Granding Boosting Decision Tree，GBDT）和极端梯度提升（eXtreme Gradient Boosting，XGBoost）。

1. GBDT

GBDT 是一种基于提升决策树的模型以分类回归决策树 CART 作为基本分类器的模型。该算法由多棵决策树组成，GBDT 的核心在于累加所有树的结果作为最终结果，所以 GBDT 中的树都是回归树，不是分类树。GBDT 中使用的决策树通常为 CART。它属于 Boosting 策略。GBDT 是被公认的泛化能力较强的梯度提升算法。

GBDT 由 3 个概念组成：Regression Decision Tree（即 DT）、Gradient Boosting（即 GB），和 Shrinkage（缩减）。Gradient Boosting 是 Boosting 中的一大类算法，其基本思想是根据当前模型损失函数的负梯度信息训练新加入的弱分类器，然后将训练好的弱分类器以累加的形式结合到现有模型中。

与 AdaBoost 对样本进行加权不同的是，GBDT 算法中还会定义一个损失函数，并对损失和机器学习模型所形成的函数进行求导，每次生成的模型都是沿着前面模型的负梯度方向（一阶导数）进行优化，直到发现全局最优解。也就是说，GBDT 的每次迭代中，新的树所学习的内容是之前所有树的结论和损失，对其拟合得到一棵当前的树，这棵新的树相当于之前每棵树效果的累加。

2. XGBoost

XGBoost 是一个加强版的梯度提升树（Gradient Boosted Tree，GBT），可以用来做回归和分类。

它和 GBDT 类似，由传统的 GBDT 模型发展而来，也会定义一个损失函数。不同于 GBDT 只用到一阶导数信息，XGBoost 利用泰勒展开式把损失函数展开到二阶后求导，利用了二阶导数信息，这样在训练集上的收敛会更快。除此之外，XGBoost 算法相比于 GBDT 算法还有其他优点，例如支持并行计算，大大提高了算法的运行效率；XGBoost 在损失函数中加入了正则项来控制模型的复杂度，正则项里包含了树的叶子结点个数、每个叶子结点上输出的 score 的 L2 模的平方和，正则项降低了模型的方差，使学习出来的模型更加简单，进而可以防止模型的过拟合，提高模型的泛化能力；XGBoost 支持多种类型的基分类器，比如线性分类器；XGBoost 借鉴了随机森林的做法，支持对数据进行采样，既可以防止过拟合，也可以降低模型的计算量。

XGBoost 里面的树是分类回归树（classification and regression tree，CART），它既可以

用于创建分类树,也可以用于创建回归树。

XGBoost 算法的思想主要是:

(1) 利用训练样本集训练 CART 决策树;

(2) 使用训练好的这棵 CART 树预测每个训练样本,得到训练样本的预测值,将训练样本的预测值与真实值间的差值记为"残差";

(3) 在训练完成的第一棵 CART 树的基础上训练新的 CART 树,将计算的残差值替代为真实值再次训练;从而能够得到第二棵 CART 树的残差,依次训练所有树模型,最后将所有 CART 树的回归预测值累加起来作为最终的预测结果。

与 GBDT 相比,它具有的优点有:损失函数是用泰勒展开式二项逼近,而不是像 GBDT 里的就是一阶导数;对树的结构进行了正则化约束,防止模型过度复杂,降低了过拟合的可能性;结点分裂的方式不同,GBDT 用的是 Gini 指数,而 XGBoost 是经过优化推导后的。XGBoost 将梯度提升做到了极致,具有速度快、效果好、功能多的优点。

XGBoost 除在泛化度和精确度方面进行了特殊处理,在速度上也提高不少,比如算法优化速度和系统优化速度。

在算法优化上,XGB 主要加了以下两种技巧。

(1) 加权分位数草图:处理类似树学习中的实例权重。

(2) 稀疏感知算法:用于处理稀疏数据。

在系统优化上,XGB 主要多了以下 3 种特性。

(1) 并行化:使用所有 CPU 内核并行训练树。

(2) 缓存优化:利用硬件优化数据结构和算法。

(3) 核外计算:计算超过内存的大型数据集。

XGBoost 的优点如下。

(1) 精度更高,GBDT 只用到一阶泰勒展开式,而 XGBoost 对损失函数进行了二阶泰勒展开;

(2) 灵活性更强,除可以是 CART,也可以是线性分类器;

(3) 损失函数中加入了正则项,用于控制模型的复杂度,使学习出来的模型更加简单,有助于防止过拟合;

(4) 借鉴了随机森林的做法,支持特征抽样,不仅防止过拟合,还能减少计算;

(5) XGBoost 工具支持并行化;

(6) XGBoost 的运算速度和算法都优于 GBDT。

XGBoost 的缺点如下。

(1) 虽然利用预排序和近似算法可以降低寻找最佳分裂点的计算量,但在结点分裂过程中仍需要遍历数据集;

(2) 不适合处理超高维特征数据。

习　　题

1. 集成学习有哪些基本步骤?

2. 集成学习分为哪几种? 它们有何异同?

3. 请举一个集成学习的例子。

4. 常用的基分类器是什么？

5. 简述 Bagging 算法和 Boosting 算法的不同之处。

6. 如何从减小偏差和方差的角度解释 Bagging 和 Boosting 的原理？

7. 请用 Bagging 和 Boosting 集成学习算法处理"心脏病二元分类"数据集。

本 章 实 验

1. 实验目的

掌握集成学习原理，理解集成学习方法。

2. 实验要求

采用随机森林或 AdaBoost 模型对泰坦尼克号事件中乘客生存情况进行预测。

3. 实验步骤

（1）泰坦尼克号事件中遇难和生还人数及其信息有部分记录在 kaggle 上，可在其官网 https://www.kaggle.com 上下载数据。

（2）数据探索和预处理：初步分析乘客属性，探索影响生存率的新特征；对原始数据进行预处理，包括数据填充、属性规约、数据变换。

（3）利用上一步形成的建模数据，采用随机森林算法或 AdaBoost 模型预测乘客生存率，计算出精确度。

（4）对模型进行分析，最后输出测试集预测结果，并对模型进行评价。

## 第 6 章

支持向量机

机器学习通常是基于经验误差最小化的设计方法,即保证训练模型在已知的训练数据上具有最小的训练误差。然而,由于数据采集有限,训练数据并不能反映完整的分布特性。因此,基于经验误差最小化的学习方法往往会导致模型的过拟合问题,致使模型在测试数据中无法取得令人满意的结果。支持向量机模型采用最大分类间隔的结构误差方式学习分类模型,对于数据偏移具有一定的鲁棒性能。本章将分别对最大间隔分类、模型求解、核支持向量机模型进行介绍。

6.1 最大间隔分类

针对二分类问题,给定训练数据 $D=\{(x_1,y_1),(x_2,y_2),\cdots,(x_N,y_N)\},y_1\in\{-1,+1\}$,假设数据具有线性可分特性,则二分类任务可转换为寻找一个划分超平面,不同类数据分别位于超平面两侧,具体如图 6.1 所示。从图 6.1 中可以发现,存在多个超平面使得两类数据分别位于超平面两侧。那么,哪一个分类超平面更合适呢?

如图 6.2 所示,两个分类平面都可以将训练数据正确分开。而对图 6.2 中所示潜在的测试数据而言,虚线指向的分类平面分类结果出现错误,而实线指向的分类平面可以将该数据正确分类。比较两组分类平面的特点,可以发现训练样本中距离实线的最小距离明显比虚线大。换句话说,训练样本距离分类器的最小距离越大,分类器对于数据偏移的鲁棒性越高。因此,在训练数据正确分类的基础上,保证训练样本到分类平面的距离最大(在后续称之为分类间隔),可以得到满足要求的分类器。

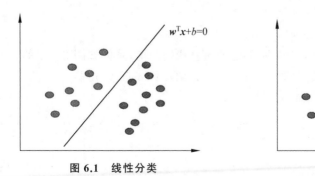

图 6.1 线性分类   图 6.2 多个超平面选择

假设在样本空间内数据线性可分,则可通过线性模型将两类数据分开,分类超平面具体表示为

$$w^{\mathrm{T}}x+b=0 \tag{6.1}$$

其中，$\boldsymbol{w}=[w_1,w_2,\cdots,w_d]$，$b$ 为超平面参数。确定超平面后，样本的类别可以通过式(6.2)区分。

$$f(\boldsymbol{x})=\text{sign}(\boldsymbol{w}^{\text{T}}\boldsymbol{x}+b) \tag{6.2}$$

其中，$\text{sign}(x)$ 为符号函数，定义如下：

$$\text{sign}(x)=\begin{cases}1, & x>0\\0, & x=0\\-1, & x<0\end{cases} \tag{6.3}$$

$\boldsymbol{w}^{\text{T}}\boldsymbol{x}+b>0$、$\boldsymbol{w}^{\text{T}}\boldsymbol{x}+b<0$ 以及 $\boldsymbol{w}^{\text{T}}\boldsymbol{x}+b=0$ 分别表示样本点 x 在分类超平面的上方、下方或直线上，通过符号函数的映射，直线上方样本点 x 分类输出 1、表示为正类，直线下方样本点 x 分类输出 −1，表示为负类，直线上的点输出 0，其类别可以被任意指定为正类或负类。

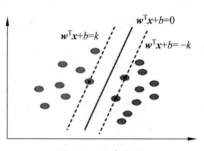

图 6.3　分类间隔

支持向量机模型在学习上述线性分类模型时，保证训练样本在正确分类的基础上，分类间隔最大。那么，分类间隔如何定义呢？如图 6.3 所示，假设 $\boldsymbol{w}^{\text{T}}\boldsymbol{x}+b=0$ 为待求解的分类超平面，将该直线分别向上、向下平移 k，直到训练数据距离分类超平面最近的点位于平移后的直线之上，两条平移后的直线表示为

$$\boldsymbol{w}^{\text{T}}\boldsymbol{x}+b=k \tag{6.4}$$

$$\boldsymbol{w}^{\text{T}}\boldsymbol{x}+b=-k \tag{6.5}$$

上述直线两边同时除以 k，整理后得：

$$\frac{\boldsymbol{w}^{\text{T}}}{k}\boldsymbol{x}+\frac{b}{k}=1 \tag{6.6}$$

$$\frac{\boldsymbol{w}^{\text{T}}}{k}\boldsymbol{x}+\frac{b}{k}=-1 \tag{6.7}$$

另外，$\boldsymbol{w}'=\dfrac{\boldsymbol{w}^{\text{T}}}{k}$，$b'=\dfrac{b}{k}$，则上述两条直线可分别表示为 $\boldsymbol{w}'^{\text{T}}\boldsymbol{x}+b'=1$ 与 $\boldsymbol{w}'^{\text{T}}\boldsymbol{x}+b'=-1$。为了方便描述，对 $\boldsymbol{w}'$ 与 $\boldsymbol{w}$，b' 与 b 不作区分，则过距离分类平面最近样本点的直线可表示为

$$\boldsymbol{w}^{\text{T}}\boldsymbol{x}+b=1 \tag{6.8}$$

$$\boldsymbol{w}^{\text{T}}\boldsymbol{x}+b=-1 \tag{6.9}$$

得到上述两条直线后，则分类间隔可表示为这两条直线的距离，具体如图 6.4 中的 d 所示。假设 $\boldsymbol{x}_1$ 与 $\boldsymbol{x}_2$ 分别为位于两条边界直线上的点，将这两点代入直线方程：

$$\boldsymbol{w}^{\text{T}}\boldsymbol{x}_1+b=1 \tag{6.10}$$

$$\boldsymbol{w}^{\text{T}}\boldsymbol{x}_2+b=-1 \tag{6.11}$$

两组方程相减得：

$$\boldsymbol{w}^{\text{T}}(\boldsymbol{x}_1-\boldsymbol{x}_2)=2 \tag{6.12}$$

其中，$\boldsymbol{x}_1-\boldsymbol{x}_2$ 为图 6.4 中黄线由 $\boldsymbol{x}_2$ 指向 $\boldsymbol{x}_1$ 的向量，$\boldsymbol{w}$ 为直线的法向量，式(6.12)可以看作两向量的内积操作，可以转换为模值与夹角乘积的形式：

$$\|\boldsymbol{w}\|\,\|\boldsymbol{x}_1-\boldsymbol{x}_2\|\cos\theta=2 \tag{6.13}$$

其中，θ 表示向量 $\boldsymbol{x}_1-\boldsymbol{x}_2$ 与 $\boldsymbol{w}$ 的夹角。从图 6.4 中可以发现 $\|\boldsymbol{x}_1-\boldsymbol{x}_2\|\cos\theta=d$，即两条直

线的距离,所以分类间隔可以通过式(6.14)计算:

$$\| \boldsymbol{w} \| d = 2 \Rightarrow d = \frac{2}{\| \boldsymbol{w} \|} \tag{6.14}$$

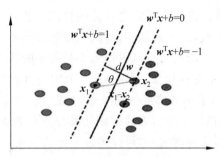

扫码看彩图

图 6.4　分类间隔计算示意

支持向量机模型在学习线性模型参数 $\boldsymbol{w} = [w_1, w_2, \cdots, w_d]$,$b$ 时,要保证训练样本正确分类的同时分类间隔最大,可以通过如下的数学模型表述:

$$\max_{\boldsymbol{w},b} d = \max_{\boldsymbol{w},b} \frac{2}{\| \boldsymbol{w} \|}$$

$$\text{s.t.} \quad \begin{cases} y_i = 1, & \boldsymbol{w}^{\mathrm{T}} \boldsymbol{x}_i + b \geqslant 1 \\ y_i = -1, & \boldsymbol{w}^{\mathrm{T}} \boldsymbol{x}_i + b \leqslant -1 \end{cases} \quad i = 1, 2, \cdots, N \tag{6.15}$$

上述最大值求解问题等价于式(6.16):

$$\min_{\boldsymbol{w},b} \frac{1}{2} \| \boldsymbol{w} \|^2$$

$$\text{s.t.} \quad y_i (\boldsymbol{w}^{\mathrm{T}} \boldsymbol{x}_i + b) \geqslant 1 \quad i = 1, 2, \cdots, N \tag{6.16}$$

6.2　支持向量机模型求解

支持向量机数学模型是目标函数为二次、约束为线性的典型的二次规划问题。一般形式的二次规划问题描述为

$$\min_{x} f(\boldsymbol{x})$$

$$\text{s.t.} \quad g_j(\boldsymbol{x}) \leqslant 0 \quad j = 1, 2, \cdots, N \tag{6.17}$$

对应 SVM 模型中,$f(\boldsymbol{w},b) = \frac{1}{2} \| \boldsymbol{w} \|^2$,$g_j(\boldsymbol{w},b) = 1 - y_j(\boldsymbol{w}^{\mathrm{T}} \boldsymbol{x}_j + b)$。

该问题的可行解应符合 KKT(Karush Kuhn Tucker)条件:

$$\nabla_x L(\boldsymbol{x}^*, \boldsymbol{\alpha}^*) = 0$$

$$\alpha_j^* \geqslant 0 \quad j = 1, 2, \cdots, N$$

$$\alpha_j^* g_j(\boldsymbol{x}^*) = 0 \quad j = 1, 2, \cdots, N$$

$$g_j(\boldsymbol{x}^*) \leqslant 0 \quad j = 1, 2, \cdots, N \tag{6.18}$$

其中,$L(\boldsymbol{x}, \boldsymbol{\alpha})$ 为二次规划问题的拉格朗日函数,$\boldsymbol{\alpha}$ 为拉格朗日乘子:

$$L(\boldsymbol{x}, \boldsymbol{\alpha}) = f(\boldsymbol{x}) + \sum_{j=1}^{N} \alpha_j g_j(\boldsymbol{x})$$

$$\text{s.t.} \quad \alpha_j \geqslant 0 \tag{6.19}$$

二次规划问题的可行解满足 KKT 条件表示什么含义呢？可以通过例 6.1 解释。

【例 6.1】 已知 $x=[x_1,x_2]^T$，目标函数为 $f(x)=x_1^2+x_2^2$，可行域有 3 个不等式约束组成 $g_1(x)\leqslant 0,g_2(x)\leqslant 0,g_3(x)\leqslant 0$，计算目标函数的最小值。

【解析】 图 6.5 为在可行域内求解最优目标函数的解析图。目标函数的值对应图 6.5 中不同同心圆形所示的等高线，函数值越小，等高线越靠近圆心。3 个不等式约束组成了可行域。上述优化问题的求解对应在可行域内搜索半径最小的等高线的位置。从图 6.5 中可以发现，最优解位于不同约束交点位置，如 $g_1(x)=0$ 且 $g_2(x)=0$ 的位置。观察图 6.5 中交点处目标函数梯度值和约束函数梯度值的关系，如图 6.5 中红色箭头所示为目标函数在交点位置的负梯度方向，黄色箭头所示为约束函数在交点位置的梯度方向。目标函数负梯度方向位于两组约束函数对应梯度之间，可以用以下公式描述该种关系：

$$-\nabla f(x^*)=\alpha_1\nabla g_1(x^*)+\alpha_2\nabla g_2(x^*) \tag{6.20}$$

其中 $\alpha_1>0,\alpha_2>0$，表示对梯度向量在不改变方向的前提下进行缩放。式(6.20)表示目标函数在交点处的负梯度向量可以由两组约束函数在该点处的梯度向量经过一定的缩放后合成。

扫码看彩图

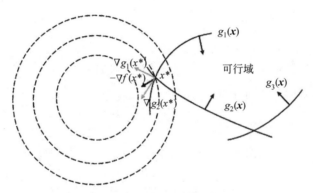

图 6.5 KKT 条件含义解析

最优值交点处约束条件具有 $g_1(x)=0$、$g_2(x)=0$、$g_3(x)<0$。为了规范描述，令 $\alpha_3=0$，在式(6.20)中添加第 3 个约束条件的梯度，重新整理式(6.20)，可得：

$$\nabla f(x^*)+\alpha_1\nabla g_1(x^*)+\alpha_2\nabla g_2(x^*)+\alpha_3\nabla g_3(x^*)=0 \tag{6.21}$$

观察发现，式(6.21)即二次规划问题拉格朗日函数在 (x^*,α^*) 梯度为 0 的表述。

此时具有 $g_1(x)=0,\alpha_1>0,g_2(x)=0,\alpha_2>0,g_3(x)<0,\alpha_3=0$，可以用式(6.22)描述该约束：

$$\alpha_j g_j(x)=0 \quad j=1,2,3$$
$$\alpha_j\geqslant 0 \tag{6.22}$$

结合式(6.20)和式(6.21)，再合并可行域约束 $g_1(x)\leqslant 0,g_2(x)\leqslant 0,g_3(x)\leqslant 0$，即得到二次规划问题的 KKT 条件。

理解 KKT 条件的含义后，如何利用 KKT 条件求解支持向量机模型的最优值呢？对应标准二次规划问题，支持向量机的目标函数为 $f(w,b)=\dfrac{1}{2}\parallel w\parallel^2$，约束条件为 $g_j(w,b)=1-y_j(w^Tx_j+b)\leqslant 0,j=1,2,\cdots,N$。支持向量机模型的拉格朗日函数表示为

$$L(w,b,\alpha)=\frac{1}{2}\parallel w\parallel^2+\sum_{j=1}^N\alpha_j(1-y_j(w^Tx_j+b)) \tag{6.23}$$

支持向量机模型的 KKT 条件表示为

$$L_w = w - \sum_{j=1}^{N} \alpha_j y_j \boldsymbol{x}_j = 0$$

$$L_b = \sum_{j=1}^{N} \alpha_j y_j = 0$$

$$\alpha_j (1 - y_j (\boldsymbol{w}^\mathrm{T} \boldsymbol{x}_j + b)) = 0$$

$$1 - y_j (\boldsymbol{w}^\mathrm{T} \boldsymbol{x}_j + b) \leqslant 0$$

$$\alpha_j \geqslant 0 \tag{6.24}$$

整理式(6.24)可得:

$$\boldsymbol{w} = \sum_{j=1}^{N} \alpha_j y_j \boldsymbol{x}_j$$

$$L_b = \sum_{j=1}^{N} \alpha_j y_j = 0$$

$$\alpha_j (1 - y_j (\boldsymbol{w}^\mathrm{T} \boldsymbol{x}_j + b)) = 0$$

$$1 - y_j (\boldsymbol{w}^\mathrm{T} \boldsymbol{x}_j + b) \leqslant 0$$

$$\alpha_j \geqslant 0 \tag{6.25}$$

用 $(\boldsymbol{x}_j^*, y_j^*)$ 表示拉格朗日乘子 $\alpha_j^* > 0$ 的样本。当 $\alpha_j^* > 0$ 时,$\alpha_j^* (1 - y_j^* (\boldsymbol{w}^\mathrm{T} \boldsymbol{x}_j^* + b)) = 0$ 需满足,则 $1 - y_j^* (\boldsymbol{w}^\mathrm{T} \boldsymbol{x}_j^* + b) = 0$,表示 $(\boldsymbol{x}_j^*, y_j^*)$ 位于边界直线上。此时式(6.25)可以进一步简化为

$$\boldsymbol{w} = \sum_{j=1}^{m} \alpha_j^* y_j^* \boldsymbol{x}_j^*$$

$$L_b = \sum_{j=1}^{N} \alpha_j y_j = 0$$

$$b = y_j^* - \sum_{j=1}^{m} \alpha_j^* y_j^* \boldsymbol{x}_j^{*\mathrm{T}} \boldsymbol{x}_i^*$$

$$1 - y_j (\boldsymbol{w}^\mathrm{T} \boldsymbol{x}_j + b) \leqslant 0$$

$$\alpha_j \geqslant 0 \tag{6.26}$$

从式(6.26)可以得出,支持向量机的模型参数仅与位于约束边界上的点以及对应的非0拉格朗日乘数有关,如图6.6所示,这些位于约束边界上的点被称为支持向量。其结果可以

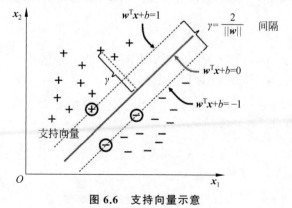

图 6.6 支持向量示意

通过分类讨论拉格朗日乘子为 0 或为正数的情况，按照 KKT 约束，寻找满足所有约束条件的乘子组合，得到支持向量机的参数。具体计算方法，通过例 6.2 演示。

【例 6.2】 已知新冠病毒诊断训练数据集，其阴性实例点是 $\boldsymbol{x}_1=[3,3]^{\mathrm{T}}$，$\boldsymbol{x}_2=[4,3]^{\mathrm{T}}$，阳性实例点是 $\boldsymbol{x}_3=[1,1]^{\mathrm{T}}$，判定患者 $\boldsymbol{x}^*=[0,0]$ 是否患有新冠病毒。

【解析】 假设支持向量机模型 $f(\boldsymbol{x})=\mathrm{sign}(\boldsymbol{w}^{\mathrm{T}}\boldsymbol{x}+b)=\mathrm{sign}(w_1 x_1+w_2 x_2+b)$，则支持向量机模型求解可以描述为

$$\min_{w_1,w_2,b}\frac{1}{2}(w_1^2+w_2^2)$$

$$\mathrm{s.t.}\begin{cases}\begin{bmatrix}w_1\\w_2\end{bmatrix}^{\mathrm{T}}\begin{bmatrix}3\\3\end{bmatrix}+b\geqslant 1\\[2mm]\begin{bmatrix}w_1\\w_2\end{bmatrix}^{\mathrm{T}}\begin{bmatrix}4\\3\end{bmatrix}+b\geqslant 1\\[2mm]-\left(\begin{bmatrix}w_1\\w_2\end{bmatrix}^{\mathrm{T}}\begin{bmatrix}1\\1\end{bmatrix}-b\right)\geqslant 1\end{cases}$$

上述二次规划问题的拉格朗日函数为

$$L(w_1,w_2,b,\lambda_1,\lambda_2,\lambda_3)=\frac{1}{2}(w_1^2+w_2^2)+\alpha_1(1-3w_1-3w_2-b)$$
$$+\alpha_2(1-4w_1-3w_2-b)+\alpha_3(1+w_1+w_2+b)$$

根据支持向量机求解的 KKT 条件可得：

$$\boldsymbol{w}=\sum_{j=1}^m\alpha_j^*y_j^*\boldsymbol{x}_j^*$$

$$L_b=\sum_{j=1}^N\alpha_j y_j=\alpha_1+\alpha_2-\alpha_3=0$$

$$b=y_i^*-\sum_{j=1}^m\alpha_j^*y_j^*\boldsymbol{x}_j^{*\mathrm{T}}\boldsymbol{x}_i^*$$

$$1-y_i(\boldsymbol{w}^{\mathrm{T}}\boldsymbol{x}_i+b)\leqslant 0$$

$$\alpha_i\geqslant 0$$

分类讨论各样本拉格朗日乘子的数值，由于 $\alpha_1+\alpha_2-\alpha_3=0$，所以只需讨论其中两个乘子数值，另一个值可由此约束关系间接得到。

情况 1：当 $\alpha_1=0,\alpha_2=0$ 时，$\alpha_3=\alpha_1+\alpha_2=0$，在此情况下，由于不存在乘数大于 0 的样本，所以 $\boldsymbol{w}=[w_1,w_2]^{\mathrm{T}}=\sum_{j=1}^m\alpha_j^*y_j^*\boldsymbol{x}_j^*=[0,0]^{\mathrm{T}}$。将 $\boldsymbol{w}$ 代入 KKT 条件不等式约束 $1-y_i(\boldsymbol{w}^{\mathrm{T}}\boldsymbol{x}_i+b)\leqslant 0$ 中；代入 $(\boldsymbol{x}_1,y_1)$ 不等式约束中，可得 $b\geqslant 1$；代入 $(\boldsymbol{x}_3,y_3)$ 不等式约束中，可得 $b\leqslant -1$。所以，这两种不等式约束不可能同时成立，当前 $\alpha_1=0,\alpha_2=0,\alpha_3=0$ 不成立。

情况 2：$\alpha_1>0,\alpha_2=0$ 时，$\alpha_3=\alpha_1+\alpha_2=\alpha_1>0$，存在两个乘数大于 0 的样本 $(\boldsymbol{x}_1=[3,3]^{\mathrm{T}},y_1=1)$，$(\boldsymbol{x}_3=[1,1]^{\mathrm{T}},y_3=-1)$。所以

$$\boldsymbol{w}=[w_1,w_2]^{\mathrm{T}}=\sum_{j=1}^m\alpha_j^*y_j^*\boldsymbol{x}_j^*=\alpha_1[3,3]^{\mathrm{T}}-\alpha_1[1,1]^{\mathrm{T}}=[2\alpha_1,2\alpha_1]^{\mathrm{T}}。$$

将 $(\boldsymbol{x}_1=[3,3]^{\mathrm{T}},y_1=1)$，$(\boldsymbol{x}_3=[1,1]^{\mathrm{T}},y_3=-1)$ 代入 $b=y_i^*-\sum_{j=1}^m\alpha_j^*y_j^*\boldsymbol{x}_j^{*\mathrm{T}}\boldsymbol{x}_i^*$，可得：

$$b=y_1-\alpha_1 y_1 \boldsymbol{x}_1^\mathrm{T}\boldsymbol{x}_1-\alpha_3 y_3 \boldsymbol{x}_3^\mathrm{T}\boldsymbol{x}_1 \qquad b=y_3-\alpha_1 y_1 \boldsymbol{x}_1^\mathrm{T}\boldsymbol{x}_3-\alpha_3 y_3 \boldsymbol{x}_3^\mathrm{T}\boldsymbol{x}_3$$

$$=1-\alpha_1[3,3][3,3]^\mathrm{T}+\alpha_1[1,1][3,3]^\mathrm{T}, \qquad =-1-\alpha_1[3,3][1,1]^\mathrm{T}+\alpha_1[1,1][1,1]^\mathrm{T}$$

$$=1-12\alpha_1 \qquad\qquad\qquad\qquad\qquad =-1-4\alpha_1$$

联立以上两组方程,解得:

$$\begin{cases}\alpha_1=1/4\\ b=-2\end{cases}$$

因为 $\alpha_2=0$,$\alpha_3=\alpha_1+\alpha_2=\alpha_1$,所以 $\alpha_3=\alpha_1+\alpha_2=1/4$。将 $\alpha_1=1/4$ 代入 $\boldsymbol{w}=[2\alpha_1,2\alpha_1]^\mathrm{T}=$ $[1/2,1/2]^\mathrm{T}$。将 $\boldsymbol{w},b$ 代入 KKT 不等式 $1-y_i(\boldsymbol{w}^\mathrm{T}\boldsymbol{x}_i+b)\leqslant0$ 约束中:

$1-([1/2,1/2][3,3]^\mathrm{T}-2)=0\leqslant0,1-([1/2,1/2][4,3]^\mathrm{T}-2)=-0.5\leqslant0,1+([1/2,$ $1/2][1,1]^\mathrm{T}-2)=0\leqslant0$,3 个不等式约束均成立。所以当前假设符合条件,

$$\begin{cases}\boldsymbol{w}=[1/2,1/2]^\mathrm{T}\\ b=-2\\ \alpha_1=1/4,\alpha_2=0,\alpha_3=1/4\end{cases}$$, $\boldsymbol{x}_1$ 和 $\boldsymbol{x}_3$ 为支持向量。

情况 3:$\alpha_1=0,\alpha_2>0$ 时,$\alpha_3=\alpha_1+\alpha_2=\alpha_2>0$。存在两个乘数大于 0 的样本($\boldsymbol{x}_2=[4,$ $3]^\mathrm{T},y_2=1$),($\boldsymbol{x}_3=[1,1]^\mathrm{T},y_3=-1$),所以

$$\boldsymbol{w}=[w_1,w_2]^\mathrm{T}=\sum_{j=1}^m \alpha_j^* y_j^* \boldsymbol{x}_j^*=\alpha_2[4,3]^\mathrm{T}-\alpha_2[1,1]^\mathrm{T}=[3\alpha_2,2\alpha_2]^\mathrm{T}。$$

将($\boldsymbol{x}_2=[4,3]^\mathrm{T},y_1=1$),($\boldsymbol{x}_3=[1,1]^\mathrm{T},y_3=-1$)代入 $b=y_i^*-\sum_{j=1}^m \alpha_j^* y_j^* \boldsymbol{x}_j^{*\mathrm{T}}\boldsymbol{x}_i^*$,可得:

$$b=y_2-\alpha_2 y_2 \boldsymbol{x}_2^\mathrm{T}\boldsymbol{x}_2-\alpha_3 y_3 \boldsymbol{x}_3^\mathrm{T}\boldsymbol{x}_2 \qquad b=y_3-\alpha_2 y_2 \boldsymbol{x}_2^\mathrm{T}\boldsymbol{x}_3-\alpha_3 y_3 \boldsymbol{x}_3^\mathrm{T}\boldsymbol{x}_3$$

$$=1-\alpha_2[4,3][4,3]^\mathrm{T}+\alpha_2[1,1][4,3]^\mathrm{T} \qquad =-1-\alpha_2[4,3][1,1]^\mathrm{T}+\alpha_2[1,1][1,1]^\mathrm{T}$$

$$=1-18\alpha_2 \qquad\qquad\qquad\qquad\qquad =-1-5\alpha_2$$

联立以上两组方程,解得:

$$\begin{cases}\alpha_2=2/13\\ b=-23/13\end{cases}$$

因为 $\alpha_1=0$,$\alpha_3=\alpha_1+\alpha_2=\alpha_2$,所以 $\alpha_3=\alpha_1+\alpha_2=2/13$。将 $\alpha_2=2/13$ 代入 $\boldsymbol{w}=[3\alpha_2,$ $2\alpha_2]^\mathrm{T}=[6/13,4/13]^\mathrm{T}$。将 $\boldsymbol{w},b$ 代入 KKT 不等式 $1-y_i(\boldsymbol{w}^\mathrm{T}\boldsymbol{x}_i+b)\leqslant0$ 约束中:

($\boldsymbol{x}_1=[3,3]^\mathrm{T},y_1=1$)不等式约束

$1-([6/13,4/13][3,3]^\mathrm{T}-23/13)=6/13>0$ 不符合 KKT 条件的不等式约束,所以当前假设不符合要求。

情况 4:$\alpha_1>0,\alpha_2>0$ 时,$\alpha_3=\alpha_1+\alpha_2>0$,存在 3 个乘数大于 0 的样本($\boldsymbol{x}_1=[3,3]^\mathrm{T}$, $y_1=1$),($\boldsymbol{x}_2=[4,3]^\mathrm{T},y_2=1$),($\boldsymbol{x}_3=[1,1]^\mathrm{T},y_3=-1$),所以

$$\boldsymbol{w}=\begin{bmatrix}w_1\\ w_2\end{bmatrix}=\sum_{j=1}^m \alpha_j^* y_j^* \boldsymbol{x}_j^*=\alpha_1[3,3]^\mathrm{T}+\alpha_2[4,3]^\mathrm{T}-(\alpha_1+\alpha_2)[1,1]^\mathrm{T}=\begin{bmatrix}2\alpha_1+3\alpha_2\\ 2\alpha_1+2\alpha_2\end{bmatrix}$$

将($\boldsymbol{x}_1=[3,3]^\mathrm{T},y_1=1$),($\boldsymbol{x}_2=[4,3]^\mathrm{T},y_2=1$),($\boldsymbol{x}_3=[1,1]^\mathrm{T},y_3=-1$)代入 $b=y_i^*-$ $\sum_{j=1}^m \alpha_j^* y_j^* \boldsymbol{x}_j^{*\mathrm{T}}\boldsymbol{x}_i^*$,可得:

$$b=y_1-\alpha_1 y_1 \boldsymbol{x}_1^\mathrm{T}\boldsymbol{x}_1-\alpha_2 y_2 \boldsymbol{x}_2^\mathrm{T}\boldsymbol{x}_1-\alpha_3 y_3 \boldsymbol{x}_3^\mathrm{T}\boldsymbol{x}_1$$

$$=1-\alpha_1[3,3][3,3]^\mathrm{T}-\alpha_2[4,3][3,3]^\mathrm{T}+(\alpha_1+\alpha_2)[1,1][3,3]^\mathrm{T}$$

$$=1-12\alpha_1-15\alpha_2$$

$$b = y_2 - \alpha_1 y_1 \boldsymbol{x}_1^{\mathrm{T}} \boldsymbol{x}_2 - \alpha_2 y_2 \boldsymbol{x}_2^{\mathrm{T}} \boldsymbol{x}_2 - \alpha_3 y_3 \boldsymbol{x}_3^{\mathrm{T}} \boldsymbol{x}_2$$
$$= 1 - \alpha_1 [3,3][4,3]^{\mathrm{T}} - \alpha_2 [4,3][4,3]^{\mathrm{T}} + (\alpha_1+\alpha_2)[1,1][4,3]^{\mathrm{T}}$$
$$= 1 - 14\alpha_1 - 18\alpha_2$$
$$b = y_3 - \alpha_1 y_1 \boldsymbol{x}_1^{\mathrm{T}} \boldsymbol{x}_3 - \alpha_2 y_2 \boldsymbol{x}_2^{\mathrm{T}} \boldsymbol{x}_3 - \alpha_3 y_3 \boldsymbol{x}_3^{\mathrm{T}} \boldsymbol{x}_3$$
$$= -1 - \alpha_1 [3,3][1,1]^{\mathrm{T}} - \alpha_2 [4,3][1,1]^{\mathrm{T}} + (\alpha_1+\alpha_2)[1,1][1,1]^{\mathrm{T}}$$
$$= -1 - 4\alpha_1 - 5\alpha_2$$

联立以上三组方程，解得：

$$\begin{cases} \alpha_1 = 3/2 \\ \alpha_2 = -1 \\ \alpha_3 = 1/2 \\ b = -2 \end{cases}$$

已知 $\alpha_1 > 0, \alpha_2 > 0, \alpha_3 = \alpha_1 + \alpha_2 > 0$，所以与假设矛盾，当前假设不符合要求。

综合以上 4 种情况，可以得出：

$$\begin{cases} \boldsymbol{w} = [1/2, 1/2]^{\mathrm{T}} \\ b = -2 \\ \alpha_1 = 1/4, \alpha_2 = 0, \alpha_3 = 1/4 \end{cases}$$

所以分类模型为 $f(x_1, x_2) = \mathrm{sign}\left(\dfrac{1}{2}x_1 + \dfrac{1}{2}x_2 - 2\right)$，将 $\boldsymbol{x}^* = [0,0]$ 代入分类模型：

$$f(0,0) = \mathrm{sign}\left(\frac{1}{2} \times 0 + \frac{1}{2} \times 0 - 2\right) = -1$$

故患者未患有新冠病毒。

基本的支持向量机分类算法流程如图 6.7 所示。

输入：原始数据 $\{(\boldsymbol{x}_i, y_i), i=1,2,\cdots,N\}, \boldsymbol{x}_i \in \mathbb{R}^d$。
算法流程：

$$\boldsymbol{w} = \sum_{j=1}^{m} \alpha_j^* y_j^* \boldsymbol{x}_j^*$$
$$L_b = \sum_{j=1}^{N} \alpha_j y_j = 0$$

（1）构造支持向量机 KKT 条件：$b = y_j^* - \sum_{j=1}^{m} \alpha_j^* y_j^* \boldsymbol{x}_j^{*\mathrm{T}} \boldsymbol{x}_i$
$$1 - y_j(\boldsymbol{w}^{\mathrm{T}} \boldsymbol{x}_j + b) \leqslant 0$$
$$\alpha_j \geqslant 0$$

（2）分别讨论每个样本对应拉格朗日乘子为 0 或为正数的情况，根据 KKT 条件中的 $b = y_j^* - \sum_{j=1}^{m} \alpha_j^* y_j^* \boldsymbol{x}_j^{\mathrm{T}} \boldsymbol{x}_i^*$ 以及 $L_b = \sum_{j=1}^{N} \alpha_j y_j = 0$ 计算拉格朗日乘子结果以及 b 的值。

（3）验证拉格朗日乘子是否符合假设以及是否满足 $\alpha_j \geqslant 0$，如果不符合，则重新讨论拉格朗日乘子数值，继续执行步骤（2）。

（4）计算模型参数：$\boldsymbol{w} = \sum_{j=1}^{m} \alpha_j^* y_j^* \boldsymbol{x}_j^*$。

（5）验证 KKT 条件的不等式约束 $1 - y_j(\boldsymbol{w}^{\mathrm{T}} \boldsymbol{x}_j + b) \leqslant 0$，如果不符合要求，则重复执行步骤（2）～步骤（5），直至满足条件。

（6）输出模型参数 $\boldsymbol{w}, b$ 并构造分类函数 $f(\boldsymbol{x}) = \mathrm{sign}(\boldsymbol{w}^{\mathrm{T}} \boldsymbol{x} + b)$。

（7）利用分类模型预测输出 $f(\boldsymbol{x}^*) = \mathrm{sign}(\boldsymbol{w}^{\mathrm{T}} \boldsymbol{x}^* + b)$。

图 6.7　基本的支持向量机分类算法流程

已知二维坐标系中正类样本点为$(3,3)$、$(4,3)$，负类样本点为$(1,1)$。利用基本支持向量机分类算法实现$(0,0)$点分类的 Python 实现代码如图 6.8 所示。

```python
import numpy as np
from numpy.linalg import solve
#输入样本[3,3],[4,3]为正类,[1,1]为负类
x = np.array([[3,3],[4,3],[1,1]])
y = np.array([1,1,-1])
N = 3
#通过二进制数形式依次遍历所有拉格朗日乘数为0或为正的组合
#用 N 位二进制数编码不同样本是否为支持向量
for i in range(1,2**(N)):
    svs = []
    alphas = []
    indicator = i
    y_ = []
    for j in range(N):
        #以二进制每一位表示样本是否为支持向量,对应位为1表示是支持向量,否则不是
        alpha = indicator%2
        if alpha==1:
            #获取支持向量
            svs.append(x[j])
            y_.append(y[j])
        alphas.append(indicator%2)
        indicator //= 2
    svs = np.stack(svs,axis=0)
    y_ = np.array(y_)
    #根据 b 值计算公式以及 Lb 约束解拉格朗日乘子
    A = np.matmul(svs,svs.T)
    m = A.shape[0]
    A = A * y_.reshape((1, m))
    A_ = np.concatenate((A, y_.reshape((1, m))), axis=0)
    tmp = [1 for i in range(m)]
    tmp.append(0)
    tmp = np.array(tmp).reshape((m+1,1))
    A_ = np.concatenate((A_, tmp), axis=1)
    y__ = np.concatenate((y_, np.zeros(1)), axis=0)
    params = np.round(solve(A_, y__),2)
    #判断拉格朗日乘子是否大于或等于 0
    if np.sum(params[:-1]<0)==0:
        #判断 Lb 条件
        if np.abs(np.sum(params[:-1] * y_))==0:
            ay = params[:-1] * y_
            w = np.sum((ay.reshape(m,1) * svs),axis=0)
            wtx = np.matmul(x,w.reshape(-1,1))
            wtxb = wtx+params[-1]
            ywtxb - y.reshape(-1,1) * wtxb
            #判断不等式约束
            if np.sum((1-ywtxb)>0)==0:
```

图 6.8　基本支持向量机分类 Python 实现代码

```
               #如果所有条件都成立,则当前参数为模型参数
               model = params
#预测 x_test 类别
x_test = np.array([[0,0]])
predict = np.matmul(x_test,model[:-1])+model[-1]
if predict>0:
    print('x_test 为正类')
if predict==0:
    print('x_test 类别不定')
if predict<0:
    print('x_test 为负类')
```

图 6.8　（续）

6.3　核支持向量机模型

支持向量机分类的前提是数据线性可分。而实际问题中由于数据分布的复杂性,通常没有办法找到一个超平面,将所有数据线性分开。例如,如图 6.9 所示的异或问题,无法找到合适的超平面将两类正确分开。

通常,高维空间内模式具有良好的线性可分特性。因此,可以通过非线性映射 $\varphi(\boldsymbol{x})$,将输入数据从低维空间映射至高维线性可分空间。在高维空间内分类超平面可以表示为

$$\boldsymbol{w}^{\mathrm{T}}\varphi(\boldsymbol{x})+b=0 \tag{6.27}$$

由前面内容可知,超平面参数可以表示为

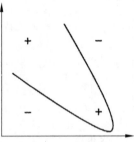

图 6.9　异或问题分类

$$\boldsymbol{w}=\sum_{j=1}^{m}\alpha_j^* y_j^* \varphi(\boldsymbol{x}_j^*) \tag{6.28}$$

$$b=y_i^* -\sum_{j=1}^{m}\alpha_j^* y_j^* \varphi(\boldsymbol{x}_j^*)^{\mathrm{T}}\varphi(\boldsymbol{x}_i^*) \tag{6.29}$$

将上述参数代入分类模型中,可得:

$$f(\boldsymbol{x})=\sum_{j=1}^{m}\alpha_j^* y_j^* \varphi(\boldsymbol{x}_j^*)^{\mathrm{T}}\varphi(\boldsymbol{x})+y_i^* -\sum_{j=1}^{m}\alpha_j^* y_j^* \varphi(\boldsymbol{x}_j^*)^{\mathrm{T}}\varphi(\boldsymbol{x}_i^*) \tag{6.30}$$

一般情况下,高维非线性映射函数的设计比较困难,并不存在统一、明确的方法。观察式(6.30)可以发现,函数的求解涉及 $\varphi(\boldsymbol{x}_j^*)^{\mathrm{T}}\varphi(\boldsymbol{x}_i^*)$ 的求解,所有非线性函数均以向量内积的形式出现,因此可以通过如下所示核函数的形式,隐式代替非线性映射函数的设计:

$$k(\boldsymbol{x}_i,\boldsymbol{x}_j)=\varphi(\boldsymbol{x}_i)^{\mathrm{T}}\varphi(\boldsymbol{x}_j) \tag{6.31}$$

上述核函数通常可以采用如下的形式。

线性核函数:

$$k(\boldsymbol{x}_i,\boldsymbol{x}_j)=\boldsymbol{x}_i^{\mathrm{T}}\boldsymbol{x}_j+c \tag{6.32}$$

多项式核函数:

$$k(\boldsymbol{x}_i,\boldsymbol{x}_j)=(a\boldsymbol{x}_i^{\mathrm{T}}\boldsymbol{x}_j+c)^d \tag{6.33}$$

高斯核函数:

$$k(\boldsymbol{x}_i,\boldsymbol{x}_j)=\exp\left(-\frac{\|\boldsymbol{x}_i-\boldsymbol{x}_j\|^2}{2\sigma^2}\right) \tag{6.34}$$

拉普拉斯核函数：

$$k(\boldsymbol{x}_i, \boldsymbol{x}_j) = \exp\left(-\frac{\parallel \boldsymbol{x}_i - \boldsymbol{x}_j \parallel}{\delta}\right) \quad \delta > 0 \tag{6.35}$$

Sigmoid 核函数：

$$k(\boldsymbol{x}_i, \boldsymbol{x}_j) = \tanh(\beta \boldsymbol{x}_i^{\mathrm{T}} \boldsymbol{x}_j + \theta) \quad \beta > 0, \theta < 0 \tag{6.36}$$

高维空间内分类模型的 KKT 条件如下。

$$\boldsymbol{w} = \sum_{j=1}^{m} \alpha_j^* y_j^* \phi(\boldsymbol{x}_j^*)$$

$$L_b = \sum_{j=1}^{N} \alpha_j y_j = 0$$

$$b = y_i^* - \sum_{j=1}^{m} \alpha_j^* y_j^* \phi(\boldsymbol{x}_j^*)^{\mathrm{T}} \phi(\boldsymbol{x}_i^*)$$

$$1 - y_i(\boldsymbol{w}^{\mathrm{T}} \phi(\boldsymbol{x}_i) + b) \leqslant 0$$

$$\alpha_i \geqslant 0 \tag{6.37}$$

将 $k(\boldsymbol{x}_i, \boldsymbol{x}_j) = \phi(\boldsymbol{x}_i)^{\mathrm{T}} \phi(\boldsymbol{x}_j)$ 代入 KKT 条件，并将 $\boldsymbol{w} = \sum\limits_{j=1}^{m} \alpha_j^* y_j^* \phi(\boldsymbol{x}_j^*)$ 代入不等式约束，可得：

$$\boldsymbol{w} = \sum_{j=1}^{m} \alpha_j^* y_j^* \phi(\boldsymbol{x}_j^*)$$

$$L_b = \sum_{j=1}^{N} \alpha_j y_j = 0$$

$$b = y_i^* - \sum_{j=1}^{m} \alpha_j^* y_j^* k(\boldsymbol{x}_j^*, \boldsymbol{x}_i^*)$$

$$1 - y_i\left(\sum_{j=1}^{m} \alpha_j^* y_j^* k(\boldsymbol{x}_j^*, \boldsymbol{x}_i) + b\right) \leqslant 0$$

$$\alpha_i \geqslant 0 \tag{6.38}$$

分类模型为

$$f(\boldsymbol{x}) = \sum_{j=1}^{m} \alpha_j^* y_j^* k(\boldsymbol{x}_j^*, \boldsymbol{x}) + b \tag{6.39}$$

高维空间内模型参数求解就可按照 6.2 节内容，分类讨论拉格朗日乘子计算模型参数，具体过程通过例 6.3 给出。

【例 6.3】 利用非线性支持向量机分类异或问题，正实例为 $\{\boldsymbol{x}_1 = [0,1]^{\mathrm{T}}, \boldsymbol{x}_2 = [1,0]^{\mathrm{T}}\}$，负实例为 $\{\boldsymbol{x}_3 = [0,0]^{\mathrm{T}}, \boldsymbol{x}_4 = [1,1]^{\mathrm{T}}\}$，试分类样本 $\boldsymbol{x}^* = [0.1,1]^{\mathrm{T}}$。

【解析】 假设支持向量机模型 $f(\boldsymbol{x}) = \mathrm{sign}(\boldsymbol{w}^{\mathrm{T}} \varphi(\boldsymbol{x}) + b)$，并假设选取高斯核函数 $k(\boldsymbol{x}_i, \boldsymbol{x}_j) = \exp\left(-\frac{\parallel \boldsymbol{x}_i - \boldsymbol{x}_j \parallel^2}{2\sigma^2}\right)$，其中 $\sigma^2 = 70$。

支持向量机模型求 KKT 条件为

$$\boldsymbol{w} = \sum_{j=1}^{m} \alpha_j^* y_j^* \phi(\boldsymbol{x}_j^*)$$

$$L_b = \sum_{j=1}^{N} \alpha_j y_j = \alpha_1 + \alpha_2 - \alpha_3 - \alpha_4 = 0$$

$$b = y_i^* - \sum_{j=1}^{m} \alpha_j^* y_j^* k(\boldsymbol{x}_j^*, \boldsymbol{x}_i^*)$$

$$1 - y_i \left(\sum_{j=1}^{m} \alpha_j^* y_j^* k(\boldsymbol{x}_j^*, \boldsymbol{x}_i) + b \right) \leqslant 0$$

$$\alpha_i \geqslant 0$$

分类讨论各样本拉格朗日乘子的数值。由于计算过程类似，此处以 $\alpha_1 > 0, \alpha_2 > 0, \alpha_3 > 0,$ $\alpha_4 > 0$ 为例。因为 4 个乘数都大于零，所以 $\boldsymbol{x}_1 = [0,1]^{\mathrm{T}}, \boldsymbol{x}_2 = [1,0]^{\mathrm{T}}, \boldsymbol{x}_3 = [0,0]^{\mathrm{T}}, \boldsymbol{x}_4 = [1,1]^{\mathrm{T}}$ 均为支持向量。代入 $b = y_i^* - \sum_{j=1}^{m} \alpha_j^* y_j^* k(\boldsymbol{x}_j^*, \boldsymbol{x}_i^*)$ 以及 $\alpha_1 + \alpha_2 - \alpha_3 - \alpha_4 = 0$，可得：

$$b = y_1 - \alpha_1 y_1 k(\boldsymbol{x}_1, \boldsymbol{x}_1) - \alpha_2 y_2 k(\boldsymbol{x}_2, \boldsymbol{x}_1) - \alpha_3 y_3 k(\boldsymbol{x}_3, \boldsymbol{x}_1) - \alpha_4 y_4 k(\boldsymbol{x}_4, \boldsymbol{x}_1)$$

$$b = y_2 - \alpha_1 y_1 k(\boldsymbol{x}_1, \boldsymbol{x}_2) - \alpha_2 y_2 k(\boldsymbol{x}_2, \boldsymbol{x}_2) - \alpha_3 y_3 k(\boldsymbol{x}_3, \boldsymbol{x}_2) - \alpha_4 y_4 k(\boldsymbol{x}_4, \boldsymbol{x}_2)$$

$$b = y_3 - \alpha_1 y_1 k(\boldsymbol{x}_1, \boldsymbol{x}_3) - \alpha_2 y_2 k(\boldsymbol{x}_2, \boldsymbol{x}_3) - \alpha_3 y_3 k(\boldsymbol{x}_3, \boldsymbol{x}_3) - \alpha_4 y_4 k(\boldsymbol{x}_4, \boldsymbol{x}_3)$$

$$b = y_4 - \alpha_1 y_1 k(\boldsymbol{x}_1, \boldsymbol{x}_4) - \alpha_2 y_2 k(\boldsymbol{x}_2, \boldsymbol{x}_4) - \alpha_3 y_3 k(\boldsymbol{x}_3, \boldsymbol{x}_4) - \alpha_4 y_4 k(\boldsymbol{x}_4, \boldsymbol{x}_4)$$

$$\alpha_1 + \alpha_2 - \alpha_3 - \alpha_4 = 0$$

其中 $k(\boldsymbol{x}_1, \boldsymbol{x}_1) = \exp\left(-\dfrac{\|\boldsymbol{x}_1 - \boldsymbol{x}_1\|^2}{2\sigma^2}\right) = 1, k(\boldsymbol{x}_2, \boldsymbol{x}_1) = \exp\left(-\dfrac{\|\boldsymbol{x}_2 - \boldsymbol{x}_1\|^2}{2\sigma^2}\right) = 0.9899,$

$k(\boldsymbol{x}_3, \boldsymbol{x}_1) = \exp\left(-\dfrac{\|\boldsymbol{x}_3 - \boldsymbol{x}_1\|^2}{2\sigma^2}\right) = 0.9929, k(\boldsymbol{x}_4, \boldsymbol{x}_1) = \exp\left(-\dfrac{\|\boldsymbol{x}_4 - \boldsymbol{x}_1\|^2}{2\sigma^2}\right) = 0.9929,$

$k(\boldsymbol{x}_1, \boldsymbol{x}_2) = \exp\left(-\dfrac{\|\boldsymbol{x}_2 - \boldsymbol{x}_1\|^2}{2\sigma^2}\right) = 0.9899, k(\boldsymbol{x}_2, \boldsymbol{x}_2) = \exp\left(-\dfrac{\|\boldsymbol{x}_2 - \boldsymbol{x}_2\|^2}{2\sigma^2}\right) = 1,$

$k(\boldsymbol{x}_3, \boldsymbol{x}_2) = \exp\left(-\dfrac{\|\boldsymbol{x}_3 - \boldsymbol{x}_2\|^2}{2\sigma^2}\right) = 0.9929, k(\boldsymbol{x}_4, \boldsymbol{x}_2) = \exp\left(-\dfrac{\|\boldsymbol{x}_4 - \boldsymbol{x}_2\|^2}{2\sigma^2}\right) = 0.9929,$

$k(\boldsymbol{x}_1, \boldsymbol{x}_3) = \exp\left(-\dfrac{\|\boldsymbol{x}_1 - \boldsymbol{x}_3\|^2}{2\sigma^2}\right) = 0.9929, k(\boldsymbol{x}_2, \boldsymbol{x}_3) = \exp\left(-\dfrac{\|\boldsymbol{x}_2 - \boldsymbol{x}_3\|^2}{2\sigma^2}\right) = 0.9929,$

$k(\boldsymbol{x}_3, \boldsymbol{x}_3) = \exp\left(-\dfrac{\|\boldsymbol{x}_3 - \boldsymbol{x}_3\|^2}{2\sigma^2}\right) = 1, k(\boldsymbol{x}_4, \boldsymbol{x}_3) = \exp\left(-\dfrac{\|\boldsymbol{x}_4 - \boldsymbol{x}_3\|^2}{2\sigma^2}\right) = 0.9899,$

$k(\boldsymbol{x}_1, \boldsymbol{x}_4) = \exp\left(-\dfrac{\|\boldsymbol{x}_1 - \boldsymbol{x}_4\|^2}{2\sigma^2}\right) = 0.9929, k(\boldsymbol{x}_2, \boldsymbol{x}_4) = \exp\left(-\dfrac{\|\boldsymbol{x}_2 - \boldsymbol{x}_4\|^2}{2\sigma^2}\right) = 0.9929,$

$k(\boldsymbol{x}_3, \boldsymbol{x}_4) = \exp\left(-\dfrac{\|\boldsymbol{x}_3 - \boldsymbol{x}_4\|^2}{2\sigma^2}\right) = 0.9899, k(\boldsymbol{x}_4, \boldsymbol{x}_4) = \exp\left(-\dfrac{\|\boldsymbol{x}_4 - \boldsymbol{x}_4\|^2}{2\sigma^2}\right) = 1$。

联合以上方程组，解得：$\alpha_1 = \alpha_2 = \alpha_3 = \alpha_4 = 239, b = 0$。将 $\alpha_1 = \alpha_2 = \alpha_3 = \alpha_4 = 239, b = 0$ 代入不等式约束验证：

$$1 - \alpha_1 y_1 k(\boldsymbol{x}_1, \boldsymbol{x}_1) - \alpha_2 y_2 k(\boldsymbol{x}_2, \boldsymbol{x}_1) - \alpha_3 y_3 k(\boldsymbol{x}_3, \boldsymbol{x}_1) - \alpha_4 y_4 k(\boldsymbol{x}_4, \boldsymbol{x}_1) - b = -9.16\mathrm{e}{-6} < 0$$

$$1 - \alpha_1 y_1 k(\boldsymbol{x}_1, \boldsymbol{x}_2) - \alpha_2 y_2 k(\boldsymbol{x}_2, \boldsymbol{x}_2) - \alpha_3 y_3 k(\boldsymbol{x}_3, \boldsymbol{x}_2) - \alpha_4 y_4 k(\boldsymbol{x}_4, \boldsymbol{x}_2) - b = -9.16\mathrm{e}{-6} < 0$$

$$1 + \alpha_1 y_1 k(\boldsymbol{x}_1, \boldsymbol{x}_3) + \alpha_2 y_2 k(\boldsymbol{x}_2, \boldsymbol{x}_3) + \alpha_3 y_3 k(\boldsymbol{x}_3, \boldsymbol{x}_3) + \alpha_4 y_4 k(\boldsymbol{x}_4, \boldsymbol{x}_3) + b = -9.16\mathrm{e}{-6} < 0$$

$$1 + \alpha_1 y_1 k(\boldsymbol{x}_1, \boldsymbol{x}_4) + \alpha_2 y_2 k(\boldsymbol{x}_2, \boldsymbol{x}_4) + \alpha_3 y_3 k(\boldsymbol{x}_3, \boldsymbol{x}_4) + \alpha_4 y_4 k(\boldsymbol{x}_4, \boldsymbol{x}_4) + b = -9.16\mathrm{e}{-6} < 0$$

所以 KKT 条件成立，当前假设符合要求，$\alpha_1 = \alpha_2 = \alpha_3 = \alpha_4 = 239, b = 0$。

给定测试样本 $\boldsymbol{x}^* = [0.1, 1]^{\mathrm{T}}$，代入分类模型 $f(\boldsymbol{x}) = \sum_{j=1}^{m} \alpha_j^* y_j^* k(\boldsymbol{x}_j^*, \boldsymbol{x}) + b$，可得：

$$f(\boldsymbol{x}) = 239 * k(\boldsymbol{x}_1, \boldsymbol{x}^*) + 239 * k(\boldsymbol{x}_2, \boldsymbol{x}^*) - 239 * k(\boldsymbol{x}_3, \boldsymbol{x}^*) - 239 * k(\boldsymbol{x}_4, \boldsymbol{x}^*)$$

$$= 239 * 0.9992 + 239 * 0.99 - 239 * 0.9928 - 239 * 0.9936 = 0.6692 > 0$$

所以样本为正类。

核支持向量机分类算法流程如图 6.10 所示。

输入：原始数据 $\{(\boldsymbol{x}_i, y_i), i = 1, 2, \cdots, N\}, \boldsymbol{x}_i \in R^d$，选择核函数。

算法流程：

$$\boldsymbol{w} = \sum_{j=1}^{m} \alpha_j^* y_j^* \phi(\boldsymbol{x}_j^*)$$

$$L_b = \sum_{j=1}^{N} \alpha_j y_j = 0$$

（1）构造支持向量机 KKT 条件：

$$b = y_i^* - \sum_{j=1}^{m} \alpha_j^* y_j^* k(\boldsymbol{x}_j^*, \boldsymbol{x}_i^*)$$

$$1 - y_i \left(\sum_{j=1}^{m} \alpha_j^* y_j^* k(\boldsymbol{x}_j^*, \boldsymbol{x}_i) + b \right) \leqslant 0$$

$$\alpha_i \geqslant 0$$

（2）分别讨论每个样本对应拉格朗日乘子为 0 或为正数的情况，根据 KKT 条件中的 $b = y_i^* - \sum_{j=1}^{m} \alpha_j^* y_j^* k(\boldsymbol{x}_j^*, \boldsymbol{x}_i^*)$ 以及 $L_b = \sum_{j=1}^{N} \alpha_j y_j = 0$ 计算拉格朗日乘子结果以及 b 的值。

（3）验证拉格朗日乘子是否符合假设以及是否满足 $\alpha_j \geqslant 0$，如果不符合假设，则重新讨论拉格朗日乘子数值，继续执行步骤（2）。

（4）计算模型参数：$\boldsymbol{w} = \sum_{j=1}^{m} \alpha_j^* y_j^* \phi(\boldsymbol{x}_j^*)$。

（5）验证 KKT 条件的不等式约束：$1 - y_j (\boldsymbol{w}^\mathrm{T} \boldsymbol{x}_j + b) \leqslant 0$，如果不符合要求，则重复执行步骤（2）～步骤（5），直至条件满足。

（6）输出模型参数 $\boldsymbol{w}, b$ 并构造分类函数 $f(\boldsymbol{x}) = \mathrm{sign}(\boldsymbol{w}^\mathrm{T} \boldsymbol{x} + b)$。

（7）利用分类模型预测输出 $f(\boldsymbol{x}^*) = \mathrm{sign}(\boldsymbol{w}^\mathrm{T} \boldsymbol{x}^* + b)$。

图 6.10　核支持向量机分类算法流程

核支持向量机分类算法实现异或分类问题的 Python 示例代码如图 6.11 所示。

```
import numpy as np
from scipy.spatial.distance import cdist
from numpy.linalg import solve
x = np.array([[0,1],[1,0],[0,0],[1,1]])
y = np.array([1,1,-1,-1])
N = 4
delta = 1.4E2
#通过二进制数形式,依次遍历所有拉格朗日乘数为 0 或为正的组合
#用 N 位二进制数编码不同样本是否为支持向量
for i in range(1,2**(N)):
    svs = []
    alphas = []
```

图 6.11　核支持向量机分类算法实现异或分类问题的 Python 示例代码

```
        indicator = i
        y_ = []
        for j in range(N):
            #以二进制的每一位表示样本是否为支持向量,对应位为 1 表示是支持向量,否则表示不是
            #支持向量
            alpha = indicator%2
            if alpha==1:
                #获取支持向量
                svs.append(x[j])
                y_.append(y[j])
            alphas.append(indicator%2)
            indicator //= 2
        svs = np.stack(svs,axis=0)
        y_ = np.array(y_)
        #根据 b 值计算公式以及 Lb 约束解拉格朗日乘子
        A = cdist(svs,svs)
        A = np.exp(-A/delta)

        m = A.shape[0]
        A = A * y_.reshape((1, m))
        A_ = np.concatenate((A, y_.reshape((1, m))), axis=0)
        tmp = [1 for i in range(m)]
        tmp.append(0)
        tmp = np.array(tmp).reshape((m+1,1))
        A_ = np.concatenate((A_, tmp), axis=1)
        y__ = np.concatenate((y_, np.zeros(1)), axis=0)
        params = np.round(solve(A_, y__),2)
        #判断拉格朗日乘子是否大于或等于 0
        if np.sum(params[:-1]<0)==0:
            #判断 Lb 条件
            if np.abs(np.sum(params[:-1] * y_))==0:
                ay = params[:-1] * y_
                xx_ = cdist(x,svs)
                xx_ = np.exp(-xx_/delta)
                wtxb = np.sum((ay.reshape(1,m) * xx_),axis=1)+params[-1]
                ywtxb = y * wtxb

                #判断不等式约束
                if np.sum((1-ywtxb)>0)==0:
                    #如果所有条件都成立,则当前参数为模型参数
                    print(1 - ywtxb)
                    model = params
                    model_svs = svs
                    model_y = y_
                    break

#预测 x_test 类别
x_test = np.array([[0.1,1]])
```

图 6.11 （续）

```
xx_test = cdist(x_test,model_svs)
xx_test = np.exp(-xx_test/delta)
predict = np.matmul(xx_test,model_y * model[:-1])+model[-1]
if predict>0:
    print('x_test 为正类')
if predict==0:
    print('x_test 类别不定')
if predict<0:
    print('x_test 为负类')
```

图 6.11　（续）

6.4　软件间隔支持向量机

在前面的讨论中,我们一直讨论样本在特征空间中(低维或高维)是线性可分的,即存在一个超平面可以将不同类别的样本完全分开。然而,实际中高维空间中线性可分性质取决于核函数的选择,而核函数设计往往依赖于人工经验,由于核函数的选择、参数的设置等因素的影响,有时不能确定的最优核函数,使得样本在映射后空间内具有线性可分性质。

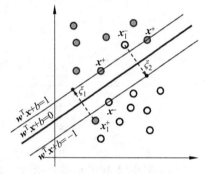

图 6.12　软间隔分类示意

为了解决线性不可分的问题,常见的做法是允许超平面在分类一些样本时出错。为此,引入"软间隔"的概念。如图 6.12 所示,在学习分类平面时,允许 x_1^+,x_1^- 被分错,其余的点被正确分类,且分类间隔最大。通过观察,被错分的点孤立于大部分样本点,对于表示模式不具备代表性,可认为错分点是干扰噪声。因此,引入软间隔,可以提高支持向量机模型对于噪声的鲁棒性能。

原始的支持向量机在模型学习时,保障所有样本被正确分类,即

$$\min_{w,b} \frac{1}{2} \parallel w \parallel^2$$
$$\text{s.t.} \quad y_j(w^{\mathrm{T}} x_j + b) \geqslant 1 \quad j=1,2,\cdots,N \tag{6.40}$$

以上模型被称为"硬间隔"。观察图 6.12,可以发现无法通过线性函数将两类样本分开。针对此情况,对约束条件引入松弛变量,允许少量样本位于分类间隔内或被分错:

$$\min_{w,b} \frac{1}{2} \parallel w \parallel^2$$
$$\text{s.t.} \quad y_j(w^{\mathrm{T}} x_j + b) \geqslant 1-\xi_i \quad \xi_i \geqslant 0; j=1,2,\cdots,N$$
$$\min \sum_{i=1}^{N} \xi_i \tag{6.41}$$

以上模型被称为"软间隔"。当 $\xi_i < 1$ 时,表示样本被正确分类但位于分类间隔内;当 $\xi_i \geqslant 1$ 时,表示样本被分错。上述模型可以转换为如下描述:

$$\min_{w,b} \frac{1}{2} \parallel w \parallel^2 + C \sum_{i=1}^{N} \xi_i$$

$$\text{s.t.} \quad y_j(\boldsymbol{w}^{\mathrm{T}}\boldsymbol{x}_j + b) \geqslant 1 - \xi_i \quad \xi_i \geqslant 0; j = 1, 2, \cdots, N \tag{6.42}$$

其中，C 为控制模型间隔与错分的平衡系数。显然，当 C 值较大时，错分的样本对于模型学习的损失影响较大，迫使大部分样本被正确分类；当 C 值较小时，错分样本对于模型学习损失影响较小，允许部分样本被错误分类，模型更关心分类间隔的影响。

为了求解上述的有约束二次规划问题，定义式（6.42）的拉格朗日函数为

$$L(\boldsymbol{w}, b, \boldsymbol{\alpha}, \boldsymbol{\mu}, \boldsymbol{\xi}) = \frac{1}{2}\|\boldsymbol{w}\|^2 + C\sum_{j=1}^{N}\xi_j$$

$$+ \sum_{j}^{N}\alpha_j(1 - \xi_j - y_j(\boldsymbol{w}^{\mathrm{T}}\boldsymbol{x}_j + b)) - \sum_{j=1}^{N}\mu_j\xi_j \tag{6.43}$$

有约束问题转化为式（6.43）的无约束问题需要模型的最优解符合 KKT 条件：

$$\frac{\partial}{\partial \boldsymbol{w}}L(\boldsymbol{w}, b, \boldsymbol{\alpha}, \boldsymbol{\mu}, \boldsymbol{\xi}) = 0 \Rightarrow \boldsymbol{w} = \sum_{j=1}^{N}\alpha_j y_j \boldsymbol{x}_j$$

$$\frac{\partial}{\partial b}L(\boldsymbol{w}, b, \boldsymbol{\alpha}, \boldsymbol{\mu}, \boldsymbol{\xi}) = 0 \Rightarrow 0 = \sum_{j=1}^{N}\alpha_j y_j$$

$$\frac{\partial}{\partial \xi_j}L(\boldsymbol{w}, b, \boldsymbol{\alpha}, \boldsymbol{\mu}, \boldsymbol{\xi}) = 0 \Rightarrow C = \alpha_j + \mu_j$$

$$\alpha_j(1 - \xi_j - y_j(\boldsymbol{w}^{\mathrm{T}}\boldsymbol{x}_j + b)) = 0$$

$$\mu_j\xi_j = 0$$

$$1 - \xi_j - y_j(\boldsymbol{w}^{\mathrm{T}}\boldsymbol{x}_j + b) \leqslant 0$$

$$\xi_j \geqslant 0$$

$$\alpha_j \geqslant 0, \mu_j \geqslant 0 \tag{6.44}$$

经过证明，上述模型可以通过拉格朗日乘子法转换为以下的对偶问题：

$$\max_{\alpha_j, \mu_j} \min_{\boldsymbol{w}, b, \xi_i} L(\boldsymbol{w}, b, \boldsymbol{\alpha}, \boldsymbol{\mu}, \boldsymbol{\xi})$$

$$\text{s.t.} \quad \alpha_j \geqslant 0, \mu_j \geqslant 0 \tag{6.45}$$

将 KKT 条件代入软间隔支持向量机模型中，可得

$$\max_{\alpha_j} \sum_{i=1}^{N}\alpha_i - \sum_{i=1}^{N}\sum_{j=1}^{N}\alpha_i\alpha_j y_i y_j \boldsymbol{x}_i^{\mathrm{T}}\boldsymbol{x}_j \Rightarrow \min_{\alpha_j} \sum_{i=1}^{N}\sum_{j=1}^{N}\alpha_i\alpha_j y_i y_j \boldsymbol{x}_i^{\mathrm{T}}\boldsymbol{x}_j - \sum_{i=1}^{N}\alpha_i$$

$$\text{s.t.} \quad \sum_{j=1}^{N}\alpha_j y_j = 0$$

$$0 \leqslant \alpha_j \leqslant C \tag{6.46}$$

式（6.46）是典型的二次规划问题，可以通过 SMO（Sequential Minimal Optimization）求解。

求解得到最优的拉格朗日乘子 α_j 后，模型参数可以通过 KKT 条件：$\boldsymbol{w} = \sum_{j=1}^{N}\alpha_j y_j \boldsymbol{x}_j$ 以及 $\alpha_j(1 - \xi_j - y_j(\boldsymbol{w}^{\mathrm{T}}\boldsymbol{x}_j + b)) = 0$ 得到。当 $0 < \alpha_j < C$ 时，根据 KKT 条件可知 $\mu_j = C - \alpha_j > 0$。因为 $\mu_j\xi_j = 0$，可知 $\xi_j = 0$，所以 $\alpha_j(1 - \xi_j - y_j(\boldsymbol{w}^{\mathrm{T}}\boldsymbol{x}_j + b)) = 0 \Rightarrow 1_j - y_j^*(\boldsymbol{w}^{\mathrm{T}}\boldsymbol{x}_j^* + b) = 0$，其中 $(\boldsymbol{x}_j^*, y_j^*)$ 表示拉格朗日乘子 $0 < \alpha_j < C$ 时对应的样本，推导可得：

$$\boldsymbol{w} = \sum_{j=1}^{N}\alpha_j y_j \boldsymbol{x}_j$$

$$b = y_j^* - \boldsymbol{w}^{\mathrm{T}}\boldsymbol{x}_j^* \tag{6.47}$$

软间隔支持向量机分类算法流程如图 6.13 所示。

输入：原始数据 $\{(\boldsymbol{x}_i, y_i), i=1,2,\cdots,N\}, \boldsymbol{x}_i \in R^d$，选择平衡系数 C。

算法流程：

$$\frac{\partial}{\partial \boldsymbol{w}} L(\boldsymbol{w},b,\alpha,\mu,\boldsymbol{\xi}) = 0 \Rightarrow \boldsymbol{w} = \sum_{j=1}^{N} \alpha_j y_j \boldsymbol{x}_j$$

$$\frac{\partial}{\partial b} L(\boldsymbol{w},b,\alpha,\mu,\boldsymbol{\xi}) = 0 \Rightarrow 0 = \sum_{j=1}^{N} \alpha_j y_j$$

$$\frac{\partial}{\partial \xi_j} L(\boldsymbol{w},b,\alpha,\mu,\boldsymbol{\xi}) = 0 \Rightarrow C = \alpha_j + \mu_j$$

(1) 构造支持向量机 KKT 条件：

$$\alpha_j(1 - \xi_j - y_j(\boldsymbol{w}^{\mathrm{T}}\boldsymbol{x}_j + b)) = 0$$
$$\mu_j \xi_j = 0$$
$$1 - \xi_j - y_j(\boldsymbol{w}^{\mathrm{T}}\boldsymbol{x}_j + b) \leqslant 0$$
$$\xi_j \geqslant 0$$
$$\alpha_j \geqslant 0, \mu_j \geqslant 0$$

(2) 根据 SMO 优化方法计算最优拉格朗日乘子：

$$\max_{\alpha_j} \sum_{i=1}^{N} \alpha_i - \sum_{i=1}^{N}\sum_{j=1}^{N} \alpha_i \alpha_j y_i y_j \boldsymbol{x}_i^{\mathrm{T}} \boldsymbol{x}_j \Rightarrow \min_{\alpha_j} \sum_{i=1}^{N}\sum_{j=1}^{N} \alpha_i \alpha_j y_i y_j \boldsymbol{x}_i^{\mathrm{T}} \boldsymbol{x}_j - \sum_{i=1}^{N} \alpha_i$$

$$\text{s.t.} \quad \sum_{j=1}^{N} \alpha_j y_j = 0$$

$$0 \leqslant \alpha_j \leqslant C$$

(3) 计算模型参数：

$$\boldsymbol{w} = \sum_{j=1}^{N} \alpha_j y_j \boldsymbol{x}_j$$

$$b = y_j^* - \boldsymbol{w}^{\mathrm{T}} \boldsymbol{x}_j^*$$

(4) 输出模型参数 $\boldsymbol{w}, b$ 并构造分类函数 $f(\boldsymbol{x}) = \mathrm{sign}(\boldsymbol{w}^{\mathrm{T}}\boldsymbol{x} + b)$。

(5) 利用分类模型预测输出 $f(\boldsymbol{x}^*) = \mathrm{sign}(\boldsymbol{w}^{\mathrm{T}}\boldsymbol{x}^* + b)$。

图 6.13　软间隔支持向量机分类算法流程

　　利用软间隔支持向量机分类算法实现鸢尾花数据集分类的 Python 示例代码如图 6.14 所示。

```python
import numpy as np
import pandas as pd
from sklearn.datasets import load_iris
from sklearn.model_selection import train_test_split
import math
#载入鸢尾花数据集
def create_data():
    iris = load_iris()
    df=pd.DataFrame(iris.data,columns=iris.feature_names)
    df['label']=iris.target
    df.columns=['sepal length', 'sepal width', 'petal length', 'petal width',
'label']
    data=np.array(df.iloc[:100,[0,1,-1]])
    for i in range(len(data)):
```

图 6.14　利用软间隔支持向量机分类算法实现鸢尾花数据集分类的 Python 示例代码

```
                if data[i,-1]==0:
                    data[i,-1]=-1
        return data[:,:2], data[:,-1]


X,y=create_data()
X_train,X_test,y_train,y_test=train_test_split(X,y,test_size=0.2)


#SMO算法
class SVM:
#    定义最大迭代次数,核函数
    def __init__(self, max_iter, kernel='linear'):
        self.max_iter = max_iter
        self._kernel = kernel
#    m 表示样本量,n 表示维度,X 表示样本,Y 表示样本类别,b、alpha 表示拉格朗日乘子
    def init_args(self, features, labels):
        self.m, self.n = features.shape
        self.X = features
        self.Y = labels
        self.b = 0.0
        self.alpha = np.ones(self.m)
        #E(i)是 g(x)预测值-实际值,保存至列表
        self.E = [self._E(i) for i in range(self.m)]
        #惩罚参数
        self.C=1.0
    #核函数
    def kernel(self,x1,x2):
        if self._kernel=='linear': #线性分类器 k(x,y)=x * y
            return sum([x1[k] * x2[k] for k in range(self.n)])
        elif self._kernel=='poly':
            return (sum([x1[k] * x2[k] for k in range(self.n)])+1)**2
        return 0
    def _KKT(self, i):
        y_g = self._g(i) * self.Y[i]
        if self.alpha[i]==0:
            return y_g >=1
        elif 0<self.alpha[i]<self.C:
            return y_g ==1
        else:
            return y_g<=1
    #g(x)预测值,输入 (X[i])
    def _g(self,i):
        r = self.b
        for j in range(self.m):
            r += self.alpha[j] * self.Y[j] * self.kernel(self.X[i], self.X[j])
        return r
    #E(x)为 g(x)对输入 x 的预测值和实际值 y 的差
    def _E(self, i):
        return self._g(i)-self.Y[i]
    def _init_alpha(self):
```

图 6.14　（续）

```
        #外层循环首先遍历所有满足 0<a<C 的样本点,检验是否满足 KKT
        index_list=[i for i in range(self.m) if 0<self.alpha[i]<1]
        #否则遍历整个训练集
        non_satisfy_list = [i for i in range(self.m) if i not in index_list]
        index_list.extend(non_satisfy_list)

        for i in index_list:
            if self._KKT(i):
                continue
            E1=self.E[i]
            #如果 E1 大于或等于 0,则选择最小的;如果 E1 小于 0,则选择最大的
            if E1 >= 0:
                j = min(range(self.m), key=lambda x: self.E[x])
            else:
                j = max(range(self.m), key=lambda x: self.E[x])
            return i, j
    def _compare(self, _alpha, L, H):
        if _alpha > H:
            return H
        elif _alpha<L:
            return L
        else:
            return _alpha
    def fit(self, features, labels):
        self.init_args(features, labels)
        for t in range(self.max_iter):        #迭代
            i1,i2 = self._init_alpha()
            if self.Y[i1]==self.Y[i2]:
                L = max(0, self.alpha[i1] + self.alpha[i2] - self.C)
                H = min(self.C, self.alpha[i1] + self.alpha[i2])
            else:
                L = max(0, self.alpha[i2] - self.alpha[i1])
                H = min(self.C, self.C + self.alpha[i2] - self.alpha[i1])
            E1=self.E[i1]
            E2=self.E[i2]
            #eta = k11+k22-2k12
            eta=self.kernel(self.X[i1],self.X[i1]) + self.kernel(self.X[i2],
self.X[i2])
            - 2 * self.kernel(self.X[i1],self.X[i2])
            if eta<=0:
                continue
            alpha2_new_unc=self.alpha[i2]+self.Y[i2] * (E1-E2)/eta
            alpha2_new = self._compare(alpha2_new_unc, L, H)
            alpha1_new = self.alpha[i1] + self.Y[i1] * self.Y[i2] * (self.
alpha[i2] - alpha2_new)
            b1_new = -E1 - self.Y[i1] * self.kernel(self.X[i1], self.X[i1]) * (
                alpha1_new - self.alpha[i1]) - self.Y[i2] * self.kernel(
                    self.X[i2],self.X[i1]) * (alpha2_new - self.alpha[i2]) +
self.b
```

图 6.14　（续）

```
            b2_new = -E2 - self.Y[i1] * self.kernel(self.X[i1], self.X[i2]) * (
                alpha1_new - self.alpha[i1]) - self.Y[i2] * self.kernel(
                    self.X[i2],self.X[i2]) * (alpha2_new - self.alpha[i2]) +
self.b

            if 0 < alpha1_new < self.C:
                b_new = b1_new
            elif 0 < alpha2_new < self.C:
                b_new = b2_new
            else:
                #选择中点
                b_new = (b1_new + b2_new) / 2
            #更新参数
            self.alpha[i1] = alpha1_new
            self.alpha[i2] = alpha2_new
            self.b = b_new
            self.E[i1] = self._E(i1)
            self.E[i2] = self._E(i2)
        return 'train done!'
    def predict(self, data):
        r = self.b
        for i in range(self.m):
            r += self.alpha[i] * self.Y[i] * self.kernel(data, self.X[i])
        return 1 if r > 0 else -1
    def score(self, X_test, y_test):
        right_count = 0
        for i in range(len(X_test)):
            result = self.predict(X_test[i])
            if result == y_test[i]:
                right_count += 1
        return right_count / len(X_test)
svm = SVM(max_iter=200,kernel='poly')
svm.fit(X_train, y_train)
svm.score(X_test, y_test)
```

图 6.14 （续）

习　　题

1. 试计算 $x_1=[-1,1],x_2=[-1,-1],x_3=[1,1]$ 的支持向量。

2. 试列出 $\begin{cases} f(x)=x^2+2x+1 \\ \text{s.t.}\quad 3x-1>0 \\ \qquad 7x+9<18 \end{cases}$　的 KKT 条件，并计算函数的最优值。

3. 已知支持向量为 $(x_1=[-1,1],y_1=1),(x_2=[-1,-1],y_2=1),(x_3=[1,1],y_3=-1)$，试计算支持向量机模型参数。

本 章 实 验

1. 实验目的

掌握支持向量机的分类原理,理解不同支持向量机模型的优劣以及适用范围。

2. 实验要求

按要求生成不同分布的数据,使用 SVM 将其分类并画出分界图。

生成指定分布的随机数据:

(1) 生成两组线性均匀分布的数据(完全线性可分)。

(2) 生成两组线性均匀分布的数据(线性不可分)。

(3) 生成两组高斯分布的数据(完全线性可分)。

(4) 生成两组高斯分布的数据(线性不可分)。

(5) 生成环状数据。

使用 SVM 进行二分类:

(1) 使用线性 SVM 对(1)中生成的数据进行分类,并画出分类界面。

(2) 使用线性 SVM 对(2)中生成的数据进行分类,并画出分类界面。

(3) 分别使用线性核、高斯核 $\sigma^2 = 0.1$ 的 SVM 对(3)中生成的数据进行分类,并画出分类界面。

(4) 分别使用线性核、高斯核 $\sigma^2 = 0.1$ 的 SVM 对(4)中生成的数据进行分类,并画出分类界面。

(5) 分别使用线性核、高斯核 $\sigma^2 = 0.1$ 的 SVM 对(5)中生成的数据进行分类,并画出分类界面。

3. 实验步骤

本次实验使用 Python 3.7 及其 NumPy、sklearn、Matplotlib 等第三方包完成。首先分别定义 5 个用于生成上述指定分布的随机数据的函数,分别为 linear()、nolinear()、gauss_linear()、gauss_nolinear()、circle(),随后使用 sklearn 中的 SVC 函数进行二分类,然后定义分类界面函数 plot_boundary()并画出分类界面图。

第 2 部 分

无监督学习

## 第 7 章

关 联 规 则

假设你是一位超市促销员,正在和一位已经购买了可乐的顾客交谈,顾客正在犹豫是否再买些其他商品,此时你会向顾客推荐一些什么商品呢?你可能会凭直觉推荐一些他可能购买的东西,那么这些东西是否真是他需要的呢?频繁模式和关联规则的出现,很大程度上解决了这类问题。促销员可以根据超市的历史销售记录,查找出其中频繁出现的和可乐同时被购买的记录。这些同时被购买的商品组合就形成了频繁购物模式,利用这些频繁出现的购物模式信息建立商品销售的关联规则,促销员就可以有效地针对顾客需求做出一些合理的推荐,这个过程就是典型的购物篮分析。

频繁模式和关联规则反映了一个事物与其他事物同时出现的相互依存性和关联性,常用于实体商店或在线电商的推荐系统。通过对顾客的历史购买记录数据进行关联规则挖掘,发现顾客群体购买习惯的内在共性,根据挖掘结果,调整货架的布局陈列、设计促销组合方案、精准投放广告等,从而实现销量和效益的提升。

本章介绍频繁模式和关联规则挖掘的基本概念,讲解经典关联规则挖掘算法:Apriori算法和FP-Growth算法。

7.1 基 本 概 念

设 $I = \{i_1, i_2, \cdots, i_m\}$ 是项(item)的集合(项集),D 是事务(transaction)的集合(事务数据库),事务 T 是项的集合,并且 $T \subseteq I$。每个事务具有的唯一标识称为事务号,记作 TID。设 A 是 I 中的一个项集,如果 $A \subseteq T$,那么事务 T 包含 A。

例如,一个商店所售商品的集合 $I = \{$可乐,薯片,面包,牛奶,汉堡,牛肉$\}$。假设商店某段时间的事务数据库 D 如表 7.1 所示,该数据库有 5 个事务,$D = \{\{$可乐,薯片$\}$,$\{$可乐,面包$\}$,$\{$可乐,面包,牛奶$\}$,$\{$汉堡,牛肉$\}$,$\{$可乐,面包,牛奶$\}\}$。其中,事务$\{$可乐,面包,牛奶$\}$包含了事务$\{$可乐,面包$\}$。

表 7.1　商店某段时间的事务数据库 D

事务号(TID)	购买商品列表
100	可乐,薯片
200	可乐,面包
300	可乐,面包,牛奶
400	汉堡,牛肉
500	可乐,面包,牛奶

定义 1：关联规则

关联规则是形如 $A \rightarrow B$ 的逻辑蕴含式，其中 $A \neq \varnothing, B \neq \varnothing$，且 $A \subset I, B \subset I$，并且 $A \bigcap B = \varnothing$。

例如，表 7.1 所示的商店事务数据库，顾客买了可乐之后又购买了面包，关联规则表示为：可乐→面包。

定义 2：关联规则的支持度

规则 $A \rightarrow B$ 具有支持度 S，表示事务数据库 D 中事务包含 $A \bigcup B$ 的百分比，它等于概率 $P(A \bigcup B)$，也叫相对支持度。

$$S(A \rightarrow B) = P(A \bigcup B) = \frac{|A \bigcup B|}{|D|}$$

另外，还有绝对支持度，又叫支持度计数、频度或计数，是事务在事务数据库中出现的次数，表示为 $|A \bigcup B|$，$|D|$ 表示事务数据库 D 的事务个数。

例如，表 7.1 所示的商店事务数据库有 5 笔事务，顾客购买可乐和薯片有 1 笔，顾客购买可乐和面包有 3 笔，那么可乐和薯片的关联规则的支持度 $S(可乐 \rightarrow 薯片) = \frac{1}{5} = 20\%$，可乐和面包的关联规则的支持度 $S(可乐 \rightarrow 面包) = \frac{3}{5} = 60\%$。

定义 3：关联规则的置信度

规则 $A \rightarrow B$ 在事务数据库中具有置信度 C，表示 C 是包含 A 项集的同时也包含 B 项集的概率，即条件概率 $P(B|A)$，因为事务数据库 D 中的事务数量是确定的，所以 $C(A \rightarrow B) = \frac{P(A \bigcup B)}{P(A)} = \frac{|A \bigcup B|}{|A|}$，其中 $|A|$ 表示事务数据库中包含项集 A 的事务个数。

例如，表 7.1 所示的商店事务数据库，顾客购买可乐有 4 笔，顾客购买可乐和薯片有 1 笔，顾客购买可乐和面包有 3 笔，那么购买可乐和薯片的置信度 $C(可乐 \rightarrow 薯片) = \frac{1}{4} = 25\%$，购买可乐和面包的置信度 $C(可乐 \rightarrow 面包) = \frac{3}{4} = 75\%$。这说明购买可乐和面包的关联性比购买可乐和薯片的关联性强，在营销上可以作为组合策略销售。

定义 4：阈值

为了在事务数据库中找出有用的关联规则，需要由用户确定两个阈值：最小支持度阈值（min_sup）和最小置信度阈值（min_conf）。

最小支持度阈值代表对于关联规则出现频繁程度的最低要求，最小置信度阈值代表对于关联规则出现确定程度的最低要求。

定义 5：强关联规则

同时满足最小支持度阈值（min_sup）和最小可信度阈值（min_conf）的规则称为关联规则，即 $S(A \rightarrow B) > min\_sup$ 且 $C(A \rightarrow B) > min\_sup$ 成立时，规则 $A \rightarrow B$ 称为强关联规则。

关联规则的支持度和置信度是关联规则兴趣度的两种度量，分别反映了所发现关联规则的有用性和确定性。支持度很低的关联规则只是偶然出现，支持度通常用于删除那些很少出现的无意义的关联规则。置信度体现了关联规则推理的可靠性，对于给定的关联规则，置信度越高，其发生的概率越大。在典型情况下，如果关联规则满足最小支持度阈值和最小置信度阈值,通常认为该关联规则是有价值的。

例如,假设表 7.1 的关联规则最小支持度阈值 min_sup 是 50%,最小置信度阈值 min_conf 也是 50%,则容易看出,关联规则(可乐→面包)的支持度 S(可乐→面包)=60%大于最小支持度阈值,置信度 C(可乐→面包)=75%大于最小可信度阈值,所以(可乐→面包)是强关联规则。而关联规则(可乐→薯片)不是强关联规则。所以关联规则(可乐→面包)是有价值的规则。

定义 6:频繁模式

频繁模式是频繁地出现在数据集中的模式,如项集、子序列等。

频繁项集:项的集合称为项集(itemset),包含 k 个项的集合称为 k 项集。项集的出现频度是包含项集的事务数,简称为项集的频度、支持度计数或计数。频繁地出现在交易数据集中的项集,同时其支持度大于或等于最小支持度阈值,则称之为频繁项集。

在表 7.1 的事务数据库中,项集{可乐,面包}的支持度是 60%,大于设定的最小支持度阈值,所以{可乐,面包}是频繁 2 项集。项集{可乐,薯片}的支持度是 20%,小于设定的最小支持度阈值,所以{可乐,薯片}不是频繁 2 项集。

频繁子序列:一个子序列,例如,首先购买 PC,然后购买数码相机,最后购买内存卡,如果它频繁地出现在事务数据库中,则称它为一个频繁子序列。

频繁项集模式挖掘的一个典型应用是购物篮分析。频繁项集模式挖掘通过发现顾客放入他们"购物篮"中的商品之间的关联,分析顾客的购物习惯。这种关联规则的发现可以帮助零售商了解哪些商品频繁地被顾客同时购买,从而帮助他们制定更好的营销策略,提升销售效益。例如,可以将经常同时购买的商品摆放在一起,以便刺激这些商品同时销售。换个角度,也可以把同时购买的商品摆放在商店的两端,诱发同时购买这些商品的顾客挑选其他商品。当然,购物篮分析也可以帮助零售商规划什么商品降价出售,例如表 7.1 中顾客经常频繁同时购买可乐和面包,{可乐,面包}是频繁 2 项集,则可乐的降价出售可能既促进可乐销售,同时又促进面包销售。

如果项集的全域是商店中的商品集合,则每种商品可以有一个布尔变量,表示该商品是否被顾客购买,每个购物篮都可以用一个布尔向量表示。通过分析布尔向量,可以得到反映商品频繁关联或同时购买的模式,这些模式可以用关联规则的形式表示。例如,购买可乐也趋向于同时购买面包的顾客信息,可以用以下的关联规则表示:

$$可乐→面包[support=60\%, confidence=75\%]$$

关联规则的挖掘是基于事务数据库中的支持度和置信度概念评价物品间的关系。但是仅看支持度和置信度指标对一些问题无能为力。

例如,表 7.2 是某商店买游戏光碟和影片光碟关联表。交易数据集有 10000 条数据,其中有 6000 条包括买游戏光碟,7500 条包括买影片光碟,4000 条包含既买游戏光碟又买影片光碟。

表 7.2　买游戏光碟和影片光碟关联表

	买游戏光碟	不买游戏光碟	行总计
买影片光碟	4000	3500	7500
不买影片光碟	2000	500	2500
列总计	6000	4000	10000

假设设置的最小支持度为 30%，最小置信度为 60%。从表 7.2 可以得到：

支持度 S（买游戏光碟→买影片光碟）＝4000/10000＝40%

置信 C（买游戏光碟→买影片光碟）＝4000/7500＝53%

可以看出，规则（买游戏光碟→买影片光碟）的支持度和置信度都满足要求，是一条强关联规则。于是可以建议超市把影片光碟和游戏光碟放在一起，以便提高销量。

可是再思考一下，一个爱玩游戏的人会有时间看影片吗？这个规则是不是有问题。事实上这条规则误导了。在整个数据集中，买影片光碟的概率是 P（买影片光碟）＝7500/10000＝3/4，而买游戏光碟后又买影片光碟的概率是 4000/6000＝2/3。买游戏光碟对于买影片光碟的提升度可以计算为

Lift（买游戏光碟→买影片光碟）＝P（买影片光碟|买游戏光碟）/P（买影片光碟）＝(2/3)/(3/4)＝8/9＝0.8889

关联规则（买游戏光碟→买影片光碟）提升度的值小于 1，说明关联规则（买游戏光碟→买影片光碟）对于影片光碟的销量没有提升。说明买游戏光碟限制了买影片光碟的销量。也就是说，买了游戏光碟的人更倾向不买影片光碟，这是符合现实的。

从上面例子可以看出，支持度和置信度并不能成功过滤掉那些我们不感兴趣的规则，因此需要一些新的评价标准，如提升度、卡方系数、全自信度、最大自信度、Kulc 和 cosine 距离等。

定义 7：提升度（Lift）

提升度表示 A 项集对 B 项集的概率的提升作用，用来判断规则是否有实际价值，即判断使用规则后项集出现的次数是否高于项单独发生的频率。

$$\text{Lift}(A \to B) = P(B|A)/P(B)$$

如果提升度大于 1，则说明规则有效，A 和 B 呈正相关；如果提升度小于 1，则说明规则无效，A 和 B 呈负相关，相互之间是相互负影响的；如果提升度等于 1，则说明 A 和 B 相互独立，独立自然不相关，相互之间没有提升。

例如，可乐和面包的关联规则的支持度是 60%，购买可乐的支持度是 80%，购买面包的支持度是 60%，则提升度是 1.25＞1，关联规则（可乐→面包）对于面包的销售有提升效果。

定义 8：卡方系数

卡方分布是数理统计中的一个重要分布，利用卡方系数可以确定两个变量是否相关。卡方系数的定义如下。

$$X^2 = \sum_{i=1}^{n} \frac{(O_i - E_i)}{E_i}$$

其中 O 表示数据的实际值，E 表示期望值。

表 7.3 是表 7.2 计算期望值之后的表，括号中表示的是期望值，以第一行第一列 4500 为例，其计算方法是 6000×(7500/10000)。总体记录中有 75% 买了影片光碟，而买游戏光碟的只有 6000 人。于是希望这 6000 人中有 75% 的人（即 4500 人）买影片光碟。其他 3 个值可以类似得到。下面计算买游戏光碟和买影片光碟的卡方系数。

卡方系数＝$(4000-4500)^2/4500+(3500-3000)^2/3000+(2000-1500)^2/1500+(500-1000)^2/1000＝555.6$

表 7.3　表 7.2 计算期望值之后的表

	买游戏光碟	不买游戏光碟	行总计
买影片光碟	4000(4500)	3500(3000)	7500
不买影片光碟	2000(1500)	500(1000)	2500
列总计	6000	4000	10000

卡方系数需要查卡方分布临界值表才能确定其意义,通过查表,拒绝 A、B 独立的假设,即认为 A、B 是相关的,而(买游戏光碟,买影片光碟)的期望是 4500,大于实际值 4000,因此认为 A、B 呈负相关。也就是说,买影片光碟和买游戏光碟是呈负相关的,它们之间的销量是不能相互提升的。

定义 9:全自信度

全自信度 all_confidence 的定义如下。

$$all\_confidence(A,B)=P(A\bigcap B)/\max\{P(A),P(B)\}=\min\{P(B|A),P(A|B)\}=\min\{confidence(A\rightarrow B),confidence(B\rightarrow A)\}$$

对于表 7.2 所示的例子,all_confidence(买游戏光碟,买影片光碟)=min{confidence(买游戏光碟→买影片光碟),confidence(买影片光碟→买游戏光碟)}=min{0.66,0.533}=0.533。0.533 小于最小置信度 0.6,关联规则(买游戏光碟→买影片光碟)不是好的关联规则,影片光碟和游戏光碟之间的销量是不能相互提升的。

定义 10:最大自信度

与全自信度相反,最大自信度是求最大的支持度,而不是最小的支持度。最大自信度 max_confidence 的定义如下。

$$max\_confidence(A,B)=\max\{confidence(A\rightarrow B),confidence(B\rightarrow A)\}$$

定义 11:Kulc 系数

Kulc 系数就是对两个自信度进行平均处理。Kulc 系数的定义如下。

$$Kulc(A,B)=(confidence(A\rightarrow B)+confidence(B\rightarrow A))/2$$

定义 12:cosine 距离

$$cosine(A,B)=P(A\bigcap B)/sqrt(P(A)*P(B))=sqrt(P(A|B)*P(B|A))=sqrt(confidence(A\rightarrow B)*confidence(B\rightarrow A))$$

关联规则的上述评价标准中,提升度和卡方容易受数据记录大小的影响。而全自信度、最大自信度、Kulc、cosine 不受数据记录大小的影响,在处理大数据集时优势更加明显。由于评价标准都基于挖掘对象的事务数据样本,因此在实际应用选择中应该结合样本数据的特点选择多个评价准则多角度评价,同时还要考虑实际的应用场景的语义来评价挖掘到的关联规则。

7.2　Apriori 算法

关联规则挖掘的最朴素方法是穷举所有可能规则,计算每个可能规则的支持度和置信度,选择满足强关联规则的最小支持度阈值和置信度阈值要求的规则,实际应用中项集的规模都比较庞大,穷举所有可能规则并计算其支持度和置信度的代价是很高的。提高性能的方法是拆分支持度计算和置信度计算,因为规则的支持度依赖于规则前件和后件项集的支持度,因此大多数关联规则挖掘算法通常采用的策略是分解为两个阶段：第一阶段从事务数据库中找出所有大于或等于用户指定的最小支持度的频繁项集；第二阶段利用频繁项集生成所需要的关联规则，根据用户设定的最小置信度进行取舍，最后得到强关联规则。由于第二阶段的开销远低于第一阶段，因此挖掘关联规则的总体性能是由第一阶段频繁项集产生的算法决定的。

关联规则挖掘第一阶段是从事务数据库中找出所有的频繁项集，也就是说，找出所有大于或等于最小支持度阈值（min_sup）的项集，算法一般首先统计事务数据库中各个项产生频繁 1 项集，从频繁 1 项集中产生频繁 2 项集，…，从频繁 $k-1$ 项集产生频繁 k 项集，直到无法再找到更长的频繁项集为止。

关联规则挖掘第二阶段是由频繁项集产生关联规则。若一规则所求得的置信度满足最小置信度阈值，则称此规则为强关联规则。首先根据选定的频繁项集找到它所有的非空子集，并找到所有可能性的关联规则。例如，频繁 3 项集为{1,2,3}，则非空子集为{1,2}，{1,3}，{2,3}，{1}，{2}，{3}。可能的关联规则为{1,2}=>3, {1,3}=>2, {2,3}=>1, 1=>{2,3}, 2=>{1,3}, 3=>{1,2}。最后计算所有可能的关联规则的置信度，找到符合最小置信度的规则，它们就是强关联规则。

7.2.1 Apriori 算法

1. 第一阶段：产生频繁项集

从大型数据集中挖掘频繁项集的主要挑战是：挖掘过程中常常产生大量满足最小支持度阈值的项集，特别是当最小支持度阈值 min_sup 设置得很低时尤其如此。同时，如果一个项集是频繁的，则它的每个子集也是频繁的。

格结构（lattice structure）常常用来表示所有可能的项集。图 7.1 为项集 $I=\{a,b,c,d,e\}$ 的格，从中可以看出频繁项集的搜索空间是指数搜索空间，随着事务数据库中项的增加，候选项集和比较次数都呈指数级增长，搜索空间指数级增大。

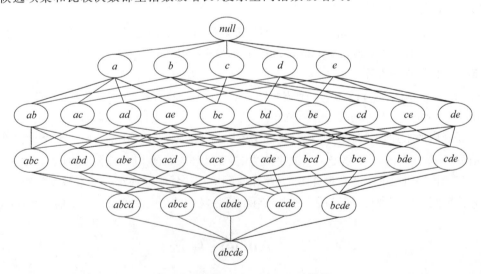

图 7.1 项集 $I=\{a,b,c,d,e\}$ 的格

发现频繁项集的一个朴素的方法是计算格结构中每个候选项集的支持度，但是工作量比较大。降低产生频繁项集的计算复杂度的方法有：

（1）减少候选项集的数目，如先验性质原理可以不用计算支持度而删除某些候选项集。

（2）减少比较次数。利用更高级的数据结构，或者存储候选项集，或者压缩数据集来减少比较次数。

定理 1：先验性质，频繁项集的所有非空子集也一定是频繁的。

这个性质很容易理解，例如一个项集 $\{I_1, I_2, I_3\}$ 是频繁的，那么这个项集的支持度大于最小支持度阈值 min_sup，显而易见，它的任何非空子集，如 $\{I_1\}$、$\{I_2, I_3\}$ 等的支持度也一定比最小支持度阈值 min_sup 大，因此它们一定都是频繁的。

如图 7.2 所示，如果 3 项集 $\{c, d, e\}$ 是频繁的，则它的所有子集也是频繁的。反过来，如果一个项集 I 是频繁的，那么给这个项集再加一个项集 A，则这个新的项集 $\{I \cup A\}$ 至少不会比 I 更加频繁，因为增加了项，所以新项集中的所有项同时出现的次数一定不会增加。因此，如果项集 I 是非频繁的，给项集 I 增加新项 A 后，这个新的项集 $\{I \cup A\}$ 一定还是非频繁的，这种性质称为"反单调性"。

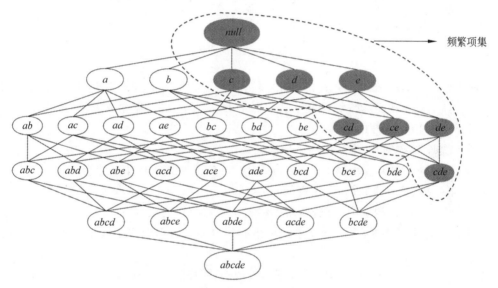

图 7.2　先验性质图示

定理 2：反单调性，一个项集，如果有至少一个非空子集是非频繁的，那么这个项集一定是非频繁的，即如果一个项集是非频繁的，则它所有的超集都是非频繁的，这种基于支持度度量修剪指数搜索空间的策略称为基于支持度的剪枝。如图 7.3 所示，如果 $\{a, b\}$ 是非频繁项集，则它的所有超集也是非频繁的，其超集在搜索过程中都可以剪掉。

Apriori 算法利用定理 1 和定理 2，通过逐层搜索的模式，由频繁 $k-1$ 项集生成频繁 k 项集，从而最终得到全部的频繁项集。

通过定理 1 和定理 2 可知，如果一个项集是频繁 k 项集，那么它的任意非空子集一定是频繁的，所以，频繁 k 项集一定是由这些频繁 $k-1$ 项集组合生成的。

Apriori 算法的核心是通过频繁 $k-1$ 项集生成频繁 k 项集。定理 1 和定理 2 可以精简描述为定理 3 和定理 4：

定理 3：任何频繁 k 项集都是由频繁 $k-1$ 项集组合生成的。

定理 4：频繁 k 项集的所有 $k-1$ 项子集一定都是频繁 $k-1$ 项集。

Apriori 算法使用了一种称为逐层搜索的迭代算法，其中 k 项集用于探索 $k+1$ 项集。首先，通过扫描数据库，累计每个项的个数，并收集满足最小支持度的项，找出频繁 1 项集的

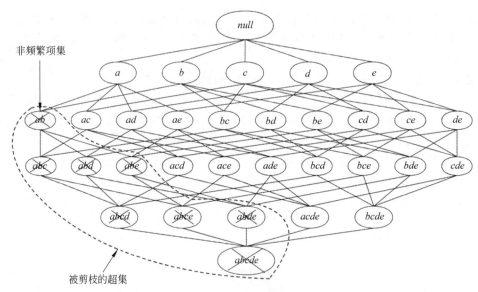

图 7.3　基于支持度的剪枝图示

集合，该集合记为 L_1。然后，使用 L_1 找出频繁 2 项集的集合 L_2，使用 L_2 找出 L_3，如此迭代下去，直到不能再找到频繁 k 项集。找出每个 L_k 需要一次数据库的完整扫描。

Apriori 算法的步骤如下。

（1）扫描全部数据，产生候选项 1 项集的集合 C_1；

（2）根据最小支持度，由候选 1 项集的集合 C_1 产生频繁 1 项集的集合 L_1；

（3）对 $k>1$，重复步骤（4）～步骤（6）；

（4）由 L_k 执行连接和剪枝操作，产生候选 $(k+1)$ 项集的集合 C_{k+1}；

（5）根据最小支持度，由候选 $(k+1)$ 项集的集合 C_{k+1}，筛选产生频繁 $(k+1)$ 项集的集合 L_{k+1}；

（6）若 $L \neq \varnothing$，则 $k=k+1$，跳往步骤（4）；否则，跳往步骤（7）；

（7）根据最小置信度，由频繁项集产生强关联规则，结束。

Apriori 算法可以描述为算法 7.1。

算法 7.1　Apriori 算法的频繁项集产生

1：　$k=1$
2：　$F_k=\{i|i \in I \wedge \partial(\{i\}) \geqslant N * minsup\}$　　　　　〔发现所有的频繁 1 项集〕
3：　**repeat**
4：　　　$k=k+1$
5：　　　$C_k=apriori-gen(F_k-1)$　　　　　〔产生候选项集〕
6：　**for** 每个事务 $t \in T$ **do**
7：　　　$C_t=subset(C_k,t)$　　　　　〔识别属于 t 的所有候选项〕
8：　**for** 每个候选项集 $c \in C_t$ **do**
9：　　　$\partial(c)=\partial(c)+1$　　　　　〔支持度计数增值〕
10：　**end for**
11：　**end for**
12：　$F_k=\{c|c \in C_k \wedge \partial(c) \geqslant N * minsup\}$　　　　　〔提取频繁 k 项集〕
13：　**until** $F_k=\varnothing$
14：　$Result=\bigcup F_k$

Apriori 算法产生频繁项集的过程有两个重要的特点:

逐层进行,从频繁 1 项集到最长的项集,每次遍历项集格中的一层。

使用产生-测试(generate-and-test)策略发现频繁项集,每次迭代后的候选项集都由上一次迭代发现的频繁项集产生。算法总迭代次数为 $k_{max}+1$,其中 k_{max} 为频繁项集最大长度。

此过程中最重要的环节是如何从频繁 $k-1$ 项集产生频繁 k 项集,即如何从 L_{k-1} 找出 L_k。该环节可由连接、剪枝和扫描筛选 3 个步骤组成,连接和剪枝用来产生候选项集,通过扫描筛选进一步删除小于支持度阈值的项集。

连接步骤

为找出 L_k,可以通过将两个 L_{k-1} 连接产生候选 k 项集的集合。连接的作用就是用两个频繁 $k-1$ 项集连接组成一个 k 项集。该候选项集的集合记为 C_k,具体分为以下两步。

(1) 先判断两个频繁 $k-1$ 项集是否为可连接的:对于两个频繁 $k-1$ 项集 l_1,l_2,先将项集中的项排序(例如按照字典排序),如果 l_1、l_2 的前 $k-2$ 项都一样,则 l_1、l_2 可连接。

(2) 如果两个频繁 $k-1$ 项集 l_1 和 l_2 可连接,则用它们生成一个新的 k 项集:$\{l_1[1]$,$l_1[2]$,$\cdots$,$l_1[k-2]$,$l_1[k-1]$,$l_2[k-1]\}$,其实就是用相同的前 $k-2$ 项加上不同的末尾两项,这个过程可以由式子 $l_1 \times l_2$ 表示。只找到所有的两两组合,挑出其中可连接的,就能生成所有可能是频繁项集的 k 项集,这些就是候选频繁 k 项集,记为 C_k。

说明:经过上述方法连接起来的 k 项集,至少有两个 $k-1$ 子集是频繁的,由定理 4 知,这样的 k 项集才有可能是频繁的。这种连接方法一开始直接排除了大量不可能的组合,所以没有通过找所有项的 k 组合生成的候选频繁 k 项集 C_k。

剪枝步骤

Apriori 算法使用的是逐层搜索技术,为了压缩 C_k,利用了先验性质:任何非频繁的 $(k-1)$ 项集都不是频繁 k 项集的子集来剪枝非频繁的候选 k 项集。对给定的候选 k 项集 C_k,只需检查它们的 $(k-1)$ 项所有子集是否频繁。

说明:因为连接之后,所有的频繁 k 项集的候选都在 C_k 里面了,所以现在的任务是对 C_k 筛选,剪枝是第一步的筛选。具体过程是:对于每个候选 k 项集,找出所有它的 $k-1$ 项子集,检测是否频繁,也就是看是否都在 L_{k-1} 中,只要有一个不在,这个 k 项集就一定不是频繁的。剪枝的原理就是定理 4,经过剪枝,C_k 进一步缩减,这个过程也叫子集测试。

扫描筛选步骤

因为当前候选频繁 k 项集 C_k 中仍然可能存在支持度小于最小支持度阈值 min_sup 的项集,所以需要做进一步筛选。扫描事务数据库 D,找出在当前 C_k 中 k 项集的计数,这样能统计出目前 C_k 中的所有项集的频数,从中删除支持度小于最小支持度阈值 min_sup 的,得到频繁 k 项集组成的集合 L_k。

说明:候选集产生过程中要注意以下 3 点。

应避免产生太多不必要的候选集,如果一个候选项集的子集是非频繁的,则该候选集肯定是非频繁的。

确保候选项集的集合完整性,即产生候选项集过程没有遗漏任何频繁项集。

(3) 不应当产生重复的候选项集。

2. 第二阶段：由频繁项集产生关联规则

首先，对于每一个频繁项集产生关联规则：计算频繁项集的所有非空真子集，并计算所有可能关联规则的置信度，如果其置信度大于最小置信度阈值，则该规则为强关联规则，输出。即对于选定的频繁项集 I 的每个非空子集 S，如果 $C(S \rightarrow I-S) = \dfrac{P(I)}{P(S)} = \dfrac{|I|}{|S|} \geqslant$ min_conf，则输出规则"$s \Rightarrow (I-S)$"。其中，min_conf 是最小置信度阈值。

说明：由于规则由频繁项集产生，因此每个规则都自动满足最小支持度，这里不需要再计算支持度的满足情况。

例如：频繁项集为$\{1,2,3\}$，则其非空真子集为$\{1,2\}$，$\{1,3\}$，$\{2,3\}$，$\{1\}$，$\{2\}$，$\{3\}$。

可能的关联规则为

$\{1,2\} => 3$，$\{1,3\} => 2$，$\{2,3\} => 1$，$1 => \{2,3\}$，$2 => \{1,3\}$，$3 => \{1,2\}$

最后计算所有可能的关联规则的置信度，找到符合最小置信度的规则，即强关联规则。

图 7.4 给出了从项集$\{0,1,2,3\}$产生的所有关联规则，其中阴影区域给出的是低置信度的规则。可以发现，如果$\{0,1,2\} \rightarrow \{3\}$是一条低置信度规则，那么所有其他以 3 作为后件（箭头右边包含 3）的规则均为低置信度的。

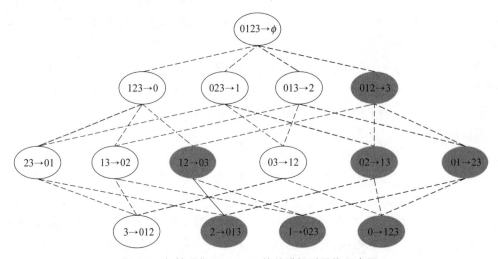

图 7.4　频繁项集$\{0,1,2,3\}$的关联规则网格示意图

可以观察到，如果某条规则并不满足最小置信度要求，那么该条规则的所有子集也不会满足最小置信度要求。以图 7.4 为例，假设规则$\{0,1,2\} \rightarrow \{3\}$并不满足最小置信度要求，那么任何左边为$\{0,1,2\}$子集的规则也不会满足最小置信度要求。可以利用关联规则的上述性质属性减少需要测试的规则数目，类似于 Apriori 算法求解频繁项集。

7.2.2　Apriori 算法实例

本实例依据的交易数据表如表 7.4 所示，假设给定的最小支持度为 2，最小置信度为 0.6。

针对本实例，最简单的办法是穷举法，即把每个项集作为候选项集，统计它在数据集中出现的次数，如果出现次数大于最小支持度计数，则为频繁项集，如图 7.5 所示，但该方法开销很大。

表 7.4　某商店交易数据

交 易 号 码	商　　　品
100	Cola,Egg,Ham
200	Cola,Diaper,Beef
300	Cola,Diaper,Beef,Ham
400	Diaper,Beef

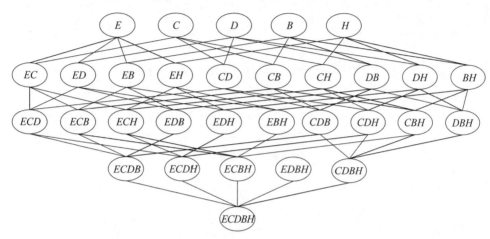

图 7.5　项集格

采用 Apriori 算法的过程如下。

第 1 步：生成 1 项集的集合 C_1。将所有事务中出现的项组成一个集合，记为 C_1，C_1 可以看作由所有的 1 项集组成的集合。本例中，所有的可能的 1 项集 C_1 为（E：Egg　C：Cola　D：Diaper　B：Beef　H：Ham）。

第 2 步：寻找频繁 1 项集。统计 C_1 中所有元素出现的次数，再与最小支持度计数阈值 min_sup 比较，筛掉出现小于 min_sup 的项集，剩下的都是频繁 1 项集，这些频繁 1 项集组成的集合记为 L_1。本例中，设置 min_sup＝2，那么经过这一步的筛选，项 E：Egg 被淘汰。既然项 E 被删掉，则其超集都不可能再是频繁项集，所以在格集空间中就剪掉了一个分支，剪枝后的项集如图 7.6 所示。

则频繁 1 项集为（C：Cola　D：Diaper　B：Beef　H：Ham）。

频繁 1 项集的发现过程如图 7.7 所示。

同理，按照算法流程，得到频繁 1 项集后，通过连接和剪枝得到候选 2 项集 C_2，通过扫描事务数据库计数筛选得到频繁 2 项集 L_2。同样，使用 L_2 找出 L_3，如此下去，直到不能再找到频繁项集。

频繁项集的生成过程如图 7.8 所示，Diaper、Ham 支持度计数为 3；Beef、Ham 支持度计数为 1。

从上述过程可以看到，最后得到的最大频繁项集为频繁 3 项集：{Cola,Diaper,Beef}。

频繁 2 项集有{C,D},{C,B},{C,H},{D,H}。

第二阶段由频繁项集产生关联规则：

频繁 2 项集：{C,D}生成强规则的过程如下。

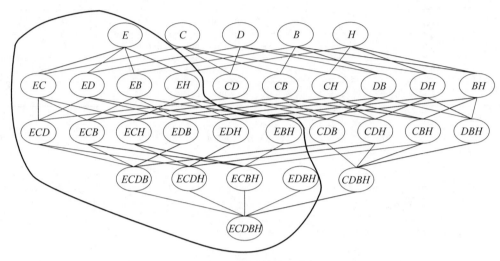

图 7.6　剪枝后的项集

扫描 D，对每个项计数

C_1

项集	支持度计数
Cola	3
Egg	1
Diaper	3
Beef	3
Ham	2

根据最小支持度计数，生成频繁 1 项集 L_1

L_1

项集	支持度计数
Cola	3
Diaper	3
Beef	3
Ham	2

图 7.7　频繁 1 项集的发现过程

由 L_1 生成候选 2 项集

C_2

项集
Cola, Diaper
Cola, Beef
Cola, Ham
Diaper, Beef
Diaper, Ham
Beef, Ham

扫描 D，对每个候选 2 项集计数

C_2

项集	支持度计数
Cola, Diaper	2
Cola, Beef	2
Cola, Ham	2
Diaper, Beef	1
Diaper, Ham	3
Beef, Ham	1

根据支持度计数，生成频繁 2 项集

L_2

项集	支持度计数
Cola, Diaper	2
Cola, Beef	2
Cola, Ham	2
Diaper, Ham	3

由 L_2 生成候选 3 项集

C_3

项集
Cola, Diaper, Beef

扫描 D，对每个候选 3 项集计数

C_3

项集	支持度计数
Cola, Diaper, Beef	2

根据最小支持度计数，生成频繁 3 项集

L_3

项集	支持度计数
Cola, Diaper, Beef	2

图 7.8　频繁项集的生成过程

$\{C,D\}$ 的非空真子集为 $\{C\}$,$\{D\}$。因为 $P(C=>D)=2/3$ 和 $P(D=>C)=2/3$ 都大于最小置信值,所以规则 $C=>D$ 和 $D=>C$ 都是强关联规则。

同理可以计算频繁 2 项集 $\{C,B\}$ 生成的强关联规则:$P\{C=>B\}=2/3$;$P\{B=>C\}=2/3$,它们都大于最小置信值,所以规则 $C=>B$ 和 $B=>C$ 都是强关联规则。

同理可以计算频繁 2 项集 $\{C,H\}$ 生成的强关联规则:$P\{C=>H\}=2/3$;$P\{H=>C\}=1$,它们都大于最小置信值,所以规则 $C=>H$ 和 $H=>C$ 都是强关联规则。

同理可以计算频繁 2 项集 $\{D,H\}$ 生成的强关联规则:$P\{D=>H\}=1$;$P\{H=>D\}=3/2$ 都大于最小置信值,所以规则 $D=>H$ 和 $H=>D$ 都是强关联规则。

频繁 3 项集:$\{Cola,Diaper,Beef\}$ 生成强规则的过程如下。

最终生成的 $\{Cola,Diaper,Beef\}$,其非空真子集为 $\{Coal\}$,$\{Diaper\}$,$\{Beef\}$,$\{Coal,Diaper\}$,$\{Diaper,Beef\}$,$\{Beef,Cola\}$。

可有

$P(Cola=>Beef,Diaper)$,$P(Diaper=>Beef,Cola)$,$P(Beef=>Coal,Diaper)$

$P(Cola,Diaper=>Beef)$,$P(Beef,Diaper=>Cola)$,$P(Beef,Cola=>Diaper)$

分别进行如下计算:

$P(Cola,Diaper|Beef)=P(Cola,Diaper,Beef)/P(Beef)=2/3$

$P(Beef,Diaper|Cola)=P(Beef,Diaper,Cola)/P(Cola)=2/3$

$P(Beef,Cola|Diaper)=P(Beef,Diaper,Cola)/P(Diaper)=2/3$

$P(Cola,Diaper=>Beef)=2/2=1$

$P(Beef,Diaper=>Cola)=2/3$

$P(Beef,Cola=>Diaper)=2/2=1$

因此它们都为强规则。

7.2.3 Apriori 算法实现

Apriori 算法是一个寻找关联规则的算法,也就是从一大批数据中找到可能的逻辑,比如"条件 A+条件 B"很有可能推出"条件 C"($A+B→C$),这就是一个关联规则。具体来讲,例如客户购买 A 商品后,往往会购买 B 商品(反之,购买 B 商品不一定会购买 A 商品),或者更复杂的,买了 A、B 两种商品的客户,很有可能再购买 C 商品(反之也不一定)。有了这些信息,就可以把一些商品组合销售,以获得更高的收益。而寻求关联规则的算法,就是关联分析算法。用 Python 可实现一个比较高效的 Apriori 脚本,当然,这里的高效是就 Apriori 算法本身而言的,不涉及对算法本身的改进。算法利用了 Pandas 库,在保证运行效率的前提下,基本实现了代码最短化。

【例 7.1】 实现 Apriori 算法,并挖掘"火锅菜品数据集"中的频繁项集和关联规则,其中最小支持度为 0.5,最小置信度为 0.7,结果输出频繁项集以及各项之间的置信度。火锅菜品数据集如表 7.5 所示。

表 7.5 火锅菜品数据集

TID	Name
1	肥牛,涮牛肚,土豆片
2	雪花肉,涮牛肚,生菜
3	肥牛,雪花肉,涮牛肚,生菜,娃娃菜

续表

TID	Name
4	雪花肉，生菜
5	肥牛，涮牛肚，生菜

首先，将所有单一元素放在同一集合下，接着统计每个单一元素出现的次数，计算每个单一元素的支持度，大于最小支持度的就插入列表的指定位置，两两组合向上合并，最后生成候选规则集合，计算规则的置信度以及找到满足最小置信度要求的规则。

例 7.1 中的主要函数如表 7.6 所示。

表 7.6　例 7.1 中的主要函数

方　法	描　述	参　数	返　回
loadDataSet()	创建数据集	数据集	加载数据集
createC1(dataSet)	创建数据集中所有单一元素组成的集合	需要处理的数据集	单一元素组成的集合
scanD(D,Ck,minSupport)	从 C1 生成 L1	原始数据集(D)；上一步生成的单元素数据集(Ck)；最小支持度(minSupport)	符合条件的元素(retList)；符合条件的元素及其支持率组成的字典(supportData)
aprioriGen(Lk,k)	组合向上合并	频繁项集列表(Lk)；项集元素个数(k)	符合条件的元素
Apriori（dataSet, minSupport=0.5)	Apriori 算法	原始数据集(dataSet)；最小支持度(minSupport)	符合条件的元素(L)；符合条件的元素及其支持率组成的字典(supportData)
generateRules（L, supportData, minConf=0.7)	生成关联规则	频繁项集列表(L)；包含频繁项集支持度数据的字典(supportData)；最小可信度阈值(minConf)	生成的规则列表(bigRuleList)
calcConf（freqSet, H, supportData, brl,minConf=0.7)	生成候选规则集合，计算规则的可信度以及找到满足最小可信度要求的规则(如果频繁项集元素数目为 1，则使用该函数进行计算)	freqSet-L 中的某一个 i-频繁项集；H-L 中的某一个 i-频繁项集元素组成的列表；包含频繁项集支持数据的字典(supportData)；关联规则(brl)；最小可信度(minConf)	返回满足最小可信度要求的项列表(prunedH)
rulesFromConseq (freqSet,H, supportData, brl, minConf=0.7)	生成候选规则集合，计算规则的可信度以及找到满足最小可信度要求的规则(如果频繁项集元素数目超过 2，则使用该函数进行合并)	freqSet-L 中的某一个 i-频繁项集；H-L 中的某一个 i-频繁项集元素组成的列表；包含频繁项集支持数据的字典(supportData)；关联规则(brl)；最小可信度(minConf)	None

代码清单

```
#-*- coding: utf-8 -*-
def loadDataSet():                          #创建数据集
```

```
    return [[1, 3, 4], [2, 3, 5], [1, 2, 3, 5, 6], [2, 5], [1, 3, 5]]
        #与数据集的对应关系为:1-肥牛、2-雪花肉、3-涮牛肚、4-土豆片、5-生菜、6-娃娃菜


def createC1(dataSet):                          #创建数据集中所有单一元素组成的集合
    C1 = []
for transaction in dataSet:
for item in transaction:
if not [item] in C1:
            C1.append([item])
            C1.sort()
    return list(map(frozenset, C1))
        #frozenset()返回一个冻结的集合,不能添加或删除任何元素


def scanD(D, Ck, minSupport):                   #从 C1 生成 L1
    ssCnt = {}
#以下部分统计每个单一元素出现的次数
for tid in D:                                   #遍历全体样本中的每个元素
for can in Ck:                                   #遍历单一元素列表中的每个元素
if can.issubset(tid):                           #判断集合 s 是否为集合 x 的子集
if not can in ssCnt:
                ssCnt[can] = 1
else:
                ssCnt[can] += 1
    numItems = float(len(D))                    #获取样本中的元素个数
    retList = []
    supportData = {}
for key in ssCnt:                               #遍历每个单一元素
        support = ssCnt[key] / numItems         #计算每个单一元素的支持度
if support >= minSupport:                       #若支持度大于最小支持度
            retList.insert(0, key)              #将指定对象插入列表的指定位置
        supportData[key] = support
    return retList, supportData


def aprioriGen(Lk, k):                          #组合向上合并
    retList = []
    lenLk = len(Lk)
for i in range(lenLk):
for j in range(i+1, lenLk):                     #两两组合遍历
            L1 = list(Lk[i])[:k-2]
            L2 = list(Lk[j])[:k-2]
            L1.sort()
            L2.sort()
if L1 == L2:
                retList.append(Lk[i] | Lk[j])
    return retList


def apriori(dataSet, minSupport=0.5):       #Apriori 算法
    C1 = createC1(dataSet)              #保存数据集中所有单一元素组成的集合到 C1 中
    D = list(map(set, dataSet))     #将数据集元素转为 set 集合,然后将结果保存为列表
    L1, supportData = scanD(D, C1, 0.5)
```

```
#从 C1 生成 L1 并返回符合条件的元素,以及符合条件的元素及其支持度组成的字典
    L = [L1]                        #将符合条件的元素转换为列表保存在 L 中
    k = 2
    #L[n]就代表 n+1 个元素的集合,例如 L[0]代表 1 个元素的集合
    #L[0]=[frozenset({5}), frozenset({2}), frozenset({3}), frozenset({1})]
while(len(L[k-2]) > 0):
        Ck = aprioriGen(L[k-2], k)
        Lk, supK = scanD(D, Ck, minSupport)
        #dict.update(dict2)  #字典的 update()函数把字典 dict2 的键/值对更新到 dict
        supportData.update(supK)
        L.append(Lk)
        k += 1
return L, supportData


def generateRules(L, supportData, minConf=0.7):      #生成关联规则
    bigRuleList = []                      #存储所有的关联规则
#只获取两个或更多个集合的项目
#两个及两个以上元素的项集才可能有关联问题,单一元素的项集不存在关联问题
for i in range(1, len(L)):
for freqSet in L[i]:
#该函数遍历 L 中的每个频繁项集并对每个频繁项集创建只包含单个元素集合的列表 H1
    H1 = [frozenset([item]) for item in freqSet]
if(i > 1):
#如果频繁项集的元素数目超过 2,就会考虑对它做进一步的合并
    rulesFromConseq(freqSet, H1, supportData, bigRuleList, minConf)
else:
    calcConf(freqSet, H1, supportData, bigRuleList, minConf)
return bigRuleList


#生成候选规则集合,计算规则的可信度,以及找到满足最小可信度要求的规则
def calcConf(freqSet, H, supportData, br1, minConf=0.7):
    prunedH = []
for conseq in H:                         #遍历 L 中的某个 i-频繁项集的每个元素
    conf = supportData[freqSet] / supportData[freqSet - conseq]
#可信度计算,结合支持度数据
if conf >= minConf:
#如果某条规则满足最小可信值,就将这条规则输出到屏幕显示
    print(freqSet-conseq, '-→', conseq, 'conf:', conf)
#添加到规则里,br1 是前面通过检查的 bigRuleList
    br1.append((freqSet-conseq, conseq, conf))
    prunedH.append(conseq)          #保存通过检查的项
return prunedH


#生成候选规则集合,计算规则的置信度,以及找到满足最小置信度要求的规则
def rulesFromConseq(freqSet, H, supportData, br1, minConf=0.7):
    m = len(H[0])
if(len(freqSet) > (m + 1)):          #频繁项集元素数目大于单个集合的元素数目
    #若存在不同顺序、元素相同的集合,则合并具有相同部分的集合
    Hmp1 = aprioriGen(H, m+1)
    Hmp1 = calcConf(freqSet, Hmp1, supportData, br1, minConf)   #计算置信度
```

```
    #若满足最小置信度要求的规则列表多于1个,则采用递归方式判断是否可以进一步组合这
    #些规则
if(len(Hmp1) > 1):
        rulesFromConseq(freqSet, Hmp1, supportData, br1, minConf)
if __name__ == '__main__':
        dataSet = loadDataSet()
        L, supportData = apriori(dataSet, 0.5)
        rules = generateRules(L, supportData, minConf=0.7)
print(L)
```

♯输出结果:

```
# frozenset({5}) -→ frozenset({3}) conf: 0.7499999999999999
# frozenset({3}) -→ frozenset({5}) conf: 0.7499999999999999
# frozenset({5}) -→ frozenset({2}) conf: 0.7499999999999999
# frozenset({2}) -→ frozenset({5}) conf: 1.0
# frozenset({3}) -→ frozenset({1}) conf: 0.7499999999999999
# frozenset({1}) -→ frozenset({3}) conf: 1.0
# [[frozenset({5}), frozenset({2}), frozenset({3}), frozenset({1})],
[frozenset({3, 5}), frozenset({2, 5}),
# frozenset({1, 3})]], []]
```

由输出结果可以看出,顾客选择"生菜"后又选择"涮牛肚"的置信度约为 0.75,选择"生菜"后又选择"雪花肉"的置信度约为 0.75,选择"肥牛"后又选择"涮牛肚"的置信度为 1。同时可以得到频繁项集为:{涮牛肚,生菜},{雪花肉,生菜},{肥牛,涮牛肚}。输出结果为在满足最小置信度情况下形成的关联规则和所有频繁项集的集合。由于数据集简单,易计算,读者可以根据算法步骤自行检验。

在 Python 中,Apriori 算法基本在 apyori 库中实现,可得到置信度、支持度和提升度等信息,通过调用算法可获得每个事务的相关信息。

【例 7.2】 调用函数库实现 Apriori 算法,并对给定数据集"某家庭两天购买物品"挖掘频繁项集,结果输出每一项、每一个项集的相关信息。某家庭两天购买物品数据集如表 7.7 所示。

表 7.7 某家庭两天购买物品数据集

TID	Num
1	beer,nuts
2	beer,cheese

代码清单

```
from apyori import apriori

trans = [
    ['beer', 'nuts'],
    ['beer', 'cheese'],
]
results = list(apriori(trans))
print(results)
```

＃输出结果：

```
[RelationRecord(items=frozenset({'beer'}),support=1.0,ordered_statistics=
[OrderedStatistic(items_base=frozenset(), items_add=frozenset({'beer'}),
confidence=1.0, lift=1.0)]),
 RelationRecord(items=frozenset({'cheese'}),support=0.5,ordered_statistics=
[OrderedStatistic(items_base=frozenset(),items_add=frozenset({'cheese'}),
confidence=0.5,lift=1.0)]),
 RelationRecord(items=frozenset({'nuts'}),support=0.5,ordered_statistics=
[OrderedStatistic(items_base=frozenset(),items_add=frozenset({'nuts'}),
confidence=0.5,lift=1.0)]),
 RelationRecord(items = frozenset ({'beer','cheese'}), support = 0.5, ordered_
statistics=[OrderedStatistic(items_base=frozenset({'beer'}),items_add=
frozenset({'cheese'}),confidence=0.5,lift=1.0),OrderedStatistic(items_base=
frozenset({'cheese'}), items_add=frozenset({'beer'}), confidence=1.0, lift=1.0)]),
 RelationRecord(items = frozenset ({'beer','nuts'}), support = 0.5, ordered_
statistics=[OrderedStatistic(items_base=frozenset({'beer'}),items_add=
frozenset({'nuts'}),confidence=0.5,lift=1.0),OrderedStatistic(items_base=
frozenset({'nuts'}), items_add=frozenset({'beer'}), confidence=1.0, lift=
1.0)])]
```

以上就是调用库来实现 Apriori 算法，虽然不能直接得出关联规则排序，但在结果中已经给出了如表 7.8 所示的几项重要信息。

表 7.8　例 7.2 中函数的主要参数

属　　性	描　　述
items	项集，frozenset 对象，可迭代取出子集
support	支持度，float 类型
confidence	置信度，float 类型
ordered_statistics	项之间存在的关联规则，若为 2-项集（或多项集），则分别计算不同次序的项排列之间的置信度和提升度
lift	提升度

7.2.4　Apriori 算法总结

关联分析是用于发现大数据集中元素间有趣关系的一种方法，可以采用两种方式量化这些有趣的关系：第一种方式是使用频繁项集，它会给出经常在一起出现的元素项；第二种方式是关联规则，每条关联规则意味着元素项之间的"如果……那么……"关系。

发现元素项间不同的组合是一个十分耗时的任务，不可避免需要大量昂贵的计算资源，这就需要一些智能的方法在合理的时间范围内找到频繁项集。Apriori 算法是一个经典的方法，它使用 Apriori 原理减少在数据库上进行检查的集合的数目。Apriori 算法从单元素项集开始，通过组合满足最小支持度要求的项集形成更大的集合。每次增加频繁项集的大小，Apriori 算法都会重新扫描整个数据集。当数据集很大时，会显著降低频繁项集发现的速度。

7.3 FP-Growth 算法

关联分析中,Apriori 算法是频繁项集的挖掘常用的算法。Apriori 算法是一种先产生候选项集再检验是否频繁的"产生-测试"的方法。使用先验性质压缩搜索空间,可提高频繁项集逐层产生的效率。尽管 Apriori 算法直观,但实现起来需要进行大量计算,包括产生大量候选项集和支持度计算,需要频繁扫描数据库,造成运行效率很低。特别在海量数据下,Apriori 算法的时空复杂度都不容忽视,每计算一次 C_k,就需要扫描一遍数据库。

Jiawei Han 等在 2000 年提出了 FP-Growth 算法,实现了"挖掘全部频繁项集而无须 Apriori 算法这一代价昂贵的候选产生过程"。FP-Growth 算法是基于 Apriori 原理提出的关联分析算法,它巧妙地将树形结构引入算法中,采取了分治策略:提供频繁项集的数据库压缩到一棵频繁模式树(FP-Tree),并保留项集关联信息;该算法较 Apriori 算法最大的不同有两个:第一,不产生候选集;第二,只需要遍历两次数据库,大大提高了效率。FP-Growth 算法只需要对数据库进行两次扫描,能够显著加快发现频繁项集的速度。在 FP-Growth 算法中经常用到以下 3 个概念。

FP-Tree:将事务数据表中的各个事务数据项按照支持度排序后,把每个事务中的数据项按降序依次插到一棵以 NULL 为根结点的树中,同时在每个结点处记录该结点出现的支持度。

条件模式基:包含在 FP-Tree 中与后缀模式一起出现的前缀路径的集合。

条件树:将条件模式基按照 FP-Tree 的构造原则形成的一棵新的 FP-Tree 子树。

FP-Growth 算法发现频繁项集的过程:①构建 FP-Tree:将提供频繁项集的数据库压缩到一棵 FP-Tree,并保留项集关联信息;②从 FP-Tree 中挖掘频繁项集:把这种压缩后的数据库划分成一组条件数据库,每个数据库关联一个频繁项或"模式段",并分别挖掘每个条件数据库,具体如下。

(1)先扫描一遍原始事务数据集,根据最小支持度得到频繁 1 项集,对频繁 1 项集的项按照频度降序排序。然后,删除原始数据集中非频繁的项,并将事务按项目集降序排列。

(2)第二次扫描,按照频繁 1 项集创建频繁项头表(从上向下降序)。

(3)构造 FP-Tree:读入排序后的数据集,插入 FP-Tree,插入时按照排序后的顺序插入 FP-Tree 中,排序靠前的结点是祖先结点,而靠后的结点是子孙结点。如果有共用的祖先,则对应的共用祖先结点计数加 1。插入后,如果有新结点出现,则项头表对应的结点会通过结点链表链接上新结点。直到所有数据都插到 FP-Tree 后,FP-Tree 的建立才完成。

(4)从 FP-Tree 中挖掘频繁项集:从项头表的底部项依次从下向上找到项头表项所有包含该项的前缀路径,即其条件模式基(Conditional Pattern Base,CPB),从条件模式基递归挖掘得到项头表项的频繁项集。递归调用树结构构造 FP 子树时,删除小于最小支持度的项。如果条件模式基(FP 子树)最终呈现单一路径的树结构,则直接列举所有组合;如果最终呈现非单一路径的树结构,则继续调用树结构,直到形成单一路径。

说明:FP-Growth 通过扫描两次数据库,将原始数据压缩在一个树结构上,该树结构的优点为路径共用,压缩数据,接着通过树找到每个项的条件模式基,递归挖掘频繁项集。

7.3.1 FP-Growth 算法简介

1. FP-Tree 数据结构

为了减少 I/O 次数，算法使用一种称为频繁模式树的数据结构存储数据。FP-Tree 是一种特殊的前缀树，由频繁项头表和项前缀树构成。

FP-Growth 算法基于以上的树结构加快了整个挖掘过程。这个数据结构包括 3 部分，如图 7.9 所示。

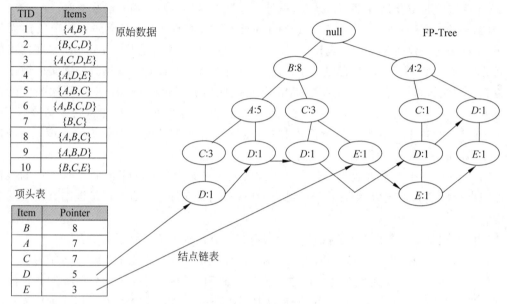

图 7.9 FP-Growth 算法的存储结构

第一部分是一个项头表。项头表里记录了所有的频繁 1 项集出现的次数，按照次数降序排列。比如，图 7.9 中，B 在 10 组数据中出现了 8 次，出现次数最多，排在第一位；E 出现了 3 次，出现次数最少，排在最后一位。

第二部分是 FP-Tree，原始数据集被映射到内存中的一棵 FP-Tree，将原始数据压缩在一棵 FP-Tree，保留项集关联信息。

第三部分是结点链表。所有项头表里的频繁 1 项集都是一个结点链表的头，它依次指向 FP-Tree 中该频繁 1 项集出现的位置，构成该项在树中出现结点的结点链表。这样做主要是方便项头表与 FP-Tree 之间的联系、查找和更新。

下面分别讨论项头表和 FP-Tree 的建立过程。

2. 项头表的建立

FP-Tree 的建立需要依赖项头表的建立。首先要建立项头表。

第一次扫描原始数据集，得到所有频繁 1 项集的计数。然后删除支持度低于最小阈值的项，将频繁 1 项集放入项头表，并按照支持度降序排列。接着第二次也是最后一次扫描原始事务数据库，将读到的原始数据剔除非频繁 1 项集，并按照支持度降序排列。

如图 7.10 所示，假设最小支持度阈值是 20%，事务数据库有 10 条数据，首先第一次扫描数据并对 1 项集计数，发现 O、I、L、J、P、M、N 都只出现一次，支持度低于 20% 的阈值，因此不会出现在项头表中。剩下的 A、C、E、G、B、D、F 按照支持度的大小降序排列，组成了项头表。

接着第二次扫描数据,对于每条数据,剔除非频繁 1 项集,并按照支持度降序排列。比如数据项 $ABCEFO$,里面的 O 是非频繁 1 项集,因此被剔除,只剩下 $ABCEF$。按照支持度的顺序排序,它变成了 $ACEBF$。其他的数据项以此类推。将原始数据集里的频繁 1 项数据项进行排序是为了后面建立 FP-Tree 时,可以尽可能地共用祖先结点。

通过两次扫描,项头表已经建立,排序后的数据集也得到了,如图 7.10 所示。接下来就可以建立 FP-Tree 了。

数据	项头表 支持度大于20%		排序后的数据集
$ABCEFO$	A:8		$ACEBF$
ACG	C:8		ACG
EI	E:8		E
$ACDEG$	G:5		$ACEGD$
$ACEGL$	B:2		$ACEG$
EJ	D:2		E
$ABCEFP$	F:2		$ACEBF$
ACD			ACD
$ACEGM$			$ACEG$
$ACEGN$			$ACEG$

图 7.10　建立项头表

3. FP-Tree 的建立

有了项头表和排序后的数据集,就可以开始建立 FP-Tree 了。开始时 FP-Tree 没有数据,建立 FP-Tree 时一条条地读入排序后的数据集,插入 FP-Tree,插入时按照排序后的顺序插入 FP-Tree 中,排序靠前的结点是祖先结点,而靠后的是子孙结点。如果有共用的祖先,则对应的共用祖先结点计数加 1。插入后,如果有新结点出现,则项头表对应的结点会通过结点链表链接上新结点。直到所有的数据都插到 FP-Tree 后,FP-Tree 的建立才完成。

下面用图 7.10 的例子说明 FP-Tree 的建立过程。

首先,插入第一条数据 $ACEBF$,如图 7.11 所示。此时 FP-Tree 没有结点,因此 $ACEBF$ 是一条独立的路径,所有结点计数为 1,项头表通过结点链表链接上对应的新增结点,如图 7.11 所示。

接着插入数据 ACG,如图 7.12 所示。由于 ACG 和现有的 FP-Tree 有共有的祖先结点序列 AC,因此只需要增加一个新结点 G,将新结点 G 的计数记为 1。同时 A 和 C 的计数加 1 变成 2。当然,对应的 G 结点的结点链表要更新。

同样的方法可以插入数据 E,如图 7.13 所示。需要注意的是,由于插入后的 E 多了一个结点,因此需要通过结点链表链接上对应的新增结点。

采用同样的方法更新后面 7 条数据,如图 7.14~图 7.20 所示。由于原理类似,这里就不一一讲解了,大家可以自己尝试插入并进行理解对比。

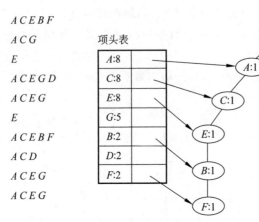

图 7.11　插入事务 ACEBF

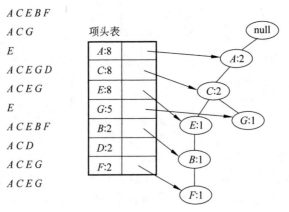

图 7.12　插入事务 ACG

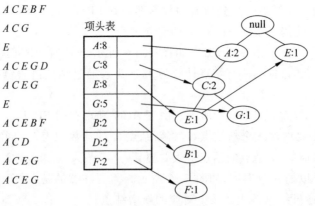

图 7.13　插入事务 E

ACEBF
ACG
E
ACEGD
ACEG
E
ACEBF
ACD
ACEG
ACEG

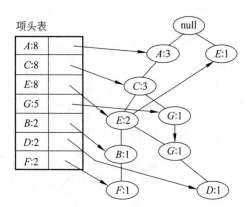

图 7.14 插入事务 ACEGD

ACEBF
ACG
E
ACEGD
ACEG
E
ACEBF
ACD
ACEG
ACEG

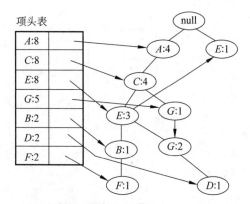

图 7.15 插入事务 ACEG

ACEBF
ACG
E
ACEGD
ACEG
E
ACEBF
ACD
ACEG
ACEG

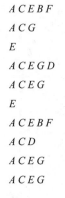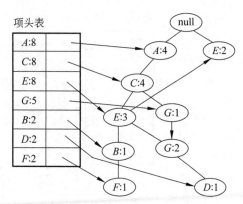

图 7.16 插入事务 E

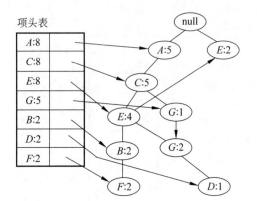

图 7.17　插入事务 *ACEBF*

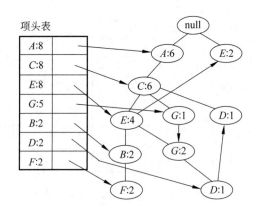

图 7.18　插入事务 *ACD*

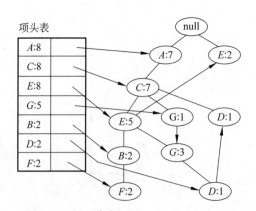

图 7.19　插入事务 *ACEG*

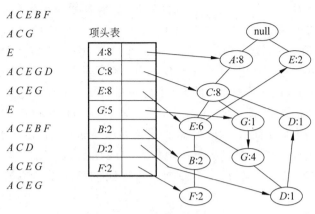

ACEBF
ACG
E
ACEGD
ACEG
E
ACEBF
ACD
ACEG
ACEG

图 7.20   插入事务 ACEG

4. 挖掘频繁项集

把 FP-Tree 建立起来后,得到 FP-Tree 和项头表以及结点链表,那么如何从 FP-Tree 里挖掘频繁项集呢?

首先要从项头表的底部项依次向上挖掘。对于项头表,对应于 FP-Tree 的每一项,要找到它的条件模式基。所谓条件模式基,是以要挖掘的结点作为叶子结点所对应的 FP 子树。得到这个 FP 子树,将子树中每个结点的计数设置为叶子结点的计数,并删除计数低于支持度的结点。如果条件模式基(FP 子树)最终呈现单一路径的树结构,则直接列举所有组合;如果条件模式基(FP 子树)呈现非单一路径的树结构,则继续递归调用树结构,直到形成单一路径。从这个条件模式基(FP 子树),就可以递归挖掘得到频繁项集了。

下面以图 7.20 建立的 FP-Tree 为例,介绍如何从 FP-Tree 中挖掘频繁项集。先从最底端的 F 结点开始,寻找 F 结点的条件模式基,由于 F 在 FP-Tree 中只有两个结点,因此候选就只有图 7.21 左所示的一条路径,对应 $\{A:8,C:8,E:6,B:2,F:2\}$。接着将所有的祖先结点计数设置为叶子结点的计数,即 FP 子树变成 $\{A:2,C:2,E:2,B:2,F:2\}$。一般条件模式基可以不写叶子结点,因此最终 F 的条件模式基如图 7.21 右所示。

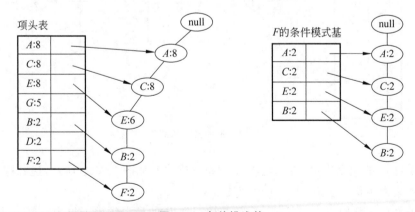

图 7.21   条件模式基

因为该条件模式基呈现单一路径树结构,直接列举其所有组合,很容易得到 F 的 4 个频繁 2 项集:$\{A:2,F:2\}$,$\{C:2,F:2\}$,$\{E:2,F:2\}$,$\{B:2,F:2\}$。递归合并二项集,得到 6 个频繁 3 项集:$\{A:2,C:2,F:2\}$,$\{A:2,E:2,F:2\}$,$\{A:2,B:2,F:2\}$,$\{C:2,$

$E : 2, F : 2$}, {$C : 2, B : 2, F : 2$}, {$E : 2, B : 2, F : 2$}。频繁 4 项集有 4 个：{$A : 2, C : 2,$ $E : 2, F : 2$}, {$A : 2, C : 2, B : 2, F : 2$}, {$A : 2, E : 2, B : 2, F : 2$}, {$C : 2, E : 2, B : 2,$ $F : 2$}，最大的频繁项集为频繁 5 项集，有 1 个，为{$A : 2, C : 2, E : 2, B : 2, F : 2$}。

F 结点的频繁项集挖掘完后，开始挖掘 D 结点的频繁项集。D 结点比 F 结点复杂一些，因为它有两个叶子结点，因此首先得到的 FP 子树如图 7.22 左所示。接着将所有的祖先结点计数设置为叶子结点的计数，即变成{$A : 2, C : 2, E : 1, G : 1, D : 1$}，此时 E 结点和 G 结点由于在条件模式基里的支持度低于阈值，因此被删除，最终在删除低于支持度结点后，D 的条件模式基为{$A : 2, C : 2$}。很容易得到 F 的频繁 2 项集为{$A : 2, D : 2$}, {$C : 2, D : 2$}。递归合并二项集，得到频繁 3 项集为{$A : 2, C : 2, D : 2$}。D 对应的最大的频繁项集为频繁 3 项集。

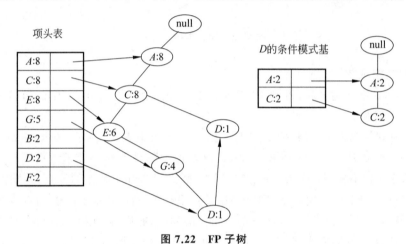

图 7.22　FP 子树

采用同样的方法可以得到 B 的条件模式基如图 7.23 右所示，递归挖掘到 B 的最大频繁项集为频繁 4 项集{$A : 2, C : 2, E : 2, B : 2$}。

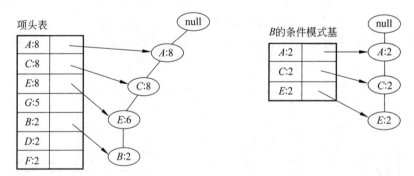

图 7.23　B 的条件模式基

继续挖掘 G 的频繁项集，挖掘到的 G 的条件模式基如图 7.24 右所示，递归挖掘到 G 的最大频繁项集为频繁 4 项集{$A : 5, C : 5, E : 4, G : 4$}。

E 的条件模式基如图 7.25 右所示，递归挖掘到 E 的最大频繁项集为频繁 3 项集{$A : 6,$ $C : 6, E : 6$}。

C 的条件模式基如图 7.26 右所示，递归挖掘到 C 的最大频繁项集为频繁 2 项集{$A : 8,$ $C : 8$}。

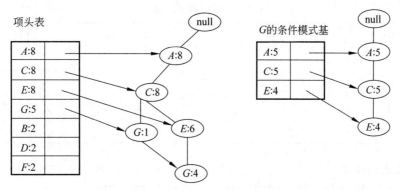

图 7.24　G 的条件模式基

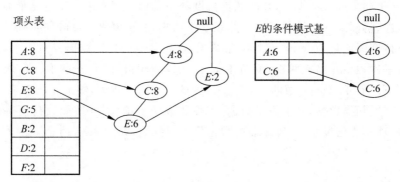

图 7.25　E 的条件模式基

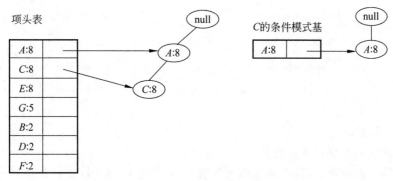

图 7.26　C 的条件模式基

至于 A，由于它的条件模式基为空，因此不用挖掘了。

至此得到了所有的频繁项集，如果只是要最大的频繁项集，从上面的分析可以看到，最大的频繁项集为 5 项集，包括 $\{A:2,C:2,,E:2,B:2,F:2\}$。

7.3.2　FP-Growth 算法实例

某商店交易数据 2 如表 7.9 所示，其最小支持度阈值为 50%，利用 FP-Growth 算法挖掘频繁项集。

表 7.9　某商店交易数据 2

TID	商　品
100	Cola, Egg, Ham
200	Cola, Diaper, Beer
300	Cola, Diaper, Beer, Ham
400	Diaper, Beer

1. 项头表的建立

FP-Tree 的建立需要依赖项头表的建立。首先建立项头表。

第一次扫描原始数据集，得到所有频繁 1 项集的计数。然后删除支持度低于最小阈值的项，将频繁 1 项集放入项头表，并按照支持度降序排列。接着第二次也是最后一次扫描原始事务数据库，将读到的原始数据剔除非频繁 1 项集，并按照支持度降序排列。

最小支持度阈值是 50%，现在有 4 条数据，首先第一次扫描数据并对 1 项集计数，发现 Egg 只出现一次，Ham 出现两次，支持度低于 50% 的阈值，因此它们不会出现在下面的项头表中。剩下的 Cola、Diaper、Beer 按照支持度的大小降序排列，组成了项头表。

接着第二次扫描数据，对于每条数据，剔除非频繁 1 项集，并按照支持度降序排列。通过两次扫描，项头表已经建立，排序后的数据集也得到了，如图 7.27 所示。接下来就可以建立 FP-Tree 了。

图 7.27　建立项头表

2. 构造 FP-Tree

频繁模式树的挖掘形成过程如下。

首先扫描一遍数据集，找出频繁项的列表 L，按照它们的支持度计数递减排序，即 $L = <(Cola：3)，(Diaper：3)，(Beer：3)>$。

再次扫描数据库，利用每个事物中的频繁项构造 FP-Tree，FP-Tree 的根结点为 null，处理每个事物时按照 L 中的顺序将事物中出现的频繁项添加到 L 中的一个分支。

例如，第一个事物创建一个分支 $<(Cola：1)>$，第二个事物中包含频繁项，排序后为 $<(Cola，Diaper，Beer)>$，与树中的分支共享前缀 (Cola)，因此将树中的结点 Cola 的计数分别加 1，在 Cola 结点创建分支 $<(Diaper：1)，(Beer：1)>$，依次类推，将数据集中的事物都添加到 FP-Tree 中，为便于遍历树，创建一个头结点表，使得每个项通过一个结点链指向它在树中的出现，相同的链在一个链表中，支持度阈值为 50% 的构造好的 FP-Tree 如图 7.28 所示。

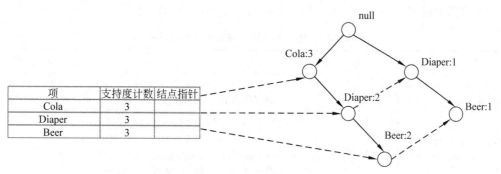

图 7.28　支持度阈值为 50% 的构造好的 FP-Tree

3. 在 FP-Tree 上挖掘频繁模式

先从最底端的 Beer 节点开始,寻找 Beer 结点的条件模式基,由于 Beer 在 FP-Tree 中有两个结点,因此候选路径为 {Cola:3,Diaper:2,Beer:2},{Diaper:1,Beer:1}。Beer 的条件模式基为 {Cola:3,Diaper:3},由于 Diaper 的支持度计数大于或等于支持度计数 3,所以 Beer 的最大频繁项集为频繁 2 项集 {Diaper:3,Beer:3}。

接下来挖掘 Diaper,寻找 Diaper 结点的条件模式基,由于 Diaper 在 FP-Tree 中有两个结点,因此候选路径为 {Cola:2,Diaper:2},{Diaper:1}。Beer 的条件模式基为 {Cola:2},由于 Cola 的支持度计数小于支持度计数 3,所以 Cola 被删掉。Diaper 的最大频繁项集为 {Diaper:3}。

最后挖掘 Cola,由于没有路径到 Cola,所以 Cola 的最大频繁项集为 {Cola:3}。

综上所述,最大频繁项集为 {Diaper:3,Beer:3}

$$P\{\text{Diaper} \rightarrow \text{Beer}\} = P\{\text{Beer}|\text{Diaper}\} = P\{\text{Beer},\text{Diaper}\}/P\{\text{Diaper}\} = 3/3 = 100\%$$

$$P\{\text{Beer} \rightarrow \text{Diaper}\} = P\{\text{Diaper}|\text{Beer}\} = P\{\text{Beer},\text{Diaper}\}/P\{\text{Beer}\} = 3/3 = 100\%$$

对于以上规则,其支持度均大于最小支持度阈值 50%,因此,{Diaper,Beer} 为强关联规则。

7.3.3　FP-Growth 算法实现

【例 7.3】　表 7.10 为某餐厅菜品数据集,菜品名称使用数字编号代替。要求使用 FP-Growth 算法,最小支持度为 2,绘制出 FP 条件树,并输出餐厅菜品数据集的频繁项集。

表 7.10　某餐厅菜品数据集

TID	菜品数字编号	TID	菜品数字编号
1	11,12,15	6	12,13
2	12,14	7	11,13
3	12,13	8	11,12,13,15
4	11,12,14	9	11,12,13
5	11,13		

首先,将餐厅菜品数据集中的数据项转换为方便后续使用的字典格式保存;接下来构建 FP-Tree 同时对树进行更新,构建完成后输出每个结点条件模式基的结构;最后,递归查找

出频繁项集并输出。例 7.3 中用到的主要函数及说明如表 7.11 所示。

表 7.11　例 7.3 中用到的主要函数及说明

方　　法	描　　述	参　　数	返　　回
createTree（dataSet, minSup＝1）	构建 FP-tree	需要处理的数据集合（dataSet）；最少出现的次数（minSup）	树（retTree）；头指针表（headerTable）
updateTree(items, inTree, headerTable, count)	更新树	将字母按照出现的次数降序排列（items）；树（inTree）；头指针表（headerTable）；dataSet 的每一组数据出现的次数，在本例中均为 1（count）	None
updateHeader（nodeToTest, targetNode）	更新树	需要插入的结点（nodeToTest）；目标结点（targetNode）	None
loadSimpDat()	创建数据集	None	返回生成的数据集（simpDat）
createInitSet(dataset)	将数据集数据项转换为 frozenset 并保存在字典中，其值均为 1	生成的数据集（dataSet）	保存在字典中的数据集（retDict）
ascendTree(leafNode, prefixPath)	寻找当前非空结点的前缀	当前选定的结点（leafNode）；当前结点的前缀（prefixPath）	None
findPrefixPath（basePat, treeNode）	寻找条件模式基	头指针列表中的元素（basePat）；树中的结点（treeNode）	返回条件模式基（condPats）
mineTree(inTree, headerTable, minSup, preFix, freqItemList)	递归查找频繁项集	初始创建的 FP-Tree（inTree）；头指针表（headerTable）；最小支持度（minSup）；前缀（preFix）；条件树（freqItemList）	None

代码清单

```python
#-*- coding: utf-8 -*-
class treeNode:                          #FP 树的类定义

    def __init__(self, nameValue, numOccur, parentNode):
        self.name = nameValue
        self.count = numOccur
        self.nodeLink = None             #不同项集的相同项通过 nodeLink 连接
        self.parent = parentNode
        self.children = {}               #存储叶子结点

    def inc(self, numOccur):             #结点出现的次数累加
        self.count += numOccur

    def disp(self, ind=1):               #将树以文本形式显示
        print('  ' * ind, self.name, ' ', self.count)
    for child in self.children.values(): #绘制子结点
        child.disp(ind + 1)              #缩进处理
```

```
def createTree(dataSet, minSup=1):
    headerTable = {}
    #遍历数据表中的每一行数据
    for trans in dataSet:
        #遍历每一行数据中的每个数据元素
        #统计每个字母出现的次数,将次数保存在 headerTable 中
        for item in trans:
            #字典中的 get()函数返回指定键的值,如果值不在字典中,则返回 0
            #由于 dataSet 里的每个列表均为 frozenset,
            #因此每个列表的值均为 1,即 dataSet[trans]=1
            headerTable[item] = headerTable.get(item, 0) + dataSet[trans]
    #遍历 headerTable 中的每个字母
    #若 headerTable 中的字母出现的次数小于 minSup,则把这个字母删除
    lessThanMinsup = list(filter(lambda k:headerTable[k] < minSup,
headerTable.keys()))
    for k in lessThanMinsup: del(headerTable[k])
    for k in list(headerTable):
        if headerTable[k] < minSup:
            del(headerTable[k])
    #将出现次数在 minSup 次以上的字母保存在 freqItemSet 中
    freqItemSet = set(headerTable.keys())
    #如果没有达标,则返回 None
    if len(freqItemSet) == 0:
        return None, None
    #此时的 headerTable 中存放着出现次数在 minSup 以上的字母以及每个字母出现的次数
    #headerTable 这个字典被称为头指针表
    for k in headerTable:
        #保存计数值及指向每种类型第一个元素的指针


def updateTree(items, inTree, headerTable, count):    #更新树
    if items[0] in inTree.children:                   #首先查看是否存在该结点
        inTree.children[items[0]].inc(count) #若存在,则计数增加,否则新建该结点
    else:
        inTree.children[items[0]] = treeNode(items[0], count, inTree)
        #创建一个新结点
        if headerTable[items[0]][1] == None:    #若原来不存在该类别,则更新头指针列表
            headerTable[items[0]][1] = inTree.children[items[0]]
        else:
            updateHeader(headerTable[items[0]][1], inTree.children[items[0]])

    if len(items) > 1:                              #若仍有未分配完的树,则迭代
        updateTree(items[1:], inTree.children[items[0]], headerTable, count)

def updateHeader(nodeToTest, targetNode):      #更新树
    while (nodeToTest.nodeLink != None):
        nodeToTest = nodeToTest.nodeLink
        nodeToTest.nodeLink = targetNode
def loadSimpDat():                              #创建数据集
    simpDat = [['11', '12', '15'],
```

```
                              ['12', '14'],
                              ['12', '13'],
                              ['11', '12', '14'],
                              ['11', '13'],
                              ['12', '13'],
                              ['11', '13'],
                              ['11', '12', '13', '15'],
                              ['11', '12', '13']]
            return simpDat
    def createInitSet(dataSet):        #将数据集数据项转换为 frozenset 并保存在字典中,其值
                                       #均为 1
        retDict = {}
        for trans in dataSet:
            fset = frozenset(trans)
            retDict.setdefault(fset, 0)
            retDict[fset] += 1
    #retDict[frozenset(trans)] = 1
        return retDict


    def ascendTree(leafNode, prefixPath):              #寻找当前非空结点的前缀
        if leafNode.parent != None:
            prefixPath.append(leafNode.name)           #将当前结点加入前缀列表
            ascendTree(leafNode.parent, prefixPath)    #递归遍历所有前缀路线结点


    def findPrefixPath(basePat, treeNode):             #返回条件模式基
        condPats = {}
        while treeNode != None:
            prefixPath = []
            ascendTree(treeNode, prefixPath)           #寻找当前非空结点的前缀
            if len(prefixPath) > 1:
                condPats[frozenset(prefixPath[1:])] = treeNode.count
    #将前缀路线存入字典
            treeNode = treeNode.nodeLink               #到下一个频繁项集出现的位置
    return condPats                                    #返回条件模式基


    def mineTree(inTree, headerTable, minSup, preFix, freqItemList):
    #递归查找频繁项集
        #从头指针表的底端开始
        bigL = [v[0] for v in sorted(headerTable.items(), key=lambda p: str(p[1]))]
        for basePat in bigL:
            newFreqSet = preFix.copy()                 #加入频繁项表
            newFreqSet.add(basePat)
            freqItemList.append(newFreqSet)
            condPattBases = findPrefixPath(basePat, headerTable[basePat][1])
    #创造条件基
            myContTree, myHead = createTree(condPattBases, minSup)    #构建条件树
            if myHead != None:                  #挖掘条件 FP-Tree,直到条件树中没有元素为止
                print('conditional tree for: ', newFreqSet)
            myContTree.disp(1)
            mineTree(myContTree, myHead, minSup, newFreqSet, freqItemList)
```

```
if __name__ == '__main__':
    simpDat = loadSimpDat()
    initSet = createInitSet(simpDat)
    myFPtree, myHeaderTab = createTree(initSet, 2)
    freqItems = []
    mineTree(myFPtree, myHeaderTab, 2, set([]), freqItems)
    print(freqItems)
```

#输出结果:

```
#conditional tree for:  {'l5'}
#    Null Set    1
#       l2    2
#          l1    2
#conditional tree for:  {'l5', 'l1'}
#    Null Set    1
#       l2    2
#conditional tree for:  {'l4'}
#    Null Set    1
#       l2    2
#conditional tree for:  {'l3'}
#    Null Set    1
#       l2    4
#conditional tree for:  {'l1'}
#    Null Set    1
#       l2    2
#       l3    4
#          l2    2
#conditional tree for:  {'l2', 'l1'}
#    Null Set    1
#       l3    2
#[{'l5'}, {'l5', 'l2'}, {'l5', 'l1'}, {'l5', 'l2', 'l1'}, {'l4'}, {'l2', 'l4'},
{'l3'}, {'l2', 'l3'}, {'l1'}, {'l2', 'l1'},
#{'l2', 'l1', 'l3'}, {'l1', 'l3'}, {'l2'}]
```

从代码运行结果可以看到每个数据项的条件模式基和所有的频繁项集。

目前,也可以通过导入 Python 中的 pyfpgrowth 库,调用函数来挖掘频繁项集,具体如例 7.4。

【例 7.4】 表 7.12 为某餐厅菜品数据集,菜品名称使用数字编号代替。要求使用 FP-Tree 算法,最小支持度为 2,通过调用 Python 的函数库实现 FP-Tree 算法,输出餐厅菜品数据集的频繁项集。

表 7.12 某餐厅菜品数据集

TID	菜品名称编号	TID	菜品名称编号
1	1,2,5	6	2,3
2	2,4	7	1,3
3	2,3	8	1,2,3,5
4	1,2,4	9	1,2,3
5	1,3		

代码清单

```
#调包演示
import pyfpgrowth
transactions = [[1, 2, 5],[2, 4],[2, 3],[1, 2, 4],[1, 3],[2, 3],[1, 3],[1, 2, 3,
5],[1, 2, 3]]
patterns = pyfpgrowth.find_frequent_patterns(transactions, 2)
                                                    #频数删选,频数大于 2
print(patterns)
```

#输出结果:

#{(5,): 2, (1, 5): 2, (2, 5): 2, (1, 2, 5): 2, (4,): 2, (2, 4): 2, (1,): 6, (1, 2): 4, (2,
3): 4,
#(1, 2, 3): 2, (1, 3): 4, (2,): 7}

其中,使用 find_frequent_patterns 在项集中查找大于最小值支持度的模式,在该例中,最小支持度设为 2。

7.3.4 FP-Growth 算法总结

FP-Growth 算法的工作流程：首先构建 FP-Tree,然后利用它挖掘频繁项集。为构建 FP-Tree,需要对原始数据集扫描两遍。第一遍对所有元素项的出现次数进行计数。数据库的第一遍扫描用来统计出现的频率,而第二遍扫描中只考虑那些频繁元素。

FP-Growth 算法将数据存储在一种称为 FP-Tree 的紧凑数据结构中。FP-Tree 通过链接(link)连接相似元素,相似项之间的链接称为结点链接(node link),用于快速发现相似项的位置。被连起来的元素项可以看成一个链表。

与一般搜索树不同的是,一个元素项可以在一棵 FP-Tree 中出现多次。FP-Tree 中存储项集的出现频率,而每个项集会以路径的方式存储在树中。存在相似元素的集合会共享树的一部分。只有当集合之间完全不同时,树才会分叉。树结点上给出集合中的单个元素及其在序列中的出现次数,路径会给出该序列的出现次数。

习　题

1. 列举关联规则在不同领域中应用的实例。

2. 给出如下几种类型的关联规则的例子,并说明它们是否有价值。

(a) 高支持度和高置信度的规则；

(b) 高支持度和低置信度的规则；

(c) 低支持度和低置信度的规则；

(d) 低支持度和高置信度的规则。

3. 应用题

某运动商店事务表如表 7.13 所示。

表 7.13　某运动商店事务表

TID	ItemSet	TID	ItemSet
1	网球拍,网球,运动鞋	4	网球拍,运动鞋
2	网球拍,网球	5	网球,运动鞋,羽毛球
3	网球拍	6	网球拍,网球

若给定最小支持度 $\alpha=0.5$,最小置信度 $\beta=0.6$,求强关联规则。

4. 本题目所用数据集如表 7.14 所示。

表 7.14　数据集

Customer ID	Transaction ID	Items Bought
1	01	$\{a,d,e\}$
1	24	$\{a,b,c,e\}$
2	12	$\{a,b,d,e\}$
2	31	$\{a,c,d,e\}$
3	15	$\{b,c,e\}$
3	22	$\{b,d,e\}$
4	29	$\{c,d\}$
4	40	$\{a,b,c\}$
5	33	$\{a,d,e\}$
5	38	$\{a,b,e\}$

(1) 把每个事务作为一个购物篮,计算项集 $\{e\}$,$\{b,d\}$ 和 $\{b,d,e\}$ 的支持度。

(2) 利用(1)中的结果计算关联规则 $\{b,d\}\rightarrow\{e\}$ 和 $\{e\}\rightarrow\{b,d\}$ 的置信度。置信度是一个对称的度量吗?

(3) 把每个用户购买的所有商品作为一个购物篮,计算项集 $\{e\}$,$\{b,d\}$ 和 $\{b,d,e\}$ 的支持度。

(4) 利用(2)中的结果计算关联规则 $\{b,d\}\rightarrow\{e\}$ 和 $\{e\}\rightarrow\{b,d\}$ 的置信度。置信度是一个对称的度量吗?

5. 分别说明利用支持度、置信度和提升度评价关联规则的优缺点。

6. 实现 Apriori 算法,挖掘模拟数据集"水果销售"中的频繁项集和关联规则,其中最小支持度为 0.2,最小置信度为 0.7,结果输出各项之间的置信度。水果销售数据集如表 7.15 所示。

表 7.15　水果销售数据集

TID	Name
1	{苹果,橘子,梨}
2	{橘子,香蕉}
3	{橘子,桃子}
4	{苹果,橘子,香蕉}
5	{苹果,桃子}
6	{苹果,橘子,桃子,梨}
7	{苹果,橘子,桃子}

注:水果用字母表示,记苹果—e_1、橘子—e_2、梨—e_3、香蕉—e_4、桃子—e_5。

本 章 实 验

1. 实验目的

掌握 Apriori 算法在关联规则挖掘过程中频繁项集的产生以及关联规则集合的生成过程。

2. 实验要求

选择自己感兴趣领域的数据，编程实现 Apriori 算法关联规则挖掘中频繁项集的产生以及关联规则集合的生成，并结合相关实验数据进行应用，得到分析结果。

第8章

聚 类 分 析

聚类分析是基于数据本身的相似性识别隐含在数据集中的类别(亦称簇)信息的过程,所谓类别,是指具有相似性的数据集合簇。"人以类聚,物以群分",聚类是人类的一种重要行为。聚类分析的目标是根据数据自身的相似性划分数据,不同簇内的数据尽可能不相似,同一簇内的数据尽可能相似。聚类分析在很多领域,例如数学、计算机科学、统计学、生物学和经济学等都有广泛的应用。在具体的应用中,由于相似性的不同表示方法,产生了不同的聚类方法,描述相似性的方式通常是由特定领域的用户或者专家根据具体领域业务需要给定的。

在广告精准营销中,航空公司信息系统积累了大量的客户特征数据和客户行为数据,航空公司借助历史客户数据采用聚类方法识别客户价值。目前广泛使用的模型是 RFM 模型。RFM 模型是衡量客户价值和客户创利能力的重要工具和手段。RFM 模型中客户数据有 3 个要素:最近一次消费(Recency)、消费频率(Frequency)和消费金额(Monetary)。通过聚类分析把不同价值的客户进行划分,针对不同客户群体进行精准营销,达到吸引新客户,挽留老客户,提升客户价值,最终实现企业声誉和利润最大化。

8.1　聚类分析优化模型

常见的 3 种机器学习算法是监督学习、无监督学习和强化学习。监督学习是指对具有概念标记的训练样本进行学习,以尽可能对训练样本集外的数据进行标记预测。强化学习是智能体(Agent)以"试错"的方式进行学习,通过与环境进行交互获得的奖赏指导行为,目标是使智能体获得最大的奖赏,不要求预先给定任何数据。无监督学习输入的数据没有类标记,样本数据类别未知,需要根据样本间的相似性对样本集进行分类,试图使类内差距最小化,而类间差距最大化。聚类中的类不是事先给定的,而是根据数据的相似性或距离划分。聚类的数目和结构都没有事先假定,没有提供类标号信息,所以聚类属于无监督学习。

8.1.1　聚类分析概念

聚类分析(cluster analysis)是把数据对象按照数据的相似性划分成子集的过程。簇(cluster)是数据对象的集合,每个子集是一个簇。同一簇中对象相似,不同簇中对象相异。由聚类分析产生的簇的集合称为一个聚类。在相同的数据集上,不同的聚类方法可能产生不同的聚类。

聚类的目标是得到较高的簇内相似度和较低的簇间相似度,使得簇间的距离尽可能大,簇内样本与簇中心的距离尽可能小。聚类得到的簇可以用聚类中心、簇大小等表示,具体描述如下。

聚类中心是一个簇中所有样本点的代表，可以是均值、质心或代表样本点等。

簇大小表示簇中所含样本数据的数量。

聚类过程可以分为 5 个阶段，分别是数据准备、特征选择、特征提取、聚类和聚类结果评估，每个阶段都有各自的任务。首先是数据准备阶段，主要任务包括特征标准化和降维；其次进行特征选择，从最初的特征中选择最有效的特征；在特征提取阶段中，通过对所选择的特征进行转换形成新的突出特征；聚类是核心过程，选择适合特征类型的距离函数进行相似程度的度量，而后执行聚类算法；最后对聚类结果有效性进行评估，评估方式主要有外部有效性评估和内部有效性评估。

8.1.2　聚类优化模型

聚类问题是识别隐含在数据中的簇（类），为了方便后续聚类算法的学习，首先给出聚类问题的最优化数学模型，后续聚类算法是对该最优化问题的一个求解。

给定数据样本点的集合 $S=\{x_1,x_2,\cdots,x_n\}$ 和簇（类）的数目 k，确定 k 个簇 $C_1,C_2,\cdots,C_k$ 满足

$$\begin{cases} \bigcup_{i=1}^{k} C_i = S \\ C_i \cap C_j = \varnothing, \quad i,j=1,2,\cdots,k\,;i \neq j \\ C_i \neq \varnothing, \qquad i=1,2,\cdots,k \end{cases} \tag{8.1}$$

当然，确定簇 $K=\{C_1,C_2,\cdots,C_k\}$ 的过程实际上是确定 k 个簇的中心，即确定 C_i 的中心 z_i，$i=1,2,\cdots,k$。对样本集合 $S=\{x_1,x_2,\cdots,x_n\}$，类 C_i 确定如下。

$$C_i = \{x_j \mid \|x_j - z_i\| \leqslant \|x_j - z_p\|, p \neq i, p=1,2,\cdots,k, x_j \in S\} \tag{8.2}$$

其中，$\|\cdot\|$ 是任意的范数，也就是说，C_i 是离 z_i 最近的点的集合。

这样，可以把聚类问题看成寻找 k 个簇的中心 $z_1,z_2,\cdots,z_k$，使得所有的样本点 x_i 到某一个距它最近的簇中心点的距离之和最小的最优化问题：

$$\min_{z_1,z_2,\cdots,z_k} \sum_{j=1}^{n} \min_{1 \leqslant p \leqslant k} \|x_j - z_p\| \tag{8.3}$$

其中，$\|\cdot\|$ 是任意的范数，选取不同的范数，可以得到不同的聚类问题的最优化模型。当然，如何选取范数要根据实际情况而确定。

式(8.3)中的目标函数是 k 个极小化函数的和，一般情况下，这种目标函数既不是凸的，也不是凹的，这是一个求解相当困难的离散优化问题（NP 难问题）。一个很常用的处理办法就是将目标函数凸化或者凹化。

如果对式(8.3)使用 2 范数，凸化后相应的优化模型为

$$\min \sum_{j=1}^{n} \sum_{p=1}^{k} t_{jp} \left(\frac{1}{2} \|x_j - z_p\|_2^2 \right)$$

$$\text{s.t.} \quad \sum_{p=1}^{k} t_{jp} = 1, \quad t_{jp} \geqslant 0, \quad j=1,2,\cdots,n\,;p=1,2,\cdots,k \tag{8.4}$$

在上述模型中，Z 为聚类中心的集合，对给定的点 x_j，如果 $\bar{p}$ 是距离 x_j 最近的聚类中心 $z_{\bar{p}}$，那么 $t_{j\bar{p}}=1$，并且 $t_{jp}=0$，$p \neq \bar{p}$；如果有多个聚类中心 $z_{\bar{p}}$ 距离 x_j 最近，那么 $t_{j\bar{p}}$ 的选择可以取为这些最近中心的凸组合系数，即 $\sum_{\bar{p}=1}^{k} t_{j\bar{p}} = 1, t_{j\bar{p}} \geqslant 0, \bar{p}=1,2,\cdots,k$。当然，还可

以选取其他的范数形成其他的聚类优化模型,具体选取什么范数,要根据具体的问题确定,目标是使得模型能更好地表达实际问题,更有利于得出最优解。

常见的聚类分析算法有:基于划分的聚类算法、基于层次的聚类算法和基于密度的聚类算法等。不同的聚类算法有不同的应用背景,有的算法适用于大数据集,可以发现任意形状的聚簇;有的算法思想简单,适用于小数据集。

8.2　基于划分的聚类算法

基于划分的聚类算法是将数据对象划分成不重叠的子集(簇),使得每个数据对象恰在一个子集中。给定一个具有 n 个对象的集合,划分方法构建数据的 k 个分区,其中每个分区表示一个簇,并且 $k \leqslant n$。也就是说,把数据划分为 k 个组,使得每个组至少包含一个对象。本节主要介绍划分方法中最典型的 $K\text{-means}$ 算法及其扩展的 $K\text{-means}++$ 算法和 $K\text{-mediods}$ 算法。

牧师-村民模型:有 4 个牧师去郊区布道,一开始牧师们随意选了几个布道点,并且把这几个布道点的情况公告给郊区所有的村民,于是每个村民到离自己家最近的布道点听课。听课之后,大家觉得距离太远了,于是每个牧师统计了自己的课上所有村民的地址,搬到这些地址的中心地带,并且在海报上更新了自己的布道点位置。牧师每一次移动不可能离所有人都更近,有的人发现 A 牧师移动以后自己还不如去 B 牧师处近,于是每个村民又去了离自己最近的布道点……就这样,牧师每个礼拜更新自己的位置,村民根据自己的情况选择布道点,最终稳定了下来。可以看到,该牧师的目的是让每个村民到其最近中心点的距离和最小。$K\text{-means}$ 算法也称为 K-均值算法,是一种广泛使用的聚类算法,牧师-村民模型就是一个 $K\text{-means}$ 算法的通俗解释。

8.2.1　K-means 算法

$K\text{-means}$ 算法也称为 k 质心算法,它以 k 为参数,把样本点的集合 $S = \{x_1, x_2, \cdots, x_n\}$ 分成 k 个簇,以使簇内有较高的相似度,而簇与簇之间相似度较低。相似度的计算根据簇中对象的平均值进行,这里的平均值也称为该簇的质心(重心)。算法的思想是在 2 范数的意义下确定使误差函数值取最小的 k 个簇,其数学模型为

$$\min \frac{1}{2} \sum_{j=1}^{n} \sum_{p=1}^{k} t_{jp} (\| x_j - z_p \|_2^2)$$

$$\text{s.t.} \quad \sum_{p=1}^{k} t_{jp} = 1, \quad t_{jp} \geqslant 0, \quad j = 1, 2, \cdots, n; p = 1, 2, \cdots, k \tag{8.5}$$

其中目标函数 $\frac{1}{2} \sum_{j=1}^{n} \sum_{p=1}^{k} t_{jp} (\| x_j - z_p \|_2^2)$ 就是聚类平方误差函数,它表示的是聚类中每个点到相应类的中心的距离之和。

$K\text{-means}$ 算法接收输入量 k,然后将 n 个数据对象划分为 k 个簇 $C_1, C_2, \cdots, C_k$ 中,使得对于 $1 \leqslant i, j \leqslant k, C_i \subset D$ 且 $C_i \cap C_j = \varnothing$。利用聚类平方误差函数作为目标函数评估聚类的质量,使得簇内对象尽可能相似,与其他簇中的对象尽可能相异。

$K\text{-means}$ 算法属于一种基于质心(中心)的技术。$K\text{-means}$ 算法把簇的中心定义为簇内点的平均值。首先,在数据集 D 中随机选择 k 个对象,每个对象代表一个簇的初始均值

或中心。对于剩下的每个对象,根据其与各个簇中心的欧几里得距离,将它分配到最近的簇。然后进行迭代,对于每个簇,使用上次迭代分配到该簇的对象,计算新的均值。然后,使用更新后的均值作为新的簇的中心,重新分配所选对象。直到形成的簇与前一次形成的簇相同,算法结束。K-means 算法如图 8.1 所示。

> **算法**: K-means 算法
> **输入**: 簇的数目 k 和包含 n 个对象的数据库。
> **输出**: k 个簇,使平方误差准则最小。
> **方法**:
>   (1) 为每个聚类确定一个初始聚类中心,这样就有 k 个初始聚类中心。
>   (2) 将样本集中的样本按照最小距离原则分配到最邻近聚类。
>   (3) 使用每个聚类中的样本均值作为新的聚类中心。
>   (4) 重复步骤(2)和步骤(3),直到聚类中心不再变化。
>   (5) 结束,得到 k 个聚类。

图 8.1　K-means 算法

K-means 算法对初始聚类中心较敏感,相似度的计算方式会影响聚类的划分。常见的相似度计算方法有:欧几里得距离、曼哈顿距离和闵可夫斯基距离等。

1. 欧几里得距离

欧几里得距离是最常见的两点之间距离的表示法,又称为欧几里得度量,它定义于欧几里得空间中,如点 $x=(x_1,x_2,\cdots,x_n)$ 和 $y=(y_1,y_2,\cdots,y_n)$ 之间的距离为

$$d(x,y)=\sqrt{(x_1-y_1)^2+(x_2-y_2)^2+\cdots+(x_n-y_n)^2}=\sqrt{\sum_{i=1}^{n}(x_i-y_i)^2} \quad (8.6)$$

2. 曼哈顿距离

在曼哈顿街区要从一个十字路口开车到另一个十字路口,驾驶距离不是两点之前的直线距离,两个点在标准坐标系上的绝对轴距总和称为"曼哈顿距离"。曼哈顿距离也称为"城市街区距离"。

二维平面中的两点 $a(x_1,y_1)$ 与 $b(x_2,y_2)$ 间的曼哈顿距离为

$$d_{12}=|x_1-x_2|+|y_1-y_2| \quad (8.7)$$

两个 n 维向量 $\boldsymbol{a}(x_{11},x_{12},\cdots,x_{1n})$ 与 $\boldsymbol{b}(x_{21},x_{22},\cdots,x_{2n})$ 间的曼哈顿距离为

$$d_{12}=\sum_{k=1}^{n}|x_{1k}-x_{2k}| \quad (8.8)$$

3. 闵可夫斯基距离

两个 n 维变量 $a(x_{11},x_{12},\cdots,x_{1n})$ 与 $b(x_{21},x_{22},\cdots,x_{2n})$ 间的闵可夫斯基距离定义为

$$d_{12}=\sqrt[p]{\sum_{k=1}^{n}|x_{1k}-x_{2k}|^p} \quad (8.9)$$

其中 p 是一个变参数。当 $p=1$ 时,就是曼哈顿距离;当 $p=2$ 时,就是欧几里得距离。根据变参数的不同,闵可夫斯基距离可以表示一类的距离。

【例 8.1】 给出 P_1、P_2、P_3、P_4、P_5、P_6 这 6 个点进行聚类,要求簇的数量为 2,即 $k=2$。如图 8.2 所示,利用 K-means 算法得出聚类结果。

【解析】 从图 8.2 中可以看出这 6 个点的坐标分布明显地分为两类。P_1、P_2、P_3 为一个簇,P_4、P_5、P_6 为一个簇。现在开始使用 K-means 算法进行聚类。

首先,随机选择初始聚类中心。这里随机选取 P_1 和 P_2 作为聚类中心 P_a 和 P_b。

点	X	Y
P_1	0	0
P_2	1	2
P_3	3	1
P_4	8	8
P_5	9	10
P_6	10	7

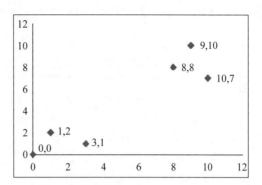

图 8.2　样本各个点坐标和分布图

其次,计算其他几个点到初始聚类中心的距离。P_3 到 P_1 的距离是 $\sqrt{10}=3.16$,P_3 到 P_2 的距离 $\sqrt{(3-1)^2+(1-2)^2}=2.24$。那么 P_3 离 P_2 更近,P_3 和 P_2 在一个簇中。同理,P_4、P_5、P_6 也这样计算,如表 8.1 所示。

表 8.1　各点到中心 P_a、P_b 距离(第一次聚类)

点	P_a	P_b
P_1	0	2.24
P_2	2.24	0
P_3	3.16	2.24
P_4	11.3	9.22
P_5	13.5	11.3
P_6	12.2	10.3

所以第一次聚类的结果是:

簇 a:P_1;

簇 b:P_2、P_3、P_4、P_5、P_6。

簇 a 只有 P_1 一个点,簇 b 有 5 个点。进行迭代,重新选择聚类中心(每个簇中新的均值):

簇 a 的聚类中心为 $P_a = P_1=(0,0)$。

簇 b 的聚类中心为 $P_b=((1+3+8+9+10)/5,(2+1+8+10+7)/5)=(6.2,5.6)$。

将 $P_1 \sim P_6$ 重新聚类,再次计算各个点到聚类中心的距离,如表 8.2 所示。

表 8.2　各点到中心 P_a、P_b 距离(第二次聚类)

点	P_a	P_b
P_1	0	8.35
P_2	2.24	6.32
P_3	3.16	5.60
P_4	11.3	3
P_5	13.5	5.21
P_6	12.2	4.04

第二次聚类的结果是:簇 a:P_1、P_2、P_3;簇 b:P_4、P_5、P_6。

同上，计算出新的聚类中心 $P_a(1.33,1)$，$P_b(9,8.33)$ 并且计算各点到聚类中心的距离，如表 8.3 所示。

表 8.3　各点到中心 P_a、P_b 距离（第三次聚类）

点	P_a	P_b
P_1	1.4	12
P_2	0.6	10
P_3	1.4	9.5
P_4	47	1.1
P_5	70	1.7
P_6	56	1.7

第三次聚类的结果是：簇 a：P_1、P_2、P_3；簇 b：P_4、P_5、P_6。我们发现形成的簇与前一次形成的簇相同，则聚类过程结束。

8.2.2　K-means 算法应用：图像减色压缩

生活中的原始图像包含数千种颜色，为了节省图像的传输、处理时间和减少存储空间，往往需要对图像进行减色压缩处理，减少原始图像的颜色数。为了获得与原始图像尽可能相似的压缩图像，需要选择最能表示原始图像的颜色构建调色板，进而保证压缩图像质量。本节通过图像减色算法的 Python 实现描述 K-means 算法在图像减色中的具体应用，以图 8.3(a)所示的颐和园图像为例。

(a) 原始图像

(b) 随机选择

(c) 使用 K-means 算法后的图像

图 8.3　颐和园图像

在本应用中,将颐和园图像的逐像素矢量量化,将显示图像所需的颜色数量从 96615 减少到 64,同时保持整体外观质量。使用随机选择算法和 K-means 算法两种调色板选择方法。随机选择颜色构建调色板,每种颜色被重新映射到作为该选择部分的最近的颜色。该方法处理后的效果如图 8.3(b)所示。基于 K-means 算法聚类选择构建调色板,最小化簇内的质心和其他点之间的距离之和,质心数量就是所要构建的调色板颜色的数量,聚类的质心代表聚类的调色板的颜色,K-means 算法处理后的效果如图 8.3(c)所示。

可以看出,K-means 算法处理后的图像 8.3(c)与颐和园的原始图像 8.3(a)颜色基本没有变化,有效地保证了压缩后的图像质量。但随机选择后的图像 8.3(b)与颐和园的原始图像 8.3(a)相比,宫殿的颜色发生了较大的变化,砖红色变为暗红色,墨绿色变为浅墨绿色。

代码清单 8.1 K-means 算法实现图像减色压缩

```
import numpy as np
import matplotlib.pyplot as plt
from sklearn.cluster import KMeans
from sklearn.metrics import pairwise_distances_argmin
from sklearn.datasets import load_sample_image
from sklearn.utils import shuffle
n_colors = 64
#加载颐和园图像数据
china = load_sample_image("china.jpg")
china = np.array(china, dtype=np.float64) / 255
w, h, d = original_shape = tuple(china.shape)
assert d == 3
image_array = np.reshape(china, (w * h, d))
image_array_sample = shuffle(image_array, random_state=0)[:1000]
kmeans = KMeans(n_clusters=n_colors, random_state=0).fit(image_array_sample)
#获得所有点的标签
labels = kmeans.predict(image_array)
codebook_random = shuffle(image_array, random_state=0)[:n_colors]
labels_random = pairwise_distances_argmin(codebook_random, image_array, axis
=0)
def recreate_image(codebook, labels, w, h):
    d = codebook.shape[1]
    image = np.zeros((w, h, d))
    label_idx = 0
    for i in range(w):
        for j in range(h):
            image[i][j] = codebook[labels[label_idx]]
            label_idx += 1
    return image
#显示所有结果
plt.figure(1)
plt.clf()
plt.axis('off')
plt.title('Original image (96,615 colors)')
plt.imshow(china)
```

```
plt.figure(2)
plt.clf()
plt.axis('off')
plt.title('Quantized image (64 colors, K-means)')
plt.imshow(recreate_image(kmeans.cluster_centers_, labels, w, h))
plt.figure(3)
plt.clf()
plt.axis('off')
plt.title('Quantized image (64 colors, Random)')
plt.imshow(recreate_image(codebook_random, labels_random, w, h))
plt.show()
```

Sklearn（全称为 Scikit-Learn）是基于 Python 语言的机器学习工具，包含了从数据预处理到训练模型的各个方面。Sklearn 建立在 NumPy、SciPy、Pandas 和 Matplotlib 之上，包含了分类、回归、聚类、降维、模型选择和预处理六大模块，所有对象的接口简单，可以快速完成数据挖掘过程。

8.2.3　K-means 算法的优缺点

1. K-means 算法的优点

（1）简单、快速。时间复杂度是 $O(n * k * t)$，其中，n 是所有对象的数目，k 是簇的数目，t 是迭代的次数。当结果簇是密集的，而簇与簇之间区别明显时，它的效果较好。

（2）对于处理大数据集，该算法保持了可伸缩性和高效性。

2. K-means 算法的缺点

（1）在簇的平均值可被定义的情况下才能使用，对某些应用可能并不适用。

（2）在 K-means 算法中，k 是事先给定的，这个 k 值的选定是难以估计的。

（3）在 K-means 算法中，首先需要根据初始聚类中心确定一个初始划分，然后对初始划分进行优化。这个初始聚类中心的选择对聚类结果有较大的影响，对初始值敏感。

（4）算法迭代中需要不断地计算聚类中心，对于大规模数据，算法的时间开销较大。

（5）若簇中含有异常点，将导致均值偏离严重，算法对噪声和孤立点数据敏感。

3. K-means 算法的优化策略——K-means＋＋算法

针对缺点（3），需要在实际应用中进行优化，例如在 K-means 算法中，k 个初始化的质心的位置选择对最后的聚类结果和运行时间都有很大的影响，因此需要选择合适的 k 个质心。如果仅仅是完全随机的选择，有可能导致算法收敛很慢。K-means＋＋算法就是对 K-means 随机初始化质心方法的优化。K-means＋＋的对于初始化质心的优化策略如下。

（1）从输入的数据点集合中随机选择一个点作为第一个聚类中心；

（2）对于数据集中的每一个点，计算它与已选择的聚类中心中最近聚类中心的距离；

（3）选择下一个新的数据点作为新的聚类中心，选择的原则是：距离较大的点，被选取作为聚类中心的概率较大；

（4）重复（2）和（3），直到选择出 k 个聚类质心；

（5）利用这 k 个质心作为初始化质心运行标准的 K-means 算法。

K-means＋＋对初始聚类中心点的选取做了优化，简要来说就是使初始聚类中心点尽可能分散开，这样可以有效减少迭代次数，加快运算速度。

4. K-means 算法的优化策略——K-medoids 算法

针对缺点(5),在 K-means 算法中异常数据对算法过程会有较大的影响。在 K-means 算法执行过程中,可以通过随机的方式选择初始质心,也只有初始时通过随机方式产生的质心才是实际需要聚簇集合的中心点,而后面通过不断迭代产生的新的质心是簇内点的平均值,往往不是实际存在的点,不是在聚簇中的点。如果某些异常点距离质心相对较大,很可能导致重新计算得到的质心偏离聚簇的真实中心。为了解决该问题,K 中心点算法(K-medoids)提出了新的质点选取方式,而不是简单地像 K-means 算法采用平均值计算法。在 K 中心点算法中,每次迭代后的质点都是从聚类的样本点中选取,而选取的标准就是当该样本点成为新的质点后能提高类簇的聚类质量,使得类簇更紧凑。该算法使用绝对误差标准定义一个类簇的紧凑程度。

K 中心点算法的基本过程如下。

(1) 为每个聚类确定一个初始聚类中心,这样就有 k 个初始聚类中心。

(2) 计算其余所有点到 k 个中心点的距离,并把每个点到 k 个中心点最短的聚簇作为自己所属的聚簇。

(3) 在每个聚簇中按照顺序依次选取点,计算该点到当前聚簇中所有点距离之和,最终距离之和最小的点,则视为新的中心点。

(4) 重复(2)和(3),直到各个聚簇的中心点不再改变。

(5) 结束,得到 k 个聚类。

8.3　基于层次的聚类算法

虽然基于划分的聚类算法能把对象集划分成一些互斥的簇,但是在某些情况下,希望把数据划分成不同层次上的簇。层次聚类(hierarchical clustering)算法将数据对象组成层次结构的"树"。

层次聚类算法首先将复杂问题分解为若干层次和要素,然后在同一层次的各要素之间进行比较、判断和计算,进而将对象集在不同层次上进行划分,从而为选择最优方案提供决策依据。根据层次分解是自底向上(合并)还是自顶向下(分裂),层次聚类算法可以分为凝聚式层次聚类算法和分裂式层次聚类算法。

凝聚式层次聚类算法采用自底向上的合并策略,首先将每个对象作为一个簇,然后合并这些簇为越来越大的簇,直到达到凝聚终结条件。

分裂式层次聚类算法采用自顶向下的分裂策略,首先将所有对象置于一个簇中,然后逐渐细分为越来越小的簇,直到达到分裂终结条件。

无论凝聚式层次算法还是分裂式层次算法,核心问题都是度量两个簇之间的距离来表示簇之间的相似性,距离越小表示越相似,距离越大表示差异越大,每个簇一般都是一个对象集。

4 个广泛采用的簇间距离度量方法如图 8.4 所示,其中 $|p-p'|$ 是两个对象 p 与 p' 之间的距离,m_i 是簇 C_i 的均值,n_i 是簇 C_i 中对象的数目;同理,m_j 是簇 C_j 的均值,n_j 是簇 C_j 中对象的数目。

$$最小距离:\mathrm{dist}_{\min}(C_i,C_j) = \min_{p \in C_i, p' \in C_j}\{|p-p'|\} \tag{8.10}$$

最大距离：$\mathrm{dist}_{\max}(C_i,C_j) = \max\limits_{p \in C_i, p' \in C_j}\{|p-p'|\}$ (8.11)

簇间均值距离：$\mathrm{dist}_{\mathrm{mean}}(C_i,C_j) = |m_i - m_j|$ (8.12)

平均距离：$\mathrm{dist}_{\mathrm{avg}}(C_i,C_j) = \dfrac{1}{n_i n_j} \sum\limits_{p \in C_i, p' \in C_j} |p=p'|$ (8.13)

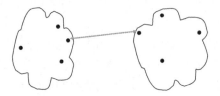
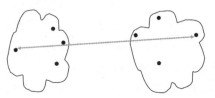

最小距离   最大距离

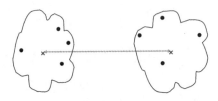
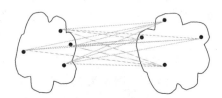

簇间均值距离   平均距离

图 8.4　簇间距离度量方法

当一个算法使用最小距离 $\mathrm{dist}_{\min}(C_i,C_j)$ 度量簇间距离时，称为最近邻聚类算法。如果最近的两个簇之间的距离超过用户给定的阈值，聚类过程就会终止，通常称其为单连接算法。把数据点看作图中的结点，把簇间结点的连接看作图的边，在簇 C_i 和 C_j 最近的一对结点之间添加一条边，由于连接簇的边总是从一个簇通向另一个簇，结果图将形成一棵树。因此，使用最小距离衡量簇间距离的凝聚式层次聚类算法也被称为最小生成树算法，其中图的生成树是一棵连接所有结点的树，而最小生成树则是具有最小边权重的生成树。

当一个算法使用最大距离 $\mathrm{dist}_{\min}(C_i,C_j)$ 度量簇间距离时，称为最远邻聚类算法。如果最近的两个簇之间的最大距离超过用户给定的阈值，聚类过程便会终止，通常称其为全连接算法。如果把数据点看作图中的结点，用边连接结点，我们可以把每个簇看成一个完全子图。两个簇间的距离由两个簇中距离最远的两结点间的距离确定。最远邻算法试图在每次迭代中尽可能少地增加簇的直径。如果真实的簇较为紧凑并且大小近似相等，那么这种算法将会产生高质量的簇，否则可能产生毫无意义的簇。

凝聚式层次聚类算法的代表是 AGNES 算法，分裂式层次聚类算法的代表是 DIANA 算法。

8.3.1　AGNES 算法

AGNES(AGglomerative NESting)算法初始将每个对象作为一个簇，然后将这些簇根据合并准则逐步合并。两个簇间的相似度由两个不同簇中距离最近的数据点对的相似度确定，是最近邻聚类算法。聚类的合并过程迭代进行，直到最终满足簇数目。

AGNES 算法如图 8.5 所示。

> 算法：AGNES 算法
> 输入：n 个对象，终止条件簇的数目 k
> 输出：满足终止条件的 k 个簇，达到终止条件规定的簇数目
> 步骤：
>   （1）将每个对象当成一个初始簇；
>   （2）REPEAT；
>   （3）根据任意两个簇中最近的数据点找到最近的两个簇；
>   （4）合并两个簇，生成新的簇的集合；
>   （5）UNTIL 达到定义的簇数目。

图 8.5　AGNES 算法

【例 8.2】　利用 AGNES 算法将表 8.4 中的数据对象进行聚类，将其聚为 2 个簇。

表 8.4　数据对象表

对象	属性 1	属性 2
1	1	1
2	1	2
3	2	1
4	2	2
5	3	4
6	3	5
7	4	4
8	4	5

【解析】

第 1 步：根据初始簇计算每个簇之间的距离，随机找出距离最小的两个簇进行合并。最小距离为 1，随机找到距离最小的两个簇为 1 和 2，故将 1 和 2 两个点合并为一个簇。

第 2 步：对上一次合并后的簇计算簇间距离，找出距离最近的两个簇进行合并，合并后 3,4 点成为一簇。

第 3 步：重复第 2 步的工作，5 和 6 点成为一簇。

第 4 步：重复第 2 步的工作，7 和 8 点成为一簇。

第 5 步：合并{1,2},{3,4}成为一个包含 4 个点的簇。

第 6 步：合并{5,6},{7,8}，由于合并后的簇的数目已经达到用户输入的终止条件，因此程序终止。

具体步骤如表 8.5 所示。

表 8.5　AGNES 合并具体步骤

步骤	最近的簇距离	最近的两个簇	合并后的新簇
1	1	{1},{2}	{1,2},{3},{4},{5},{6},{7},{8}
2	1	{3},{4}	{1,2},{3,4},{5},{6},{7},{8}
3	1	{5},{6}	{1,2},{3,4},{5,6},{7},{8}

续表

步骤	最近的簇距离	最近的两个簇	合并后的新簇
4	1	{7},{8}	{1,2},{3,4},{5,6},{7,8}
5	1	{1,2},{3,4}	{1,2,3,4},{5,6},{7,8}
6	1	{5,6},{7,8}	{1,2,3,4},{5,6,7,8},结束

例 8.2 具体实现见代码清单 8.2。

代码清单 8.2　AGNES 算法实现例 8.2

```python
import math
class Point:                              #Point 类,记录坐标 x,y 和点的名字 id
    def __init__(self, x, y, id):         #初始化函数
        self.x = x                        #横坐标
        self.y = y                        #纵坐标
        self.id = id                      #名字(编号)
    def calc_Euclidean_distance(self, p2): #计算两点之间的距离
        return math.sqrt((self.x - p2.x) * (self.x - p2.x) + (self.y - p2.y) *
(self.y - p2.y))
#1. 获取数据集
def get_dataset():
    #原始数据集以元组形式存放,(横坐标,纵坐标,编号)
    datas = [(1, 1, '1'), (1, 2, '2'), (2, 1, '3'), (2, 2, '4'), (3, 4, '5'),
            (3, 5, '6'), (4, 4, '7'), (4, 5, '8')]
    dataset = []                #用于计算两点之间的距离,形式 [point1, point2...]
    C = {}                      #用于簇之间的合并操作,形式{index1:[p1], index2:[p2]...}
    for i in range(len(datas)):               #遍历原始数据集
    #利用(横坐标,纵坐标,编号)实例化
        point = Point(datas[i][0], datas[i][1], datas[i][2])
        dataset.append(point)                 #放入 dataset 中
        C[str(i)] = [point]                   #编号和点做映射
    return dataset, C                         #[p1, p2], {index:[p1]}
#2. 计算任意两点之间的距离
def get_dist(dataset):
    n = len(dataset)                          #点的个数
    dist = []                                 #存放任意两点之间的距离
    for i in range(n):
        dist_i = []                           #临时列表
        for j in range(n):                    #遍历数据集
            #计算距离并放入临时列表中
            dist_i.append(dataset[i].calc_Euclidean_distance(dataset[j]))
        dist.append(dist_i)                   #利用临时列表创建二维列表
    #打印 dist
    print("任意两点之间的距离:")
    for d in dist:
        print(d)
    print()
    return dist
```

```python
#3. 寻找最小距离, 并返回这两点的编号
def find_Min(dist):
    n = len(dist)
    (p1, p2) = (-1, -1)                              #定义两个点的编号
    Min = float("INF")                               #初始化最小值为无穷大
    for i in range(n):                               #遍历 dist 列表
        for j in range(i + 1, n):                    #从 i+1 开始即可, 因为这个列表是对称矩阵
            if dist[i][j] < Min and dist[i][j] != 0:  #当前两点距离小于最小值
                Min = dist[i][j]                     #更新最小距离
                (p1, p2) = (i, j)                     #更新两点编号
    return p1, p2                                    #返回这两点的编号
#4. 更新距离列表, 将此列表扩大一行一列
def update_dist(index, dist, p1, p2):
    last_row = []                                    #新加的最后一行
    n = len(dist)
    for i in range(n):
    #取这两个点和其他点之间较小的距离, 作为新簇和其他点的距离
        Min = min(dist[p1][i], dist[p2][i])
        dist[i].append(Min)                          #增加最后一列
        last_row.append(Min)                         #增加最后一行
    last_row.append(0)
    dist.append(last_row)
    for i in range(n):                 #遍历原 dist 列表, 使 p1, p2 失效, 新增的簇代替了它们
        dist[p1][i] = float("INF")
        dist[p2][i] = float("INF")
        dist[i][p1] = float("INF")
        dist[i][p2] = float("INF")
#5. AGNES 算法函数
def AGNES(dataset, C, k):
    dist = get_dist(dataset)                         #计算任意两点之间的距离
    index = count = len(dataset)
                              #index 是用来给新簇编号的, count 是用来记录簇的个数的
    while count > k:                                 #当簇等于 k 个时, 结束循环
        p1, p2 = find_Min(dist)                      #找到当前最短距离的两个簇
        C[str(index)] = C[str(p1)] + C[str(p2)]      #新簇是两个簇的合并
        del C[str(p1)]
        del C[str(p2)]                               #删除两个旧簇
        update_dist(index, dist, p1, p2)             #更新 dist 列表
        index += 1                                   #新簇编号前移
        count -= 1                                   #簇的个数减少 1 个
        print("合并后的新簇:")
        for value_set in C.values():
            for element in value_set:
                print(element.id, end="")
            print()
#主程序
dataset, C = get_dataset()
k = 2
AGNES(dataset, C, k)
```

8.3.2 DIANA 算法

DIANA(Divisive ANAlysis)算法是典型的分裂聚类算法。在聚类中,把用户希望得到的簇数目作为分裂结束条件。DIANA 算法流程如图 8.6 所示。

算法：DIANA(自顶向下分裂算法)
输入：n 个对象,终止条件——簇的数目 k。
输出：满足终止条件的 k 个簇,达到终止条件规定的簇数目。
步骤：
　　(1) 将所有对象当成一个初始簇;
　　(2) for(i=1; i≠k; i++) dobegin
　　(3) 在所有簇中挑出具有最大直径的簇 C;
　　(4) 找出 C 中与其他点平均相异度最大的一个点 p 并放入 splinter group,剩余的点放在 old party 中;
　　(5) repeat
　　(6) 在 old party 里找出到最近的 splinter group 中的点的距离不大于到 old party 中最近点的距离的点,并将该点加入 splinter group;
　　(7) until 没有新的 old party 的点被分配给 splinter group;
　　(8) splinter group 和 old party 为被选中的簇分裂成的两个簇,与其他簇一起组成新的簇集合;
　　(9) end

图 8.6　DIANA 算法流程

【**例 8.3**】　利用 DIANA 算法将表 8.6 进行聚类。

【**解析**】

第 1 步,找到具有最大直径的簇,对簇中的每个点计算平均相异度(假定采用的是欧几里得距离)。点 1 的平均距离：$(1+1+1.414+3.6+4.24+4.47+5)/7=2.96$;类似地,点 2 的平均距离为 2.526;点 3 的平均距离为 2.68;点 4 的平均距离为 2.18;点 5 的平均距离为 2.18;点 6 的平均距离为 2.68;点 7 的平均距离为 2.526;点 8 的平均距离为 2.96。找出平均相异度最大的点 1 放到 splinter group 中,剩余点放在 old party 中。

第 2 步,在 old party 里找出一点,这一点到最近的 splinter group 中的点的距离小于或等于它到 old party 中最近一点的距离,将这一点放入 splinter group 中,该点是点 2。

第 3 步,重复第 2 步,在 splinter group 中放入点 3。

第 4 步,重复第 2 步,在 splinter group 中放入点 4。

第 5 步,没有在 old party 中的点放入了 splinter group 中且达到终止条件($k=2$),程序终止。如果没有达到终止条件,就从分裂好的簇中选一个直径最大的簇继续进行分裂。

DIANA 分裂具体步骤如表 8.6 所示。

表 8.6　DIANA 分裂具体步骤

步骤	具有最大直径的簇	splinter group	old party
1	{1,2,3,4,5,6,7,8}	{1}	{2,3,4,5,6,7,8}
2	{1,2,3,4,5,6,7,8}	{1,2}	{3,4,5,6,7,8}
3	{1,2,3,4,5,6,7,8}	{1,2,3}	{4,5,6,7,8}
4	{1,2,3,4,5,6,7,8}	{1,2,3,4}	{5,6,7,8}
5	{1,2,3,4,5,6,7,8}	{1,2,3,4}	{5,6,7,8}　　终止

例 8.3 实现见代码清单 8.3。

代码清单 8.3 DIANA 实现例 8.3

```python
import math
'''
Point 类,记录坐标 x,y 和点的名字 id
'''
class Point:
    '''
    初始化函数
    '''
    def __init__(self, x, y, name, id):
        self.x = x                        #横坐标
        self.y = y                        #纵坐标
        self.name = name                  #名字
        self.id = id                      #编号
    '''
    计算两点之间的距离
    '''
    def calc_Euclidean_distance(self, p2):
        return math.sqrt((self.x - p2.x) * (self.x - p2.x) +
                          (self.y - p2.y) * (self.y - p2.y))
'''
1. 获取数据集
'''
def get_dataset():
    #原始数据集以元组形式存放,(横坐标,纵坐标,编号)
    datas = [(1, 1, '1'), (1, 2, '2'), (2, 1, '3'), (2, 2, '4'), (3, 4, '5'), (3, 5, '6'),
             (4, 4, '7'), (4, 5, '8')]
    dataset = []                    #用于计算两点之间的距离,形式 [point1, point2,...]
    id_point_dict = {}              #编号和点的映射
    temp_list = []
    for i in range(len(datas)):     #遍历原始数据集
    #利用(横坐标,纵坐标,编号)实例化
        point = Point(datas[i][0], datas[i][1], datas[i][2], i)
        id_point_dict[str(i)] = point
        dataset.append(point)       #放入 dataset 中
        temp_list.append(point)
    return dataset, id_point_dict   #[p1, p2], {id: point}
'''
2. 计算任意两点之间的距离
'''
def get_dist(dataset):
    n = len(dataset)                #点的个数
    dist = []                       #存放任意两点之间的距离
    for i in range(n):
        dist_i = []                 #临时列表
        for j in range(n):          #遍历数据集
            #计算距离并放入临时列表中
            dist_i.append(dataset[i].calc_Euclidean_distance(dataset[j]))
```

```
            dist.append(dist_i)                    #利用临时列表创建二维列表
        #打印 dist
        print("任意两点之间的距离:")
        for d in dist:
            print(d)
        print()
        return dist
    '''
```

3.计算簇内数据点的相异度

```
    '''
    def get_dissimilitude(dist, ids):
        n = len(ids)                               #这个簇的数据点个数
        dissimilitudes = {}                        #存放数据点的相异度
        for id1 in ids:
            id1_num = int(id1)
            d = 0                                  #点 id1 的相异度,初始化为 0
            for id2 in ids:                        #遍历其他数据点
                id2_num = int(id2)
                d += dist[id1_num][id2_num]        #加上两点距离
            dissimilitudes[id1] = d / (n - 1)      #计算相异度
        return dissimilitudes
    '''
```

4.寻找最大相异度的点

```
    '''
    def get_max_diff(dissimilitudes):
        Max = -1                                   #最大相异度值,初始化为一个负值
        Max_id = -1                                #最大相异度值的数据点编号
        for id, diff in dissimilitudes.items():    #遍历之前得到的相异度字典
            if diff > Max:                         #有更大的,就更新
                Max = diff
                Max_id = id
        return Max_id                              #返回最大相异度值的数据点编号
    '''
```

5.DIANA 算法主函数

```
    '''
    def DIANA(dataset, k, id_point_dict):
        dist = get_dist(dataset)                   #获取任意两点之间的距离(欧几里得距离)
        res = []                                   #结果列表,存放每次操作完成后的簇组合
        ids = []                                   #初始簇
        for i in range(len(dataset)):
            ids.append(str(i))                     #初始簇中包含所有数据点的编号
        res.append(ids)                            #初始簇放入结果列表
        while len(res) < k:                        #簇的个数为 k 时,退出循环
            t_res = []                             #结果列表 res 的复制,只用于遍历
            for t in res:
                t_res.append(t)
            for ids in t_res:                      #遍历复制的结果列表
                splinter_group = []                #splinter group
                old_party = []                     #old party
                dissimilitudes = get_dissimilitude(dist, ids)   #计算 ids 这个簇的相异度
```

```python
                Max_id = get_max_diff(dissimilitudes)  #得到这个簇里最大相异度的数据点
                splinter_group.append(Max_id)          #放入 splinter group
                for id in ids:                         #其余数据点放入 old party
                    old_party.append(id)
                old_party.remove(Max_id)               #全放进去,然后把最大点删掉
                pre_len = -1                  #用于判断 old_party 列表不再增加时,退出循环
                while pre_len != len(old_party):  #不相等说明,old_party 列表还在变化
                    pre_len = len(old_party)          #更新 pre_len
                    change_ids = []
                    #在 old party 中寻找到 splinter group 中的点(E 点)的最近距离
                    #小于或等于到 old party 中的点的最近距离的点,找出 D 点,
                    #把该点加入 splinter group 中。在此数据集中,
                    #仅有点 D 到点 E 的距离 2.3<3.5(5.3,5,3.5),
                    #所以将点 D 加入 splinter group 中(D,E 点);
                    for id1 in old_party:              #在 old party 中寻找,遍历
                        Min = float("INF")
                        flag = True                    #判断该点是否符合要求
                        #若 splinter_group 中有多个点,则需要找到最近距离
                        for id2 in splinter_group:
                            if dist[int(id1)][int(id2)] < Min:
                                Min = dist[int(id1)][int(id2)]
                        #寻找最近距离小于或等于到 old party 中的点的最近距离的点
                        for id3 in old_party:
                            #不符合要求的点置为 False,并退出循环
                            if (Min > dist[int(id1)][int(id3)]) and (id1 != id3):
                                flag = False
                                break
                        if flag:                       #该点符合要求
                            #放入 change_ids 列表中,表示需要变化的数据点
                            change_ids.append(id1)
                    for id in change_ids:              #遍历
                        old_party.remove(id)           #从 old_party 中删除
                        splinter_group.append(id)      #放入 splinter_group
                #如果当前簇发生变化了,则更新结果列表 res
                if len(splinter_group) != 0 and len(old_party) != 0:
                    res.remove(ids)                    #删除旧簇
                    res.append(splinter_group)         #加入两个新簇
                    res.append(old_party)
                #打印结果
                print("-------------------------")
                print("DIANA 聚类结果:")
                for r in res:
                    for id in r:
                        #用 id_point_dict 找到该点,并打印它的名字
                        print(id_point_dict[id].name, end="")
                    print()
#测试
dataset, id_point_dict = get_dataset()
k = 2
DIANA(dataset, k, id_point_dict)
```

8.4　基于密度的聚类算法

基于密度的聚类算法是根据密度完成对象的聚类，通过对象周围的密度不断增长聚类。主要目标是寻找被低密度区域分离的高密度区域。具体指导思想为：只要临近区域的密度（单位区域中对象或数据点的数目）超过某个设定的临界值，就把它加到与之相近的聚类中。

与基于距离的聚类算法不同的是，基于距离的聚类算法的聚类结果是球状的簇，而基于密度的聚类算法可以克服基于距离的算法中只能发现"类圆形"的聚类的缺点，发现任意形状的聚类，且对噪声数据不敏感。

8.4.1　DBSCAN

DBSCAN(Density-Based Spatial Clustering of Applications with Noise，带噪声应用的基于密度空间的聚类)是一个典型的基于密度的聚类算法。与划分聚类和层次聚类方法不同，它将簇定义为密度相连的点的最大集合，将簇看作数据空间中被低密度区域分割开的稠密对象区域，把具有足够高密度的区域划分为簇，并可在噪声的数据空间中发现任意形状的簇。

在 DBSCAN 算法中将簇中数据对象的点分为 3 种：核心点、边界点和噪声点。

（1）在半径 Eps 内含有超过密度阈值 MinPts 数目的点，称为**核心点（core point）**；

（2）在半径 Eps 内点的数量小于 MinPts，但是在核心点的邻域内则称为**边界点（border point）**；

（3）任何不是核心点或边界点的点称为**噪声点（noise point）**。

下面介绍 DBSCAN 中的几个概念。

ε 邻域：给定对象半径 Eps 为 ε 以内的区域称为该对象的 ε 邻域。

密度阈值：MinPts 是以 ε 为半径的邻域内的包含对象的最小数目。

【例 8.4】　图 8.7 是半径 Eps 为 1，MinPts 为 3 的数据点的分类。直观地说，核心点对应稠密区域内部的点，边界点对应稠密区域边缘的点，而噪声点对应稀疏区域中的点。数据集通过聚类形成的子集是簇。核心点位于簇的内部，它确定无误地属于某个特定的簇；噪声点是数据集中的干扰数据，它不属于任何一个簇；边界点是一类特殊的点，它位于一个或几个簇的边缘地带，可能属于一个簇，也可能属于另外一个簇，其归属并不明确。

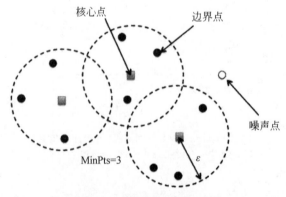

图 8.7　密度聚类相关概念图

基于中心的密度：数据集中特定点的密度通过该点半径（Eps）之内的点的计数（包括本身）来估计。密度依赖于半径。

核心对象：如果给定对象 ε 邻域内的样本点数大于或等于密度阈值 MinPts，则称该对象为核心对象。

直接密度可达：对于样本集合 D，如果样本点 q 在 p 的 ε 邻域内，并且 p 为核心对象，那么对象 q 是从对象 p 直接密度可达。

密度可达：如果存在一个对象链 $p_1,p_2,\cdots,p_n,p_1=q,p_n=p$，对 $p_i\in D,(1\leqslant i\leqslant n)$，$p_{i+1}$ 是从 p_i 关于 ε 和 MinPts 直接密度可达的，则对象 p 是从对象 q 关于 ε 和 MinPts 密度可达的。

密度相连：如果对象集合 D 中存在一个对象 o，使得对象 p 和 q 是从 o 关于 ε 和 MinPts 密度可达的，那么对象 p 和 q 是关于 ε 和 MinPts 密度相连的。

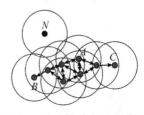

【例 8.5】　如图 8.8 所示，圆圈代表 ε 邻域，MinPts $=4$，中间的点（除 B、C、N 外的其他所有点）为核心点。从点 A 出发，若 B、C 均是密度可达的，则 B、C 是密度相连的，且 B、C 为边界点，而 N 为噪声点。

图 8.8　密度聚类相关概念图

DBSCAB 算法的基本过程如图 8.9 所示。

算法：DBSCAN 算法
输入：ε，半径；
MinPts，给定点在 ε 邻域内成为核心对象的最小邻域点数；
D，样本集合。
输出：基于密度的簇的集合。
方法如下。
(1) 检查数据对象集 D 中的每个样本点 p_i 的 ε 邻域搜索簇；
(2) 判断数据对象集 D 中的每个样本点 p_i，如果样本点 p_i 的 ε 邻域包含的点少于 MinPts 个，则该样本点不是核心对象，暂时被记为噪声点；
(3) 如果样本点 p_i 的 ε 邻域包含的点多于 MinPts 个，则创建一个以点 p_i 为核心的对象的新簇，迭代的聚集从核心对象 p_i 直接到密度可达的对象，这个过程可能涉及一些密度可达簇的合并；
(4) 重复步骤(2)和步骤(3)，直到所有样本点都判断完毕，没有新的点可以添加到任何簇时，该过程结束。

图 8.9　DBSCAN 算法的基本过程

DBSCAN 算法伪代码描述如图 8.10 所示。

```
(1)    首先将数据集 D 中的所有对象标记为未处理状态
(2)    for(数据集 D 中的每个对象 p) do
(3)        if( p 已经归入某个簇或标记为噪声) then
(4)            continue;
(5)        else
(6)            检查对象 p 的 Eps 邻域 NEps(p)；
(7)            if(NEps(p)包含的对象数小于 MinPts) then
(8)                标记对象 p 为边界点或噪声点；
(9)            else
(10)               标记对象 p 为核心点,建立新簇 C,并将 p 邻域内的所有点加入 C
(11)               for (NEps(p)中所有尚未被处理的对象 q)  do
(12)                   检查其 Eps 邻域 NEps(q)，若 NEps(q)包含至少 MinPts 个对象，则
将 NEps(q)中未归入任何一个簇的对象加入 C；
(13)               end for
(14)           end if
(15)       end if
(16) end for
```

图 8.10　DBSCAN 算法伪代码描述

【例 8.6】 表 8.7 所示为一个样本事务数据集,该数据集包含 12 个数据点,每个点由两个属性组成,以坐标作为其属性,利用 DBSCAN 算法对它进行聚类。

表 8.7　样本事务数据集

序　号	坐标 x	坐标 y
1	2	1
2	5	1
3	1	2
4	2	2
5	3	2
6	4	2
7	5	2
8	6	2
9	1	3
10	2	3
11	5	3
12	2	4

【解析】

对所给数据进行 DBSCAN 算法聚类,图 8.11 是数据集的分布图。算法主要步骤(设 $n=12$,用户输入 $\varepsilon=1$,MinPts=4)如下所示。

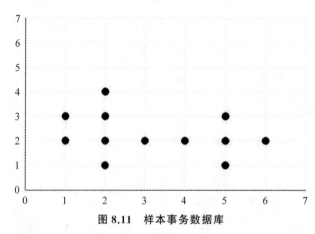

图 8.11　样本事务数据库

第 1 步,在数据集中选择点 1,由于在以它为圆心,以 1 为半径的圆内包含 2 个点(小于 4),因此它不是核心点,选择下一个点;

第 2 步,在数据集中选择点 2,由于在以它为圆心,以 1 为半径的圆内包含 2 个点,因此它不是核心点,继续选择下一个点;

第 3 步,在数据集中选择点 3,由于在以它为圆心,以 1 为半径的圆内包含 3 个点,因此它不是核心点,继续选择下一个点;

第 4 步,在数据集中选择点 4,由于在以它为圆心,以 1 为半径的圆内包含 5 个点,因此它是核心点,寻找从它出发可达的点(直接密度可达 4 个,间接可达 2 个),聚出的新簇 1:{1,3,4,5,9,10,12},选择下一个点;

第 5 步,在数据集中选择点 5,该点已经在簇 1 中,选择下一个点;

第 6 步,在数据集中选择点 6,由于在以它为圆心,以 1 为半径的圆内包含 3 个点,因此它不是核心点,选择下一个点;

第 7 步,在数据集中选择点 7,由于在以它为圆心,以 1 为半径的圆内包含 5 个点,因此它是核心点,寻找从它出发可达的点,聚出的新簇 2:{2,6,7,8,11},选择下一个点;

第 8 步,在数据集中选择点 8,该点已经在簇 2 中,选择下一个点;

第 9 步,在数据集中选择点 9,该点已经在簇 1 中,选择下一个点;

第 10 步,在数据集中选择点 10,该点已经在簇 1 中,选择下一个点;

第 11 步,在数据集中选择点 11,该点已经在簇 2 中,选择下一个点;

第 12 步,在数据集中选择点 12,该点已经在簇 1 中,由于这已经是最后一点,因此所有点都已处理,程序终止。

算法执行过程如表 8.8 所示。

表 8.8 算法执行过程

步骤	选择的点	在 ε 中点的个数	通过计算可达点而找到的新簇
1	1	2	无
2	2	2	无
3	3	3	无
4	4	5	簇 C_1:{1,3,4,5,9,10,12}
5	5	3	已在一个簇 C_1 中
6	6	3	无
7	7	5	簇 C_2:{2,6,7,8,11}
8	8	2	已在一个簇 C_2 中
9	9	3	已在一个簇 C_1 中
10	10	4	已在一个簇 C_1 中
11	11	2	已在一个簇 C_2 中
12	12	2	已在一个簇 C_1 中

使用 DBSCAN 算法对例 8.6 进行聚类,结果输出每个簇所包含的点的集合,并绘制散点图,具体实现见代码清单 8.4。

【解析】

代码清单 8.4 基于密度的聚类算法 DBSCAN 实现①

```
import numpy as np
import random
import matplotlib.pyplot as plt
```

```
import copy

def find_neighbor(j, x, eps):
    N = list()
    for i in range(x.shape[0]):
        temp = np.sqrt(np.sum(np.square(x[j] - x[i])))      #计算欧几里得距离
        if temp <= eps:
            N.append(i)
    return set(N)

def DBSCAN(X, eps, min_Pts):
    k = -1
    neighbor_list = []                                      #用来保存每个数据的邻域
    omega_list = []                                         #核心对象集合
    gama = set([x for x in range(len(X))])                  #初始时将所有点标记为未访问
    cluster = [-1 for _ in range(len(X))]                   #聚类
    for i in range(len(X)):
        neighbor_list.append(find_neighbor(i, X, eps))
        if len(neighbor_list[-1]) >= min_Pts:
            omega_list.append(i)                            #将样本加入核心对象集合
    omega_list = set(omega_list)                            #转化为集合便于操作
    while len(omega_list) > 0:
        gama_old = copy.deepcopy(gama)
        j = random.choice(list(omega_list))                 #随机选取一个核心对象
        k = k + 1
        Q = list()
        Q.append(j)
        gama.remove(j)
        while len(Q) > 0:
            q = Q[0]
            Q.remove(q)
            if len(neighbor_list[q]) >= min_Pts:
                delta = neighbor_list[q] & gama
                deltalist = list(delta)
                for i in range(len(delta)):
                    Q.append(deltalist[i])
                    gama = gama - delta
        Ck = gama_old - gama
        Cklist = list(Ck)
        for i in range(len(Ck)):
            cluster[Cklist[i]] = k
        omega_list = omega_list - Ck
    return cluster

X = np.array([[2,1],[5,1],[1,2],[2,2],[3,2],[4,2],[5,2],[6,2],[1,3],[2,3],[5,
3],[2,4]])
markers = ['^','o']
colors = ['b','r']
eps = 1
min_Pts = 4
```

```
C = DBSCAN(X, eps, min_Pts)
plt.figure()
length = X.shape[0]
for i in range(length):
    color =colors[C[i]]
    marker_in = markers[C[i]]
    plt.scatter(X[i][0], X[i][1],c = color,marker=marker_in)
plt.show()
```

图 8.12 为输出的聚类散点图,可以看到 DBSCAN 算法将例 8.6 中的数据集划分为两个聚类,从图中可以看到每个聚类中包含的点。

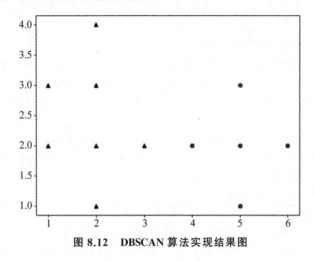

图 8.12　DBSCAN 算法实现结果图

Python 中的 sklearn.cluster 库中有对应的 DBSCAN 函数可以通过 DBSCAN 算法实现聚类,具体实现见代码清单 8.5。

【解析】

代码清单 8.5　基于密度的聚类算法 DBSCAN 实现②

```
from sklearn.cluster import DBSCAN
import numpy as np
import matplotlib.pyplot as plt

X = np.array([[2,1],[5,1],[1,2],[2,2],[3,2],[4,2],[5,2],[6,2],[1,3],[2,3],[5,3],[2,4]])
y_pred = DBSCAN(eps = 1, min_samples = 4).fit_predict(X)
plt.figure()
markers = ['^','o']
colors = ['b','r']
length = X.shape[0]
for i in range(length):
    color =colors[y_pred[i]]
    marker_in = markers[y_pred[i]]
    plt.scatter(X[i][0], X[i][1],c = color,marker=marker_in)
plt.show()
```

其中用于实现算法的函数 DBSCAN(eps＝1,min_samples＝4,metric＝'euclidean', metric_params＝None,algorithm＝'auto',leaf_size＝30,p＝None,n_jobs＝None)的主要参数如表 8.9 所示。

表 8.9　函数 DBSCAN()的主要参数

参　　数	描　　述
eps	ε 邻域的距离阈值,和样本距离超过 ε 的样本点不在 ε 邻域内。默认值是 0.5,一般需要在多组值里选择一个合适的阈值
min_samples	样本点要成为核心对象所需要的 ε 邻域的样本数阈值。默认值是 5,一般需要在多组值里选择一个合适的阈值,通常和 eps 一起调参
metric	最近邻距离度量参数。可以使用的距离度量较多,一般来说 DBSCAN 使用默认的欧几里得距离(即 $p=2$ 的闵可夫斯基距离)
metric_params	度量函数的其他关键字参数
algorithm	最近邻搜索算法参数,算法一共有 3 种：第一种是蛮力实现；第二种是 KD 树实现；第三种是球树实现。有{'auto','ball_tree','kd_tree','brute'}4 种可选输入
leaf_size	最近邻搜索算法参数,为使用 KD 树或者球树时,停止建子树的叶子结点数量的阈值。默认值为 30
p	最近邻距离度量参数。只用于闵可夫斯基距离和带权重闵可夫斯基距离中 p 值的选择, $p=1$ 为曼哈顿距离, $p=2$ 为欧几里得距离。如果使用默认的欧几里得距离,则不需要设置这个参数
n_jobs	int 或 None,默认为 None

DBSCAN 算法聚类速度快,且能够有效处理噪声点和发现任意形状的空间聚类。但是,由于它直接对整个数据库进行操作且进行聚类时使用了一个全局性的表征密度的参数,因此有以下 3 个比较明显的缺点。

① 当数据量增大时,要求较大的内存支持 I/O 消耗也很大。

② 算法聚类效果依赖于距离公式选取,实际应用中常用欧几里得距离,对于高维数据,存在"维数灾难"。

③ 两个初始参数 ε 邻域(邻域半径)和 minPts(ε 邻域最小点数)需要用户设置且为全局参数,并且聚类的类簇结果对这两个参数的取值非常敏感,当空间聚类的密度不均匀、聚类间距差相差很大时,聚类质量较差。只能发现密度不少于 MinPts 的点组成的簇,即很难发现不同密度的簇。

【例 8.7】　在图 8.13 中,左图有 3 个簇,一个全局密度阈值可以把 3 个簇分开,但是在右图中,一个阈值无法把 3 个簇分开,过高的阈值会把 C_3 全部变成异常点,过低的阈值会把 C_1 和 C_2 合并起来。

为了解决其发现的簇密度不同的问题,目前已经发明了很多新的方法,比如 OPTICS(ordering points to identify the clustering structure)将邻域点按照密度大小进行排序,再用可视化的方法发现不同密度的簇。

8.4.2　OPTICS

尽管 DBSCAN 能够根据给定的输入参数 ε 和 MinPts 聚类对象,但是它把选择能产生可接受的聚类结果的参数值的责任留给了用户,参数的设置通常依靠经验,如果选取不当,

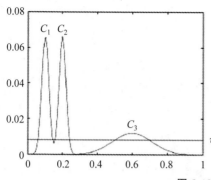 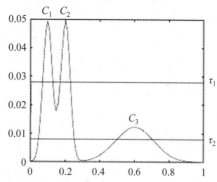

图 8.13　参数选取示例图

聚类结果会比较差。并且在 DBSCAN 中使用全局参数,不能很好地刻画其内在的聚类结构。为了克服这些缺点,OPTICS 聚类分析方法应运而生。

OPTICS 可以视为 DBSCAN 算法的一种改进算法,与 DBSCAN 算法相比,OPTICS 算法的改进主要在于对输入参数不敏感。OPTICS 算法不显式地生成数据聚类,它只是对数据对象集合中的对象进行排序,得到一个有序的对象列表,即簇排序,其中包含了足够的信息用来提取聚类。这样一来,OPTICS 不需要用户提供特定密度阈值,簇排序可以用来提取基本的聚类信息(例如,簇中心或任意形状的簇),导出内在的聚类结构,也可以提供聚类的可视化。

1. 基本概念

为了同时构造不同的聚类,对象需要按特定次序处理。这个次序选择关于最小的 ε 值密度可达的对象,以便较高密度(较低 ε 值)的簇先完成。基于这个想法,对于每个对象,OPTICS 需要两个重要信息,这里仍考虑数据集合 D,以及参数 ε 和 MinPts。

核心距离:设 $p \in D$,对于给定的参数 ε 和 MinPts,称使得 p 成为核心点的最小邻域半径 ε' 为 x 的核心距离。如果 p 不是关于 ε 和 MinPts 的核心对象,则 p 的核心距离没有定义。

从对象 q 到对象 p 的可达距离:使 p 从 q 密度可达的最小半径值。根据密度可达的定义,q 必须是核心对象,并且 p 必须在 q 的邻域内。因此,从 q 的 p 的可达距离是 max{core-distance(q), dist(p,q)}。如果 q 不是关于 ε 和 MinPts 的核心对象,则从 q 到 p 的可达距离没有定义。

对象 p 可能由多个核心对象可达。因此,关于不同的核心对象,p 可能有多个可达距离。p 的最小可达距离给出了 p 连接到一个稠密簇的最短路径。

【例 8.8】 图 8.14 演示了核心距离和可达距离的概念。假设 $\varepsilon = 6$mm、MinPts$= 5$。p 的核心距离是 p 与 p 的第 4 个最近的数据对象之间的距离 ε'。从 q_1 到 p 的可达距离是 p 的核心距离($\varepsilon' = 3$mm),因为它比 q_1 到 p 的欧几里得距离大;q_2 关于 p 的可达距离是 p 到 q_2 的欧几里得距离,它大于 p 的核心距离。

2. 算法描述

OPTICS 算法计算给定数据库中所有对象的排序,并且存储每个对象核心距离和相应的可达距离。它维护一个称为 OrderSeeds 的表来产生输出排列,OrderSeeds 中的对象按到各自的最近核心对象的可达距离排序,即按每个对象的最小可达距离排序。开始,OPTICS 用输入数据库中的任意对象作为当前对象 p。它检索 p 的 ε 邻域,确定核心距离并设置可达距离为未定义。然后,输出当前对象 p,如果 p 不是核心对象,则简单地转移到

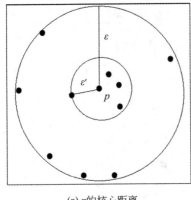
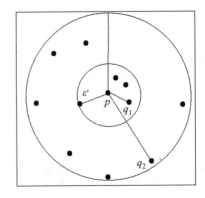

(a) p 的核心距离　　　　　　　　　　　　　(b) p 的可达距离

图 8.14　p 的核心距离与可达距离

OrderSeeds 表（或输入数据库，如果 OrderSeeds 为空）的下一个对象；如果 p 是核心对象，则对于 p 的 ε 邻域中的每个对象 q，OPTICS 更新从 p 到 q 的可达距离，并且如果 q 尚未处理，则把 q 插入 OrderSeeds。该迭代继续，直到输入完全耗尽且 OrderSeeds 为空。

　　OPTICS 算法维护两个队列，分别是种子队列和结果队列。种子队列用来存储当前所有没用被访问过的样本点的最小可达距离；结果队列用来存储样本点的输出次序。可以理解为种子队列里面放的是待处理的数据，而结果队列里放的是已经处理完的数据。

　　OPTICS 的核心思想如下。

　　① 较稠密簇中的对象在簇排序中相互靠近；

　　② 一个对象的最小可达距离给出了一个对象连接到一个稠密簇的最短路径。

　　OPTICS 算法步骤如图 8.15 所示。

输入：样本集 D，邻域半径 ε 与 MinPts

输出：具有可达距离信息的样本点输出排序

方法：

　　第一步：构建结果队列（训练）

　　（1）假设 $\varepsilon = +\infty$，构建结果队列；

　　（2）计算每个样本点的核心距离，并根据核心距离与 ε（输入的常量不是 $+\infty$）的关系得到核心点的队列 Q_{core}；

　　（3）任取一个核心点作为开始结点，将其标为已访问并加入结果队列 Q_{order}，并将其可达距离记为其核心距离，可达距离队列记为 $Q_{reachdist}$；

　　（4）计算其余各点相对起始结点的可达距离，并将未访问过的点的可达距离放入种子队列 Q_{seed} 中；

　　（5）循环执行下面操作，直到种子队列 Q_{seed} 为空。

　　　　① 从 Q_{seed} 中取出一个可达距离最小的样本点 q；

　　　　② 将 q 标记为访问，并加入结果队列；

　　　　③ 计算每个没有访问过的点的相对 q 的可达距离，如果距离变小，则更新 Q_{seed} 和 $Q_{reachdist}$，用小的可达距离代替大的可达距离。

　　第二步：输出标签（预测）

　　（1）按照结果队列的输出顺序，遍历整个样本集。

　　（2）如果当前样本的可达距离不大于给定半径 ε，则该点属于当前类别。

　　（3）如果当前样本的可达距离大于给定半径 ε，则有两种情况：

　　　　① 如果该点的核心距离大于给定半径 ε，则该点为噪声；

　　　　② 如果该点的核心距离不大于给定半径 ε，则该点属于新的类。

图 8.15　OPTICS 算法步骤

3. 实例

【例 8.9】 给定数据集 cluster.csv,在该数据集上实施 OPTICS 聚类算法,得到可视化的输出结果。数据集 cluster.csv 中共有 314 条数据,每条数据由 (x,y) 数据对组成,具体分布如图 8.16 所示。

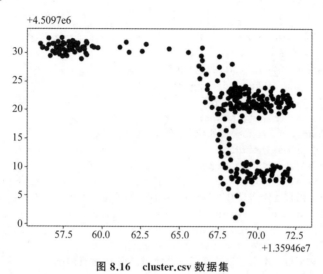

图 8.16 cluster.csv 数据集

【解析】 采用 Python 实现对数据集 cluster.csv 的聚类,具体见代码清单 8.6。

代码清单 8.6 OPTICS 算法 Python 实现

```python
import numpy as np
import matplotlib.pyplot as plt
import time
import operator
from scipy.spatial.distance import pdist
from scipy.spatial.distance import squareform
def compute_squared_EDM(X):
    return squareform(pdist(X,metric='euclidean'))
#显示决策图
def plotReachability(data,eps):
    plt.figure()
    plt.plot(range(0,len(data)), data)
    plt.plot([0, len(data)], [eps, eps])
    plt.show()
#显示分类的类别
def plotFeature(data,labels):
    clusterNum = len(set(labels))
    fig = plt.figure()
    scatterColors = ['black', 'blue', 'green', 'yellow', 'red', 'purple',
'orange', 'brown']
    markers = ['^', 's', 'd', '+', 'D']
    ax = fig.add_subplot(111)
    for i in range(-1, clusterNum):
        colorSytle = scatterColors[i % len(scatterColors)]
```

```
            markerSytle = markers[i % len(markers)]
            subCluster = data[np.where(labels == i)]
            ax.scatter(subCluster[:, 0], subCluster[:, 1], c=colorSytle,marker =
    markerSytle, s=12)
        plt.show()
        def
         updateSeeds (seeds, core _ PointId, neighbours, core _ dists, reach _ dists,
    disMat,isProcess):
        #获得核心点 core_PointId 的核心距离
        core_dist=core_dists[core_PointId]
        #遍历 core_PointId 的每一个邻居点
        for neighbour in neighbours:
            #如果 neighbour 没有被处理过,则计算该点的核心距离
            if(isProcess[neighbour]==-1):
                #首先计算该点针对 core_PointId 的可达距离
                new_reach_dist = max(core_dist, disMat[core_PointId][neighbour])
                #如果可达距离没有被计算过,将计算的可达距离赋予种子集合 seeds
                if(np.isnan(reach_dists[neighbour])):
                    reach_dists[neighbour]=new_reach_dist
                    seeds[neighbour] = new_reach_dist
                #如果可达距离已经被计算过,则判断是否要进行修改
                elif(new_reach_dist<reach_dists[neighbour]):
                    reach_dists[neighbour] = new_reach_dist
                    seeds[neighbour] = new_reach_dist
        return seeds
        def OPTICS(data,eps=np.inf,minPts=15):
        #获得距离矩阵
        orders = []
        disMat = compute_squared_EDM(data)
        #获得数据的行和列(一共有 n 条数据)
        n, m = data.shape
        #np.argsort(disMat)[:,minPts-1] 按照距离进行行排序,找第 minPts 个元素的索引
        #disMat[np.arange(0,n),np.argsort(disMat)[:,minPts-1]]
        #计算 minPts 个元素的索引的距离
        temp_core_distances =
        disMat[np.arange(0,n),np.argsort(disMat)[:,minPts-1]]
        #计算核心距离
        core_dists = np.where(temp_core_distances <= eps, temp_core_distances, -1)
        #将每个点的可达距离赋予空值
        reach_dists= np.full((n,), np.nan)
        #将矩阵中小于 minPts 的数赋予 1,大于 minPts 的数赋予零,1 代表对每一行求和,
        #然后求核心点坐标的索引
        core_points_index = np.where(np.sum(np.where(disMat <= eps, 1, 0), axis=1)
    >= minPts)[0]
        #isProcess 用于标识是否被处理,若没有被处理,则将其设置为-1
        isProcess = np.full((n,), -1)
        #遍历所有的核心点
        for pointId in core_points_index:
            #如果核心点未被分类,将其作为种子点,开始寻找相应簇集
            if (isProcess[pointId] == -1):
                #将点 pointId 标记为当前类别(即标识为已操作)
```

```
                isProcess[pointId] = 1
                orders.append(pointId)
                #寻找种子点的 eps 邻域且没有被分类的点,将其放入种子集合
                neighbours = np.where((disMat[:, pointId] <= eps) & (disMat[:,
pointId] > 0) & (isProcess == -1))[0]
                seeds = dict()
seeds=updateSeeds(seeds,pointId,neighbours,core_dists,reach_dists,disMat,
isProcess)
                while len(seeds)>0:
                    nextId = sorted(seeds.items(),
                    key=operator.itemgetter(1))[0][0]
                    del seeds[nextId]
                    isProcess[nextId] = 1
                    orders.append(nextId)
                    #寻找 newPoint 种子点的 eps 邻域(包含自己)
                    #这里没有加约束 isProcess == -1,如果加了,核心点可能变成非核心点
                    queryResults = np.where(disMat[:, nextId] <= eps)[0]
                    if len(queryResults) >= minPts:
seeds=updateSeeds(seeds,nextId,queryResults,core_dists,reach_dists,disMat,
isProcess)
                #簇集生长完毕,寻找到一个类别
    #返回数据集中的可达列表及其可达距离
    return orders,reach_dists
def extract_dbscan(data,orders, reach_dists, eps):
    #获得原始数据的行和列
    n,m=data.shape
    #reach_dists[orders] 将每个点的可达距离,按照有序列表排序(即输出顺序)
    #np.where(reach_dists[orders] <= eps)[0],找到有序列表中小于 eps 的点的索引,
    #即对应有序列表的索引
    reach_distIds=np.where(reach_dists[orders] <= eps)[0]
    pre=reach_distIds[0]-1
    clusterId=0
    labels=np.full((n,),-1)
    for current in reach_distIds:
        #current 的值应该比 pre 的值多一个索引。如果大于一个索引,就说明不是一个类别
        if(current-pre!=1):
            #类别+1
            clusterId=clusterId+1
        labels[orders[current]]=clusterId
        pre=current
    return labels
data = np.loadtxt("cluster.csv", delimiter=",")
start = time.clock()
orders,reach_dists=OPTICS(data,np.inf,30)
end = time.clock()
print('finish all in %s' % str(end - start))
labels=extract_dbscan(data,orders,reach_dists,3)
plotReachability(reach_dists[orders],3)
plotFeature(data,labels)
```

运行结果如图 8.17 所示。其中图 8.17(a)是有序列表决策图(横坐标是处理顺序,纵坐

标是该点的可达距离），举个例子，横坐标为[1,2,3]，纵坐标为[5.5,3.6,8.4]。说明：第一个被处理的点的可达距离为5.5，第二个被处理的点的可达距离为3.6，第三个被处理的点的可达距离为8.4。同时，从该图中可以看出，当 eps 取 3 时，原数据集可以被分为 3 个类别（决策图有一个凹槽）。图 8.17（b）是聚类结果图，从中可以清楚地观察到数据集经过 OPTICS 算法被分成 3 个聚类，其中菱形是噪声点。

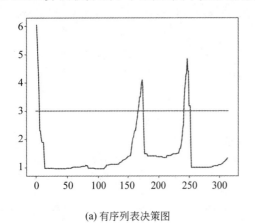

(a) 有序列表决策图

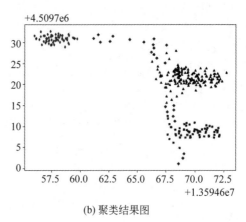

(b) 聚类结果图

图 8.17　OPTICS 算法结果图

　　OPTICS 算法实现了数据库所有对象的排序，这一对象序列就可以反映出数据空间基于密度的簇结构信息，基于这些信息可以容易地确定合适的 ε 值，并随之发现各个簇，较好地解决了 DBSCAN 算法的对输入参数 ε 敏感的问题。但是，由于采用了复杂的处理方法以及额外的磁盘 IPO 操作，使得 OPTICS 实际运行的速度远远低于 DBSCAN。

8.4.3　DENCLUE

　　密度估计是基于密度的聚类方法的核心问题。DENCLUE（DENsity-based CLUstEring）是一种基于一组密度分布函数的聚类算法。首先给出密度估计的一些背景知识，然后介绍 DENCLUE 算法。

　　在概率统计中，密度估计是根据一系列观测数据集估计不可观测的概率密度函数。在基于密度聚类的背景下，不可观测的概率密度函数是待分析的所有可能的对象的总体的真实分布。观测数据集被看作取自该总体的几个随机样本。在 DBSCAN 和 OPTICS 中，密度通过统计被半径参数 ε 定义的邻域中的对象个数计算。这种密度估计对所使用的半径值非常敏感，随着半径的改变，密度会发生显著改变。

　　为了解决这一问题，可以使用核密度估计，它是一种源于统计学的非参数密度估计方法。核密度估计的一般思想为：把每个观测对象都看作周围区域中高概率密度的一个指示器，一个点上的概率密度依赖于从该点到观测对象的距离。DENCLUE 吸取这种思想，采用高斯核估计基于给定的待聚类的对象集密度。其主要原理是：每个数据点的影响可以用一个数学函数形式化地模拟，它描述数据点在邻域的影响，被称为影响函数。

　　数据空间的整体密度（全局密度函数）可以被模拟为所有数据点的影响函数总和。

　　聚类可以通过密度吸引点 X^* 得到，这里的密度吸引点是全局密度函数的局部最大值。

　　使用一个步进式爬山过程，把待分析的数据分配到密度吸引点 X^* 所代表的簇中。

　　爬山法是深度优先搜索的改进算法。在爬山法中，使用某种贪心算法决定在搜索空间中向哪个方向搜索。爬山算法要求爬山者在每走一步之前,先计算分别在每个方向上走一步后到达的新位置与原位置的高度差,选择高度差最大的方向作为即将走的方向。当到达某点时,再向任意一个方向走后,高度差计算结果都导致高度下降,则认为该点就是山的最高点,搜索结束。由于爬山算法每一步都是向梯度最陡的方向前进,因而可找到一条能很快到达最高点的路径。基于以上所述的这些概念,能够对存在于空间 D 上的对象进行密度聚类,形式化地定义中心定义的簇(Center-defined Cluster)。利用梯度指导的爬山算法找到一组对象集合中的密度吸引点 X^*,根据密度吸引点 X^* 的中心定义的簇是一个被 X^* 密度吸引的子集 C。子集 C 的密度函数不小于一个阈值 ε,否则将被认为是孤立点。

DENCLUE 算法步骤如图 8.18 所示。

输入:数据集 D、邻域半径参数 r

输出:簇的集合

方法:

    (1) 对数据点占据的邻域空间推导密度函数;

    (2) 通过沿密度最大的方向(即梯度方向)移动,识别密度函数的最大局部点(这是局部吸引点),将每个点关联到一个密度吸引点;

    (3) 定义与特征的密度吸引点相关联的点构成的簇;

    (4) 丢弃与非平凡密度吸引点相关联的簇(密度吸引点 X' 称为非平凡度吸引点,如果 $f(X')<r$,则 r 为设定的阈值);

    (5) 若两个密度吸引点之间存在密度大于或等于 r 的路径,则合并它们所代表的簇。对所有的密度吸引点重复此过程,直到不再改变时,算法结束。

图 8.18 DENCLUE 算法步骤

DENCLUE 算法的主要优点如下。

(1) 严格的数学基础;

(2) 对有巨大噪声的数据集有良好的聚类特性;

(3) 允许对高维数据集中的任意形状的聚类给出简洁的数学描述;

(4) 比现存的算法(如 DBSCAN)快得多。但是它需要大量的参数,且参数对结果影响巨大。

8.5 聚类效果评估方法

聚类是一种非常重要的无监督学习技术,其任务是将目标样本分成若干个簇,并且保证每个簇内的样本尽可能相似,而属于不同簇的样本尽可能相异。聚类作为一个非监督学习技术,评价聚类后的效果是非常有必要的,否则聚类的结果将很难被应用。

聚类算法众多,大多数聚类算法在聚类之前需要给出聚类的簇数目,同时在聚类分析前需要估计数据集的聚类趋势以判断数据集是否有必要进行聚类,因此对数据集进行聚类分析前需要对聚类的数据集进行可行性评估,以判断是否需要进行聚类,还要给出确定聚类数目的方法。聚类是一种典型的无监督学习,无监督学习结果的评价方法在理论上不太完善。不像有监督学习那样有已知的类标号结果来判断学习的结果是否正确。从数学上看,聚类分析是一个组合问题,它将 n 个对象划分为 m 个集合,可能的结果有 $m^n/m!(1 \leqslant m \leqslant n)$,如何对聚类分析的结果进行评价是关键,如果有聚类结果的有效评价机制,就可以对众多的聚类算法进行比较,根据实际应用选择最合适的聚类分析算法。对聚类效果进行评价称为聚类的有效性分析。

在进行聚类分析时，需要进行聚类评估，主要包括在数据集上进行聚类的可行性（即估计聚类趋势和确定聚类的簇数目）和聚类有效性分析（即聚类算法产生的聚类结果的质量）。聚类评估主要包括如下 3 项任务。

（1）估计聚类趋势。对于给定的数据集，评估该数据集是否存在非随机结构。只有数据集上存在非均匀分布结构，该数据集上的聚类才可能是有意义的。相反，如果数据集是均匀的随机分布，说明没有要挖掘的知识信息，也就没有必要做聚类分析，盲目在均匀分布的数据集上使用聚类算法将返回一些无意义的簇，对于数据的理解是一种误导。

（2）确定簇数。大多数聚类算法需要以数据集的簇数作为输入参数。此外，簇数可被看作数据集重要的概括统计量。因此，在使用聚类算法产生详细的簇之前，估计簇数是十分必要的。

（3）评估聚类质量。在数据集上使用聚类算法后，需要对聚类算法的聚类结果进行评价。两种常用的聚类结果评价标准是：①聚类结果和人工判断的结果越吻合越好；②聚类结果中，簇内越紧密，簇间越分离越好。以这两个标准为基础，按照评价参照对象的来源不同，评价聚类结果的方法可分为外在方法和内在方法。外在方法就是用事先判定的基准簇评价聚类结果的好坏，聚类结果和基准簇越相似越好。外在方法是有监督的评价方法，需要基准数据，并用一定的度量评判聚类结果与基准数据的符合程度。基准是一种理想的聚类结果，通常由专家提前构建。内在方法按照"簇内越紧密，簇间越分离越好"的原则，用参与聚类的样本本身评价聚类结果。内在方法是无监督的评价方法，无需基准数据。内在方法主要评价类内聚集程度和类间离散程度，例如轮廓系数、误差平方和准则等。

8.5.1　估计聚类趋势

在聚类分析前，需要估计数据集的聚类趋势，以便决定是否有必要对该数据集进行聚类分析。一般来说，数据集有非均匀分布结构才有进行聚类分析的必要，如果数据集是均匀的随机分布，没有类信息，就没必要做聚类分析。聚类趋势评估确定给定的数据集是否具有可以导致有意义的聚类的非随机结构。考虑一个没有任何非随机结构的数据集，如数据空间中均匀分布的点，尽管聚类算法可以为该数据集返回簇，但是这些簇是随机的，对于应用而言，这些簇不可能有任何意义。聚类要求数据是非均匀分布的，可以通过空间随机性的统计验证评估数据集被均匀分布产生的概率。

霍普金斯统计量（Hopkins Statistic）可以评估给定数据集是否存在有意义的可聚类的非随机结构。如果一个数据集是由随机均匀的点生成的，虽然它也可以产生聚类结果，但该结果是没有意义的。聚类的前提是需要数据是非均匀分布的。

霍普金斯统计量是一种空间统计量，检验空间分布的变量的空间随机性。给定数据集 D，可以将其看作随机变量 o 的一个样本，想确定 o 在多大程度上不同于数据空间中的均匀分布，可以按以下步骤计算霍普金斯统计量：

均匀地从 D 的空间中抽取 n 个点 $p_1, p_2, \cdots, p_n$。也就是说，D 的空间中的每个点都以相同的概率包含在这个样本中。对于每个点 $p_i (1 \leqslant i \leqslant n)$，我们找出 p_i 在 D 中的最近邻，并令 x_i 为 p_i 与它在 D 中的最近邻之间的距离，即

$$x_i = \min_{v \in D, p_i \neq v} \{\text{dist}(p_i, v)\} \tag{8.14}$$

均匀地从 D 中抽取 n 个点 $q_1, q_2, \cdots, q_n$。对于每个点 $q_i (1 \leqslant i \leqslant n)$，找出 q_i 在 $D -$

$\{q_i\}$ 中的最近邻,并令 y_i 为 q_i 与它在 $D-\{q_i\}$ 中的最近邻之间的距离,即

$$y_i = \min_{v \in D, v \neq q_i} \{\mathrm{dist}(q_i, v)\} \tag{8.15}$$

计算霍普金斯统计量 H:

$$H = \frac{\sum\limits_{i=1}^{n} y_i}{\sum\limits_{i=1}^{n} x_i + \sum\limits_{i=1}^{n} y_i} \tag{8.16}$$

如果 D 是均匀分布的,则 $\sum\limits_{i=1}^{n} y_i$ 和 $\sum\limits_{i=1}^{n} x_i$ 将会很接近,因而 H 大约为 0.5。然而,如果 D 是高度倾斜的,则 $\sum\limits_{i=1}^{n} y_i$ 将显著小于 $\sum\limits_{i=1}^{n} x_i$,因而 H 将接近于 0。

原假设是同质假设,即 D 是均匀分布的,因而不包含有意义的簇。非均匀假设(即 D 不是均匀分布的,因而包含簇)是备择假设。可以迭代地进行霍普金斯统计量检验,使用 0.5 作为拒绝备择假设阈值,即如果 $H > 0.5$,则 D 不大可能具有统计显著的簇。

8.5.2　确定簇数

确定数据集中恰当的簇数是重要的,因为不仅像 $K\text{-means}$ 这样的聚类算法需要这种参数,而且合适的簇数可以控制适当的聚类分析粒度,在聚类分析的可压缩性与准确性之间寻找好的平衡点。然而,确定簇数并非易事,因为恰当的簇数常常是含糊不清的。通常,找出正确的簇数依赖于数据集分布的形状和尺度,也依赖于用户要求的聚类分辨率。一种简单的经验方法是,对于 n 个点的数据集,设置簇数 p 大约为 $\sqrt{\dfrac{n}{2}}$。在期望情况下,每个簇大约有 $\sqrt{2n}$ 个点。当然,还有其他估计簇数的方法,下面介绍几种简单的但比较流行和有效的方法。

从簇的内部评价方法可知,增加簇数有助于降低每个簇的簇内误差平方和,因为簇数越多越可以捕获更细的数据对象簇,簇中对象之间会更为相似。但是,如果形成的簇太多,则簇内误差平方和的边缘效应就可能下降,因为把一个凝聚的簇分裂成两个簇可能只会引起簇内误差平方和稍微降低。因此,可以使用簇内误差平方和关于簇数的曲线的拐点启发式地选择簇数。肘方法就是基于此思想构建的。

肘方法的过程可以简单理解为:给定 $k > 0$,可以使用 $K\text{-means}$ 等聚类算法对数据集聚类,并计算聚类结果的误差平方和。然后,绘制聚类结果的误差平方和关于 k 的曲线。曲线的第一个拐点暗示正确的簇数。

数据集的簇数也可以通过交叉验证确定。首先,把给定的数据集 D 划分成 m 个部分。然后,使用 $m-1$ 个部分建立一个聚类模型,并使用剩下的一部分检验聚类的质量。例如,对于检验集中的每个点,找出离其最近的质心。然后使用检验集中的所有点与它们的最近质心之间的距离的平方和度量聚类模型拟合检验集的程度。对于任意整数 $k > 0$,一次使用每一部分作为检验集,重复以上过程 m 次,导出 k 个簇的聚类。取 m 次质量度量的平均值作为总体质量度量。然后,对不同的 k 值,比较总体质量度量,并选取最佳拟合数据的簇数。

8.5.3 评估聚类质量

假设已经评估了给定数据集的聚类趋势，并确定了数据集的簇数。接着就可以使用一种或多种聚类方法对数据集进行聚类。

根据是否有聚类基准数据可用，评估聚类质量的方法分成两类：外在方法和内在方法。

聚类基准是一种理想的聚类，通常由专家构建。如果有可用的聚类基准数据，则可以使用外在方法比较聚类结果和基准。如果没有聚类基准数据可用，则只能使用内在方法，通过考虑簇的分离情况评估聚类的好坏。基准可被看作一种"簇标号"形式的监督。因此，外在方法又称监督方法，而内在方法是无监督方法。

1. 外在方法

当有基准可用时，可以把基准与聚类结果进行比较，以评估聚类结果。外在方法的核心：给定基准 C_g，对聚类 C 赋予一个评分 $Q(C, C_g)$。一种外在聚类方法是否有效，很大程度依赖于该方法使用的度量 Q。

一般而言，如果一种聚类质量度量 Q 满足如下 4 项基本标准，它就是有效的。

（1）同质性。

簇的同质性要求聚类中的簇越纯聚类越好。假设基准是数据集 D 中的对象，可能属于类别 $L_1, L_2, \cdots, L_n$。考虑一个聚类 C_1，其中簇 $S \in C_1$ 包含来自两个类 L_i 和 L_j 中的对象。再考虑一个聚类 C_2，除了把簇 S 划分为分别包含来自两个类 L_i 和 L_j 中对象的两个簇外，它等价于 C_1。关于簇的同质性，聚类质量度量 Q 应该赋予 C_2 更高的得分，即 $Q(C_2, C_g) > Q(C_1, C_g)$。

例如：4 和 6 来自类别 L_1；10 和 11 来自类别 L_2，聚类 c_2 的聚类质量优于聚类 c_1。

（2）完全性。

簇的完全性与簇的同质性相辅相成。簇的完全性要求对于聚类来说，根据基准如果两个对象属于相同的类别，则应该被分配到相同的簇。簇的完全性要求聚类把属于相同类别的对象分配到相同的簇。考虑聚类 C_1，它包含簇 S_1 和 S_2，根据基准，它们的成员属于相同的类别。假设 C_2 除 S_1 和 S_2 在 C_2 中合并到一个簇外，它等价于聚类 C_1。关于簇的完全性，聚类质量度量 Q 应该赋予 C_2 更高的得分，即 $Q(C_2, C_g) > Q(C_1, C_g)$。

例如：1、2、3 和 4、5、6 为相同类别，聚类 c_2 的聚类质量优于聚类 c_1。

（3）碎布袋准则。

在许多实际情况下，常常有一种"碎布袋"类别，它包含一些不能与其他对象合并的对象。这种类别通常称为"杂项"或"其他"等。碎布袋准则认为把一个异种对象放入一个纯的簇中应该比放入碎布袋中受更大的"处罚"。考虑聚类 C_1 和簇 $S \in C_1$，使得根据基准，除一个对象（记作 o）外，S 中所有的对象都属于相同的类别。考虑聚类 C_2，它几乎等价于 C_1，唯一例外的是在 C_2 中，o 被分配给簇 $C' \neq C$，使得 C' 包含来自不同类别的对象（根据基准），因此是噪声。也就是说，C_2 中的 C' 是一个碎布袋。于是，关于碎布袋准则，聚类质量度量 Q 应该赋予 C_2 更高的得分，即 $Q(C_2, C_g) > Q(C_1, C_g)$。

例如：聚类 c_1 对象里的纯度高于聚类 c_2 对象里的，将 99 分别放入 c_1 和 c_2 里，聚类 c_2 的聚类质量优于聚类 c_1。

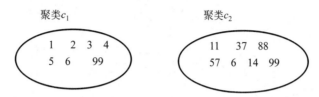

（4）小簇保持性。

小簇保持性：如果小的类别在聚类中被划分成小片，则这些小片很可能成为噪声，从而小的类别就不可能被该聚类发现。小簇保持准则是说，把小类别划分成小片比将大类别划分成小片更有害。考查一个极端情况，设 D 是 $n+2$ 个对象的数据集，根据基准，n 个对象 $o_1, o_2, \cdots, o_n$ 属于一个类别，而其他两个对象 o_{n+1}, o_{n+2} 属于另一个类别。

假设聚类 C_1 有 3 个簇：$C_1 = \{o_1, o_2, \cdots, o_n\}$，$C_2 = \{o_{n+1}\}$，$C_3 = \{o_{n+2}\}$。设聚类 C_2 也有 3 个簇：$C_1 = \{o_1, o_2, \cdots, o_{n-1}\}$，$C_2 = \{o_n\}$，$C_3 = \{o_{n+1}, o_{n+2}\}$。换言之，$C_1$ 划分了小类别，而 C_2 划分了大类别。保持小的聚类质量度量 Q 应该赋予 C_2 更高的得分，即 $Q(C_2, C_g) > Q(C_1, C_g)$。

许多聚类质量度量都满足这 4 个标准中的一些，下面介绍一种 BCubed 精度和召回率，它满足这 4 个标准。

根据基准 BCubed 对给定数据集上聚类中的每个对象估计精度和召回率。一个对象的精度指示同一簇中有多少个其他对象与该对象同属一个类别。一个对象的召回率反映有多少同一类别的对象被分配在相同的簇中。

设 $D = \{o_1, o_2, \cdots, o_n\}$ 是对象的集合，C 是 D 中的一个聚类。设 $L(o_i)(1 \leqslant i \leqslant n)$ 是基准确定的 o_i 的类别，$C(o_i)$ 是 C 中 o_i 的 cluster_ID。于是，对于两个对象 o_i 和 $o_j(1 \leqslant i, j \leqslant n, i \neq j)$，$o_i$ 和 o_j 之间在聚类 C 中关系的正确性由式（8.17）给出：

$$\text{Correctness}(o_i, o_j) = \begin{cases} 1 & L(o_i) = L(o_j) \Leftrightarrow C(o_i) = C(o_j) \\ 0 & \text{其他} \end{cases} \tag{8.17}$$

BCubed 精度定义为

$$\text{Precision BCubed} = \frac{1}{n} \sum_{i=1}^{n} \frac{\displaystyle\sum_{o_j: i \neq j, C(o_i) = C(o_j)} \text{Correctness}(o_i, o_j)}{|| \{o_j \mid i \neq j, C(o_i) = C(o_j)\} ||} \tag{8.18}$$

BCubed 召回率定义为

$$\text{Recall BCubed} = \frac{1}{n} \sum_{i=1}^{n} \frac{\displaystyle\sum_{o_j: i \neq j, L(o_i) = L(o_j)} \text{Correctness}(o_i, o_j)}{|| \{o_j \mid i \neq j, L(o_i) = L(o_j)\} ||} \tag{8.19}$$

2. 内在方法

当没有数据集的基准可用时，可以使用内在方法评估聚类的质量。一般而言，内在方法通过考查簇间的分离情况和簇内的紧凑情况评估聚类。许多内在方法都利用数据集对象之间的相似性度量，下面介绍常用的轮廓系数。

对于 n 个对象的数据集 D，假设 D 被划分成 k 个簇 $C_1, C_2, \cdots, C_k$。对于每个对象 $o \in D$，

计算 o 与 o 所属的簇的其他对象之间的平均距离 $a(o)$。类似地，$b(o)$ 是 o 不属于 o 的所有簇的最小平均距离。假设 $o \in C_i (1 \leqslant i \leqslant k)$，则

$$a(o) = \frac{\sum\limits_{o' \in C_i, o \neq o'} \mathrm{dist}(o, o')}{|C_i| - 1} \tag{8.20}$$

而

$$b(o) = \min_{C_j : 1 \leqslant j \leqslant k, j \neq i} \left\{ \frac{\sum\limits_{o' \in C_j} \mathrm{dist}(o, o')}{|C_j|} \right\} \tag{8.21}$$

对象 o 的轮廓系数定义为

$$s(o) = \frac{b(o) - a(o)}{\max\{a(o), b(o)\}} \tag{8.22}$$

轮廓系数的值在 -1 和 1 之间。$a(o)$ 的值反映 o 所属的簇的紧凑性。该值越小，簇越紧凑。$b(o)$ 的值捕获 o 与其他簇的分离程度。$b(o)$ 的值越大，表明 o 与其他簇越分离。因此，当 o 的轮廓系数值接近 1 时，包含 o 的簇是紧凑的，并且 o 远离其他簇，这是可取的情况。然而，当轮廓系数的值为负（即 $b(o) < a(o)$）时，这意味在期望情况下，o 距离其他簇的对象比距离与自己同在簇的对象更近，许多时候这是应该避免的糟糕情况。

为了度量聚类中的簇的拟合性，可以计算簇中所有对象的轮廓系数的平均值。为了度量聚类的质量，可以使用数据集中所有对象的轮廓系数的平均值。轮廓系数和其他内在度量也可以用在肘方法中，通过启发式地导出数据集的簇数取代簇内误差平方和。

【例 8.10】 使用评价聚类质量的内在方法轮廓系数，对例 8.1 的聚类结果（见表 8.10）进行度量。

表 8.10 样本点坐标

点	X	Y
P_1	0	0
P_2	1	2
P_3	3	1
P_4	8	8
P_5	9	10
P_6	10	7

【解析】

通过 K-means 算法，聚类所得的结果为

簇 A：P_1, P_2, P_3

簇 B：P_4, P_5, P_6

解题步骤如下所示。

（1）分别计算 P_1 与 P_2 和 P_3 的距离，并计算平均值：

$$a(P_1) = (2.24 + 3.16)/2 = 2.7$$

（2）分别计算 P_1 与 P_4、P_5、P_6 之间的距离，并计算平均值：

$$b(P_1) = (11.31 + 13.45 + 12.21)/3 = 12.32$$

（3）计算 P_1 的轮廓系数：

$$s(P_1) = (12.32 - 2.7)/12.32 = 0.78$$

（4）同理，计算 P_2，P_3 的轮廓系数 $s(P_2)$，$s(P_3)$ 的过程如下。

$$a(P_2) = (2.24 + 2.24)/2 = 2.24 \quad b(P_2) = (9.22 + 11.31 + 10.30)/3 = 10.28$$

$$s(P_2) = (10.28 - 2.24)/10.28 = 0.78$$

$$a(P_3) = (3.16 + 2.24)/2 = 2.7 \quad b(P_3) = (8.60 + 10.82 + 9.22)/3 = 9.55$$

$$s(P_3) = (9.55 - 2.7)/9.55 = 0.72$$

（5）计算簇 A 中的轮廓系数的平均值：

$$s = (0.78 + 0.78 + 0.72)/3 = 0.76$$

因为所计算的轮廓系数为 0.76，在 -1 和 1 之间，所以得到的结果为：簇内紧凑，簇间距离较远。

3. 误差平方和准则

误差平方和准则是聚类问题评价中最简单而又广泛应用的准则。

设有 c 个类别，待聚类数据为 x，m_i 为类别 C_i 的中心，$|C_i|$ 是类别 C_i 中的样本个数。

$$m_i = \frac{\sum\limits_{x \in C_i} x}{|C_i|} \quad J = \sum_{i=1}^{c} \sum_{x \in C_i} \| x - m_i \|^2$$

J 越小，结果越好，使 J 最小化的聚类就是最合理的聚类。

【例 8.11】　假设样本中有 6 个点，如图 8.19 所示。

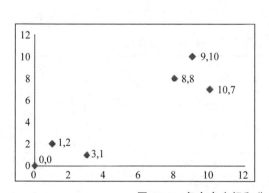

点	X	Y
P_1	0	0
P_2	1	2
P_3	3	1
P_4	8	8
P_5	9	10
P_6	10	7

图 8.19　各个点坐标和分布图

（1）首先，随机选择两个初始聚类中心，假设选 P_1 和 P_2，其次，计算其他几个点到初始聚类中心的距离。P_3 到 P_1 的距离是 $\sqrt{10} = 3.16$，P_3 到 P_2 的距离是 $\sqrt{(3-1)^2 + (1-2)^2} = 2.24$，所以 P_3 离 P_2 更近，P_3 跟 P_2 形成一个簇类。

同理，P_4、P_5、P_6 也这么计算，各个点到聚类中心的距离见表 8.11。

表 8.11　各个点到聚类中心的距离

点	P_1	P_2
P_3	3.16	2.24

点	P_1	P_2
P_4	11.3	9.22
P_5	13.5	11.3
P_6	12.2	10.3

P_3 到 P_6 都离 P_2 更近，所以第一次聚类的结果是：

簇 A：P_1

簇 B：P_2、P_3、P_4、P_5、P_6

根据误差平方和准则，单个误差平方和为

$$E_1 = [(0-0)^2 + (0-0)^2] = 0 \quad m_1 = P_1 = (0,0)$$

$$E_2 = [(1-1)^2 + (2-2)^2] + [(1-3)^2 + (2-1)^2] + [(1-8)^2 + (2-8)^2]$$
$$+ [(1-9)^2 + (2-10)^2] + [(1-10)^2 + (2-7)^2] = 324$$

总体误差平方为

$$E = E_1 + E_2 = 324$$

(2) 簇 A 有 P_1 一个点，簇 B 有 5 个点，需要选新的聚类中心。

B 组选出新聚类中心的坐标为

$$P_0((1+3+8+9+10)/5, (2+1+8+10+7)/5) = (6.2, 5.6)$$

综合两组，新聚类中心为

$$P_1(0,0), P_0(6.2, 5.6)$$

而 $P_2 - P_6$ 重新聚类再次计算各个点到聚类中心的距离，如表 8.12 所示。

表 8.12 各个点到聚类中心的距离

点	P_1	P_0
P_2	2.24	6.3246
P_3	3.16	5.6036
P_4	11.3	3
P_5	13.5	5.2154
P_6	12.2	4.0497

这时可以看到 P_2、P_3 离 P_1 更近，P_4、P_5、P_6 离 P_0 更近，所以第二次聚类的结果是：

簇 A：P_1，P_2，P_3

簇 B：P_4，P_5，P_6

同理，计算误差平方和准则：

$$P_m(1.33, 1) \quad P_n(9, 8.33)$$

$$E_1 = 6.6667 \quad m_1 = P_m = (1.33, 1)$$

$$E_2 = 5.6667 \quad m_2 = P_n = (9, 8.33)$$

总体误差平方和为

$$E = E_1 + E_2 = 12.3334$$

总体误差平方和减少。

（3）第三次计算各点到聚类中心的距离，如表 8.13 所示。

聚类中心：$P_m(1.33,1)$，$P_n(9,8.33)$

表 8.13 各个点到聚类中心的距离

点	P_m	P_n
P_1	1.4	12
P_2	0.6	10
P_3	1.4	9.5
P_4	47	1.1
P_5	70	1.7
P_6	56	1.7

这时可以看到 P_1、P_2、P_3 离 P_m 更近，P_4、P_5、P_6 离 P_n 更近，所以第三次聚类的结果是：

簇 A：P_1，P_2，P_3

簇 B：P_4，P_5，P_6

同理，计算误差平方和准则：

$$E_1 = 5.6667 \quad m_1 = P_m = (1.33,1)$$
$$E_2 = 6.6667 \quad m_2 = P_n = (9,8.33)$$

总体误差平方和为

$$E = E_1 + E_2 = 12.3334$$

总体误差平方和不变。

这次聚类的结果和上次一样，没有变化，聚类结束。误差平方和显著减小。

4. 软件模块聚类评估

虽然聚类有上述评价模式，但是在不同的领域，往往要结合领域的语义需求确定实践项目中的聚类评价标准。下面以软件模块聚类问题为例，介绍在软件模块聚类问题中的聚类评价标准。

不同软件模块聚类的评估主要分为以下两种：外部评估模型和内部评估模型。外部评估需要根据专家建立的软件体系结构模型进行比较，而内部评估需要根据计算软件模块质量（MQ）值进行比较，其值越大，表示该软件结构聚类效果越好。

耦合性表示聚类与聚类之间的联系紧密程度，耦合性越低，模块聚类效果越好。软件系统进行模块聚类后，第 i 个聚类和第 j 个聚类之间的耦合性用 $\varepsilon_{i,j}$ 表示：

$$\varepsilon_{i,j} = \begin{cases} 0 & i = j \\ \dfrac{E_{i,j}}{2 \times N_i \times N_j} & i \neq j \end{cases} \tag{8.23}$$

内聚性表示一个聚类内部各个元素联系的紧密程度，内聚性越高，模块聚类效果越好。软件系统进行模块聚类后，第 i 个聚类的内聚性用 μ_i 表示：

$$\mu_i = \frac{M_i}{N_i^2} \tag{8.24}$$

i,j 分别表示第 i 个聚类与第 j 个聚类，N_i 表示第 i 个聚类中的模块个数，$E_{i,j}$ 表示聚类 i 与聚类 j 之间模块的引用次数，M_i 表示聚类 i 内部模块之间的引用次数（$1\leqslant i\leqslant m$，$1\leqslant j\leqslant m$）。

通常将内聚性与耦合性结合起来用 MQ 表示，并将其作为适应度函数。其中 CF_i 表示模块化因子，m 表示将软件系统聚类形成 m 个类。在使用算法不断优化过程中，使耦合性尽可能减小，内聚性尽可能增大，即 MQ 的值不断增大。

$$MQ = \sum_{i=1}^{m} CF_i \tag{8.25}$$

$$CF_i = \begin{cases} 0 & \mu_i = 0 \\ \dfrac{\mu_i}{\mu_i + \dfrac{1}{2}\sum\limits_{j=1,j\neq i}^{m}(\varepsilon_{i,j} + \varepsilon_{j,i})} & \text{其他} \end{cases} \tag{8.26}$$

外部模块质量评估方法具有很强的主观性，所以会影响软件模块聚类结果的评估，而内部评估模型可以更加客观地评估聚类结果，所以本文采用内部评估模型 MQ 值对软件模块聚类结果进行评估，即使用 MQ 值计算模型作为评价聚类方案的适应度函数。

习　　题

1. 什么是聚类分析？在数据分析中为什么要进行聚类分析？

2. 常见的聚类分析有哪些方法？这些方法分别适用于什么场合？

3. 聚类算法的聚类效果有哪些评价方法？

4. 假设有 8 个点（用 (x,y) 代表位置）：$(3,1)$，$(3,2)$，$(4,1)$，$(4,2)$，$(1,3)$，$(1,4)$，$(2,3)$，$(2,4)$，使用 $K\text{-means}$ 算法对其进行聚类，聚类数目设置为 2。假设初始聚类中心点分别为 $(0,4)$ 和 $(3,3)$，利用 $K\text{-means}$ 算法求最终的聚类中心 (x_1,y_1) 和 (x_2,y_2)。

5. 假设数据挖掘的任务是将如下的 8 个点（用 (x,y) 代表位置）聚类为 3 个簇：$A_1(2,10)$，$A_2(2,5)$，$A_3(8,4)$；$B_1(5,8)$，$B_2(7,5)$，$B_3(6,4)$；$C_1(1,2)$，$C_2(4,9)$，距离计算采用欧几里得距离。假设初始时选择 A_1、B_1 和 C_1 分别为 3 个簇的中心，用 $K\text{-means}$ 算法进行聚类，给出算法第一轮执行后的 3 个簇中心和算法执行最后得到的 3 个簇中心。

6. 利用 $K\text{-mediods}$ 算法求解第 5 题，写出该算法的求解过程。

7. 给出表 8.14 所示的样本事务数据集，对它实施基于密度的 DBSCAN 算法（设 $n=12$，用户输入 $\varepsilon=1$，MinPts$=4$），写出算法实现聚类的过程。

表 8.14　样本事务数据集

序　　号	属　性　1	属　性　2
1	1	0
2	4	0
3	0	1
4	1	1
5	2	1

续表

序　号	属 性 1	属 性 2
6	3	1
7	4	1
8	5	1
9	0	2
10	1	2
11	4	2
12	1	3

8. 计算第 4 题 K-means 算法聚类结果的轮廓系数，评价其聚类效果。

9. 凝聚型层次聚类算法有何优点？结合案例讨论其应用。

10. 简要阐述层次聚类算法 AGNES 算法使用最小距离和最大距离的区别。

本 章 实 验

1. 实验目的

通过分析 K-means 聚类算法和 DBSACN 算法的聚类原理，利用高级语言编程实现 K-means 聚类算法和 DBSACN 算法，并通过对样本数据的聚类过程，加深对该聚类算法的理解与应用。

2. 实验要求

分析聚类过程的参数，编程完成 DBSACN 算法，并基于相关实验数据实现聚类过程，利用聚类的评价准则进行聚类效果评价和对比。

## 第 9 章

数 据 降 维

大数据与人工智能时代,图像、视频等高维数据资源丰富。图像、视频的语义表征通常只由部分因素决定,单纯地将数据输入机器模型,会造成模型学习参数大量增加,甚至有可能引起维度灾难。因此,研究如何高效且精确地处理数据,从中挖掘有效的信息表示是机器学习技术中需要解决的核心问题。降维技术,旨在通过空间变换方法,在保持原有数据结构关系的基础之上,将原来的高维度空间数据投影至低维空间中。根据降维过程是否利用数据的标注信息,可将降维方法分为无监督降维以及有监督降维两种。本章将介绍两种降维策略的代表方法——主成分分析、线性判别分析,并给出针对非线性分布数据的核线性降维方法。

9.1 主成分分析

主成分分析(Principle Component Analysis,PCA)是经典的无监督降维分析工具之一,广泛应用于数据压缩、图像识别、信号处理等领域。PCA 最早由英国数学家 Pearson 针对非随机变量提出,后经 Hotelling 推广到随机变量而逐渐完善成熟。PCA 的背后有着坚实的数学理论,它将原始变量转换成若干主成分变量,在损失较少信息的前提下,抓住问题的主要矛盾简化问题,从而提升解决问题的效率。

PCA 的基本思想建立在坐标系变换的基础之上。相同数据可以在不同坐标系下从不同角度进行描述,在坐标系转换过程中数据中所包含的分布信息对等。如图 9.1 所示,坐标系 x_1Ox_2 与 $p_1O'p_2$ 所刻画的事务一致,只是从不同属性进行描述。坐标系 x_1Ox_2 中数据分布不仅依赖 x_1 轴所表示的属性,而且与 x_2 轴所表示的属性也高度相关。相较而言,采用坐标系 $p_1O'p_2$ 进行事务刻画则较为简单,数据的分布与 p_1 轴所表示的属性高度相关,对 p_2 轴所表示的属性关联性较弱。这样,在 x_1Ox_2 坐标系中需要两组属性描述问题,在 $p_1O'p_2$ 坐标系中甚至

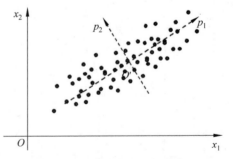

图 9.1 相同数据不同坐标系表示

可以采用一组属性进行描述,一定程度上可以实现数据的降维表示。更进一步,如果提前将数据分布对各个属性进行中心化(每个属性对应的数据减去其平均值),两组坐标系原点重合,不同坐标系的数据表示可被看作坐标系的旋转变化,如图 9.2 所示。

PCA 实现数据降维的出发点是在上述描述基础上寻找一组新的坐标系,使数据的分布特性仅与该坐标系的部分属性(即数据的主成分空间)相关。在简化后的主成分空间中,保

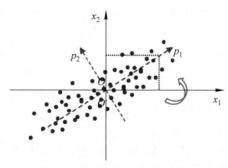

图 9.2　去中心化相同数据不同坐标系表示

留了原有数据的大部分信息。PCA 对于数据属性的刻画是基于分布方差的。方差反映数据属性的变化范围：方差越大，表明数据的变化范围越大，反之变化范围越小。变化大，表示参考该属性以后对各个数据会有更多的认识。波动小，表示该方向上的数据没有显著改变，即参考这个方向以后对各个数据不会有更多的认识。所以，方差大的方向信息丰富，反之则信息较少。

遵循上述思想，降维分析的本质是寻找一组单位正交基 $\{\boldsymbol{\omega}_1, \boldsymbol{\omega}_2, \cdots, \boldsymbol{\omega}_d\}$，用以构建变换后的坐标系，使原数据分别沿各方向 $\boldsymbol{\omega}_i$ 可以取最大的方差。如图 9.2 所示，数据在新的坐标系下的属性度量可以表示为数据向量与该方向单位向量的投影，即

$$y_{ij} = \boldsymbol{\omega}_j^{\mathrm{T}} \boldsymbol{x}_i \tag{9.1}$$

其中，$\boldsymbol{x}_i = [x_{i1}, x_{i2}, \cdots, x_{iD}]^{\mathrm{T}}$ 是数据 i 的原空间表示，$\boldsymbol{\omega}_j$ 为变换空间的第 j 个单位正交基，y_{ij} 表示样本 i 在变换空间中第 j 个方向的属性度量。

为了保证在该变换空间中能保留最大信息，数据在所有单位正交方向投影应该具有最大的方差，即

$$\boldsymbol{\omega}_1, \boldsymbol{\omega}_2, \cdots, \boldsymbol{\omega}_d = \underset{\boldsymbol{\omega}_1, \boldsymbol{\omega}_2, \cdots, \boldsymbol{\omega}_d}{\arg\max} \sum_{j=1}^{d} \sum_{i=1}^{N} (\boldsymbol{\omega}_j^{\mathrm{T}} \boldsymbol{x}_i - \boldsymbol{\omega}_j^{\mathrm{T}} \bar{\boldsymbol{x}})^2$$

$$\text{s.t.} \quad \boldsymbol{\omega}_j^{\mathrm{T}} \boldsymbol{\omega}_j = 1 \quad \boldsymbol{\omega}_j^{\mathrm{T}} \boldsymbol{\omega}_k = 0 \quad j \neq k \tag{9.2}$$

其中 $\bar{\boldsymbol{x}}$ 表示所有数据的均值。由于数据的去中心化，即 $\bar{\boldsymbol{x}} = 0$，所以式(9.2)可以简化为

$$\boldsymbol{\omega}_1, \boldsymbol{\omega}_2, \cdots, \boldsymbol{\omega}_d = \underset{\boldsymbol{\omega}_1, \boldsymbol{\omega}_2, \cdots, \boldsymbol{\omega}_d}{\arg\max} \sum_{j=1}^{d} \sum_{i=1}^{N} (\boldsymbol{\omega}_j^{\mathrm{T}} \boldsymbol{x}_i)^2$$

$$= \underset{\boldsymbol{\omega}_1, \boldsymbol{\omega}_2, \cdots, \boldsymbol{\omega}_d}{\arg\max} \sum_{j=1}^{d} \sum_{i=1}^{N} \boldsymbol{\omega}_j^{\mathrm{T}} \boldsymbol{x}_i \boldsymbol{x}_i^{\mathrm{T}} \boldsymbol{\omega}_j$$

$$= \underset{\boldsymbol{\omega}_1, \boldsymbol{\omega}_2, \cdots, \boldsymbol{\omega}_d}{\arg\max} \sum_{j=1}^{d} \boldsymbol{\omega}_j^{\mathrm{T}} \sum_{i=1}^{N} \boldsymbol{x}_i \boldsymbol{x}_i^{\mathrm{T}} \boldsymbol{\omega}_j \tag{9.3}$$

以矩阵的形式将上述公式简化表示为

$$\boldsymbol{W} = \underset{\boldsymbol{W}}{\arg\max} \operatorname{tr}(\boldsymbol{W}^{\mathrm{T}} \boldsymbol{X} \boldsymbol{X}^{\mathrm{T}} \boldsymbol{W}) \quad \text{s.t.} \quad \boldsymbol{W}^{\mathrm{T}} \boldsymbol{W} = \boldsymbol{I} \tag{9.4}$$

其中，$\boldsymbol{X} = [\boldsymbol{x}_1, \boldsymbol{x}_2, \cdots, \boldsymbol{x}_N]$ 为数据矩阵，$\boldsymbol{X} \boldsymbol{X}^{\mathrm{T}}$ 表示输入数据的协方差矩阵，$\boldsymbol{W} = [\boldsymbol{\omega}_1, \boldsymbol{\omega}_2, \cdots, \boldsymbol{\omega}_d]$ 为变换矩阵，$\operatorname{tr}()$ 表示矩阵的迹，$\boldsymbol{I}$ 为单位矩阵。

对式(9.4)采用拉格朗日乘子法可得：

$$\boldsymbol{X} \boldsymbol{X}^{\mathrm{T}} \boldsymbol{\omega}_j = \lambda_j \boldsymbol{\omega}_j \tag{9.5}$$

因此，求解投影方向只需计算协方差矩阵 $\boldsymbol{X} \boldsymbol{X}^{\mathrm{T}}$ 的特征向量，将特征向量按照特征值由

大到小排序，最大特征值对应的特征向量为第一主成分方向，以此类推。取前 d 个特征向量构成降维空间 $\boldsymbol{W}^* = [\boldsymbol{\omega}_1, \boldsymbol{\omega}_2, \cdots, \boldsymbol{\omega}_d]$。PCA 算法总结如图 9.3 所示。

输入：原始数据 $\boldsymbol{x}_1, \boldsymbol{x}_2, \cdots, \boldsymbol{x}_N, \boldsymbol{x}_i \in \mathbb{R}^D$；

算法流程：

(1) 对所有数据去中心化：$\boldsymbol{x}_i := \boldsymbol{x}_i - \bar{\boldsymbol{x}} \quad \bar{\boldsymbol{x}} = \dfrac{1}{N} \sum_{i=1}^{N} \boldsymbol{x}_i$；

(2) 计算所有数据的协方差矩阵 $\boldsymbol{X}\boldsymbol{X}^T$；

(3) 对协方差矩阵 $\boldsymbol{X}\boldsymbol{X}^T$ 进行特征值分解，并按照特征值由大到小排序特征向量；

(4) 取前 d 个特征向量构成降维空间坐标系 $\boldsymbol{W}^* = [\boldsymbol{\omega}_1, \boldsymbol{\omega}_2, \cdots, \boldsymbol{\omega}_d]$；

(5) 计算降维后的数据表示 $\boldsymbol{W}^{*T} \boldsymbol{x}_i$。

图 9.3　PCA 算法总结

【例 9.1】　已知二维空间内的点 $(0, 0)$、$(1, 1)$、$(2, 2)$，试用 PCA 算法将数据降为一维。

【解析】　已知 $\boldsymbol{x}_1 = [0, 0]^T, \boldsymbol{x}_2 = [1, 1]^T, \boldsymbol{x}_3 = [2, 2]^T$

(1) 对所有数据去中心化，所有样本的均值为 $\bar{\boldsymbol{x}} = \dfrac{\boldsymbol{x}_1 + \boldsymbol{x}_2 + \boldsymbol{x}_3}{3} = [1, 1]^T$，去中心化后的样本为 $\boldsymbol{x}_1 = \boldsymbol{x}_1 - \bar{\boldsymbol{x}} = [-1, -1]^T \quad \boldsymbol{x}_2 = \boldsymbol{x}_2 - \bar{\boldsymbol{x}} = [0, 0]^T \quad \boldsymbol{x}_3 = \boldsymbol{x}_3 - \bar{\boldsymbol{x}} = [1, 1]^T$

$$\boldsymbol{X}\boldsymbol{X}^T = [\boldsymbol{x}_1, \boldsymbol{x}_2, \boldsymbol{x}_3][\boldsymbol{x}_1, \boldsymbol{x}_2, \boldsymbol{x}_3]^T = \begin{bmatrix} -1 & 0 & 1 \\ -1 & 0 & 1 \end{bmatrix} \begin{bmatrix} -1 & 0 & 1 \\ -1 & 0 & 1 \end{bmatrix}^T = \begin{bmatrix} 2 & 2 \\ 2 & 2 \end{bmatrix}$$

(2) 计算所有数据的协方差矩阵。

(3) 对协方差矩阵进行特征值分解，结果为

$$\lambda_1 = 4 \quad \boldsymbol{\omega}_1 = [\ 0.7071 \ 0.7071]^T$$
$$\lambda_2 = 0 \quad \boldsymbol{\omega}_2 = [-0.7071 \ 0.7071]^T$$

(4) 取最大特征值对应的特征向量作为降维空间坐标系：

$$\boldsymbol{W}^* = [\boldsymbol{\omega}_1] = [0.7071 \ 0.7071]^T$$

(5) 降维后的数据为

$$\boldsymbol{W}^{*T} \boldsymbol{x}_1 = [0.7071 \ 0.7071][-1 \ -1]^T = -1.4142$$
$$\boldsymbol{W}^{*T} \boldsymbol{x}_2 = [0.7071 \ 0.7071][0 \ 0]^T = 0$$
$$\boldsymbol{W}^{*T} \boldsymbol{x}_3 = [0.7071 \ 0.7071][1 \ 1]^T = 1.4142$$

PCA 实现代码如图 9.4 所示。

```python
import numpy as np
import math
import matplotlib.pyplot as plt
N = 500
theta = -math.pi/4
X = np.array([np.random.randn(N),10 * np.random.randn(N)+15])
transform = np.array([[math.cos(theta),-math.sin(theta)],
                      [math.sin(theta),math.cos(theta)]])
X = np.matmul(transform,X)
```

图 9.4　PCA 实现代码

```
#去中心化
X = X-np.mean(X, keepdims=True)
plt.subplot(1,2,1)
plt.scatter(X[1],X[0])
#计算协方差矩阵
cov = np.matmul(X,X.T)
#特征值分解
eig_val,eig_vec = np.linalg.eig(cov)
#将特征向量按特征值由大到小排序
esort= np.argsort(eig_val)
keepval=esort[::-1]
eig_vec=eig_vec[:,keepval]

#空间变化
X_ = np.matmul(eig_vec.T,X)
plt.subplot(1,2,2)
plt.scatter(X_[1],X_[0])
plt.show()
```

图 9.4　（续）

9.2　线性判别分析

　　线性判别分析（Linear Discriminant Analysis，LDA），也称为 Fisher 判别分析（Fisher Discriminant Analysis，FDA），是模式识别领域内最常用的监督降维方法，它由英国统计学家 Fisher 于 1996 年提出，其核心思想是通过空间变换方法，将高维数据映射到低维空间内，使所有数据在该空间内具有明显的聚类特性，以此实现数据类别区分的目标。

　　与 PCA 降维策略类似，线性判别分析出发点也是寻找一组单位正交基 $\{\boldsymbol{\omega}_1,\boldsymbol{\omega}_2,\cdots,\boldsymbol{\omega}_d\}$，将原空间的数据用这组正交基进行降维表示，即

$$y_{ij}=\boldsymbol{\omega}_j^{\mathrm{T}}\boldsymbol{x}_i \tag{9.6}$$

　　其中，$\boldsymbol{x}_i=[\boldsymbol{x}_{i1},\boldsymbol{x}_{i2},\cdots,\boldsymbol{x}_{iD}]^{\mathrm{T}}$ 为数据 i 的原空间表示，$\boldsymbol{\omega}_j$ 为变换空间中第 j 个单位正交基，y_{ij} 表示样本 i 在变换空间中第 j 个方向的属性度量。如图 9.5 所示，不同于 PCA 在求解降维空间时限定降维后的数据具有较大的变化范围，线性判别分析更多考虑了数据的类别信息，寻求投影后的数据不同类别之间具有较大的距离，而相同类别的数据间距较小。

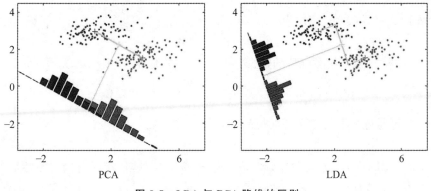

图 9.5　LDA 与 PCA 降维的区别

给定一组监督数据 $\{(\boldsymbol{x}_1,o_1),(\boldsymbol{x}_2,o_2),\cdots,(\boldsymbol{x}_N,o_N)\}$，其中 $o_i \in \{C_1,C_2,\cdots,C_L\}$ 表示样本 i 的数据类别。以 $N_l(l=1,2,\cdots,L)$ 表示第 l 类样本的个数，X_l 为第 l 类样本的集合。降维后数据的类内间距可表示为当前类别所有样本在各投影方向的方差之和，即

$$d_{wl} = \sum_{j=1}^{d} \sum_{\boldsymbol{x}\in \boldsymbol{X}_l} (\boldsymbol{\omega}_j^{\mathrm{T}}\boldsymbol{x} - \boldsymbol{\omega}_j^{\mathrm{T}}\bar{\boldsymbol{x}}_l)(\boldsymbol{\omega}_j^{\mathrm{T}}\boldsymbol{x} - \boldsymbol{\omega}_j^{\mathrm{T}}\bar{\boldsymbol{x}}_l)^{\mathrm{T}}$$

$$= \sum_{j=1}^{d} \boldsymbol{\omega}_j^{\mathrm{T}} \sum_{\boldsymbol{x}\in \boldsymbol{X}_l} (\boldsymbol{x} - \bar{\boldsymbol{x}}_l)(\boldsymbol{x} - \bar{\boldsymbol{x}}_l)^{\mathrm{T}} \boldsymbol{\omega}_j$$

$$= \sum_{j=1}^{d} \boldsymbol{\omega}_j^{\mathrm{T}} \boldsymbol{S}_{wl} \boldsymbol{\omega}_j \tag{9.7}$$

其中，$\bar{\boldsymbol{x}}_l$ 表示第 l 类数据的均值，$\boldsymbol{S}_{wl}$ 表示第 l 类数据的协方差矩阵，d_{wl} 表示降维后第 l 类数据沿各投影方向的方差之和，方差越大，表示数据分布越分散，也表示类内间距越大。反之，类内间距越小。

以矩阵形式可以将式 (9.7) 表述为

$$d_{wl} = \mathrm{tr}(\boldsymbol{W}^{\mathrm{T}}\boldsymbol{S}_{wl}\boldsymbol{W}) \tag{9.8}$$

其中，$\mathrm{tr}()$ 表示矩阵的迹。$\boldsymbol{W} = [\boldsymbol{\omega}_1,\boldsymbol{\omega}_2,\cdots,\boldsymbol{\omega}_d]$ 为降维变换矩阵。

降维后所有类的类内间距之和可表示为

$$d_w = \sum_{l=1}^{L} d_{wl} = \sum_{l=1}^{L} \mathrm{tr}(\boldsymbol{W}^{\mathrm{T}}\boldsymbol{S}_{wl}\boldsymbol{W}) = \mathrm{tr}(\boldsymbol{W}^{\mathrm{T}} \sum_{l=1}^{L} \boldsymbol{S}_{wl}\boldsymbol{W}) = \mathrm{tr}(\boldsymbol{W}^{\mathrm{T}}\boldsymbol{S}_w\boldsymbol{W}) \tag{9.9}$$

其中，$\boldsymbol{S}_w = \sum_{l=1}^{L} \boldsymbol{S}_{wl}$ 为各类数据协方差矩阵之和，在此被定义为类内散度矩阵。

降维后的类间间距可表示为当前类别中心与全体数据中心在各投影方向的偏移程度之和。进一步考虑不同类别样本数量不同，在偏差中加入样本数量权重，即

$$d_b = \sum_{j=1}^{d} \sum_{l=1}^{L} N_l (\boldsymbol{\omega}_j^{\mathrm{T}}\bar{\boldsymbol{x}}_l - \boldsymbol{\omega}_j^{\mathrm{T}}\bar{\boldsymbol{x}})(\boldsymbol{\omega}_j^{\mathrm{T}}\bar{\boldsymbol{x}}_l - \boldsymbol{\omega}_j^{\mathrm{T}}\bar{\boldsymbol{x}})^{\mathrm{T}}$$

$$= \sum_{j=1}^{d} \boldsymbol{\omega}_j^{\mathrm{T}} \sum_{l=1}^{L} N_l (\bar{\boldsymbol{x}}_l - \bar{\boldsymbol{x}})(\bar{\boldsymbol{x}}_l - \bar{\boldsymbol{x}})^{\mathrm{T}} \boldsymbol{\omega}_j$$

$$= \sum_{j=1}^{d} \boldsymbol{\omega}_j^{\mathrm{T}} \boldsymbol{S}_b \boldsymbol{\omega}_j \tag{9.10}$$

其中，$\bar{\boldsymbol{x}}_l$ 表示第 l 类数据的均值，$\bar{\boldsymbol{x}}$ 为全体数据均值，d_b 表示降维后全体数据的类间间距，$\boldsymbol{S}_b = \sum_{l=1}^{L} N_l (\bar{\boldsymbol{x}}_l - \bar{\boldsymbol{x}})(\bar{\boldsymbol{x}}_l - \bar{\boldsymbol{x}})^{\mathrm{T}}$ 在此定义为类间散度矩阵。

以矩阵形式将式 (9.10) 表述为

$$d_b = \mathrm{tr}(\boldsymbol{W}^{\mathrm{T}}\boldsymbol{S}_b\boldsymbol{W}) \tag{9.11}$$

综合上述描述，为了使降维后的数据具有明显的聚类特性，应满足以下目标：

$$\boldsymbol{W} = \underset{\boldsymbol{w}}{\arg\max} \frac{d_b}{d_w} = \frac{\mathrm{tr}(\boldsymbol{W}^{\mathrm{T}}\boldsymbol{S}_b\boldsymbol{W})}{\mathrm{tr}(\boldsymbol{W}^{\mathrm{T}}\boldsymbol{S}_w\boldsymbol{W})} \quad \mathrm{s.t.} \quad \boldsymbol{W}^{\mathrm{T}}\boldsymbol{W} = \boldsymbol{I} \tag{9.12}$$

式 (9.12) 可通过如下的广义特征值问题求解：

$$\boldsymbol{S}_b\boldsymbol{W} = \lambda \boldsymbol{S}_w\boldsymbol{W} \tag{9.13}$$

因此，求解 LDA 投影方向只需计算 $\boldsymbol{S}_w^{-1}\boldsymbol{S}_b$ 的特征向量，将特征向量按照特征值由大到小排序，取前 d 个特征向量构成降维空间 $\boldsymbol{W}^* = [\boldsymbol{\omega}_1,\boldsymbol{\omega}_2,\cdots,\boldsymbol{\omega}_d]$。LDA 算法总结如图 9.6

所示。

> 输入：原始数据 $\boldsymbol{x}_1,\boldsymbol{x}_2,\cdots,\boldsymbol{x}_N,\boldsymbol{x}_i\in\mathbf{R}^D$；
> 算法流程：
> (1) 计算类内散度矩阵 $\boldsymbol{S}_w$；
> (2) 计算类间散度矩阵 $\boldsymbol{S}_b$；
> (3) 对矩阵 $\boldsymbol{S}_w^{-1}\boldsymbol{S}_b$ 进行特征值分解，并按照特征值由大到小排序特征向量；
> (4) 取前 d 个特征向量构成降维空间坐标系 $\boldsymbol{W}^*=[\boldsymbol{\omega}_1,\boldsymbol{\omega}_2,\cdots,\boldsymbol{\omega}_d]$；
> (5) 计算降维后的数据表示 $\boldsymbol{W}^{*\mathrm{T}}\boldsymbol{x}_i$。

图 9.6　LDA 算法总结

【**例 9.2**】　已知二维空间内有两类点 $\{(1,0),(2,0)\},\{(0,1),(0,2)\}$，试用 LDA 算法将数据降为一维。

【**解析**】　已知 $\boldsymbol{x}_1=[1,0]^\mathrm{T},\boldsymbol{x}_2=[2,0]^\mathrm{T},\boldsymbol{x}_3=[0,1]^\mathrm{T},\boldsymbol{x}_4=[0,2]^\mathrm{T},\boldsymbol{x}_1$ 和 $\boldsymbol{x}_2$ 为一类，$\boldsymbol{x}_3$ 和 $\boldsymbol{x}_4$ 为另一类。

（1）计算类内散度矩阵

$$\boldsymbol{S}_w=\sum_{l=1}^2\boldsymbol{S}_{wl},$$

$$\begin{aligned}\boldsymbol{S}_{w1}&=\left(\boldsymbol{x}_1-\frac{\boldsymbol{x}_1+\boldsymbol{x}_2}{2}\right)\left(\boldsymbol{x}_1-\frac{\boldsymbol{x}_1+\boldsymbol{x}_2}{2}\right)^\mathrm{T}+\left(\boldsymbol{x}_2-\frac{\boldsymbol{x}_1+\boldsymbol{x}_2}{2}\right)\left(\boldsymbol{x}_2-\frac{\boldsymbol{x}_1+\boldsymbol{x}_2}{2}\right)^\mathrm{T}\\&=2\left(\frac{\boldsymbol{x}_1-\boldsymbol{x}_2}{2}\right)\left(\frac{\boldsymbol{x}_1-\boldsymbol{x}_2}{2}\right)^\mathrm{T}=2\left(\frac{[1,0]^\mathrm{T}-[2,0]^\mathrm{T}}{2}\right)\left(\frac{[1,0]^\mathrm{T}-[2,0]^\mathrm{T}}{2}\right)^\mathrm{T}\\&=\begin{bmatrix}0.5&0\\0&0\end{bmatrix}\end{aligned}$$

$$\begin{aligned}\boldsymbol{S}_{w2}&=\left(\boldsymbol{x}_3-\frac{\boldsymbol{x}_3+\boldsymbol{x}_4}{2}\right)\left(\boldsymbol{x}_3-\frac{\boldsymbol{x}_3+\boldsymbol{x}_4}{2}\right)^\mathrm{T}+\left(\boldsymbol{x}_4-\frac{\boldsymbol{x}_3+\boldsymbol{x}_4}{2}\right)\left(\boldsymbol{x}_4-\frac{\boldsymbol{x}_3+\boldsymbol{x}_4}{2}\right)^\mathrm{T}\\&=2\left(\frac{\boldsymbol{x}_3-\boldsymbol{x}_4}{2}\right)\left(\frac{\boldsymbol{x}_3-\boldsymbol{x}_4}{2}\right)^\mathrm{T}=2\left(\frac{[0,1]^\mathrm{T}-[0,2]^\mathrm{T}}{2}\right)\left(\frac{[0,1]^\mathrm{T}-[0,2]^\mathrm{T}}{2}\right)^\mathrm{T}\\&=\begin{bmatrix}0&0\\0&0.5\end{bmatrix}\end{aligned}$$

$$\boldsymbol{S}_w=\sum_{l=1}^2\boldsymbol{S}_{wl}=\begin{bmatrix}0.5&0\\0&0.5\end{bmatrix}$$

（2）计算类间散度矩阵

$$\boldsymbol{S}_b=\sum_{l=1}^2N_l(\bar{\boldsymbol{x}}_l-\bar{\boldsymbol{x}})(\bar{\boldsymbol{x}}_l-\bar{\boldsymbol{x}})^\mathrm{T}$$

$$\bar{\boldsymbol{x}}_1=\frac{\boldsymbol{x}_1+\boldsymbol{x}_2}{2}=\frac{[1,0]^\mathrm{T}+[2,0]^\mathrm{T}}{2}=[1.5,0]^\mathrm{T}$$

$$\bar{\boldsymbol{x}}_2=\frac{\boldsymbol{x}_3+\boldsymbol{x}_4}{2}=\frac{[0,1]^\mathrm{T}+[0,2]^\mathrm{T}}{2}=[0,1.5]^\mathrm{T}$$

$$\bar{\boldsymbol{x}}=\frac{\boldsymbol{x}_1+\boldsymbol{x}_2+\boldsymbol{x}_3+\boldsymbol{x}_4}{4}=\frac{[1,0]^\mathrm{T}+[2,0]^\mathrm{T}+[0,1]^\mathrm{T}+[0,2]^\mathrm{T}}{4}=[0.75,075]^\mathrm{T}$$

$$\begin{aligned}
\boldsymbol{S}_b &= 2(\bar{\boldsymbol{x}}_1 - \bar{\boldsymbol{x}})(\bar{\boldsymbol{x}}_1 - \bar{\boldsymbol{x}})^{\mathrm{T}} + 2(\bar{\boldsymbol{x}}_2 - \bar{\boldsymbol{x}})(\bar{\boldsymbol{x}}_2 - \bar{\boldsymbol{x}})^{\mathrm{T}} \\
&= 2([1.5,0]^{\mathrm{T}} - [0.75,0.75]^{\mathrm{T}})([1.5,0]^{\mathrm{T}} - [0.75,0.75]^{\mathrm{T}})^{\mathrm{T}} \\
&\quad + 2([0,1.5]^{\mathrm{T}} - [0.75,0.75]^{\mathrm{T}})([0,1.5]^{\mathrm{T}} - [0.75,0.75]^{\mathrm{T}})^{\mathrm{T}} \\
&= \begin{bmatrix} 2.25 & -2.25 \\ -2.25 & 2.25 \end{bmatrix}
\end{aligned}$$

（3）$\boldsymbol{S}_w^{-1}\boldsymbol{S}_b = \begin{bmatrix} 0.5 & 0 \\ 0 & 0.5 \end{bmatrix}^{-1} \begin{bmatrix} 2.25 & -2.25 \\ -2.25 & 2.25 \end{bmatrix} = \begin{bmatrix} 5 & -5 \\ -5 & 5 \end{bmatrix}$，进行特征值分解并按照特

征值由大到小排列，$\lambda_1 = 10$，$\boldsymbol{\omega}_1 = [-0.7071, 0.7071]^{\mathrm{T}}$；$\lambda_2 = 0$，$\boldsymbol{\omega}_2 = [-0.7071, -0.7071]^{\mathrm{T}}$

（4）取最大特征值对应的特征向量作为变换矩阵

$$\boldsymbol{W}^* = [\boldsymbol{\omega}_1] = [-0.7071, 0.7071]^{\mathrm{T}}$$

（5）降维后数据表示为

$$\boldsymbol{W}^{*\mathrm{T}}\boldsymbol{x}_1 = [-0.7071, 0.7071][1,0]^{\mathrm{T}} = -0.7071$$

$$\boldsymbol{W}^{*\mathrm{T}}\boldsymbol{x}_2 = [-0.7071, 0.7071][2,0]^{\mathrm{T}} = -1.4142$$

$$\boldsymbol{W}^{*\mathrm{T}}\boldsymbol{x}_3 = [-0.7071, 0.7071][0,1]^{\mathrm{T}} = 0.7071$$

$$\boldsymbol{W}^{*\mathrm{T}}\boldsymbol{x}_4 = [-0.7071, 0.7071][0,2]^{\mathrm{T}} = 1.4142$$

LDA 实现代码如图 9.7 所示。

```python
import numpy as np
import math
import matplotlib.pyplot as plt
N1 = 500
N2 = 500
theta = -math.pi/4
X1 = np.array([np.random.randn(N1), 10 * np.random.randn(N1)+15])
transform = np.array([[math.cos(theta), -math.sin(theta)],
                      [math.sin(theta), math.cos(theta)]])
X2 = np.array([np.random.randn(N2)+15, 10 * np.random.randn(N2)+15])
transform = np.array([[math.cos(theta), -math.sin(theta)],
                      [math.sin(theta), math.cos(theta)]])
X1 = np.matmul(transform, X1)
X2 = np.matmul(transform, X2)


plt.subplot(1, 2, 1)
plt.scatter(X1[1], X1[0])
plt.scatter(X2[1], X2[0])

X1_mean = np.mean(X1, axis=1, keepdims=True)
X2_mean = np.mean(X2, keepdims=True)
X_mean = np.mean(np.concatenate((X1, X2), axis=1), axis=1, keepdims=True)
#计算类内散度矩阵 Sw
Sw = np.matmul(X1-X1_mean, (X1-X1_mean).T) \
    +np.matmul(X2-X2_mean, (X2-X2_mean).T)
#计算类间散度矩阵 Sb
Sb = N1 * np.matmul(X1_mean-X_mean, (X1_mean-X_mean).T) \
```

图 9.7   LDA 实现代码

```
    +N2 * np.matmul(X2_mean-X_mean,(X2_mean-X_mean).T)
#特征值分解
S = np.linalg.inv(Sw) * Sb
eig_val,eig_vec = np.linalg.eig(S)
#将特征向量按特征值由大到小排序
esort= np.argsort(eig_val)
keepval=esort[::-1]
eig_vec=eig_vec[:,keepval]
#空间变化
X1_ = np.matmul(eig_vec.T,X1)
X2_ = np.matmul(eig_vec.T,X2)
plt.subplot(1,2,2)
plt.scatter(X1_[1],X1_[0])
plt.scatter(X2_[1],X2_[0])
plt.show()
```

图 9.7 （续）

9.3 核线性降维

线性降维的核心思想是高维空间与降维空间可以线性变换,在此过程中数据分布特性无丢失。然而,在实际任务中,如图 9.8 所示,由于分布的复杂性,往往无法找到恰当的线性映射函数,使变换后的数据保留高维空间的本质结构。一般情况下,在低维空间中无法线性可分的数据,可以通过数据的高维映射实现线性可分特性,如图 9.9 所示。

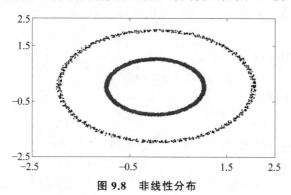

图 9.8 非线性分布

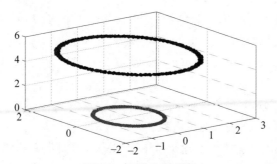

图 9.9 高维空间映射

鉴于上述思想，降维方法在处理具有非线性特性的数据时，通常假设通过映射函数 $\varphi(x)$ 将数据变换至高维线性可分空间，然后在该空间内进行子空间变换。以主成分分析为例，高维线性空间内主成分方向是通过对该空间内的协方差矩阵进行特征值分解求解的。假设 $X=[x_1, x_2, \cdots, x_N] \in \mathbb{R}^{D \times N}$ 为去中心化后的原空间数据矩阵，$\varphi(X)=[\varphi(x_1), \varphi(x_2), \cdots, \varphi(x_N)] \in \mathbb{R}^{D' \times N}$ 为高维空间去中心化数据的矩阵，其中 D' 为高维空间内数据的维度，$D'>D$，则该空间内协方差矩阵可表示为

$$C=\varphi(X)\varphi(X)^{\mathrm{T}} \tag{9.14}$$

该空间内主成分方向可通过如下的特征值分解问题求解：

$$C\boldsymbol{\omega}_i = \lambda_i \boldsymbol{\omega}_i \tag{9.15}$$

定理：空间中的任一向量（哪怕是基向量）都可以由该空间中的所有样本线性表示。据此，主成分方向可表示为

$$
\begin{aligned}
\boldsymbol{\omega}_i &= \sum_{j=1}^{N} \alpha_{ij}\varphi(x_j) \\
&= [\varphi(x_1), \varphi(x_2), \cdots, \varphi(x_N)][\alpha_{i1}, \alpha_{i2}, \cdots, \alpha_{iN}]^{\mathrm{T}} \\
&= \varphi(X)\boldsymbol{\alpha}_i
\end{aligned} \tag{9.16}
$$

其中，$\boldsymbol{\alpha}_i=[\alpha_{i1}, \alpha_{i2}, \cdots, \alpha_{iN}]^{\mathrm{T}}$。

将式(9.14)、式(9.16)代入式(9.15)，可得：

$$\varphi(X)\varphi(X)^{\mathrm{T}}\varphi(X)\boldsymbol{\alpha}_i = \lambda_i\varphi(X)\boldsymbol{\alpha}_i \tag{9.17}$$

进一步，式(9.17)两边同时乘以 $\varphi(X)^{\mathrm{T}}$，可得：

$$\varphi(X)^{\mathrm{T}}\varphi(X)\varphi(X)^{\mathrm{T}}\varphi(X)\boldsymbol{\alpha}_i = \lambda_i\varphi(X)^{\mathrm{T}}\varphi(X)\boldsymbol{\alpha}_i \tag{9.18}$$

令 $K=\varphi(X)^{\mathrm{T}}\varphi(X)$，则式(9.18)可以简化为

$$K^2\boldsymbol{\alpha}_i = \lambda_i K\boldsymbol{\alpha}_i \tag{9.19}$$

式(9.19)两边同时除以 K，可得：

$$K\boldsymbol{\alpha}_i = \lambda_i\boldsymbol{\alpha}_i \tag{9.20}$$

其中 K 可由式(9.21)计算：

$$
\begin{aligned}
K &= \varphi(X)^{\mathrm{T}}\varphi(X) \\
&= [\varphi(x_1), \varphi(x_2), \cdots, \varphi(x_N)]^{\mathrm{T}}[\varphi(x_1), \varphi(x_2), \cdots, \varphi(x_N)] \\
&= \begin{bmatrix}
\varphi(x_1)^{\mathrm{T}}\varphi(x_1) & \varphi(x_1)^{\mathrm{T}}\varphi(x_2) & \cdots & \varphi(x_1)^{\mathrm{T}}\varphi(x_N) \\
\varphi(x_2)^{\mathrm{T}}\varphi(x_1) & \varphi(x_2)^{\mathrm{T}}\varphi(x_2) & \cdots & \varphi(x_2)^{\mathrm{T}}\varphi(x_N) \\
\vdots & \vdots & & \vdots \\
\varphi(x_N)^{\mathrm{T}}\varphi(x_1) & \varphi(x_N)^{\mathrm{T}}\varphi(x_2) & \cdots & \varphi(x_N)^{\mathrm{T}}\varphi(x_N)
\end{bmatrix} \\
&= \begin{bmatrix}
<\varphi(x_1), \varphi(x_1)> & <\varphi(x_1), \varphi(x_2)> & \cdots & <\varphi(x_1), \varphi(x_N)> \\
<\varphi(x_2), \varphi(x_1)> & <\varphi(x_2), \varphi(x_2)> & \cdots & <\varphi(x_2), \varphi(x_N)> \\
\vdots & \vdots & & \vdots \\
<\varphi(x_N), \varphi(x_1)> & <\varphi(x_N), \varphi(x_2)> & \cdots & <\varphi(x_N), \varphi(x_N)>
\end{bmatrix}
\end{aligned} \tag{9.21}
$$

其中，$<\varphi(x_i), \varphi(x_j)>$ 表示向量内积。

非线性映射函数 $\varphi(x)$ 是计算上述矩阵 K 的关键，然而定义非线性映射函数是一项极具挑战的任务。上述矩阵中的任意元素都由高维空间向量内积组成，可以通过核函数的方式代替向量内积，以此避免显式的映射函数 $\varphi(x)$ 的定义。核函数可以直接得到低维数据映

射到高维后的内积,而忽略映射函数具体是什么,即

$$k(\boldsymbol{x}_i, \boldsymbol{x}_j) = <\varphi(\boldsymbol{x}_i), \varphi(\boldsymbol{x}_j)> \tag{9.22}$$

常用的核函数包括线性核函数:

$$k(\boldsymbol{x}_i, \boldsymbol{x}_j) = \boldsymbol{x}_i^{\mathrm{T}} \boldsymbol{x}_j + c \tag{9.23}$$

多项式核函数:

$$k(\boldsymbol{x}_i, \boldsymbol{x}_j) = (a\boldsymbol{x}_i^{\mathrm{T}} \boldsymbol{x}_j + c)^d \tag{9.24}$$

高斯核函数:

$$k(\boldsymbol{x}_i, \boldsymbol{x}_j) = \exp\left(-\frac{\| \boldsymbol{x}_i - \boldsymbol{x}_j \|^2}{2\sigma^2}\right) \tag{9.25}$$

指数核函数:

$$k(\boldsymbol{x}_i, \boldsymbol{x}_j) = \exp\left(-\frac{\| \boldsymbol{x}_i - \boldsymbol{x}_j \|}{2\sigma^2}\right) \tag{9.26}$$

通过核函数替代,上述 $\boldsymbol{K}$ 矩阵可以通过式(9.27)计算:

$$K = \begin{bmatrix} k(\boldsymbol{x}_1, \boldsymbol{x}_1), & k(\boldsymbol{x}_1, \boldsymbol{x}_2), & \cdots & k(\boldsymbol{x}_1, \boldsymbol{x}_N) \\ k(\boldsymbol{x}_2, \boldsymbol{x}_1), & k(\boldsymbol{x}_2, \boldsymbol{x}_2), & \cdots & k(\boldsymbol{x}_2, \boldsymbol{x}_N) \\ \vdots & \vdots & & \vdots \\ k(\boldsymbol{x}_N, \boldsymbol{x}_1), & k(\boldsymbol{x}_N, \boldsymbol{x}_2), & \cdots & k(\boldsymbol{x}_N, \boldsymbol{x}_N) \end{bmatrix} \tag{9.27}$$

进一步,如式(9.20),$\boldsymbol{\alpha}_i$ 可以通过对核矩阵 $\boldsymbol{K}$ 进行特征值分解求解。高维空间特征向量 $\varphi(\boldsymbol{x})$ 降维输出 $\boldsymbol{y}$,则可通过式(9.28)表示:

$$\boldsymbol{y} = [\boldsymbol{\omega}_1, \boldsymbol{\omega}_2, \cdots, \boldsymbol{\omega}_d]^{\mathrm{T}} \varphi(\boldsymbol{x}) \tag{9.28}$$

将式(9.16)代入式(9.28)可得:

$$\begin{aligned}
y &= [\varphi(\boldsymbol{X})\boldsymbol{\alpha}_1, \varphi(\boldsymbol{X})\boldsymbol{\alpha}_2, \cdots, \varphi(\boldsymbol{X})\boldsymbol{\alpha}_d]^{\mathrm{T}} \varphi(\boldsymbol{x}) \\
&= [\boldsymbol{\alpha}_1, \boldsymbol{\alpha}_2, \cdots, \boldsymbol{\alpha}_d]^{\mathrm{T}} \varphi(\boldsymbol{X})^{\mathrm{T}} \varphi(\boldsymbol{x}) \\
&= [\boldsymbol{\alpha}_1, \boldsymbol{\alpha}_2, \cdots, \boldsymbol{\alpha}_d]^{\mathrm{T}} [\varphi(\boldsymbol{x}_1), \varphi(\boldsymbol{x}_2), \cdots, \varphi(\boldsymbol{x}_N)]^{\mathrm{T}} \varphi(\boldsymbol{x}) \\
&= [\boldsymbol{\alpha}_1, \boldsymbol{\alpha}_2, \cdots, \boldsymbol{\alpha}_d]^{\mathrm{T}} [\varphi(\boldsymbol{x}_1)^{\mathrm{T}} \varphi(\boldsymbol{x}), \varphi(\boldsymbol{x}_2)^{\mathrm{T}} \varphi(\boldsymbol{x}), \cdots, \varphi(\boldsymbol{x}_N)^{\mathrm{T}} \varphi(\boldsymbol{x})]^{\mathrm{T}} \\
&= \boldsymbol{\alpha}^{\mathrm{T}} \boldsymbol{K}(x)
\end{aligned} \tag{9.29}$$

其中,$\boldsymbol{\alpha} = [\boldsymbol{\alpha}_1, \boldsymbol{\alpha}_2, \cdots, \boldsymbol{\alpha}_d]$ 为核矩阵对应的特征向量(按照特征值由大到小排列)组成的变换矩阵,$K(\boldsymbol{x}) = [\varphi(\boldsymbol{x}_1)^{\mathrm{T}} \varphi(\boldsymbol{x}), \varphi(\boldsymbol{x}_2)^{\mathrm{T}} \varphi(\boldsymbol{x}), \cdots, \varphi(\boldsymbol{x}_N)^{\mathrm{T}} \varphi(\boldsymbol{x})]^{\mathrm{T}}$ 为样本 $\boldsymbol{x}$ 的核映射向量。

核主成分分析算法总结如图 9.10 所示。

输入:原始数据 $\boldsymbol{x}_1, \boldsymbol{x}_2, \cdots, \boldsymbol{x}_N, \boldsymbol{x}_i \in \mathbb{R}^D$;
算法流程:

(1) 对所有数据去中心化:$\boldsymbol{x}_i := \boldsymbol{x}_i - \bar{\boldsymbol{x}} \quad \bar{\boldsymbol{x}} = \dfrac{1}{N} \sum\limits_{i=1}^{N} \boldsymbol{x}_i$;

(2) 选择核函数,并计算所有数据的核矩阵 $\boldsymbol{K}$;

(3) 对核矩阵 $\boldsymbol{K}$ 进行特征值分解,并按照特征值由大到小排序特征向量;

(4) 取前 d 个特征向量构成降维变换矩阵 $\boldsymbol{\alpha} = [\boldsymbol{\alpha}_1, \boldsymbol{\alpha}_2, \cdots, \boldsymbol{\alpha}_d]$;

(5) 计算样本 $\boldsymbol{x}$ 的核映射向量 $K(\boldsymbol{x}) = [\varphi(\boldsymbol{x}_1)^{\mathrm{T}} \varphi(\boldsymbol{x}), \varphi(\boldsymbol{x}_2)^{\mathrm{T}} \varphi(\boldsymbol{x}), \cdots, \varphi(\boldsymbol{x}_N)^{\mathrm{T}} \varphi(\boldsymbol{x})]^{\mathrm{T}}$;

(6) 计算降维后的数据表示 $\boldsymbol{\alpha}^{\mathrm{T}} K(x)$。

图 9.10　核主成分分析算法总结

【例 9.3】 已知二维空间内有两类点 $\{(1,0)、(-1,0)\}、\{(0,1)、(0,-1)\}$，试用核主成分分析算法将数据降为二维。

【解析】 已知 $\boldsymbol{x}_1=[1,0]^\mathrm{T}$ $\boldsymbol{x}_2=[-1,0]^\mathrm{T}$ $\boldsymbol{x}_3=[0,1]^\mathrm{T}$ $\boldsymbol{x}_4=[0,-1]^\mathrm{T}$，$\boldsymbol{x}_1,\boldsymbol{x}_2$ 为一类，$\boldsymbol{x}_3,\boldsymbol{x}_4$ 为另一类。

（1）对所有数据去中心化：$\boldsymbol{x}_i := \boldsymbol{x}_i - \bar{\boldsymbol{x}}$ $\bar{\boldsymbol{x}} = \dfrac{1}{N}\sum\limits_{i=1}^{N}\boldsymbol{x}_i$

$$\bar{\boldsymbol{x}} = \frac{1}{N}\sum_{i=1}^{N}\boldsymbol{x}_i = \frac{1}{4}([1,0]^\mathrm{T} + [-1,0]^\mathrm{T} + [0,1]^\mathrm{T} + [0,-1]^\mathrm{T}) = [0,0]^\mathrm{T}$$

去中心化后的数据为 $\boldsymbol{x}_1=[1,0]^\mathrm{T}$ $\boldsymbol{x}_2=[-1,0]^\mathrm{T}$ $\boldsymbol{x}_3=[0,1]^\mathrm{T}$ $\boldsymbol{x}_4=[0,-1]^\mathrm{T}$

（2）选择高斯核函数 $k(\boldsymbol{x}_i,\boldsymbol{x}_j) = \exp\left(-\dfrac{\|\boldsymbol{x}_i-\boldsymbol{x}_j\|^2}{2\sigma^2}\right)$，其中 $\sigma^2=100$，计算核矩阵

$$K = \begin{bmatrix} k(\boldsymbol{x}_1,\boldsymbol{x}_1) & k(\boldsymbol{x}_1,\boldsymbol{x}_2) & k(\boldsymbol{x}_1,\boldsymbol{x}_3) & k(\boldsymbol{x}_1,\boldsymbol{x}_4) \\ k(\boldsymbol{x}_2,\boldsymbol{x}_1) & k(\boldsymbol{x}_2,\boldsymbol{x}_2) & k(\boldsymbol{x}_2,\boldsymbol{x}_3) & k(\boldsymbol{x}_2,\boldsymbol{x}_4) \\ k(\boldsymbol{x}_3,\boldsymbol{x}_1) & k(\boldsymbol{x}_3,\boldsymbol{x}_2) & k(\boldsymbol{x}_3,\boldsymbol{x}_3) & k(\boldsymbol{x}_3,\boldsymbol{x}_4) \\ k(\boldsymbol{x}_4,\boldsymbol{x}_1) & k(\boldsymbol{x}_4,\boldsymbol{x}_2) & k(\boldsymbol{x}_4,\boldsymbol{x}_3) & k(\boldsymbol{x}_4,\boldsymbol{x}_4) \end{bmatrix}$$

$k(\boldsymbol{x}_1,\boldsymbol{x}_1) = \exp(-([1,0]^\mathrm{T} - [1,0]^\mathrm{T})^\mathrm{T}([1,0]^\mathrm{T} - [1,0]^\mathrm{T})/(2*100)) = 1$

$k(\boldsymbol{x}_1,\boldsymbol{x}_2) = \exp(-([1,0]^\mathrm{T} - [-1,0]^\mathrm{T})^\mathrm{T}([1,0]^\mathrm{T} - [-1,0]^\mathrm{T})/(2*100)) = 0.990$

$k(\boldsymbol{x}_1,\boldsymbol{x}_3) = \exp(-([1,0]^\mathrm{T} - [0,1]^\mathrm{T})^\mathrm{T}([1,0]^\mathrm{T} - [0,1]^\mathrm{T})/(2*100)) = 0.993$

$k(\boldsymbol{x}_1,\boldsymbol{x}_4) = \exp(-([1,0]^\mathrm{T} - [0,-1]^\mathrm{T})^\mathrm{T}([1,0]^\mathrm{T} - [0,-1]^\mathrm{T})/(2*100)) = 0.993$

$k(\boldsymbol{x}_2,\boldsymbol{x}_1) = \exp(-([-1,0]^\mathrm{T} - [1,0]^\mathrm{T})^\mathrm{T}([-1,0]^\mathrm{T} - [1,0]^\mathrm{T})/(2*100)) = 0.990$

$k(\boldsymbol{x}_2,\boldsymbol{x}_2) = \exp(-([-1,0]^\mathrm{T} - [-1,0]^\mathrm{T})^\mathrm{T}([-1,0]^\mathrm{T} - [-1,0]^\mathrm{T})/(2*100)) = 1$

$k(\boldsymbol{x}_2,\boldsymbol{x}_3) = \exp(-([-1,0]^\mathrm{T} - [0,1]^\mathrm{T})^\mathrm{T}([-1,0]^\mathrm{T} - [0,1]^\mathrm{T})/(2*100)) = 0.993$

$k(\boldsymbol{x}_2,\boldsymbol{x}_4) = \exp(-([-1,0]^\mathrm{T} - [0,-1]^\mathrm{T})^\mathrm{T}([-1,0]^\mathrm{T} - [0,-1]^\mathrm{T})/(2*100)) = 0.993$

$k(\boldsymbol{x}_3,\boldsymbol{x}_1) = \exp(-([0,1]^\mathrm{T} - [1,0]^\mathrm{T})^\mathrm{T}([0,1]^\mathrm{T} - [1,0]^\mathrm{T})/(2*100)) = 0.993$

$k(\boldsymbol{x}_3,\boldsymbol{x}_2) = \exp(-([0,1]^\mathrm{T} - [-1,0]^\mathrm{T})^\mathrm{T}([0,1]^\mathrm{T} - [-1,0]^\mathrm{T})/(2*100)) = 0.993$

$k(\boldsymbol{x}_3,\boldsymbol{x}_3) = \exp(-([0,1]^\mathrm{T} - [0,1]^\mathrm{T})^\mathrm{T}([0,1]^\mathrm{T} - [0,1]^\mathrm{T})/(2*100)) = 1$

$k(\boldsymbol{x}_3,\boldsymbol{x}_4) = \exp(-([0,1]^\mathrm{T} - [0,-1]^\mathrm{T})^\mathrm{T}([0,1]^\mathrm{T} - [0,-1]^\mathrm{T})/(2*100)) = 0.990$

$k(\boldsymbol{x}_4,\boldsymbol{x}_1) = \exp(-([0,-1]^\mathrm{T} - [1,0]^\mathrm{T})^\mathrm{T}([0,-1]^\mathrm{T} - [1,0]^\mathrm{T})/(2*100)) = 0.993$

$k(\boldsymbol{x}_4,\boldsymbol{x}_2) = \exp(-([0,-1]^\mathrm{T} - [-1,0]^\mathrm{T})^\mathrm{T}([0,-1]^\mathrm{T} - [-1,0]^\mathrm{T})/(2*100)) = 0.993$

$k(\boldsymbol{x}_4,\boldsymbol{x}_3) = \exp(-([0,-1]^\mathrm{T} - [0,1]^\mathrm{T})^\mathrm{T}([0,-1]^\mathrm{T} - [0,1]^\mathrm{T})/(2*100)) = 0.990$

$k(\boldsymbol{x}_4,\boldsymbol{x}_4) = \exp(-([0,-1]^\mathrm{T} - [0,-1]^\mathrm{T})^\mathrm{T}([0,-1]^\mathrm{T} - [0,-1]^\mathrm{T})/(2*100)) = 1$

$$\boldsymbol{K} = \begin{bmatrix} 1 & 0.990 & 0.993 & 0.993 \\ 0.990 & 1 & 0.993 & 0.993 \\ 0.993 & 0.993 & 1 & 0.990 \\ 0.993 & 0.993 & 0.990 & 1 \end{bmatrix}$$

（3）对核矩阵进行特征值分解，并按照特征值由大到小排序特征向量：

$$\lambda_1 = 3.976, \boldsymbol{\alpha}_1 = [0.5, 0.5, 0.5, 0.5]^\mathrm{T}$$

$$\lambda_2 = 0.01, \boldsymbol{\alpha}_2 = [-0.0008, 0.0008, 0.7071, -0.7071]^\mathrm{T}$$

$$\lambda_3 = 0.01, \boldsymbol{\alpha}_3 = [0.7071, -0.7071, 0.0008, -0.0008]^\mathrm{T}$$

$$\lambda_4 = 0.0041, \boldsymbol{\alpha}_4 = [0.5, 0.5, -0.5, -0.5]^{\mathrm{T}}$$

（4）取特征值最大的前两个特征向量组成变换矩阵：$\boldsymbol{\alpha} = [\boldsymbol{\alpha}_1, \boldsymbol{\alpha}_2] = [0.5, 0.5, 0.5, 0.5; -0.0008, 0.0008, 0.7071, -0.7071]^{\mathrm{T}}$

（5）计算样本的核映射向量 $\boldsymbol{K} = \begin{bmatrix} 1 & 0.8187 & 0.8681 & 0.8681 \\ 0.8187 & 1 & 0.8681 & 0.8681 \\ 0.8681 & 0.8681 & 1 & 0.8187 \\ 0.8681 & 0.8681 & 008187 & 1 \end{bmatrix}$

（6）计算降维后的数据表示 $\boldsymbol{\alpha}^{\mathrm{T}} K(x) = [1.988, 1.988, 1.988, 1.988; 0, 0, 0.007, -0.007]$

核主成分分析实现代码如图 9.11 所示。

```python
import numpy as np
import math
import matplotlib.pyplot as plt
from scipy.spatial.distance import pdist, squareform
N = 100
N1 = 10
N2 = 10
theta = np.linspace(0, 2 * math.pi, N)
x1 = np.cos(theta) + 0.01 * np.random.randn(N1, N)
y1 = np.sin(theta) + 0.01 * np.random.randn(N1, N)
X1 = np.array([x1.reshape((1, N * N1)).squeeze(0), y1.reshape((1, N * N1)).squeeze(0)])
x2 = np.cos(theta) * 2 + 0.01 * np.random.randn(N1, N)
y2 = np.sin(theta) * 2 + 0.01 * np.random.randn(N1, N)
X2 = np.array([x2.reshape((1, N * N1)).squeeze(0), y2.reshape((1, N * N1)).squeeze(0)])
plt.subplot(1, 2, 1)
plt.scatter(X1[1], X1[0])
plt.scatter(X2[1], X2[0])
X = np.concatenate((X1, X2), axis=1)
#选择高斯核作为核函数,计算核矩阵 K
gamma = 0.1
sq_dists = pdist(X.T, 'sqeuclidean')
mat_sq_dists = squareform(sq_dists)
K = np.exp(-gamma * mat_sq_dists)
#特征值分解
eig_val, eig_vec = np.linalg.eig(K)
#将特征向量按特征值由大到小排序
esort = np.argsort(eig_val)
keepval = esort[::-1]
eig_vec = eig_vec[:, keepval]
#空间变化
X_ = np.matmul(eig_vec.T, K)
plt.subplot(1, 2, 2)
plt.scatter(X_[1][0:N1 * N], X_[0][0:N1 * N])
plt.scatter(X_[1][N1 * N:], X_[0][N1 * N:])
plt.show()
```

图 9.11 核主成分分析实现代码

习　题

1. 请描述主成分方向是如何定义的。

2. 分别论述 PCA 与 LDA 的降维设计思想，并总结各方法的优缺点。

3. 试论述核函数为什么可以实现非线性映射。

本 章 实 验

1. 实验目的

掌握线性降维原理，理解不同降维方法的优劣以及适用范围。

2. 实验要求

分别用 PCA、LDA、KPCA 算法对 Yale 人脸数据集进行降维，实现人脸数据分布的二维可视化。

3. 实验步骤

（1）读取目标人脸图像，将图像尺度缩放到 100×100。

（2）将图像调整为 10000×1 的向量。

（3）分别根据 PCA、LDA、KPCA 的原理对上述特征向量进行降维。

（4）取变换后空间的前两维作为人脸图像的低维描述，在二维坐标中进行显示。不同身份类别用不同颜色进行区分。

第 3 部 分
深 度 学 习

第 10 章

神 经 网 络

随着神经科学、认知科学的发展,我们逐渐知道人类的智能行为都和大脑活动有关。受人类大脑结构的启发,早期的神经科学家构造了一种模仿人脑神经系统的数字模型,称为人工神经网络,简称神经网络。在机器学习领域,神经网络是指由很多人工神经元构成的网络模型,这些人工神经元之间的连接强度是可学习的参数。本章主要介绍人工神经网络、前馈神经网络、反向传播算法及其计算。

10.1 人工神经网络

10.1.1 人工神经网络介绍

随着神经科学和认知科学的发展,科学家对大脑进行了更深入的研究,大脑是人类最复杂的器官之一,由神经元、神经胶质细胞、神经干细胞和血管组成,其中神经元(也称神经细胞)是人脑神经系统中最基本的单元,负责携带和传输信息。人脑中包含接近 860 亿个神经元,每个神经元有上千个突触和其他神经元连接,这些神经元和它们之间的连接形成巨大的复杂网络。

虽然构造一个人工神经网络比较容易,但是如何让人工神经网络具有学习能力并不是一件容易的事,早期的神经网络并不具备学习能力,首个可学习的人工神经网络是赫布网络,它采用了一种赫布规则的无监督学习方法。感知器是最早具有机器学习思想的神经网络,但其学习方法无法扩展到多层的神经网络,直到 1980 年左右,反向传播算法才能有效地解决多层神经网络的学习问题,并成为较为流行的神经网络学习算法。

10.1.2 人工神经网络的发展历史

第一阶段:模型提出

1943—1969 年是神经网络发展的第一个高潮期。在此期间,科学家提出了许多神经元模型和学习规则。

(1) 1943 年,心理学家 Warren McCulloch 和数学家 Walter Pitts 最早提出一种基于简单逻辑运算的人工神经网络,这种神经网络模型称为 MP 模型,至此开启了人工神经网络研究的序幕。

(2) 1948 年,Alan Turing 提出一种"B 型图灵机"。之后,研究人员将基于 Hebbian 型学习的思想应用到"B 型图灵机"上。

(3) 1951 年,McCulloch 和 Pitts 的学生 Marvin Minsky 建造了第一台神经网络机 SNARC。

（4）Rosenblatt 提出一种可以模拟人类感知能力的神经网络模型，称为感知器（Perceptron），并提出一种接近人类学习过程（迭代、试错）的学习算法。但感知器因其结构过于简单，不能解决简单的异或（XOR）等线性不可分问题。

在这一时期，神经网络以其独特的结构和处理信息的方法，在许多实际应用领域（如自动控制、模式识别等）中取得了显著的成效。

第二阶段：冰河期

1969—1983 年，是神经网络发展的第一个低谷期。在此期间，神经网络的研究处于长年停滞及低潮状态。

（1）1969 年，Marvin Minsky 出版了《感知器》一书，指出神经网络的两个关键缺陷：一是感知器无法处理"异或"回路问题；二是当时的计算机无法支持处理大型神经网络所需要的计算能力。这些论断使得人们对以感知器为代表的神经网络产生怀疑，并导致神经网络的研究进入十多年的"冰河期"。

（2）但在这一时期，依然有不少学者提出很多有用的模型或算法。1974 年，哈佛大学的 Paul Werbos 发明了反向传播（Back Propagation，BP）算法，但在当时未受到应有的重视。

（3）1980 年，Fukushima（福岛邦彦）提出一种带卷积和子采样操作的多层神经网络——新知机（Neocognitron）。新知机的提出是因为受到了动物初级视皮层简单细胞和复杂细胞的感受野启发。但新知机并没有采用反向传播算法，而是采用无监督学习的方式训练，因此也没有引起人们足够的重视。

第三阶段：反向传播算法引起的复兴

1983—1995 年，是神经网络发展的第二个高潮期。在这一时期中，反向传播算法重新激发了人们对神经网络的兴趣。

（1）1983 年，物理学家 John Hopfield 提出一种用于联想记忆（Associative Memory）和优化计算的神经网络，称为 Hopfield 网络。Hopfield 网络在旅行商问题上取得了当时最好的结果，并引起了轰动。

（2）1984 年，Geoffrey Hinton 提出一种随机化版本的 Hopfield 网络，即玻耳兹曼机（Boltzmann Machine）。

（3）真正引起神经网络第二次研究高潮的是反向传播算法。20 世纪 80 年代中期，一种连接主义模型开始流行，即分布式并行处理（Parallel Distributed Processing，PDP）模型。1986 年，David Rumelhart 和 James McClelland 全面分析了连接主义在计算机模拟神经活动中的应用，并重新发明了反向传播算法。反向传播算法也逐渐成为 PDP 模型的主要学习算法。

（4）Geoffrey Hinton 等将反向传播算法引入多层感知器，解决了多层感知器的学习问题。这时，人工神经网络又重新引起人们的注意，并开始成为新的研究热点。

（5）随后，LeCun 等将反向传播算法引入卷积神经网络，并在手写体数字识别上取得了很大的成功。

反向传播算法是迄今较成功的神经网络学习算法，不仅用于多层前馈神经网络，还用于其他类型神经网络的训练。目前在深度学习中主要使用的自动微分可以看作反向传播算法的一种扩展。然而，梯度消失问题（Vanishing Gradient Problem）阻碍神经网络的进一步发展，特别是循环神经网络。为了解决这个问题，采用两步来训练一个多层的循环神经网络：

一是通过无监督学习的方式逐层训练每一层循环神经网络,即预测下一个输入;二是通过反向传播算法进行精调。

第四阶段：流行度降低

1995—2006 年,支持向量机和其他更简单的方法(例如线性分类器)在机器学习领域的流行度逐渐超过神经网络。

虽然神经网络可以很容易地增加层数、神经元数量,从而构建复杂的网络,但其计算复杂性也会随之增强。当时的计算机性能和数据规模不足以支持训练大规模神经网络。20世纪 90 年代中期,统计学习理论和以支持向量机为代表的机器学习模型开始兴起。相比之下,神经网络的理论基础不清晰、优化困难、可解释性差等缺点更加凸显,因此神经网络的研究又一次陷入低潮。

第五阶段：深度学习的崛起

从 2006 年开始至今,研究者逐渐掌握了训练深层神经网络的方法,使得神经网络重新崛起。

2006 年,Hinton 和 Salakhutdinov 发现多层前馈神经网络可以通过先逐层预训练,再用反向传播算法进行精调的方式进行有效学习。随着深度的人工神经网络在语音识别和图像分类等任务上的巨大成功,以神经网络为基础的"深度学习"迅速崛起。近年来,随着大规模并行计算以及 GPU 设备的普及,计算机的计算能力得以大幅提高。此外,可供机器学习的数据规模也越来越大。在计算能力和数据规模的支持下,计算机已经可以训练大规模的人工神经网络。各大科技公司都投入巨资研究深度学习,神经网络迎来第三次高潮。

10.2 前馈神经网络

10.2.1 神经元介绍

1. 神经元

人工神经网络是一个用大量简单处理单元经广泛连接而成的人工网络,是对人脑的神经网络的抽象和模拟。众所周知,脑的神经系统的基本单位是神经元。所以,建立人工神经网络首先要做的是对神经元的抽象,建立神经元的数学模型。

早在 1943 年,神经元的数学模型被提出,之后又陆续提出上百种神经元模型。一种常用的神经元模型如图 10.1 所示。

图 10.1 一种常用的神经元模型

参考生物课本中的神经元,可以看到这个神经元有 3 个输入、一个输出,如图 10.2 所示,这很像正常的神经元的树突和轴突。

在正常的神经元细胞中,信息从树突输入,经过细胞体处理后从轴突输出。如图 10.1 所示,在神经元模型中有一个线性环节和一个非线性环节,这就是信息处理的部分,模拟了

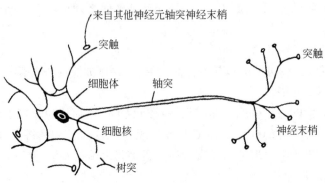

图 10.2 神经元

细胞体的功能。

线性环节，就是将输入的数 $x_1, x_2, \cdots, x_n$ 乘以它们对应的权数 $w_1, w_2, \cdots, w_n$ 再相加，即 $a = w_1 x_1 + \cdots + w_n x_n + b$，得到线性环节输出的 a。非线性环节，将在线性环节输出的数 a 放到准备好的非线性函数 $y = f(x)$ 中，得到这个神经元的最终输出值 y。

为什么需要非线性函数呢？因为如果不加入非线性函数，得到的只是输入线性的结合，那么无论神经网络有多复杂，也只能把它合并为一个线性计算，而加入了非线性环节，神经元就有更多的可能。

那么怎么选择非线性部分的函数呢？首先可以想到生物的神经元具有两种常规的工作状态：兴奋与抑制，这很容易想到 0 和 1，用 0 模拟抑制，用 1 模拟兴奋。那么就可以用阶跃函数作为神经元的非线性部分。阶跃函数的公式如下。

$$f(x) = \begin{cases} 0, & x < 0 \\ 1, & x \geqslant 0 \end{cases} \tag{10.1}$$

这样就解决了非线性部分的函数了。

那么，神经元怎么训练呢？首先明确一点，神经元的训练就是调节参数 $w_1, w_2, \cdots, w_n$ 和 b 的值，使神经元的计算结果越来越趋近所期待的输出值。首先将 y 定义为神经元计算出来的值，y_s 为理想的输出值，则误差函数为 $e = (y_s - y)^2$，那如何调整 w 和 b 的值呢？其实可以使误差函数 e 对 w 和 b 求导，然后往导数小的地方调整就可以了。那么问题来了，阶跃函数的导数不连续，这样不方便计算，所以还需要一个连续的非线性函数。

2. 激活函数

在讲述激活函数（见图 10.3）之前，首先要明白的一件事是为什么要使用激活函数，不用激活函数有什么问题？在上一小节神经元中可以看到，神经元对待输入参数是以加权求和的方式进行运算的。如果不使用激活函数，那么输出的结果应该是输入参数线性叠加的结果。一个神经元的结果又作为下一层神经网络中神经元的输入参数，它进行同样的操作，因此最后的整个网络的输出也是线性的。但是，生活中的实际问题往往是非线性的。因此，为了能够适应非线性的空间，在输出结果之前，应该在最后的输出层加一个非线性的函数，通常称之为激活函数，将网络的线性结果映射到非线性的空间内。

激活函数也像大脑的神经元细胞一样，会有激活和抑制。当输入激活函数的值到达一定的区间内，激活函数会进行输出；否则会抑制这些值的输出。这个概念比较抽象，下面举例一些常用的激活函数，从中可以看到，这些激活函数在哪些部分对输入进行了抑制，在哪

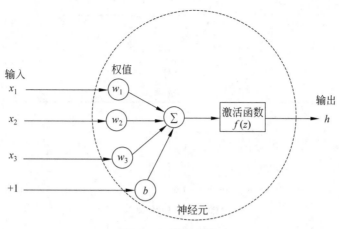

图 10.3　激活函数

些部分进行了激活。

① Sigmoid 型函数

Sigmoid 型函数是常用的非线性的激活函数,它的数学形式如下。

$$\text{Sigmoid}(x) = \frac{1}{1 + e^{-x}} \tag{10.2}$$

该函数的导数为 $f'(x) = f(x)(1 - f(x))$。

Sigmoid 函数如图 10.4 所示。

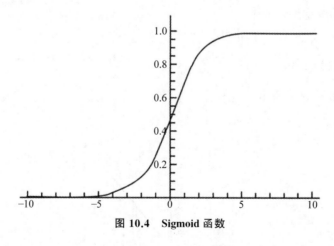

图 10.4　Sigmoid 函数

这个函数的特点是:它能够把输入的连续实值变换为 0～1 的输出。特别地,如果是非常大的负数,输出就是 0;如果是非常大的正数,输出就是 1。但是这个函数的缺点是:会出现梯度消失,不是以 0 值为中心,运算比较耗时,因为需要用到幂运算。

② tanh 函数

tanh 函数的数学形式如下。

$$\tanh(x) = \frac{e^x - e^{-x}}{e^x + e^{-x}} \tag{10.3}$$

该函数的导数为 $f'(x) = 1 - f(x)^2$。

tanh 函数如图 10.5 所示。

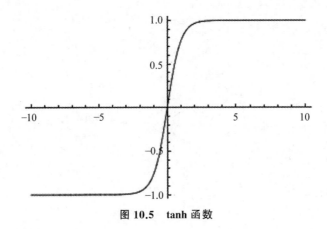

图 10.5　tanh 函数

tanh 函数和 Sigmoid 函数的关系：$\tanh(x)=2\text{Sigmoid}(x)-1$。tanh 函数解决了输出不是 0 中心的问题，但是梯度消失与幂运算还是存在。tanh 函数几乎在任何情况下效果都比 Sigmoid 要好。tanh 函数的值在 $[-1,1]$。输出结果的平均值为 0。tanh 函数和 Sigmoid 函数的共同缺点是在 x 的值接近无穷大或无穷小时，这两个函数的导数（也就是梯度）变得非常小，此时梯度下降的速度也会变得非常慢。

③ **ReLU 函数**

ReLU 函数是非线性激活函数的默认选择，如果不知道该选择哪个激活函数，ReLU 函数很可能是一个好的选择。

ReLU 函数的数学形式如下。

$$\text{ReLU}(x)=\max(0,x) \tag{10.4}$$

该函数的导数为 $f'(x)=\begin{cases}0, & x<0 \\ 1, & x\geqslant0\end{cases}$。

ReLU 函数如图 10.6 所示。

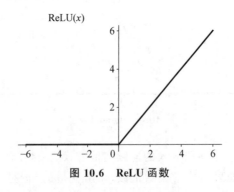

图 10.6　ReLU 函数

当 $x>0$ 时，ReLU 的导数一直为 1，所以采用 ReLU 函数作为激活函数时，随机梯度下降的收敛速度会比 Sigmoid 及 tanh 快得多。

ReLU 函数的优点是：解决了梯度消失问题（在正区间）；计算速度非常快，只需要判断输入是否大于 0；收敛速度远快于 Sigmoid 和 tanh。同时，它的缺点是：ReLU 的输出不是零均值化；神经元坏死现象，指的是某些神经元可能永远不会被激活，导致相应的参数永远不能被更新。

④ **带泄漏的 ReLU 函数(LeakyReLU)**

LeakyReLU 函数的数学形式如下。

$$\text{LeakyReLu}(x) = \max(0.01, x) \tag{10.5}$$

该函数的导数为 $f'(x) = \begin{cases} 0.01, & x < 0 \\ 1, & x \geq 0 \end{cases}$。

LeakyReLU 函数如图 10.7 所示。

LeakyReLU 的提出就是为了解决神经元"死亡"问题,LeakyReLU 与 ReLU 很相似,仅在输入小于 0 的部分有差别,ReLU 输入小于 0 的部分,值都为 0,而 LeakyReLU 输入小于 0 的部分,值为负,且有微小的梯度。使用 LeakyReLU 的好处在于:在反向传播过程中,对于 LeakyReLU 激活函数输入小于零的部分,也可以计算得到梯度(而不像 ReLU 一样值为 0),这样就避免了梯度方向锯齿问题。

为什么需要非线性激活函数?如果没有非线性激活函数,得到的输出仅是输入的线性组合。这样,多层的神经网络的模型复杂度就和单层神经网络一样了。激活函数是神经网络里一个比较大的主题,这里只是简单介绍。

10.2.2 网络结构

1. 前馈网络

前馈神经网络采用的是一种单向多层结构。其中每一层包含若干个神经元。在此种神经网络中,各神经元可以接收前一层神经元的信号,并产生输出到下一层。第 0 层叫输入层,最后一层叫输出层,其他中间层称为隐含层(或隐藏层、隐层)。隐层可以是一层,也可以是多层。

在前馈神经网络中,不同的神经元属于不同的层,每一层的神经元可以接收到前一层的神经元信号,并产生信号输出到下一层。第 0 层称为输入层,最后一层称为输出层,中间的层称为隐藏层,信号从输入层到输出层单向传播,可用一个有向无环图表示。前馈网络(见图 10.8)包括全连接前馈网络和卷积神经网络等。

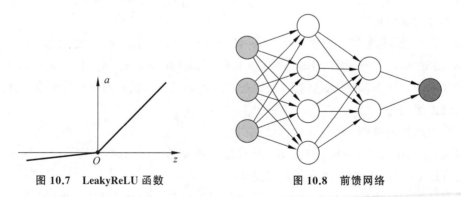

图 10.7 LeakyReLU 函数

图 10.8 前馈网络

2. 记忆网络

记忆网络(见图 10.9),也称为反馈网络。记忆网络中神经元不但可以接收其他神经元的信号,也可以接收自己的反馈信号。和前馈网络相比,记忆网络中的神经元具有记忆功能,在不同的时刻具有不同的状态。记忆神经网络中的信息传播可以是单向的,用一个有向循环图表示；也可以是双向传递，用无向图表示。记忆网络包括循环神经网络、Hopfield 网络、玻耳兹曼机。

为了增强记忆网络的记忆容量，引入了外部记忆单元和读写机制，用来保存一些网络的中间状态，通常称这种记忆网络为记忆增强网络，如神经图灵机和记忆网络等。

3. 图网络

图网络（见图 10.10）是定义在图结构数据上的神经网络。

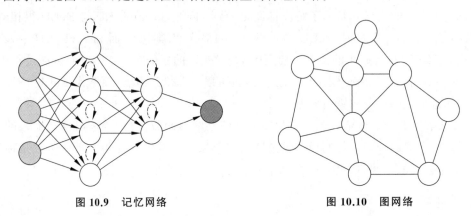

图 10.9　记忆网络　　　　　　　　　图 10.10　图网络

前馈网络的输入可以表示为向量或向量序列，但实际应用中很多数据是图结构的数据，如知识图谱、社交网络、分子网络等。图网络中每个结点都由一个或一组神经元构成。结点之间的连接可以是有向的，也可以是无向的。每个结点可以收到来自相邻结点或自身的信息。

图网络是前馈网络和记忆网络的泛化，包含了很多不同的实现方式，如图卷积网络（Graph Convolutional Network，GCN）、消息传递神经网络（Message Passing Neural Network，MPNN）等。

10.2.3　前馈神经网络

1. 前馈神经网络

前馈神经网络（Feedforward Neural Network），又称为深度前馈网络（Deep Feedforward Network）、多层感知机（Multilayer Perceptron，MLP）。信息流经过的函数，流经中间的计算过程，最终到达输出，所以被称为前向的。在模型的输出和模型本身之间并没有反馈连接。

一个前馈神经网络可以包含 3 种结点：

输入结点（Input Nodes）：输入结点从外部世界提供信息，总称为输入层。在输入结点中不进行任何计算——仅向隐藏结点传递信息。

隐藏结点（Hidden Nodes）：隐藏结点和外部世界没有直接联系（由此得名）。这些结点进行计算，并将信息从输入结点传递到输出结点。隐藏结点总称为隐藏层。尽管一个前馈神经网络只有一个输入层和一个输出层，但网络里可以没有隐藏层，也可以有多个隐藏层。

输出结点（Output Nodes）：输出结点总称为输出层，负责计算，并从网络向外部世界传递信息。

在前馈网络中,信息只单向移动——从输入层开始前向移动,然后通过隐藏层(如果有的话),再到输出层。在网络中没有循环或回路(前馈神经网络的这个属性和递归神经网络不同,后者的结点连接构成循环)。

下面是两个前馈神经网络的例子。

(1)单层感知器——这是最简单的前馈神经网络,不包含任何隐藏层。

(2)多层感知器——多层感知器至少有一个隐藏层。下面只讨论多层感知器,因为在现在的实际应用中,它们比单层感知器更有用。

2. 多层感知器

多层感知器包括至少一个隐藏层(除一个输入层和一个输出层外)。单层感知器只能学习线性函数,而多层感知器也可以学习非线性函数。

图 10.11 表示了含有一个隐藏层的多层感知器。注意,所有的连接都有权重,但图 10.11 中只标记了 3 个权重(w_0,w_1,w_2)。

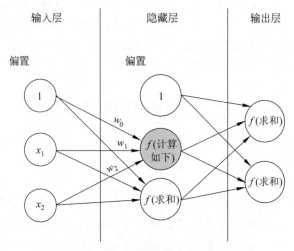

神经元的输出=f(求和)=$f(w_0*1+w_1*x_1+w_2*x_2)$

图 10.11 有一个隐藏层的多层感知器

输入层:输入层有 3 个结点。偏置结点值为 1。其他两个结点从 x_1 和 x_2 取外部输入(根据输入数据集取的数字值)。和上文讨论的一样,在输入层不进行任何计算,所以输入层结点的输出是 1、x_1 和 x_2 3 个值被传入隐藏层。

隐藏层:隐藏层也有 3 个结点,偏置结点输出为 1。隐藏层其他两个结点的输出取决于输入层的输出(1,x_1,x_2)以及连接(边界)所附的权重。图 10.11 显示了隐藏层中一个输出的计算。其他隐藏结点的输出计算同理,f 指代激活函数。

输出层:输出层有两个结点,从隐藏层接收输入,并执行类似上述的隐藏层计算。这些作为计算结果的计算值(y_1 和 y_2)就是多层感知器的输出。

给出一系列特征 $x=(x_1,x_2,\cdots,x_n)$ 和目标 y,一个多层感知器可以分类或者回归为目的,学习到特征和目标之间的关系。

为了更好地理解多层感知器,下面举一个例子。假设一个包含学生学习时间、期中成绩和期末成绩的数据集如表 10.1 所示。

表 10.1　数据集案例

学习时间/小时	期 中 成 绩	期 末 成 绩
35	67	1（通过）
12	75	0（失败）
16	89	1（通过）
45	56	1（通过）
10	90	0（失败）

现在预测一个学习了 25 小时并在期中考试中获得 70 分的学生是否通过期末考试。这是一个二元分类问题，多层感知器可以利用给定的样本（训练数据）进行学习，并且根据给出的数据，进行准确的预测。

感知机只能解决十分简单的分类问题，例如解决 and-与、or-或问题，这两个都是线性问题，都能用线性模型分开类别。但是异或问题感知机就解决不了，因为它是非线性问题，但 BP 神经网络能很好地解决非线性问题。生活中的问题绝大部分都是非线性问题，所以最早的感知机虽十分局限，但它的出现在当时意义巨大。

10.3　反向传播算法

10.3.1　梯度下降

1. 梯度下降的直观解释

梯度下降（Gradient Descent）在机器学习中应用十分广泛，不论是在线性回归还是对数概率回归中，它的主要目的都是通过迭代找到目标函数的最小值，或者收敛到最小值。

拿一个简单的 $y=x^2$ 函数举例，直观来讲，梯度下降的目标就是让计算机不断猜最小值的那个点自变量 x 在哪，若猜大了，就让它小一点；若猜小了，就让它大一点。怎么猜？根据梯度，也就是导数。简单来说，如果该点的导数大于零，说明此处单调递增，那就往小猜；如果该点的导数小于零，说明此处单调递减，那就往大猜；直到导数等于零。这是梯度下降的过程，用数学公式表示为

$$\theta_{n+1}=\theta_n-\eta\cdot\nabla J(\theta) \tag{10.6}$$

意思为：要猜的下一个数值等于当前值减去一段梯度的距离，减去的这段距离就等于当前点的微分与学习率（η）的乘积。

通俗点讲，梯度下降就像高山流水的过程，水流沿着最陡峭的山路下山，最后流向湖泊或平地。

2. 梯度下降的相关概念

（1）学习率（learning rate）：学习率决定了在梯度下降迭代的过程中，每一步沿梯度负方向前进的长度。用下山的例子解释，步长就是在当前这一步所在位置沿着最陡峭最易下山的位置走的那一步的长度。

（2）特征（feature）：指的是样本中的输入部分，如 2 个单特征的样本 $(x^{(0)},y^{(0)})$，$(x^{(1)},$

$y^{(1)}$)，则第一个样本特征为 $x^{(0)}$，第一个样本的标签为 $y^{(0)}$。

（3）假设函数（hypothesis function）：在监督学习中，为了拟合输入样本而使用的假设函数记为 $h_\theta(x)$。比如，对于单个特征的 m 个样本 $(x^{(i)}, y^{(i)})(i=1,2,\cdots,m)$，可以采用假设函数 $h_\theta(x)=\theta_0+\theta_1 x$。

（4）损失函数（loss function）：为了评估模型拟合的好坏，通常用损失函数度量拟合的程度。损失函数极小化，意味着拟合程度最好，对应的模型参数即最优参数。在线性回归中，损失函数通常为样本输出和假设函数的差取平方。比如，对于 m 个样本 $(x^{(i)}, y^{(i)})(i=1,2,\cdots,m)$，采用线性回归，损失函数为

$$J(\theta_0,\theta_1)=\sum_{i=1}^{m}(h_\theta(x^{(i)})-y^{(i)})^2 \tag{10.7}$$

其中，$x^{(i)}$ 表示第 i 个样本特征，$y^{(i)}$ 表示第 i 个样本对应的标签，$h_\theta(x^{(i)})$ 为假设函数，参数为 θ_0,θ_1。

3. 梯度下降的详细算法

梯度下降法的算法有代数法和矩阵法（也称向量法）两种表示，其中，代数法易于理解，矩阵法表示简洁，且由于使用了矩阵，实现逻辑清晰。这里依次介绍代数法和矩阵法。

（1）梯度下降法的代数方式描述。

先决条件：确认优化模型的假设函数和损失函数。

比如对于线性回归，假设函数表示为 $h_\theta(x_1,x_2,\cdots,x_n)=\theta_0+\theta_1 x_1+\cdots+\theta_n x_n$，其中 $\theta_i(i=0,1,2,\cdots,n)$ 为模型参数，$x_i(i=0,1,2,\cdots,n)$ 为每个样本的 n 个特征值。这个表示可以简化，增加一个特征 $x_0=1$，这样 $h_\theta(x_1,x_2,\cdots,x_n)=\sum_{i=0}^{n}\theta_i x_i$。

同样是线性回归，对应上面的假设函数，损失函数为

$$J(\theta_0,\theta_1,\cdots,\theta_n)=\frac{1}{2m}\sum_{j=1}^{m}(h_\theta(x_0^{(j)},x_1^{(j)},\cdots,x_n^{(j)})-y_j)^2 \tag{10.8}$$

算法相关参数初始化：主要是初始化 $\theta_0,\theta_1,\cdots,\theta_n$，算法终止条件和步长 η。在没有任何先验知识时，可以先将所有的 θ 初始化为 0，将步长初始化为 1，在调优的时候再优化。

算法过程如下。

① 确定当前位置的损失函数的梯度，对于 θ_i，其梯度表达式如下。

$$\frac{\partial}{\partial\theta_i}J(\theta_0,\theta_1,\cdots,\theta_n) \tag{10.9}$$

② 用步长乘以损失函数的梯度，得到当前位置下降的距离，即 $\eta\dfrac{\partial}{\partial\theta_i}J(\theta_0,\theta_1,\cdots,\theta_n)$。

③ 确定是否为所有的 θ_i，梯度下降的距离都小于阈值参数 ε，如果小于 ε，则算法终止，当前所有的 $\theta_i(i=0,1,\cdots,n)$ 即最终结果，否则进入步骤④。

④ 更新所有的 θ，对于 θ_i，其更新表达式为 $\theta_i=\theta_i-\eta\dfrac{\partial}{\partial\theta_i}J(\theta_0,\theta_1,\cdots,\theta_n)$。更新完毕后继续转入步骤①。

下面用线性回归的例子具体描述梯度下降。假设样本可以表示为 $(x_1^{(0)},x_2^{(0)},\cdots,x_n^{(0)},y_0),(x_1^{(1)},x_2^{(1)},\cdots,x_n^{(1)},y_1),\cdots,(x_1^{(m)},x_2^{(m)},\cdots,x_n^{(m)},y_m)$，损失函数如前面的先决条件所述：

$$J(\theta_0, \theta_1, \cdots, \theta_n) = \frac{1}{2m} \sum_{j=0}^{m} (h_\theta(x_0^{(j)}, x_1^{(j)}, \cdots, x_n^{(j)}) - y_j)^2 \tag{10.10}$$

则在算法过程步骤（1）中对应的偏导数 θ_i 计算如下。

$$\frac{\partial}{\partial \theta_i} (\theta_0, \theta_1, \cdots, \theta_n) = \frac{1}{m} \sum_{j=0}^{m} (h_\theta(x_0^{(j)}, x_1^{(j)}, \cdots, x_n^{(j)}) - y_j) x_i^{(j)} \tag{10.11}$$

由于样本中没有 x_0，式（10.11）中令所有的 $x_0^{(j)}$ 为 1。

步骤④中 θ_i 的更新表达式如下。

$$\theta_i = \theta_i - \eta \frac{1}{m} \sum_{j=0}^{m} (h_\theta(x_0^{(j)}, x_1^{(j)}, \cdots, x_n^{(j)}) - y_j) x_i^{(j)} \tag{10.12}$$

从这个例子可以看出当前点的梯度方向是由所有的样本决定的，加 $\dfrac{1}{m}$ 是为了容易理解。

由于步长为常数，因此相应乘积也为常数，所以这里的 $\eta \dfrac{1}{m}$ 可以用一个常数表示。

（2）梯度下降法的矩阵方式描述。

先决条件：和代数方法类似，需要确认优化模型的假设函数和损失函数。对于线性回归，假设函数 $h_\theta(x_1, x_2, \cdots, x_n) = \theta_0 + \theta_1 x_1 + \cdots + \theta_n x_n$ 的矩阵表达方式为 $\boldsymbol{h_\theta(X)} = \boldsymbol{X\theta}$，其中，假设函数 $\boldsymbol{h_\theta(X)}$ 为 $m \times 1$ 的向量，$\boldsymbol{\theta}$ 为 $(n+1) \times 1$ 的向量，里面有 $n+1$ 个代数法的模型参数。$\boldsymbol{X}$ 为 $m \times (n+1)$ 维的矩阵。m 代表样本的个数，$n+1$ 代表样本的特征数。

损失函数的表达式为 $J(\theta) = \dfrac{1}{2} (\boldsymbol{X\theta} - \boldsymbol{Y})^{\mathrm{T}} (\boldsymbol{X\theta} - \boldsymbol{Y})$，其中 $\boldsymbol{Y}$ 是样本的输出向量，维度为 $m \times 1$。

算法相关参数初始化：$\boldsymbol{\theta}$ 可以初始化为默认值，或者调优后的值。

算法过程如下。

① 确定当前位置的损失函数的梯度，对于 $\boldsymbol{\theta}$ 向量，其梯度表达式如下。

$$\frac{\partial}{\partial \boldsymbol{\theta}} J(\boldsymbol{\theta}) \tag{10.13}$$

② 用步长乘以损失函数的梯度，得到当前位置下降的距离，即 $\eta \dfrac{\partial}{\partial \boldsymbol{\theta}} J(\boldsymbol{\theta})$ 对应于前面例子中的某一步。

③ 确定 $\boldsymbol{\theta}$ 里面的每个值，梯度下降的距离都小于阈值 ε，如果小于 ε，则算法终止，当前 $\boldsymbol{\theta}$ 向量即最终结果，否则进入步骤②。

④ 更新 $\boldsymbol{\theta}$，其更新表达式如下。更新完毕后继续转入步骤①。

$$\boldsymbol{\theta} = \boldsymbol{\theta} - \eta \frac{\partial}{\partial \boldsymbol{\theta}} J(\boldsymbol{\theta}) \tag{10.14}$$

用线性回归的例子描述具体的算法过程如下。

损失函数对于 $\boldsymbol{\theta}$ 的偏导数计算为

$$\frac{\partial}{\partial \boldsymbol{\theta}} J(\boldsymbol{\theta}) = \boldsymbol{X}^{\mathrm{T}} (\boldsymbol{X\theta} - \boldsymbol{Y}) \tag{10.15}$$

步骤④中 $\boldsymbol{\theta}$ 向量的更新表达式为

$$\boldsymbol{\theta} = \boldsymbol{\theta} - \eta \boldsymbol{X}^{\mathrm{T}} (\boldsymbol{X\theta} - \boldsymbol{Y}) \tag{10.16}$$

相比于代数法，矩阵法简洁很多，这里用到矩阵求导链式法则和两个矩阵求导的公式，

x 为向量，$f(Y)$ 为标量。

$$\frac{\partial}{\partial \boldsymbol{x}}(\boldsymbol{x}^{\mathrm{T}}\boldsymbol{x}) = 2\boldsymbol{x} \tag{10.17}$$

$$\nabla_{\boldsymbol{x}} f(\boldsymbol{AX}+\boldsymbol{B}) = \boldsymbol{A}^{\mathrm{T}} \nabla_{\boldsymbol{Y}} f, \boldsymbol{Y} = \boldsymbol{AX}+\boldsymbol{B} \tag{10.18}$$

4. 梯度下降的算法调优

在使用梯度下降时，需要进行调优。哪些地方需要调优呢？

（1）算法的步长选择。在前面的算法描述中提到取步长 η 为 1，但是实际上步长 η 的取值取决于具体任务，η 可以从大到小多取一些值，分别运行算法，看看迭代效果。如果损失函数在变小，说明取值有效，否则要增大步长。步长太大，会导致迭代过快，甚至有可能错过最优解。步长太小，迭代速度太慢，很长时间算法都不能结束。所以，算法的步长需要多次运行后才能得到一个较为优的值。

（2）算法参数的初始值选择。初始值不同，获得的最小值也有可能不同，因此梯度下降求得的只是局部最小值；当然，如果损失函数是凸函数，则一定是最优解。由于有局部最优解的风险，因此需要多次用不同的初始值运行算法，获得损失函数的最小值，选择损失函数最小化的初值。

（3）归一化。样本不同特征的取值范围不一样，可能导致迭代很慢，为了减少特征取值的影响，可以对特征数据归一化，也就是对于每个特征 x，求出它的期望 $\bar{x}$ 和标准差 $\mathrm{std}(x)$，然后转化为 $\dfrac{x-\bar{x}}{\mathrm{std}(x)}$，这样特征的新期望为 0，新方差为 1，迭代速度可以大大加快。

5. 梯度下降法大家族（BGD、SGD、MBGD）

（1）批量梯度下降法（Batch Gradient Descent，BGD）。

批量梯度下降法是梯度下降法最常用的形式，具体做法是在更新参数时使用所有的样本进行更新。这个方法对应前面所说线性回归的梯度下降算法。

$$\theta_i = \theta_i - \eta \sum_{j=1}^{m} (h_\theta(x_0^{(j)}, x_1^{(j)}, \cdots, x_n^{(j)}) - y_j) x_i^{(j)} \tag{10.19}$$

由于假设有 m 个样本，因此这里求梯度的时候就用了 m 个样本的梯度数据。

（2）随机梯度下降法（Stochastic Gradient Descent，SGD）。

随机梯度下降法其实和批量梯度下降法的原理类似，区别在于求梯度时没有用所有的 m 个样本的数据，而是仅选取一个样本 j 求梯度。对应的更新公式如下。

$$\theta_i = \theta_i - (h_\theta(x_0^{(j)}, x_1^{(j)}, \cdots, x_n^{(j)}) - y_j) x_i^{(j)} \tag{10.20}$$

随机梯度下降法和批量梯度下降法是两个极端，一个采用所有数据计算梯度，一个用一个样本计算梯度。它们的优缺点都非常突出，对于训练速度来说，随机梯度下降法由于每次仅采用一个样本来迭代，因此训练速度很快，而批量梯度下降法在样本量很大时，训练速度不能让人满意。对于准确度来说，随机梯度下降法仅用一个样本决定梯度方向，导致解很有可能不是最优。对于收敛速度来说，由于随机梯度下降法一次迭代一个样本，导致迭代方向变化很大，不能很快地收敛到局部最优解。

那么，有没有一个中庸的办法能够结合两种方法的优点呢？有！这就是下面将要介绍的小批量梯度下降法。

（3）小批量梯度下降法（Mini-batch Gradient Descent，MGD）。

小批量梯度下降法是批量梯度下降法和随机梯度下降法的折中，也就是对于 m 个样本,采用 p 个样本迭代,$1<p<m$。例如,可以取 $p=10$,当然,根据样本的数据,可以调整 p 的值。对应的更新公式是

$$\theta_i = \theta_i - \eta \sum_{j=t}^{t+p-1} (h_\theta(x_0^{(j)}, x_1^{(j)}, \cdots, x_n^{(j)}) - y_j) x_i^{(j)} \tag{10.21}$$

10.3.2 反向传播

反向传播算法本质上是梯度下降法。人工神经网络的参数多,梯度计算比较复杂。在人工神经网络模型提出几十年后才有研究者提出反向传播算法来解决深层参数的训练问题。

1. 相关符号表示说明

首先把本章用来表示神经网络的各种符号描述清楚。文中的向量用粗体小写字母表示,矩阵用粗体大写字母表示,非粗体都是标量。向量或矩阵的转置用上标 T 表示。上标括号中的数字表示神经网络的层序号,下标的含义结合上下文自明。

图 10.12 描绘了一个多层全连接神经网络。该网络共有 K 层。第 k 层包含 n_k 个神经元。最后一层是输出层(第 K 层)。第 K 层的输出 $\boldsymbol{y} = (y_1, y_2, \cdots, y_{nK})^{\mathrm{T}}$ 是神经网络的输出向量。该神经网络接收 n_0 个输入 $\boldsymbol{x} = (x_1^{(0)}, x_2^{(0)}, \cdots, x_{n_0}^{(0)})^{\mathrm{T}}$。输入向量视作网络的第 0 层。网络的第 k 层($0<k<K$)是隐藏层。

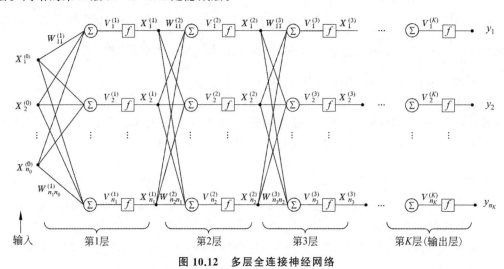

图 10.12　多层全连接神经网络

网络第 k 层的第 j 个神经元以及它的前后连接如图 10.13 所示。

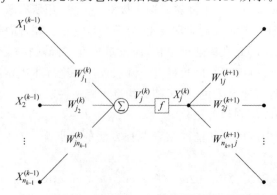

图 10.13　网络第 k 层的第 j 个神经元以及它的前后连接

图 10.13 中, Σ 是线性加和单元。它连接到 $k-1$ 层的 n_{k-1} 个神经元的输出 $x_i^{(k-1)}$ ($1 \leqslant i \leqslant n_{k-1}$), 是连接的权重。线性加和单元的计算结果 $v_j^{(k)}$ 称为该神经元的"激活水平", 由式(10.22)计算得到。

$$v_j^{(k)} = \sum_{i=1}^{n_{k-1}} w_{ji}^{(k)} x_i^{(k-1)} = (w_{j1}^{(k)}, w_{j2}^{(k)}, \cdots, w_{jn_{k-1}}^{(k)}) \begin{pmatrix} x_1^{(k-1)} \\ x_2^{(k-1)} \\ \vdots \\ x_{n_{k-1}}^{(k-1)} \end{pmatrix} \tag{10.22}$$

从式(10.22)可以看出, 神经元的"激活水平"是其权值向量与输入向量的内积。图 10.13 中的 f 是神经元的激活函数。激活函数的输入是激活水平, 输出是神经元的输出:

$$x_j^{(k)} = f(v_j^{(k)}) \tag{10.23}$$

$x_j^{(k)}$ 提供给下一层(第 $k+1$ 层)的 n_{k+1} 个神经元作为输入之一, 例如, $x_j^{(k)}$ 乘上权重 $w_{qj}^{(k+1)}$ 送给第 $k+1$ 层第 q 个神经元的线性加和单元。

神经网络的计算过程就是将输入向量提供给网络第 1 层各神经元, 经过加权求和得到激活水平, 之后对激活水平施加激活函数得到结果, 将这些结果输送给下一层神经元。以此类推, 直到最后一层(输出层)计算出的结果就是神经网络的输出向量。

2. 训练过程

训练集中的样本形如 $[x, \bar{y}] = [(x_1, x_2, \cdots, x_{n_0})^{\mathrm{T}}, (\bar{y}_1, \bar{y}_2, \cdots, \bar{y}_{n_K})^{\mathrm{T}}]$。输入包含 n_0 个值, 目标值包含 n_K 个值, 分别对应神经网络的输入/输出维度。训练这样进行: 将训练集中的样本依次输入给神经网络。神经网络对样本输入 x 计算输出 y, 然后计算样本目标值与输出的平方和误差:

$$E = \frac{1}{2} \sum_{i=1}^{n_K} (\bar{y}_i - y_i)^2 = \frac{1}{2} (\bar{y} - y)^{\mathrm{T}} (\bar{y} - y) \tag{10.24}$$

视输入 x 为固定值, 把 E 当作全体权值 $W = \{w_{ji}^{(k)}\}$ 的函数。求 E 的梯度 ∇E, 然后用式(10.25)更新全体权值:

$$W_{(S+1)} = W_{(S)} - \eta \nabla E \tag{10.25}$$

其中, η 是步长, s 是迭代次数。梯度矩阵 ∇E 由 E 对每个权重 $w_{ji}^{(k)}$ 的偏导数 $\dfrac{\partial E}{\partial w_{ji}^{(k)}}$ 构成。式(10.25)等价于对每个权重进行更新:

$$w_{ji}^{(k+1)}(s+1) = w_{ji}^{(k)}(s) - \eta \frac{\partial E}{\partial w_{ji}^{(k)}} \tag{10.26}$$

对每个提交给神经网络的样本用梯度下降算法对全体权值进行一次更新, 直到所有样本的误差值都小于一个预设的阈值, 此时训练完成。看到这里或有人疑问: 不是应该用所有训练样本的误差的模平方的平均值(均方误差)作为 E 吗? 如果把样本误差的模平方看作一个随机变量, 那么所有样本的平均误差模平方是该随机变量的一个无偏估计。而一个样本的误差模平方也是该随机变量的无偏估计, 只不过估计得比较粗糙(大数定律)。但是用一次一个样本的误差模平方进行训练可节省计算量, 且支持在线学习(样本随来随训练)。

训练算法还可以有很多变体, 例如动态步长、冲量等。也可以将一批样本在同样的权值 W 下计算 ∇E, 然后根据这一批 ∇E 的平均值更新 W, 这称为批量更新。训练的关键问题是如何计算 ∇E, 即如何计算每个 $\dfrac{\partial E}{\partial w_{ji}^{(k)}}$。

3. 反向传播

回顾图 10.12 和图 10.13，首先对第 k 层第 j 个神经元关注值 $\delta_j^{(k)}$。定义

$$-\delta_j^{(k)} = \frac{\partial E}{\partial v_j^{(k)}} \tag{10.27}$$

将 $\delta_j^{(k)}$ 定义为 E 对第 k 层第 j 个神经元的激活水平 $v_j^{(k)}$ 的偏导数的相反数。根据求导链式法则有

$$\frac{\partial E}{\partial w_{ji}^{(k)}} = \frac{\partial E}{\partial v_j^{(k)}} \cdot \frac{\partial v_j^{(k)}}{\partial w_{ji}^{(k)}} \tag{10.28}$$

将式（10.28）等号右侧的第二项展开得：

$$\frac{\partial v_j^{(k)}}{\partial w_{ji}^{(k)}} = \frac{\partial}{\partial w_{ji}^{(k)}} \left(\sum_{s=1}^{n_{k-1}} w_{js}^{(k)} x_s^{(k-1)} \right) = x_i^{(k-1)} \tag{10.29}$$

结合定义式（10.27），有

$$\frac{\partial E}{\partial w_{ji}^{(k)}} = -\delta_j^{(k)} x_i^{(k-1)} \tag{10.30}$$

可见，有了 $\delta_j^{(k)}$，就能计算 E 对任一权重 $w_{ji}^{(k)}$ 的偏导数。接下来的问题是如何计算 $\delta_j^{(k)}$。采用一种类似数学归纳法的方法，首先计算第 K 层（输出层）第 j 个神经元的 $\delta_j^{(K)}$。

$$-\delta_j^{(K)} = \frac{\partial E}{\partial v_j^{(K)}} = \frac{\partial E}{\partial y_j} \cdot \frac{\partial y_j}{\partial v_j^{(K)}} = \frac{\partial E}{\partial y_j} f'(v_j^{(K)}) = \frac{\partial}{\partial y_j} \left(\frac{1}{2} \sum_{i=1}^{n_K} (\bar{y}_i - y_i)^2 \right) f'(v_j^{(K)})$$

$$= -(\bar{y}_j - y_j) f'(v_j^{(K)}) \tag{10.31}$$

f' 表示 f 的导函数。式（10.31）展示了推导过程，其结论是：对于输出层（第 K 层）第 j 个神经元来说，有

$$\delta_j^{(K)} = (\bar{y}_j - y_j) f'(v_j^{(K)}) \tag{10.32}$$

$\delta_j^{(K)}$ 等于目标值 $\bar{y}_j$ 与输出 y_j 之差乘上 f 在 $v_j^{(K)}$ 的导数。可以将 $v_j^{(K)}$ 看成一个经过缩放的误差。现在推导某个隐藏层——第 k 层第 j 个神经元的 $\delta_j^{(k)}$（$k<K$）。将第 $k+1$ 层的全体 $v_j^{(k+1)}$ 值视作一个向量：

$$V^{(k+1)} = (v_1^{(k+1)}, v_2^{(k+1)}, \cdots, v_n^{(k+1)})^{\mathrm{T}} \tag{10.33}$$

再次回顾图 10.12 和图 10.13，$v_j^{(k)}$ 被施加激活函数 f 得到 $x_j^{(k)}$。$x_j^{(k)}$ 乘上第 $k+1$ 层各神经元 $x_j^{(k)}$ 对的各个权值，再与第 k 层其他神经元的输出加权求和，得到第 $k+1$ 层各神经元的激活水平 $V^{(k+1)}$。$V^{(k+1)}$ 再经过后面的网络得到网络输出，最终计算出 E。将整个过程视作 3 个函数 f, g, h 的复合。图 10.14 将神经网络的一部分画了出来，并标注出了从 $v_j^{(k)}$

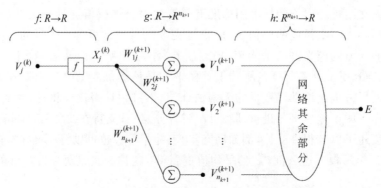

图 10.14　神经网络各个值影响损失函数的方式

到 E 的 3 个函数。

继续使用链式法则,有

$$-\delta_j^{(k)} = \frac{\partial E}{\partial v_j^{(k)}} = h'g'f' = \frac{\partial v^{(k+1)}}{\partial x_j^{(k)}} \cdot \frac{\partial x_j^{(k)}}{\partial v_j^{(k)}} \tag{10.34}$$

等号右侧第一项是一个 $R^{n_{k+1}} \to R$ 函数的导数。它是 $1 \times n_{k+1}$ 元的向量。它的第 i 个元素是 $\frac{\partial E}{\partial v_i^{(k+1)}} = -\delta_i^{(k+1)}$。

第二项是一个 $R \to R^{n_{k+1}}$ 函数的导数。它是 $n_{k+1} \times 1$ 元的向量。它的第 i 个元素是

$$\frac{\partial v_i^{(k+1)}}{\partial x_j^{(k)}} = \frac{\partial}{\partial x_j^{(k)}} \left(\sum_{s=1}^{n_k} w_{is}^{(k+1)} x_s^{(k)} \right) = w_{ij}^{(k+1)} \tag{10.35}$$

最后一项是激活函数 f 在 $v_j^{(k)}$ 的偏导数。结合式(10.33)~式(10.35),得到

$$-\delta_j^{(k)} = \frac{\partial E}{\partial v_j^{(k)}} = (-\delta_1^{(k+1)}, -\delta_2^{(k+1)}, \cdots, -\delta_{n_{k+1}}^{(k+1)}) \begin{pmatrix} w_{1j}^{(k+1)} \\ w_{2j}^{(k+1)} \\ \vdots \\ w_{n_{k+1}j}^{(k+1)} \end{pmatrix} f'(v_j^{(k)})$$

$$= -\left(\sum_{s=1}^{n_{k+1}} \delta_s^{(k+1)} w_{sj}^{(k+1)} \right) f'(v_j^{(k)}) \tag{10.36}$$

式(10.36)是推导过程,它的结论是

$$\delta_j^{(k)} = \left(\sum_{s=1}^{n_{k+1}} \delta_s^{(k+1)} w_{sj}^{(k+1)} \right) f'(v_j^{(k)}) \tag{10.37}$$

注意,式(10.35)~式(10.37)的推导过程运用了多元函数的求导链式法则。一个 $R^n \to R^m$ 函数的导数是一个 $m \times n$ 的矩阵。多元复合函数的求导链式法则是将导矩阵相乘。综合上述公式可得反向传播算法如下。

反向传播阶段:

$$\begin{cases} \delta_j^{(K)} = (\bar{y}_j - y_j) f'(v_j^{(K)}) \\ \delta_j^{(k)} = \left(\sum_{s=1}^{n_{k+1}} \delta_s^{(k+1)} w_{sj}^{(k+1)} \right) f'(v_j^{(k)}), k < K \end{cases} \tag{10.38}$$

权值更新阶段:

$$w_{ji}^{(k)}(s+1) = w_{ji}^{(k)}(s) - \eta \frac{\partial E}{\partial w_{ji}^{(k)}} = w_{ji}^{(k)}(s) + \eta \delta_j^{(k)} x_i^{(k-1)} \tag{10.39}$$

可以用更紧凑的矩阵形式表示反向传播算法。由式(10.36)可以得到

$$\Delta^{(k)} = (\delta_1^{(k)}, \delta_2^{(k)}, \cdots, \delta_{n_k}^{(k)}) = \left(-\frac{\partial E}{\partial v_1^{(k)}}, -\frac{\partial E}{\partial v_2^{(k)}}, \cdots, -\frac{\partial E}{\partial v_{n_k}^{(k)}} \right)$$

$$= (\delta_1^{(k+1)}, \delta_2^{(k+1)}, \cdots, \delta_{n_k}^{(k+1)}) \begin{pmatrix} w_{11}^{(k+1)} & \cdots & w_{1n_k}^{(k+1)} \\ w_{21}^{(k+1)} & \cdots & w_{2n_k}^{(k+1)} \\ \vdots & & \vdots \\ w_{n_{k+1}1}^{(k+1)} & \cdots & w_{n_{k+1}n_k}^{(k+1)} \end{pmatrix} \begin{pmatrix} f'(v_1^{(k)}) & \cdots & 0 \\ 0 & \cdots & 0 \\ \vdots & & \vdots \\ 0 & \cdots & f'(v_{n_k}^{(k)}) \end{pmatrix}$$

$$= \Delta^{(k+1)} W^{(k+1)} F^{(k)} \tag{10.40}$$

如式(10.40)所示,第 k 层($k < K$)全体 $\delta_j^{(k)}$ 值组成的向量 $\boldsymbol{\Delta}^{(k)}$ 可由本层的激活函数导

数对角矩阵 $\boldsymbol{F}^{(k)}$、第 $k+1$ 层的 $\boldsymbol{\Delta}^{(k+1)}$ 和权值矩阵 $\boldsymbol{W}^{(k+1)}$ 计算得到。输出层（第 K 层）的 $\boldsymbol{\Delta}^{(K)}$ 计算如下。

$$\Delta^{(K)} = (\bar{y}_1 - y_1, \bar{y}_2 - y_2, \cdots, \bar{y}_{n_k} - y_{n_k})\begin{pmatrix} f'(v_1^{(K)}) & \cdots & 0 \\ 0 & \cdots & 0 \\ \vdots & & \vdots \\ 0 & \cdots & f'(v_{n_k}^{(K)}) \end{pmatrix}$$

$$= (\bar{y} - y)^{\mathrm{T}} F^{(K)} \tag{10.41}$$

将矩阵形式的反向传播与权值更新算法总结如下。

反向传播阶段：

$$\begin{cases} \Delta^{(K)} = (\bar{y} - y)^{\mathrm{T}} F^{(K)} \\ \Delta^{(K)} = \Delta^{(k+1)} W^{(k+1)} F^{(k)}, k < K \end{cases} \tag{10.42}$$

权值更新阶段：

$$w^{(k)}(s+1) = w^{(k)}(s) + \eta (x^{(k-1)} \Delta^{(k)})^{\mathrm{T}} \tag{10.43}$$

式中，$x^{(k-1)}$ 是第 $k-1$ 层输出向量。可以看到，隐藏层 $\Delta^{(k)}$ 的计算利用了下一层的 $\Delta^{(k+1)}$。一个训练样本 x "正向"通过网络计算输出 y。之后"反向"逐层计算 $\Delta^{(k)}$ 更新权值，并将 $\Delta^{(k)}$ 向前一层传播。所谓"反向"传播就是 $\Delta^{(k)}$ 的传播。以上推导没有包括神经元的偏置。把偏置看成一个连接到常量 1 的连接上的权值即可。

从计算式看，$\delta_j^{(k)}$ 是 E 对第 k 层第 j 个神经元的激活水平 $v_j^{(k)}$ 的偏导数的相反数。上文已经谈到，输出层的 $\delta_j^{(K)}$ 是经过缩放的误差。隐藏层的 $\delta_j^{(k)}$ 以连接权值加权组合了下一层各神经元的 $\delta_j^{(k+1)}$。可以把 $\delta_j^{(k)}$ 定义为某种"局部误差"。于是反向传播算法就是反向传播局部误差——把总误差分摊到各个神经元上，进行参数调整。

回顾一下图 10.14，第 k 层第 j 个神经元的激活水平 $v_j^{(k)}$ 通过 f 影响输出 $x_j^{(k)}$。输出 $x_j^{(k)}$ 通过加权求和影响第 $k+1$ 层各神经元的激活水平。第 $k+1$ 层的各激活水平通过网络其余部分最终影响误差 E。于是第 $k+1$ 层各神经元的局部误差按照权值分配到第 k 层第 j 个及其他神经元的输出上。再经过 f 的导函数的调整，得到分配在第 k 层第 j 个神经元上的局部误差。反向传播的本质是梯度下降，而局部误差视角为理解算法提供了一种洞见。

10.3.3　神经网络优化中的挑战

优化通常是一个极其困难的问题。传统的机器学习会小心设计目标函数和约束，以确保优化问题是凸的，从而避免一般优化问题的复杂度。在训练神经网络时，肯定会遇到一般的非凸情况。即使是凸优化，也并非没有任何问题。

1. 病态

在优化凸函数时，会遇到一些挑战。其中最突出的是 Hessian 矩阵 $\boldsymbol{H}$ 的病态。这是数值优化、凸优化或其他形式的优化中普遍存在的问题。变态问题一般被认为存在于神经网络训练的过程中。病态体现在随机梯度下降会"卡"在某些情况，此时即使很小的更新步长也会增加代价函数。

代价函数的二阶泰勒级数展开预测梯度下降中的 $-\epsilon \boldsymbol{g}$ 会增加 $\frac{1}{2} \epsilon^2 \boldsymbol{g}^{\mathrm{T}} \boldsymbol{H} \boldsymbol{g} - \epsilon \boldsymbol{g}^{\mathrm{T}} \boldsymbol{g}$ 到代价函数中。当 $\frac{1}{2} \epsilon^2 \boldsymbol{g}^{\mathrm{T}} \boldsymbol{H} \boldsymbol{g}$ 超过 $\epsilon \boldsymbol{g}^{\mathrm{T}} \boldsymbol{g}$ 时，梯度的病态会成为问题。判断病态是否不利于神经网

络训练的任务,可以监测平方梯度 $g^{\mathrm{T}}g$ 和 $g^{\mathrm{T}}Hg$。在很多情况中,梯度范数不会在训练过程中显著减少,但是 $g^{\mathrm{T}}Hg$ 的增长会超过一个数量级。其结果是尽管梯度很强,学习会变得缓慢,因为学习率必须收敛以弥补更强的曲率。

尽管病态还存在于除神经网络训练的其他情况中,但有些适用于其他情况的解决病态的技术并不适用于神经网络。例如,牛顿法在解决带有病态条件的 Hessian 矩阵的凸优化问题时,是一个非常优秀的工具。

2. 局部极小值

凸优化问题的一个突出特点是其可以简化为寻找一个局部极小点的问题。任何一个局部极小点都是全局最小点。有些凸函数的底部是一个平坦的区域,而不是单一的全局最小点,但该平坦区域中的任意点都是一个可以接受的解。优化一个凸问题时,若发现了任何形式的临界点,可以说已经找到了一个不错的可行解。对于非凸函数,如神经网络,有可能存在多个局部极小值。事实上,几乎所有的深度模型基本上都会有非常多的局部极小值。然而这并不是主要问题。

由于模型可辨识性(Model Identifiability)问题,神经网络和任意具有多个等效参数潜变量的模型都会具有多个局部极小值。如果一个足够大的训练集可以唯一确定一组模型参数,那么该模型就被称为可辨认的带有潜变量的模型,通常是不可辨认的,因为通过相互交换潜变量能得到等价的模型。例如,考虑神经网络的第一层,可以交换单元 i 和单元 j 的传入权重向量、传出权重向量而得到等价的模型。如果神经网络有 m 层,每层有 n 个单元,那么会有 $n!^m$ 种排列方式。这种不可辨认性被称为权重空间对称性。

除了权重空间对称性,很多神经网络还有其他导数不可辨认的原因。例如,在任意整流线性网络中,可以将传入权重和偏置扩大 α 倍,然后将传出权重扩大 $\frac{1}{\alpha}$ 倍,而保持模型等价。这意味着,如果代价函数不包括如权重衰减这种直接依赖于权重而非模型输出的项,那么整流线性网络的每个局部极小点都在等价的局部极小值的 $m \times n$ 维双曲线上。这些模型可辨识性问题意味着,神经网络代价函数具有非常多甚至不可数无限多的局部极小值。然而,所有这些由于不可辨识性问题而产生的局部极小值都有相同的代价函数值,因此这些局部极小值并非是非凸所带来的问题。

如果局部极小值相比全局最小点拥有很大的代价,局部极小值会带来很大的隐患。这时可以构建没有隐藏单元的小规模神经网络,其局部极小值的代价比全局最小点的代价大很多。如果具有很大代价的局部极小值是常见的,那么这将给基于梯度的优化算法带来极大的问题。

对于实际中感兴趣的网络,是否存在大量代价很高的局部极小值,优化算法是否会碰到这些局部极小值都是尚未解决的公开问题。多年来,大多数从业者认为局部极小值是困扰神经网络优化的常见问题。如今,情况有所变化。这个问题仍然是学术界的热点问题,但是学者们猜想,对于足够大的神经网络而言,大部分局部极小值都具有很小的代价函数,能不能找到真正的全局最小点并不重要,而是需要在参数空间中找到一个代价很小的点。

3. 高原、鞍点和其他平坦区域

对于很多高原非凸函数而言,局部极小值(以及极大值)事实上远小于另一类梯度为零的点——鞍点。鞍点附近的某些点比鞍点有更大的代价,而其他点则有更小的代价。在鞍点处,Hessian 矩阵同时具有正负特征值,位于正特征值对应的特征向量方向的点比鞍点有更大的代价；反之，位于负特征值对应的特征向量方向的点有更小的代价。这时可以将鞍点视为代价函数某个横截面上的局部极小点，同时也可以视其为代价函数某个横截面上的局部极大点。

多类随机函数表现出以下性质：低维空间中，局部极小值很普遍。在高维空间中，局部极小值很罕见，而鞍点则很常见。对于这类函数 $f: R^n \to R$ 而言，鞍点和局部极小值的数目比率的期望值随 n 指数级增长。可以从直觉上理解这种现象——Hessian 矩阵在局部极小点处只有正特征值。而在鞍点处，Hessian 矩阵则同时具有正负特征值。试想一下，每个特征值正负号由抛硬币决定。在一维情况下，很容易抛掷硬币得到正面朝上一次而获取局部极小点。在 n 维空间中，要抛掷 n 次硬币，每次硬币正面都朝上的难度是指数级的。很多随机函数的一个惊人性质是，当到达代价较低的区域时，Hessian 矩阵的特征值为正的可能性更大，和抛掷硬币类比，这意味着如果处于低代价的临界点时，抛掷硬币正面朝上 n 次的概率更大。这意味着，局部极小值具有低代价的可能性比高代价大得多。具有高代价的临界点更有可能是鞍点。具有极高代价的临界点就很可能是局部极大值了。

以上现象出现在许多种类的随机函数中。那么，是否在神经网络中也会发生呢？不具非线性的浅层自编码器只有全局极小值和鞍点，没有代价比全局极小值更大的局部极小值。这类网络的输出是其输入的线性函数，但它们仍然有助于分析非线性神经网络模型，因为它们的损失是关于参数的非凸函数，这类网络本质上是多个矩阵组合在一起。鞍点激增对于训练算法来说有哪些影响呢？对于只使用梯度信息的一阶优化算法而言，目前情况还不清楚。鞍点附近的梯度通常会非常小。另一方面，实验中梯度下降似乎可以在许多情况下逃离鞍点。对于牛顿法而言，鞍点显然是一个问题。梯度下降旨在朝"下坡"移动，而非明确寻求临界点。而牛顿法的目标是寻求梯度为零的点。如果没有适当修改，牛顿法就会跳进一个鞍点。高维空间中鞍点的激增或许解释了在神经网络训练中为什么二阶方法无法成功取代梯度下降。除极小值和鞍点，还存在其他梯度为零的点。例如，从优化角度看与鞍点很相似的极大值，很多算法不会被吸引到极大值，除未经修改的牛顿法。和极小值一样，许多种类的随机函数的极大值在高维空间中也是指数级稀少。也可能存在恒值的、宽且平坦的区域，梯度和 Hessian 矩阵都是零。这种退化的情形是所有数值优化算法的主要问题。在凸问题中，一个宽而平坦的区间肯定包含全局极小值，但是对于一般的优化问题而言，这样的区域可能对应着目标函数中一个较高的值。

4. 悬崖和梯度爆炸

多层神经网络通常存在像悬崖一样的斜率较大区域。这是由于几个较大的权重相乘导致的。遇到斜率极大的悬崖结构时，梯度更新会很大程度地改变参数值，通常会完全跳过这类悬崖结构。不管是从上还是从下接近悬崖，情况都很糟糕，但幸运的是，可以使用启发式梯度截断避免其严重的后果。其基本想法源自梯度并没有指明最佳步长，只说明了在无限小区域内的最佳方向。当传统的梯度下降算法提议更新很大一步时，启发式梯度截断会干涉来减少步长，从而使其不太可能走出梯度下降方向的悬崖区域。悬崖结构在循环神经网络的代价函数中很常见，这类模型会涉及多个因子的相乘，其中每个因子对应一个时间步。因此长期时间序列会产生大量因子相乘。

10.3.4 神经网络调参方法

1. 随机梯度下降

由于批量梯度下降法在更新每个参数时，都需要所有的训练样本，所以训练过程会随着样本数量的变多而变得异常缓慢。随机梯度下降法（Stochastic Gradient Descent，SGD）正是为了解决批量梯度下降法这一弊端而提出的。

SGD 的缺点是：很难在陡谷（在一个方向的弯曲程度远大于在其他方向的表面弯曲情况）中找到正确的更新方向。而这种陡谷经常在局部极值中出现，收敛速度变慢。

SGD 的优点是：通过每次更新仅对一个样本求梯度，去除了这种冗余情况。运行速度大大加快，同时也能够"在线"学习。相比批量梯度下降法的收敛会使目标函数落入一个局部极小值，SGD 收敛过程中的波动会帮助目标函数跳入另一个可能的更小的极小值。

2. 自适应学习率算法（AdaGrad，RMSProp，Adam）

（1）AdaGrad（自适应梯度）：缺点是学习率是单调递减的，训练后期学习率非常小。这会导致网络更新能力越来越弱，能学到更多知识的能力也越来越弱，并最终 gradient→0，使得训练提前结束；更新时，左右两边单位不一致的问题；仍依赖于人工设置一个全局学习率 η。它的优点是可以自动变更学习速率：设定一个全局学习率 η，每次迭代时自动更新学习率 η。对迭代次数 t，基于每个参数之前计算的梯度值，将每个参数的学习率 η 按如下方式修正：每次迭代，能够实现学习率自动更新，即学习率会根据历史梯度的变化而变化；大梯度对应小的学习率，小梯度对应大的学习率，从而加快收敛。

（2）RMSProp（均方根传播）：RMSProp 算法是 AdaGrad 算法的改进，在非凸条件下结果更好。RMSProp 的缺点是依然依赖于全局学习率，优点是很好地解决了深度学习过早结束问题（梯度从 1 到 t 时刻累加，随着时间的增加，学习率单调递减，训练后期学习率非常小，导致网络更新能力越来越弱，使得训练提前结束），适合处理非平稳目标。

（3）Adam（自适应性动量估计）：是另一种能对不同参数计算适应性学习率的方法。Adam 本质上是带有动量项的 RMSProp，它利用梯度的一阶矩估计和二阶矩估计动态调整每个参数的学习率。它的优点是：基于梯度下降的方法，但每次迭代参数的学习步长都有一个确定范围，不会因为很大的梯度导致很大的学习步长，参数的值比较稳定。

10.4　神经网络案例

10.4.1　前馈计算

【例 10.1】　假设训练样本 s 的属性值为 $\{1,0,1\}$，实际类别为 1，两层前馈神经网络如图 10.15 所示，网络中每条有向加权边的权重、每个隐藏层与输出层单元的偏置如表 10.2 所示，学习率为 0.9。写出输入 s 训练网络的过程。

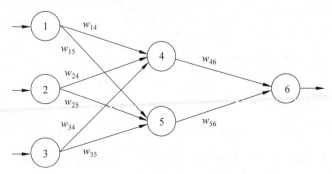

图 10.15　两层前馈神经网络

【解析】　首先算出单元 4、5、6 的输入、输出，具体结果见表 10.3，然后计算 4、5、6 的误差，见表 10.4；网络中每条有向加权边的新权重、每个隐藏层与输出层单元的新偏置见表 10.5。

表 10.2　权重、单元的权值

单元、权重	x_1	x_2	x_3	w_{14}	w_{15}	w_{24}	w_{25}	w_{34}	w_{35}	w_{46}	w_{56}	θ_4	θ_5	θ_6
权值	1	0	1	0.2	−0.3	0.4	0.1	−0.5	0.2	−0.3	−0.2	−0.4	0.2	0.1

表 10.3　隐藏层与输出层每个单元的输入、输出

单元 j	输入 I_j	输出 O_j
4	$0.2\times1+0.4\times0+(-0.5)\times1+(-0.4)=-0.7$	$1/(1+\mathrm{e}^{-(-0.7)})=0.332$
5	$(-0.3)\times1+0.1\times0+0.2\times1+0.2=0.1$	$1/(1+\mathrm{e}^{-0.1})=0.525$
6	$(-0.3)\times0.332+(-0.2)\times0.525+0.1=-0.105$	$1/(1+\mathrm{e}^{-(-0.105)})=0.474$

表 10.4　隐藏层与输出层每个单元的误差

单元 j	误差
6	$0.474\times(1-0.474)\times(1-0.474)=0.1311$
5	$0.525\times(1-0.525)\times(0.1311\times(-0.2))=-0.0065$
4	$0.332\times(1-0.332)\times(0.1311\times(-0.3))=-0.0087$

表 10.5　网络中每条有向加权边的新权重、每个隐藏层与输出层单元的新偏置

w_{46}	$-0.3+0.9\times0.1311\times0.332=-0.261$
w_{56}	$-0.2+0.9\times0.1311\times0.525=-0.138$
w_{14}	$0.2+0.9\times(-0.0087)\times1=0.192$
w_{15}	$-0.3+0.9\times(-0.0065)\times1=-0.306$
w_{24}	$0.4+0.9\times(-0.0087)\times0=0.4$
w_{25}	$0.1+0.9\times(-0.0065)\times0=0.1$
w_{34}	$-0.5+0.9\times(-0.0087)\times1=-0.508$
w_{35}	$0.2+0.9\times(-0.0065)\times1=0.194$
θ_6	$0.1+0.9\times0.1311=0.218$
θ_5	$0.2+0.9\times(-0.0065)=0.194$
θ_4	$-0.4+0.9\times(-0.0087)=-0.408$

10.4.2　反向传播计算

【例 10.2】　给出如图 10.16 所示的 3 层神经网络（为了演绎计算过程，这个神经网络没有设置偏置 b），并且假设 $f(a)=a$（即这个函数的导数是 1），损失函数为 $J(w,b)=\dfrac{1}{2}\|\text{output}-y\|^2$，目标值为 0.5，学习率为 0.5。

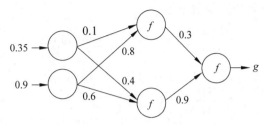

图 10.16　3 层神经网络

【解析】　这里将演绎如何利用反向传播算法更新权重。首先用前向传播计算出每个结点的值：

$$z_1^2 = 0.35 \times 0.1 + 0.9 \times 0.8 = 0.755 \quad a_1^2 = f(z_1^2) = 0.755$$

$$z_2^2 = 0.35 \times 0.4 + 0.9 \times 0.6 = 0.68 \quad a_2^2 = f(z_2^2) = 0.68$$

$$z_1^3 = 0.3 \times 0.755 + 0.9 \times 0.68 = 0.8385 \quad a_1^3 = f(z_1^3) = 0.8385$$

计算这 5 个结点的残差(事实上,第一层的残差不需要计算也可以得到结果,但为了演绎公式,下面还是需要进行计算)。

① 先从最后一个结点(输出结点)开始,得

$$\delta_1^{(n_3)} = -(y_1 - a_1^3)f'(z_1^{(n_3)}) = -(0.5 - 0.8385) \times 1 = 0.3385$$

② 然后是倒数第二层,得

$$\delta_1^{(2)} = \left(\sum_{j=1}^{1} w_{j1}^{(2)}\delta_j^{(3)}\right) \cdot f'(z_1^{(2)}) = w_{11}^{(2)}\delta_1^{(3)} \cdot f'(z_1^{(2)}) = 0.3 \times 0.3385 \times 1 = 0.10155$$

$$\delta_2^{(2)} = \left(\sum_{j=1}^{1} w_{j2}^{(2)}\delta_j^{(3)}\right) \cdot f'(z_1^{(2)}) = w_{12}^{(2)}\delta_1^{(3)} \cdot f'(z_2^{(2)}) = 0.9 \times 0.3385 \times 1 = 0.30465$$

③ 最后是倒数第三层,也就是第一层,其实第一层是不用计算的,但是为了演示公式,这里还是计算一下第一层的第一个结点的残差,第二个结点就不算了。

$$\delta_1^{(1)} = \left(\sum_{j=1}^{2} w_{j1}^{(1)}\delta_j^{(2)}\right) \cdot f'(z_1^{(1)}) = (w_{11}^{(1)}\delta_1^{(2)} + w_{21}^{(1)}\delta_2^{(2)}) \cdot f'(z_1^{(1)})$$

$$= (0.1 \times 0.10155 + 0.4 \times 0.30465) \times 1 = 0.132015$$

计算好所需要的残差 $\delta_1^{(n_3)}$、$\delta_1^{(2)}$ 和 $\delta_2^{(2)}$ 之后,就可以计算 $\dfrac{\partial J(w,b)}{\partial w_{ij}^l}$ 了。

根据公式,计算所有损失函数对 W 的偏导：

$$\frac{\partial J(w,b)}{\partial w_{11}^1} = a_1^{(1)}\delta_1^{(2)} = 0.35 \times 0.10155 = 0.0355425$$

$$\frac{\partial J(w,b)}{\partial w_{21}^1} = a_1^{(1)}\delta_2^{(2)} = 0.35 \times 0.30465 = 0.1066275$$

$$\frac{\partial J(w,b)}{\partial w_{12}^1} = a_2^{(1)}\delta_1^{(2)} = 0.9 \times 0.10155 = 0.091395$$

$$\frac{\partial J(w,b)}{\partial w_{22}^1} = a_2^{(1)}\delta_2^{(2)} = 0.9 \times 0.30465 = 0.274185$$

$$\frac{\partial J(w,b)}{\partial w_{11}^2} = a_1^{(2)}\delta_1^{(3)} = 0.755 \times 0.3385 = 0.2555675$$

$$\frac{\partial J(w,b)}{\partial w_{12}^2} = a_2^{(2)}\delta_1^{(3)} = 0.68 \times 0.3385 = 0.23018$$

计算完偏导之后，就可以更新权重了。

$$w_{11}^1 = w_{11}^1 - \alpha \frac{\partial J(w,b)}{\partial w_{11}^1} = 0.1 - 0.5 \times 0.0355425 = 0.08222875$$

$$w_{21}^1 = w_{21}^1 - \alpha \frac{\partial J(w,b)}{\partial w_{21}^1} = 0.4 - 0.5 \times 0.1066275 = 0.34668625$$

$$w_{12}^1 = w_{12}^1 - \alpha \frac{\partial J(w,b)}{\partial w_{12}^1} = 0.8 - 0.5 \times 0.091395 = 0.7543025$$

$$w_{22}^1 = w_{22}^1 - \alpha \frac{\partial J(w,b)}{\partial w_{22}^1} = 0.6 - 0.5 \times 0.274185 = 0.4629075$$

$$w_{11}^2 = w_{11}^2 - \alpha \frac{\partial J(w,b)}{\partial w_{11}^2} = 0.3 - 0.5 \times 0.2555675 = 0.17221625$$

$$w_{12}^2 = w_{12}^2 - \alpha \frac{\partial J(w,b)}{\partial W w_{12}^2} = 0.9 - 0.5 \times 0.23018 = 0.78491$$

权重更新完毕，验证一下效果是否有提升：

$$\begin{aligned}
\text{output} &= a_1^3 = f(z_1^3) \\
&= f(0.17221625 \cdot f(z_1^2) + 0.78491 \cdot f(z_2^2)) \\
&= 0.17221625 \cdot z_1^2 + 0.78491 \cdot z_2^2 \\
&= 0.17221625(0.35 \times 0.08222875 + 0.9 \times 0.7543025) \\
&\quad + 0.78491 \times (0.35 \times 0.34668625 + 0.9 \times 0.4629075) \\
&\approx 0.1219 + 0.4222 \\
&= 0.5441
\end{aligned}$$

目标值是 0.5，权重未更新的时候，算出的输出值为 0.3385，现在更新权重过后，算出的输出值是 0.5441，显然效果提升了。

10.5　总　　结

神经网络是一种典型的分布式并行处理模型，通过大量神经元之间的交互处理信息，每个神经元都发送兴奋和抑制的信息到其他神经元和感知器，神经网络中的激活函数一般为连续可导函数。在一个神经网络中，选择合适的激活函数十分重要。常见的激活函数及其导数如表 10.6 所示。

表 10.6　常见的激活函数及其导数

激 活 函 数	函　　数	导　　数
Sigmoid 型函数	$f(x) = \dfrac{1}{1+e^{-x}}$	$f'(x) = f(x)(1-f(x))$
tanh 函数	$f(x) = \dfrac{e^x - e^{-x}}{e^x + e^{-x}}$	$f'(x) = 1 - f(x)^2$
ReLU 函数	$f(x) = \max(0, x)$	$f'(x) = \begin{cases} 0, & x < 0 \\ 1, & x \geq 0 \end{cases}$
LeakyReLU 函数	$f(x) = \max(0.01, x)$	$f'(x) = \begin{cases} 0.01, & x < 0 \\ 1, & x \geq 0 \end{cases}$

　　本章介绍的前馈神经网络是一种类型较简单的网络,相邻两层的神经元之间为全连接关系,也称为全连接神经网络(Fully Connected Neural Network,FCNN)或多层感知器。前馈神经网络作为一种机器学习方法在很多模式识别和机器学习的教材中都有相关介绍。前馈神经网络作为一种能力很强的非线性模型,其能力可以由通用近似定理保证。

　　前馈神经网络在 20 世纪 80 年代后期就已被广泛使用,但是大部分都采用两层网络结构(即一个隐藏层和一个输出层),神经元的激活函数基本上都是 Sigmoid 型函数,并且使用的损失函数也大多是平方损失。虽然当时前馈神经网络的参数学习依然有很多难点,但其作为一种连接主义的典型模型,标志人工智能从高度符号化的知识期向低符号化的学习期开始转变。

习　　题

　　1. 名词解释

　　(1) 前馈神经网络。

　　(2) 反向传播。

　　2. 对于一个神经元 $\sigma(w^{\mathsf{T}}x+b)$,使用梯度下降优化参数 w 时,如果输入的 x 恒大于 0,请解释其收敛速度比零均值化的输入更慢这一现象。

　　3. 试举例说明"死亡 ReLU 问题",并提出解决方法。

　　4. 为什么在用反向传播算法进行参数学习时要采用随机参数初始化的方式,而不是直接令 $w=0,b=0$?

　　5. 梯度消失问题是否可以通过增加学习率来缓解? 为什么?

本 章 实 验

1. 实验目的

掌握前馈神经网络原理,理解不同的神经网络调参方法。

2. 实验要求

针对鸢尾花分类数据,建立神经网络模型、训练,实现鸢尾花分类预测。

第 11 章

深度学习

深度学习是机器学习方法的分支，其以人工神经网络为架构，通过增加神经网络中隐藏层的层数，实现更高层次的抽象，以提高对复杂非线性系统的建模能力。近年来，得益于大数据时代的海量数据、计算机日益强大的计算资源和计算能力，深度学习的研究和应用有极大发展，在计算机视觉、语音识别、自然语言处理、机器翻译等领域有令人印象深刻的表现。本章将围绕卷积神经网络和循环神经网络这两类常见且基础的深度学习结构展开介绍。

11.1 卷积神经网络

卷积神经网络(Convolutional Neural Network，CNN)也称 ConvNet，是受生物学上感受野机制启发而提出的神经网络结构，善于处理具有类似网格结构的数据。图像数据具有天然的网格结构(可以视作二维的像素网格)，因而在针对图像和视频分析的各种任务(如图像分类、人脸识别、图像分割等)中，CNN 得到了广泛应用，并能获得远超其他神经网络模型的准确率。事实上，对于时间序列数据，CNN 也可视作在时间轴上进行有规律采样形成的一维网格数据，近年来，它也用于从自然语言文本、音频数据中抽取特征，在自然语言处理和语音识别等任务中有不错的表现。

目前的卷积神经网络一般是由卷积层(Convolutional Layer)、汇聚层(Pooling Layer)和全连接层(Fully Connected Layer)交叉堆叠而成的前馈神经网络，具有局部连接、权重共享以及汇聚的结构特性，这些特性也使得卷积神经网络具有一定程度上的平移、缩放和旋转不变性。

11.1.1 卷积及卷积层

卷积神经网络中的"卷积"(Convolution)是一种特殊的数学运算。在数学中，两个函数 x 和 w 之间的卷积运算(通常用星号表示)定义为

$$(x * w)(t) = \int_{-\infty}^{\infty} x(z)w(t-z)\mathrm{d}z \tag{11.1}$$

在现实中，计算机接触到的数据往往是离散的。对于离散的数据，积分就变成了求和，离散形式的卷积定义为

$$(x * w)(t) = \sum_{z=-\infty}^{\infty} x(z)w(t-z) \tag{11.2}$$

卷积作为一种数学算子，不管是连续还是离散形式，本质上都是先将一个函数翻转，然后进行滑动叠加。连续情况下，叠加指的是对两个函数的乘积求积分，离散情况下则对应变

为加权求和。在卷积神经网络中，函数 x 作为卷积运算的第一个参数通常被称为输入，第二个参数 w 被称为卷积核（Convolution Kernel）或滤波器（Filter），卷积的输出被称为特征映射（Feature Map）。

下面结合信号分析中经常用到的一维卷积解释其计算过程。

假设一个激光传感器在每个时刻 t 会产生信号 $x(t)$，但随着时间流逝，信号将不断衰减，假设其衰减率为 $w(n)$（且在 $N-1$ 个时间步长后，信号强度衰减到可忽略不计）；由于信号是不断产生的，那么，在 t 时刻收到的信号 $y(t)$ 将是当前时刻产生的信号和以前时刻产生的信号的叠加：

$$y(t) = \sum_{n=0}^{N-1} w(n)x(t-n) \tag{11.3}$$

例如，假定滤波器 $w = [w(1), w(2), w(3)] = [1/3, 1/3, 1/3]$，对于信号序列 $x(0)$，$x(1), \cdots, x(T)$，二者的一维卷积为 $y(t) = \frac{1}{3} \times x(t) + \frac{1}{3} \times x(t-1) + \frac{1}{3} \times x(t-2)$。

前面提到卷积的输出往往被称为特征映射，因而，信号处理中的一维卷积运算也可以理解为利用滤波器从信号序列中提取特征的过程。图 11.1 给出了利用两种不同的滤波器进行一维卷积的示例，可以看到，采用不同滤波器提取到的特征也是不同的，其中利用滤波器 $w = [1/3, 1/3, 1/3]$ 可以提取信号序列中的低频信息，而滤波器 $w = [1, -2, 1]$ 则可以提取信号序列中的高频信息。

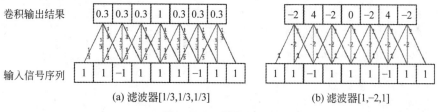

图 11.1　一维卷积示例

类似地，将图像视作一个二维结构的输入，可以利用一个二维卷积核进行卷积运算，以从图像中提取特征，即给定一个二维图像 $\boldsymbol{X} \in \mathbb{R}^{M \times N}$ 和一个卷积核 $\boldsymbol{W} \in \mathbb{R}^{U \times V}$，其卷积可表示为

$$(\boldsymbol{W} * \boldsymbol{X})_{i,j} = \sum_{u=0}^{U-1} \sum_{v=0}^{V-1} \boldsymbol{W}_{uv} \boldsymbol{X}_{i-m, j-n} \tag{11.4}$$

事实上，绝大部分的神经网络库在其卷积层中实现的，并非严格意义上的卷积运算，而是互相关（cross-correlation）运算。

$$(\boldsymbol{X} * \boldsymbol{W})_{i,j} = \sum_{u=0}^{U-1} \sum_{v=0}^{V-1} \boldsymbol{W}_{uv} \boldsymbol{X}_{i+m, j+n} \tag{11.5}$$

互相关运算与卷积运算几乎一样，区别仅在于其没有对卷积核进行翻转（即从上到下、从左到右两个维度旋转 $180°$）。特别地，对于机器学习而言，卷积核中元素的值是由学习算法从数据中学习得到的，一个基于核翻转的卷积运算的学习算法学得的核是对未进行翻转的算法学得的核的翻转，卷积层的输出都不会受到影响，因而将它们用于特征提取时的效果是等价的。遵循其他深度学习文献中对标准术语的表述，如无特别说明，同样，本书将严格意义上的卷积运算和互相关运算统一称为卷积运算。

图 11.2 给出了二维卷积运算的示例。输入是一个高度为 3、宽度为 3 的二维张量（在深度学习中，一般将多维数组称为张量），卷积核的高度和宽度均为 2（即形状为 2×2），通过卷积运算将得到一个形状为 2×2 的输出张量。

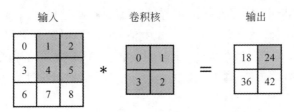

图 11.2　二维卷积示例

进行二维卷积运算时，卷积窗口（窗口大小与卷积核尺寸一致）从输入张量的左上角开始，按照从左到右、从上到下的次序滑动，每滑动到一个新位置，窗口内的元素与卷积核中的元素按位相乘并求和，得到一个标量值。例如，对于图 11.2 中输出张量右上角的元素 24，其计算过程为：$0 \times 1 + 1 \times 2 + 3 \times 4 + 2 \times 5 = 24$。

理解卷积的基本计算过程之后，接下来使用 Python 进行简单实现。下面的 conv2d() 函数使用了深度学习框架 TensorFlow 提供的基础 API 实现，其接收输入张量 **X** 和卷积核 **K**，执行卷积运算并返回结果。

```python
import tensorflow as tf
def conv2d(X, K):
    '''
    计算二维卷积（二维互相关运算）
    : param X:输入（二维张量）
    : param K: 卷积核
    : return: 卷积运算结果
    '''
    h, w = K.shape
    Y = tf.Variable(tf.zeros((X.shape[0] - h + 1, X.shape[1] - w + 1)))
    for i in range(Y.shape[0]):
        for j in range(Y.shape[1]):
            Y[i, j].assign(tf.reduce_sum(X[i: i + h, j: j + w] * K))
    return Y
```

将图 11.2 中的张量和卷积核作为输入，可以验证 conv2d 实现的二维卷积运算的输出。

```python
X = tf.constant([[0.0, 1.0, 2.0], [3.0, 4.0, 5.0], [6.0, 7.0, 8.0]])
K = tf.constant([[0.0, 1.0], [3.0, 2.0]])
print(conv2d(X, K))
```

事实上，诸如 TensorFlow 之类的深度学习框架，都提供了可供直接使用的封装好的卷积层（convolution layer）。在卷积层中，除对输入和卷积核进行卷积运算外，往往会进一步添加偏置（bias）和非线性的激活函数（activation function）来产生最后的输出。相比上面示例代码中实现的基础的二维卷积运算，TensorFlow 中提供了专门的二维卷积模块 tf.keras. layers.Conv2D，支持更为灵活的二维卷积运算。例如，通过 use_bias 参数，可以控制是否在输出中添加偏置向量；还可以通过设置 activation 参数的值，选择是否采用或者采用何种激活函数产生输出。

结合图 11.2 示例不难发现，卷积输出的尺寸受卷积输入的尺寸和卷积核的尺寸的影响。下面以二维卷积为例，给定形状为 $n_h \times n_w$ 的输入，以及形状为 $k_h \times k_w$ 的卷积核，可以通过式(11.6)直接计算出卷积输出的形状：

$$(n_h - k_h + 1) \times (n_w - k_w + 1) \tag{11.6}$$

一般来说，$k_h \ll n_h$，$k_w \ll n_w$，因而卷积的输出尺寸会小于输入的尺寸；同时，在深度神经网络中，往往涉及多层卷积的堆叠使用，连续卷积后得到的输出会远小于输入大小。

对图像分析而言，这会导致原始图像的边缘信息丢失，因为边缘上的像素永远不会位于卷积核中心，而卷积核也无法扩展到边缘区域以外。解决这个问题最有效的方法就是边界填充(padding)，即在进行卷积操作前，在输入张量的边界上填充一些值（通常用 0 进行填充）来增加张量大小；从而，当卷积核扫描输入数据时，能延伸到边缘外的伪像素，以保证输出尺寸。

常用的两种填充如下。

(1) valid padding：不进行处理，只使用原始图像，不允许卷积核超出原始图像边界。

(2) same padding：进行填充，允许卷积核超出原始图像边界，并使得卷积后输出的大小与原来一致。

图 11.3 给出了采用 same padding 的效果。对图 11.2 中的输入张量，分别在其上侧和右侧用 0 进行填充，卷积运算后将产生一个与输入尺寸一致的输出。

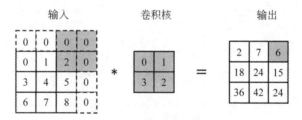

图 11.3　边界填充示例

为表述方便，图 11.3 中示例采用了 2×2 的卷积核。实际应用时，卷积核的高度和宽度一般采用奇数，这样不仅可以明确卷积核的位置中心，在 padding 时也只需保证在顶部和底部填充相同数量的行，在左侧和右侧填充相同数量的列，保证输出尺寸。

在前面的例子中，卷积窗口默认每次滑动一个单位进行卷积。但有时候，为实现高效计算或缩减采样次数，可以让卷积窗口每次滑动多个单位，从而跳过中间位置。水平/垂直方向上每次滑动的单位的数量称为步长(stride)。通过设置步长可以压缩一部分信息，成倍地缩小卷积输出的尺寸。

假设垂直和水平方向 padding 的长度分别为 p_h 和 p_w，垂直和水平的步长分别为 s_h 和 s_w，则可由式(11.7)计算输出的形状：

$$\lfloor (n_h - k_h + p_h + s_h)/s_h \rfloor \times \lfloor (n_w - k_w + p_w + s_w)/s_w \rfloor \tag{11.7}$$

式中，$\lfloor \ \rfloor$ 表示向下取整。

例如，对于图 11.2 中的示例，通过在垂直方向填充 $p_h = 1$ 列，在水平方向填充 $p_w = 1$ 行，设置步长 $s_h = s_w = 2$ 时，卷积运算将产生 2×2 的输出。

对于 TensorFlow 中的卷积模块 tf.keras.layers.Conv2D,可以通过设置其 padding 参数和 strides 参数的值控制填充方式和滑动步长。结合下面的示例代码,大家可以体会一下填充和步长在卷积运算中的作用。

```
import tensorflow as tf
#输入是一张 28×28 的 RGB 图片;
#input_shape 的(1,…,3)分别表示 batch 大小(只有一张图片)和
#通道(channel)数(RGB 的 3 个通道)
input_shape = (1, 28, 28, 3)
x = tf.random.normal(input_shape)
#不进行 padding
y = tf.keras.layers.Conv2D(1, kernel_size=(3, 5), padding='valid', activation
='relu',
        input_shape=input_shape[1:])(x)
print(y.shape)   # (1, 26, 24, 1) 请忽略第一维(批量大小)和最后一维(采用的卷积核数)
#进行 same padding
y = tf.keras.layers.Conv2D(1, kernel_size=(3, 5), padding='same', activation=
'relu',
        input_shape=input_shape[1:])(x)
print(y.shape)   # (1, 28, 28, 1)
#不进行 padding,步长设置为(2, 2)
y = tf.keras.layers.Conv2D(1, kernel_size=(3, 5), padding='valid', strides=
(2, 2),
        activation='relu', input_shape=input_shape[1:])(x)
print(y.shape)   # (1, 13, 12, 1)
#进行 same padding,步长设置为(2, 2)
y = tf.keras.layers.Conv2D(1, kernel_size=(3, 5), padding='same', strides=(2,
2),
        activation='relu', input_shape=input_shape[1:])(x)
print(y.shape)   # (1, 14, 14, 1)
```

11.1.2 汇聚层

卷积层中的卷积运算可以显著减少神经网络中连接的数量,从而极大地缩减待学习的参数数量,但卷积的输出(即特征映射)中的神经元数目并不会显著减少,后面直接堆叠分类层容易造成过拟合。对此,在深度神经网络中,往往会在连续的卷积层之间周期性地插入汇聚层,以降低特征维数,减少过拟合的发生。

汇聚层(pooling layer)也称子采样层(subsampling layer),其通过汇聚函数(pooling function)对特征映射实施下采样,将特征映射划分成多个重叠或不重叠的矩形区域,并计算每个区域内的总体统计特征作为该区域的表示,从而有效地减少神经元的数量,减少网络中参数的数量以及计算资源的消耗。更为重要的是,汇聚可以降低卷积层对位置的敏感性,使得网络对一些小的局部形态改变保持不变性,并拥有更大的感受野,从而有效控制过拟合。此外,在很多任务中,例如,对尺寸不一的图像进行分类时,分类层接收的必须是固定大小的输入,在汇聚层中通过调整矩形区域的偏置大小,以使得总是产生相同数量的统计特征,就允许分类层可以不限定最初输入的大小了。

下面介绍两种最常用的汇聚函数。

（1）最大汇聚（maximum pooling）：对于特征映射中的一个矩形区域，取该区域范围内所有元素的最大值作为这个区域的表示；

（2）平均汇聚（mean pooling）：对于特征映射中的一个矩形区域，取该区域范围内所有元素的平均值作为这个区域的表示。

图 11.4 给出了最大汇聚的简单示例。输入为图 11.3 中卷积运算后产生的 4×4 的特征映射，其被分成 4 个存在部分重叠的采样区域，最大汇聚将取每个区域内所有元素的最大值，作为该区域的替代表示。比如，左上角 2×2 的区域中所有元素的最大值为 24，那么，经汇聚后输出张量的第一个元素就是 24，以此类推。

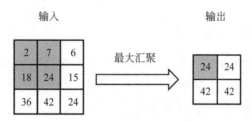

图 11.4 最大汇聚的简单示例

不难发现，汇聚层事实上可以视作一种特殊的卷积层，只不过卷积核变成了 max() 函数或 mean() 函数。比如，上例中的汇聚层采取了大小为 2×2 的卷积核，按照步长为 1×1 滑动进行 max 运算。

相比最大汇聚，均值汇聚更趋向于平滑，而最大汇聚的优势则在于捕捉突出特征。实际应用时，二者的汇聚效果据说差异不会超过 2%。不过，不管是采用 max 还是 mean 进行汇聚，都是通过下采样提取区域特征，均相当于一种抽象。抽象可以过滤掉一些不必要的信息，使得在抽象层次上可以更好地进行识别；与此同时，这也意味着汇聚会损失部分信息细节，特别是过大的采样区域会急剧减少神经元的数量，造成过多的信息损失。

与卷积类似，TensorFlow 中也提供了多个封装好的汇聚模块，包括 MaxPooling1D、MaxPooling2D、AveragePooling1D、AveragePooling3D、GlobalMaxPooling2D 等，通过它们可以实施最大或者均值汇聚，并允许在汇聚时选择是否填充以及设定步长。大家可以结合下面对 MaxPooling2D（即适用于二维空间数据的最大汇聚层）进行使用的示例代码，体会汇聚过程中填充和步长的作用。

```
import tensorflow as tf

#构造一个输入张量,样本数和通道数均为1
input_shape = (1, 28, 28, 1)
x = tf.random.normal(input_shape)

#不设置步长时,步长默认跟汇聚窗口的尺寸一致,即步长也为(3, 3)
y = tf.keras.layers.MaxPooling2D(pool_size=(3, 3))(x)
print(y.shape)
print(y)

#设定步长小于汇聚窗口的尺寸,意味着划分的区域存在部分重叠
y = tf.keras.layers.MaxPooling2D(pool_size=(3, 3), strides=(2,2))(x)
```

```
print(y.shape)

#选择填充时,输出的尺寸=((输入的尺寸-1)/步长)+1
y = tf.keras.layers.MaxPooling2D(pool_size=(3, 3), padding='same')(x)
print(y.shape)

#汇聚窗口的宽和高也可以不同
y = tf.keras.layers.MaxPooling2D(pool_size=(3, 2))(x)
print(y.shape)
```

11.1.3 几种典型的卷积神经网络

一个完整的卷积神经网络由卷积层、汇聚层以及全连接层交叉堆叠而成。如图 11.5 所示,M 个连续的卷积层和 b 个汇聚层构成一个卷积块,N 个卷积块在进行连续堆叠后,一般紧跟 K 层全连接层,构成目前典型深度卷积神经网络的整体结构。其中,M 的值一般设置为 $2\sim5$,b 的值一般为 0 或 1,N 的取值范围很大(比如 $1\sim100$ 或者更大,能设置为多少往往取决于可用的计算资源和训练难度),K 的值一般为 $0\sim2$。

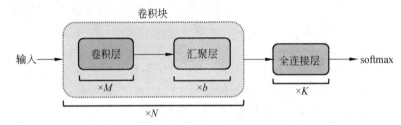

图 11.5　典型卷积神经网络的整体结构

值得注意的是,随着 GPU 甚至 TPU 等计算资源的丰富,目前流行的深度卷积网络更趋向于使用较小的卷积核以及更深的层次来提升模型的检测效果。较小的卷积核在提升卷积运算效率的同时(借助 GPU 提供的并行计算能力),也使得对细节特征的捕捉更加容易;更深的层次则意味着更多次的卷积运算,诸如图像中的边、形状等微妙特征也将更容易被关注到。当然,更深的层次也导致模型更加难以训练,容易出现过拟合,因而像 dropout、batch normalization 等策略被用于提升模型的泛化能力。另外,随着卷积操作越来越灵活,汇聚层的作用不再明显,很多现代的深度卷积神经网络趋向于全卷积网络,即不采用汇聚层。

下面介绍几种典型的卷积神经网络模型。

1. LeNet-5

LeNet-5 是由 Yann LeCun 完成的深度学习领域的开拓性成果,是最早的卷积神经网络之一。基于 LeNet-5 的手写数字识别系统在 20 世纪 90 年代广泛用于美国的自动取款机中,用于支票上面手写数字的识别。

LeNet-5 接收的输入为 32×32 的灰度图像(只有一个通道),输出则对应 10 个类别(代表数字为 $0\sim9$),其网络结构如图 11.6 所示,共设有 7 层,包含 3 层卷积层、2 层汇聚层和 2 层全连接层。各层的结构描述如下。

(1) C1:卷积层,设有 6 个大小为 5×5 的卷积核,步长为 1。经该层,输出大小变为 $28\times28\times6$。

（2）P2：汇聚层，采用 2×2 大小的采样窗口，以及均值汇聚，步长为 2。该层的输出大小为 14×14×6。

（3）C3：卷积层，设有 16 个大小为 5×5 的卷积核，步长为 1。不过，该层的 16 个卷积核中，只有 10 个会和前面的 6 个通道相连接，即这 16 个卷积核并不会对前一层的所有 6 个通道进行扫描。这样可以打破图像的对称性，使连接数量保持在合理范围内。

（4）P4：汇聚层，采样窗口大小为 2×2，使用均值汇聚，步长为 2。经该层，输出大小变为 5×5×16。

（5）C5：全连接的卷积层，设有 120 个大小为 5×5 的卷积核，步长为 1。

（6）D6：全连接层，隐藏单元有 84 个。

（7）D7：全连接的 softmax 输出层，输出单元有 10 个，对应识别的数字为 0～9。

利用当下主流的深度学习框架，可以很容易地对 LeNet-5 予以实现。代码清单 11.1 是基于 TensorFlow 2.0 实现的 LeNet-5，同时在 mnist 手写数字数据集上对 LeNet-5 模型进行了训练及测试验证。需要注意，有别于原始的 LeNet-5，清单 11.1 的代码实现在各层采用了 ReLU 激活函数，而非原始的 tanh 激活函数，汇聚层采用了最大汇聚而非平均汇聚。大家可以自行尝试更换并对比采用其他激活函数和汇聚函数时的检测效果。

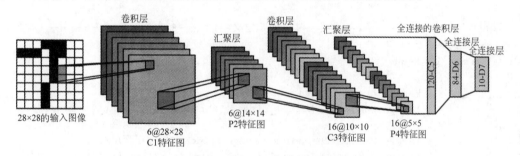

图 11.6　LeNet-5 的网络结构

代码清单 11.1　基于 LeNet-5 的手写数字识别代码实现

```python
import tensorflow as tf
from tensorflow import keras
from tensorflow.keras import Sequential, layers, losses, optimizers, datasets
import numpy as np
import matplotlib.pyplot as plt


'''------------------------数据准备------------------------'''
num_classes = 10
input_shape = (28, 28, 1)

#加载 mnist 数据集
(x_train, y_train), (x_test, y_test) = keras.datasets.mnist.load_data()

#将图片像素值缩放到[0, 1]范围
x_train = x_train.astype("float32") / 255
x_test = x_test.astype("float32") / 255
#确保图片的形状为 (28, 28, 1)
x_train = np.expand_dims(x_train, -1)
```

```python
x_test = np.expand_dims(x_test, -1)
print("x_train shape:", x_train.shape)
print(x_train.shape[0], "train samples")
print(x_test.shape[0], "test samples")

#将图片的类别值转换为 one-hot 表示
y_train = keras.utils.to_categorical(y_train, num_classes)
y_test = keras.utils.to_categorical(y_test, num_classes)

#可以查看一下 mnist 数据集里的样本
fig, ax = plt.subplots(nrows=2, ncols=2, sharex='all', sharey='all')
ax = ax.flatten()
for i in range(4):
    img = x_train[i].reshape(28, 28)
    ax[i].imshow(img)
ax[0].set_xticks([])
ax[0].set_yticks([])
plt.tight_layout()
plt.show()

'''------------------------模型定义-------------------------'''
def LetNet_5():
    model = Sequential(
        [
            keras.Input(shape=input_shape),
            layers.Conv2D(6, kernel_size=5, strides=1, activation="relu"),
                                                #卷积层 1
            layers.MaxPool2D(pool_size=2, strides=2), #汇聚层 2
            layers.Conv2D(16, kernel_size=5, strides=1, activation="relu"),
                                                #卷积层 3
            layers.MaxPool2D(pool_size=2, strides=2), #汇聚层 4
            layers.Flatten(),                   #flatten 层,方便全连接处理
            layers.Dense(120, activation="relu"),   #全连接层 1
            layers.Dense(84, activation="relu"),    #全连接层 2
            layers.Dense(10)                        #全连接层
        ]
    )
    return model

'''--------------------模型装配、训练与评估--------------------'''
#模型装配
model = LetNet_5()
model.summary()
model.compile(optimizer=optimizers.Adam(lr=1e-3),
    loss=tf.losses.CategoricalCrossentropy(from_logits=True),
    metrics=['accuracy'])

#模型训练
batch_size = 128
epochs = 20
```

```
model.fit(x_train, y_train, batch_size=batch_size, epochs=epochs, validation_
split=0.1)

#模型评估
score = model.evaluate(x_test, y_test, verbose=0)
print("Test loss:", score[0])
print("Test accuracy:", score[1])
```

2. AlexNet

AlexNet 是第一个现代深度卷积神经网络,其以很大的优势赢得 2012 年 ImageNet 图像识别挑战赛的冠军,首次证明机器自主学习到的特征可以超越手工设计的特征。AlexNet 在网络结构上与 LeNet 的设计理念很相似,但比 LeNet-5 更深,且首次使用了很多现代深度卷积神经网络的技术方法,包括利用 GPU 进行并行训练,采用 ReLU 而非传统的 tanh 或 Sigmoid 作为非线性激活函数,使用 Dropout 防止过拟合,使用数据增强提高模型准确率等。

AlexNet 的网络结构如图 11.7 所示,共 11 层,包括 5 层卷积层、3 层汇聚层和 3 层全连接层。各层的细节如下。

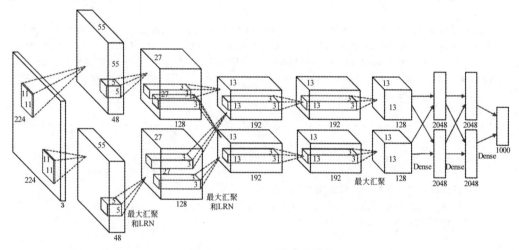

图 11.7　AlexNet 的网络结构

(1) 第 1 层:卷积层,使用的卷积窗口大小为 11×11,步长设置为 4;之所以采用较大的卷积窗口,是考虑到其处理的 ImageNet 中的图像的尺寸比 mnist 数据集中的图像大得多。

(2) 第 2 层:汇聚层,使用窗口为 3×3 的最大汇聚操作,步长设置为 2,即汇聚时允许重叠采样,这样有助于提取更多的特征;同时,该层还使用了局部响应归一化(Local Response Normalization,LRN),以提升模型的整体泛化能力。

(3) 第 3 层:卷积层,卷积窗口缩小为 5×5,步长为 1。

(4) 第 4 层:汇聚层,使用窗口为 3×3 的最大汇聚操作,步长为 2,并应用 LRN。

(5) 第 5 层:卷积层,对两条路径进行融合,同时卷积窗口进一步缩小为 3×3。

(6) 第 6 层:卷积层,使用 3×3 的卷积窗口。

(7) 第 7 层:卷积层,使用 3×3 的卷积窗口。

(8) 第 8 层:汇聚层,使用窗口为 3×3 的最大汇聚操作,步长为 2。

（9）第 9~11 层：全连接层，最后一层含 1000 个神经元，对应输出 1000 个类别。

代码清单 11.2 给出了基于 TensorFlow 2.0 实现的 AlexNet，及其在 CIFAR-10 图像数据集上进行图像识别的训练及简要测试代码。该示例中用到的 CIFAR-10 数据集包括 10 个不同类别的 60000 幅彩色图像，每类含 6000 幅图像。因为数据集中每幅图像的分辨率为 32×32，因而，为了能够使用 AlexNet，在代码中人为地将它们增加到 224×224。

代码清单 11.2 　基于 AlexNet 的 CIFAR-10 图像分类代码实现

```python
import tensorflow as tf
from tensorflow import keras
import matplotlib.pyplot as plt
import os
import time


'''------------------------准备数据集------------------------'''
(train_images, train_labels), (test_images, test_labels) = keras.datasets.
cifar10.load_data()
CLASS_NAMES= ['airplane', 'automobile', 'bird', 'cat', 'deer', 'dog', 'frog',
'horse', 'ship', 'truck']
validation_images, validation_labels = train_images[:5000], train_labels[:
5000]
train_images, train_labels = train_images[5000:], train_labels[5000:]
train_ds = tf.data.Dataset.from_tensor_slices((train_images, train_labels))
test_ds = tf.data.Dataset.from_tensor_slices((test_images, test_labels))
validation_ds = tf.data.Dataset.from_tensor_slices((validation_images,
validation_labels))


'''------------------------数据预处理------------------------'''
def process_images(image, label):
    image = tf.image.per_image_standardization(image)
                                                #标准化每幅图像到 0~1 区间
    #将图像尺寸从 32×32 调整成 224×224
    image = tf.image.resize(image, (224,224))
    return image, label


train_ds_size = tf.data.experimental.cardinality(train_ds).numpy()
test_ds_size = tf.data.experimental.cardinality(test_ds).numpy()
validation_ds_size = tf.data.experimental.cardinality(validation_ds).numpy()
print("Training data size:", train_ds_size)
print("Test data size:", test_ds_size)
print("Validation data size:", validation_ds_size)

train_ds = (train_ds
               .map(process_images)
               .shuffle(buffer_size=train_ds_size)
               .batch(batch_size=32, drop_remainder=True))
test_ds = (test_ds
               .map(process_images)
               .shuffle(buffer_size=train_ds_size)
               .batch(batch_size=32, drop_remainder=True))
```

```
validation_ds = (validation_ds
                .map(process_images)
                .shuffle(buffer_size=train_ds_size)
                .batch(batch_size=32, drop_remainder=True))


'''------------------------模型实现------------------------'''
def AlexNet():
    model = keras.models.Sequential([
        keras.layers.Conv2D(filters=96, kernel_size=(11, 11), strides=(4, 4),
        activation='relu', input_shape=(224, 224, 3)),
        keras.layers.BatchNormalization(),
        keras.layers.MaxPool2D(pool_size=(3, 3), strides=(2, 2)),
        keras.layers.Conv2D(filters=256, kernel_size=(5, 5), strides=(1, 1),
                    activation='relu', padding="same"),
        keras.layers.BatchNormalization(),
        keras.layers.MaxPool2D(pool_size=(3, 3), strides=(2, 2)),
        keras.layers.Conv2D(filters=384, kernel_size=(3,3), strides=(1,1),
                    activation='relu', padding="same"),
        keras.layers.BatchNormalization(),
        keras.layers.Conv2D(filters=384, kernel_size=(3, 3), strides=(1, 1),
                    activation='relu', padding="same"),
        keras.layers.BatchNormalization(),
        keras.layers.Conv2D(filters=256, kernel_size=(3, 3), strides=(1, 1),
                    activation='relu', padding="same"),
        keras.layers.BatchNormalization(),
        keras.layers.MaxPool2D(pool_size=(3, 3), strides=(2, 2)),
        keras.layers.Flatten(),
        keras.layers.Dense(4096, activation='relu'),
        keras.layers.Dropout(0.5),
        keras.layers.Dense(4096, activation='relu'),
        keras.layers.Dropout(0.5),
        keras.layers.Dense(10, activation='softmax')
    ])
    return model


'''--------------------模型装配、训练与评估--------------------'''
#模型装配
model = AlexNet()
model.summary()
model.compile(optimizer=keras.optimizers.Adam(lr=1e-3),
        loss='sparse_categorical_crossentropy',
        metrics=['accuracy'])

#模型训练
epochs = 50
model.fit(train_ds, batch_size=128, epochs=epochs, validation_data=
validation_ds, validation_freq=1)

#模型评估
```

```
score = model.evaluate(test_ds)
print("Test loss:", score[0])
print("Test accuracy:", score[1])
```

3. GoogLeNet

GoogLeNet 是 Google 公司于 2014 年提出的一种全新的深度学习结构，并取得了当年 ImageNet 图像识别挑战赛的冠军。相比 AlexNet、VGGNet 等通过增加网络深度（即层次数量）和宽度（即神经元数量）来提升模型性能的方式，GoogLeNet 提出了兼具稀疏性和高性能的 Inception 结构，以较低的计算复杂度提供类似的检测精度。

图 11.8 给出了 GoogLeNet 使用的早期 v1 版本的 Inception 结构。在这样一个 Inception 结构中，1×1、3×3 和 5×5 等不同尺寸的卷积核被同时应用，形成 4 路平行的输入处理分支，然后再将它们各自从输入中抽取的特征映射进行拼接，作为最终输出的特征映射。这样不仅有助于提取到不同尺度的特征，同时按照 Hebbin 原理的解释，通过各路分支预先将相关性强的特征汇聚，还可以加快收敛速度。此外，可以看到，在 Inception 结构中使用了多个 1×1 的卷积核。它们不仅可以使得在相同尺寸的感受野中叠加更多的卷积，从而提取到更丰富的特征；同时，在进行 3×3 卷积和 5×5 卷积前，首先使用 1×1 卷积进行降维，还有效降低了后续卷积运算的复杂度。

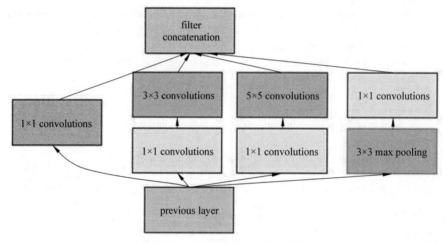

图 11.8　v1 版本的 Inception 结构

GoogLeNet 的网络结构如图 11.9 所示，由 9 个 Inception v1 结构，以及数个卷积层、全连接层、最大汇聚层和全局平均汇聚层构成。

Inception 网络经历了 v1、v2、v3、v4 等多个版本的发展，后续版本中进一步优化了网络的结构和性能，包括将大卷积核拆分为多个小卷积核、引入非对称卷积和残差等，感兴趣的读者可以自行查阅相关文献资料。

代码清单 11.3 给出了基于 TensorFlow 2.0 实现的 GoogLeNet。另外，TensorFlow 中提供了拆箱即用的 InceptionResNetv2 和 Inceptionv3。

代码清单 11.3　基于 TensorFlow 的 GoogLeNet 代码实现

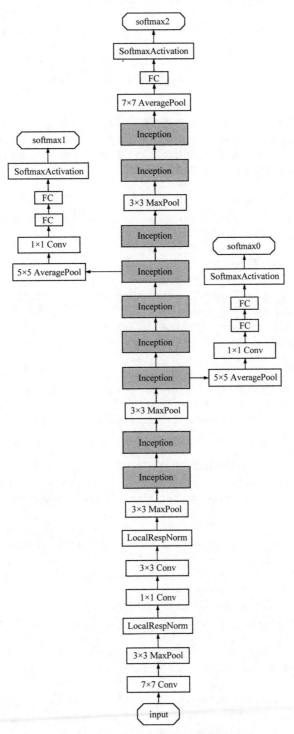

图 11.9　GoogLeNet 的网络结构

```python
from tensorflow.keras.models import Model
from tensorflow.keras.layers import Input, Conv2D, MaxPooling2D, AveragePooling2D,
Flatten
from tensorflow.keras.layers import Concatenate, GlobalAveragePooling2D, Dense,
Dropout

def Inception_block(input_layer, f1, f2_conv1, f2_conv3, f3_conv1, f3_conv5, f4):
    '''
    Input:
        - f1: 第一条路径上 1×1 卷积核的个数
        - f2_conv1 和 f2_conv3 分别为第二条分支上 1×1 和 3×3 卷积核的个数
        - f3_conv1 和 f3_conv5 分别为第三条分支上 1×1 和 5×5 卷积核的个数
        - f4: 第四条路径上 1×1 卷积核的个数
    '''
    #分支一,单 1×1 卷积层
    path1 = Conv2D(filters=f1, kernel_size=(1, 1), padding='same', activation=
'relu')(input_layer)

    #分支二,1×1 卷积层后接 3×3 卷积层
    #分支二,1×1 卷积层后接 3×3 卷积层
    path2 = Conv2D(filters = f2_conv1, kernel_size = (1, 1), padding = 'same',
activation='relu')(input_layer)
    path2 = Conv2D(filters = f2_conv3, kernel_size = (3, 3), padding = 'same',
activation='relu')(path2)

    #分支三,1×1 卷积层后接 5×5 卷积层
    path3 = Conv2D(filters = f3_conv1, kernel_size = (1, 1), padding = 'same',
activation='relu')(input_layer)
    path3 = Conv2D(filters = f3_conv5, kernel_size = (5, 5), padding = 'same',
activation='relu')(path3)

    #分支四,3×3 最大汇聚层后接 1×1 卷积层
    path4 = MaxPooling2D((3, 3), strides=(1, 1), padding='same')(input_layer)
    path4 = Conv2D(filters=f4, kernel_size=(1, 1), padding='same', activation=
'relu')(path4)

    output_layer = Concatenate()([path1, path2, path3, path4])
    return output_layer

def GoogLeNet():
    input_layer = Input(shape=(224, 224, 3))
    X = Conv2D(filters=64, kernel_size=(7, 7), strides=2, padding='valid',
activation='relu')(input_layer)
    X = MaxPooling2D(pool_size=(3, 3), strides=2)(X)
    X = Conv2D(filters=64, kernel_size=(1, 1), strides=1, padding='same',
activation='relu')(X)
    X = Conv2D(filters=192, kernel_size=(3, 3), padding='same', activation=
'relu')(X)
    X = MaxPooling2D(pool_size=(3, 3), strides=2)(X)

    X = Inception_block(X, f1=64, f2_conv1=96, f2_conv3=128, f3_conv1=16, f3_
conv5=32, f4=32)
```

```
    X = Inception_block(X, f1=128, f2_conv1=128, f2_conv3=192, f3_conv1=32, f3_
conv5=96, f4=64)
    X = MaxPooling2D(pool_size=(3, 3), strides=2)(X)
    X = Inception_block(X, f1=192, f2_conv1=96, f2_conv3=208, f3_conv1=16, f3_
conv5=48, f4=64)

    X1 = AveragePooling2D(pool_size=(5, 5), strides=3)(X)
    X1 = Conv2D(filters=128, kernel_size=(1, 1), padding='same', activation=
'relu')(X1)
    X1 = Flatten()(X1)
    X1 = Dense(1024, activation='relu')(X1)
    X1 = Dropout(0.7)(X1)
    X1 = Dense(5, activation='softmax')(X1)

    X = Inception_block(X, f1=160, f2_conv1=112, f2_conv3=224, f3_conv1=24, f3_
conv5=64, f4=64)
    X = Inception_block(X, f1=128, f2_conv1=128, f2_conv3=256, f3_conv1=24, f3_
conv5=64, f4=64)
    X = Inception_block(X, f1=112, f2_conv1=144, f2_conv3=288, f3_conv1=32, f3_
conv5=64, f4=64)

    X2 = AveragePooling2D(pool_size=(5, 5), strides=3)(X)
    X2 = Conv2D(filters=128, kernel_size=(1, 1), padding='same', activation=
'relu')(X2)
    X2 = Flatten()(X2)
    X2 = Dense(1024, activation='relu')(X2)
    X2 = Dropout(0.7)(X2)
    X2 = Dense(1000, activation='softmax')(X2)

    X = Inception_block(X, f1=256, f2_conv1=160, f2_conv3=320, f3_conv1=32,
                        f3_conv5=128, f4=128)
    X = MaxPooling2D(pool_size=(3, 3), strides=2)(X)

    X = Inception_block(X, f1=256, f2_conv1=160, f2_conv3=320, f3_conv1=32, f3_
conv5=128, f4=128)
    X = Inception_block(X, f1=384, f2_conv1=192, f2_conv3=384, f3_conv1=48, f3_
conv5=128, f4=128)

    X = GlobalAveragePooling2D(name='GAPL')(X)
    X = Dropout(0.4)(X)
    X = Dense(1000, activation='softmax')(X)

    model = Model(input_layer, [X, X1, X2], name='GoogLeNet')
    return model
```

4. ResNet

对深度学习而言，当增加网络层数后，可以进行更加复杂的特征模式的抽取，因而，网络的深度对深度学习模型的性能至关重要。然而，深层次的网络更加难以训练，简单堆叠构成更深的层次往往会导致性能退化问题（即深层网络的性能不升反降）。对此，何恺明等提出了残差结构，使得模型的内部结构具备恒等映射的能力，以保证在网络堆叠过程中至少不会因为持续堆叠而产生性能退化。这种基于残差结构的深度神经网络——残差网络（Residual Network，ResNet）有效解决了深层网络存在的退化问题，赢得 2015 年 ImageNet 图像识别挑战赛的冠军，并对后来深度神经网络模型的设计产生了深远的影响。

图 11.10 给出了普通块和残差块的基本结构。结合图 11.10，假设期望通过学习拟合出一个理想映射 $f(x)$ 以尽可能地逼近真实目标。对于图 11.10(a) 所示虚线框中部分，需要直接学习出该映射 $f(x)$；图 11.10(b) 部分则需要学习出残差映射 $f(x)-x$，然后加上恒等映射 x。而实际中，残差映射往往更容易学习。从图 11.10(b) 中可以看到，残差块引入了直连接（shortcut connection）来实现跨层的连接，这就是残差连接（residual connection）。残差连接使得输入可以更高效地向前传播。

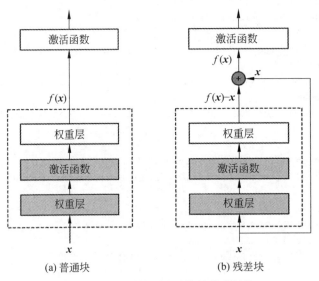

图 11.10　普通块和残差块的基本结构

ResNet 沿用了 VGG-19 的 3×3 卷积层设计，每个残差块包含 2 个具有相同通道数的 3×3 卷积层，同时在每个卷积层后接一个批量归一化（batch normalization）层以避免过拟合。图 11.11 给出了 34 层 RestNet、不含残差块的 34 层普通网络以及 VGG-19 的网络结

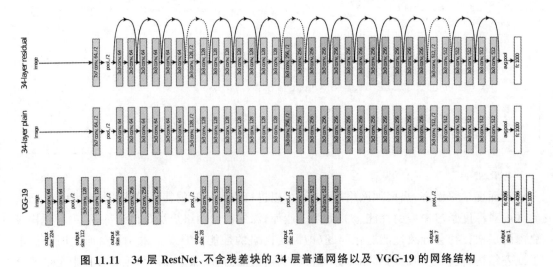

图 11.11　34 层 RestNet、不含残差块的 34 层普通网络以及 VGG-19 的网络结构

构，感兴趣的读者可以据此自行实现。另外，TensorFlow 中也提供了预训练好的 ResNet50、ResNet101、ResNet101v2 和 ResNet152 等多种残差网络，它们可以直接使用，或者进一步通过迁移学习和微调后使用。

代码清单 11.4 给出了基于 TensorFlow 2.0 搭建的 RestNet 用于手写数字识别的代码实现。

代码清单 11.4　基于 TensorFlow 2.0 搭建的 RestNet 用于手写数字识别的代码实现

```python
import tensorflow as tf
from tensorflow import keras
import numpy as np


'''------------------------数据准备------------------------'''
num_classes = 10
input_shape = (28, 28, 1)


#加载 mnist 数据集
(x_train, y_train), (x_test, y_test) = keras.datasets.mnist.load_data()


#将图像的像素值缩放到[0, 1]范围
x_train = x_train.astype("float32") / 255
x_test = x_test.astype("float32") / 255
#确保图像的形状为 (28, 28, 1)
x_train = np.expand_dims(x_train, -1)
x_test = np.expand_dims(x_test, -1)
print("x_train shape:", x_train.shape)
print(x_train.shape[0], "train samples")
print(x_test.shape[0], "test samples")


#将图像的类别值转换为用 one-hot 表示
y_train = keras.utils.to_categorical(y_train, num_classes)
y_test = keras.utils.to_categorical(y_test, num_classes)


'''----------------------ResNet 的实现----------------------'''
class Residual(tf.keras.Model):
    '''
    残差结构的具体实现
    '''
    def __init__(self, num_channels, use_1x1conv=False, strides=1):
        super().__init__()
        self.conv1 = tf.keras.layers.Conv2D(
            num_channels, padding='same', kernel_size=3, strides=strides)
        self.conv2 = tf.keras.layers.Conv2D(
            num_channels, kernel_size=3, padding='same')
        self.conv3 = None
        if use_1x1conv:
            self.conv3 = tf.keras.layers.Conv2D(
                num_channels, kernel_size=1, strides=strides)
        self.bn1 = tf.keras.layers.BatchNormalization()
        self.bn2 = tf.keras.layers.BatchNormalization()
```

```python
    def call(self, X):
        Y = tf.keras.activations.relu(self.bn1(self.conv1(X)))
        Y = self.bn2(self.conv2(Y))
        if self.conv3 is not None:
            X = self.conv3(X)
        Y += X
        return tf.keras.activations.relu(Y)

class ResnetBlock(tf.keras.layers.Layer):
    '''
    残差块实例化
    '''
    def __init__(self, num_channels, num_residuals, first_block=False,
                **kwargs):
        super(ResnetBlock, self).__init__(**kwargs)
        self.residual_layers = []
        for i in range(num_residuals):
            if i == 0 and not first_block:
                self.residual_layers.append(
                    Residual(num_channels, use_1x1conv=True, strides=2))
            else:
                self.residual_layers.append(Residual(num_channels))

    def call(self, X):
        for layer in self.residual_layers.layers:
            X = layer(X)
        return X

    def ResNet():
        return tf.keras.Sequential([
            tf.keras.layers.Conv2D(64, kernel_size=7, strides=2, padding=
'same'),
            tf.keras.layers.BatchNormalization(),
            tf.keras.layers.Activation('relu'),
            tf.keras.layers.MaxPool2D(pool_size=3, strides=2, padding='same'),
            ResnetBlock(64, 2, first_block=True),
            ResnetBlock(128, 2),
            ResnetBlock(256, 2),
            ResnetBlock(512, 2),
            tf.keras.layers.GlobalAvgPool2D(),
            tf.keras.layers.Dense(units=10)])

'''---------------------模型装配、训练与评估---------------------'''
#模型装配
model = ResNet()
model.build(input_shape=(None, 28, 28, 1))
model.summary()
model.compile(optimizer=keras.optimizers.Adam(learning_rate=1e-3),
    loss=tf.losses.CategoricalCrossentropy(from_logits=True),
```

```
        metrics=['accuracy'])

    #模型训练
    batch_size = 128
    epochs = 30
    model.fit(x_train, y_train, batch_size=batch_size, epochs=epochs, validation_
    split=0.1)

    #模型评估
    score = model.evaluate(x_test, y_test, verbose=0)
    print("Test loss:", score[0])
    print("Test accuracy:", score[1])
```

11.2　循环神经网络

循环神经网络(Recurrent Neural Network, RNN)是一类适用于处理序列数据的神经网络,在自然语言处理、机器翻译、语音识别、视频理解等领域得到广泛的应用。同 CNN 等前馈神经网络相比,RNN 更符合生物神经网络的结构,因为其在设计之初就是基于"人的认知是基于过往的经验和记忆"这一观点提出的。在 RNN 中,网络的输出将不仅取决于当前时间步的输入,还跟过去一定时间步的输出有关。也就是说,RNN 具备短期记忆能力,其会对前面时间步的信息进行记忆,并应用于当前输出的计算中。

这种特性在处理前后存在密切依赖关系的数据流时就显得格外重要了。例如,在对有空缺的句子进行补全时,要补全的内容往往跟它之前甚至之后的内容息息相关;视频中足球运动员的下一步动作,很大程度上可以通过他在前几帧中的表现预测出来。然而,随着要处理的输入序列的长度逐渐增加,传统的 RNN 往往会出现梯度爆炸和梯度消失问题,也称为长程依赖问题,即 RNN 随着时间间隔的增大,会丢掉先前时间步学到的信息。针对这个问题,人们通过引入门控机制(Gating Mechanism),设计了长短期记忆网络(Long Short-Term Memory Network, LSTM)和门控循环单元(Gated Recurrent Unit, GRU)等 RNN 的变体。

11.2.1　基础的循环神经网络

1. 基本结构

循环神经网络通过使用带自反馈的神经元,或者说循环神经元,实现对任意长度的时序数据的处理。

图 11.12 给出了 RNN 的基本结构。可以看到,其通过隐状态(hidden state)实现对历史信息的记忆,并将上一时间步的隐状态连同当前时间步的输入一块参与当前时间步的隐状态和输出的计算。

具体地,给定一个输入序列 $x_1, x_2, \cdots, x_T$,在每个时间步 $1 \leqslant t \leqslant T$,循环神经网络按照下述公式更新隐状态 h_t:

$$h_t = f(h_{t-1}, x_t) \tag{11.8}$$

式中,$f(\ )$是一个非线性函数,如前馈神经网络,其权重和偏置往往通过学习来更新和确定;

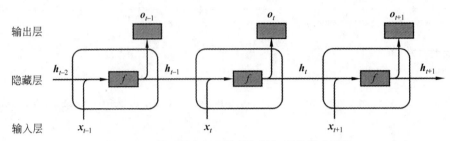

图 11.12　按时间步展开的循环神经网络基本结构

h_0 为初始状态，通常初始化为 0 或者随机值。

结合其他文献中 $f()$ 最常用的形式，隐状态可以由式（11.9）计算：

$$\boldsymbol{h}_t = \sigma(\boldsymbol{W}_h \boldsymbol{h}_{t-1} + \boldsymbol{W}_x \boldsymbol{x}_t + \boldsymbol{b}_h) \tag{11.9}$$

式中，σ 为激活函数（如 tanh 函数），$\boldsymbol{W}_h$ 为隐藏层的权重，$\boldsymbol{W}_x$ 为输入神经元的权重，$\boldsymbol{b}_h$ 为偏置。

对于输出层在时间步 t 的输出 $\boldsymbol{o}_t$，往往采取类似于多层感知机中的计算方法，即

$$\boldsymbol{o}_t = \boldsymbol{W}_o \boldsymbol{h}_t + \boldsymbol{b}_o \tag{11.10}$$

式中，$\boldsymbol{W}_o$ 为输出层的权重，$\boldsymbol{b}_o$ 为输出层的偏置。

在图 11.12 给出的 RNN 结构中，所有时间步神经元的权重和偏置其实都一样。这是因为图 11.12 中 RNN 实际上只有单个的循环神经元，其简洁结构如图 11.13 所示。图 11.12 为了理解上的方便，给出了 RNN 按照时间步的展开（unfolding）形式。如果将每个时刻的状态都看作前馈神经网络的一层，那么，循环神经网络可以视作在时间维度上权值共享的神经网络。

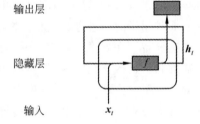

图 11.13　循环神经网络

2. 双向和深层 RNN

在上面介绍的 RNN 中，时间步 t 的隐状态是由时间步 $t-1$ 的隐状态（记忆了较早时间步的序列 $\boldsymbol{x}_1, \boldsymbol{x}_2,$ $\cdots, \boldsymbol{x}_{t-1}$ 的信息）以及当前步的输入 $\boldsymbol{x}_t$ 决定的。也就是说，序列的信息通过隐状态从前往后传递，只允许过去的信息影响当前状态。

然而，在很多现实任务中，当前时间步的输出可能依赖于整个输入序列，即不仅和过去时间步的信息相关，也与未来时间步的信息有关。例如，在预测一句话中间丢失的某个单词时，有时只看上文是不行的，需要查看它的上下文；在语音识别中，由于协同发音，当前声音作为音素的正确解释，可能取决于未来几个音素。

双向循环神经网络（Bidirectional Recurrent Neural Network，Bi-RNN）正是为了满足这种需求而设计的。它结合时间上从序列起点开始正向移动的 RNN 和另一个时间上从序列末尾开始逆向移动的 RNN，从两个信息传递方向捕获信息并融合，来增强网络的表示学习能力，在语音识别、生物信息学等需要双向信息的处理任务中应用广泛。

图 11.14 给出了包含单隐藏层的 Bi-RNN 的网络结构。

在 Bi-RNN 中，时间步 t 的隐状态 $\boldsymbol{h}_t$ 将按照下列公式进行计算：

$$\boldsymbol{h}_t = \overrightarrow{\boldsymbol{h}}_t \oplus \overleftarrow{\boldsymbol{h}}_t \tag{11.11}$$

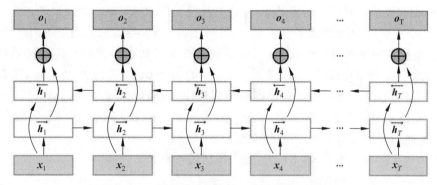

图 11.14 包含单隐藏层的 Bi-RNN 的网络结构

$$\overrightarrow{\boldsymbol{h}}_t = \sigma(\boldsymbol{W}_h^{(f)} \overrightarrow{\boldsymbol{h}}_{t-1} + \boldsymbol{W}_x^{(f)} \boldsymbol{x}_t + \boldsymbol{b}_h^{(f)}) \qquad (11.12)$$

$$\overleftarrow{\boldsymbol{h}}_t = \sigma(\boldsymbol{W}_h^{(b)} \overleftarrow{\boldsymbol{h}}_{t-1} + \boldsymbol{W}_x^{(b)} \boldsymbol{x}_t + \boldsymbol{b}_h^{(b)}) \qquad (11.13)$$

式中,$\boldsymbol{W}_h^{(f)}$ 和 $\boldsymbol{W}_h^{(b)}$ 分别表示正向(forward)和逆向(backward)的 RNN 中隐藏层的权重,其他参数以此类推;$\oplus$ 表示向量拼接操作。

同深度卷积神经网络,在 RNN 中也可以通过堆叠多个隐藏层来构建深层的 RNN,以提升表示学习的能力。其中,较低的层次可以起到将原始输入转化为对更高层的隐状态而言更合适的表示的作用。不同的是,相比 CNN 中多则数百层的堆叠,3 层 RNN 已经是相当复杂的网络了,因为有了时间维度之后,网络会变得非常大,导致难以训练。除堆叠隐藏层之外,还可以通过在输入到隐藏层部分以及隐藏层到输出部分引入更深的计算来增加模型深度。

图 11.15 给出了一个多层 RNN 的基本结构,它包含 3 个隐藏层,每个隐状态除连续地传递到当前层的下一个时间步外,还会传递给下一层的当前时间步,即第 $l-1$ 层隐藏层的输出将作为第 l 层的输入。假设 $\boldsymbol{h}_t^{(l)}$ 代表第 l 层隐藏层在时间步 t 的隐状态,那么有

$$\boldsymbol{h}_t^{(l)} = \sigma(\boldsymbol{W}_h^{(l)} \boldsymbol{h}_{t-1}^{(l)} + \boldsymbol{W}_x^{(l)} \boldsymbol{h}_t^{(l-1)} + \boldsymbol{b}_h^{(l)}) \qquad (11.14)$$

式中,$\boldsymbol{W}_h^{(l)}$、$\boldsymbol{W}_x^{(l)}$ 和 $\boldsymbol{b}_h^{(l)}$ 为待学习的权重和偏置。

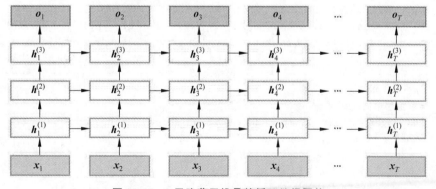

图 11.15 3 层隐藏层堆叠的循环神经网络

利用 TensorFlow 中提供的 RNN 模块 tf.keras.layers.SimpleRNN,可以很方便地搭建包括双向 RNN、深层 RNN 的循环神经网络,并通过参数控制对其"内部状态"等数据的访问。例如,通过将 return_sequences 属性的值设置为 True,可以允许我们访问每个时间步

的隐状态，而非仅最后时间步的隐状态，其也是堆叠多层 RNN 时必须设置的一个参数。通过 return_state 参数，还允许设置该参数值为 True 的 RNN 层返回其最终的内部状态，常用于编码器-解码器的序列到序列模型中，将编码器的最终状态用作解码器的初始状态。另外，当要处理的序列非常长时，可以设置 RNN 层的 stateful 属性的值为 True，来避免该层内部状态的重置；从而，可以通过将序列拆分成短序列，然后按顺序馈送给该 RNN 层。下面给出了利用该 API 搭建单隐层 RNN、Bi-RNN 和 3 层堆叠的 RNN 模型的实现代码，以及它们在 mnist 数据集上用于手写数字识别的应用示例。

代码清单 11.5　基于 RNN 的手写数字识别代码实现

```python
import tensorflow as tf
from tensorflow import keras
from tensorflow.keras import layers, optimizers

batch_size = 128
epochs = 30


'''-----------------------------数据准备-------------------------'''
num_classes = 10
#MINIST 图像中的每行对应一个时间步，
#即每幅图像可以视作一个(28, 28)的序列
input_shape = (28, 28)

#加载 mnist 数据集
(x_train, y_train), (x_test, y_test) = keras.datasets.mnist.load_data()

#将图像的像素值缩放到[0, 1]范围
x_train = x_train.astype("float32") / 255
x_test = x_test.astype("float32") / 255
print("x_train shape:", x_train.shape)
print(x_train.shape[0], "train samples")
print(x_test.shape[0], "test samples")

#将图像的类别值转换为用 one-hot 表示
y_train = keras.utils.to_categorical(y_train, num_classes)
y_test = keras.utils.to_categorical(y_test, num_classes)


'''-----------------------------模型定义-------------------------'''
def Naive_RNN():
    #单隐层单向 RNN
    rnn_layer = layers.SimpleRNN(64, input_shape=input_shape)
    model = tf.keras.Sequential(
        [
            rnn_layer,
            layers.BatchNormalization(),
            layers.Dense(num_classes)
        ]
    )
    return model
```

```python
def Bi_RNN():
    #单隐层双向 RNN
    bi_rnn_layer = layers.Bidirectional(
        layers.SimpleRNN(64, input_shape=input_shape)
    )
    model = tf.keras.Sequential(
        [
            bi_rnn_layer,
            layers.BatchNormalization(),
            layers.Dense(num_classes)
        ]
    )
    return model


def Multi_Layer_RNN():
    #3 层堆叠的 RNN
    rnn_layer_1 = layers.SimpleRNN(64, return_sequences=True, input_shape=input_shape)
    rnn_layer_2 = layers.SimpleRNN(64, return_sequences=True)
    rnn_layer_3 = layers.SimpleRNN(32)
    model = tf.keras.Sequential(
        [
            rnn_layer_1,
            rnn_layer_2,
            rnn_layer_3,
            layers.BatchNormalization(),
            layers.Dense(num_classes)
        ]
    )
    return model

'''---------------------模型装配、训练与评估---------------------'''
#模型装配
def train_and_evaluate(model):
    model.summary()
    model.compile(optimizer=optimizers.Adam(lr=1e-3),
                  loss=tf.losses.CategoricalCrossentropy(from_logits=True),
                  metrics=['accuracy'])
    #模型训练
    model.fit(x_train, y_train, batch_size=batch_size, epochs=epochs,
validation_split=0.1)
    #模型评估
    score = model.evaluate(x_test, y_test, verbose=0)
    print("Test loss:", score[0])
    print("Test accuracy:", score[1])


rnn_model = Naive_RNN()
train_and_evaluate(rnn_model)
```

```
bi_rnn_model = Bi_RNN()
train_and_evaluate(bi_rnn_model)

multi_layer_rnn_model = Multi_Layer_RNN()
train_and_evaluate(multi_layer_rnn_model)
```

11.2.2   基于门控的循环神经网络

在处理较长的序列输入时，传统的循环神经网络在训练过程中往往会出现梯度消失或梯度爆炸的情况，较早记忆的信息会随着时间步的推移而冲淡，导致其很难捕捉长时间间隔的状态间的依赖关系，在实际应用时出现所谓的长程依赖问题。更直观地，对于下面很长的一段话"I grew up in France... I speak fluent ()"，假设使用基于 RNN 的语言模型补全括号中的内容。因为这段话很长（比如省略号处实际上还有几百个单词），RNN 在不停地处理后续单词的过程中，对很早之前就出现的关键信息"France"的记忆会逐渐变得模糊，导致括号处预测为 French 的概率会很低。

那么，如何使模型可以捕捉到长间隔距离的信息间的依赖关系呢？人们提出了储层计算（reservoir computing）、渗漏单元，以及门控机制（Gating Mechanism）等多种策略来帮助学习长程依赖。本节将围绕目前在实际应用中最常用的门控 RNN 展开介绍，包括基于长短期记忆（Long Short-Term Memory，LSTM）和基于门控循环单元（Gated Recurrent Unit，GRU）两种 RNN 的变体。它们二者都是通过巧妙设计的门控机制选择性地加入新信息，以及选择性遗忘之前的累积信息，来改善 RNN 的长程依赖问题。

1. 长短期记忆（LSTM）网络

长短期记忆（LSTM）是由 Sepp Hochreiter 和 Jiirgen Schrnidhuber 于 1997 年提出的一种网络结构，被设计用来应对长程依赖问题。通常将采用这种结构的循环神经网络称为 LSTM，它在很多任务中往往表现出比传统 RNN 更好的性能。

LSTM 的基本结构如图 11.16 所示。它使用了 3 个"门"，包括输入门（input gate）、遗忘门（forget gate）和输出门（output gate），来控制信息传递过程中要保留或遗弃的短程和长程信息。更形象地，大家可以把这些"门"想象成过滤器，通过它们可以保留相关信息或删除不相关信息。

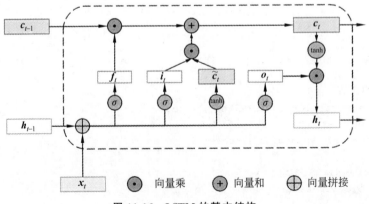

图 11.16   LSTM 的基本结构

相比标准的 RNN,LSTM 单元中引入了一个新的记忆元(memory cell),也称内部状态 (internal state)。它用来记录附加信息,LSTM 中引入的 3 个门就是用来控制这个内部状态的。下面用数学公式表达内部状态 c_t 的计算方法:

$$c_t = f_t \odot c_{t-1} + i_t \odot \tilde{c}_t \tag{11.15}$$

$$h_t = o_t \odot \tanh(c_t) \tag{11.16}$$

$$\tilde{c}_t = \tanh(W_h h_{t-1} + W_x x_t + b_h) \tag{11.17}$$

式中,f_t 为遗忘门,i_t 为输入门,o_t 为输出门,$\odot$ 表示张量乘积,$\tilde{c}_t$ 为候选内部状态,W_h、W_x 和 b_h 为可学习的权重和偏置参数。

LSTM 的设计灵感来自计算机的逻辑门(二值变量)。逻辑门的值为 0 时,代表关闭,不允许任何信息通过;值为 1 时,代表开放,允许所有信息通过。不同的是,LSTM 中的门是允许一定比例的信息通过的,即取值在(0,1)。同时,值越接近 1,意味着允许通过或要保留的信息越多;值越接近 0,意味着相应的信息越应该被丢弃。通过式(11.15)~式(11.17)可以看到,隐状态及内部状态的值受到这 3 个门的取值的影响,它们共同控制着信息传递的路径,具体地:

(1) 遗忘门 f_t 控制上一时间步的内部状态 c_{t-1} 需要遗忘多少信息,即决定要丢弃多少旧信息;

(2) 输入门 i_t 控制当前时间步的候选状态 $\tilde{c}_t$ 有多少信息需要保存,即决定要加入多少新信息;

(3) 输出门 o_t 控制当前时间步的内部状态 c_t 有多少信息需要输出到外部状态,即隐状态 h_t。

特别地,如果遗忘门始终为 1 且输入门始终为 0,则过去的记忆元 c_{t-1} 将随时间被保存并传递到当前时间步。正是这种设计可以有效缓解训练时的梯度消失问题,并更好地捕获序列中的长程依赖关系。

下面用数学公式对 3 个门的计算过程进行表达:

$$i_t = \sigma(W_{ih} h_{t-1} + W_{ix} x_t + b_i) \tag{11.18}$$

$$f_t = \sigma(W_{fh} h_{t-1} + W_{fx} x_t + b_f) \tag{11.19}$$

$$o_t = \sigma(W_{oh} h_{t-1} + W_{ox} x_t + b_o) \tag{11.20}$$

式中,σ 一般为 Sigmoid 激活函数,W_{ih}、W_{fh}、W_{oh}、W_{ix}、W_{fx}、W_{ox} 为权重参数,b_i、b_f、b_o 为偏置参数。

结合图 11.16 以及式(11.15)~式(11.20),可以看一下 LSTM 循环单元的计算过程:

(1) 利用上一时间步的隐状态 h_{t-1} 和当前时间步的输入 x_t,计算出 3 个门和候选内部状态 $\tilde{c}_t$;

(2) 利用遗忘门 f_t 控制要保留的过去状态 c_{t-1} 的内容,同时利用输入门 i_t 控制要新加入的来自候选状态 $\tilde{c}_t$ 的内容,并将二者结合以更新内部状态 c_{t-1};

(3) 结合输出门 o_t,将当前时间步的内部状态 c_t 的信息传递给外部隐状态 h_t。

2. 门控循环单元(GRU)

可以看到,LSTM 的结构相对复杂,这也引起了研究人员的思考"LSTM 结构中到底哪些部分是必需的? 是否有其他结构允许网络动态地控制时间尺度和不同单元的遗忘行为?" 2014 年,Kyunghyun Cho 等设计了门控循环单元(Gated Recurrent Unit,GRU)。GRU 是一种比 LSTM 更简洁的 RNN 变种，其循环单元结构如图 11.17 所示。

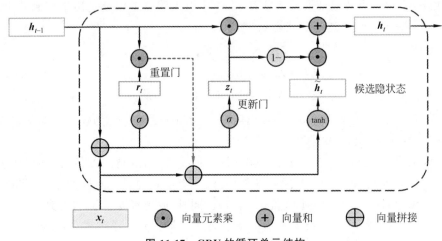

图 11.17　GRU 的循环单元结构

相比 LSTM，GRU 中没有额外的内部状态，而是引入了更新门（update gate）来同时控制当前状态需要从历史状态保留多少信息，以及需要从候选状态加入多少新信息，以替代 LSTM 中原本需要输入门和遗忘门共同作用完成的工作，其数学表达如下。

$$h_t = z_t \odot h_{t-1} + (1 - z_t) \odot \widetilde{h}_t \tag{11.21}$$

式中，$\widetilde{h}_t$ 为候选隐状态，z_t 为更新门：

$$z_t = \sigma(W_{zh} h_{t-1} + W_{zx} x_t + b_z) \tag{11.22}$$

$$\widetilde{h}_t = \tanh(W_h (r_t \odot h_{t-1}) + W_x x_t + b_h) \tag{11.23}$$

$$r_t = \sigma(W_{rh} h_{t-1} + W_{rx} x_t + b_r) \tag{11.24}$$

式中，r_t 为重置门（reset gate），用以控制候选状态 $\widetilde{h}_t$ 的计算是否依赖上一时间步的状态 h_t，即决定"可能还想记住"的历史状态的数量；σ 为 Sigmoid 激活函数。

与 LSTM 中门的取值范围一样，更新门和重置门的取值也在（0，1）范围内。当更新门接近 0 时，当前时间步的隐状态 h_t 基本等同于候选隐状态 $\widetilde{h}_t$；反之，当更新门接近 1 时，当前时间步的隐状态 h_t 基本由上一时间步的隐状态 h_{t-1} 决定，当前时间步的输入信息基本被忽略。特别地，假设在所有时间步更新门的值都等于 1，那么，无论要处理的序列多长，只有序列起始时间步的隐状态会被保留并传递到序列结束，中间时间步的信息都会被忽略。通过选择性地控制在各个时间步新加入和想要保留的信息量，GRU 可以更好地捕获序列中的长程依赖，同时缓解梯度消失问题。

可以看出，GRU 中学习长程依赖关系的思想与 LSTM 基本一致。根据实证评估，它们二者之间并不存在一个明确的赢家，在检测性能上的差异并不显著。其中，GRU 结构相对简单，待学习的参数更少；因而，使用的内存更少，执行速度比 LSTM 更快一些，在内存有限，同时希望更快地获得结果的情况下更为适用。而 LSTM 在大数据集上往往更精确一些，相对而言其更适用于处理大序列且考虑准确性的情况。TensorFlow 中提供了多个封装好的 LSTM 和 GRU 模块可供使用，其中 tensor.keras.layers.LSTM 和 tf.keras.layers.GRU 在 GPU 可用时会默认使用 CuDNN 内核（经过持续优化、性能更好的 DNN 基元库）；如果不想使用 CuDNN 加速，还可以使用 tf.keras.layers.LSTMCell 和 tf.keras.layers.GRUCell

搭建循环神经网络。

11.2.3 典型应用与实现

循环神经网络的使用方式比较灵活,图 11.18 给出了 RNN 常见的几种使用模式,可以处理一对多、多对一和多对多的任务。其中,一对多任务指的是只有单个输入但是期望产生一个输出序列的任务;例如,在看图说话(image captioning)任务中需要输入单幅图像,生成这幅图像的文本描述。多对一任务,则对应输入一个序列,但产生单个输出的情况;例如,影评情感分析任务中,我们输入一段电影评论,检测评论的文本描述中所蕴含的情感倾向。多对多则指的是输入和输出均为序列的情况,但又细分为两种:一种如图 11.18(c)所示,为输入和输出序列的长度一致的情况,在每个时间步都会产生一个对应的输出,例如词性标注任务、帧级视频分类任务等;另一种如图 11.18(d)所示,为输入和输出的序列的长度不确定的情况,例如机器翻译任务、文档摘要生成等。

接下来结合下面两个实例,体会 RNN 的使用方法。

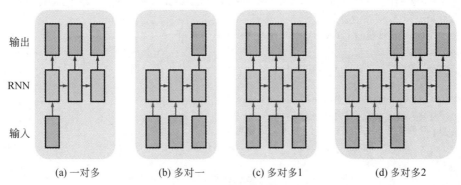

输出
RNN
输入

(a) 一对多   (b) 多对一   (c) 多对多1   (d) 多对多2

图 11.18   RNN 常见的几种使用模式

1. 基于 RNN 的分类模型:影评情感分析

本节训练一个基于 RNN 的分类模型,从用户撰写的酒店评论中对用户的评价倾向(即正面评价或负面评价)做出判断。具体地,在下面的代码实现中,我们搭建了一个 2 层的 Bi-LSTM 分类模型,并在一个中文酒店评价数据集上(共 7000 余条酒店评论数据,含 5000 多条正向评论,2000 多条负向评论)对它进行训练和测试验证。

代码清单 11.6   基于 Bi-LSTM 的酒店评论分类代码实现

```
import pandas as pd
import jieba
import numpy as np
from sklearn.model_selection import train_test_split
from tensorflow.keras.preprocessing import sequence
import tensorflow as tf
from tensorflow import keras
from tensorflow.keras import layers, optimizers


maxlen = 300

'''--------------------准备数据集--------------------'''
```

```python
path = 'dataset/ChnSentiCorp_htl_all.txt'
pd_all = pd.read_csv(path)
print('评论数目(总体):%d' % pd_all.shape[0])
print('评论数目(正向):%d' % pd_all[pd_all.label==1].shape[0])
print('评论数目(负向):%d' % pd_all[pd_all.label==0].shape[0])

'''可以看到,正负类样本数量差异过大;可以通过随机抽样构造平衡语料'''
def get_balance_corpus(corpus_size, corpus_pos, corpus_neg):
    sample_size = corpus_size // 2
    pd_corpus_balance = pd.concat([
        corpus_pos.sample(sample_size, replace=corpus_pos.shape[0] < sample_size),
        corpus_neg.sample(sample_size, replace=corpus_neg.shape[0] < sample_size)
    ])
    print('评论数目(总体):%d' % pd_corpus_balance.shape[0])
    print('评论数目(正向):%d' % pd_corpus_balance[pd_corpus_balance.label == 1].shape[0])
    print('评论数目(负向):%d' % pd_corpus_balance[pd_corpus_balance.label == 0].shape[0])
    return pd_corpus_balance

pd_positive = pd_all[pd_all.label == 1]
pd_negative = pd_all[pd_all.label == 0]
#这里,正负类样本各取 2000,作为我们的数据集
ds_ban = get_balance_corpus(4000, pd_positive, pd_negative)

'''------------------------数据预处理------------------------'''
#加载词典及预训练的词向量
def load_vocab_and_embeddings():
    vocab_f = 'vocabs.txt'
    w2v_f = 'w2v.npz'
    #加载词典{单词:索引}
    with open(vocab_f) as f:
        word_to_idx = {line.strip(): idx+1 for idx, line in enumerate(f)}
    word_to_idx['PAD'] = 0
    #加载预训练的词向量
    idx_vec = np.load(w2v_f)['embeddings']
    vec_size = idx_vec.shape[-1]
    idx_vec = np.insert(idx_vec, 0, np.zeros(vec_size), axis=0)
    return word_to_idx, idx_vec

#将自然语言文本转换成向量表示
def trans_texts_to_vecs():
    contents = []
    labels = []
    for label, line in zip(ds_ban['label'], ds_ban['review']):
        try:
            words = jieba.cut(line.strip(), cut_all=False, HMM=True)
        except:
```

```
            print(line)
            continue
        indices = []
        for word in words:
            try:
                indices.append(word_to_idx[word])
            except:
                indices.append(0)
        contents.append(indices)
        labels.append(label)
    padded_data = sequence.pad_sequences(contents, maxlen=maxlen)
    return padded_data, np.array(labels)


word_to_idx, idx_vec = load_vocab_and_embeddings()
contents, labels = trans_texts_to_vecs()
#训练、测试集划分
print('train-test-data split and shuffle...')
x_train, x_test, y_train, y_test = train_test_split(contents, labels, test_size=
0.1, shuffle=True)
print(len(x_train), 'train sequences')
print(len(x_test), 'test sequences')


'''----------------------模型定义-------------------------'''
def Bi_LSTM_Classifier(pre_embeddings):
    inputs = keras.Input(shape=(None,), dtype="int32")
    #嵌入层,负责将每个单词对应成一个128维的向量
    #x = layers.Embedding(30000, 128)(inputs)
    x = layers.Embedding(len(pre_embeddings), pre_embeddings.shape[-1],
                        weights=[pre_embeddings], input_length=maxlen)
(inputs)
    #添加两层双向LSTM,负责语义向量的表示学习
    x = layers.Bidirectional(layers.LSTM(64, return_sequences=True))(x)
    x = layers.Bidirectional(layers.LSTM(64))(x)
    x = layers.Dropout(0.3)(x)
    #添加分类层,这里,二分类(好或坏)一般用Sigmoid,多分类用softmax
    outputs = layers.Dense(1, activation="sigmoid")(x)
    model = keras.Model(inputs, outputs)
    return model


'''--------------------模型装配、训练与评估--------------------'''
#模型装配
batch_size = 128
epochs = 20
def train_and_evaluate(model):
model.compile(optimizer=optimizers.Adam(lr=1e-3),
            loss=tf.keras.losses.BinaryCrossentropy(from_logits=True),
            metrics=['accuracy'])

    #模型训练
    model.fit(x_train, y_train, batch_size=batch_size, epochs=epochs,
validation_split=0.1)
```

```
    #模型评估
    score = model.evaluate(x_test, y_test, verbose=0)
print("Test loss:", score[0])
print("Test accuracy:", score[1])


model = Bi_LSTM_Classifier(idx_vec)
train_and_evaluate(model)
```

2. 序列到序列的模型：简易机器翻译

序列到序列的模型在自然语言处理任务中应用十分广泛。它们普遍基于图 11.19 所示的编码器-解码器（Encoder-Decoder）基本架构，主要包括编码器和解码器两个组件。其中，编码器负责将输入序列转换成固定长度的语义编码向量；解码器则接收编码器传来的语义向量，并将其映射成长度可变的期望的输出序列。根据具体应用的不同，编码器和解码器可以有不同的选择，包括 CNN、RNN、GRU，甚至更复杂的神经网络模型，如 Transformer 等。例如，对看图说话而言，可以使用 ResNet 作为 Encoder，将图像转换成语义向量；解码器则可以选用 Bi-LSTM，负责将语义向量转换成图像的文本描述。

图 11.19　编码器-解码器基本架构

本节将以神经机器翻译为例，使用两个循环神经网络分别作为编码器和解码器，搭建一个简单的序列到序列的生成模型。首先需要一个包含两种语言的语料库。简单起见，我们使用了一个小规模的"英-法"数据集，其由约 13.8 万条双语句子对（比如，英文语句 he saw a old yellow truck 及其对应的法文 il a vu un vieux camion jaune）构成。在此基础上，我们将实现英文到法文的翻译模型，即将英文作为源语言，法文作为目标语言。

这里对原始数据进行预处理，以便送入编码器和解码器中进行运算。具体地，在下面代码中，从数据集中读取所有句子并打乱，同时添加开始词元（sos）和结束词元（eos）。添加开始词元是为了标识序列的开始，其也是在初始时间步送入解码器的输入；添加结束词元则用于标识序列的结束；当使用训练好的模型一个词元接一个词元地生成输出序列时，如果预测出结束词元，则意味着整个输出工作结束。

```
def read_data(filename):
'''从文件中读取所有句子'''
    text = []
    with open(filename, 'r', encoding='utf-8') as f:
        i = 0
        for row in f:
text.append(row.rstrip())
            i += 1
return text

def get_data(train_size, random_seed=100):
```

```
    en_text = read_data(os.path.join(project_path, 'data', 'small_vocab_en.
txt'))
    fr_text = read_data(os.path.join(project_path, 'data', 'small_vocab_fr.
txt'))
    #添加开始词元和结束词元
    fr_text = ['sos ' + sent[: -1] + 'eos .'  if sent.endswith('.') else 'sos ' +
sent + 'eos .' for sent in fr_text]
    #打乱语句,划分训练集和测试集
np.random.seed(random_seed)
    inds = np.arange(len(en_text))
np.random.shuffle(inds)

    train_inds = inds[: train_size]
    test_inds = inds[train_size: ]

tr_en_text = [en_text[ti] for ti in train_inds]
    tr_fr_text = [fr_text[ti] for ti in train_inds]

    ts_en_text = [en_text[ti] for ti in test_inds]
    ts_fr_text = [fr_text[ti] for ti in test_inds]

return tr_en_text, tr_fr_text, ts_en_text, ts_fr_text
```

下面接着进行词元划分、词表构建、语句截断和补齐等简单的预处理操作。

```
#定义词元化方法
en_tokenizer = keras.preprocessing.text.Tokenizer(oov_token='UNK')
en_tokenizer.fit_on_texts(tr_en_text)
fr_tokenizer = keras.preprocessing.text.Tokenizer(oov_token='UNK')
fr_tokenizer.fit_on_texts(tr_fr_text)

#对短句进行补全,对长句进行截断
def sents2sequences(tokenizer, sentences, reverse=False, pad_length=None,
                padding_type='post'):
    encoded_text = tokenizer.texts_to_sequences(sentences)
    preproc_text = pad_sequences(encoded_text, padding=padding_type,
                maxlen=pad_length)
    if reverse:
        preproc_text = np.flip(preproc_text, axis=1)
return preproc_text

#预处理读入的数据,得到语句的词元索引表示
def preprocess_data(en_tokenizer, fr_tokenizer, en_text, fr_text, en_
timesteps, fr_timesteps):
""" Preprocessing data and getting a sequence of word indices """
en_seq = sents2sequences(en_tokenizer, en_text, reverse=False, padding_type=
'pre', pad_length=en_timesteps)
    fr_seq = sents2sequences(fr_tokenizer, fr_text, pad_length=fr_timesteps)
print('Vocabulary size (English): {}'.format(np.max(en_seq)+1))
print('Vocabulary size (French): {}'.format(np.max(fr_seq)+1))
```

```
print('En text shape: {}'.format(en_seq.shape))
print('Fr text shape: {}'.format(fr_seq.shape))
return en_seq, fr_seq
```

下面搭建编码器-解码器模型，如图 11.20 所示。简单起见，下面代码中使用了两个单向单隐层的 GRU 作为编码器和解码器。其中，编码器最后一个时间步的隐状态即输入序列的语义编码向量，其将作为解码器的初始状态，将编码器和解码器关联到一起构成整体的训练模型；解码器则需要在其每个时间步的隐状态上添加 softmax 分类层，以计算每个时间步预测为词表中每个词元的概率。下面的实现中仅将编码器的输出向量用于初始化解码器的初始状态；另一种方式则是将编码器的输出向量同时作为解码器在每个时间步的输入的一部分。

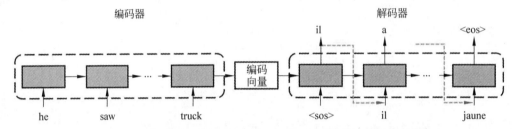

图 11.20　编码器输出向量仅用作解码器初始状态的编码器-解码器模型

```
def Encoder_Decoder_Full(batch_size, en_timesteps, en_vsize, fr_timesteps,
fr_vsize, hidden_size): :
    if batch_size:
        encoder_inputs = Input(batch_shape=(batch_size, en_timesteps, en_vsize),
                        name='encoder_inputs')
        decoder_inputs = Input(batch_shape=(batch_size, fr_timesteps - 1, fr_vsize),
                        name='decoder_inputs')
    else:
        encoder_inputs = Input(shape=(en_timesteps, en_vsize), name='encoder_
inputs')
        decoder_inputs = Input(shape=(fr_timesteps - 1, fr_vsize), name=
'decoder_inputs')
    #定义编码器
    encoder_gru = GRU(hidden_size, return_sequences=True, return_state=True,
                    name='encoder_gru')
    encoder_out, encoder_state = encoder_gru(encoder_inputs)
    #定义解码器，并将编码器最后时间步的隐状态作为解码器的初始状态
    decoder_gru = GRU(hidden_size, return_sequences=True, return_state=True,
                    name='decoder_gru')
    decoder_out, decoder_state = decoder_gru(decoder_inputs, initial_state=
encoder_state)
    #给解码器的输出状态添加 softmax 分类层，以预测该时间步每个单词的概率
    dense = Dense(fr_vsize, activation='softmax', name='softmax_layer')
    dense_time = TimeDistributed(dense, name='time_distributed_layer')
    decoder_pred = dense_time(decoder_out)
    #定义整个训练模型
```

```
        full_model = Model(inputs=[encoder_inputs, decoder_inputs], outputs=
decoder_pred)
        full_model.compile(optimizer='adam', loss='categorical_crossentropy')
        full_model.summary()
        return decoder_gru, dense, encoder_gru, full_model
```

接下来使用前面处理过的数据训练搭建好的模型。一次性向量化所有训练数据可能导致内存或显存溢出，代码中进行了批量化，即一次处理一小批数据。

```
def train(full_model, en_seq, fr_seq, batch_size, n_epochs=10):
    for ep in range(n_epochs):
        losses = []
        for bi in range(0, en_seq.shape[0] - batch_size, batch_size):
            en_onehot_seq = to_categorical(en_seq[bi: bi + batch_size, :],
                                           num_classes=en_vsize)
            fr_onehot_seq = to_categorical(fr_seq[bi: bi + batch_size, :],
                                           num_classes=fr_vsize)
            full_model.train_on_batch([en_onehot_seq, fr_onehot_seq[:, :-1, :]],
                                      fr_onehot_seq[:, 1:, :])
            loss = full_model.evaluate([en_onehot_seq, fr_onehot_seq[:, :-1, :]],
                          fr_onehot_seq[:, 1:, :], batch_size=batch_size,
verbose=0)
            losses.append(loss)
        if (ep + 1) % 1 == 0:
            print("Loss in epoch {}: {}".format(ep + 1, np.mean(losses)))
```

模型整体训练好之后，需要将编码器和解码器单独抽取出来使用。具体地，对于输入的英文语句，使用训练好的编码器进行处理，输出最后时间步的隐状态，其将作为解码器的输入之一，用于解码器初始状态的初始化。对于解码器而言，其当前时间步的输入都来自前一时间步预测输出的词元；特别地，初始时间步输入解码器的词元，就是序列的开始词元"sos"；假定初始时间步预测输出的法文词元为"il"，该词元将继续作为解码器第二个时间步的输入，用于预测第二个时间步的输出词元；这个预测过程会持续进行，直到预测的输出词元为结束词元"eos"或者达到指定步数为止。

```
def Encoder_Decoder_Inference(batch_size, decoder_gru, dense, en_timesteps, en
_vsize,
                              encoder_gru, fr_vsize, hidden_size):
""" 推断阶段用到的 Encoder 模型 """
    encoder_inf_inputs = Input(batch_shape=(batch_size, en_timesteps, en_
vsize),
                               name='encoder_inf_inputs')
    encoder_inf_out, encoder_inf_state = encoder_gru(encoder_inf_inputs)
    encoder_model = Model(inputs=encoder_inf_inputs,
                    outputs=[encoder_inf_out, encoder_inf_state])
"""推断阶段用到的 Decoder 模型"""
    decoder_inf_inputs = Input(batch_shape=(batch_size, 1, fr_vsize),
                          name='decoder_word_inputs')
```

```
    encoder_inf_states = Input(batch_shape=(batch_size, en_timesteps, hidden_
size),
                                name='encoder_inf_states')
    decoder_init_state = Input(batch_shape=(batch_size, hidden_size), name=
'decoder_init')
    decoder_inf_out, decoder_inf_state = decoder_gru(decoder_inf_inputs,
                                    initial_state=decoder_init_state)
    decoder_inf_pred = TimeDistributed(dense)(decoder_inf_out)
    decoder_model = Model(inputs=[encoder_inf_states, decoder_init_state,
                            decoder_inf_inputs],
                    outputs=[decoder_inf_pred, decoder_inf_state])
return encoder_model, decoder_model
def infer_nmt(encoder_model, decoder_model, test_en_seq, en_vsize, fr_vsize):
    test_fr_seq = sents2sequences(fr_tokenizer, ['sos'], fr_vsize)
    test_en_onehot_seq = to_categorical(test_en_seq, num_classes=en_vsize)
    test_fr_onehot_seq = np.expand_dims(to_categorical(test_fr_seq,
                            num_classes=fr_vsize), 1)
    enc_outs, enc_last_state = encoder_model.predict(test_en_onehot_seq)
    dec_state = enc_last_state
    fr_text = ''
    for i in range(20):
        dec_out, dec_state = decoder_model.predict([enc_outs, dec_state,
                                test_fr_onehot_seq])
        dec_ind = np.argmax(dec_out, axis=-1)[0, 0]
        if dec_ind == 0: break
        test_fr_seq = sents2sequences(fr_tokenizer, [fr_index2word[dec_ind]],
fr_vsize)
        test_fr_onehot_seq = np.expand_dims(to_categorical(test_fr_seq,
                                num_classes=fr_vsize), 1)
        fr_text += fr_index2word[dec_ind] + ' '
    return fr_text
```

最后给出超参设置及流程控制代码。

```
if __name__ == '__main__':
#一些超参数设置
    train_size = 100000 if not debug else 10000
    filename = ''
    tr_en_text, tr_fr_text, ts_en_text, ts_fr_text = get_data(train_size=train
_size)
#预处理
    en_tokenizer = keras.preprocessing.text.Tokenizer(oov_token='UNK')
    en_tokenizer.fit_on_texts(tr_en_text)
    fr_tokenizer = keras.preprocessing.text.Tokenizer(oov_token='UNK')
    fr_tokenizer.fit_on_texts(tr_fr_text)
    en_seq, fr_seq = preprocess_data(en_tokenizer, fr_tokenizer, tr_en_text,
tr_fr_text,
                                en_timesteps, fr_timesteps)
```

```
    en_vsize = max(en_tokenizer.index_word.keys()) + 1
    fr_vsize = max(fr_tokenizer.index_word.keys()) + 1
#定义编码器-解码器模型
    full_model, encoder_gru, decoder_gru, dense = Encoder_Decoder_Full(
        hidden_size=hidden_size, batch_size = None,
        en_timesteps=en_timesteps, fr_timesteps=fr_timesteps,
        en_vsize=en_vsize, fr_vsize=fr_vsize)
#训练
    n_epochs = 10 if not debug else 3
    train(full_model, en_seq, fr_seq, batch_size, n_epochs)
#使用训练好的模型进行预测
    en_index2word = dict(zip(en_tokenizer.word_index.values(),
                          en_tokenizer.word_index.keys()))
    fr_index2word = dict(zip(fr_tokenizer.word_index.values(),
                          fr_tokenizer.word_index.keys()))
    test_en = ts_en_text[0]
    print('Translating: {}'.format(test_en))
    test_en_seq = sents2sequences(en_tokenizer, [test_en], pad_length = en_
timesteps)
    infer_enc_model, infer_dec_model = Encoder_Decoder_Inference(
        batch_size, decoder_gru, dense, en_timesteps, en_vsize,
        encoder_gru, fr_vsize, hidden_size)
    test_fr = infer_nmt(
        encoder_model=infer_enc_model, decoder_model=infer_dec_model,
        test_en_seq=test_en_seq, en_vsize=en_vsize, fr_vsize=fr_vsize)
    print('\tfrench: {}'.format(test_fr))
```

11.3　Transformer 和大型语言模型

　　序列到序列的模型看似非常完美,但是实际使用过程中仍然会遇到一些问题。例如,当序列很长时,长程依赖会导致远靠序列末端的单词的信息逐渐被稀释。同时,在前边的实现中,我们只使用了编码器最后时间步输出的隐状态向量,而要用单一的固定长度的向量编码整个输入序列的语义信息事实上是很困难的。一种解决方案是将编码器每个时间步的输出向量都考虑进来,并通过注意力机制(attention mechanism)从输入序列中选取更丰富的语义信息。无法并行计算则是基于循环神经网络的序列到序列模型的另一个问题,使用了自注意力(self-attention)机制的 Transformer 模型,没有任何的卷积层或循环神经网络层,在捕捉长距离依赖的同时兼具高效的并行计算能力,自 2017 年诞生以来,在自然语言处理、计算机视觉等领域展现出前所未有的实力。

11.3.1　自注意力和 Transformer 架构

1. 注意力机制

　　人类视觉通过快速扫描全局图像,获得需要重点关注的目标区域,而后对这一区域投入更多的注意力资源,以获取所关注目标的更多细节信息,而抑制其他无用信息。这是人类利用有限的注意力资源从大量信息中快速筛选出高价值信息的手段,极大地提高了视觉信息处理的效率与准确性。深度学习中的注意力机制模仿了生物观察行为的内部过程,同人类的选择性视觉注意力机制类似,核心目标也是从众多信息中选择出对当前任务目标更关键的信息并聚焦到这些关键信息上。

一般地,如果对目前大多数注意力机制的计算方法进行抽象,可以将其归纳为两个步骤:一是在输入信息上计算注意力权重;二是根据注意力权重对输入信息进行汇聚。

下面结合图 11.21 所示的注意力机制的基本框架,介绍其具体计算过程。

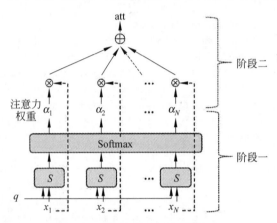

图 11.21　注意力机制的基本框架

1) 阶段一:注意力权重的计算

用 $X=[x_1,x_2,\cdots,x_n]\in\mathbb{R}^{n\times d}$ 表示 n 条输入信息(可以理解为一条包含 n 个元素的序列),其中每条输入信息 $x\in X$ 是一个 d 维向量。为了从 X 中选出对某个特定任务而言更重要的信息,需要引入一个和任务相关的表示,通常称之为查询向量。

假设给定的任务相关的查询向量为 q,首先通过一个注意力评分函数 S 计算每个输入向量 x 和查询向量 q 之间的相关性 $S(x,q)$。

注意力评分函数的常见形式包括:

加性模型
$$S(x,q)=v^{\mathrm{T}}\tanh(Wx+Uq) \tag{11.25}$$

点积模型
$$S(x,q)=x^{\mathrm{T}}q \tag{11.26}$$

缩放点积模型
$$S(x,q)=\frac{x^{\mathrm{T}}q}{\sqrt{d}} \tag{11.27}$$

双线性模型
$$S(x,q)=x^{\mathrm{T}}Wq \tag{11.28}$$

余弦相似度
$$S(x,q)=\frac{x^{\mathrm{T}}q}{\|x\|\times\|q\|} \tag{11.29}$$

式中,W、U、v 为可学习的参数,d 为输入向量的维度。

不同注意力评分函数产生的分值的取值范围不同,可以通过 Softmax 运算进行数值转换,一方面可以实现归一化,将原始计算分值整理成所有元素权重之和为 1 的概率分布;另一方面可以借助 Softmax 的内在机制进一步突出重要元素的权重。

具体地,利用式(11.30)计算每个输入 $x_i\in X$ 对于查询向量 q 的注意力权重:

$$\alpha(x_i,q)=\mathrm{Softmax}(S(x_i,q))=\frac{\exp(S(x_i,q))}{\displaystyle\sum_{j=1}^{n}\exp(S(x_j,q))}\in\mathbb{R} \tag{11.30}$$

2）阶段二：基于注意力权重的输入信息汇聚

注意力权重 $\alpha(\boldsymbol{x}_i,\boldsymbol{q})$ 可以理解为第 i 个输入相对于任务相关的查询 $\boldsymbol{q}$ 的重要程度，在求得所有输入的注意力权重后，一般地，采取加权求和的方式实现输入信息的汇聚，即

$$\mathrm{att}(\boldsymbol{X},\boldsymbol{q})=\sum_{i=1}^{n}\alpha(\boldsymbol{x}_i,\boldsymbol{q})\boldsymbol{x}_i\in\mathbb{R}^d \tag{11.31}$$

更一般地，如果用"键-值"对表示每条输入信息，并将"键"用于计算注意力权重，"值"用于计算信息的汇聚，可以得到图 11.22 所示的键值对输入模式的注意力机制框架。不难发现，图 11.21 所示的注意力机制，其实就是键值对输入模式的注意力机制在 $\boldsymbol{K}=\boldsymbol{V}$ 时的特殊情况。

用数学语言描述，令 $(\boldsymbol{K},\boldsymbol{V})=[(\boldsymbol{k}_1,\boldsymbol{v}_1),(\boldsymbol{k}_2,\boldsymbol{v}_2),\cdots,(\boldsymbol{k}_n,\boldsymbol{v}_n)]$ 表示 n 条输入信息，其中每条输入信息的"键" $\boldsymbol{k}_i\in\mathbb{R}^{d_k}$ 是一个 d_k 维向量，"值" $\boldsymbol{v}_i\in\mathbb{R}^{d_v}$ 是一个 d_v 维向量；当给定任务相关的查询向量 $\boldsymbol{q}$ 时，注意力汇聚运算如下。

$$\mathrm{att}((\boldsymbol{K},\boldsymbol{V}),\boldsymbol{q})=\sum_{i=1}^{n}\alpha(\boldsymbol{k}_i,\boldsymbol{q})\boldsymbol{v}_i\in\mathbb{R}^{d_v} \tag{11.32}$$

其中，每条输入信息 $(\boldsymbol{k}_i,\boldsymbol{v}_i)$ 的注意力权重通过式（11.33）得到。

$$\alpha(\boldsymbol{k}_i,\boldsymbol{q})=\mathrm{Softmax}(S(\boldsymbol{k}_i,\boldsymbol{q}))=\sum_{j=1}^{n}\frac{\exp(S(\boldsymbol{k}_i,\boldsymbol{q}))}{\exp(S(\boldsymbol{k}_j,\boldsymbol{q}))}\in\mathbb{R} \tag{11.33}$$

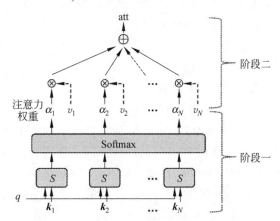

图 11.22　键值对输入模式的注意力机制框架

2. 自注意力和多头自注意力

自注意力，也称为内部注意力（Intra-Attention），是一种特殊的注意力机制。结合前面介绍的键值对形式的注意力机制框架，常规的注意力机制中用于计算注意力权重的查询和键取自不同的输入源，而自注意力中运算涉及的查询、键和值都来自同一组输入。相比常规的注意力机制，其减少了对外部信息的依赖，更擅长捕捉数据自身内部的相关性。

自注意力机制通常采用查询-键-值（Query-Key-Value，QKV）模式，计算过程如图 11.23 所示，包括 3 个步骤：①线性映射输入 $\boldsymbol{X}$，得到查询矩阵 $\boldsymbol{Q}$、键矩阵 $\boldsymbol{K}$ 和值矩阵 $\boldsymbol{V}$；②基于查询矩阵 $\boldsymbol{Q}$ 和键矩阵 $\boldsymbol{K}$，利用注意力评分函数计算注意力权重；③根据注意力权重，对值矩阵 $\boldsymbol{V}$ 进行汇聚，得到注意力运算的最终输出 $\boldsymbol{H}$。

下面用数学语言加以描述。

假设输入序列为 $\boldsymbol{X}=[\boldsymbol{x}_1,\boldsymbol{x}_2,\cdots,\boldsymbol{x}_n]\in\mathbb{R}^{d_x\times n}$，那么，自注意力机制的计算过程可描述

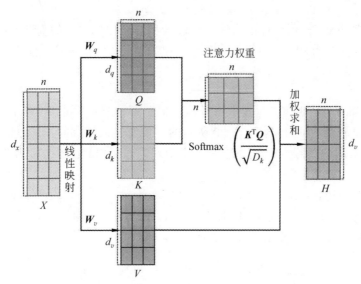

图 11.23　自注意力机制的计算过程示意图

如下。

（1）对于输入序列中的每个元素 $x_i \in \mathbb{R}^{d_x}$，将其线性映射到 3 个不同的空间，分别得到查询向量 $q_i \in \mathbb{R}^{d_q}$、键向量 $k_i \in \mathbb{R}^{d_k}$ 和值向量 $v_i \in \mathbb{R}^{d_v}$。

对于整个序列 X，采取矩阵运算，则可简记为

$$Q = W_q X \in \mathbb{R}^{d_q \times n} \tag{11.34}$$

$$K = W_k X \in \mathbb{R}^{d_k \times n} \tag{11.35}$$

$$V = W_v X \in \mathbb{R}^{d_v \times n} \tag{11.36}$$

式中，$W_q \in \mathbb{R}^{d_q \times d_x}$，$W_k \in \mathbb{R}^{d_k \times d_x}$ 和 $W_v \in \mathbb{R}^{d_v \times d_x}$ 分别为可学习的线性映射的参数矩阵，$Q = [q_1, q_2, \cdots, q_n]$，$K = [k_1, k_2, \cdots, k_n]$ 和 $V = [v_1, v_2, \cdots, v_n]$ 分别是由序列中每个元素映射后的查询向量、键向量和值向量构成的查询矩阵、键矩阵和向量矩阵。

（2）对每个查询向量 $q_i \in Q$，利用式（11.37）计算每个键 $k_i \in K$ 对于 q_i 的注意力权重：

$$\alpha(k_j, q_i) = \mathrm{Softmax}(S(k_i, q_i)) \in \mathbb{R} \tag{11.37}$$

（3）对值矩阵 V 进行汇聚，得到对于每个查询向量 q_i 的注意力运算输出 h_i：

$$h_i = \mathrm{att}((K, V), q_i) = \sum_{j=1}^{n} \alpha(k_j, q_i) v_i \in \mathbb{R}^{d_v} \tag{11.38}$$

特别地，如果使用式（11.27）所示的缩放点积模型作为注意力评分函数（必须有 $d_q = d_k$），通过矩阵运算，自注意力运算的输出可以简写为

$$H = \mathrm{self\text{-}att}(Q, K, V) = V\, \mathrm{Softmax}\left(\frac{K^{\mathrm{T}} Q}{\sqrt{d_k}}\right) \in \mathbb{R}^{d_v \times n} \tag{11.39}$$

式中，Softmax() 按列进行归一化运算，$H = [h_1, h_2, \cdots, h_n]$。

前面，我们通过参数矩阵 W_q、W_k 和 W_v 将输入 X 映射到 3 个投影空间中，以进行自注意力运算；显然，如果变换参数矩阵，输入 X 将被映射到另外 3 个不同的投影空间，自注意力运算的输出也会存在差异。事实上，自注意力机制可以看作在一组线性投影空间中建立 X 中不同向量之间的交互信息，而在多组不同的投影空间中提取到的交互信息往往不同，将它们作为知识组合起来使用可能更加有益。

因而,首先,可以使用独立学习得到的 m 组不同的线性映射分别变换 $\boldsymbol{X}$ 生成查询、键和值;然后,将这组变换后的查询、键和值并行地进行注意力汇聚;最后,将这个注意力汇聚的输出进行拼接,并通过另一个可学习的线性投影进行变换产生最终的输出。这种设计被称为多头注意力(Multi-Head Attention),而每一个注意力汇聚则被称作一个注意力头(head),不同的注意力头关注了输入信息的不同部分。

对于输入 $\boldsymbol{X}$,假设在 m 组投影空间中分别应用自注意力模型,则有

$$\text{MultiHead}(\boldsymbol{K}) = \boldsymbol{W}_o \text{Concat}(\boldsymbol{H}^1, \cdots, \boldsymbol{H}^m) \in \mathbb{R}^{d_o \times n} \tag{11.40}$$

$$\boldsymbol{H}^i = \text{self-att}(\boldsymbol{Q}^i, \boldsymbol{K}^i, \boldsymbol{V}^i) \in \mathbb{R}^{d_v \times n} \tag{11.41}$$

$$\boldsymbol{Q}^i = \boldsymbol{W}_q^i \boldsymbol{X}, \ \boldsymbol{K}^i = \boldsymbol{W}_k^i \boldsymbol{X}, \ \boldsymbol{V}^i = \boldsymbol{W}_v^i \boldsymbol{X} \tag{11.42}$$

其中,Concat( ) 为拼接操作,$\boldsymbol{W}_o \in \mathbb{R}^{d_o \times m d_v}$ 为输出投影矩阵,$\boldsymbol{W}_q^i \in \mathbb{R}^{d_q \times d_x}$,$\boldsymbol{W}_k^i \in \mathbb{R}^{d_k \times d_x}$,$\boldsymbol{W}_v^i \in \mathbb{R}^{d_v \times d_x}$ 是第 i 组投影矩阵,$i \in \{1, 2, \cdots, m\}$。

接下来在 PyTorch 框架基础上,对多头注意力机制进行实现(为简单起见,在代码实现中设定 $d_q = d_k = d_v$)。具体地,代码中类 Multi_Head_Attention 接收输入向量序列 $\boldsymbol{X}$,根据定义的注意力头的数量生成 $\boldsymbol{Q}$-$\boldsymbol{K}$-$\boldsymbol{V}$ 矩阵,然后调用 Scaled_Dot_Product_Attention 实现的缩放点积注意力模型,计算注意力汇聚输出。

代码清单 11.7　多头注意力机制的简单代码实现

```python
import torch
import torch.nn as nn
import torch.nn.functional as F

class Scaled_Dot_Product_Attention(nn.Module):
    def __init__(self):
        super(Scaled_Dot_Product_Attention, self).__init__()

    def forward(self, Q, K, V, scale=None):
        '''
        Args:
            Q: [batch_size, len_Q, dim_Q]
            K: [batch_size, len_K, dim_K]
            V: [batch_size, len_V, dim_V]
            scale: 缩放因子
        Return:
            self-attention 的汇聚输出
        '''
        attention = torch.matmul(Q, K.permute(0, 2, 1))
        if scale:
            attention = attention * scale
        attention = F.softmax(attention, dim=-1)
        context = torch.matmul(attention, V)
        return context
class Multi_Head_Attention(nn.Module):
    def __init__(self, dim_model, num_head):
        super(Multi_Head_Attention, self).__init__()
        self.num_head = num_head
        assert dim_model % num_head == 0
```

```
            self.dim_head = dim_model // self.num_head
            self.fc_Q = nn.Linear(dim_model, num_head * self.dim_head)
            self.fc_K = nn.Linear(dim_model, num_head * self.dim_head)
            self.fc_V = nn.Linear(dim_model, num_head * self.dim_head)
            self.attention = Scaled_Dot_Product_Attention()

        def forward(self, x):
            batch_size = x.size(0)
            Q = self.fc_Q(x)
            K = self.fc_K(x)
            V = self.fc_V(x)
            Q = Q.view(batch_size * self.num_head, -1, self.dim_head)
            K = K.view(batch_size * self.num_head, -1, self.dim_head)
            V = V.view(batch_size * self.num_head, -1, self.dim_head)
            scale = K.size(-1) ** -0.5      #缩放因子
            context = self.attention(Q, K, V, scale)
            context = context.view(batch_size, -1, self.dim_head * self.num_head)
            return context

    if __name__ == '__main__':
        ouput_num_hiddens, num_heads = 64, 4
        attention = Multi_Head_Attention(ouput_num_hiddens, num_heads, 0.5)
        attention.eval()
        batch_size, seq_len, embedding_dim = 1, 10, 32
        X = torch.ones((batch_size, seq_len, ouput_num_hiddens))
        print(attention(X).shape)
```

3. Transformer 模型

Transformer 是一个基于多头自注意力的序列到序列的深度神经网络模型，其遵循编码器-解码器架构。Transformer 的网络结构如图 11.24 所示，主要包括以下几部分。

1）编码器

Transformer 的编码器由 L 层结构相同的模块堆叠而成，每层模块均接收前一层的输出作为其输入。每个模块又包含两个子层：第一个子层是多头注意力层，负责对输入进行多头的自注意力汇聚；第二个子层是逐位置的前馈神经网络（Position-wise Feed-forward Network），作用是为模型提供更多的非线性和学习能力；另外，每个子层后面均接有 Add & Norm 操作，进行残差连接和层归一化处理。

对于输入序列 $\boldsymbol{X}=[\boldsymbol{x}_1,\boldsymbol{x}_2,\cdots,\boldsymbol{x}_n]\in\mathbb{R}^{d\times n}$，编码器利用其内部的多层模块进行处理后，将输出向量序列 $\boldsymbol{H}^{\mathrm{enc}}=[\boldsymbol{h}_1^{\mathrm{enc}},\boldsymbol{h}_2^{\mathrm{enc}},\cdots,\boldsymbol{h}_n^{\mathrm{enc}}]\in\mathbb{R}^{d\times n}$；然后，通过两个参数矩阵对其进行线性映射，产生的键矩阵 $\boldsymbol{K}^{\mathrm{enc}}$ 和值矩阵 $\boldsymbol{V}^{\mathrm{enc}}$ 作为解码器的输入参与运算，即

$$\boldsymbol{K}^{\mathrm{enc}}=\boldsymbol{W}^k\boldsymbol{H}^{\mathrm{enc}} \tag{11.43}$$

$$\boldsymbol{V}^{\mathrm{enc}}=\boldsymbol{W}^v\boldsymbol{H}^{\mathrm{enc}} \tag{11.44}$$

式中，$\boldsymbol{W}^k$ 和 $\boldsymbol{W}^v$ 为可学习的参数矩阵。

2）解码器

Transformer 的解码器通过自回归的方式逐步生成目标序列。同编码器类似，解码器也由 L 层结构相同的模块堆叠而成；不同的是，每个模块包含 3 个子层：掩蔽（Masked）多

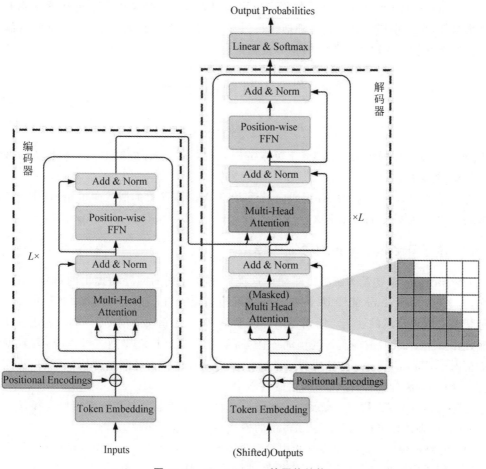

图 11.24　Transformer 的网络结构

头注意力层、编码器-解码器注意力层和逐位置的前馈神经网络层。

（1）掩蔽多头注意力层：该层利用多头自注意力对输入信息（上一层解码模块的输出或者解码器在之前时间步已生成的输出序列）进行汇聚，不过采用了掩码以确保解码器在该时间步产生的预测输出仅依赖于已预测生成的输出序列，即第 t 步时，该层对前 $t-1$ 步产生的输出序列 $\boldsymbol{Y}=[\boldsymbol{y}_1,\boldsymbol{y}_2,\cdots,\boldsymbol{y}_{t-1}]$ 进行多自注意力汇聚，输出向量序列 $\boldsymbol{H}^{\mathrm{dec}}=[\boldsymbol{h}_1^{\mathrm{dec}},\boldsymbol{h}_2^{\mathrm{dec}},\cdots,\boldsymbol{h}_t^{\mathrm{dec}}]$。

（2）解码器-编码器注意力层：该层对掩蔽多头注意力层的输出进行线性投影，得到查询矩阵 $\boldsymbol{Q}^{\mathrm{dec}}$，然后与整个编码器传来的键矩阵 $\boldsymbol{K}^{\mathrm{enc}}$ 和值矩阵 $\boldsymbol{V}^{\mathrm{enc}}$ 进行注意力运算。

（3）逐位置的前馈神经网络层：该层对生成的每个位置的表示向量，采用同一个多层前馈神经网络进行变换，以提升模型的非线性学习能力。

此外，每个子层同样都应用了残差连接和层归一化处理，以改善反向传播中存在的梯度弥散问题。

3）位置编码/嵌入

Transformer 在其编码器和解码器中均首先利用自注意力机制对输入序列进行处理，而自注意力机制本身会忽略序列中各个元素的位置信息；对此，Transformer 选择在编码器和解码器的输入表示中添加位置编码（positional encoding）以注入绝对或相对的位置信息。

实现位置编码的方式有很多种，可以通过学习得到，也可以直接固定的方式计算。

Transformer 采取了基于三角函数的固定位置编码方式：一是考虑到这种位置编码有显式的生成规律，可以期望它有一定的外推性；二是除了捕获绝对位置信息外，这种位置编码还允许模型能够学习到输入序列中的相对位置信息。

$$p_{i,2j} = \sin\left(\frac{i}{10000^{\frac{2j}{d}}}\right) \tag{11.45}$$

$$p_{i,2j+1} = \cos\left(\frac{i}{10000^{\frac{2j}{d}}}\right) \tag{11.46}$$

式中，$p_{i,2j}$ 为输入序列中第 i 个位置上元素的嵌入向量 $e_i \in \mathbb{R}^d$ 的第 $2j$ 个分量，d 为嵌入向量 $e_i \in \mathbb{R}^d$ 的维度。

得到序列中每个元素的位置编码向量后，将其与对应元素的嵌入向量相加，作为编码器或解码器的实际输入，即 $\forall x_i \in X = [x_1, x_2, \cdots, x_n] \in \mathbb{R}^{d \times n}$，有 $x_i = e_i + p_i$。

11.3.2　基于 Transformer 的预训练模型

Transformer 最初是为解决机器翻译这类序列到序列的问题而提出的；但后来的工作表明，基于 Transformer 的模型，特别是预训练模型（Pre-Trained Models，PTMs），可以在各种任务上取得卓越的性能。所谓预训练模型，一般指在超大规模的语料上，利用一系列自监督（self-supervised）或弱监督的预训练任务，学习生成的超级模型。可以说，在数据量充足的情况下，Transformer 已然成为目前自然语言处理中的首选网络架构，并被广泛应用于计算机视觉、音频处理，乃至化学和生命科学中。

通过前面的介绍，我们了解到 Transformer 主要包括编码器和解码器两大模块。一般来说，现有预训练模型使用 Transformer 的模式主要有以下 3 种。

（1）编码器模式：此类模型只利用编码器部分实施预训练，也称作自编码模型；主要通过在输入句子中随机屏蔽单词并训练模型进行重建（即掩码语言建模）等来实施预训练。在预训练时，注意力层可以访问所有输入的单词。这个系列的模型对于需要理解完整句子的任务最有用，如句子分类、抽取式问答等。大型语言模型 BERT 和 RoBERTa、图像分类模型 ViT、蛋白质结构预测系统 AlphaFold 属于此类。

（2）解码器模式：此类模型也称作自回归模型，只使用了解码器部分，且解码器-编码器注意力层被移除。预训练过程通常设计为迫使模型预测下一个单词，注意力层只能访问句子中给定单词之前的单词。这类模型最适合用于涉及文本生成的任务。生成式语言模型 GPT 系列、文本生成图像模型 DALL-E 属于此类。

（3）编码器-解码器模式：此类模型沿用原始的 Transformer 结构，即同时使用编码器和解码器模块，编码器的注意力层可以访问输入中的所有单词，而解码器的注意力层只能访问输入中给定单词之前的单词。此类模型最适合根据给定输入生成新句子的任务，如摘要生成、翻译或生成式问答等。大型语言模型 BART 和 T5、文本生成图像模型 Stable Diffusion 是这类模型的代表。

下面选取 3 种代表性的预训练语言模型进行简要介绍。

1. BERT

BERT（Bidirectional Encoder Representation from Transformers），是 2018 年 10 月由 Google AI 研究院提出的一种预训练模型，该模型在机器阅读理解顶级水平测试 SQuAD1.1 中在全部两个衡量指标上全面超越人类，并且在 11 种不同的 NLP 测试中创出 SOTA（state of the art)表现,成为 NLP 发展史上的里程碑式的模型成就。

BERT 的整体框架如图 11.25 所示,包含预训练(pre-training)和微调(fine-tuning)两个阶段。在预训练阶段,BERT 模型在无标注的标签数据上利用 MLM 和 NSP 两项预训练任务进行自监督学习,以得到预训练模型;在微调阶段,BERT 模型则首先使用预训练模型的参数进行初始化,然后所有参数继续用下游的有标注数据进行训练。

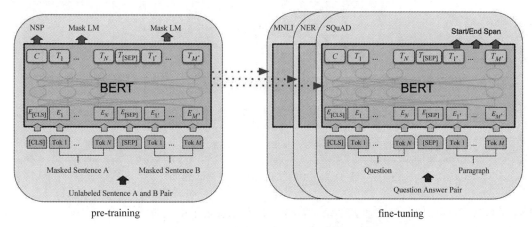

图 11.25　BERT 模型的预训练和微调过程示意图

BERT 属于采用编码器模式训练的模型,使用了多层的 Transformer 编码器从输入中抽取特征,特别是最初的 BERT-Large 和 BERT-Base 参数量巨大,对模型训练和使用所需要的计算资源要求严苛。对此,包括 BERT-Large 和 BERT-Base 在内,官方还提供了 BERT-Small、BERT-Tiny 等多个其他版本,以适应于不同的计算资源环境。这些版本的差异主要体现在模型所使用的 Transformer 编码器的层数、编码器内多头注意力的头数和内部隐状态的维度;而各版本预训练和微调的过程基本一致。

BERT 模型的创新主要体现在其采用的预训练方法上,对于 BERT 模型的微调过程,这里不再展开介绍,感兴趣的读者可以自行查阅相关文献。

图 11.26 给出了 BERT 模型在其预训练阶段设计的 MLM 和 NSP 两种预训练任务,用以分别捕捉词语和句子级别的表示。

下面对这两种预训练任务进行简要介绍。

1) 掩码语言建模(MLM)

该项任务非常像中学时期经常做的完形填空,即在训练的时候随机从输入语料上掩蔽(mask)一些单词,然后再通过上下文预测出该单词。在最初的论文中,15% 的 WordPiece Token(可以简单理解为单词或子词)会被随机掩蔽,即用"[MASK]"替换原有的 Token。但考虑到微调时,输入序列中往往并不存在"[MASK]"这样的 Token,导致预训练和模型微调之间存在不匹配的问题。对此,实际训练时,在确定好要屏蔽的单词之后,80% 的时候会直接替换为[MASK],例如将句子"I like eating apple"转换为句子"I like eating [MASK]";10% 的时候将其替换为其他任意单词,例如将单词"apple"替换成"cake";10% 的时候则会保留原始 Token,即保持句子"I like eating apple"不变。

需要注意,针对由两个及两个以上连续字组成的词,对字进行随机掩蔽会割裂连续字之间的相关性,使模型不太容易学习到词的语义信息。针对这一短板,在后续研究中,谷歌提出了

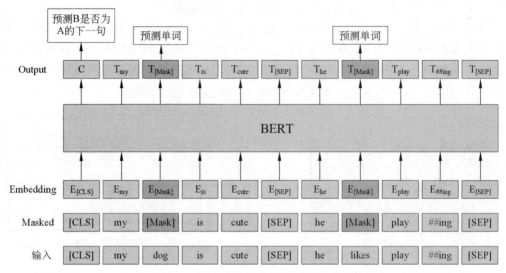

图 11.26　BERT 的预训练任务示意

BERT-WWM，国内哈尔滨工业大学讯飞联合实验室也发表了中文版的 BERT-WWM。

2）下句预测（NSP）

该任务判断句子 B 是否为句子 A 的下文。若是，则输出"IsNext"，否则输出"NotNext"。训练数据的生成方式是从平行语料中随机抽取的连续两句话，其中 50% 保留抽取的两句话，它们符合 IsNext 关系，另外 50% 的第二句话则随机从语料中提取，它们的关系是 NotNext。不过，需要注意的是，后续研究指出 NSP 任务可能并不是必要的，消除 NSP 损失后，在下游任务的性能上能够与原始 BERT 持平，甚至略有提高。后续的 RoBERTa、ALBERT 等 BERT 类模型在预训练时也都移除了 NSP 任务。

另外，由于 BERT 预训练任务的设计，必须同时输入两条句子。因此，除词嵌入向量（token embedding）和位置嵌入向量外，如图 11.27 所示，BERT 还引入了段嵌入（segment embedding）向量，以区别两条句子，三者共同叠加得到输入的嵌入向量表示。

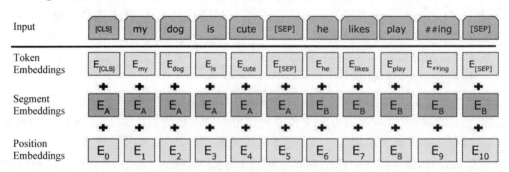

图 11.27　BERT 输入的嵌入向量表示

2. GPT

GPT（Generative Pre-Training）或者说 GPT-1，是 2018 年 6 月由 OpenAI 提出的一种预训练模型。同 BERT 一样，GPT 模型也采用首先在大规模语料上进行自监督预训练得到一个通用模型，然后在小得多的有监督数据集上针对具体任务进行微调的训练方式。

与 BERT 不同的是，GPT 属于采用解码器模式训练的模型；不过，其移除了

Transformer 解码器中原有的"解码器-编码器注意力层",将原本的 3 子层结构变成了两子层结构。

GPT 基于标准的语言建模(Language Modeling,LM)目标实施预训练,即基于历史预测句子中的下一个单词。具体地,给定未标注的语料库 $U=\{u_1,u_2,\cdots,u_n\}$,训练一个语言模型,并将最大化下面的似然函数作为优化目标:

$$L(U) = \sum_i \log P(u_i \mid u_{i-k}, u_{i-k+1}, \cdots, u_{i-1}, \Theta) \tag{11.47}$$

式中,k 是上下文窗口的大小,P 为条件概率,Θ 为条件概率的参数,可以通过随机梯度下降进行更新。

训练时,将 k 个词的词嵌入向量和位置嵌入向量叠加后,输入到解码器中逐层编码,并使用最后一层输出的编码向量预测下一个词的概率分布。需要注意的是,在 GPT 中,位置嵌入向量并没有采用 Transformer 中原本的正弦函数或余弦函数进行计算,而是进行随机初始化,并让模型在训练过程中自己学习。

3. T5

T5(Text-to-Text Transfer Transformer),是 Google 公司于 2019 年提出的一种解决 NLP 任务的范式。如图 11.28 所示,其将所有任务,如翻译、分类、语义相似度计算、问题回答等,都归纳到一个 Text-to-Text(文本到文本)的统一框架里予以解决。

T5 沿用了 Transformer 的经典结构,按照编码器-解码器模式实施预训练。其在训练时尝试了多种不同的预训练任务,包括 GPT 使用的 LM、BERT 使用的 MLM(被证实效果最好)以及打乱重排等,但都是从未标记的语料库中产生(损坏的)输入序列和相应的目标序列,然后以最大似然预测目标序列。

T5 在模型和预训练方法上没有多大创新,但其通过将所有 NLP 问题套入统一的范式,使得可以采用同样的模型架构、同样的训练策略、同样的损失函数和同样的解码过程解决每项 NLP 任务。T5 用 110 亿参数的大模型,在摘要生成、问答、文本分类等诸多基准测试中,以绝对的优势霸榜当时的竞赛排行榜单。

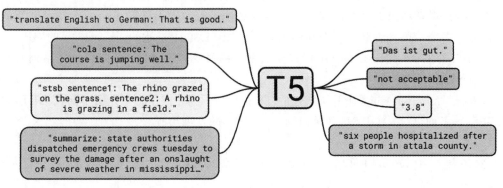

图 11.28 T5 统一范式

目前针对 Transformer 及其衍生模型的理论和应用研究仍在持续火热开展。图 11.29 给出了自 2018 年 Transformer 诞生以来,在 Transformer 架构基础上发展而来一些颇具影响力甚至正在进行商业化应用的大型模型。在这幅图中,通过横轴可以看到各个模型诞生的时间线,不同的颜色用于区分模型的家族类型。对于图中涉及的模型的更多介绍,这里不再过多展开,感兴趣的读者可以自行查阅相关文献。

扫码看彩图

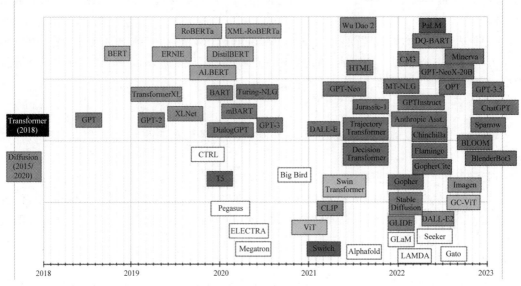

图 11.29　主流 Transformer 衍生模型的时间线

11.3.3　ChatGPT

2022 年 11 月 30 日，OpenAI 发布了其最新的人工智能对话系统 ChatGPT（Chat Generative Pre-trained Transformer），且在其推出仅两个月后，月活用户已经突破 1 亿，成为史上用户增长速度最快的消费级应用程序。ChatGPT 能够通过学习和理解人类的语言进行对话，还能根据聊天的上下文开展互动，真正像人类一样聊天交流，甚至能完成撰写邮件、视频脚本、文案、翻译、代码等任务。

1. 发展历程

ChatGPT 由 GPT-3.5 提供支持，它是在 GPT 基础上进一步使用 RLHF（从人类反馈中强化学习）微调而来的大型语言模型。需要说明的是，ChatGPT 不是一次伟大创新的产物，而是许多个阶段性创新持续叠加的结果。如图 11.30 中描述的，从 2018 年的 GPT-1 开始，到 GPT-2、GPT-3、Instruct-GPT，以及后续一系列变体模型（统称 GPT-3.5 系列），每一步都不可或缺。

前面已经介绍了 ChatGPT 所依赖的 Transformer 架构，并简要介绍了初代 GPT，也就是 GPT-1，下面继续从 GPT-2 开始回顾 ChatGPT 的发展历程。

1）GPT-2

2019 年 2 月，OpenAI 推出由 GPT-1 演变而来的 GPT-2，相比 GPT-1 的 1.17 亿参数，其参数规模达到 15 亿。

GPT-2 在 GPT-1 的基础上做了一些改进。首先，在模型结构方面，整个 GPT-2 的模型框架与 GPT-1 相同，只是在几个地方做了调整，包括后置层归一化（post-norm）改为前置层归一化（pre-norm）、调整参数初始化方式、扩充输入序列的最大长度、模型最后自注意力层后额外增加一个层归一化、解码器层数由 GPT-1 中的 12 层堆叠至 48 层等。其次，在 GPT-2 中，OpenAI 去掉了 GPT-1 的有监督微调阶段，成为纯粹的自监督模型，使得模型从大规模数据中学到的能力能够直接在多个任务之间进行迁移，而不需要额外提供特定任务的数

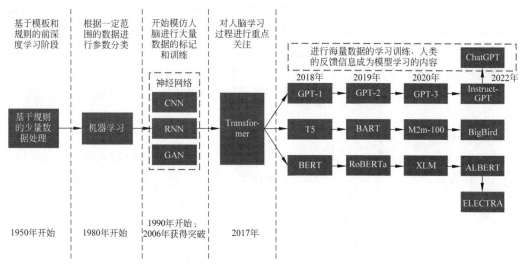

图 11.30 大型语言模型 ChatGPT 的技术积累

据。另外,相比 GPT-1 中 5GB 的训练数据,GPT-2 训练使用的数据规模更大,增加到 800 万个、大小 40GB 的文档。

GPT 还展示出了零样本(zero-shot)的多任务能力。而且,这些多任务的能力并不是显式地、人为地加入训练数据中。举一个通俗的例子,GPT-2 展示出的一个能力是翻译,但令人吃惊的是,通常用来做翻译的模型需要大量的平行语料进行监督训练,但 GPT-2 并没有使用这种数据,而仅是在大量语料上进行了生成式训练,然后它就突然会做翻译了。这个发现也向人们展示了 3 个重要现象:想让模型完成一种 NLP 任务,也许并不需要和任务匹配的标注数据;想让模型完成一种 NLP 任务,也许并不需要和任务匹配的训练目标;仅用生成式任务训练的模型,也可以具有多任务的能力。

GPT-2 能够生成连贯的文本段落,做到初步的阅读理解、机器翻译等。除了理解能力外,GPT-2 在生成方面表现出强大的天赋:阅读摘要、聊天、续写、编故事,甚至可以生成假新闻、钓鱼邮件或在线进行角色扮演。虽然以现在的眼光看,当时的 GPT-2 所展示出的各种能力还比较初级,但其展示出生成式预训练模型一个 BERT 类模型无法替代的潜在优势,即语言模型任务所带来的多任务能力,且这种多任务能力是无须标注数据的。

2)GPT-3

OpenAI 在 GPT-2 中的发现坚定了他们对 GPT 系列模型的信心,2020 年 5 月推出超大规模语言模型 GPT-3,它比 GPT-2 大 100 倍,拥有 1750 亿参数,比之前任何非稀疏语言模型至少多 10 倍。

GPT-3 不再追求那种极致的不需要任何样本就可以表现很好的模型,而是考虑像人类的学习方式那样,仅使用极少数样本就可以掌握某一任务;即 GPT-3 将 GPT-2 追求的无监督与零样本学习,调整为无监督和小样本(few-shot)学习。在模型结构上,GPT-3 延续使用 GPT 模型结构,但引入了稀疏注意力(sparse attention)模块,其具有“局部紧密相关和远程稀疏相关”的特性,且可以减少注意力层的计算复杂度。此外,GPT-3 使用了高达 45T(清洗后 570GB)的海量训练语料。

GPT-3 在当时取得了非常卓越的效果,几乎可以完成自然语言处理的绝大部分任务:

将网页描述转换为相应代码、模仿人类叙事、创作定制诗歌、生成游戏剧本,甚至模仿已故的哲学家预测生命的真谛等。它输出的文字读起来非常自然,用户可以仅提供小样本的提示语,或者完全不提供提示而直接询问,就能获得符合要求的高质量答案。但同时,GPT-3 也存在不少局限性,例如它会一本正经地输出不符合事实的内容,特别是当生成文本长度较长时,输出的内容会出现前后矛盾、逻辑衔接不好的问题,而且还会输出一些带有"偏见"的言论。

3）Instruct-GPT

2022 年 1 月,OpenAI 发布了 InstructGPT,它是一个经过微调的新版 GPT-3,相比 GPT-3 可以将有害的、不真实的和有偏差的输出最小化。这背后是基于 OpenAI 提出的一个对齐（alignment）的概念,也就是使模型输出与人类真实意图对齐,符合人类偏好。对此,为了让模型输出更契合用户意图,InstructGPT 使用了有监督微调（Supervised Fine-Tuning,SFT）联合来自人类反馈的强化学习方案（Reinforcement Learning from Human Feedback,RLHF）的方式对大型语言模型进行微调,在参数减少的情况下,实现了优于 GPT-3 的性能。

SFT 的过程可以理解为人工标注一批数据,然后微调 GPT-3。不过,在标注过程中,OpenAI 并没有采取固定的任务表述方式产生标注样本,而是选择从 GPT-3 的用户真实请求中采样大量下游任务的描述,然后让标注人员对任务描述进行续写,从而得到该问题的高质量回答。这里,用户真实请求又被称为某个任务的指令,即 InstructGPT 的核心思想"基于人类反馈的指令微调"。基于 SFT 得到的模型会被继续使用 RLHF 进行进一步的模型优化。以文本摘要生成任务为例,该过程主要包括三步:①收集人类反馈,即使用初始化模型对一个样本生成多个不同摘要,人工对多个摘要按效果进行排序,得到一批排好序的摘要样本;②训练奖励模型,即使用第一步得到的样本集,训练一个模型,该模型输入为一篇文章和对应的一个摘要,模型输出为该摘要的得分;③训练策略模型,即使用初始化的策略模型生成一篇文章的摘要,然后使用奖励模型对该摘要打分,再使用打分值借助 PPO（Proximal Policy Optimization）算法重新优化策略模型。

4）GPT-3.5 时代和 ChatGPT 的诞生

在随后的时间内,OpenAI 发布了一系列被称为 GPT-3.5 的模型,这些模型背后的技术细节并未公开,由于没有详细的官方公开信息参考,外界主要通过分析使用的体验、相关的技术论文以及 OpenAI 的 API 文档介绍进行推测,一般认为 GPT-3.5 系列是融合了 OpenAI 在 GPT-3 时代积累的技术、数据以及经验开发出来的。

根据分析,GPT-3.5 系列模型有可能并不是在 GPT-3 上继续微调而来,很可能是将代码和自然语言的数据融合在一起,重新从零开始训练的一个基础模型。这个模型可能比 GPT-3 的 1750 亿参数量更大,它在 OpenAI 的 API 中被命名为 codex-davinci-002（值得一提的是,OpenAI 在 2021 年 6 月发布过一款具有代码专精能力的 GPT 模型 CodeX）;然后在这个基础模型上,通过指令微调和人类反馈得到一系列后续的模型,包括 ChatGPT。

2. ChatGPT 的局限性

1）成本过高

初代 GPT 到 GPT-3 算法模型并没有太大改变,但参数量从 1.17 亿增加到 1750 亿,预训练数据量从 5GB 增加到 45TB,其中 GPT-3 训练一次的费用约为 460 万美元,总训练成本达 1200 万美元。对于想要复刻的公司来讲,开发成本是主要的门槛。

另一方面是企业的使用成本。2023 年 3 月 1 日，OpenAI 宣布正式推出面向商业用户的 ChatGPT 和 Whisper 语音转文字模型 API，开发人员可以通过 API 将 ChatGPT 和 Whisper 模型集成到自己的应用程序和服务中，以访问到最前沿的语言(不止于聊天)以及语音到文本功能。ChatGPT 定价每 1000 个 Token 的费用为 0.002 美元，价格相当于 GPT-3.5 的十分之一。尽管价格相比模型发布之初显著降低，但对于应用侧的企业来讲，在商业化的过程中必须在人工成本与机器成本之间做出选择，持续优化模型以降低使用费用依然有很长的路要走。

2) 合规性问题

一方面是知识产权的问题，ChatGPT 产生的答复是否要产生相应的知识产权，ChatGPT 进行数据挖掘和训练的过程是否需要获得相应的知识产权授权，这都是值得探讨的问题；另一方面是虚假信息的传播问题，ChatGPT 是基于统计的语言模型，这一机制导致回答偏差会进而导致虚假信息传播的法律风险。

3) 技术性问题

① ChatGPT 的回答可能过时，因为其不会在网络上抓取时事信息，使得它的一些回答略显陈旧。由于 2021 年之后它的训练数据更加稀疏，它对这个时间点之后的世界了解有限，在输出的准确性上也会有所降低。而且按照目前的范式，增加新知识的方式只能通过重新训练预训练的 GPT 模型，但这无疑是不太现实的，因为会耗费巨大的计算成本。

② ChatGPT 在专业较强的领域无法保证正确率并且存在长序列性能下降问题，即使在鸡兔同笼此类初级问题中，仍然存在错误，并且英文回答和中文回答存在明显差异化。

③ ChatGPT 的认知建立在虚拟训练文本上，没有跟实时数据库或信息连接，还会导致一个较为严肃且已经被使用者印证的问题：ChatGPT 在某些问题的回答上会出现致命性错误，看似有逻辑的表达，实则为错误的信息输出。正是这种看似有逻辑的表述风格，可能误导使用者在缺乏知识背景的情况下将其回答视为"正确答案"。对于教育领域的从业者来说，这种错误将对学术研究或学生认知造成负面影响。

④ ChatGPT 对于不熟悉的问题会强行给出一定的答案且对绝对词十分敏感，即使答案明显错误，依然会坚持下去，直到明确戳破其掩饰的内容，才会立马道歉，但本质上会在不熟悉的领域造成误导。

⑤ ChatGPT 的奖励模型围绕人类监督而设计，可能存在过度优化。训练数据也影响了 ChatGPT 的写作风格，它喜欢进行冗长的回复，且经常重复使用特定的短语。

此外，训练数据的使用导致 ChatGPT 也存在算法偏差。例如，输入一个涉及 CEO 的提示，可能得到一个假设此人是白人男性的回复。和所有 NLP 模型一样，由于其知识库受限于训练数据，ChatGPT 可能产生负面、不准确甚至言语过激的内容。因此，ChatGPT 使用 Moderation API 警告或阻止某些类型的内容，尽可能减少不正确或荒谬的答案。未来，如何提高 ChatGPT 的生成质量和效率，使 ChatGPT 更加轻量化，以及如何解决这些技术问题，将是 ChatGPT 发展的重要方向。

3. ChatGPT 的应用前景

1) 推动 AIGC 领域发展

ChatGPT 这种大型语言模型带来的更强大的智能能力，能够推动人工智能向更高级智能应用领域迈进，AIGC(Artificial Intelligence Generated Content)，即人工智能生成内容便是其一。ChatGPT 正在成为 AIGC 领域发展的算法引擎，可灵活运用于写作、编曲、绘画和视频制作等创意领域。另外，数据是人工智能的燃料和驱动力，人工智能发展所需的海量数据也能通过 AIGC 技术生成、合成出来，有望解决人工智能和数字经济的数据供给问题。在技术创新以及多模态模型的持续突破下，AIGC 根据功能和对象的不同，按顺序可包括 3 种主要实用功能：数字内容孪生、数字内容智能编辑、数字内容智能创作。这 3 种功能相互嵌套与结合，可以让 AIGC 产品具备超越人类创作的潜力。而 ChatGPT 的火速出圈，将AIGC 推向新的高度。

① 数字内容孪生能力构建现实世界到虚拟世界的映射。

孪生能力包括智能增强与智能转译技术，其中增强技术弥补内容数字化过程中的信息损失，转译技术在理解基础上对内容进行多种形式呈现。具体应用有三维重构、音频修复、以及语音合成。

② 数字编辑能力打通现实世界与虚拟世界交互的通道。

编辑能力包括智能语义理解与属性控制，语义理解帮助实现数字内容各属性的分离解耦，属性控制则在理解基础上对属性进行精确修改、编辑与二次生成，最终反馈于现实世界，形成孪生-反馈闭环，具体应用包括视觉描述、摘要生成等。

③ 数字创作能力从数据理解走向数据创作。

创作能力可分为基于模仿的创作与基于概念的创作，前者基于对某一类作品数据分布进行创作，而后者从海量数据中学习抽象概念，并基于概念创作出现实世界不存在的内容，如数字人、智能作画、短片创作都是这方面的应用。

另一方面，ChatGPT 将造就 AIGC 产业链上下游玩家百花齐放。

① AIGC 上游主要包括数据供给方、相关模型和算法研究机构、创作者生态以及底层配合工具等。不论 AIGC 产业如何发展，人工智能的分析、创作、决策能力都依赖海量数据。因此，决定不同机器间能力差异的就是数据的数量与质量。

② 中游主要是文字、图像、音频和视频处理商，主要为内容设计、内容制作工具、运营增效、数据梳理等，主要为文字、图像、视频等垂直赛道。目前国内对 AIGC 的场景开发不多，未来将是 AIGC 产业的一大蓝海。

③ 下游主要是各类内容创作及分发平台以及内容服务机构，主要为相关应用场景和终端客户，如内容终端生产厂商、各类内容创作及分发平台等，主要集中在内容创意生成、语言/风格互译、对话、搜索、游戏辅助开发等其他场景。

2）推动国防科技工业发展

在军事人工智能行动中部署 ChatGPT 有可能显著增强跨多个领域的军事行动能力。通过生成真实场景、模拟对话和提供情报洞察，ChatGPT 可以帮助军事人员使用众多应用程序做出更明智、更有效的决策。在战场上有许多类似于 ChatGPT 功能的潜在用例，主要有以下几方面的影响。

① 参与认知作战：ChatGPT 可模仿人类，在网络上针对各类主题产生无限的具有连贯性和细微差别的个性化内容，不仅可以主动发帖，还可对其他用户的帖子做出回应并展开对话，引导舆论走向。ChatGPT 可批量、快速产生真假难辨的煽动性网络信息，一旦用于认知作战，便可能成为恶意传播虚假信息、操纵舆论的工具。

② 指挥与控制系统：ChatGPT 可用于指挥与控制系统中，尤其是在传统导航系统不可靠的 GPS 干扰和拒绝环境中，可以为军事指挥员提供语音指令和信息查询服务，提高军事

作战效率和精准度。

③ 情报分析与预测：ChatGPT 可以对大量情报数据进行分析和预测，识别潜在的威胁和风险，从而帮助国防科技工业人员更好地了解和掌握国内外的军事和安全动态，为决策提供支持。军队一旦装备 ChatGPT 或类似程序，就能实时响应战场上分队或单兵的交互信息，提供最新的战场态势，从而缩短军事决策过程所需时间，极大地提升作战效率。

④ 虚拟仿真和训练系统：ChatGPT 可以自动生成仿真数据和训练数据，在虚拟环境中模拟各种交互场景，帮助国防科技工业人员进行模拟仿真实验、训练和测试，提高军事作战能力和战略规划水平。

⑤ 智能语音助手：ChatGPT 可以应用于国防科技工业领域的智能语音助手中，帮助翻译人员和情报人员更好地理解和处理跨语言情报信息，为军事指挥员和作战人员提供语音指令和信息查询服务，提高军事作战效率和精准度。

⑥ 安全检测与防范：ChatGPT 可以用于安全检测和防范，能够识别和拦截恶意攻击和网络钓鱼等安全威胁，保障关键数据和机密信息的安全。ChatGPT 可以通过对各种类型的传感器和监控设备数据进行自动化分析，实现全域态势感知。这有助于及时发现和响应各种安全事件和威胁，保障军事安全。

俄乌冲突中，"星链"卫星的高调亮相，无人作战系统大放异彩，作战双方在认知、网络、舆论等维度展开的激烈攻防战，预示着战争形态正在发生深刻变革。在信息化、智能化战争时代，对一支部队来说，破解"战争迷雾"，增加未来战争的胜算，就要加速智能化战争准备。以 ChatGPT 为代表的强人工智能技术，成为军事革新的有力推手。人工智能的深度嵌入意味着，未来战场从发现目标，到威胁评估，到锁定摧毁，再到效果评估，这一系列过程有可能依靠人工智能就能完成。ChatGPT 在国防科技工业方面可以为各种军事和安全领域提供支持和帮助，提升军事作战能力和国家安全水平。同时，ChatGPT 的使用也需要注意安全风险和隐私保护问题，确保其应用不被滥用和误用。

习　　题

1. 卷积核大小往往采用奇数，如 3×3、5×5，大家思考一下为什么？

2. 假设有一个 $63\times63\times16$ 的输入，并使用大小为 7×7 的 32 个过滤器进行卷积，使用步幅为 2 和无填充，请问输出是多少？

3. 卷积神经网络中使用 1×1 卷积核有什么作用？

4. 有哪些结构可以增加循环神经网络的深度？

5. 对比分析卷积神经网络和循环神经网络的异同点。

6. 在 11.1.3 节给出了利用 LeNet-5 等典型卷积神经网络进行 MNIST 手写数字识别的代码实现，思考一下 RNN 是否也能用于 MNIST 手写数字识别任务？如果可以，请自行实现验证。

7. 本章提到 RNN 适用于处理序列数据，CNN 适用于处理网格结构的数据；但事实上并不绝对。2014 年发表的论文 *Convolutional Neural Networks for Sentence Classification* 中，就开展了将 CNN 应用到文本分类任务的研究工作，提出的模型称为 TextCNN。请查阅关于 TextCNN 的相关资料，了解 TextCNN 的基本结构。

8. 思考如何将 Transformer 模型作用于图像分类任务。

本 章 实 验

1. 实验背景

在软件开发过程中，研发人员可以使用多种不同的编译器将源代码转换为二进制目标代码。从目标程序中逆向推断出用于生成该程序的编译器、编译选项等信息（这个过程称为生成工具链识别），可以有效提升恶意软件分析、软件取证等诸多二进制分析任务的性能。以软件抄袭检测为例，尽管被告程序的源代码往往难以获取，原告程序的源代码通常也是可以提供的；首先通过从被告程序的目标代码中推断出其采用的编译器、优化选项等信息，然后利用相同的编译设置重新编译原告程序源代码，即可排除不同编译设置对代码相似性分析的干扰。

事实上，同一源代码在不同的编译设置下进行编译，生成的二进制目标代码在语法和结构上都存在显著差异。也正因为这些差异的存在，使得可以通过机器学习手段从二进制代码中提取并利用能够反映编译器特点的指示性特征，实现编译器家族、编译选项等信息的逆向识别。

在本次实验中，需要结合本章学习的关于深度神经网络的相关知识点自行搭建并利用多种深度神经网络模型，在提供的二进制代码数据集上训练分类器，实现编译器家族的分类。通过实验，将加深对本章深度神经网络的基本概念、模型设计以及具体应用的理解。

2. 实验环境

（1）Python 3.7 及其以上版本，TensorFlow 2.0 及其以上版本；

（2）数据集及引导程序目录如下。

- dataset：通过逆向分析及预处理提取的函数汇编指令序列。
- ins_dict：使用 word2vec 生成的汇编指令嵌入向量词典。
- results：存储训练好的模型，以及模型的测试验证结果。
- index.py：引导程序，包括嵌入词典导入、数据集加载及划分、模型训练，以及测试验证等模块。
- your_bilstm.py：需要独立实现的 Bi-LSTM 神经网络模型。
- your_textcnn.py：需要独立实现的 TextCNN 神经网络模型。

3. 实验内容及要求

（1）使用 TensorFlow 提供的 API 分别在 your_bilstm.py 和 your_textcnn.py 文件中实现 TextCNN 和 Bi-LSTM 神经网络模型；

（2）运行 index.py 文件，进行模型训练及测试验证；尝试调整学习速率、批次大小、卷积核数量等超参数，并观测学习效果。

第 12 章

生成对抗网络

生成对抗网络(Generative Adversarial Network,GAN)是一类功能强大的神经网络,用于无监督学习,是深度学习领域的一个重要生成模型。GAN 通过对抗训练的方式使得生成网络产生的样本服从真实数据分布。在生成对抗网络中,有两个网络进行对抗训练:一个是判别网络,目标是尽量准确地判断一个样本是来自真实数据还是生成网络产生的;另一个是生成网络,目标是尽量生成判别网络无法区分来源的样本。这两个目标相反的网络不断地进行交替训练。当最后收敛时,如果判别网络再也无法判断出一个样本的来源,也就等价于生成网络可以生成符合真实数据分布的样本。

GAN 是近几年较热门的网络模型之一,其通过两个网络模型不断相互对抗进行更新,从而最终获得两个有价值的网络模型。相较于传统的无监督学习,这种对抗方式避免了传统生成模型在实际应用中的一些困难,巧妙地通过对抗学习近似一些不可解的损失函数,被越来越多的学者研究和追捧,在图像、视频、自然语言和音乐等数据生成方面有广泛的应用。

12.1　算　法　原　理

Goodfellow 等于 2014 年的一个晚上庆祝师兄博士毕业,期间有朋友让他帮忙解决如何让计算机生成图像这一问题,虽然当时的研究人员已经使用神经网络作为生成模型创造合理的新数据,但是生成的人脸图像存在模糊不清或缺少五官的问题。针对这一问题,Goodfellow 的朋友们提出:对组成图像的元素进行统计分析以帮助机器生成图像,但 Goodfellow 则认为该方法需要进行大量的数据运算,可行性较差。经过思考后,Goodfellow 提出让两个网络相互对抗来生成更逼真的图像,他依然按照自己想法将其实现并证明该方法是可行的,GAN 由此诞生,这项技术一经推出,在机器学习领域便引发了巨大的轰动。

传统的生成方法首先通过抽样的方式获得真实分布 $P_{data}(x)$ 大致的分布,其次定义一个生成模型 $P_G(x;\theta)$,然后通过最大化似然函数训练模型,计算出 θ 使生成模型 $P_G(x;\theta)$ 生成的分布与真实图像分布 $P_{data}(x)$ 之间的差异最小。

而 GAN 模型不需要直接表示数据的似然函数,却可以生成与原始数据有相同分布的样本。GAN 主要由两个网络构成:一个是 Generator Network,称为生成网络或生成器;另一个是 Discriminator Network,称为判别网络或判别器。生成器的目标是尽量生成与真实数据相似的数据欺骗判别器,而判别器实质上是一个二分类网络,分类对象为真或假,其通过传统模型训练输入相对数量的正样本,从而可以对生成数据和真实数据有一定的评判能力。

GAN 是根据零和博弈思想提出的一种无监督的学习方式,不需要提供大量的标注数据信息就可以学习，GAN 模型主要由生成网络和鉴别网络组成，可以这样形象地理解：生成器相当于假币伪造者，判别器相当于货币鉴定专家，假币伪造者希望制造出逼真的货币，而货币鉴定专家则希望将伪造的货币与真实货币区分开来，两者同时训练，并相互竞争对抗学习。GAN 结构图如图 12.1 所示。以图像生成为例，其中生成器 G 是一个生成图像的网络，它接收一个随机的噪声 z，通过这个噪声生成图像，记作 $G(z)$。判别器 D 是一个判别网络，其输入参数是 x，代表一幅图像，输出 $D(x)$ 代表 x 为真实图像的概率，若输出为 1，则代表 x 肯定是真实的图像；若输出为 0，则代表 x 不可能是真实的图像，同时产生一个损失。在训练过程中，生成网络 G 的目标就是尽量生成真实的图像去欺骗判别网络 D。而 D 的目标就是尽量把 G 生成的图像和真实的图像分开。这样，G 和 D 就构成了一个动态的"博弈过程"。最后博弈的结果是：在最理想的状态下，G 可以生成足以"以假乱真"的图像 $G(z)$，而 D 难以判定 G 生成的图像是否真实，因此 $D(G(z))=0.5$。由此目的达成：得到了一个生成式的模型 G，它可以用来生成图像。

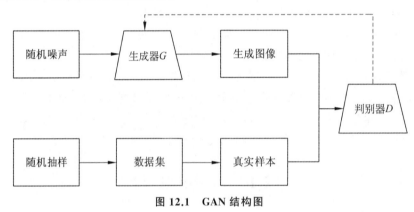

图 12.1　GAN 结构图

在训练过程中，生成网络 G 的目标就是尽量生成真实的图像去欺骗判别网络 D。而 D 的目标就是尽量把 G 生成的图像和真实的图像分开。生成器一开始生成的图像过于模糊，判别器可以轻易地将其识别，生成器为了提高自己图像的能力，就要不断地学习，找到自己生成的图像与真实图像的差距。这个差距就是损失，也就是在高维空间中生成图像的概率分布与真实图像概率分布的不同之处，具体而言就是这两个概率分布的 JS 散度（Jensen-Shannon divergence）。图 12.2 所示是 GAN 概率分布示意图。

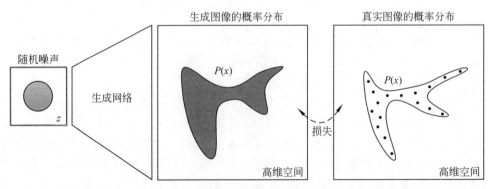

图 12.2　GAN 概率分布示意图

GAN 的训练过程如图 12.3 所示,图中的粗虚线表示真实数据的分布情况,细虚线表示判别器判别分数的分布情况,实线表示生成器生成的数据分布。z 表示噪声,z 到 x 表示通过生成器之后的分布的映射情况。通过使用生成样本分布(实线)拟合真实的样本分布(粗虚线),达到生成以假乱真样本的目的。

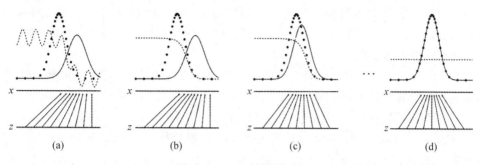

图 12.3　GAN 的训练过程

初始状态如图 12.3(a)所示,生成器生成的数据分布和真实数据分布区别较大,此时代表判别器判别分数的分布情况的细虚线可以比较准确地判断出真实数据和生成数据,它给真实数据赋予较高的分值,给生成数据赋予较低的分值,但是判别器判别出样本的概率不是很稳定,因此需要先训练判别器来更好地分辨样本。通过多次训练判别器,达到如图 12.3(b)所示的状态,此时判别样本区分得非常显著和良好。然后再对生成器进行训练,训练生成器后达到如图 12.3(c)所示的状态,此时生成器生成的数据分布相比之前更逼近真实样本的分布。经过多次反复训练迭代之后,最终希望能够达到如图 12.3(d)所示的状态,生成样本分布拟合于真实样本分布,并且判别器分辨不出真假样本,判别概率均为 0.5,即此时生成非常真实的样本。需要注意的是,真实数据的分布是从判别器学习而来的,所以在训练 GAN 时要先训练判别器,让其获得真实数据的分布作为“标准”。

12.2　数 学 模 型

12.2.1　GAN 优化目标

在模型训练过程中,生成器和判别器通过不断对抗迭代优化,调整参数使得损失最小,最终判别器无法判断生成器的输出结果是否真实。GAN 的优化目标如式(12.1)所示。

$$\min_G \max_D V(D,G) = E_{x \sim P_{\text{data}}(x)}[\log D(x)] + E_{z \sim P_z(z)}[\log(1 - D(G(z)))] \quad (12.1)$$

对于式(12.1),有以下几点说明。

(1) x 为真实数据的随机向量,各元素服从某个特定的分布 $P_{\text{data}}(x)$。假设真实数据为 28×28 的灰度图像,那么 x 为 784 维向量。

(2) z 为噪声向量,也称为隐变量,各元素服从分布 $P_z(z)$,一般将 z 的各元素设为独立同分布,且服从标准正态分布或[0,1]的均匀分布。噪声的维度可自由定义,例如将 z 设为 784 维向量。

(3) $x \sim P_{\text{data}}(x)$ 相当于真实数据的一次采样,每次采样得到一条真实样本;$z \sim P_z(z)$ 相当于噪声数据的一次采样。

(4) 生成器 G 的结构为神经网络。神经网络本质上是某个从输入到输出的非线性映射。G 的输入为噪声向量 z，输出为虚假数据 $G(z)$。$G(z)$ 的维数与真实数据 x 相同。

（5）判别器 D 的结构为神经网络。D 的输入为真实数据 x 或虚假数据 $G(z)$，输出为 $0 \sim 1$ 的实数，相当于判别器对样本的真假判断。输出越接近 1，代表判别器认为输入数据偏向于真样本；输出越接近 0，代表判别器认为输入数据偏向于假样本。

（6）对判别器 D 的输出取对数，如 $\log D(x)$ 及 $\log(1-D(G(z)))$，是常见的判别模型损失函数构建方式。对数的作用是将 $[0,1]$ 区间内的数映射到 $(-\infty, 0]$ 的范围，以便对其求导之后进行梯度下降优化。

（7）$E_{x \sim P_{\text{data}}(x)}[\log D(x)]$ 代表判别器对真实样本判断结果的期望。对于最优判别器 D^*，真实样本判断结果 $D(x)$ 应为 1，$\log D(x)$ 为 0；若判别器非最优，则 $\log D(x)$ 小于 0。换言之，若希望判别器达到最优，$E_{x \sim P_{\text{data}}(x)}[\log D(x)]$ 应越大越好。

（8）$E_{z \sim P_z(z)}[\log(1-D(G(z)))]$ 代表判别器对虚假样本判断结果的期望。对于最优判别器 D^*，虚假样本判断结果 $D(G(z))$ 应为 0，$1-D(G(z))$ 为 1，$\log(1-D(G(z)))$ 为 0；若判别器非最优，则 $\log(1-D(G(z)))$ 小于 0。换言之，若希望判别器达到最优，$E_{z \sim P_z(z)}[\log(1-D(G(z)))]$ 应越大越好。

（9）$V(D,G)$ 为 $E_{x \sim P_{\text{data}}(x)}[\log D(x)]$ 和 $E_{z \sim P_z(z)}[\log(1-D(G(z)))]$ 两项的加总，称为价值函数，相当于目标函数，本质上是交叉熵损失函数。判别器真假识别能力越强，$V(D, G)$ 应越大。

（10）GAN 求解的是极小化极大问题，在此过程中首先固定生成器 G 的参数专门训练判别器 D，最大化 $D(x)$ 和 $\log(1-D(G(z)))$ 的值，使得 $D_G^* = \arg\max_D V(D, G)$，训练完判别器 D 后固定判别器 D 的参数去训练生成器 G，因为此时判别器已经过一次训练，所以生成器 G 的目标就会变成：当 $D = D_G^*$ 时，最小化 $\log(1-D(G(z)))$ 的值，使得 $G^* = \arg\min_G V(G, D_G^*)$，即 $\min_G \max_D V(D, G)$，最终生成样本分布拟合于真实样本分布，并且判别器分辨不出真假样本，博弈的思想正体现在此处。简单来说，就是先从判别器 D 的角度最大化 $V(D, G)$，再从生成器 G 的角度最小化 $V(D, G)$。

12.2.2　GAN 训练算法

在实际操作中，对理想的极小化极大问题进行以下几处改进。

（1）并非如公式所写，先最优化 D，再最优化 G。而是交替优化，每轮迭代中，先优化 D，再保持 D 不变，优化 G，如此迭代多次。

（2）需要平衡 D 和 G 的训练次数。G 的目标函数里包含 D，训练出优秀 G 的前提是训练出优秀的 D，因此，一般在每轮迭代中先训练 k 次 D（k 为大于或等于 1 的整数），再训练一次 G。

（3）训练 G 时，一般固定 D，此时目标函数中的 $E_{x \sim P_{\text{data}}(x)}[\log D(x)]$ 相当于常数，可以忽略，因此 G 的优化目标变成原始目标函数的后一项，即最小化 $E_{z \sim P_z(z)}[\log(1-D(G(z)))]$。

（4）在训练早期阶段，G 的生成能力较弱，D 能轻松分辨出真假样本，此时 $\log(1-D(G(z)))$ 接近 0，其导数在 0 附近变化较小，不利于梯度下降优化。一般将 G 的优化目标从最小化 $E_{z \sim P_z(z)}[\log(1-D(G(z)))]$ 改为最大化 $E_{z \sim P_z(z)}[\log D(G(z))]$，便于早期学习。

GAN 训练算法的伪代码见表 12.1。

表 12.1　GAN 训练算法的伪代码

输入：迭代次数 T，每轮迭代判别器 D 训练次数 K，小批量（minibatch）样本数量 m

1. 随机初始化 D 网络参数 θ_d 和 G 网络参数 θ_g
2. for t ← 1 to T do
　♯训练判别器 D
3. for k ← 1 to K do
　♯采集小批量样本
4. 从标准正态分布 $P_g(z)$ 采集 m 条样本 $\{z^{(m)}\}$
5. 从训练集 $P_{\text{data}}(x)$ 中采集 m 条样本 $\{x^{(m)}\}$
6. 使用随机梯度上升更新判别器 D，梯度为

$$\nabla\theta_d \frac{1}{m}\sum_{i=1}^{m}\big[\log D(x^{(i)}) + \log(1 - D(G(z^{(i)})))\big]$$

7. end
　♯训练生成器 G
8. 从标准正态分布 $P_g(z)$ 中采集 m 条样本 $\{z^{(m)}\}$
9. 使用随机梯度上升更新生成器 G，梯度为

$$\nabla\theta_d \frac{1}{m}\sum_{i=1}^{m}\log\big[1 - D(G(z^{(i)}))\big]$$

10. end

输出：生成器 G

12.2.3　分布距离度量

真实数据 x 服从某个特定的联合分布 $P_{\text{data}}(x)$，而 GAN 的目标是生成器 G 学习一个分布 P_g，使得 $P_g = P_{\text{data}}$，即两个分布的"距离"越接近越好。KL 散度和 JS 散度用来刻画两个分布的"距离"。对于两个连续的概率分布 p 和 q，KL 散度定义为

$$\text{KL}(p \mid\mid q) = \int_{-\infty}^{\infty} p(x)\log\frac{p(x)}{q(x)}\mathrm{d}x \tag{12.2}$$

KL 散度具有非负性。当两个分布完全相同时，对于任意 x，有 $p(x) = q(x)$，此时 $\log(p(x)/q(x))$ 为 0，KL 散度为 0。当两个分布不完全相同时，根据式（12.3）所示的 Gibbs 不等式可证明 KL 散度为正数。注意到 KL 散度不满足对称性，即 $\text{KL}(p\mid\mid q) = \text{KL}(q\mid\mid p)$。

$$0 \geqslant \sum_{i=1}^{n} p_i\log q_i - \sum_{i=1}^{n} p_i\log p_i = \sum_{i=1}^{n} p_i\log(q_i/p_i) = -D_{\text{KL}}(p \mid\mid q) \tag{12.3}$$

JS 散度解决了 KL 散度不对称的问题。JS 散度定义为

$$\text{JS}(p \mid\mid q) = \frac{1}{2}\text{KL}\left(p \mid\mid \frac{p+q}{2}\right) + \frac{1}{2}\text{KL}\left(q \mid\mid \frac{p+q}{2}\right) \tag{12.4}$$

JS 散度为两项 KL 散度之和。当 p 和 q 两个分布完全相同时，两项 KL 散度均为 0，JS 散度也为 0。JS 散度同样满足非负性。JS 散度和 KL 散度的不同之处在于：①KL 散度无上界，JS 散度存在上界 log2；②KL 散度不满足对称性，而 JS 散度满足对称性，即 $\text{JS}(p\mid\mid q) = \text{JS}(q\mid\mid p)$。

总之，KL 散度和 JS 散度反映了两个分布的"距离"，当两个分布完全相同时，KL 散度和 JS 散度取最小值 0；两个分布差异越大，KL 散度和 JS 散度也越大。

12.2.4 生成器 G 的全局最优解

$P_g = P_{\text{data}}$ 是生成器 G 的全局最优解，证明步骤可分为 3 步。

（1）证明 D 的最优解形式；

（2）将 minimax 问题中 G 的目标函数重写为另一种形式 $C(G)$；

（3）证明 $P_g = P_{\text{data}}$ 是 $C(G)$ 取全局最小值的充要条件。

首先，对于任意给定的 G,D 的训练目标是最大化价值函数 $V(G,D)$，而 $V(G,D)$ 可写为在 x 上的积分，也就是将数学期望展开为积分形式：

$$V(G,D) = \int_x P_{\text{data}}(x)\log(D(x))\mathrm{d}x + \int_z P_z(z)\log(1-D(G(z)))\mathrm{d}z \qquad (12.5)$$

考察式（12.5）的后一半，令 $x = G(z)$ 进行换元，再将前后两半合并，得到

$$V(G,D) = \int_x P_{\text{data}}(x)\log(D(x))\mathrm{d}x + P_g(x)\log(1-D(x))\mathrm{d}x \qquad (12.6)$$

在给定 x 和 G 的前提下，$P_{\text{data}}(x)$ 和 $P_g(x)$ 可视作常数，记作 a 和 b，那么式（12.6）可以写作

$$V(D) = a\log(D) + b\log(1-D) \qquad (12.7)$$

式（12.7）两边对 D 求导，得到

$$\frac{\mathrm{d}V(D)}{\mathrm{d}D} = a\,\frac{1}{D} - b\,\frac{1}{1-D} \qquad (12.8)$$

当目标函数 V 取最大值时，导数为 0，此时判别式 D 为最优解 D^*，即

$$0 = \frac{a}{D^*} + \frac{b}{1-D^*} \qquad (12.9)$$

解得

$$D^* = \frac{a}{a+b} \qquad (12.10)$$

因此，对于任意给定的 G,D 的最优解有如下形式：

$$D_G^*(x) = \frac{P_{\text{data}}(x)}{P_{\text{data}}(x) + P_g(x)} \qquad (12.11)$$

此时，minimax 问题中 G 的目标函数可重写为 $C(G)$ 的形式：

$$
\begin{aligned}
C(G) = \max_D V(G,D) &= E_{x \sim P_{\text{data}}(x)}\left[\log D_G^*(x)\right] + E_{z \sim P_z(z)}\left[\log(1-D_G^*(G(z)))\right] \\
&= E_{x \sim P_{\text{data}}(x)}\left[\log D_G^*(x)\right] + E_{z \sim P_z(z)}\left[\log(1-D_G^*(x))\right] \\
&= E_{x \sim P_{\text{data}}(x)}\left[\frac{P_{\text{data}}(x)}{P_{\text{data}}(x) + P_g(x)}\right] + E_{z \sim P_z(z)}\left[\frac{P_g(x)}{P_{\text{data}}(x) + P_g(x)}\right]
\end{aligned}
$$
$$\qquad (12.12)$$

当 $P_g = P_{\text{data}}$ 时，易知 $D_G^*(x) = 1/2$，代入式（12.12）得到 $C(G) = \log(-1/2) + \log(-1/2) = -\log 4$，对于任意 P_g，首先将新目标函数 $C(G)$ 的期望改写成积分形式：

$$C(G) = \int_x \left[P_{\text{data}}(x)\log\left(\frac{P_{\text{data}}(x)}{P_{\text{data}}(x) + P_g(x)}\right) + P_g(x)\log\left(\frac{P_g(x)}{P_{\text{data}}(x) + P_g(x)}\right) \right]\mathrm{d}x$$
$$\qquad (12.13)$$

接下来是一个简单的代数技巧，积分内的两项均同时减去 $\log 2$ 和加上 $\log 2$：

$$C(G) = \int_x \left\{ P_{\text{data}}(x)\left[-\log 2 + \log\left(\frac{P_{\text{data}}(x)}{P_{\text{data}}(x) + P_g(x)}\right) + \log 2 \right] \right.$$

$$+ P_g(\boldsymbol{x})\left[-\log 2 + \log\left(\frac{P_g(\boldsymbol{x})}{P_{\text{data}}(\boldsymbol{x}) + P_g(\boldsymbol{x})}\right) + \log 2\right]\right\}\mathrm{d}\boldsymbol{x} \quad (12.14)$$

移项整理可得 $C(G)$ 是下列 3 项积分项之和：

$$C(G) = -\log 2\int_x [P_{\text{data}}(\boldsymbol{x}) + P_g(\boldsymbol{x})]\mathrm{d}\boldsymbol{x} + \int_x\left[P_{\text{data}}(\boldsymbol{x})\log\left(\frac{P_{\text{data}}(\boldsymbol{x})}{(P_{\text{data}}(\boldsymbol{x}) + P_g(\boldsymbol{x}))/2}\right)\right]\mathrm{d}\boldsymbol{x}$$

$$+ \int_x\left[P_g(\boldsymbol{x})\log\left(\frac{P_g(\boldsymbol{x})}{(P_{\text{data}}(\boldsymbol{x}) + P_g(\boldsymbol{x}))/2}\right)\right]\mathrm{d}\boldsymbol{x} \quad (12.15)$$

由概率密度的定义可知，式(12.15)的第一项积分项为常数：

$$-\log 2\int_x [P_{\text{data}}(\boldsymbol{x}) + P_g(\boldsymbol{x})]\mathrm{d}\boldsymbol{x} = -2\log 2 = -\log 4 \quad (12.16)$$

而式(12.15)的后两项积分项正好等价于 KL 散度：

$$\int_x\left[P_{\text{data}}(\boldsymbol{x})\log\left(\frac{P_{\text{data}}(\boldsymbol{x})}{(P_{\text{data}}(\boldsymbol{x}) + P_g(\boldsymbol{x}))/2}\right)\right]\mathrm{d}\boldsymbol{x} = \mathrm{KL}\left(P_{\text{data}} \,\|\, \frac{P_{\text{data}} + P_g}{2}\right) \quad (12.17)$$

$$\int_x\left[P_g(\boldsymbol{x})\log\left(\frac{P_g(\boldsymbol{x})}{(P_{\text{data}}(\boldsymbol{x}) + P_g(\boldsymbol{x}))/2}\right)\right]\mathrm{d}\boldsymbol{x} = \mathrm{KL}\left(P_g \,\|\, \frac{P_{\text{data}} + P_g}{2}\right) \quad (12.18)$$

再由此前的先导概念可知，上述两式相加正好等价于 JS 散度：

$$\mathrm{KL}\left(P_{\text{data}} \,\|\, \frac{P_{\text{data}} + P_g}{2}\right) + \mathrm{KL}\left(P_g \,\|\, \frac{P_{\text{data}} + P_g}{2}\right) = 2\mathrm{JS}(P_{\text{data}} \,\|\, P_g) \quad (12.19)$$

将各项积分项合并，得到生成器 G 目标函数的最终形式：

$$C(G) = -\log 4 + 2\mathrm{JS}(P_{\text{data}} \,\|\, P_g) \quad (12.20)$$

根据 JS 散度概念，JS 散度为非负数，当且仅当 $P_g = P_{\text{data}}$ 时，JS 散度取最小值 0，此时 $C(G)$ 取全局最小值 $-\log 4$，因此 $P_g = P_{\text{data}}$ 是生成器 G 全局最优解的充要条件，证明完毕。

GAN 的训练目标是最小化生成数据分布 P_g 和真实数据分布 P_{data} 的 JS 散度，而该训练目标可以通过 G 和 D 交替训练结合梯度下降实现。

12.2.5　GAN 优势和劣势

GAN 的优势包括以下几点。

（1）生成的数据质量更好。相比于其他生成模型，GAN 生成的数据质量一般更好，尤其对于图像而言。

（2）学习过程更简单。部分传统生成模型基于马尔可夫链，GAN 避免了马尔可夫链的学习机制，因此 GAN 所依赖的假设较少，学习过程也相对简单，仅依赖梯度下降。

（3）能够与深度学习结合。可微分函数都能用于 D 和 G，因此 GAN 能够与各种形式的深度神经网络结合，从而搭上近十年深度学习迅猛发展的"顺风车"，快速应用于已被深度学习开垦过的各个领域。

当然，GAN 也存在一些问题。GAN 使用 JS 散度进行生成数据和目标数据之间距离的度量。而在训练中，现有研究认为生成数据分布和真实数据分布是图像数据在高维空间上的低维流体的一种映射，再加上取样过程实际上是从二者数据分布空间中的随机抽取特征点，造成二者之间的交集几乎为零。所以，传统度量算法使得判别器无法分辨生成距离分布区间和目标距离分布区间之间的距离。尽管分布区间之间的距离已经很大程度上缩减了，但是 JS 散度给予的是一样的结果。这就出现了数据分布更新方向无法确定的问题。

GAN 的劣势包括以下几点。

（1）黑箱问题。生成器 G 是噪声到生成数据的映射，通常采用深度神经网络。神经网络一般意义上为黑箱模型，可解释性较差。

（2）训练不收敛问题。一般的神经网络模型，只需观察验证集损失函数随迭代次数是否收敛，即可判断是否完成训练。而 GAN 的生成器 G 和判别器 D 始终处于博弈状态，它们两者的损失函数此消彼长，不存在收敛状态，因此无法根据损失函数判断是否完成训练。

（3）G 和 D 训练不同步问题。生成器 G 和判别器 D 需要同步训练，如果训练进度不匹配，也会出现问题。例如，如果 D 训练不够，始终维持在很弱的水平，那么 G 也很难提高。实际操作中，每轮迭代通常训练多次 D 和一次 G，目的就是尽快提升 D 的水平。

（4）模式崩溃问题。GAN 模型的生成样本容易过于单一，缺乏多样性。

12.3　变体模型

GAN 是复杂分布上无监督学习较具前景的方法之一，原始 GAN 模型学习真实世界的真实数据的分布，用于创造以假乱真的数据，但其存在固有缺陷，深度卷积生成对抗网络（Deep Convolutional Generative Adversarial Network，DCGAN）从网络结构的角度提出改进，基于 Wasserstein 距离的生成对抗网络（Wasserstein Generative Adversarial Network，WGAN）从损失函数的角度提出改进。本节介绍 GAN 的两种常见变体模型，如图 12.4 所示。

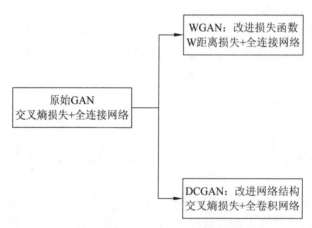

图 12.4　GAN 的两种常见变体模型

12.3.1　基于 Wasserstein 距离的生成对抗网络

2017 年，Arjovsky 等提出 WGAN，WGAN 将原始 GAN 中的 JS 散度替换成 Wasserstein 距离（简称 W 距离），用判别器估计生成分布与真实分布的 W 距离，用生成器拉近 W 距离，以达到生成样本逼近真实样本的目标。换言之，WGAN 相对于原始 GAN 的改进主要在损失函数部分，而基本没有改变 GAN 的网络结构。

W 距离用来衡量两个分布之间的远近，也称为"推土机距离"（Earth Mover Distance），简称 EM 距离，这个名称非常形象。如果将两个分布 p 和 q 分别比作两堆土，那么将土堆 p 推到和土堆 q 相同的位置和形状有多种不同的方案，EM 距离表示在所有推土方案中平均推土距离最小的方案对应的推土距离。

从"推土"的角度出发,EM 距离的表达如式(12.21)所示。

$$W(p,q) = \min_{\gamma \in \Pi} \sum_{x_p, x_q} \gamma(x_p, x_q) \, || \, x_p - x_q \, || \tag{12.21}$$

其中,$\gamma(x_p, x_q)$ 表示某种推土方案下对应的 x_p 到 x_q 的推土量,$|| \, x_p - x_q \, ||$ 则表示二者之间的某种距离(如欧几里得距离),Π 表示所有可能的推土方案。根据 EM 距离的直观定义可知,EM 距离没有上界,随着两个分布之间的距离越来越远,EM 距离会趋于无穷。换言之,EM 距离和 JS 散度不同,不会出现梯度为零的情况。

从概率分布的角度定义 W 距离,衡量真实分布 P_r 与生成分布 P_g 的 W 距离数学定义如式(12.22)所示。

$$W(P_r, P_g) = \inf_{\gamma: \Pi(P_r, P_g)} E_{(x,y) \sim \gamma} [|| \, x - y \, ||] \tag{12.22}$$

其中,γ 表示 (x, y) 的联合分布,$\Pi(P_r, P_g)$ 表示所有可能的 γ 取值空间。式(12.22)的本质是将分布 P_r 推向分布 P_g 所要经过的最小距离。

真实分布与生成分布近似不相交或者完全不相交时,无论真实分布与生成分布是距离一步之遥,还是距离海角天涯,JS 散度都是常数,因此 JS 散度无法指示不重合的两个分布到底距离多远。W 距离的优越性正体现于此。W 距离随分布间"距离"的变化是连续的,即使两个分布完全不相交,W 距离也不会收敛到常数,而是随分布间"距离"的增加不断增大,直至无穷。因此,W 距离没有梯度消失问题,可以用 W 距离替代 GAN 中的 JS 散度。

由于 W 距离的原始数学定义过于理论,在实践中难以直接计算,因此可通过 Kantorovich-Rubinstein Duality 公式将其等价变换为式(12.23):

$$W(P_r, P_g) = \frac{1}{K} \sup_{w: || f_w || L \leqslant K} (E_{x \sim P_r} [f_w(x)] - E_{x \sim P_g} [f_w(x)])$$

$$= \frac{1}{K} \sup_{w: || f_w || L \leqslant K} (E_{x \sim P_r} [f_w(x)] - E_{x \sim P_g} [G(z)]) \tag{12.23}$$

关于这个等价定义,有 3 点需要解释。

(1) $\{f_w(x), w \in W\}$ 表示一族依赖于参数 w 的函数 f,参数 w 的取值空间为 W。函数 f 可以是能写出表达式的简单初等函数,也可以是一个复杂的深度学习网络。如果 f 是一个深度学习网络,则参数 w 就是网络中的一系列权重。

(2) $w: || f_w || \leqslant K$ 表示函数 f_w 满足 Lipschitz 条件:即对于 f_w 定义域内的任何取值 a 和 b,满足 $| f_w(a) - f_w(b) | \leqslant K | a - b |$,$K$ 称为 Lipschitz 常数。在 W 距离的等价定义式中,K 可以是任意正实数。

(3) sup 表示对所有满足条件的函数 f_w 求括号中表达式的最小上界,在实际应用中近似等价于求括号中表达式的最大值。

如式(12.23)所示的 W 距离的等价定义式实际上就是 WGAN 的目标函数。在给定生成器 G 时,上述定义式中的函数 f_w 可以用一个深度学习网络代替,这个深度学习网络的目标就是最大化 $E_{r \sim P_r} [f_w(r)] - E_{x \sim P_g} [G(z)]$,在训练时 K 是一个常数,因此系数项可以忽略。为保持与 GAN 统一,这里仍称这个深度学习网络为判别器,当然此时判别器已不再执行判别真假的功能,而是估计真假样本分布的 W 距离。类似于 GAN,WGAN 在实践中判别器与生成器也是交替训练的,判别器的损失函数如式(12.24)所示,生成器的损失函数如式(12.25)所示。

$$J(D) = E_{z \sim P_z}[f_w(G(z))] - E_{x \sim P_r}[f_w(x)] \tag{12.24}$$

$$J(G) = -E_{z \sim P_z}[f_w(G(z))] \tag{12.25}$$

在原始的 GAN 模型中，判别器的作用本质上也是估计生成分布与真实分布之间的距离（用 JS 散度衡量），然后用生成器拉近 JS 散度。在 WGAN 中这种思想则更为直接：用判别器拟合两个分布之间的 W 距离，用生成器拉近 W 距离。

WGAN 的原理逻辑较清晰，但是在等价定义式（12.23）中对判别器有一个重要限制——判别器需满足 Lipschitz 条件。通常有两种处理办法：一种是权重剪裁（Weight Clipping）；一种是梯度惩罚（Gradient Penalty）。

权重剪裁的思想是对判别器网络的权重进行限制，因为神经网络仅是有限个权值与神经元相乘的结果，所以如果权重在某个有限范围内变化，那么判别器的输出值 $f_w(x)$ 也不会变得太大，近似可以满足 K-Lipschitz 条件。实际操作中，会在训练判别器的每一步反向传播更新权值之后对权重进行剪裁，例如可以将更新后的权值限制到 $[-0.01, 0.01]$ 中，如式（12.26）所示。

$$w_{\text{update}}^{\text{clip}} = \begin{cases} 0.01, & w_{\text{update}} > 0.01 \\ w_{\text{update}}, & 0.01 \leqslant w_{\text{update}} \leqslant 0.01 \\ -0.01, & w_{\text{update}} < -0.01 \end{cases} \tag{12.26}$$

权重剪裁实际上并没有真正让判别器满足 K-Lipschitz 条件，且实证表明权重剪裁会让大部分网络权重落在限制边界上，使得生成样本的质量不佳。

更常用的方法是梯度惩罚。如果能将判别器 f_w 相对于输入 x 的梯度限制在一定范围内，那么 f_w 自然就能满足 K-Lipschitz 条件。根据这个思想，可以在判别器损失函数中增加惩罚项，将判别器损失函数写成式（12.27）：

$$J(D) = E_{z \sim P_z}[f_w(G(z))] - E_{x \sim P_r}[f_w(x)] + \lambda E_{\sim P}[(\|\nabla f_w()\|_2 - 1)^2] \tag{12.27}$$

这个损失函数对判别器 f_w 相对于输入的梯度进行惩罚，将梯度的 L2-范数约束在 1 附近，从而保证 Lipschitz 条件成立。

WGAN 的实际训练过程中，判别器 D 与生成器 G 交替进行训练，一般判别器 D 训练 K 次，生成器 G 训练 1 次。WGAN 训练算法的伪代码见表 12.2。

表 12.2　WGAN 训练算法的伪代码

输入：迭代次数 T，每轮迭代判别器 D 训练次数 K，小批量样本数量 m

1. 随机初始化 D 网络参数 θ_d 和 G 网络参数 θ_g
2. for t←1 to T do
♯ 训练判别器 D
3. for k←1 to K do
♯ 采集小批量样本
4. 从训练集 $P_r(x)$ 中采集 m 条样本 $\{x^{(m)}\}$
5. 从标准正态分布 $P_g(z)$ 中采集 m 条样本 $\{z^{(m)}\}$
6. 从 $[0,1]$ 均匀分布中采集 m 个随机数 $\{\varepsilon^{(m)}\}$，并计算 $\hat{x}^{(i)} = \varepsilon^{(i)} x^{(i)} + (1-\varepsilon^{(i)})G(z^{(i)})$，得到 $\hat{x}^{(m)}$
7. 使用随机梯度下降更新判别器 D，梯度为

$$\nabla \theta_d \frac{1}{m} \sum_{i=1}^{m} [D(G(z^{(i)})) - D(x^{(i)}) + \lambda (\|\nabla_{\hat{x}} D(\hat{x}^{(i)})\|_2 - 1)^2]$$

续表

8.　end

♯ 训练生成器 G

9. 从标准正态分布 $P_g(z)$ 中采集 m 条样本 $\{z^{(m)}\}$

10. 使用随机梯度下降更新生成器 G，梯度为

$$\nabla \theta_d \frac{1}{m} \sum_{i=1}^{m} \left[-D(G(z^{(i)})) \right]$$

11. end

输出：生成器 G

12.3.2 深度卷积生成对抗网络

卷积神经网络（Convolutional Neural Network，CNN）是一种常见的深度学习网络架构，受生物自然视觉认知机制启发而来，最初由 Yann Lecun 等于 1998 年提出。CNN 的本质是一个多层感知机，可以自动从数据中学习特征，并把结果向同类型位置数据泛化。CNN 采用局部连接和权值共享方式，既减少了权值数量，使参数易于优化，又降低了模型复杂度，减小了过拟合风险。随着数据量的增大和算力的增强，CNN 在很多领域取得成功，如图像识别、图像分割等。基础的 CNN 由卷积、激活、池化 3 种结构组成，当处理分类任务时，还需要引入全连接层，完成从 CNN 输出特征到标签集的映射。

2016 年，Radford 等将 CNN 与 GAN 有效结合，充分利用卷积操作强大的特征提取能力提高学习效果，提出深度卷积生成对抗网络（Deep Convolutional Generative Adversarial Network，DCGAN）。DCGAN 的核心思想是针对网络结构改进原始 GAN，DCGAN 使用更灵活的转置卷积层和带步长的卷积层，分别替代 GAN 模型中的上采样层和池化层。同时，DCGAN 取消全连接层，并调整归一化层、激活函数、优化器等网络组件，生成器中使用转置卷积层代替上采样层，判别器中使用带步长的卷积层代替池化层同时去掉全连接层，构成全卷积网络。

DCGAN 网络结构中涉及的重点如下。

（1）特征学习：卷积与转置卷积。

在 DCGAN 网络结构中，生成器使用转置卷积完成低维特征向高维特征的映射，即上采样，判别器使用卷积完成高维特征向低维特征的映射，即下采样。因此，充分理解卷积和转置卷积的操作机制是重要且必要的。尽管从字面意思上看，转置卷积操作与卷积操作相反，但事实上并非严格相反，且转置卷积的过程理解起来更晦涩。对此，下面引入仿射变换的形式，以一维卷积和转置卷积操作为例，对比两者的机制异同。

首先，取步长为 1，且不考虑填充和通道维度。假设一个 5 维输入 x，经过大小为 3 的卷积核 $w = [w_1, w_2, w_3]'$ 进行卷积，可以得到 3 维向量 z。卷积操作可以写为

$$z = w \otimes x = \begin{bmatrix} w_1 & w_2 & w_3 & 0 & 0 \\ 0 & w_1 & w_2 & w_3 & 0 \\ 0 & 0 & w_1 & w_2 & w_3 \end{bmatrix} x \stackrel{\text{def}}{=} Cx \tag{12.28}$$

反过来，如果想把一个 3 维输入 z，通过升维，得到 5 维向量 x，只需把权重矩阵 C 进行转置（注意，只是形式上的转置，矩阵元素取值并非相等）。转置卷积操作可以写为

$$\boldsymbol{x} = \boldsymbol{w} \otimes \boldsymbol{z} = \begin{bmatrix} v_1 & 0 & 0 \\ v_2 & v_1 & 0 \\ v_3 & v_2 & v_1 \\ 0 & v_3 & v_2 \\ 0 & 0 & v_3 \end{bmatrix} \boldsymbol{z} \overset{\text{def}}{=} \boldsymbol{C}'\boldsymbol{z} \qquad (12.29)$$

进一步推广，如果考虑填充规模为1，使一个5维输入 $\boldsymbol{x}$ 经过大小为3的卷积核进行卷积，输出向量的维度仍然是5维，卷积操作可以写为

$$\boldsymbol{z} = \boldsymbol{w} \otimes \boldsymbol{x} = \begin{bmatrix} w_2 & w_3 & 0 & 0 & 0 \\ w_1 & w_2 & w_3 & 0 & 0 \\ 0 & w_1 & w_2 & w_3 & 0 \\ 0 & 0 & w_1 & w_2 & w_3 \\ 0 & 0 & 0 & w_1 & w_2 \end{bmatrix} \boldsymbol{x} \overset{\text{def}}{=} \boldsymbol{C}\boldsymbol{x} \qquad (12.30)$$

反过来，如果想把一个5维输入 $\boldsymbol{z}$，通过转置卷积的作用，仍然得到5维向量 $\boldsymbol{x}$，只需把权重矩阵 $\boldsymbol{C}$ 进行转置。此时，不难发现，转置卷积操作仿射变换矩阵非零元素的位置与卷积操作的情况是相同的，因此转置卷积在效果上与卷积也是相同的。

$$\boldsymbol{x} = \boldsymbol{v} \otimes \boldsymbol{x} = \begin{bmatrix} v_2 & v_1 & 0 & 0 & 0 \\ v_3 & v_2 & v_1 & 0 & 0 \\ 0 & v_3 & v_2 & v_1 & 0 \\ 0 & 0 & v_3 & v_2 & v_1 \\ 0 & 0 & 0 & v_3 & v_2 \end{bmatrix} \boldsymbol{z} \overset{\text{def}}{=} \boldsymbol{C}'\boldsymbol{z} \qquad (12.31)$$

最后，如果考虑步长为2，使一个5维输入 $\boldsymbol{x}$，经过大小为3的卷积核进行卷积，被降维至2维，卷积操作可以写为

$$\boldsymbol{z} = \boldsymbol{w} \otimes \boldsymbol{x} = \begin{bmatrix} w_1 & w_2 & w_3 & 0 & 0 \\ 0 & 0 & w_1 & w_2 & w_3 \end{bmatrix} \boldsymbol{x} \overset{\text{def}}{=} \boldsymbol{C}\boldsymbol{x} \qquad (12.32)$$

反过来，如果想把一个2维输入 $\boldsymbol{z}$，通过步长为2的转置卷积的作用升维至5维，只需把权重矩阵 $\boldsymbol{C}$ 进行转置。转置卷积操作可以写为

$$\boldsymbol{x} = \boldsymbol{v} \otimes \boldsymbol{z} = \begin{bmatrix} v_1 & 0 \\ v_2 & 0 \\ v_3 & v_1 \\ 0 & v_2 \\ 0 & v_3 \end{bmatrix} \boldsymbol{z} \overset{\text{def}}{=} \boldsymbol{C}'\boldsymbol{z} \qquad (12.33)$$

通过仿射变换，不难理解卷积和转置卷积操作的机制。

（2）引入非线性：激活函数。

在卷积操作之后，通常引入偏置和非线性激活函数，给网络结构引入非线性因素，使得神经网络可以任意逼近任何非线性函数。在 DCGAN 中，生成器和判别器使用不同的激活函数。在生成器中使用 ReLU 函数，但在输出层使用了 tanh 函数，因为发现使用有边界的激活函数可以让模型更快地学习，并能快速覆盖色彩空间。在判别器中对所有层使用 LeakyReLU，这样做的好处是 DCGAN 中广泛使用的 LeakyReLU(0.2) 函数既不会导致梯度消失的问题，同时由于导数不为0，也可以减少静默神经元的出现。

（3）下采样：池化或带步长的卷积。

池化是对信息进行抽象的过程，是一种下采样操作。在保持特征的某种不变性（如旋转、平移、伸缩等）的前提下，压缩特征图大小、减少参数量、降低优化难度，尽量去除冗余信息，保留关键信息，从而达到简化网络复杂度的目的。

如图 12.5 所示，GAN 包含了 2×2 的最大值池化层。然而，这种暴力降低特征图分辨率的方法可能丢失大量信息，一个 2×2 的最大池化操作就会丢失近 3/4 的信息。如图 12.6 所示，在算力足够的情况下，可使用带步长的卷积操作替代池化进行下采样。

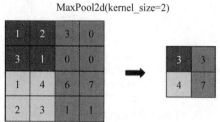

图 12.5　GAN 判别器中最大池化操作示意图

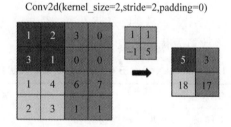

图 12.6　DCGAN 以带步长的卷积代替池化

（4）映射至输出尺寸：全连接或卷积。

全连接层一般放在网络最后，用以综合所有信息进行降维。如图 12.7 所示，GAN 判别器的最后 3 层结构为全连接，将最终特征图映射到 1 个神经元作为输出。然而，全连接层参数量较大，容易过拟合，对于空间信息损失较多（因为需要"展平"）。在卷积操作中，若卷积核感受野覆盖全图，则其计算过程与全连接等效，故它们之间可以替代，如图 12.8 所示。

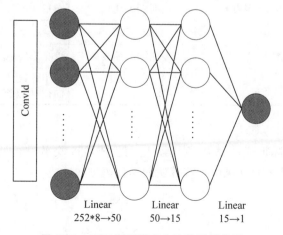

图 12.7　GAN 判别器中全连接层的作用

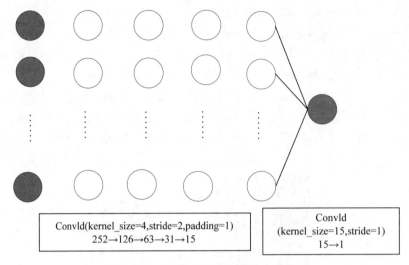

图 12.8　DCGAN 以卷积代替全连接

下面介绍 DCGAN 的基本原理和训练算法。

（1）DCGAN 的基本原理。

DCGAN 的基本原理与 GAN 一致，只是将生成器和判别器换成了全卷积网络。DCGAN 相比于 GAN 的主要改进及优势见表 12.3。

表 12.3　DCGAN 相比于 GAN 的主要改进及优势

	功能	GAN	DCGAN	DCGAN 相比 GAN 的优势
生成器 G	网络结构	邻近插值上采样层＋卷积层	转置卷积层	—
	归一化	批归一化层	批归一化层	—
	激活	Sigmoid()	tanh()	去中心化（均值为 0）
	上采样	邻近插值上采样层	转置卷积	可视化、信息冗余小、可以重叠融合
	映射至输出尺寸	全连接层	取消	减小参数量、不易过拟合、可提取空间信息、无须输入固定尺寸
判别器 D	网络结构	卷积层＋全连接层	卷积层	—
	归一化	不使用归一化层	批归一化层	稳定训练
	激活	Sigmoid()	LeakyReLU()	不会梯度消失
	下采样	最大值池化层	带步长的卷积	信息损失小
	映射至输出尺寸	全连接层	取消	减小参数量、不易过拟合、可提取空间信息、无须输入固定尺寸

（2）DCGAN 的训练算法。

在 DCGAN 的实际训练过程中，判别器 D 与生成器 G 交替进行训练，判别器 D 训练 1 次，生成器 G 训练 1 次。DCGAN 训练算法的伪代码见表 12.4。

表 12.4　DCGAN 训练算法的伪代码

输入：迭代次数 T，小批量（minibatch）样本数量 m
1. 随机初始化 D 网络参数 θ_d 和 G 网络参数 θ_g
2. for t←1 to T do
♯ 训练判别器 D
3.　从训练集 $Pr(x)$ 中随机采集 m 条样本 $\{x^{(m)}\}$
4.　从 $[0.9,1.1]$ 均匀分布中采集 m 个随机数 $\{e_1^{(m)}\}$，并计算 $\{e_1^{(m)}\}$ 与 $\{x^{(m)}\}$ 的二进制交叉熵值 $\text{loss}_{\text{real}}$
5.　从标准正态分布 $P_g(z)$ 中采集 m 条样本 $\{z^{(m)}\}$
6.　从 $[0.1,0.3]$ 均匀分布中采集 m 个随机数 $\{e_2^{(m)}\}$，并计算 $\{e_2^{(m)}\}$ 与 $\{D(G(z^{(i)}))\}$ 的二进制交叉熵值 $\text{loss}_{\text{fake}}$
7. 使用 Adam 优化器更新判别器 D，梯度为 $\text{loss}_{\text{fake}}$
♯ 训练生成器 G
8.　从标准正态分布 $P_g(z)$ 中随机采集 m 条样本 $\{z^{(m)}\}$
9.　从 $[0.1,0.3]$ 均匀分布中采集 m 个随机数 $\{e_2^{(m)}\}$，并计算 $\{e_2^{(m)}\}$ 与 $\{D(G(z^{(i)}))\}$ 的二进制交叉熵值 $\text{loss}_{\text{fake}}$
10.　使用 Adam 优化器更新判别器 D，梯度为 $\text{loss}_{\text{fake}}$
11.　end
输出：生成器 G

DCGAN 模型对 GAN 模型的改进集中在网络结构部分，即将生成器 G 和判别器 D 设计成全卷积网络，由此带来的优点如下。

（1）由于是全卷积网络，因此可以观察其中任意步骤的特征图来直观感受训练过程，即增强了可解释性。

（2）通过使用批归一化层将特征层输出归一化到一起，通过使用 LeakyReLU 激活函数防止梯度稀疏，进而一定程度上稳定了训练。

（3）通过使用卷积和转置卷积操作，允许网络学习自己的空间下采样/上采样，更好地提取了特征。

DCGAN 模型虽然有了更合理的网络结构，但仍存在以下缺点。

（1）DCGAN 的损失函数交叉熵仍无法衡量不相交分布间的距离。

（2）在训练过程中如果判别器训练得太好，能够很好地分辨真假序列，分布不相交的情况会经常出现，若无法较好地分辨其距离，就会阻碍生成器的训练。

（3）由于损失函数的不收敛以及对网络参数、结构及训练过程的要求较为严苛，DCGAN 网络设计及调参难度较大。

12.4　评　价　标　准

用于评价 GAN 模型优劣的指标应当尽可能考虑以下要求。

（1）能生成更为真实样本的模型应当得到更好的分数，也就是可评价样本的生成质量；

（2）能生成更具有多样性样本的模型应当得到更好的分数，也就是可以评价 GAN 的过拟合、模式缺失、模式崩溃、简单记忆等问题，即多样性；

（3）对于 GAN 的隐藏变量 z，若有比较明确的"意义"且隐空间连续，那么可控制 z 得到期望的样本，这样的 GAN 应该得到更好的评价；

（4）有界性，即评价指标的数值最好具有明确的上界、下界；

（5）GAN 通常用于图像数据的生成，一些对图像的变换并不改变语义信息（例如旋转），故评价指标对某些变换前后的图像不应有较大的差别；

（6）评价指标给出的结果应当与人类感知一致；

（7）计算评价指标不应需要过多的样本，不应有较大的计算复杂性。

考虑到实际情况，这些要求往往不能同时得到满足，不同的指标各有优劣。

12.4.1　IS 系列

初始评分（Inception Score，IS），该指标适用于评价 GAN 网络生成图像的质量和多样性。IS 将生成的图像 x 送入已经训练好的 Inception 分类器模型，例如 Inception Net-v3，会对每个输入的图像输出一个标签向量 $\boldsymbol{y}$，向量的每一维表示输入样本属于某类别的概率。假设 Inception Net-v3 训练得足够好，那么对质量高的生成图像 x，Inception Net-v3 可将其以很高的概率分类成某个类，即标签向量 $p(\boldsymbol{y}\mid x)$ 的数值比较集中，形如 $[0.9,0,\cdots,0.02,0]$。可以使用熵量化该指标，分布 $p(\boldsymbol{y}\mid x)$ 相对于类别的熵定义为

$$H(\boldsymbol{y}\mid x)=-\sum_{i=1}p(y_i\mid x)\log[p(y_i\mid x)] \tag{12.34}$$

其中，$p(y_i\mid x)$ 表示 x 属于第 i 类的概率，即 y_i 值，为了避免歧义，熵计算方式展示如图 12.9 所示。

熵是一种混乱程度的度量，对于质量较低的输入图像，分类器无法给出明确的类别，其熵应比较大；而对于质量越高的图像，其熵应当越小，当 $p(\boldsymbol{y}\mid x)$ 为 one-hot 分布时，熵达到最小值 0。

IS 考虑的另一个度量指标是样本的多样性，若 GAN 产生的一批样本 $\{x_1,x_2,\cdots,x_n\}$ 多样性比较好，则标签向量 $\{y_1,y_2,\cdots,y_n\}$ 的类别分布也应该比较均匀，也就是说，不同类别的概率基本上是相等的，当然这里要假设训练样本的类别是均衡的，则其均值应趋向均匀分布，如图 12.10 所示。

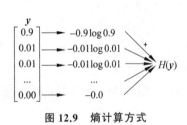

图 12.9　熵计算方式　　　　　图 12.10　标签向量分布均匀

又因为

$$\frac{1}{N}\sum_{i=1}^{N}p(\boldsymbol{y}\mid x_i)\approx E_x[p(\boldsymbol{y}\mid x)]=p(\boldsymbol{y}) \tag{12.35}$$

故可使用标签向量 $\boldsymbol{y}$ 关于类别的熵定量描述，若生成样本的多样性好，即涵盖的类别多，则 $p(\boldsymbol{y})$ 相对于类别的熵越大；若生成样本的多样性差，则 $p(\boldsymbol{y})$ 相对于类别的熵越小，其中定义 $p(\boldsymbol{y})$ 相对于类别的熵为

$$H(\boldsymbol{y})=-\sum_{i=1}^{n}p(y_i)\log[p(y_i)] \tag{12.36}$$

其中，$p(y_i)$ 表示第 i 类的概率，即 y_i 值。

综合考虑图像质量和多样性两个指标,可以将样本和标签的互信息 $I(x;y)$ 设计为生成模型的评价指标,互信息描述了给定一个随机变量后,另一个随机变量的不确定性减少程度,又被称为信息增益,即

$$I(x;y) = H(y) - H(y \mid x) \tag{12.37}$$

在不知道 x 前,边缘分布 $p(y)$ 相对于类别的熵比较大,标签 y(可能接近均匀分布)不确定程度比较大;当给定 x 后,条件分布 $p(y|x)$ 相对于类别的熵会减小,标签 y 的不确定性降低(可能接近 one-hot 分布),不确定程度会减少,并且其差值越大,说明样本的质量越好。根据

$$E_x[D_{\mathrm{KL}}(p(y \mid x) \parallel p(y))] = H(y) - H(y \mid x) \tag{12.38}$$

其中,KL 散度表示两个分布的差值,当 KL 散度值越大时,表示两个分布的差异越大;KL 散度值越小,分布的差异越小,计算所有样本的 KL 散度求平均,但是本质上讲,还是通过信息增益来评价。为了便于计算,添加指数项,最终的 IS 定义成如下形式。

$$\exp(E_x D_{\mathrm{KL}}(p(y \mid x) \parallel p(y))) \tag{12.39}$$

实际计算 IS 时,使用的计算式子为

$$\exp\left(\frac{1}{N} \sum_{i=1}^{N} D_{\mathrm{KL}}(p(y \mid x^{(i)}) \parallel p(y))\right) \tag{12.40}$$

对于 $p(y)$ 的经验分布 $\hat{p}(y)$,使用生成模型产生 N 个样本,将 N 个样本送入分类器得到 N 个标签向量,对其求均值且令

$$\hat{p}(y) \approx \frac{1}{N} \sum_i p(y^{(i)}) \tag{12.41}$$

IS 作为 GAN 的评价指标,自 2016 年提出以来,已经具备了比较广泛的接受程度,但也有一些不可忽略的问题和缺陷。

(1)当 GAN 发生过拟合时,生成器只"记住了"训练集的样本,泛化性能差,但是 IS 无法检测到这个问题,由于样本质量和多样性都比较好,因此 IS 仍然会很高。

(2)由于 Inception Net-v3 是在 ImageNet 上训练得到的,故 IS 会偏爱 ImageNet 中的物体类别,而不是注重真实性。GAN 生成的图像无论如何逼真,只要它的类别不存在于 ImageNet 中,IS 就会比较低。

(3)若 GAN 生成类别的多样性足够,但是类内发生模式崩溃问题,则 IS 无法探测。

(4)IS 只考虑生成器的分布 P_g,而忽略数据集的分布 P_{data}。

(5)IS 是一种伪度量。

(6)IS 的高低会受到图像像素的影响。

因此,在 IS 基础上又出现了一些改进版本,例如模式评分(Mode Score,MS)、修正初始得分(Modified Inception Score,m-IS)和 AM 评分(AM Score,AMS)等。

12.4.2 弗雷切特初始距离

计算 IS 时只考虑了生成样本,没有考虑真实数据,即 IS 无法反映真实数据和样本之间的距离,因此,要想更好地评价生成网络,就要使用更加有效的方法计算真实分布与生成样本之间的距离。弗雷切特初始距离(Frechet Inception Distance,FID)用于计算真实样本和生成样本在特征空间之间的距离。首先利用 Inception 网络提取特征,然后使用高斯模型对特征空间进行建模,再求解两个特征之间的距离,较低的 FID 意味着较高图片的质量和多

样性。FID 采用了这样的做法：分别把生成器生成的样本和真实样本送到分类器中（例如 Inception Net-v3 或者其他 CNN 等），抽取分类器的中间层的抽象特征，并假设该抽象特征符合多元高斯分布，估计生成样本高斯分布的均值 μ_g 和协方差 Σ_g，以及真实训练样本高斯分布均值 μ_{data} 和协方差 Σ_{data}，计算两个高斯分布的弗雷切特初始距离，此距离值即 FID。

$$|| \mu_{data} - \mu_g || + \mathrm{tr}(\Sigma_{data} + \Sigma_g - 2(\Sigma_{data}\Sigma_g)^{\frac{1}{2}}) \qquad (12.42)$$

将 FID 作为评价指标。FID 示意图如图 12.11 所示，其中虚线部分表示中间层。

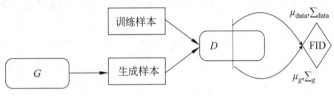

图 12.11　FID 示意图

FID 的数值越小，表示两个高斯分布越接近，GAN 的性能越好。实践中发现，FID 对噪声具有比较好的鲁棒性，能够对生成图像的质量有比较好的评价，其给出的分数与人类的视觉判断比较一致，并且 FID 的计算复杂度并不高，虽然 FID 只考虑样本的一阶矩和二阶矩，但整体而言，FID 还是比较有效的，其理论上的不足之处在于：高斯分布的简化假设在实际中并不成立。

12.4.3　最大均值差异

最大均值差异（Maximum Mean Discrepancy，MMD）在迁移学习中具有非常广泛的应用，它是在希尔伯特空间对两个分布的差异的一种度量，故可以考虑使用 MMD 度量训练数据集分布 p_{data} 和生成数据集 p_g 的距离，然后使用这个距离作为 GAN 的评价指标。MMD 距离越小，表示 p_{data} 和 p_g 越接近，GAN 的性能越好。

计算 MMD 时，首先选择一个核函数 $k(\boldsymbol{x},y)$，它将两个样本映射为一个实数，例如多项式核函数：

$$K(\boldsymbol{x},y) = (\gamma\boldsymbol{x}^{\mathrm{T}}y + C)^d \qquad (12.43)$$

高斯核函数：

$$K(\boldsymbol{x},y) = \exp(-|| \boldsymbol{x} - y ||^2) \qquad (12.44)$$

则 MMD 距离为

$$E_{\boldsymbol{x},x'\sim p_{data}}[k(\boldsymbol{x},x')] - 2E_{\boldsymbol{x}\sim p_{data},y\sim p_g}[k(\boldsymbol{x},y)] + E_{y,y'\sim p_g}[k(y,y')] \qquad (12.45)$$

不过，实际计算时，不可能求期望，而需要使用样本估计 MMD 值，对于来自训练样本集的 n 个样本 $x_1,x_2,\cdots,x_n$ 和来自生成器生成的 n 个样本 $y_1,y_2,\cdots,y_n$，MMD 的估算值为

$$\frac{1}{C_n^2}\sum_{i\neq i'}k(x_i,x_{i'}) - \frac{2}{C_n^2}\sum_{i\neq j}k(x_i,y_i) + \frac{1}{C_n^2}\sum_{j\neq j'}k(y_j,y_j') \qquad (12.46)$$

由于 MMD 是使用样本估计的，因此即使 p_{data} 和 p_g 完全相同，估算得到 MMD 也未必等于零。

12.4.4　标准化相对鉴别分数

标准化相对鉴别分数（Normalized Relative Discriminative Score，NRDS）可用于多个

GAN 模型的比较,其基本想法是:实践中,对于训练数据集和 GAN 生成器生成的样本集,只要使用足够多的 epoch,总可以训练得到一个分类器 C,可以将两类样本完全分开,使得对训练数据集的样本,分类器输出趋于 1,对 GAN 生成的样本,分类器输出趋于 0。但是,若两类样本的概率分布比较接近(即 GAN 生成效果比较好),则需要更多次数的 epoch 才能将两类样本完全区分开;反之,对于较差的 GAN 生成效果,不需要训练分类器 C 多少次 epoch,就可将两类样本完全分开。

　　如图 12.12 所示,在每个 epoch 中,对于 n 个 GAN,分别从其中采样得到 n 批生成样本(虚假样本),将其与训练集样本(真实样本)以及对应的标签一起送入分类器 C,然后使用分类器分别在 n 批虚假样本上测试,记录 n 个分类器的输出结果 output(结果应为批次的平均值)。训练足够多的 epoch 次数,使分类器对真实样本输出几乎为 1,对虚假样本输出几乎为 0,这时对 n 个 GAN 做 n 个 epoch-output 曲线,分别记为 C_i,估算曲线下围成的区域的面积,如图 12.13 所示。

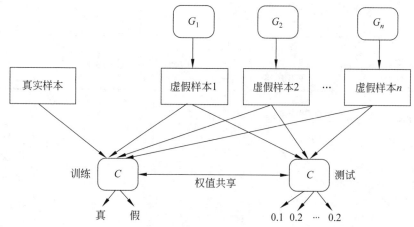

图 12.12　NRDS 示意图

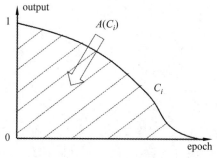

图 12.13　曲线下围成的区域

　　每条 epoch-output 曲线 C_i 围成的区域面积记为 $A(C_i)$,最后分别计算 NRDS:

$$\text{NRDS}_i = \frac{A(C_i)}{\sum_{j=1}^{N} A(C_j)} \tag{12.47}$$

　　NRDS 的值越大,说明将两个分布完全分开的"损耗"越大,表明对应的 GAN 的 p_g 更接近 p_{data}。

12.5　GAN 实现手写体数字图片生成

本节实现一个简单原始 GAN，目标是生成与真实图片看起来一样的逼真手写数字图片。数据集选择 MNIST，它是一个手写体数字的图片数据集，该数据集由美国国家标准与技术研究所发起并整理，一共统计了来自 250 个不同人的手写数字图片。本文用 FID 指标评价生成的手写数字图片。

GAN 实验环境配置见表 12.5。

表 12.5　GAN 实验环境配置

开 发 环 境	参 数 列 表
硬件环境	CPU：Intel(R) Core(TM) i5-5200U CPU @2.20GHz GPU：NVIDIA TeslaK80 内存：32.00GB 显存：8.00GB
软件环境	操作系统：Windows 10 编程环境：Python 3.7、TensorFlow 1.14 框架 开发环境：PyCharm

实验原始 GAN 的完整代码如下。

（1）导入第三方库：

```
#导入 tensorflow
import tensorflow as tf
#导入 numpy
import numpy as np
#导入 pickle
import pickle
#导入 matplotlib
import matplotlib.pyplot as plt
import scipy
import sys
from FID.fid import *
import glob
from scipy.misc import imread
sys.path.append("../")
```

使用 TensorFlow 实现 GAN 的网络架构，并对构建的 GAN 进行训练；使用 numpy 生成随机噪声，用于给生成器生成输入数据；使用 pickle 持久化地保存变量；使用 matplotlib 可视化 GAN 训练过程中两个网络结构损失的变化，以及 GAN 生成的图片。

（2）读入 MNIST 数据集：

```
#导入手写数字数据集
from tensorflow.examples.tutorials.mnist import input_data
#读入 MNIST 数据
mnist = input_data.read_data_sets('./data/MNIST_data')
img = mnist.train.images[1000]
#以灰度图的形式读入
```

```
plt.imshow(img.reshape((28, 28)), cmap='Greys_r')
plt.show()
```

读入 MNIST 数据集中的真实图片作为训练判别器 D 的真实数据。为验证数据读入成功，选择 MNIST 数据集中的第 1000 个数据，将其可视化。可视化结果如图 12.14 所示。

使用 type() 函数和 shape() 函数观察，发现 MNIST 数据集中的图片都由一个矩阵长度为 784（28×28）的一维矩阵表示，其中 type() 函数用于返回对象的类型，shape() 函数用于读取矩阵的长度。

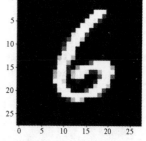

图 12.14　可视化结果

```
print(type(img))
print(img.shape)
```

（3）定义用于接收输入的方法：

```
#定义用于接收输入的方法
def get_inputs(real_size, noise_size):
    real_img = tf.placeholder(tf.float32, [None, real_size], name='real_img')
    noise_img = tf.placeholder(tf.float32, [None, noise_size], name='noise_img')
    return real_img, noise_img
```

使用 TensorFlow 的 placeholder 占位符获得输入的数据。

（4）定义生成器：

```
def generator(noise_img, n_units, out_dim, reuse=False, alpha=0.01):
    with tf.variable_scope("generator", reuse=reuse):
        #全连接
hidden1 = tf.layers.dense(noise_img, n_units)
        #返回最大值
hidden1 = tf.maximum(alpha * hidden1, hidden1)
        hidden1 = tf.layers.dropout(hidden1, rate=0.2)
        #dense:全连接
logits = tf.layers.dense(hidden1, out_dim)
        outputs = tf.tanh(logits)
        return logits, outputs
```

实现生成器的过程可以分为以下 5 个步骤。

① 使用 tf.variable_scope 创建一个名为 generator 的空间，主要目的是实现在该空间中，变量可以被重复使用且方便区分不同卷积层之间的组件；

② 选择使用 tf.layers 下的 dense() 方法将输入层和隐藏层进行全连接；

③ 选择 Leaky ReLU 作为隐藏层的激活函数，tf.maximum() 方法可返回通过 Leaky ReLU 激活后较大的值；

④ 使用 tf.layers 的 dropout() 方法，其做法就是按一定的概率随机弃用神经网络中的网络单元（即将该网络单元的参数置 0），防止发生过拟合现象；

⑤ 再通过 dense() 方法实现隐藏层与输出层全连接，使用 tanh 作为输出层的激活函数。

需要注意的是：dropout 只能在训练时使用，在测试时不能使用；tanh 函数的输出范围是 −1～1，即表示生成图片的像素范围是 −1～1，但 MNIST 数据集中真实图片的像素范围是 0～1，所以在训练时，要调整真实图片的像素范围，让其与生成图片一致。

生成器的网络结构非常简单，只是一个具有单隐藏层的神经网络，其整体结构为输入层→隐藏层→输出层。

（5）定义判别器：

```python
#判别器
def discirminator(img, n_units, reuse=False, alpha=0.01):
    with tf.variable_scope("discirminator", reuse=reuse):
        hidden1 = tf.layers.dense(img, n_units)
        hidden1 = tf.maximum(alpha * hidden1, hidden1)
        logits = tf.layers.dense(hidden1, 1)
        outputs = tf.sigmoid(logits)
        return logits, outputs
```

判别器的实现代码与生成器的实现代码差别不大，区别在于判别器的输出层只有一个网络单元且使用 Sigmoid 作为输出层的激活函数。Sigmoid 函数输出值的范围是 0～1。

（6）定义用于计算 FID 值的函数：

```python
#计算 FID 值
def fid():
    #生成图像的存储路径
realimg_path = './picture/real_samples'
    genimg_path = './picture/gen_samples'
    #加载 Inception 网络
inception_path = check_or_download_inception(None)

    #将所有图像加载到内存中
    realimg_list = glob.glob(os.path.join(realimg_path, '*.jpg'))
    real_images = np.array([imread(str(fn)).astype(np.float32) for fn in realimg
_list])
    real_images = np.expand_dims(real_images, axis=3).repeat(3, axis=3)
    genimg_list = glob.glob(os.path.join(genimg_path, '*.jpg'))
    gen_images = np.array([imread(str(fn)).astype(np.float32) for fn in genimg_
list])
    gen_images = np.expand_dims(gen_images, axis=3).repeat(3, axis=3)

    create_inception_graph(inception_path)
    with tf.Session() as sess:
        sess.run(tf.global_variables_initializer())
        mu_real, sigma_real = calculate_activation_statistics(real_images, sess,
batch_size=64)

    with tf.Session() as sess:
        sess.run(tf.global_variables_initializer())
        mu_gen, sigma_gen = calculate_activation_statistics(gen_images, sess,
batch_size=64)

    fid_value = calculate_frechet_distance(mu_gen, sigma_gen, mu_real, sigma_real)
    return fid_value
```

fid()函数用于计算两个高斯分布的弗雷切特距离，FID 的数值越小，表示两个高斯分布越接近，GAN 的性能越好。

（7）定义需要的变量，清空 default graph 计算图：

```
#真实图片大小
img_size = mnist.train.images[0].shape[0]
#噪声,生成器的初始输入
noise_size = 100
#生成器隐藏层参数
g_units = 128
d_units = 128
#leaky ReLU 参数
alpha = 0.01
#学习速率
learning_rate = 0.001
#标签平滑
smooth = 0.1
#清除默认图形堆栈并重置全局默认图形
tf.reset_default_graph()
```

（8）通过 get_inputs()方法获得真实图片的输入和噪声输入，构建训练逻辑：

```
real_img, noise_img = get_inputs(img_size, noise_size)
#生成器
g_logits, g_outputs = generator(noise_img, g_units, img_size)
#判别器
d_logits_real, d_outputs_real = discirminator(real_img, d_units)
#传入生成图片,为其打分
d_logits_fake, d_outputs_fake = discirminator(g_outputs, d_units, reuse=True)
```

将噪声、生成器隐藏层节点数、真实图片大小传入生成器，传入真实图片的大小是因为要求生成器可以生成与真实图片大小一样的图片。

判别器一开始先传入真实图片和判别器隐藏层节点，为真实图片打分，接着再用相同的参数训练生成图片，为生成图片打分。

（9）定义生成器和判别器的损失：

```
d_loss_real = tf.reduce_mean(tf.nn.sigmoid_cross_entropy_with_logits(
logits = d_logits_real, labels = tf.ones_like(d_logits_real)) * (1-smooth))
d_loss_fake = tf.reduce_mean(tf.nn.sigmoid_cross_entropy_with_logits(
logits = d_logits_fake, labels = tf.zeros_like(d_logits_fake)))
#判别器损失
d_loss = tf.add(d_loss_real, d_loss_fake)
g_loss = tf.reduce_mean(tf.nn.sigmoid_cross_entropy_with_logits(
logits=d_logits_fake, labels=tf.ones_like(d_logits_fake)) * (1-smooth))
```

判别器的损失由判别器给真实图片打分与其期望分数的差距、判别器给生成图片打分与其期望分数的差距两部分构成。这里定义最高分为 1、最低分为 0。也就是说，判别器希望给真实图片打 1 分，给生成图片打 0 分。生成器的损失实质上是生成图片与真实图片概率分布上的差距，这里将其转换为，生成器期望判别器给自己的生成图片打多少分与实际上判别器给生成图片打多少分的差距。

计算损失时使用 tf.nn.sigmoid_cross_entropy_with_logits()方法，它对传入的 logits 参

数先使用 Sigmoid 函数计算，然后再计算它们的 cross entropy 交叉熵损失，同时该方法优化了 cross entropy 的计算方式，使得结果不会溢出。

（10）最小化损失：

```
train_vars = tf.trainable_variables()
#generator 中的 tensor
g_vars = [var for var in train_vars if var.name.startswith("generator")]
#discirminator 中的 tensor
d_vars = [var for var in train_vars if var.name.startswith("discirminator")]
#AdamOptimizer 优化损失
d_train_opt = tf.train.AdamOptimizer(learning_rate).minimize(d_loss, var_list
= d_vars)
g_train_opt = tf.train.AdamOptimizer(learning_rate).minimize(g_loss, var_list
= g_vars)
```

要最小化损失，先要获得对应网络结构中的参数，也就是生成器和判别器的变量，这是最小化损失时要修改的对象。这里使用 AdamOptimizer 方法最小化损失，其内部实现了 Adam 算法，该算法基于梯度下降算法，但它可以动态地调整每个参数的学习速率。

（11）初始化与训练有关的变量并开始训练：

```
#每一轮训练数量
batch_size = 64
#训练迭代轮数
epochs = 500
#抽取样本数
n_samples = 25
#存储测试样例
samples = []
#存储 loss
losses = []
#存储 FID 值
fidvalue = []
#保存生成器变量
saver = tf.train.Saver(var_list = g_vars)
with tf.Session() as sess:
    #初始化模型参数
    sess.run(tf.global_variables_initializer())
    for e in range(epochs):
        for batch_i in range(mnist.train.num_examples//batch_size):
            batch = mnist.train.next_batch(batch_size)
        if e==0 or (e+1)%50==0:
            real_images = batch[0].reshape(batch_size, 28, 28)
        for num in range(len(real_images)):
            scipy.misc.imsave('./picture/real_samples/'+str(num + 1) + '.jpg', real_
images[num])
        #28 乘以 28 等于 784
        batch_images = batch[0].reshape((batch_size, 784))
        #对图像像素进行 scale,这是因为 tanh 输出的结果介于(-1,1),real 和 fake 图片共享
discirminator 的参数
        batch_images = batch_images * 2-1
                #生成噪声图片
        batch_noise = np.random.uniform(-1, 1, size=(batch_size, noise_size))
                #先训练判别器,再训练生成器
        _ = sess.run(d_train_opt, feed_dict={real_img: batch_images, noise_img:
```

```
batch_noise})
    _ = sess.run(g_train_opt, feed_dict={noise_img: batch_noise})
    #每轮训练完后计算 loss
    train_loss_d = sess.run(d_loss, feed_dict={real_img: batch_images, noise_
img: batch_noise})
    #判别器训练时真实图片的损失
    train_loss_d_real = sess.run(d_loss_real, feed_dict={real_img: batch_
images, noise_img: batch_noise})
    #判别器训练时生成图片的损失
    train_loss_d_fake = sess.run(d_loss_fake, feed_dict={real_img: batch_
images, noise_img: batch_noise})
    #生成器损失
    train_loss_g = sess.run(g_loss, feed_dict={noise_img: batch_noise})
        print("训练轮数 {}/{}:...".format(e+1, epochs),
"判别器总损失:{:.4f}(真实图片损失:{:.4f}+虚假图片损失:{:.4f})...".format(train_
loss_d, train_loss_d_real, train_loss_d_fake),
"生成器损失:{:.4f}".format(train_loss_g))
            #记录各类 loss 值
losses.append((train_loss_d, train_loss_d_real, train_loss_d_fake, train_loss_g))
            #抽取样本,后期进行观察
samples_noise = np.random.uniform(-1, 1, size=(batch_size, noise_size))
            #生成样本,保存起来后期观察
gen_samples = sess.run(generator(noise_img, g_units, img_size, reuse=True), feed
_dict={noise_img: samples_noise})
            #每间隔 50 迭代轮数保存一次生成的图片并记录 FID 值
    if e==0 or (e+1)%50==0:
            save_genimg=gen_samples[1].reshape(64, 28, 28)
            for num in range(len(save_genimg)):
                scipy.misc.imsave('./picture/gen_samples/'+str(num+1)+'.jpg',
save_genimg[num])
            fidvalue.append(fid())
        samples.append(gen_samples)
        #存储 checkpoints
        saver.save(sess, './data/checkpoints/generator.ckpt')
    with open('./data/train_samples.pkl', 'wb') as f:
        pickle.dump(samples, f)
```

先创建 Session 对象,然后使用双层 for 循环进行 GAN 的训练,第一层表示要训练多少轮,第二层表示每一轮训练时要取的样本量,因为一次训练完所有的真实图片效率会比较低,一般的做法是:将其分割成多组,然后进行多轮训练,这里 64 张为一组;然后读入一组真实数据,因为生成器使用 Tanh 作为输出层的激活函数,导致生成图片的像素范围是 $-1\sim1$,所以这里也简单调整一下真实图片的像素访问,将其从 $0\sim1$ 变为 $-1\sim1$,然后使用 NumPy 的 uniform()方法生成 $-1\sim1$ 的随机噪声。准备好真实数据和噪声数据后丢入生成器和判别器进行训练,数据会按之前设计好的计算图运行。值得注意的是,要先训练判别器,再训练生成器;当本轮将所有的真实图片都训练一遍后,计算本轮生成器和判别器的损失,并将损失记录起来,方便可视化 GAN 训练过程中损失的变化。为了直观地感受 GAN 训练时生成器的变化,每一轮 GAN 训练完都用此时的生成器生成一组图片并保存起来。每间隔 50 迭代轮数保存一次生成的图片并记录 FID 值,方便可视化 GAN 训练过程中 FID 值的变化。

第 1 条和最后 2 条打印输出内容如下。

训练轮数 1/500:... 判别器总损失:0.0347(真实图片损失:0.0046+虚假图片损失:

0.0302)...生成器损失：4.2899

　　..........

　　训练轮数 499/500：...判别器总损失：0.7003（真实图片损失：0.2957＋虚假图片损失：0.4045)...生成器损失：1.6651

　　训练轮数 500/500：...判别器总损失：0.7253（真实图片损失：0.3672＋虚假图片损失：0.3581)...生成器损失：1.9314

　　(12) 可视化训练中的损失变化：

```
#绘制 loss 曲线
fig, axax = plt.subplots(figsize=(20, 7))
losses = np.array(losses)
plt.rcParams['font.sans-serif'] = ['Microsoft YaHei']
plt.rcParams['axes.unicode_minus'] = False
plt.plot(losses.T[0], label='判别器总损失')
plt.plot(losses.T[1], label='真实图片损失')
plt.plot(losses.T[2], label='虚假图片损失')
plt.plot(losses.T[3], label='生成器损失')
plt.legend()
plt.savefig('./picture/训练过程中生成器和判别器损失的变化.jpg', format='jpg')
plt.show()
```

　　GAN 训练过程中生成器和判别器损失的变化如图 12.15 所示，GAN 刚开始训练时判别器和生成器的损失较高，训练后期两者的损失稳定在较低的区域。

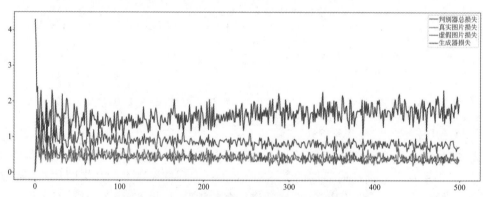

图 12.15　GAN 训练过程中生成器和判别器损失的变化

　　(13) 可视化原始 GAN 训练中 FID 值的变化：

```
#绘制 FID 变化曲线
fig_fid, ax_fid = plt.subplots(figsize=(20, 7))
fidvalue = np.array(fidvalue)
index = [x for x in range(0, 501, 50)]
plt.plot(index, fidvalue)
plt.legend()
plt.savefig('./picture/fid 值的变化.jpg', format='jpg')
plt.show()
```

　　每间隔 50 迭代轮数保存一次生成的图片并记录 FID 值，可视化原始 GAN 训练过程中FID 值的变化如图 12.16 所示。训练前期随着训练迭代次数的增加，FID 的值越来越小，说明随着迭代次数的增加,生成器生成的图像越来越逼真,训练后期 FID 值趋于平稳,说明此时再增加迭代次数对图像生成效果并无影响。

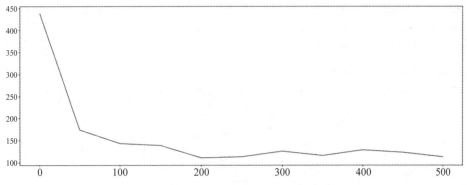

图 12.16 原始 GAN 训练中 FID 值的变化

（14）可视化生成器在最后一轮训练时生成的数据：

```
def view_img(epoch, samples):
    fig, axes = plt.subplots(figsize=(7, 7), nrows=8, ncols=8, sharex=True,
sharey=True)
    for ax, img in zip(axes.flatten(), samples[epoch][1]):
        ax.xaxis.set_visible(False)
        ax.yaxis.set_visible(False)
        ax.imshow(img.reshape((28, 28)), cmap="Greys_r")
    plt.savefig('./picture/生成器在最后一轮训练时生成的数据.jpg', format='jpg')
    plt.show()
view_img(-1, samples)
```

生成器在最后一轮训练时生成的数据如图 12.17 所示,有些图片较为模糊,但也有些图片非常真实。

图 12.17 生成器在最后一轮训练时生成的数据

习　题

1. 简述 GAN 的核心思想。

2. GAN 是如何实现的？

3. GAN 有哪些评价指标？

4. 使用 TensorFlow 在 MNIST 数据集上实现 WGAN。

本 章 实 验

1. 实验目的

掌握 GAN 网络原理，理解不同 GAN 方法的优劣以及适用范围。

2. 实验要求

使用 TensorFlow 在 MNIST 数据集上实现 WGAN，生成逼真手写数字图片。

第 4 部分

强 化 学 习

第13章

强 化 学 习

强化学习(Reinforcement Learning,RL)又称再励学习、评价学习或增强学习,是机器学习的范式和方法论之一,用于描述和解决智能体(Agent)在与环境的交互过程中通过学习策略以达成回报最大化或实现特定目标的问题。著名机器人 AlphaGo 第一次战胜人类围棋高手时,使用的就是强化学习技术,通过让计算机在不断地尝试中更新自身行为准则,学习如何下围棋并提高自身技能。强化学习是一个通用的决策框架,使得计算机可以像人一样通过完全自主学习提升自己,具备了实现通用人工智能的潜力。

13.1 强化学习概述

13.1.1 基本原理

强化学习从动物学习、参数扰动自适应控制等理论发展而来,如图 13.1 所示,其基本原理是:如果智能体的某个行为策略导致环境的正奖励(强化信号),则智能体以后产生这个行为策略的趋势便会加强。智能体的目标是在每个离散状态发现最优策略,以使期望的折扣奖赏和最大。例如,强化学习可以理解为训练小狗上厕所,刚开始小狗不会自己上厕所,某次无意识地在规定的地方上厕所,你给了它一个鸡腿,这种行为称为奖励,而小狗会记住这种情况。以后每当它再有正确的上厕所行为,你都会给它一个鸡腿,不断强化它的记忆,而小狗天性想要更多的鸡腿,因此下次想上厕所时,它就会从自己的经验中选择收益最高的行为,吸取历史经验以获得更多的鸡腿。如此循环,强化记忆,这就是强化学习。

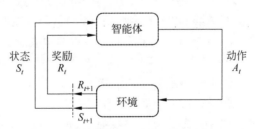

图 13.1 智能体与环境之间的交互模型

13.1.2 强化学习和有监督学习

机器学习是从数据中学习并做出预测或决策,一般分为有监督学习、无监督学习和强化学习。有监督学习指有数据和数据对应的正确分类标签,即有监督学习可以学习出哪些数据和哪些标签对应；而强化学习开始时没有数据和标签，通过在环境中不断尝试，获取数据和标签，再学习哪些数据和哪些标签对应。强化学习只有奖励值，但是这个奖励值和有监督学习的输出值不一样，它不是事先给出的，而是延后给出的，例如，在学习走路的过程中，如果摔倒了，大脑才会给一个负面的奖励值，说明走的姿势不对。同时，强化学习的每一步与时间顺序的前后关系紧密；而有监督学习的训练数据之间一般都是独立的，没有这种前后的依赖关系。

强化学习与有监督学习的区别如下。

（1）强化学习的输入一般为时间序列，数据之间并不符合独立同分布的原则。

（2）强化学习的环境并不会给予智能体关于策略和动作好坏的直接标签，而是仅依靠行动收获的奖励作为引导，帮助其自身获得更好的策略。在训练过程中，强化学习需要平衡exploration（探索）和 exploitation（开发）的关系，可以将它们看作学习的风格，exploration代表应对当前状态时尝试新的未知动作，以期获得更高的奖赏，发现更好的策略；exploitation 指应对当前状态时采取之前已有的最优策略行为，较为稳妥地获得一定的奖励。通常我们一开始选择较高的 exploration 比例，以尽可能广泛地探索未知的环境，随着训练的进行，我们会让 exploitation 的比例逐渐提高，这样有助于策略的稳定性和整体性能的提升。

（3）强化学习通常缺乏明确的监督，收获的奖励可能无法直接告知智能体当前动作是否正确，而且有时会存在延迟奖励等情况，对智能体的学习过程带来比较大的挑战。

因此，在强化学习过程中，没有非常强的监督者（supervisor），只有一个奖励信号（reward signal），并且这个奖励信号是延迟的，即环境会在一段时间后反映出之前所采取的行为是否有效。因为没有得到即时反馈，智能体在强化学习里学习是有困难的。当你采取一个行为过后，如果是有监督学习，你会立刻获得一个指引，说你现在做出了一个错误的决定，系统也会立刻反馈正确的决定应该是什么；而在强化学习里，环境可能会告诉你这个行为是错误的，但是它并没有告诉正确的行为是什么。更困难的是，可能会在一两分钟后告诉你行为错误，之后再告诉你之前的行为是否可行。

13.1.3　强化学习方法分类

强化学习的理论基础之一是马尔可夫决策过程（Markov Decision Processes，MDP），简单说是一个循环过程，智能体（Agent）采取行动（Action）从而改变自己的状态（State），获得奖励（Reward）并与环境（Environment）发生交互。可以简单表示为 $M = <S, A, P_{s,a}, \gamma, R>$ 五元组，其中，

$s \in S$：有限状态 state 集合，s 表示某个特定状态；

$a \in A$：有限动作 action 集合，a 表示某个特定动作；

$P_{s,a}$：状态转移概率，表示在当前状态 s 下采取行动 a 后转移到 s' 的概率；

R：回报函数，表示 Agent 采取某个动作后的即时奖励 $R(s,a)$；

γ：折扣率，当 $\gamma = 0$ 时，表示只考虑立即回报，而不考虑长期回报；当 $\gamma = 1$ 时，表示长期回报和立即回报同等重要。

回报（Return）$U(s_0, s_1, s_2, \cdots)$ 代表执行一组 Action 后所有状态累计的 Reward 之和，但由于直接的 Reward 相加在无限时间序列中会导致无偏向，而且会产生状态的无限循环，因此在这个函数中引入 γ，令之后的状态反馈回来的 Reward 乘上这个系数，以此表示当下

的 Reward 比未来反馈的 Reward 更重要，这也是 MDP 马尔可夫性质的体现。其定义如下。

$$U(s_0, s_1, s_2, \cdots) = \sum_{t=0}^{\infty} \gamma^t R(s_t) \leqslant \sum_{t=0}^{\infty} \gamma^t R_{\max} = \frac{R_{\max}}{1-\gamma} \quad (0 \leqslant \gamma < 1) \qquad (13.1)$$

式(13.1)把一个无限长度问题转换成一个拥有最大值上限的问题。解决强化学习问题意味着要寻找一个最优策略，让智能体在与环境交互的过程中始终获得比其他策略都要多的收获，将最大化长期未来奖励作为目标，即寻找最大的 U。所以，可以通过不断地改进策略 π，找到最优策略 π*，使得最后能够获得最大累计奖励。一般来说，找到一个最优策略是比较难的，但可以通过对比若干不同策略的优劣确定一个较好的策略，即局部最优解。

若马尔可夫决策过程五元组 <S, A, P, R, γ> 中的这些变量完全明确和已知，则模型是确定性的，可以通过一些规划算法直接求解。但在应用场景中通常并不清楚其中的一些量，如状态转移函数 $P(s'|s, a)$ 或奖励函数 $R(s, a)$。

强化学习在解决问题时通常有两类方案：一是无模型的方法(model-free)，即纯粹依靠数据驱动，通过数据构建价值函数等形式引导决策，如 Q-Learning、SARSA、Policy Gradient 都是从环境中得到反馈，然后从中学习，该类方法有更好的泛化性能，但对数据的利用率较低，所需训练量较大；二是基于模型的方法(model-based)，即对真实环境进行建模，构建近似的状态转移函数来指导算法优化，相比于无模型方法，它只是多了一道为真实世界建模的程序，以模拟现实世界的反馈。

强化学习的模型有两种流派：一种是基于值的模型；另一种是基于概率的模型。前者在接收环境的状态信息后，会输出动作空间中每个动作可能得到的奖励，一般取得到奖励最大的动作，常用于解决离散型动作空间的情况，例如 Q-Learning、SARSA。而基于概率的模型会采取每个动作的概率，之后根据动作空间的概率分布作采样，得到一个或者一组动作，往往用于解决连续型动作空间的情况，例如 Policy Gradient。

根据更新时长，强化学习可以分为回合更新和单步更新。回合更新指要在执行完一整个行为序列后再更新行为准则，类似于玩游戏，需要等待一个游戏回合后进行参数更新，例如基础版的 Policy Gradient。而单步更新则是在游戏进行中每一步都在更新，不用等待游戏结束，例如 Q-Learning、SARSA 以及升级版的 Policy Gradients。

根据是否在线，强化学习可分为在线学习和离线学习。在线学习是指在训练过程的一个交互后，利用本次交互得到的经验进行训练，典型代表是 SARSA；而离线学习往往是将多个交互的经验存储起来，然后在学习时从经验中取出一批交互经验来学习，典型代表为 Q-Learning 算法。

13.1.4　强化学习的发展与应用

强化学习可以追溯到早期控制论以及统计学、心理学、神经科学、计算机科学等学科的一些研究。1953 年，应用数学家 Richard Bellman 提出动态规划数学理论和方法，其中的贝尔曼条件(Bellman condition)是强化学习的理论基础之一。1957 年，Richard Bellman 提出马尔可夫决策过程，正确理解马尔可夫决策过程对学习强化学习至关重要。到 20 世纪 60 年代，"强化"和"强化学习"的概念开始在工程文献中出现。1977 年，Paul Werbos 介绍了一种求解自适应动态规划的方法，奠定了动态规划应用于强化学习的基础。20 世纪 80—90

年代，一系列强化学习算法应运而生，时序差分方法、蒙特卡罗方法都是当时有效解决动态规划复杂性的模型。2013 年，来自 DeepMind 的 Mnih 等在 NIPS 发表了论文 *Playing atari with deep reinforcement learning*，该论文利用 Q-Learning 学习主体的最优策略将深度学习与强化学习相结合提出了深度 Q 学习网络（Deep Q-Learning Network，DQN）。从此，融合了深度学习的强化学习技术大放异彩。2017 年，DeepMind 发布 AlphaZero 论文，使用进阶版的 AlphaZero 算法将围棋领域扩展到国际象棋、日本象棋领域，且无须人类专业知识就能击败各自领域的世界冠军，这使得强化学习在机器学习和人工智能研究者中得到大量的关注，成为近些年较火的技术之一。

强化学习是机器学习领域的研究热点，随着理论学习和应用研究的不断深入，强化学习一直稳定发展，也取得了一系列成果。强化学习在计算机系统中的各个方向，从底层的芯片设计、硬件系统，到操作系统、编译系统、数据库管理系统等软件系统，到云计算平台、通信网络系统等基础设施，到游戏引擎、推荐系统等应用程序，到计算机视觉、自然语言处理、机器学习人工智能系统本身，都有着广泛的应用，比如玩游戏以及机器人的一些应用，可以击败人类的最好棋手。强化学习的成功得益于以下原因：首先，计算机算力极大提升，可以更快地做更多试错的尝试；其次，通过大量不同的尝试使得智能体在这个环境里获得更多的信息，然后可以在这个环境里取得更大的奖励；最后，通过端到端的训练把特征提取和价值估计或者决策等进行整体优化，得到更强的决策网络。

13.2　Q-Learning 算法

Q-Learning 是一种基于离线学习（Off-Policy）的强化学习算法，由 Watkins 于 1989 年在其博士论文中提出，是强化学习发展的里程碑，也是目前应用较为广泛的强化学习算法。Q-Learning 是一种典型的与模型无关的算法，即其 Q 表的更新不同于选取动作时所遵循的策略，即 Q 表在更新的时候计算了下一个状态的最大价值，但是取哪个最大值时所对应的行动不依赖于当前策略。Q-Learning 算法始终选择最优价值的行动，在实际项目中，Q-Learning 充满了冒险性，倾向于大胆尝试。

13.2.1　Q-Learning 算法介绍

我们做任何事情都有自己的行为准则，比如小时候父母常说"不写完作业就不准看电视"。在写作业这种状态下，好的行为就是认真快速地写完作业，这样可以得到奖励；不好的行为就是没写完作业就看电视，一旦被父母发现，就会受到惩罚。当我们经历过一次奖励或惩罚后，记忆会很深刻，心里就会将不同的行为归类为正面行为和负面行为，从而决定下次写作业时该采取怎样的行为。

Q-Learning 是一个决策过程。这个算法的主要思想是将状态（state）与行为（action）构建成一张表格，用于存储 Q 值，这里简称 Q 表；然后根据 Q 值选取能够获得最大收益的动作。例如表 13.1，其中的 $q(s,a)$ 是状态动作价值函数，表示某一时刻的状态 state 下，采取动作 action 能够获得收益的期望值 value。

Q 表可以当作矩阵看，行代表状态，列代表动作。由于实际中探索过程的发散，Q 表可能很复杂，因此需要将表做成神经网络来存储，即深度强化学习（Deep Q-Learning，DQN）。

表 13.1　Q 表初始形式

Q 表	a_1	a_2	a_3
s_1	$q(s_1,a_1)$	$q(s_1,a_2)$	$q(s_1,a_3)$
s_2	$q(s_2,a_1)$	$q(s_2,a_2)$	$q(s_2,a_3)$
s_3	$q(s_3,a_1)$	$q(s_3,a_2)$	$q(s_3,a_3)$
s_4	$q(s_4,a_1)$	$q(s_4,a_2)$	$q(s_4,a_3)$

Q-Learning 算法执行过程为：首先初始化 Q 表，然后选择一个动作 A，接着执行动作，获得奖励，最后更新 Q，并循环执行上述过程，直到达到目标状态。在整个过程中，关键是如何选取动作和更新 Q 值。

例如，表 13.2 是更新完成的 Q 表。分析 Q 表可指导 agent 决策的过程。$t=1$ 时，agent 观测到环境的状态 s_2，于是查找状态 s_2 所在的行，发现 $q(s_2,a_1)>q(s_2,a_3)>q(s_2,a_2)$，因此选择动作 a_1。此时环境发生变化，agent 观测到环境的状态 s_4，接着查找状态 s_4 所在的行，发现 $q(s_4,a_2)>q(s_4,a_1)>q(s_4,a_3)$，于是 agent 采取决策选择动作 a_2，一直进行下去，直到结束。

表 13.2　更新完成的 Q 表

Q 表	a_1	a_2	a_3
s_1	-1	1	3
s_2	2	0	1
s_3	1	5	7
s_4	5	6	3

算法刚开始，因为对环境完全陌生，所以表格中的值可以都为 0，可以随机选取一个动作。但随着迭代的进行，若一直随机选择，无法利用已经学习到的东西。为了解决这个问题，可能想到除第一次外，均采取当前 Q 值最大的动作，但这样又可能陷入局部最优解，因为可能还有更好的动作没有被发现。这其实是如何平衡算法"探索"与"开发"的问题。可以采用一种称为 ε-greedy 的策略，ε-greedy 策略的本质就是：每次以 ε 概率进行探索，以 $(1-ε)$ 概率开发已学习的数据。探索意味着随机选取一个动作，开发意味着采取当前 Q 值最高的动作。刚开始往往设定一个较高的 ε（比如 1），因为我们对环境一无所知，所以只能随机选择。随着迭代的进行，可以逐步降低 ε，因为我们已经越来越准确地了解了环境。

Q 表的更新是基于式（13.2）完成的，计算在某个时刻在状态 S 下采取动作 A 的长期回报。

$$Q(S,A)^{\text{new}}=Q(S,A)^{\text{old}}+\alpha[R+\gamma\max_a Q(s',a)-Q(S,A)^{\text{old}}] \quad (13.2)$$

其中，R 为本次行动的奖励值 reward（即立即回报）。γ 为折扣因子（$0\leqslant\gamma<1$），$\gamma=0$ 表示立即回报，γ 趋于 1 表示将来回报。γ 决定时间的远近对回报的影响程度，即表示牺牲当前收益，换取长远收益的程度。α 为控制收敛的学习率（$0<\alpha<1$），决定有多少误差要被学习。$\max_a Q(s',a)$ 代表后继状态的最大 Q 值，通过不断尝试搜索空间，Q 值会逐步趋近稳

定的最佳值。

式(13.2)的含义可以通俗解释为

新的 Q 值＝原来的 Q 值＋学习率＊(立即回报＋γ＊后继状态的最大 Q 值－原来的 Q 值)

Q-Learning 的学习方法为建立一个以 state 为行、action 为列的 Q 表，通过每个动作带来的奖赏不断更新 Q 表中的 Q 值，从而获得特定 state 下，特定 action 的 Q 值。

Q-Learning 中每次采取 action 的行动策略是 ε-greedy 策略，即要保持探索和开发的平衡；

Q-Learning 是 Off-Policy 的，因为它的行动策略和评估策略不是一个策略。而在学习更新 Q 表的时候使用的评估策略是贪婪策略，即永远将最好的动作记录在 Q 表中。

13.2.2　Q-Learning 算法实现

算法输入：迭代轮数 T，状态集 S，动作集 A，步长 α，衰减因子 γ，探索率 ε
输出：所有的状态和动作对应的价值 Q
1. 随机初始化所有的状态和动作对应的价值 Q。对于终止状态，其 Q 值初始化为 0。
2. for i from 1 to T，进行迭代。
　(a) 初始化 S 为当前状态序列的第一个状态；
　(b) 用 ε-贪婪法在当前状态 S 选择出动作 A；
　(c) 在状态 S 执行当前动作 A，得到新状态 S' 和奖励 R；
　(d) 更新价值函数 $Q(S,A)$：
$$Q(S,A)+\alpha[R+\gamma\max_a Q(s',a)-Q(S,A)]$$
　(e) 令 $S=S'$；
　(f) 若 S' 是终止状态，则当前轮迭代完毕，否则转到步骤(b)。

13.2.3　Q-Learning 算法实例

【例 13.1】　利用 Q-Learning 方法实现一个探索者游戏。如图 13.2 所示，给出一个一维世界，世界的右边有宝藏，探索者有向左和向右两种动作，经过判断不同行为的奖励值进行选择，最终探索者通过强化学习 Q-Learning 方法找到得到宝藏的便捷路径。

-o---T
T 就是宝藏的位置，o 是探索者的位置

图 13.2　探索者游戏示意图

【解析】

所需环境：PyCharm。

所需安装包：numpy、pandas、time。

关键代码分析如下。

(1) 预设值：首先给出需要的模块和参数设置。

```
import numpy as np
import pandas as pd
import time

N_STATES=6                              #一维世界的宽度
```

```
ACTIONS=['left','right']              #探索者的可用动作
EPSILON=0.9                           #贪婪度 greedy
ALPHA=0.1                             #学习率
GAMMA=0.9                             #奖励递减值
MAX_EPISODES=13                       #最大回合数
FRESH_TIME=0.3                        #移动间隔时间
```

（2）设置 Q 表：将所有行为值放在 Q 表中，即更新它的行为准则。其中 q_table 的 index 是所有对应的 state（探索者位置），columns 是对应的 action（探索者行为）。

```
Def build_q_table(n_states, actions):
    table = pd.DataFrame(
np.zeros((n_states, len(actions))),
        columns=actions,             #columns 对应的是行为名称
    )
    return table
"""
    left   right
0  0.0    0.0
1  0.0    0.0
2  0.0    0.0
3  0.0    0.0
4  0.0    0.0
5  0.0    0.0
"""
```

（3）定义动作：定义探索者如何挑选行为，使用参数 EPSILON（参数 ε）控制贪婪程度的值，它可以随着探索时间不断提升。但在这里固定 EPSILON 的值为 0.9，即有 90% 的概率选择最优策略，10% 的概率用来探索。

```
#在某个 state 地点,选择行为
defchoose_action(state, q_table):
state_actions = q_table.iloc[state, :]    #选出这个 state 的所有 action 值
if (np.random.uniform() > EPSILON) or (state_actions.all() == 0):
#非贪婪或者这个 state 还没有探索过
    action_name = np.random.choice(ACTIONS)
        else:
    action_name = state_actions.argmax() #贪婪模式
        return action_name
```

（4）环境反馈：做出行为后，环境要给行为一个反馈，反馈下一个 state($S\_$)和在上一个 state(S)做出 action(A)所得到的奖励值 reward(R)。这里定义只有当探索者(o)移动到宝藏(T)，探索者才会得到唯一的奖励，且奖励值 $R=1$，其他情况都没有奖励。

```
Def get_env_feedback(S, A):
    if A == 'right':                      #向右移动
        if S == N_STATES - 2:             #移动到终点
            S_ = 'terminal'
            R = 1
        else:
            S_ = S + 1
            R = 0
```

```
        else:                              #向左移动
            R = 0
            if S == 0:
                S_ = S                     #回到起点
            else:
                S_ = S - 1
    return S_, R
```

（5）主循环部分：根据算法定义游戏的规则和运行步骤，并以此更新 Q 表的值。

```
defrl():
    q_table = build_q_table(N_STATES, ACTIONS)   #创建 Q 表
    for episode in range(MAX_EPISODES):     #游戏运行次数
        step_counter = 0                         #步数计数
        S = 0                                    #探索者此时的位置
        is_terminated = False                    #游戏是否结束的标志
        update_env(S, episode, step_counter)     #更新游戏环境
        while not is_terminated:                 #只要游戏未结束
            A = choose_action(S, q_table)         #根据现在的位置和 Q 表选择下一步的动作
            #根据 state 和 action 获得环境的反馈
            S_, R = get_env_feedback(S, A)
            q_predict = q_table.loc[S, A]         #Q 估计，即之前存储在 Q 表中的 Q(s,a)值
            if S_ != 'terminal':                 #若游戏未结束
                q_target = R + GAMMA * q_table.iloc[S_, :].max()
            else:
                q_target = R                      #S_接下来的 state 为 terminal，即游戏结束
                is_terminated = True              #游戏结束，flag 置 1
            q_table.loc[S, A] += ALPHA * (q_target - q_predict)   #更新 Q 表的值
            S = S_                                #state 变为下一步的 state
            update_env(S, episode, step_counter+1)  #更新游戏环境
            step_counter += 1                     #游戏步数计数
    return q_table
```

探索者游戏运行结果如图 13.3 所示。

图 13.3 所示是某次训练得到的 Q 表，从中可以看到向右的奖励值大于向左的奖励值，所以在 0、1、2、3、4 位置，探索者均向右移动，以达到接近宝藏的效果。位置 5 为终点，也就是不移动时最接近宝藏，此时 left＝right＝0。

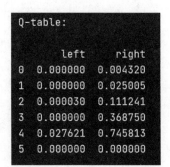

图 13.3　探索者游戏运行结果

实际运行中会发现，找到最佳策略后，探索者偶尔也会"走下弯路"，即比最佳策略还要收敛慢一点。那是因为它不完全按 Q 表下的最优动作执行，这是 ε-greedy 策略有 10% 会随机选取动作的原因。

【拓展问题】　如何将探索者游戏拓展为二维的环境（提示：二维空间多了两个向上和向下的动作，状态从数值变成了坐标，二维维度自拟。如图 13.4 所示，其中(1,0)表示 o 的位置坐标）。

探索者二维游戏运行结果如图 13.5 所示。

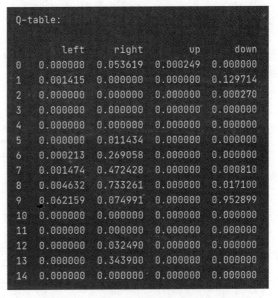

图 13.4　探索者二维游戏示意图　　　　图 13.5　探索者二维游戏运行结果

13.2.4　Q-Learning 算法评价

Q-Learning 算法的优点在于其所需的参数少,是一种不需要环境模型且可以采用离线的实现方式;它的缺点在于 Q-Learning 使用 max 策略选择行为,会引起一个最大化偏差问题,可能出现更新速度慢和预见能力不强的问题。同时,Q-Learning 虽然直接学习最优策略,但是最优策略会依赖于训练中产生的一系列数据,所以受样本数据的影响较大,因此受到训练数据方差的影响很大,甚至会影响 Q 函数的收敛。

从应用角度看,Q-Learning 应用领域与前景都非常广阔,目前主要应用于动态系统、机器人控制、最优操作工序学习以及学习棋类对弈等领域。

13.3　SARSA 算法

SARSA 是一种基于在线学习的强化学习算法,由 Rummery 和 Niranjan 在技术论文 *Modified Connectionist Q-Learning*（MCQL）中提出了这个算法。SARSA 的全称是 state-action-reward-state-action,这个名称清楚反映了该算法学习更新函数依赖的 5 个值,分别是当前状态 S_1、当前状态选中的动作 A_1、获得的奖励 Reward、S_1 状态下执行 A_1 后取得的状态 S_2 及 S_2 状态下将会执行的动作 A_2。与 Q-Learning 算法类似,它的最终目的是建立和优化一个 Q 表,以 state 为行,以 action 为列,根据与环境交互得到的 reward 更新 Q 表。

13.3.1　SARSA 算法介绍

SARSA 算法的决策部分与 Q-Learning 一模一样,使用 Q 表的形式决策。但不同之处在于,SARSA 的更新方式是不一样的,其价值函数的更新公式为

$$Q(S,A)^{\text{new}} = Q(S,A)^{\text{old}} + \alpha(R + \gamma Q(S',A') - Q(S,A)^{\text{old}}) \tag{13.3}$$

SARSA 是实践派,在到达新状态 S' 之后,根据状态估算选择的动作不仅会参与价值函数的更新,还会真正地执行。这就致使计算价值函数时,去掉了 maxQ,并没有选择最优策

略，取而代之的是实实在在选取动作 A' 的 Q 值。从算法上看，这也是两个算法最大的不同之处，价值函数的更新中，Q-Learning 中探索者比较大胆，永远会选择最近的一条通往宝藏的道路，不管这条路有多危险。而 SARSA 中探索者相当保守，在获取宝藏的道路上，远离危险才是最重要的。

13.3.2 SARSA 算法原理

算法输入：迭代轮数 T，状态集 S，动作集 A，步长 α，衰减因子 γ，探索率 ε
输出：所有的状态和动作对应的价值 Q
1. 随机初始化所有的状态和动作对应的价值 Q，对于终止状态，其 Q 值初始化为 0。
2. for i from 1 to T，进行迭代。
　（a）初始化 S 为当前状态序列的第一个状态。设置 A 为 ε-贪婪法在当前状态 S 选择的动作；
　（b）在状态 S 执行当前动作 A，得到新状态 S' 和奖励 R；
　（c）用 ε-贪婪法在状态 S' 选择新的动作 A'；
　（d）更新价值函数 $Q(S,A)$：
$$Q(S,A)=Q(S,A)+\alpha(R+\gamma Q(S',A')-Q(S,A))$$
　（e）令 $S=S'$，$A=A'$；
　（f）如果 S' 是终止状态，则当前轮迭代完毕，否则转到步骤（b）。

这里要注意的是，步长 α 一般需要随着迭代的进行逐渐变小，这样才能保证动作价值函数 Q 可以收敛。当 Q 收敛时，策略 ε-greedy，也就收敛了。

13.3.3 SARSA 算法实例

【例 13.2】　利用 SARSA 算法实现探索者走迷宫游戏。如图 13.6 所示，在一个二维空间中，探索者位于图中的最左上角位置，目标是移动到黄色圆点位置，利用算法让探索者自主探索找到从起点到终点位置的最便捷路径，同时黑色方框区域为惩罚位置，需要绕开。

【解析】

所需环境：PyCharm。

所需安装包：numpy、pandas、time、sys、tkinter。

代码分析：如图 13.7 所示，该实例的程序分为 maze_env.py、RL_brain.py 和 run_this.py 3 部分。

扫码看彩图

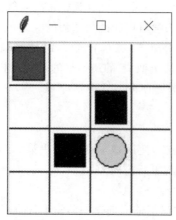

图 13.6　探索者走迷宫示意图

图 13.7　探索者走迷宫文件组成

（1）maze_env.py 文件是该实例的环境部分，解决图片以及颜色块的搭建，这里使用 Python 自带的简单 GUI 模块 tkinter 编写虚拟环境。

（2）RL_brain.py 文件是该实例智能体的大脑部分，所有决策函数在这部分定义。首先进行参数的初始化，包括算法用到的所有参数：行为、学习率、衰减率、决策率，以及 q-table。

```
class RL(object):
    def __init__(self, action_space, learning_rate=0.01, reward_decay=0.9, e_
greedy=0.9):
        self.actions = action_space
        self.lr = learning_rate
        self.gamma = reward_decay
        self.epsilon = e_greedy
        self.q_table = pd.DataFrame(columns=self.actions, dtype=np.float64)
```

定义函数 choose_action()选择动作，决策率取固定值 0.9，即 90%情况选择下一个反馈最大的奖励行为，10%情况选择随机行为。

```
defchoose_action(self, observation):
    self.check_state_exist(observation)
    #行为选择
    if np.random.rand() <self.epsilon:
        #如果随机数小于 0.9，则选择最优行为
        state_action = self.q_table.loc[observation, :]
        #若一些行为可能存在相同的最大预期值，则在最大预期值行为里随机选择
        action = np.random.choice(state_action[state_action == np.max(state_
action)].index)
    else:
        #如果随机数大于 0.9，则随机选择
        action = np.random.choice(self.actions)
    return action
```

定义函数 learn 学习更新 q-table，通过数据参数计算该行为在此状态下的真实值与估计值，然后更新 q-table 里的预估值。

```
deflearn(self, s, a, r, s_, a_):
    self.check_state_exist(s_)
    q_predict = self.q_table.loc[s, a]
    if s_ != 'terminal':
        q_target = r + self.gamma * self.q_table.loc[s_, a_]
                                        #q_target 基于选好的 a_，而不是 Q(s_)的最大值
    else:
        q_target = r                    #如果 s_是终止符
    self.q_table.loc[s, a] += self.lr * (q_target - q_predict)    #更新 q_table
```

（3）run_this.py 是该实例的主要流程实施和更新的部分，运行该程序就可以看到 SARSA 算法的学习探索路径的过程。

```
defupdate():
    for episode in range(100):
        print('回合数:' + str(episode + 1))
        observation = env.reset()                       #初始化环境
        action = RL.choose_action(str(observation))     #根据 state 观测选择行为
```

```
    while True:
        env.render()                                        #刷新环境
        observation_, reward, done = env.step(action)
            #在环境中采取行为，获得下一个 state_ (obervation_)，reward,和是否终止
        action_ = RL.choose_action(str(observation_))
                            #根据下一个 state (obervation_) 选取下一个 action_
        #从 (s, a, r, s, a) 中学习,更新 q_tabel 的参数
        RL.learn(str(observation), action, reward, str(observation_), action_)
        #将获取的下一个 state (obervation_)和 action_当成下一步的 state (observation)
和 action
        observation = observation_
        action = action_
        #终止时跳出循环
        if done:
            break
    print('game over')
    env.destroy()
    if __name__ == "__main__":
    env = Maze()
    RL = SarsaTable(actions=list(range(env.n_actions)))
    env.after(100, update)
    env.mainloop()
```

运行结果：探索者最终通过如图 13.8 所示路线到达目标位置。

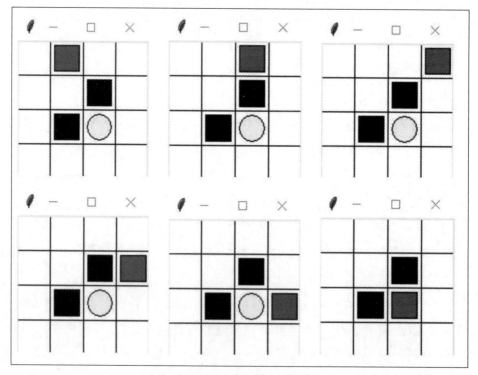

图 13.8 探索者走迷宫运行结果

【拓展问题】 根据 Q-Learning 算法与 SARSA 算法的不同之处，利用 Q-Learning 算法完成探索者走迷宫的游戏。

13.3.4　SARSA 算法评价

SARSA 是一种单步更新法,即在环境中每走一步,就更新一次自己的行为准则。若将单步更新写为 Sarsa(0),表达等走完一步以后直接更新行为准则,那么等待回合走 n 步后再更新可以记为 Sarsa(n)。为了统一流程,可以用一个 λ 值代替想要选择的步数,这样就将 Sarsa 的单步更新法替换为回合更新法(Monte-Carlo update)了。

其实,λ 代表一个衰变值,例如,在寻找宝藏的途中会留下一路脚印,开始没有头绪时可能出现很多重复的脚步,这些脚步可能作用不大,也并不清晰;而离宝藏越近的脚印越清晰,也越重要,需要被好好更新。和之前提到过的奖励衰减值 γ 一样,λ 是脚步衰减值,是一个 0 到 1 之间的数。当 λ 取 0 时,就是 Sarsa 的单步更新;当 λ 取 1 时,就变成了回合更新,对所有步更新的力度都一样。当 λ 在 0 和 1 之间,其取值越大,离宝藏越近的步,更新力度越大。这样我们就不用受限于单步更新每次只能更新最近的一步,可以更有效率地更新所有相关步。

SARSA(λ) 的算法流程总结如下。

算法输入:迭代轮数 T,状态集 S,动作集 A,步长 α,衰减因子 γ,探索率 ε,多步参数 λ
输出:所有的状态和动作对应的价值 Q
1. 随机初始化所有的状态和动作对应的价值 Q。对于终止状态,其 Q 值初始化为 0。
2. for i from 1 to T,进行迭代。
  (a) 初始化所有状态动作的效用迹 E 为 0,初始化 S 为当前状态序列的第一个状态;设置 A 为 ε-greedy 在当前状态 S 选择的动作;
  (b) 在状态 S 执行当前动作 A,得到新状态 S' 和奖励 R;
  (c) 用 ε-贪婪法在状态 S' 选择新的动作 A';
  (d) 更新效用迹函数 $E(S,A)$ 和误差 δ:
$$E(S,A)=E(S,A)+1$$
$$\delta=R_{t+1}+\gamma\, Q(S_{t+1},A_{t+1})-Q(S_t,A_t)$$
  (e) 对当前序列出现的所有状态 s 和对应动作 a,更新价值函数 $Q(s,a)$ 和效用迹函数 $E(s,a)$:
$$Q(s,a)=Q(s,a)+\alpha\delta E(s,a)$$
$$E(s,a)=\gamma\lambda E(s,a)$$
  (f) 令 $S=S'$,$A=A'$;
  (g) 若 S' 是终止状态,则当前轮迭代完毕,否则转到步骤(b)。

其中步长 α 和 SARSA 也需要随着迭代的进行逐渐变小,这样才能保证动作价值函数 Q 收敛。

与 SARSA 算法相比,Q-Learning 是直接学习最优策略,而 SARSA 是在学习最优策略的同时进行探索。这导致我们在学习最优策略的时候,如果用 SARSA 算法,为了保证收敛,需要制定一个策略,使 ε-贪婪法的超参数 ε 在迭代的过程中逐渐变小,Q-Learning 则不需要。

另外,在学习过程中,SARSA 在收敛的过程中鼓励探索,这样学习过程会比较平滑,不至于过于激进,而 Q-Learning 充满了冒险性,倾向大胆尝试,导致可能遇到一些特殊的最优"陷阱"。

对于 Q-Learning 和 SARSA 这样的时序差分算法,应用于小型的强化学习问题是非常灵活有效的,但是在大数据时代,可选状态和动作都异常复杂,若状态或动作空间较大,就会使 Q-Learning 和 SARSA 要维护的 Q 表异常大,甚至远远超出内存,此时算法便无法使用。

在深度学习兴起后，基于深度学习的强化学习开始占主导地位，Q-Learning 算法也开始有了新的改进。

13.4 DQN 算法

前面使用 Q 表存储 state 与 action 之间的 q 值，当问题变得复杂时，如果在环境中，state 很多，agent 的动作也很多，毋庸置疑 Q 表将会变得很大很大（比如说下围棋）；或者如果环境的状态是连续值，而不是离散值，尽管可以将连续值进行离散化，但可能导致 Q 表变得庞大；或者如果某一个场景没有训练过，也就是说 Q 表中没有存储这个值，那么当 agent 遇到这种情况时就会不知所措，因此我们需要对 Q 表进行重新设计来解决复杂问题。

Q-Learning 算法只能用于解决离散低维状态空间和动作空间类问题，当状态和动作空间是高维连续时，使用 Q 表并不现实。通常的做法是把 Q 表的更新问题变成一个函数拟合问题，相近的状态得到相近的输出动作。而深度神经网络可以自动提取复杂特征，因此，面对高维且连续的状态，使用深度神经网络比较合适。

DQN（Deep Q-Learning）算法由 Deep Mind 在 NIPS 2013 神经信息处理系统进展大会上提出，随后又在 Nature 2015 上提出改进版本。它是深度强化学习（Deep Reinforcement Learning，DRL）的开山之作，是将深度学习与强化学习结合起来从而实现从感知到动作的端对端学习的一种全新的算法。

DRL 将深度学习（DL）与强化学习（RL）结合，直接从高维原始数据学习控制策略。而 DQN 是 DRL 的其中一种算法，将卷积神经网络（CNN）和 Q-Learning 算法结合起来。CNN 的输入是原始图像数据（作为状态 state），输出则是每个动作 action 对应的价值评估 Value Function（Q 值）。

13.4.1 DQN 算法介绍

DQN 算法思路来源于 Q-Learning，是用深度神经网络拟合其中的 Q 值的一种方法，Q 值的计算不是直接通过状态值 s 和动作 a 计算，而是通过 Q 网络计算的，Q-Learning 算法则负责提供给深度网络目标值，使其进行更新。

使用 DQN 的两大技巧是经验回放和目标网络，其中目标网络是在 Nature 2015 版本中提出的改进。

经验回放（experience replay）包括"存储"和"回放"。"存储"就是将每次和环境交互得到的奖励与状态更新情况都保存在经验池中，再进行"回放"，即按照某种规则从经验池中采样一条或多条经验数据，用于后面目标 Q 值的更新。但通过经验回放得到的目标 Q 值和通过 Q 网络计算的 Q 值肯定是有误差的，那么此时可以通过梯度的反向传播更新神经网络的参数 ω，当 ω 收敛后，就可以得到近似的 Q 值计算方法，进而采取贪婪策略选择动作。

目标网络（target network）是一个与原始神经网络结构完全相同的重构网络。原先的网络称为评估网络，新构建的网络称为目标网络。在更新过程中，只更新评估网络的权重参数，而不更新目标网络。进行一定次数更新后，再将评估网络的权重复制给目标网络，完成下一批更新。这样，由于在目标网络没有变化的一段时间内回报的估计是相对固定的，因此目标网络的引入增加了学习的稳定性。

13.4.2　DQN 算法原理

> 算法输入：迭代轮数 T，状态特征维度 n，动作集 A，步长 α，衰减因子 γ，探索率 ε，Q 网络结构，批量梯度下降的样本数 m。
>
> 输出：Q 网络参数。
>
> 1. 随机初始化 Q 网络的所有参数 ω，基于 ω 初始化所有的状态和动作对应的价值 Q。清空经验回放的集合 D。
>
> 2. for i from 1 to T，进行迭代。
>
> （a）初始化 S 为当前状态序列的第一个状态，得到其特征向量 $\Phi(S)$；
>
> （b）在 Q 网络中使用 $\Phi(S)$ 作为输入，得到 Q 网络的所有动作对应的 Q 值输出。用 ε-greedy 在当前 Q 值输出中选择对应的动作 A；
>
> （c）在状态 S 执行当前动作 A，得到新状态 $\Phi(S')$ 对应的特征向量 $\Phi(S')$ 和奖励 R，以及是否终止状态 is_end；
>
> （d）将 $\{\Phi(S),A,R,\Phi(S'),\text{is\_end}\}$ 这个五元组存入经验回放集合 D；
>
> （e）令 $S=S'$；
>
> （f）从经验回放集合 D 中采样 m 个样本 $\{\Phi(S_j),A_j,R_j,\Phi(S'_j),\text{is\_end}_j\}$，$j=1,2,\cdots$，$m$，计算当前目标 Q 值 y_i：
>
> $$y_i=\begin{cases}R_j & \text{end}_j \text{ is true}\\ R_j+\gamma\max_{a'}Q(\Phi(s'_j),A_j,\omega) & \text{end}_j \text{ is false}\end{cases} \tag{13.3}$$
>
> （g）使用均方差损失函数 $\dfrac{1}{m}\sum\limits_{j=1}^{m}(y_j-Q(\Phi(S_j),A_j,\omega))^2$，通过神经网络的梯度反向传播更新 Q 网络的所有参数 ω；
>
> （h）若 S' 是终止状态，则当前轮迭代完毕，否则转到步骤（b）。

注意，(f) 步和 (g) 步的 Q 值计算也都需要通过 Q 网络计算得到。另外，实际应用中，为了算法较好地收敛，探索率 ε 需要随着迭代的进行而变小。此算法流程基于 NIPS 2013 版。

13.4.3　DQN 算法实例

【例 13.3】　利用 DQN 算法完成 OpenAI Gym（强化学习算法工具包）中的 CartPole-v0 游戏。如图 13.9 所示，游戏的基本要求是通过向左或向右移动两个动作控制小车移动，使连接在上面的木杆保持垂直。小车状态有四维特征，分别是这个小车的位置和速度，木杆的角度和角速度，坚持到 200 分的奖励为过关。

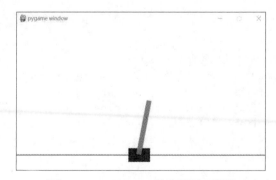

图 13.9　CartPole-v0 游戏界面示意图

【解析】

所需环境：PyCharm。

所需安装包：numpy、random、gym、pygame 且适用于 TensowFlow 2.0 以上版本。

代码分析：

我们使用了一个三层的全连接神经网络：输入层、隐藏层和输出层。

```
defcreate_Q_network(self):
    #网络权重参数
tf.compat.v1.disable_eager_execution()
    W1 = self.weight_variable([self.state_dim,20])
    b1 = self.bias_variable([20])
    W2 = self.weight_variable([20,self.action_dim])
    b2 = self.bias_variable([self.action_dim])
    #输入层
self.state_input = tf.compat.v1.placeholder("float",[None,self.state_dim])
    #隐藏层
h_layer = tf.nn.relu(tf.matmul(self.state_input,W1) + b1)
    #Q值输出层
self.Q_value = tf.matmul(h_layer,W2) + b2
```

定义 perceive() 函数，通过经验回放保存数据，即将每次和环境交互得到的奖励与状态更新情况都保存起来，用于后面目标 Q 值的更新。

```
def perceive(self,state,action,reward,next_state,done):
one_hot_action = np.zeros(self.action_dim)
one_hot_action[action] = 1
self.replay_buffer.append((state,one_hot_action,reward,next_state,done))
    if len(self.replay_buffer) > REPLAY_SIZE:
        self.replay_buffer.popleft()
    if len(self.replay_buffer) > BATCH_SIZE:
        self.train_Q_network()
```

通过梯度的反向传播更新神经网络的参数 w，当 w 收敛后，就得到了近似的 Q 值，以此更新 Q 网络。

```
deftrain_Q_network(self):
    self.time_step += 1
    #第一步:从经验回放中获取随机 minibatch
    minibatch = random.sample(self.replay_buffer,BATCH_SIZE)
    state_batch = [data[0] for data in minibatch]
    action_batch = [data[1] for data in minibatch]
    reward_batch = [data[2] for data in minibatch]
    next_state_batch = [data[3] for data in minibatch]
    #第二步:计算 y
    y_batch = []
    Q_value_batch = self.Q_value.eval(feed_dict={self.state_input:next_state
_batch})
    for i in range(0,BATCH_SIZE):
```

```
        done = minibatch[i][4]
        if done:
            y_batch.append(reward_batch[i])
        else :
            y_batch.append(reward_batch[i] + GAMMA * np.max(Q_value_batch[i]))
    self.optimizer.run(feed_dict={
        self.y_input:y_batch,
        self.action_input:action_batch,
        self.state_input:state_batch
    })
```

运行结果：如图 13.10 所示，当木杆角度大于或小于垂直角度 12°，小车位移大于或小于起始位置坐标(2,4)，即车子移出界面，游戏就会终止。实际运行时无论小车向哪个方向移动，木杆始终保持在垂直角度。

图 13.10　CartPole-v0 游戏不同状态

每 100 轮迭代完后，会进行 10 次交互测试，计算 10 次测试的平均奖励。运行代码后，2000 轮迭代的输出如图 13.11 所示，在 1400 轮迭代后算法已经收敛，达到最高的 200 分。由于是 ε-探索，每次前面的输出可能不同，但最后都会收敛到 200 分。当然，由于 DQN 不保证绝对收敛，因此到 200 分后可能还会有抖动。

```
episode:     0 Evaluation Average Reward: 42.8
episode:   100 Evaluation Average Reward: 9.5
episode:   200 Evaluation Average Reward: 9.1
episode:   300 Evaluation Average Reward: 11.5
episode:   400 Evaluation Average Reward: 26.1
episode:   500 Evaluation Average Reward: 81.2
episode:   600 Evaluation Average Reward: 53.4
episode:   700 Evaluation Average Reward: 131.6
episode:   800 Evaluation Average Reward: 176.0
episode:   900 Evaluation Average Reward: 181.1
episode:  1000 Evaluation Average Reward: 195.7
episode:  1100 Evaluation Average Reward: 200.0
episode:  1200 Evaluation Average Reward: 193.1
episode:  1300 Evaluation Average Reward: 198.0
episode:  1400 Evaluation Average Reward: 200.0
episode:  1500 Evaluation Average Reward: 200.0
episode:  1600 Evaluation Average Reward: 200.0
episode:  1700 Evaluation Average Reward: 200.0
episode:  1800 Evaluation Average Reward: 200.0
episode:  1900 Evaluation Average Reward: 200.0
episode:  2000 Evaluation Average Reward: 200.0
```

图 13.11　2000 轮迭代的输出

13.4.4　DQN 算法评价

DQN 算法通过经验池解决了相关性及非静态分布问题，使用目标网络解决了稳定性问题，因此有了解决大规模强化学习问题的能力，该算法具有通用性，可生产大量样本供监督学习。但是 DQN 并不一定保证 Q 网络收敛，导致训练出的模型效果很差，并且 DQN 无法应用于连续动作控制，只能处理短时记忆问题。

针对这个问题，衍生出 DQN 的很多变种，如双深度 Q 网络（Double DQN）、确定优先级的经历回放和决斗网络（Dueling DQN）等，有效解决了在实际问题中出现的 Q 值的过估计问题和 Q 网络的收敛问题。

习　　题

1. 强化学习相对于监督学习为什么训练会更加困难？
2. 一个强化学习智能体由什么组成？
3. 有模型学习和免模型学习有什么区别？
4. 简述 Q-Learning 算法和 SARSA 算法的区别。
5. 在 DQN 中使用经验回放有什么好处？

本 章 实 验

1. 实验目的

（1）熟悉强化学习实验平台 Gym 的基本使用方法。

（2）熟悉实验工具 TensorFlow 的基本操作方法。

（3）熟悉强化学习算法 Q-Learning、SARSA 的基本原理，掌握算法流程及其代码的实现过程。

2. 实验内容

使用悬崖寻路 CliffWalking-v0 作为实验对象，解决的问题是在一个 4×12 的网格中，智能体最开始在左下角的网格（编号为 36），希望以最少的步数移动到右下角的网格（编号为 47），如图 13.12 所示，37~46 表示悬崖，36 位置为起点，47 位置为终点，并采取以下规则：

- 智能体可以采取上、下、左、右 4 种动作进行移动。
- 到达除悬崖以外的网格奖励为 -1。
- 到达悬崖网格奖励为 -100，并返回起点。
- 离开网格的动作会保持当前状态不动并奖励 -1。

0	1	2	3	4	5	6	7	8	9	10	11
12	13	14	15	16	17	18	19	20	21	22	23
24	25	26	27	28	29	30	31	32	33	34	35
36	37	38	39	40	41	42	43	44	45	46	47

图 13.12　悬崖寻路示意图